A PESAR

De Mí

A pesar de mí
© 2022 R. M. de Loera
Published by R.M. de Loera

Editor: Sofía Artola
Portada: Tania at GetCovers
Imágenes: Rawpixel
Ilustración: Nathan en Etsy como The Drawables
Printed in the United States
Imprint: Independently published
·
Primera edición: septiembre 2022

La autora le agradece a la ciudad de Cannon Beach por ser la inspiración para esta historia.

Facebook: rmdeloera
Instagram: rmdeloera

Para toda la comunidad discapacitada:
porque con ustedes sigo aprendiendo
y con la información que comparten
salvaron la vida de mi hijo

Con gran respecto a todas las personas
que pasan por un momento difícil
en sus vidas

«Es la vida.
No hay forma de dejarla a un lado.
Y si se hace, casi es mejor morirse.
Si tiene que abrirse otra vez la herida,
que se abra.»

D.H. LAWRENCE *El amante de Lady Chatterley*

«... suddenly a wildly pleasurable
sensation came over me...
She'd understood immediately
what was happening...»

PHILIPPE POZZO DI BORGO *A Second Wind*

Carta al lector

Mi querido lector, sirvan estas palabras como el prólogo para la historia que vas a leer. Mi única intención al compartirles este ensayo es exponer la narrativa que se ha utilizado durante los últimos noventa años acerca de la discapacidad. Las ideas que les comparto han sido expresadas por los portavoces de las comunidades de discapacitados a lo largo de los años, yo solo he tomado sus palabras, he buscado el trasfondo histórico, al igual que las estadísticas en nuestros países y he enumerado las producciones en los medios que en su mayoría se convirtieron en fenómenos mundiales. Tal vez es un tema que ya conocen, pero no está demás volverlo a mencionar para aquellos que desconocen al respecto. Una humanidad educada es una humanidad tolerante, solidaria y accesible.

No obstante, quiero enfatizar que mi historia no pretende ser mejor que ninguna otra, que no soy la voz dominante de los discapacitados y los demás están equivocados. Apenas estoy aprendiendo e incluso en esta historia puede que me equivoqué en algo. Además no soy discapacitada, soy la mamá de un niño discapacitado y la hija de padres discapacitados. Si acaso «A pesar de mí» es la respuesta a «Mi acuerdo con el arquitecto» e incluso de «Ángel» y es el testimonio de la transformación que se ha dado a lo largo de los años sobre mi concepción de discapacidad. Hace un par de años quise hacerle una revisión a mi arquitecto y descubrí que me era imposible. Me encontré preguntándome por qué Gareth tuvo que levantarse de su silla de ruedas, me cuestioné si Aimee lo habría amado de la misma forma si no lo hubiera hecho. Así que lo cerré y no lo toqué, porque muchos lectores aman esa historia y yo siento un gran respeto por ellos. Tampoco quiero imponer el modelo social de la discapacidad al modelo médico y criticar a quienes sigan a uno y alabar a los que defienden al otro. De eso ya tenemos suficiente en la sociedad que vivimos hoy en día. Es por ello por lo que de una misma autora van a encontrar una historia desde el modelo médico y una desde el modelo social de la discapacidad. Otra vez, el significado de humanidad es no forzar nuestras ideas en los demás.

La intención de mis historias es la misma que la de una pintura o una escultura en una exhibición: patentizarla. Invitarlos a descubrir, reflexionar y dialogar sobre los temas que en ellas desarrollo. Les comparto el siguiente ensayo con la misma intención de diálogo.

Cambiemos de narrativa: la celebración de lo ordinario

31 de agosto de 2022
R. M. de Loera

En el primer cuarto de los años 1900 una teoría científica predominaba la sociedad mundial: la eugenesia, cuya intención era perfeccionar a los seres humanos a través de la reproducción selectiva donde se escogían rasgos deseables a la vez que se intentaba eliminar rasgos que se creían inadecuados. Para ello, se llevaron a cabo esterilizaciones, segregaciones y exclusiones de las personas que se consideraban inferiores.

Galton (1865) decía que la salud y las enfermedades, así como las características sociales e intelectuales, estaban definidas por la herencia y la raza, y, por tanto, se podían modificar y mejorar.

Partiendo de esta idea, en Estados Unidos aparecieron las primeras leyes que prohibían el matrimonio entre razas y se debía notificar si las personas eran «débiles mentales». Para 1927 la Corte Suprema decretó que la esterilización forzada en discapacitados[1] no violaba la constitución del país. En Canadá los niños nativos canadienses fueron arrebatados de sus hogares e institucionalizados. En Puerto Rico el doctor Cornelius Rhoads inyectó a sus pacientes con cáncer, al mismo tiempo que el gobernador Blanton Winship convertía en ley la esterilización de las mujeres puertorriqueñas como recurso de control de natalidad. Por su parte, países como Suecia, Australia, Reino Unido, Francia, México, Brasil y Panamá, entre otros, recurrieron al endurecimiento de leyes migratorias y la esterilización forzada de las «razas inferiores» para alcanzar la «higiene racial». No obstante, fue un país el que levantó la bandera de la eugenesia y se convirtió en su defensor acérrimo: Alemania.

Alemania sobrevivía a los destrozos provocados por la Primera Guerra Mundial y una depresión económica exacerbada por la caída de Wall Street en 1929. El hambre y las carencias hacían mella en una población desesperada por encontrar alivio. El partido nazi hablaba sobre empleos para todos, la construcción de viviendas y la restauración de la nación, pero para ello debían deshacerse de una gran carga económica a la que el estado estaba sujeto: el mantenimiento de los niños discapacitados.

La Cancillería del *Führer* instigó a los padres de los niños discapacitados a entregarlos al estado —los que se negaron fueron arrebatados de sus hogares— para enviarlos a pabellones de niños especiales donde aseguraban que recibirían un cuidado de calidad. Al mismo tiempo en los medios de comunicación alemanes tanto en radio, cine y revistas, aparecían imágenes de grupos de niños discapacitados en dichos centros y se hablaba de «una vida sin esperanza» y «una vida como solo una carga para los demás».

Sin embargo, a pesar de estar sujetos a este tipo de publicidad, gran parte de los alemanes, sobre todo el clero, protestaron al descubrir que el verdadero propósito de los pabellones de niños especiales era el exterminio. A tan solo horas de llegar, los niños eran encerrados en una cámara de gas, lo que les provocaba la muerte en minutos.

Al percatarse de que las publicaciones de datos y estadísticas de un grupo no conseguía que el pueblo alemán abrazara la misma visión del estado, la Cancillería del *Führer* decidió cambiar de narrativa y en 1941 se estrenó la película *Ich Klage An* o *Yo acuso*. La película recogía la historia de la joven esposa de un prominente investigador científico, una mujer llena de vida y con una personalidad efervescente, que es diagnosticada con esclerosis múltiple luego de un examen visual. A través del largometraje acompañamos a los tiernos, dulces y amorosos esposos en el acelerado desarrollo de la

---

[1] La autora sigue el modelo social de la discapacidad y es por ello por lo que utiliza las palabras discapacitados y comunidades discapacitadas. Aunque reconoce que algunas comunidades prefieren el uso en primera persona y que se refieran a ellos como persona con discapacidad.

condición. Ella es atendida por el mejor amigo de ambos, al cual le suplica que le dé una sobredosis del medicamento, pues no quiere hacer sufrir a su esposo.

En la escena más poética y desgarradora encontramos a los esposos abrazados con fervor mientras ella le suplica:

«Cuando empeore debes ayudarme. Debes ayudarme a seguir siendo tu Hanna, antes de que me convierta en algo más como sorda, ciega o demente. No podría soportarlo. Entonces tendrías que aprender a amar a otra mujer y eso me lastimaría tanto. Prométemelo, Thomas, que tú me dejarás ir antes de que eso ocurra. Hazlo, Thomas, si de verdad me amas, hazlo»[2].

Cuando la enfermedad avanza el esposo la asiste en la muerte y su cuñado lo acusa de asesinato. La película entonces nos muestra un juicio donde varios testigos ofrecen sus declaraciones, unos están a favor mientras que otros lo acusan. En todo momento él se mantiene en silencio. El grupo de jueces, jurado y abogados hace un receso y mantienen un debate sobre qué es lo correcto. No obstante, en el último enfrentamiento entre testigos y abogados, cuando el abogado defensor le explica a su cliente que pone en peligro su exoneración, este, con gran determinación, pasión y energía, responde:

«Lo sé. No puedo quedarme callado. No se trata solo de mí. Nos afecta a todos. No tengo miedo. Aquel que es seguido debe ser capaz de dirigir. Ya no me lástima que me acusen porque por mis acciones sufrí una gran pérdida. ¡No! ¡Acúsenme! Soy yo quien los acusa de prevenir que los doctores y jueces le ofrezcan un servicio al público. No quiero que mi caso sea ocultado. ¡Exijo un veredicto! Servirá como una señal, un cambio. Es así como confieso: terminé con la vida de mi esposa porque ella así me lo pidió. Mi vida ahora depende de su veredicto. Y la vida de todos aquellos que sufran lo mismo que mi esposa, también»[3].

Con los hombros caídos y los ojos humedecidos en un susurro continua:

«Ahora, júzguenme»[4].

Una encuesta realizada después del estreno de *Yo acuso* reflejó el cambio en la población, pues la gran mayoría estuvo de acuerdo en que había que «ayudar» al individuo discapacitado en esa «existencia sin vida».

Sin importar las protestas que continuaron por parte del clero, la Cancillería del *Führer* extendió el programa de asesinatos por misericordia a los discapacitados adultos. Para consolidar el paradigma de «una vida sin esperanza», en 1942 se estrenó la película *Dasein ohne Leben* o *Una existencia sin vida*, en la que, una vez más, se hizo uso de la técnica de mostrar a un individuo en lugar de un colectivo. En ella, un profesor ofrece una conferencia a estudiantes de distintas especialidades académicas, y para concluir la ponencia, con voz entrecortada y dubitativa, dice:

«Cerraré con un comentario personal. Si yo supiera, y esto es algo que le puede pasar a cualquiera, que voy a ser abatido por el desastre que representaría alguna enfermedad mental, y que esa existencia sin vida yace ante mí, haría lo que fuera para que esto no ocurriera. Preferiría morir. Estoy convencido de que toda persona saludable piensa igual. Pero también estoy convencido de que todo paciente mental incurable o idiota, si pudiera reconocer su posición, preferiría terminar con esa existencia. Ningún ser humano sensible podría negarle el derecho a morir»[5].

Con la postura recta y perfecta, en un tono enérgico y comandante, concluye:

---

[2] Extracto de la película *Ich Klage An* en dominio público según la ley en Estados Unidos. Acceso disponible en Internet Archive.org. Traducción de R.M. de Loera.

[3] Extracto de la película *Ich Klage An* en dominio público según la ley en Estados Unidos. Acceso disponible en Internet Archive.org. Traducción de R.M. de Loera.

[4] Extracto de la película *Ich Klage An* en dominio público según la ley en Estados Unidos. Acceso disponible en Internet Archive.org. Traducción de R.M. de Loera.

[5] Extracto de la película *Dasein ohne Leben* Acceso disponible en United States Holocaust Memorial Museum, cortesía de Bundesarchiv Filmarchiv. Traducción de R.M. de Loera.

«¿Acaso no es el deber de aquellos que cuidan del incapacitado, y eso significa idiotas totales y pacientes mentales incurables, ayudarlos a ejercer su derecho? ¿No es esa una demanda sagrada de caridad?»[6].

Se estima que diez mil niños discapacitados y más de setenta mil adultos discapacitados fueron víctimas de estos asesinatos por misericordia. Algunos académicos aseguran que la cifra real puede sobrepasar los doscientos mil discapacitados.

Se podría creer que después de los juicios de Núremberg, donde se dieron a conocer las maneras del gobierno nazi, este tipo de prácticas desaparecerían, pero las esterilizaciones forzadas de enfermos mentales y discapacitados continuaron a nivel mundial hasta finales del siglo XX. E incluso hoy día habría que llevar a cabo una investigación a escala mundial sobre los permisos de no resucitación en enfermos mentales y niños discapacitados.

Es así como la narrativa de «una vida sin esperanza», «una vida como solo una carga para los demás» y «una muerte misericordiosa o digna» permea noventa años después.

En una encuesta realizada en Estados Unidos en el año 2013, el cuarenta y siete por ciento de las personas aprobaba el suicidio asistido. Sin embargo, una abrumadora mayoría de las comunidades de discapacitados se negaron a dicha práctica. En ese mismo año, en Oregón, el único estado de Estados Unidos donde la eutanasia es legal, la encuesta reveló que el dolor no es uno de los motivos por el que las personas desean una muerte asistida. Las primeras cinco razones que se ofrecen son control sobre las circunstancias de su muerte, pérdida de dignidad, pérdida de autonomía, pérdida de calidad de vida y el temor a convertirse en una carga para los demás.

Camosy (2015) asegura que: «la dignidad no proviene de la ilusión de poder y control, sino que de la mutua dependencia y el amor».

No obstante, y desde el estreno de las películas de propaganda nazi donde se gestó el cambio de un paradigma —de números, datos, estadísticas— sobre un colectivo a uno sobre el individuo, donde se apela a los instintos y sentimientos, la narrativa sobre los discapacitados en los medios de comunicación sigue siendo el mismo. Se suele escoger a protagonistas hermosos y deseables con gran química entre ellos. La trama, ambientación y diálogos están construidos de tal forma que exacerban las sensibilidades de las personas. De esta manera, se crea una relación de apego entre el lector o cinéfilo y el personaje ficticio, llegando los primeros a compartir la forma de pensar del segundo, y convirtiéndose en portavoces apasionados de sus anhelos, sueños y batallas.

No obstante, ya sea de forma directa o indirecta, la principal lucha que se presenta en los medios de comunicación mundiales —noticias, libros o películas— continúa siendo el deseo de un único discapacitado por una muerte digna, y como explicación se exponen dos razones fundamentales: que es mejor estar muerto que vivir con una discapacidad o el deseo de no ser un estorbo para las personas que aman.

Ejemplo de esto es la película dramática *Million Dollar Baby*, estrenada en 2004, la cual ganó el Óscar a mejor película del año con el argumento de una boxeadora, quien, en su pelea más famosa, recibe un golpe a traición por el que sufre una lesión en el cordón espinal y a raíz de esto le suplica a su entrenador que desconecte las máquinas que la mantienen con vida. En ese mismo año también se estrenó *Mar adentro*, una película biográfica española ganadora del Óscar como mejor película extranjera, en la que se nos relata la historia de Ramón Sampedro, quien luchó contra el gobierno español por su derecho a una muerte asistida. Con un argumento similar, *Guzaarish*, estrenada en 2010 en India, es una película romántica ganadora de varios premios internacionales donde el protagonista es tetrapléjico y lucha por que el gobierno hindú legalice la muerte asistida. En 2009 se estrenó la película de ciencia ficción *Avatar*, ganadora de varios premios Óscar, que además sustenta la distinción

---

[6] Extracto de la película *Dasein ohne Leben* Acceso disponible en United States Holocaust Memorial Museum, cortesía de Bundesarchiv Filmarchiv. Traducción de R.M. de Loera.

de ser la película más taquillera en la historia del cine; en ella el protagonista deja atrás su cuerpo parapléjico para convertirse en un ser alienígena. En 2016 se estrenó la película romántica *Me Before You* (basada en la exitosa novela de Jojo Moyes del mismo nombre), la cual ganó doscientos mil dólares a nivel mundial; en ella el protagonista es incapaz de aceptar su vida como discapacitado, y por ello informa a sus padres de que en seis meses viajará a Suiza donde lo asistirán con su muerte.

La trama se repite una y otra vez en películas como *Act of Love* (1980), *Whose Life is It Anyway?* (1981), *Right to Die* (1987), *You Don't Know Jack* (2010) y *Breathe* (2017), entre otras.

Para la realización de estas adaptaciones la industria del cine no consultó con las distintas comunidades de discapacitados para conocer cuál era su opinión respecto al tema y si la narrativa de «una vida sin esperanza» los representa. Fue por ello por lo que durante el estreno de *Me Before You* un centenar de protestas se registraron a nivel mundial y más de cincuenta portavoces de comunidades de discapacitados y sus aliados escribieron artículos en contra de esta por su mensaje de «vivir con valentía... a no ser que seas discapacitado».

Curiosamente, esto provocó frustración e indignación en los no discapacitados. Se acusó a los portavoces de luchar por la igualdad y respeto, pero quejarse cuando los demás no compartían sus visiones. Pero si los discapacitados no tienen el derecho de opinar y levantar la voz cuando algo les afecta en un asunto que solo les atañe a ellos, ¿en qué momento podrán manifestarse?

Algunos incluso celebran que la película se haya atrevido a presentar un final novedoso. Otros explican que la película solo muestra la perspectiva de un hombre discapacitado, y que debe darse por entendido que no todos los discapacitados piensan igual. Pero lo que no se entiende es que películas como *Me Before You*, *Mar adentro*, *Million Dollar Baby*, *Avatar*, o *Act of Love*, entre tantas otras, han repetido la misma narrativa del individuo que ansía la muerte que ya presentaba la película alemana de 1941, *Yo acuso*. Lo único que han hecho estas películas es reforzar la noción de que es «una vida sin esperanza» y «una vida como solo una carga para los demás».

Otros argumentan que es una obra de ficción, solo una película. Al respecto, Goebbels, el autodenominado mecenas de la industria del cine alemán y ministro de propaganda de Hitler, argumentó que la única intención de las películas nazi eran ofrecer una forma de escapismo y distracción a una sociedad cuya moral estaba por los suelos.

Con acierto, algunos señalan que el protagonista de *Me Before You* sufría de depresión, aunque también argumentan que esa es una razón válida para solicitar la muerte asistida.

Varios discapacitados como Molly Burke, Cole Sydnor, Shane Burcaw, Dylan Alcott, Amy Oulton, y Kurt Yaeger, entre otros, han sido cándidos al momento de hablar sobre su lucha contra las enfermedades mentales. Ellos admiten que les ha tomado años volver a sentirse cómodos con ellos mismos porque tienen que luchar contra sus propios prejuicios sobre la discapacidad. Sin embargo, cada uno de ellos enfatiza que el apoyo de su núcleo más cercano es de vital importancia. Al mismo tiempo, admiten también que la discapacidad física no es lo que les provoca pensamientos negativos, sino las adversidades a las que se enfrentan. Fox (2022) enfatiza: «Algunos días son una prueba. Algunos días son más difíciles que otros. La enfermedad es algo que está atado a mi vida, pero no es el impulsor».

Entre estas adversidades se encuentra la dificultad de integrarse en el mundo laboral[7]. En Canadá menos del sesenta por ciento de discapacitados tiene un empleo,

---

[7] Los siguientes porcentajes son extraídos de los Centros de Estadísticas sobre discapacitados a nivel mundial, además de las secretarías de economía de cada país (las referencias se encuentran al final del artículo). Los países latinoamericanos que no se mencionan es porque el dato no está disponible. En el caso particular de Puerto Rico el Instituto de Estadísticas de Puerto Rico no

y la disparidad de sueldo respecto a los no discapacitados es de un cincuenta y uno por ciento. En el Reino Unido el cincuenta y dos por ciento de los discapacitados cuentan con un empleo y la disparidad de sueldo es de un treinta y cuatro por ciento. En México el cuarenta y siete por ciento de los discapacitados cuentan con un empleo, mientras que en Estados Unidos se trata del treinta y siete por ciento, si bien se da una disparidad de sueldo del treinta y siete por ciento y en algunos estados el porcentaje es mayor. En España el treinta y cuatro por ciento de los discapacitados tiene empleo, no obstante, reciben un dieciséis por ciento menos de sueldo que las personas no discapacitadas. Mientras tanto, en Panamá el veintiséis por ciento de los discapacitados tienen empleo, y en Puerto Rico tan solo lo hace el veintitrés por ciento, mientras que el sesenta y siete por ciento de la población discapacitada vive en la pobreza.

La falta de empleo obliga a los discapacitados a depender de ayudas sociales. En Canadá se ofrecen quinientos dólares mensuales a los discapacitados. En Reino Unido la cifra es de cuatrocientos cincuenta y seis libras esterlinas. En Estados Unidos, por otro lado, el programa de Seguridad de Ingreso Suplementario solo ofrece entre seiscientos a novecientos dólares mensuales. Esta cantidad de dinero no alcanza para los gastos médicos que los planes de salud se niegan a cubrir, los medicamentos y mucho menos la renta de un hogar o algo tan básico como los alimentos. Además, en Estados Unidos los discapacitados no pueden ahorrar más de dos mil dólares, pues de inmediato perderían sus beneficios. Con este panorama es imposible hacerse de un hogar propio, un automóvil y tener la seguridad de que eres una persona valiosa para la sociedad. Otra de las dificultades a las que se enfrentan los discapacitados tanto en Canadá como en Reino Unido y Estados Unidos es la pérdida de dichos beneficios si contraen matrimonio. Al respecto, Slevin (2021) dice: «Se siente como si nos castigaran por perseguir el amor».

Todavía hoy, más de cien años después de las ideas eugenésicas, los gobiernos del mundo denuncian la necesidad de reducción de costos para la población de discapacitados. En 2017 el periódico inglés *The Guardian* publicó la historia de Alex, una mujer que usa silla de ruedas, pero a la que el gobierno asignó un hogar no accesible. Alex tiene que dejar la silla de ruedas en el primer piso del edificio en el que vive, y arrastrarse por las escaleras y por su hogar. Respecto a esto, Alex dice: «Nos tratan peor que animales».

El Centro Médico de Puerto Rico, la cadena de hospitales más importante del país —y el único lugar donde se ofrece el servicio requerido para los discapacitados— ha visto grandes reducciones a su presupuesto cada año durante los últimos veinte años. Además, la isla es un territorio no incorporado de Estados Unidos, y sus habitantes no cualifican para el programa de Seguridad de Ingreso Suplementario. En Australia los discapacitados se enfrentan a los doctores, quienes desestiman sus síntomas y los acusan de fingirlos, lo que provoca inaccesibilidad a los servicios de salud mental.

Los discapacitados afrontan los altos costos de los sistemas de salud, el desempleo, pensiones que no cubren los derechos más básicos y un largo etcétera. Están arrinconados y por ello el porcentaje de condiciones mentales aumenta de un ocho por ciento en las personas no discapacitadas a un treinta y tres por ciento en las personas discapacitadas. Amy Oulton (2018) dice: «Cuando mi discapacidad me hace sentir como un inconveniente me enojo, pero también hace que quiera esconderme en mi hogar».

En lugar de legislar por una muerte asistida, se deberían aprobar leyes que faciliten el acceso a cuidados profesionales y ayudas financieras, no solo para el discapacitado, sino también para su *caregiver* y familia.

---

ofrece la información, por lo que se utilizaron los datos de la Universidad Cornwell en Estados Unidos.

Cabe destacar que cerca de un cuarenta por ciento de las personas discapacitadas sufre de abusos físicos y psicológicos. Personas que pasan por este ciclo de maltrato podrían verse coaccionadas a solicitar la muerte asistida por ese ser amado que les repite una y otra vez que es mejor estar muerto que ser discapacitado. En una encuesta realizada por el canal de YouTube *Spectrum*, el ochenta y dos por ciento de los discapacitados se sentía como una carga para sus familias.

Si del mismo modo en que la sociedad se indigna cuando un individuo le niega el derecho a un discapacitado de decidir sobre su propia muerte, si de la misma manera en que advocan y se preocupan por ofrecer una muerte digna para los discapacitados —aferrándose a la idea de que el dolor que sufren es intolerable— se aseguraran de ofrecer espacios accesibles, cuidado de calidad en salud mental y física, igualdad de paga y oportunidades de empleo, además de respeto ante una vida sexual plena, entonces y solo entonces, se podría hablar de opciones y libre elección. En palabras de Amy Oulton (2018), «El acceso es creer que las personas discapacitadas tienen el derecho a participar y que cada uno de nosotros es responsable de ello».

No es una idea novedosa, pero hay que repetirla una y otra vez: es necesario normalizar la discapacidad. Por ejemplo, mostrar a presentadores sordos, reporteros que usen silla de ruedas, cantantes amputados, modelos autistas, actores con síndrome Down, directores de películas con dificultad de aprendizaje, expertos en moda ciegos, etc. Que, en las películas, series de televisión y libros, sean los mejores amigos, hermanos, padres, abogados, policías, doctores, atletas o gurús de moda. Que tengan una personalidad efervescente, tímida o sean gruñones. Que encuentren el amor, que les rompan el corazón o que lleguen al matrimonio.

No obstante, a pesar de que en el mundo hay cerca de un billón de personas que padece de alguna discapacidad —y que todas las personas en algún momento de sus vidas sufrirán de una— solo un tres por ciento de los medios de comunicación en Estados Unidos la retratan. La estadística baja a menos de un uno por ciento si el programa está dirigido a niños. Cabe recordar que las producciones americanas son consumidas a nivel mundial.

Yaeger (2021) expone que los anunciantes se pierden la profundidad de las historias de las personas discapacitadas, además añade que cada discapacidad tiene sus propios parámetros que aportarían una variedad inconmensurable en las historias. Él dice: «Todos tratan de contar historias de una manera única y nadie se percata de que existe este pozo enorme de capacidad narrativa al alcance de sus manos».

Ya es suficiente de que cada cinco o diez años los medios de comunicación recuerden a las comunidades que han vuelto invisibles y decidan repetir el mismo libreto aburrido y poco original de «una vida sin esperanza» y «una vida como solo una carga para los demás»; que para lograr la empatía de la audiencia se crea que un final novedoso sería que el discapacitado muera. Películas como *The Sessions* (2012) y *Come As You Are* (2019) serían perfectas si terminaran un cuadro antes. No obstante, recurrieron a la muerte como una especie de catalizador y empuje para que los otros personajes decidieran enmendar sus vidas.

Propongo que cualquier libro, película, anuncio de televisión o artículo cuyo personaje principal sea un discapacitado, finalice con un beso, observando el horizonte, llegando al trabajo para comenzar su día, haciendo el amor, convirtiéndose en el mafioso más peligroso de la ciudad, resolviendo una ecuación matemática o salvando al mundo de una invasión alienígena. Existen millones de medios de no discapacitados con estos finales y las audiencias consiguen conectar con esos protagonistas, se convierten en sus porristas, defienden sus creencias y convicciones, y los aman incondicionalmente. Dejemos atrás los finales novedosos que, en realidad, han sido siempre el mismo repetido durante los últimos noventa años, y apostemos por lo ordinario.

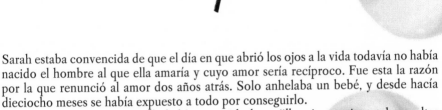

1

Sarah estaba convencida de que el día en que abrió los ojos a la vida todavía no había nacido el hombre al que ella amaría y cuyo amor sería recíproco. Fue esta la razón por la que renunció al amor dos años atrás. Solo anhelaba un bebé, y desde hacía dieciocho meses se había expuesto a todo por conseguirlo.

Se limpió la lágrima que le había recorrido la mejilla mientras intentaba ocultar los sollozos inútiles. Todo lo que deseaba se convertía en un fracaso, solo porque era ella quien lo quería.

—Cassidy me pidió que le organizara la fiesta de revelación del sexo del bebé.

—No me interesa, Stephany.

Fijó la mirada en el ir y venir de las personas en la calle. Era temporada alta y Cannon Beach —en Oregón, Estados Unidos— estaba lleno de turistas. Muchos de ellos iban acompañados de sus hijos, quienes estaban ilusionados por ver el océano por primera vez o por poder regresar al lugar donde más se divirtieron el año anterior.

—¡Hermana, escúchame por un segundo!

Sarah era artista del vidrio. Su tienda estaba ubicada en el segundo piso de la avenida East Gower, esquina con la avenida Evergreen. Tenía ochenta metros cuadrados, pero su arte solo llenaba una octava parte del lugar, pues las máquinas y equipos ocupaban lo demás.

—No. —Tenía la nariz congestionada.

Era una tienda coqueta con techo a un agua, construida con tablas oscuras, y con grandes ventanales que permitían la entrada de la luz solar. Para llegar había que atravesar un estrecho pasillo empedrado y subir veintitrés escalones. Sarah amaba su pequeña tienda. Era el único lugar en el que se sentía como ella misma, mientras que, fuera de ella, interpretaba un papel para el resto de la humanidad. Un error de juventud había conseguido que la encajonaran en una etiqueta y ella no había hecho nada por enmendarlo.

—Tu tienda se volverá muy famosa cuando mis seguidores vean el hermoso sonajero que diseñé y que tú fabricarás en cristal de Bohemia.

En los últimos seis meses estuvo viajando durante todos los días de sus ovulaciones a casa de un amigo y su pareja. Ellos recogían su esperma en un vaso aséptico y Sarah utilizaba una jeringa de pavo para inseminarse a sí misma. Los primeros meses estuvo rodeada de su entusiasmo, pues estaban encantados de poder ayudarla a dar vida, pero con el paso del tiempo apareció el hastío hasta que le exigieron que no volviera más y dieron por terminada la relación de amistad.

Ya había intentado la fertilización *in vitro* un año antes. Fue religiosa con las inyecciones de hormonas y con las citas médicas. Cambió su estilo de vida a uno más saludable y sacrificó su economía y la de su hermosa tienda, todo para no obtener ningún resultado.

—Las fiestas de revelación del sexo del bebé es lo más estúpido que se han inventado desde que a alguien se le ocurrió asegurar que ser *influencer* es una profesión.

Había perdido muchos clientes porque, a pesar de contar con la ayuda de Madison —su sobrina de dieciséis años—, a los clientes les gustaba encontrarla absorta diseñando alguna obra mientras ellos se dirigían a la playa. Su negocio dependía del turismo del lugar; tenía grandes piezas que los impresionaban, pero lo más que vendía eran las pequeñas piezas: joyería, canicas, vasijas y adornos para el hogar.

—No seas obtusa, lo que te ofrezco traerá grandes beneficios a tu tienda. Eso es lo único que te interesa: beneficiarte, ¿o no es cierto?

La reducción de ventas fue el principal motivo por el que abandonó la fertilización *in vitro*. Cada vial con esperma costaba quinientos dólares y algunos meses se necesitaban dos o tres. A eso había que añadirle el costo de la cita, los estudios de laboratorio y las inyecciones de hormonas: eran decenas de miles de dólares. Y si ella quería utilizar el semen de un amigo, el costo se triplicaba. Además, tenía que esperar un año para poder utilizarlo. Y el tiempo era el segundo factor en su contra: a ella ya no le quedaba mucho, su reloj biológico cantaba los últimos minutos.

—Y según tú, ¿cómo me beneficiaré? Si para ti es denigrante que a un artista se le ocurra cobrar por su trabajo.

Se había quedado sin opciones. Estaba cansada de inyectarse en la soledad de su hogar mientras algunas amigas se quedaban preñadas por accidente. Con tantas opciones que existían para prevenir los embarazos, ¿cómo se descuidaban de esa manera? También conocía a otras que por decisión propia determinaron que no tendrían hijos, ¡pero ella sí los deseaba! Y en cada fiesta de bienvenida para el bebé, sonreía y felicitaba a los padres, pero por dentro se sentía como un fracaso.

—Deja los aires de grandeza, solo eres una diletante.

El labio inferior le tembló y el nudo que tenía en la garganta era tan grande que le dificultaba respirar con normalidad.

—Si deseas algo de mi tienda, puedes escoger algunos sets de joyerías, pero nada más.

En menos de dos meses cumpliría cuarenta y tres, y más pronto que tarde, la posibilidad de tener un hijo que fuera sangre de su sangre se esfumaría por completo. A lo largo de los años había fracasado en el amor en más de cinco ocasiones. Era una solterona y muy pronto se convertiría en un bejuco seco incapaz de dar vida. Eso le decía su madre. Llegada a este punto, había decidido olvidarse del amor de pareja, pero no estaba dispuesta a renunciar a tener un bebé.

—Solo eres capaz de pensar en ti misma, ¿es o no cierto?

Aunque Stephany había terminado la llamada, ella se quedó con el teléfono pegado en la oreja unos segundos más. Sobre el escritorio se encontraban tres pruebas de embarazo, todas ellas con resultado negativo. Sus esperanzas se habían elevado hasta el infinito solo para estrellarse cuando la menstruación llegó. Ya no podía más.

Dejó el teléfono botado encima del escritorio. Mientras se levantaba, se recogió el corto cabello castaño en un moño alto y desaliñado para luego colocarse las gafas de protección y los guantes que utilizaba para trabajar. Solía utilizar pendientes largos, los que llevaba en ese momento complementaban su vestimenta con un pequeño círculo dentro de uno grande. Sus atuendos eran tipo ejecutivo casual. Algunos quizás la podrían catalogar de arrogante, pero le gustaba presentar una imagen pulcra. Además, ¿qué artista no era arrogante? Era un defecto que había que internalizar, pues se debía creer que se era el mejor artista para tener el valor de enseñar el propio arte al mundo.

Ese día llevaba un vestido coqueto tipo *halter* que dejaba al descubierto los hombros y resaltaba su cuerpo triangular con una falda amplia. La cintura destacaba con un cinturón hecho por ella misma: una pieza elegante en vidrio negro con toques verde azulados, rosas y anaranjados. Las personas no sabían qué pensar de ella: unos no tenían duda de que era alguna clase de artista, algunos juraban que era una ejecutiva y otros, que era una simple recepcionista con aires de grandeza.

Se acercó a la sofocante y humeante caldera. El crepitante fuego alcanzaba los mil doscientos cuatro grados centígrados. Metió la vara de acero en el horno para comprobar que la masa —que antes había sido vidrio reciclado— estuviera a la temperatura correcta y sacó una plasta. A ojos inexpertos, podría parecer miel.

Se aproximó a la antorcha que tenía en el escritorio y comenzó a soplar a través de la vara y a girarla. La disonancia que la rodeaba le resultaba reconfortante: el chocar del cristal contra la mesa y el ruido de lijarlo era como pasar una tiza por el pizarrón. El vidrio sonaba a la vez que ella lo inflaba como lo haría con un globo. Aunque era muy temprano y todavía no había abierto la tienda, estaba trabajando en una de las piezas para la exposición que se llevaría a cabo en un par de meses en la galería de Cassidy.

—¡Señora de las canicas!

Levantó la cabeza al escuchar su apodo y vio a los tres niños que golpeaban el vidrio exterior de la tienda con grandes sonrisas en los rostros. Soltó la vara con precaución y caminó despacio hacia la puerta. Los saludó con alegría a pesar de sentirse rota por dentro. Al menos era un aliciente saber que para esos niños ella era genial solo porque hacía canicas.

Les permitió entrar a pesar de que la tienda aún estaría cerrada por un par de horas. Ingresó al taller una vez más mientras ellos la observaban desde detrás del cristal divisor. Agarró un poco del vidrio líquido transparente y le dio forma con un trozo gordo de periódico húmedo. El olor a chamuscado penetró en sus fosas nasales, aunque ya estaba acostumbrada. Entonces lo llevó hasta la mesa de trabajo, donde había dispuesto varios trozos de vidrio de colores tan finos como un fideo. Regresó al horno para girar la vara y que los trozos se fundieran con el vidrio transparente. La frente se le cubrió en sudor y respirar le resultaba un acto a conciencia por el calor que expedía. Hizo varios viajes entre el horno y la mesa de trabajo de metal que la ayudaba a alisar la superficie.

Estiró la masa con unas pinzas y repitió los pasos para añadirle más colores. Después la modeló a mano con el periódico. El proceso era largo, pero tanto los niños como sus padres no se perdían detalle. Cuando estuvo conforme con el colorido, comenzó a amasarlas con la ayuda de las herramientas. En cuanto cada una se tornaba una esfera perfecta, la colocaba en una base y le daba un suave golpe al vidrio para que se separara.

El brillo en los ojos de los niños la engrandecía. Le encantaba crear las canicas y jugar con los colores. Ese día, las canicas eran transparentes, pero en su centro se formaba una espiral de amarillo, rojo y azul que se mezclaban en algunos puntos y formaban los colores anaranjado, verde y violeta.

—Pueden pasar a recoger la suya dentro de setenta y dos horas, cuando el vidrio esté frío por completo. Si no, escojan alguna del mueble que está junto a la entrada. ¡Y se pueden quedar con ella!

Cuando eran grupos así de pequeños, podía hacerles ese regalo. No solo era un detalle que ilusionaba a los niños (¡jamás podían escoger solo una!), sino que también era una forma de dar a conocer su tienda.

Los niños se fueron superentusiasmados con su nuevo tesoro y ella regresó al taller para concentrarse en una de sus piezas para la exposición.

A la vez que trabajaba, intentaba convencerse a sí misma de que tal vez no tener un bebé era lo mejor. Cuando su retoño tuviera quince, ella tendría cincuenta y ocho, y no se veía con la energía como para lidiar con un adolescente. También estaba el asunto del dinero: ¿y si tenía que cerrar la tienda? ¿Cómo le proporcionaría seguridad económica? Tal vez su hijo le reprocharía el hecho de tener una mamá tan mayor; aunque esa actriz, una que era bien conocida, acababa de dar a luz a los cincuenta y cuatro años. Sentía envidia, pero no podía compararse con alguien que tenía dinero a raudales y que cuidaba tanto su dieta y bienestar físico que los exámenes debían indicar que su cuerpo pensaba que tenía veinticinco. El suyo no, su cuerpo tenía muy claro que ella estaba en los cuarenta y algo.

—¡¿Cómo hacen las mujeres para tener un bebé?!

—Tienen sexo.

Pegó un grito al escuchar que le respondían. Levantó la cabeza y vio que varias personas la observaban mientras trabajaba el vidrio. Ni siquiera sabía que la tienda estaba abierta, por lo que sospechó que su sobrina Madison debía de estar por allí. Algunos de los turistas tenían los ojos muy abiertos a causa de su exabrupto, a la par que el jovencito que le había respondido sonreía como si hubiera realizado una gran hazaña. Esa era la bendición de tener dieciséis años y no tener ninguna preocupación en la vida. ¿Qué no daría ella por volver a esa edad con el conocimiento que tenía ahora? Se aseguraría de quedar embarazada de Bobbie Smith y se olvidaría de eso de «primero viene el matrimonio y después, los bebés».

2

¿Desde hacía cuánto que no tenía sexo? Desde que Peter Street le gritó que era una «perra». ¿Cuánto tiempo había pasado desde eso? Por lo menos dos años. Ese fue el día en que decidió renunciar al amor. Sabía que Peter tenía razón, así como los otros cuatro hombres a los que amó.

Murmuró disculpas mientras que algunos padres furiosos arrastraban a sus hijos fuera de la tienda, a la vez que ellos preguntaban de dónde venían los bebés.

Les dedicó una sonrisa incierta, giró y regresó a la mesa de trabajo. En esos tiempos, tener relaciones sexuales no era tan sencillo. Estaba el asunto de las enfermedades de transmisión sexual, y utilizar un condón para evitarlas sería contraproducente. Y si su intención era buscar placer, para eso tenía un vibrador. Ellos no se quejaban si deseabas alargar un poco más la sensación, te acompañaban durante años y, como solo vibraban, en ningún momento te acusarían de ser una «perra». Además, ¿y si el hombre con el que pretendías acostarte era un acosador? ¿O un psicópata, o quizás un asesino? Porque ella no tenía el lujo de permitirse conocerlo bien antes. Peor aún: ¿y si quería una relación? Se estremeció de la cabeza a los pies.

—Sarah, ¿me escuchas?

Salió de sus pensamientos y le dedicó una sonrisa a su sobrina, que al parecer llevaba un tiempo hablándole. Madison la observaba con los verdes ojos suplicantes. El cabello castaño claro le caía a la perfección sobre el hombro izquierdo. Llevaba un pantalón de mezclilla muy corto y con flequillos; debajo llevaba unos leggins negros. Como el abrigo que utilizaba era demasiado grande para ella y se le deslizaba por el hombro derecho, podía verle la camisa de manguillos.

—¿Qué sucede, cariño?

—Que si puedes llamar a mamá y decirle que voy a quedarme en tu casa.

Sonrió, pues una de las clientes le había dedicado el mismo gesto y le había hecho señas. Caminó hasta la caja registradora y le cobró el platón hondo para frutas en forma de flor.

—Tu arte es maravilloso...

—Sarah, no me prestas atención.

Miró a Madison con los ojos muy abiertos por interrumpir a la cliente. Le preguntó si acaso tenía cinco años y no podía esperar su turno para hablar.

—Sarah... —insistió su sobrina. La mujer le dio unas palmaditas sobre la mano a Sarah y se marchó—. Sarah...

Se desinfló al recordar lo que pretendía su sobrina y con desgana dijo:

—Ya puedes. ¿Qué sucedió?

—Mamá quiere celebrar mi cumpleaños junto con el de mi hermana y yo le dije que no.

Suspiró agotada. Parecía que algunos eventos se repetían: sabía muy bien cómo se sentía su sobrina, pues Stephany, la hermana de Sarah, era once años menor que ella.

—No quiero ser intermediaria entre ustedes.

—Por favor. ¡Por favor, Sarah! No sabes lo que es tener que pasar tu propio cumpleaños junto a niñas de once años. ¡Mis amigas se reirán de mí!

Sí lo sabía, y en realidad reconocía que Madison tenía razón. Sus amigas se reirían de ella. El número de clientes comenzó a disminuir mientras ella estaba en la caja registradora con su sobrina y les levantaba la mano y los saludaba a la salida. Ella esperaba que volvieran.

—Madison, no.

—Hazme este favor, Sarah. ¡Incluso trabajaré gratis para ti!

—¡Está castigada! Alice está destrozada porque su hermana no quiere pasar tiempo con ella. ¡Así que no la justifiques!

—Sus edades son muy dispares.

—¡Tienen que hacerlo todo juntas! ¿Qué hay de lo que siente Alice?

Eran las mismas palabras con las que alguna vez pretendieron hacerla sentir culpable, pero ella nunca lo permitió y siempre se puso a sí misma por encima de los demás. Sin importar el qué.

—¿Los sentimientos de Madison no importan?

—¡Eres insufrible!

Le devolvió el teléfono a su sobrina porque sabía que era una batalla perdida. Regresó al taller y se concentró una vez más en su arte. La exposición que preparaba sería la más espectacular de todas. Había decidido recrear y resaltar su entorno como si lo mostrara a través de una lupa.

—¡Listo! —dijo Madison. Sarah levantó la mirada para observarla—. Me puedo quedar en tu casa.

Cerró la tienda al anochecer. Todavía deseaba quedarse y trabajar un poco más, pero Madison parecía aburrida y ansiosa por llegar a la casa.

Subieron a la Toyota RAV4, un pequeño cacharro cuyo motor funcionaba a la perfección. Lo único que le importaba a ella era que la llevara y la trajera, por eso no la había cambiado. Prefería gastarse el dinero en vestidos, bolsos o algo para la tienda.

Diez minutos después llegaron a la diminuta casa. Era de dos pisos y tenía una forma un tanto peculiar, pues el lado más estrecho medía apenas un metro y medio de ancho. Le rentaba el primer piso a los turistas y ella ocupaba el segundo. A Sarah le encantaba la vista de la costa, así que solía sentarse en la diminuta sala, que hacía las veces de comedor y de cocina, apiñado todo en uno. Era consciente de que una casa grande la haría sentir sola, mientras que en ese pequeño espacio se hacía compañía a sí misma, pues tropezaba con su propia sombra. Su sobrina y ella subieron las angostas y empinadas escaleras.

—¿Qué quieres comer, cariño?

—¿Podemos pedir una pizza?

Sonrió. Debió imaginar que Madison ya había planeado la noche. Pero no importaba, ella también había tenido dieciséis alguna vez.

—¿Solo para las dos?

—Tal vez podríamos invitar a Olivia.

Abrió la puerta de la casa y dejó el bolso en el perchero. Las paredes del lugar eran de color blanco huevo y la decoración, en tonos neutrales. Podría parecer monótono, mas existían algunos toques de color a través del lugar. A pesar de todo, la sensación que se respiraba era más la de una sala de exposiciones en un museo que la del cálido hogar de una persona.

—¿Solo a Olivia?

—Y a Grace, pero solo si tú lo permites.

Volvió a sonreír mientras caminaba hasta el pequeño refrigerador y abría la puerta para sacar una botella de agua. Le hablaba a su sobrina, pero en realidad estaba distraída.

Suplicar por sexo, a eso se reducía todo. Si salía en ese instante, seguro que encontraría a alguien dispuesto, incluso si ella no lo deseaba. Mas incluir la palabra «bebé» en la ecuación lo cambiaba todo. «¿Y si camino sola por las calles de Portland? —se dijo—. ¿Y si me expusiera a tener sexo sin consentimiento? ¿Es peor suplicar por él, o que te violen?», se gritó en sus pensamientos. Si alguna persona tuviera acceso a ellos, la creería una desequilibrada; además, la juzgaría por siquiera contemplar la idea de hacerse daño a sí misma. Sin embargo, nadie comprendía su deseo de abrazar un pedacito suyo, hacerle sentir que lo amaba.

—¿Si digo que no?

—Se hará lo que tú digas, Sarah.

Fijó la mirada en su sobrina ante esa solemnidad tan poco característica de ella. Parecía una niña exploradora que, frente a su tropa, juraba vender cientos de cajas de galletas.

—Eres un peligro.

—¿Eso quiere decir que sí? —Sarah asintió—. ¡Eres la mejor del mundo!

Las amigas de su sobrina llegaron unos minutos antes que la pizza. También ordenaron hamburguesas y papas fritas. Ella las acompañó, aunque se mantuvo al margen de la conversación. Las jóvenes cuchicheaban sobre lo guapos que eran unos chicos coreanos que ella jamás había visto, que según las niñas pertenecían a una banda llamada *Enhypen*. Ellas escuchaban su música, suspiraban y reían a carcajadas, mientras Sarah, incapaz de entender una sola palabra de las canciones, se perdía en sus propios pensamientos.

«¿Podría tener una aventura de una noche?». Si lo hiciera, ese hombre jamás se enteraría de que ella se quedó embarazada. Se reprendió a sí misma. Eso no estaba bien. ¿Y si después de veinte años su bebé se enamoraba de su medio hermano? ¡Eso sería una tragedia! Tenía que ser alguien conocido, ella misma se sentiría más segura. Se llevó la mano a la garganta. Sexo... tener sexo. Por algún motivo, eso la aterraba más que la fertilización *in vitro*. Se preguntó con quién tendría suficiente confianza como para pedirle algo así. Cuando las chicas estallaron en carcajadas, regresó al aquí y ahora.

—¿Podemos comer helado, Sarah?

—Sí. —Les sonrió—. ¿Las puedo dejar solas?

—Tranquila, Sarah. Estaremos bien.

Las observó un momento... se sentía insegura. Pero estaban en su hogar y eran niñas buenas. Además, ella estaría en la habitación contigua, por si sucedía una emergencia y la necesitaban.

Dejó a las chicas y entró en su pieza. El espacio reflejaba un poco mejor su personalidad: el cabezal de la cama era de color gris pizarra, si bien tenía unos destellos violetas. Sobre el colchón había dos almohadas de descanso y cerca de ocho cojines decorativos en colores blanco, gris oscuro y rosado. El resto de la decoración era toda en color blanco.

Decidida, abrió el cajón de la mesita de noche y echó a un lado las cremas humectantes y el set de vibradores para sacar su antigua agenda.

Se la apretó contra el regazo e hizo una mueca con la boca. Allí estaban los números de teléfono de los cinco hombres que ella amó y quienes, sin embargo, nunca le pidieron matrimonio. Pero ella los conocía. Si eran hombres libres, ¿estarían dispuestos a revolcarse con ella en la cama? Creyó que con ellos sería más fácil eso de tener una aventura de una noche. Abrió la agenda con seguridad y marcó el primer número.

—¿Joe Smith? —preguntó cuando descolgaron.

—¿Quién habla?

—Soy Sarah Bramson.

—¡Sarah! ¡Jamás creí volver a saber de ti!

—Sí... eh...

Pero no continuó porque Joe hablaba con alguien más.

—Es Sarah Bramson, la chica por la que te pedí casarnos a la semana de estar juntos. ¡Ven! ¡Agradécele nuestro matrimonio!

En ese mismo instante, recordó que había dejado a Joe porque la acusó de ser aburrida y poco atractiva. Él actuó muy ofendido cuando ella terminó la relación, y entonces le dijo que la habría tratado mejor si hubiera sabido que lo acabaría dejando.

Habló con la desconocida durante unos minutos. La mujer se deshizo en agradecimientos y ella colgó tras prometer que los volvería a llamar. Arrancó la página de la agenda y la tiró al bote de basura. «¡Imbécil! Por eso hice lo que te hice», pensó. Había perdido el tiempo en esos amores infructuosos.

Levantó la cabeza al escuchar las carcajadas al otro lado de la puerta, aunque no creía que sucediera nada extraño.

Dio un par de vueltas por la pieza sin llegar a ninguna parte. Entonces se observó en el espejo de medio cuerpo. Tenía los ojos apagados. Se llevó la mano al abdomen y la deslizó por la escasa lonja. La gravedad había hecho su función en los senos. La caída no era palpable, pero tampoco tenía la turgencia que caracterizaba la juventud.

Después de unos minutos, volvió a concentrarse en esa locura suya. Si esos hombres ya no estaban en su vida era por un motivo: no funcionaron. Tras un resoplido, marcó incierta el teléfono de Ralph Jones. No recordaba muy bien por qué había terminado con la relación. Tal vez porque él creía que tomar una ducha a diario no era una necesidad y que, en definitiva, era higiénico usar la misma ropa interior durante una semana.

—¿Ralph Jones?

Tal vez él era el hombre indicado. A Ralph jamás le importaría si ella se quedaba embarazada o no.

—Tiene el número equivocado. —Él tenía la voz áspera.

—Es Sarah Bramson.

—Sarah —dijo Ralph con guasa—, cuánto tiempo. ¿A qué debo esta sorpresa?

Y fue justo en ese instante en que recordó algo muy peculiar sobre Ralph, que unos segundos antes de eyacular solía gritar: «¡FUERA ABAJO!». Con él jamás tuvo un orgasmo, pues en lo único en que podía concentrarse era en no gritar del susto ni reír a carcajadas cuando él llegaba al suyo.

—Saber cómo estás. —En su rostro se dibujó una sonrisa falsa.

—¿De verdad? —Se le erizó la piel de horror—. ¿Quieres que nos veamos?

¿Cómo se le había ocurrido llamarlo? ¿En qué pensaba? Deshacerse de ese hombre fue un suplicio, tuvo que recurrir a medidas drásticas. ¿Por qué había conservado su número de teléfono, siquiera?

—¿Estás bien? Sí, debes de estarlo. Me gustó saber de ti. Adiós.

Colgó y en segundos bloqueó el número, solo por si acaso. Entonces dejó caer el aparato sobre la cama. Comenzó a girar en el mismo lugar una y otra vez; si seguía así, desgastaría la hermosa alfombra blanca y afelpada que decoraba la habitación. Alternaba la mirada entre el espejo y el teléfono. Algo no estaba bien en ese asunto de conformarse con cualquiera. No obstante, no existía nadie más.

Llamó a Carl West y a Robert Reed, quienes, al escuchar su nombre, colgaron. Carl se llevó el gato que le pertenecía como venganza por que hubiera terminado la relación, aunque solo estuvieron juntos cuatro meses y él era alérgico al animal. Y Robert le envió un mensaje de texto donde le decía que ninguno de los dos tenía la entereza mental como para terminar la relación y que de camino a casa le comprara una sopa de almejas.

En la agenda solo quedaba Peter Street, y para ese instante ella tenía las manos temblorosas.

—¿Te vas a arrastrar a mis pies? —dijo el hombre.

Colgó. No podía creer que se hubiera vuelto presa de la desesperación y hubiera pensado que era buena idea llamar al hombre que no solo la insultó al llamarla perra, sino que era el responsable de los problemas legales que acarreaba. Arrancó la hoja y la hizo añicos. Pero no fue suficiente: soltó un gritito y jadeó mientras la piel de las manos le reclamaba, pues había sufrido varias cortadas con el papel.

La agenda terminó sobre la cama. Fue entonces cuando vio el nombre de Andrew Beaufort, su compañero de universidad. Solo fueron amigos. Ella no era el tipo de mujer que a él le gustaba, y, además, era casi diez años mayor que él. Por si fuera poco, había asistido a su matrimonio con Robin Fairfax, aunque sabía que se habían divorciado.

Tuvo que sentarse, pues no estaba segura de que sus piernas fueran capaces de sostenerla... Andrew Beaufort. Se le humedecieron los ojos a pesar de la sonrisa tímida que se atrevió a hacer aparición en sus labios. Andrew era un hombre que estimaba mucho... muchísimo. No, el diminuto orgullo que le quedaba no le permitiría llamarlo. Tenía muy presente el motivo por el que Andrew le había dado su número de teléfono. Si no lo había usado antes, tampoco lo haría ahora.

Estaba a punto de tirar la agenda a la basura cuando escuchó unas botellas caer seguidas de murmullos que instaban a hacer silencio. Frunció el ceño y salió de la habitación. En cuanto lo hizo, encontró a varios jóvenes en la cocina. Tenían cervezas entre las manos y les metían la lengua en la garganta a su sobrina y a sus amigas.

3

Sarah se negó a celebrar su cumpleaños número dieciséis cuando su madre pretendió que lo celebrara junto a Stephany, quien cumplía cinco años. Los meses previos al día de la fiesta fueron los responsables de que Stephany y ella no se toleraran. Todo comenzó cuando su hermana escuchó de su negativa de hacer una celebración por partida doble. Comenzó a quejarse a diario, hecho que terminó por desesperar a Sarah y provocó que le gritara a Stephany que era una niña consentida y que jamás nadie la querría. Su hermana salió corriendo, entró a la habitación de Sarah y tiró al suelo una figura en la que llevaba trabajando semanas. En respuesta, Sarah esperó a que su pequeña hermana se durmiera y le cortó su hermosísimo y sedoso cabello negro al ras de la nuca. Ninguna de las dos fue capaz de perdonarse desde entonces. Y como castigo, su madre celebró por lo alto el cumpleaños de Stephany, mientras que para ella no hubo festejo. Y desde entonces se convirtió en un día más.

Fue por ello por lo que aceptó que su sobrina celebrara su cumpleaños en la casa, mas no había esperado que la traicionara. Ahora Stephany encolerizaría y ella sería la única responsable de lo sucedido, por lo que había ocurrido en el pasado. Quizás sí que era su culpa, por tratar a Madison y a sus amigas como adultas responsables y no como las niñas que todavía eran. Tal vez no estaba preparada para la maternidad.

Consideró esa afirmación cierta cuando los jóvenes la ignoraron y continuaron con la fiesta mientras reían y daban tragos a las cervezas.

—Sarah, danos privacidad. —Madison abrió los ojos y le señaló la habitación con la barbilla. Le hablaba en ese tono acusatorio que utilizan los chicos cuando creen tener la razón.

—Sí, Sarah, vete. —El joven que tenía agarrada a Madison de las caderas rio y se inclinó para hacerle una auscultación de la tiroides con la lengua. Era el mismo que había visitado la tienda por la mañana.

Recorrió la diminuta sala con la mirada. Cuando ella había entrado a la habitación a hacer las llamadas, solo estaban Madison y sus mejores amigas, pero en ese instante su casa albergaba a cinco varones y cinco féminas. Enarcó una ceja al encontrarse con la copia de Josh, Travis y compañía; en sus tiempos ella tenía que conformarse con los Ferris Bueller que abundaban en la escuela. Rodó los ojos para sí misma, estaba segura de que esos jóvenes no tendrían ni idea de qué les hablaba si le mencionaba la película *Clueless*.

Observó a los jóvenes, quienes continuaban con la fiesta mientras la ignoraban. No tenía idea de quiénes eran los chicos, así como tampoco las otras dos chicas que estaban en su casa como si fuera un club.

Lo que más le molestaba era que si Madison le hubiera pedido una noche de películas y comida chatarra con todos sus amigos, ella habría aceptado. Pero su sobrina había decidido ocultar sus verdaderas intenciones y, lo que era peor, llevar bebidas alcohólicas a escondidas a su hogar. Si los vecinos llamaban a la policía, estaría en graves problemas y ese era un lujo que no se podía permitir.

—Quiero el número de teléfono de sus padres.

El muchacho que agarraba las caderas de su sobrina rio todavía más y los demás lo siguieron, como si hubiera hecho una gran proeza. Madison permanecía tranquila, como si él fuera su escudo protector y la treta que acababa de ejecutar no tuviera ninguna importancia. Deseó poder meterse en su cabeza y zarandearla. La falta de respeto hacia su persona le parecía ofensiva, pues ella fue la única que le había ofrecido apoyo.

—Vamos, *señora*. Solo queríamos divertirnos.

Le mantuvo la mirada al joven y permaneció con la postura recta, demostrándole que no se amilanaría.

—¿Qué edad tienes? Porque ella tiene dieciséis. ¿Tengo que llamar a la policía?

El chico resopló y se distanció de Madison, a quien se le humedecieron los ojos por el desplante. Entonces la miró, déspota y altanera.

—Debimos ir a casa de Hailey y no dejarnos convencer por esta niñata —dijo el joven.

Si las miradas tuvieran la capacidad de matar, ella estaría siendo acribillada en el paredón. No obstante, endureció las facciones y alargó su figura para tornarse más alta que ellos. A los jóvenes no les quedó ninguna duda de que hablaba en serio.

—No lo repito.

La primera en claudicar fue Grace, a la que le siguió Olivia y después, los demás. El amigo de Madison se mantuvo desafiante, si bien uno de los otros padres se encargó de llamar a su familia. Por último, ella misma llamó a Stephany.

Tras terminar con las llamadas, escoltó a los jóvenes fuera de la casa para que esperaran a sus padres en la banqueta. Grace se sentó en el cemento en tanto los otros permanecían de pie, alejados de ella, mientras cuchicheaban entre sí. Si esos jóvenes creían que Sarah se iba a resentir porque no la consideraran su amiga, no podrían estar más equivocados. Su función no era ser su amiga, sino la adulta responsable.

Cerca de veinte minutos después, un Camaro descapotable en color anaranjado neón se detuvo frente a ellos. En tanto, un par de vecinos salieron de sus casas para fingir echarle agua al jardín con las mangueras.

Observó al hombre que se bajó. Tenía un aire de John McClane con el brillo de autosuficiencia en la mirada y esa sonrisa ambivalente de «todas caen rendidas a mis pies». Tal vez podría considerarlo como una posibilidad. Ese hombre debía ser de los que pensaban que el hecho de que él pisara el planeta era un privilegio para los demás. Incluso estaba segura de que no sería la primera mujer en suplicarle tener un hijo suyo, seguro que él consideraría un acto de beneficencia el dárselo. «Ojalá sus embestidas fueran espectaculares», pensó. Su único objetivo era tener un bebé, pero si obtenía un poco de placer, no estaría nada mal.

—¡Qué ridícula, *señora*! ¿Acaso acaba de aterrizar del siglo catorce?

Y con esas palabras, cualquier elucubración cesó. Estampó una sonrisa en su rostro y se tornó zafia y prepotente. Ese hombre no tenía ningún derecho a llegar a su casa e insultarla. Mucho menos cuando era ella quien tenía razón.

—¿No le importa que su hijo pueda embarazar a una joven?

El hombre pasó tan cerca de ella que tuvo que arrugar la nariz ante el tufo fermentado de flores muertas que él consideraba un perfume. Al parecer, el susodicho pretendía intimidarla, mas ella no le dio el gusto de apartarse. En vez de eso, permaneció altiva y serena, con la sonrisa perenne en los labios.

—A mi hijo lo educo yo, no viejas amargadas como *usted*. ¿Los llevo a casa de Hailey, chicos?

En los rostros de los jóvenes se dibujó una gran sonrisa en tanto se chocaban las manos entre sí. Ella frunció el ceño ante el descaro de ese hombre. No podía creer que le restara autoridad frente a esos chicos como si fuera ella quien estuviera equivocada.

Cuando todos estuvieron distraídos acomodándose en el reducido espacio, Sarah observó en dirección al cobertizo que se encontraba a solo unos pasos —era donde guardaba los pedidos de vidrio y algunas herramientas— caminó hasta él y agarró un cincho plástico. Se acercó al descapotable y, sin que nadie se percatara, pues seguían distraídos en celebrar y acomodarse, ajustó el cincho en un agujero del guardafangos trasero. Era una estupidez, sin embargo, el hombre terminaría desquiciado antes de descubrir qué estaba mal en el neumático de su precioso automóvil.

Segundos antes de que el hombre subiera al Camaro, Stephany llegó en su BMW rojo más reciente. Bajó con elegancia en tanto los zapatos de suela roja repiqueteaban en la acera. Su hermana tenía el cabello negro peinado a la perfección y le dedicaba una mirada de superioridad, como si Sarah fuera un insecto a punto de ser aplastado por el bien de la humanidad.

Sin embargo, la ignoró y flotó hasta el prepotente desconocido con una sonrisa ensoñadora en los labios. Le colocó la mano en el pecho y le dejó dos besos en las mejillas.

Arrugó la nariz en cuanto el aroma avainillado del perfume de Stephany la alcanzó. Al mismo tiempo bufó, pues ella se disculpaba con el hombre por lo anticuada que era su hermana. En ese mismo instante, Madison se marchó hasta el automóvil; cada paso cizañoso era una prueba irrefutable de su cólera.

—¿No te vas a despedir de tu tía?

—Ella no es mi tía. —Madison dio un portazo, se llevó las manos a las orejas y apagó los audífonos intraauriculares.

Sarah podría jurar que en el rostro de Stephany se había dibujado una sonrisa de complacencia antes de que esa mirada oscura y monótona se posara en ella. Fue por ello por lo que procuró mantener los hombros relajados y la sonrisa resplandeciente que tanto enervaba a su hermana. Stephany se disculpó con el hombre y se acercó a ella en tanto decía:

—¡Alice está desconsolada! ¡Arruinaste su fiesta!

—Así que yo soy la culpable.

A Stephany se le abrieron los ojos de forma desmesurada, como si tuviera enfrente a un alienígena que acababa de aterrizar en la Tierra y no comprendiera nada de la sociedad. La agarró por el antebrazo y siseó:

—¿Sabes cuánto tiempo lleva Madison queriendo que ese chico la invite a salir?

—Yo no soy mamá, que te consentía todos tus caprichos.

Ese comentario enfureció a Stephany. Desde que eran niñas jamás habían sido capaces de comprenderse. Stephany se burlaba de ella y presumía de cómo había sido capaz de casarse con varios multimillonarios mientras que Sarah no había conseguido que los muertos de hambre que tuvo por novios siquiera consideraran pedirle matrimonio. Stephany la acusaba de ser un desastre y una fracasada, y creía que era su deber aleccionarla en cuestiones de la vida.

—¡Nada te costaba hacer la vista larga! ¿Es o no cierto?

Sarah, por su parte, jamás fue capaz de comprenderla. Stephany parecía más preocupada por lo que esos jóvenes y ese hombre pensarían de ella que por el propio bienestar de Madison. Al parecer, era más importante agradarle al dueño del Camaro que el que su hija pudiera quedar embarazada a tan corta edad como le había sucedido a ella misma.

—¿No eras tú la que esta mañana discutía porque su hija mayor quería una fiesta para ella sola?

—¡Ahora mis dos hijas están furiosas!

—Eres su madre, no su amiga, ¿verdad?

Stephany entrecerró los ojos. Su postura se tornó desafiante mientras su rostro enrojecía como el fuego.

—Como nadie se atreve a decírtelo, lo haré yo: Dios sabe que al poner un niño entre tus brazos lo sentenciaría de muerte.

Mantuvo una sonrisa amplia en los labios, lo que enfureció aún más a su hermana, quien, con grandes pasos, llegó hasta el automóvil. Azotó la puerta y chilló los automáticos para alejarse cuanto antes.

El hombre del Camaro le dedicó una mirada de asco. Entonces, derrapó sobre la gravilla a la vez que se escuchaba el característico sonido del escape junto a la algarabía y las carcajadas de burla de los jóvenes.

Inclinó la cabeza hacia sus vecinos, quienes le dedicaban miradas de superioridad, como si no pudieran creer el desastre que era. No se habían perdido ningún detalle de lo ocurrido. Giró y subió las escaleras deprisa. Se cubrió la boca en un intento vano de ocultar el hipido chillón al que le siguieron sollozos y lágrimas.

Entró como una exhalación y se encerró en la habitación, ya que consideraba que los vecinos aún serían capaces de escucharla y juzgarla. Pretendió subirse a la cama, pero por el nerviosismo y la congoja que la dominaban, cayó de un sentón al suelo, llevándose un fuerte golpe en el coxis. Justo en ese mismo instante, la vieja agenda se resbaló, sobresaltándola.

Entre gimoteos y jadeos vio el número de teléfono de Andrew. No se detuvo ni un solo instante a pensarlo, se sacó el teléfono del bolsillo y marcó.

—¿Andrew Beaufort? —Tenía la voz congestionada.

—¿Sí?

—Soy Sarah... —Tapó el teléfono y sorbió los mocos por la nariz. Hasta ese momento no había considerado la posibilidad de que él ni siquiera se acordara de ella—. Bramson. Nos conocimos en Stanford.

—¡La mujer de vidrio!

Quiso sonreír ante el alivio que la embargó, no obstante, solo consiguió sollozar y jadear más.

—Me... me preguntaba si estabas en Cannon Beach, en tu casa vacacional.

—De hecho, sí, lo estoy.

Sarah cerró los ojos y, despacio, soltó una bocanada de aire inaudible.

—¿Te parece si nos vemos mañana a las siete y media?

«Por favor, di que sí; por favor, di que sí; por favor, di que sí», suplicó ella en sus pensamientos.

—Por mí está bien.

Aunque intentó dormir y olvidarse de todo, a las tres de la madrugada se encontraba sentada en el piso de la cocina ante el refrigerador abierto. Entre sus piernas tenía un bote de helado de vainilla derretido y, en medio de los sollozos, ella hundía papas fritas en la base dulce.

Después de tantos años, lo que Stephany pensara no debía preocuparla. Al contrario que a su hermana, a ella le importaría más el bienestar de su hijo que la opinión de los demás sobre ella. ¿Por qué mujeres como su hermana podían tener hijos y ella no?

4

Sarah estaba sentada en el sillón de la sala de su hogar desde hacía una hora mientras le daba vueltas al teléfono. Había tenido un día difícil en el trabajo, pues no podía concentrarse. Conocía las circunstancias de Andrew —aunque fue por pura casualidad que se enteró— y dudaba sobre irrumpir en su vida cuando ni siquiera lo llamó para saber de él.

Cuando llegó la hora de la cita, estaba de pie detrás de la barra de la cocina. Frente a ella tenía varios platos muy bien empaquetados ya que jamás se presentaría frente a él con las manos vacías. Sentía la piel sensible y desde hacía rato no podía parar de reír con cierta histeria. De entre todos los hombres del mundo había reconectado con Andrew Beaufort, el joven que siempre la consideró un desastre y la miraba con lástima. Esa era la razón por la que tenía el cuerpo humectado, perfumado y depilado a la perfección, además de llevar un vestido negro muy costoso que solo utilizaba en los eventos de gala. Lo resaltó con un collar de tres cuerdas con esferas de vidrio, unas de un tono verde agua claro y otras blancas con rayas negras que simulaban ramas de árboles.

Giró para guardar la comida en el refrigerador. Cuando abría la puerta del enser, bajó la cabeza y golpeó la puerta en repetidas ocasiones. Sería peor dejar a Andrew plantado, eso solo reafirmaría la concepción que tenía él de ella. Después del berrinche, tomó una bocanada profunda de aire para retomar el control de sí misma y cerró el refrigerador sin llegar a guardar la comida dentro. La vida era fácil para los demás, pero no para ella. ¿Qué había de malo en forzar la situación para obtener lo que se deseaba?

Antes de arrepentirse, salió. Condujo por la avenida East Gower, dobló a la izquierda en la siguiente calle y subió hasta la playa. En cuanto estacionó en la entrada de Andrew ya se había arrepentido una vez más. Se recostó en el cabezal y giró la cabeza a un lado, en el asiento del copiloto tenía comida, unos girasoles, un *cheesecake* y una caja de chocolates. Tras un suspiro, bajó.

Se le hizo fácil atravesar la entrada —a pesar de tener las manos llenas y calzar tacones de seis centímetros— ya que era de concreto y nivelada. Siempre le gustó esa casa, pues tenía una de las mejores vistas de la costa, en especial de la roca Haystack. Hacía muchísimos años que no visitaba el lugar, pero recordaba los techos altos a dos aguas y los pasillos amplios, así como la hilera de ventanas de vidrio que la enmarcaban.

Había pasado muchas noches de verano y algunas de invierno en la terraza posterior, sentada frente a la chimenea rústica de leña con una cerveza caliente mientras se liaba con algún compañero de universidad que la había invitado.

Andrew Beaufort gozaba de una muy buena reputación en Stanford, y todos deseaban estar en su círculo de amigos. Lo conoció porque fue ella quien le dio el tour de bienvenida durante la casa abierta de la universidad.

Cuando tocó a la puerta, esta se abrió en automático.

—Su invitada está aquí. —Pegó un gritito al escuchar la voz, que le pareció mecánica.

Entró de puntitas a la par que observaba cada rincón del lugar para asegurarse de que no hubiera una mujer. Fue entonces cuando se percató de que el interior de la casa fue renovado. En ese instante era de concepto abierto y con gran fluidez, sin que nada pudiera entorpecer el paso. Desde allí pudo ver la gran chimenea de ladrillos, el piso de madera y las paredes interiores en tablas. Los muebles eran de cuero en color marrón claro con cojines en diferentes tonos de grises, además de algunas plantas sobrias en las esquinas y junto a ellas mesas de mármol gris. La vibra del lugar era muy masculina.

—¿Buscas a alguien? Porque Robin y yo nos divorciamos hace dos años.

Contuvo el aliento ante el tono grave en la voz de Andrew, al parecer formaba parte de los cambios que experimentó tras lo sucedido, pues Sarah recordaba que su voz solía ser armoniosa y musical. Giró hacia el lugar de donde provino el sonido y tragó con dificultad. Andrew tenía la piel lozana, sí, pero el cambio en sus facciones lo volvió más varonil. No sabía identificar por qué llegó a esa conclusión. Tal vez por la robustez de la mandíbula, los labios apretados o los ojos azules medio entrecerrados.

—De hecho, lo sabía —respondió en voz baja.

Tenía el cabello en un corte moderno con la parte de arriba larga, aunque levantada y peinada hacia atrás. Su cabello era rubio como la arena, pero sedoso como el lino, claro que ella solo podía imaginarlo. No había nada más sexy que un hombre que se atreviera a usar joyería solo porque le gustaba y no por su funcionalidad. Andrew utilizaba seis anillos: en los índices, los medios y los meñiques. Ninguno en los anulares.

Jamás pensó que volverlo a ver la estremecería del modo en que lo hizo: se le había enervado la piel y una especie de electricidad le recorrió la espina dorsal. Andrew era demasiado imponente, todavía capaz de llenar una habitación con su presencia. Sarah permaneció en el pasillo con las manos llenas mientras sentía la piel demasiado sensible, como si se hubiese expuesto al sol o al aire abrasivo del invierno. Eso de tomar decisiones cuando estabas en tu estado emocional más bajo era una mala idea.

—¿Y aun así trajiste flores?

Parecía que había perdido un poco de peso desde la universidad, pero había ganado músculo, sobre todo en los brazos. Otra vez se fijó en las manos parecían toscas. Mantuvo la frente en alto. Onduló las caderas de un lado al otro y se permitió entrar hasta la sala. Ella le preguntó si podían verse y Andrew dijo que sí. Aunque moverse fue un error porque se adentró en el espacio personal de él, donde se vio envuelta en el perfume sofisticado y provocativo. No existía nada sutil en su olor. Juntó los muslos y se los frotó de manera inconsciente. Andrew utilizaba la fragancia homóloga del perfume de ella. Lo cual carecía de significado porque era muy popular. Ella solía recibir más insultos que halagos cuando lo utilizaba, pero tal vez Andrew reconocería que solo era un perfume y que una fragancia era incapaz de definir la personalidad.

Caminó hasta la mesa del comedor para soltar la comida y los postres. Necesitaba un poco más de tiempo para decidir si saludar a Andrew con un beso, extendiéndole la mano o continuar como si fueran grandes amigos que se habían visto el día anterior. Era una estupidez pensar que alguien como él estaría solo, debía haber una amiga con derechos, una novia o hasta una segunda esposa. Se dio la vuelta con las flores en las manos, se acercó a él con una sonrisa radiante y se las extendió.

—Son para ti.

Andrew, quien no había perdido ningún detalle de los movimientos de su invitada, tomó las flores con renuencia. Ansiaba que Sarah dejara el circo que había planeado y le dijera de una vez el motivo de su llamada y el por qué deseaba verlo. El único motivo por el que le había dado su número de teléfono fue por lástima. Sarah había sido expulsada de Stanford por tener relaciones sexuales con sus mentores con la intención de no hacer el trabajo final que le conferiría su grado en arte. Le había dicho que lo llamara si necesitaba algo, pero ella no lo hizo hasta la noche anterior.

No se atrevió a negarse a verla, pero no tenía idea de qué podría necesitar la mujer que tenía frente a él. Y más porque Sarah no demostró sorpresa al verlo, lo que quería decir que ella ya sabía con lo que se encontraría, aunque él no tenía ni la más mínima idea de cómo pudo enterarse.

Ahora llevaba el cabello corto, que apenas le alcanzaba los hombros y parecía que el color castaño era natural. No era muy alta o al menos él no tenía que levantar la cabeza para observarla. Era evidente que cuidaba su alimentación, pues a través del ceñido vestido podía ver las piernas musculosas, si bien tenía una leve panza, aunque eso podría deberse a que era una mujer que pasaba los cuarenta. No tenía certeza de cuántos años tenía Sarah, solo que era casi diez años mayor. De joven le recordaba a Carrie de Stephen King y ahora tenía un aire a Vera Farmiga en el Conjuro.

—¿Me pretendes? Ya sé que no soy un buen candidato, pero jamás supe de alguien que esperara dos años para hacer su primer movimiento.

Si ella se molestó con el comentario no lo demostró. Dio media vuelta y caminó distraída por la sala. Entonces giró y le dedicó una sonrisa que él podría jurar que era vacilante. Eso solo consiguió que se tensara más por lo que juntó los labios y formó un gesto de desagrado.

—Son amarillas. Se supone que sepas que son de amistad.

Giró al ver que ella también lo hizo. Sarah observaba de un lado al otro como si todavía esperara que apareciera alguien, con disimulo. Entre las manos cargaba con varias bolsas que contenían envases. Por el olor era muy probable que fuera un plato de mariscos y alguna sopa. Se le hacía agua la boca, pues esos eran sus platillos favoritos.

—Si regalas flores no es por amistad.

Por su posición se le hizo fácil observar la mano izquierda de Sarah, cuyo dedo anular estaba vacío. Se soltó el primer botón de la camisa ante la yuxtaposición de sensaciones: alivio y angustia. Con el pasar de los segundos la última lo dominó. Quería que Sarah se fuera. Ella era la última persona él deseaba ver.

—¿Nunca has regalado flores?

Él creía que la reunión sería por quince minutos a lo máximo, pero parecía que Sarah planeaba pasar la noche. Pensó que la mujer que danzaba por la sala de su hogar podría necesitar algo, pues con lo que había sucedido en la universidad era probable que todavía ella tuviera dificultades, pero no parecía ser así y no tenía idea de qué podría necesitar ella de él.

—Jamás por amistad. Así como tampoco me han invitado a la cena y el postre. Suelo ser yo quien lo hace.

Sarah siguió moviéndose por la sala porque Andrew todavía no la había invitado a sentarse. Caminó hasta las fotografías en la pared y las observó sin hacerlo en realidad. Si bien se detuvo frente a una mesa de esquina y vio una de sus reproducciones de la roca Haystack. Levantó la mano y la acarició. Ver una pieza pasada le recordaba cuánto había avanzado en su arte a lo largo de los años.

—Ese debe ser tu regalo usual. ¿La cena y las flores también lo son?

Como en cámara lenta alejó la temblorosa mano de la pieza y la cerró en un puño antes de llevarla a un lado de su cuerpo de forma casual. Esperaba que Andrew no se percatara del cúmulo de emociones que la minaban en ese instante, pues ella tenía muy presente lo que sucedió en aquel tiempo.

Otra vez se regañó a sí misma por ser tan débil y llamar a Andrew. Pero ella no tendría una aventura de una noche, al menos no con alguien desconocido y, cuanto más lo pensaba, más le parecía que Andrew Beaufort era el hombre indicado para ello. Él ni siquiera la quería a ella cerca de sus pertenencias, sería fácil pasar una noche juntos y jamás volverse a ver.

No giró para responderle, pues todavía necesitaba un poco más de tiempo, así que observó las fotografías en la pared. Robin, la ex esposa de Andrew estaba en algunas de ellas.

—De hecho, la roca Haystack tampoco lo es, pero creí recordar cuánto te gustaban los Goonies y Cannon Beach.

—¿Qué sueles regalar entonces?

—Si es hombre, una canica, y si es mujer, algo de joyería. Nunca me ha fallado.

Volvió a levantar la mano y tocó una de las fotografías como si con ese gesto pudiera eliminar la irascibilidad que Andrew mostraba en las últimas imágenes.

—¿Terminaste tu inspección?

Dio la vuelta y caminó hasta la mesa sin mirarlo ni un segundo. La única palabra que se repetía en su cabeza era: bebé. Alguien pequeñito a quien poder abrazar y besar a su antojo, alguien a quien poderle decir te amo... Alguien que la amaría a ella.

—¿No tienes hambre?

Abrió la bolsa y sacó los envases con la crema de almejas, además de un plato con una variedad de pescados y mariscos.

—No como mariscos.

Soltó la comida como si acabara de quemarse. Permaneció frente a la mesa largos minutos, sin saber muy bien qué hacer. Ella recordaba al hombre que devoraba una almeja tras otra.

—¡Oh! —Fue su reacción tardía.

Se sobresaltó cuando Andrew se detuvo junto a ella y arrojó las flores encima de la mesa. Extendió la mano y tocó uno de los pétalos. Andrew no quería nada que proviniera de ella. El silencio se alargó de manera hostil. Y, sin embargo, ella seguía allí, de pie, en lugar de despedirse y jamás volverlo a ver. ¿Por qué no era capaz de irse? Por desesperación y la certeza de que él era el hombre indicado.

—Por cierto, ¿qué pasó con los zapatos de cenicienta?

Sonrió incierta a la vez que se sonrojaba. El tono condescendiente no le pasó desapercibido. Por supuesto que Andrew le recordaría el desastre que era en aquellos tiempos y con sus palabras le demostraba que todavía podía ver a través de ella.

Cuando ella se mudó a Stanford, lo hizo con solo cientos de dólares en el bolso, además de muchas ganas de triunfar. Stanford era el lugar donde los estudiantes creaban algo en el garaje de sus padres y se convertían en millonarios. ¿Por qué no iba a sucederle a ella? Solo que ella no era una estudiante de tecnología, era una artista de vidrio. Siempre lo tuvo claro.

Por aquel entonces, su padre estaba en su tercer matrimonio o el cuarto, aunque tal vez podía ser el quinto, ella ya no estaba segura. Solo recordaba que su padre y la esposa de turno se negaron a apoyarla, pues ser artista del vidrio no era una verdadera profesión. Así que al cumplir dieciocho y ser sacada de casa, se fue a Stanford y consiguió trabajo en el Estudio de Arte de la universidad.

Desde muy niña solía poner un puestecito de limonada frente a su casa para poder costear su afición. Muy pronto comprendió que el verdadero gasto sería en tanques de gas, además de que era autodidacta, por lo que sus primeras figuras de vidrio eran muy sencillas, aunque eso no le impedía ser muy feliz.

En la universidad hubo años en los que pudo pagar la matrícula por completo, en otros apenas y tenía para comer. Ese fue el motivo por el que terminar el bachillerato en artes le tomó más tiempo que a los demás y por lo que se encontró con Andrew Beaufort en su año de novato.

—¿Todavía recuerdas eso? No tiene importancia. —Ella continuaba jugando con el pétalo de la flor mientras sonreía con cierta manía.

Andrew giró y la observó con los ojos muy abiertos. La sorpresa que mostraba era genuina. Sarah había logrado algo inimaginable. Los zapatos de cenicienta siempre habían sido un mito en la facultad de arte y ella los convirtió en una realidad. Ese proyecto le habría abierto las puertas para convertirse en directora de algún museo de arte. Y no obstante, no lo era.

—¡¿Bromeas?! En tu facultad no se habló de otra cosa en años, si hasta saliste en el periódico local. Te juro que muchos quisieron imitarte, pero jamás lo consiguieron.

—Son insufribles. —El tono de voz de ella era bajo.

—¡Imposible!

Sarah, al fin, pudo sentirse tranquila. Él no tenía por qué enterarse del verdadero motivo de su visita. Todavía quería un bebé, pero había perdido el valor frente a él.

—Entonces, me trajiste la cena, el postre, flores y la roca Haystack. ¿Me vas a pedir un riñón?

Abrió los ojos y sonrió con inseguridad, aunque fue más como una mueca. No creía haber sido tan transparente. Se llevó una mano al collar y jugó con una de las esferas mientras consideraba mentir, pero la forma en que Andrew la observaba le hizo saber que sería imposible, lo que se confirmó cuando dijo:

—Tu fama te precede.

Sonrió. Al parecer no había forma de esconderse de Andrew Beaufort, algo de verdad estúpido porque ese hombre había visto lo peor de ella.

—¿Quieres darme un bebé?

5

Andrew sintió un calentón poco característico al escuchar esas palabras. Era imposible que Sarah le hubiera dicho algo así. No obstante, se masajeó las muñecas en un intento de darse alivio, pues sentía el fuego en el rostro, señal de que tenía la presión arterial alta.

—¿Por qué te burlas así de mí? ¿Qué hice yo para merecer tal broma de mal gusto? —Sarah comenzó a reír sin parar lo que lo encolerizó aún más a la vez que reafirmaba sus conjeturas—. ¡Largo de aquí! ¡Y no regreses jamás!

—¿Quieres que llame a la policía?

La furia terminó por adueñarse de él al encontrar a Patrick, su asistente, con los brazos cruzados sobre el pecho mientras estaba apoyado en el marco del pasillo con el cabello enmarañado y descalzo. No comprendía por qué había intervenido en una conversación que era privada. Le hizo una seña para que desapareciera por donde había llegado.

Lo correcto era marcharse y nunca más volver, pero Sarah fue incapaz de moverse y de la risa pasó a un llanto histérico. Andrew negó una y otra vez hasta que la indignación abrió paso al desasosiego.

—Hablas en serio. Pero ¿qué clase de vida llevas que yo soy el único recurso que tienes para una empresa tan delicada?

Quiso responder que lo estimaba muchísimo y que había descartado amores pasados, pues consideraba la amistad de él invaluable. Y no es que fueran mejores amigos o que alguna vez existiera algo más que una atracción pasajera por parte de ella, pero, por algún motivo, él fue el único con quien se sintió a gusto y estaba convencida de que era la decisión correcta.

Y ahora ese desconocido —el que era idéntico a Hans Gruber— la había visto en su momento más vulnerable. Cuando su nivel de estrés llegó a su punto máximo, las rodillas le flaquearon. No obstante, antes de que cayera al suelo, Andrew se había impulsado en la silla de ruedas y le pasó el brazo por la cintura para ofrecerle apoyo, si bien él mismo mantuvo las distancias, cargado de reproche.

Por primera vez desde que se reencontraron, sus miradas tropezaron la una con la otra: azul contra marrón. Sus rostros contorsionados eran de un bermellón puro.

—Apiádate de los dos. Ahórranos tu vergüenza y mi imposibilidad de ayudarte.

Sarah levantó la mano con la intención de tocarlo, si bien en el último segundo la dejó caer. Aunque él la tocaba, ella sentía que hacer lo mismo sería violar el consentimiento de Andrew.

—Júzgame, Andrew. Aun así, ¿quieres darme un bebé? —Para ese instante la voz y toda ella temblaban.

De algún modo, con el brazo que la asía de la cintura, Andrew la ciñó a tal grado que ella se vio obligada a contener el aliento. La tomó desprevenida la fortaleza en los brazos de él. Pensó que Andrew sería débil, y acababa de comprobar que estaba equivocada.

—Esto es una locura, ¿estás consciente?

—No volverás a saber de mí, te lo juro. Yo siempre le hablaré de ti a mi bebé, sabrá del hombre que me ayudó a ser madre, por lo que nunca podría llegar a enamorarse de su hermano o hermana. Una clínica de fertilización jamás podría darte esa seguridad, pues se atañen a la no divulgación.

A Andrew toda la situación le parecía surrealista. Se preguntó por qué Sarah llegó a su vida con esa propuesta, justo en ese momento. A los treinta años padeció una lesión en el cordón espinal. No fue producto de un accidente, sino de una pulmonía que no se atendió a tiempo. La infección se esparció por su cuerpo y lo dejó con una lesión en los nervios espinales que se catalogaba como una C7 - C8. De eso habían pasado cinco años y era consciente de que él era el único responsable de lo sucedido. Había perdido mucho, pero lo que más le dolió fue terminar su matrimonio con Robin.

—¿Te han hecho una evaluación psiquiátrica?

Sarah no tenía ni la más mínima idea de qué le había pedido. Ella... ella... Un bebé. Que él, de entre todos los hombres, le diera un bebé.

—Sí.

No sabía si tragar profundo, si de verdad echarla de su casa o ser él quien huyera. Tal vez debía asegurarse de estar despierto porque esa pesadilla era la más escalofriante que había tenido desde que abrió los ojos en el hospital y ya no pudo moverse.

—¿Reciente?

Mas no era un sueño, porque con el brazo rodeaba el cuerpo suave de una mujer y ella lo observaba con los mismos ojos esperanzadores de hacía ya tantos años.

—La última fue hace dos meses. —El tono de Sarah fue bajo, pero no hubo titubeo.

—¿Cuál fue el motivo?

—Mi abogado me prohibió hablar al respecto.

Sarah le sostuvo la mirada y por algún motivo él no sintió alarma ante esas palabras. Si hubiera comido algo de lo que ella le ofreció juraría que Sarah lo había drogado.

No obstante, Sarah no era Robin. Sarah le llevaba varios años y se evidenciaba en las diminutas líneas que se dibujaban en el contorno de los ojos, en la caída de los párpados. También existían unas líneas finas alrededor de la boca. Claro que él podía distinguirlas porque estaban demasiado cerca el uno del otro. Esa era la razón por la que sentía su fragancia, una que la describía a la perfección.

A los treinta él ni siquiera consideró tener hijos, se creía muy joven para ello. Y a los treinta y cinco era tarde. No importaba si él lo deseaba o no. Volvió a levantar la mano libre con la intensión de soltar el botón, solo que este ya estaba suelto. Estaba tan aterrado con la palabra bebé que ni siquiera había podido comprender las ramificaciones de lo que Sarah le pedía: sexo... Sexo con Sarah Bramson.

Un frío gélido le recorrió la nuca en contraste con el fuego que se apoderó de sus mejillas. Eran sensaciones nuevas pues por debajo de los pectorales lo dominaba un frío abrasador las veinticuatro horas del día, similar a como él pensaba que se sentía el frío de la muerte.

—¿Es por dinero, Sarah? Porque te lo daré para la fertilización *in vitro* y nos olvidaremos de todo esto. Creeré que jamás pasó.

No, esa mujer no podía ser tan cruel como para pedirle a un hombre que usaba silla de ruedas tener sexo y además darle un bebé. No. Sarah no se expresó bien.

—No vengo aquí por tu dinero. —Sarah desvió el rostro e hizo una pausa mientras se limpiaba la lágrima que se deslizó por su mejilla—. Ya lo intenté, y si recibo una inyección más mientras enfrento sola esa habitación clínica... Y conducir dos horas de ida y vuelta, además de todos los indigentes en Portland... —Él sintió el estremecimiento que lo recorrió de la cabeza a los pies al decir esa palabra—. No, Andrew, no es una cuestión de dinero.

Tuvo que soltarla y alejarse. Fue tan rápido que Sarah no se lo esperó. Falta de balance, cayó al suelo, aunque como sus rodillas ya estaban inclinadas no fue un gran golpe. Él sentía el bombeo frenético de la sangre en sus venas, sentía la rigidez en sus músculos acrecentarse. La furia que lo consumía sería capaz de causarle una apoplejía. Sarah no tomó en consideración nada de eso porque, como siempre, solo era capaz de pensar en sí misma.

En tanto, Sarah tenía la mirada perdida en la costa que alcanzaba a verse a través del gran ventanal, pues no deseaba que Andrew la observara. Se sentía avergonzada. Sin embargo, también existía una especie de liberación y calma. Por primera vez se había sincerado con alguien más que no fuera ella misma y no podía ser otro que Andrew Beaufort. Tal vez porque hacía tiempo él se había percatado de lo peor de ella y, en lugar de hacer leña del árbol caído, como lo hicieron los demás, la había ayudado.

—Pensé... creí que tú podrías entenderme. —Su tono fue bajo, aunque tranquilo.

—¿Te comparas conmigo?

Solo entonces ella giró el rostro para volver a encontrarse con la mirada reprobatoria de Andrew. Permaneció en el suelo en un intento de entregarle a él un poco más de poder sobre la situación. Ella ya le había hecho la petición. La decisión de decir sí o no recaía en él y solo en él.

—Ambos hemos sufrido y...

—¿Tú caminabas y dos horas después no? Porque te juro que no comprendo cómo puedes compararnos.

Guardó silencio ante el ataque. Era consciente del deseo que la dominaba por responderle del mismo modo, y si hubiera sido cualquier otro no habría dudado en hacerlo. Mas permaneció sumisa... Sí, esa era la palabra correcta. Porque de algún modo creía comprenderlo. De repente llegaba ella, de entre todas las mujeres, y le pedía un hijo, cuando era muy probable que él deseara establecer una familia con Robin.

—Por favor, no menosprecies mi dolor. No pienses que tú tienes más derecho que yo a sentir dolor solo porque el tuyo es físico y el mío es emocional. Incluso te creo más fuerte que yo porque mi aflicción es solo porque el amor no se hizo para mí. Pero ya renuncié a él, lo único que deseo es un bebé.

—Alguien a quien obligarás a amarte al menos durante dieciocho años.

Sonrió como era su costumbre, pero fue con debilidad. Al parecer Andrew pensaba que ni siquiera su bebé sería capaz de amarla. Eso era algo que ella no consideró. ¿Y si él tenía razón? No, no podía pensar así. Ella le daría mucho amor a su bebé y él la amaría.

—No te pido una familia, ni siquiera solicitaré una manutención. No te volveré a molestar. Nunca. Incluso podemos ir donde un abo...

—¿Te atraigo sexualmente?

Ella tragó con dificultad y en menos de un segundo el corazón comenzó a latirle desbocado. Andrew no le permitía escapar, la mantenía anclada al suelo solo con esa mirada juzgadora y penetrante. Abrió la boca y el labio inferior le tembló. La cerró y por primera vez en esa noche se permitió repasar a Andrew de la cabeza a los pies.

Supo que Andrew utilizaba silla de ruedas hacía tres años, tras una reunión de exalumnos con la que tropezó, pues, aunque ella no fue invitada, estaba en el lugar por una entrevista. Fue entonces cuando escuchó, de pasada, la conversación de Robin con sus amigas. Año y medio después, volvió a reencontrarse con Robin, pues ambas estaban involucradas en el mundo del arte, y conoció de su divorcio.

Sin embargo, la personalidad de Andrew no se había alterado. Todavía era el hombre arisco que ella conoció, ahora tal vez un tanto irascible. Pero ¿quién era ella para juzgar? De seguro Andrew tendría el orgullo herido. Mas su vibra de sensualidad seguía intacta, y la silla de ruedas no podía competir con su galanura. Andrew era muy guapo, incluso sin sonreír. Ningún hombre sabía cómo llevar el traje de tres piezas mejor que él.

—Por supuesto que me atraes.

Andrew asintió, si bien tenía la mandíbula apretada y la rigidez en sus músculos era ya insufrible. En aquel momento, lo que menos deseaba era estar en su propia piel. Le incomodaba que ella fuera tan directa, y no comprendía por qué persistía con esa burla insensible.

No obstante, mientras Sarah deslizaba la mirada por su cuerpo, Andrew se sentía devorado con lentitud como si ella degustara un platillo opíparo y no deseara que se le acabara nunca. También estaba la forma en que apretaba los muslos y esa leve ronquera en la voz que en definitiva era sensual, además del casi imperceptible temblor en su cuerpo. Le dio por pensar que estaba muerto y que ese era su infierno personal. Conocía mujeres de ese tipo, aquellas a quienes les excitaba las dificultades que él enfrentaba al moverse.

—¿Es por la silla de ruedas?

Sarah fijó la mirada en él y frunció el ceño. Intentó hablar, si bien el gesto en su rostro se acentuó antes de poder hacerlo por lo que la tensión comenzó a abandonarlo poco a poco.

—¿A qué te refieres?

—¿Te excita la silla de ruedas?

No perdió detalle de la mueca de repulsión que se apoderó de los labios de ella y cómo sus ojos se abrieron con desmesura como si fuera la primera vez que escuchaba de algo así. Él apoyó la mano en la esquina de la silla y se reacomodó en ella.

—¿Eso existe? —Cuando él no respondió Sarah continuó—: ¿Te ha pasado?

No pudo evitar sonrojarse, si bien su rostro no perdió el rictus que le dedicaba a Sarah. Su mente se plagó de imágenes de aquellas ocasiones, después de su divorcio, en que pretendió tener citas a través de una aplicación para discapacitados. La forma en que esas mujeres le pedían que saliera del automóvil... Una incluso fue audaz y le exigió que se desnudara para hacerlo. Fue el instante en el que comprendió que estaría solo el resto de su vida.

—En varias ocasiones. —Abrió los ojos, sorprendido de poder hacerle esa confesión a ella.

Volvió a acomodarse en la silla. Por algún motivo se sentía como un niño inquieto que no podía permanecer sentado durante más de dos segundos. Y eso era nuevo para él, al menos desde que usaba silla de ruedas.

—Con respeto a quien sí le gusta, pero ¡NO! Me gustas tú, me pareces muy sexy.

Tuvo una pelea férrea consigo mismo para no sonreír ante ese comentario cargado de indignación, que era dicho en un tono bajo y sensual.

—¿Mi inteligencia? ¿Mi buen sentido del humor? ¿O mi capacidad de hacer macramé?

Sarah se atrevió a fijar la mirada en él y le dedicó una sonrisa que a él le pareció tímida. Frunció el ceño. Estaba perdido con ella. Le coqueteaba, se inhibía... El bebé... sexo.

—¿Sentido del humor? ¿Inteligencia? ¿Tienes de eso? —«*Touché*», pensó Andrew. Ahora sí sonrió—. Te aclararé que me gustan tus brazos fornidos y tu boca apretada en un puchero perenne. Quiero hundir los dedos en tu cabello y deseo hincarle el diente a tu manzana de Adán. —Ella hizo una pausa para suspirar—. ¡Haces que la temperatura se me suba sin control!

Sarah se llevó una mano a la boca y se la cubrió como si con eso pudiera borrar lo que había dicho. Ambos volvían a tener el rostro de color bermellón.

—¿Esto es nuevo o...?

—En realidad siempre fue así.

Se puso en pie. Al parecer, atravesar las puertas del hogar de Andrew era como tomarse una pastilla de la verdad. La velada había sido torpe y embarazosa. Se preguntó por qué pensó que podía funcionar. Ningún hombre en sus cinco sentidos le daría un hijo a ella, si ni siquiera le pidieron matrimonio.

La esperanza terminó bajo sus pies cuando dio el primer paso para marcharse. Un bebé... Era una idea estúpida. Ella adoraba dormir, no le gustaba ensuciarse y los gritos le daban dolor de cabeza. Además, nunca sabía qué hacer cuando alguien lloraba. Y ese pequeño ser dependería de ella las veinticuatro horas del día al menos durante trecientos sesenta y cinco días al año, durante los próximos dieciocho años. No, ella no podía comprometerse de ese modo. ¿Qué importaba que ese pedacito de carne fuera suyo? Tampoco le afectaba que sería lo más suave que tendría entre sus brazos o el olor dulce que la acompañaría aun cuando él estuviera en su cuna y ella en la cama. Mucho menos debía interesarle la forma en que reiría mientras ambos estuvieran cubiertos de puré de guisantes, o el instante en que ella repetiría «ma», «ma», en tanto su bebé la observaría con grandes ojos desafiantes porque era mucho más inteligente que ella. No... no era tan importante tener un bebé.

—Un ciclo, lo que equivale a noventa y seis horas, y no volverás a saber de mí. Sarah Bramson desaparecerá de la vida de Andrew Beaufort para siempre. Jamás te pediré nada más. Puedes verlo como un último favor.

Se detuvo sin atreverse a dar la vuelta. El corazón le latía tan alocado que a cualquier punto que Andrew observara de su cuerpo sería capaz de ver el palpitar en sus venas... Un bebé... Su única esperanza... Ella sería la mejor mamá del mundo. Podría ser un fracaso en todo lo demás, pero no en amar a su bebé.

La cabeza comenzó a darle vueltas al no recibir respuesta por varios largos minutos. Estaba segura de que perdería el conocimiento, y eso solo la humillaría más frente a Andrew. Fue entonces cuando él dijo:

—Un ciclo, noventa y seis horas. Sin reproches, ni reclamos. Tampoco quejas por no conocer la letra pequeña de lo que te atañes.

6

—Voy a repetir lo que me solicitaron para estar seguro de que los comprendí. Ustedes quieren que yo redacte un documento y lo notarice, en el cual se estipule que la señora quiere un bebé suyo y que usted aceptó mantener relaciones sexuales con ella por ese motivo en exclusivo. Ahora déjenme comprender bien, ¿existirá remuneración económica por este servicio? —Andrew y ella se observaron—. Porque debo aclararles que eso sería ilegal en este estado.

Habían pasado dos semanas desde que convenció a Andrew Beaufort para que le diera un bebé. Esos días los pasaron en oficinas médicas. Ella quería asegurarle a él que no tenía ninguna enfermedad de transmisión sexual y a su vez ella recibió la misma certeza. También se hizo un examen general que determinaba que ella viviría muchos años y que él no se encontraría con un bebé en su puerta por su fallecimiento inesperado.

Andrew la acompañó a su cita con el ginecólogo, algo que él catalogó como innecesario y excesivo. Mientras estaba recostada en la burra, la enfermera que preparaba los utensilios le preguntó a Andrew si él era su esposo por quinta vez. Jamás estaría preparada para la respuesta:

—Voy a empujar mi verga contra su coño, ¿es respuesta suficiente para usted?

El rostro de Andrew permaneció tan serio que la enfermera tuvo una reacción tardía. Minutos después del silencio que siguió a las palabras, la mujer perdió el color en su rostro y salió del área de examen con un portazo.

Lo cierto era que, en realidad, eso de que Andrew se empujaría contra ella no era del todo real, pues ahora comprendía que sería ella quien se empujaría contra él. Eso fue lo único que pudo concluir de la miniinvestigación que hizo en internet, la cual no había sido nada esclarecedora. Si acaso se sentía más confundida.

En pocos minutos otra enfermera entró al cuarto y, ajena a lo que había ocurrido, formuló la misma pregunta en un par de ocasiones.

—Ni siquiera la conozco. Estoy aquí porque mi posición me permite ver su coño de cerca.

En esa ocasión Sarah no pudo evitar reírse, aunque más bien fue como un resoplido mezclado con un aullido y la risa de las hienas... Nada sexy. Por un segundo la enfermera parecía dispuesta a defender su honor y llamar a la policía para que se llevaran a ese pervertido. No obstante, después de varios segundos terminó de preparar los instrumentos con la cabeza en alto, los hombros rígidos y una solemnidad dignificante en el rostro.

Fue la primera vez que Sarah estuvo acompañada en una cita con un doctor. Algo en su interior se removió, aunque no sabía el qué. Solo que terminó ese día con cierta paz instalada en el pecho, si bien lo atribuyó a que cada día estaba más cerca de conseguir a su bebé.

Ese día Andrew la había llamado media hora antes de la cita con el abogado para informarla de la misma. Iba en camino a otra cita legal, pero le pareció que era más importante encontrarse con Andrew. Ese era el último paso. Ella quería que él sintiera seguridad en todos los aspectos y por eso le pidió que se vieran con un abogado, así no habría mal entendidos. La responsabilidad recaería en ella y nadie más.

Solo que en ese instante tenía una sonrisa de enloquecida. Jamás pensó que su petición podría catalogarse como un delito, pero era cierto. ¿Infringía la ley? Porque ella no podía darse ese lujo, ya tenía demasiados problemas. Negó con la cabeza sin poder parar de sonreír por lo que fue Andrew quien respondió:

—No.

El abogado entrecerró los ojos de forma amenazante. El hombre era casi idéntico al juez Haller en la película *Mi primo Vinny*. El corazón de Sarah comenzó a latirle de prisa. Ya se veía juzgada, esposada y tras las rejas, solo por desear un bebé.

—¿Nunca hablaron de un pago?

—No—le repitió Andrew.

La oficina, que de por sí era estrecha por la cantidad de libros en ella, ahora era sofocante. El olor a humedad o a guardado comenzaba a afectarla. Además, a Andrew se le hizo difícil entrar. Lo de la silla de ruedas era algo a lo que todavía no se acostumbraba y no creía que alguna vez lo haría.

—Quizás deba recordarles que ya existe un proceso legal por el cual ustedes podrían obtener lo que desean, sin necesidad de este documento que me solicitan. —Cuando ninguno de los dos respondió el abogado continuó—: La institución del matrimonio. Le aseguro que la señora tendría un seguro médico muchísimo mejor del que paga en la actualidad. Además, señora, el caballero tendría obligaciones con su hijo y no como ustedes pretenden, donde él puede desaparecer en cualquier momento.

Percibió como Andrew se tensaba todavía más si es que era posible. Era un hombre de piedra que se endurecía más y más con el pasar de los días. Al parecer no terminaba de sentirse cómodo y ella no lograba comprender por qué había aceptado.

—Eso es justo lo que debe suceder, la responsabilidad será por completo mía.

Podría jurar que el abogado levantó el labio superior en una mueca de asco, debía pensar que ella se aprovechaba de Andrew. Ese hombre jamás firmaría el documento que ella deseaba y era imperativo que lo hiciera. Sus cuatro días comenzaban esa misma noche y si no tenía el papel para darle certeza a Andrew, perdería su oportunidad para siempre. El hombre desvió la mirada como si ella acabara de desaparecer.

—Lo que me regresa al primer punto, señor Beaufort. La señora pretende contratarlo para mantener relaciones sexuales.

También observó a Andrew. Él mantenía el rostro pétreo y las manos sobre su regazo. Parecía inmune a cómo el abogado la juzgaba y sentenciaba, tal vez porque él también lo hacía. Un pinchazo doloroso le atravesó el pecho, aunque se obligó a obviarlo. Su bebé, ella estaba ahí por su bebé, y nada más. Sin importar cómo Andrew la rechazaba, ella lo encontraba guapísimo con el cabello peinado hacia arriba, aunque tirado hacia atrás. Era un corte muy moderno y sensual. Además, la camisa de lino en color gris cemento abrazaba su torso y los músculos de sus brazos. Y el pantalón blanco era el complemento perfecto.

—Por qué no nos concentramos en el hecho de que primero tiene que quedar embarazada antes de dar por sentado cuáles serían los derechos de visita de algo que tal vez ni siquiera ocurra.

Y su perfume cada vez le era más y más delicioso, algo picante, profundo y amaderado que en ese instante le ofrecía un escape al sofoco que pretendía ahogarla. Tener un bebé era algo complicado, ¿cómo hacían esas mujeres que quedaban embarazadas por accidente?

—¿Es que existe algún impedimento?

Ella extendió la mano y se la colocó a Andrew a mitad de la espalda, lo que era una ridiculez. Por un instante, había olvidado que él no podía sentirla, pero el comentario del abogado la revolucionó por dentro y los nervios se apoderaron de ella. Esperaba que sus acciones le fueran suficientes a Andrew, solo que ella no tenía claro cuáles eran. Quizás... ¿reconfortarlo?

—¿Acaso es usted ciego?

—¿Está aquí por voluntad propia, señor Beaufort? ¿Esta mujer lo coacciona de algún modo?

—No lo hace.

—Tiene que admitir que las acciones de la señora son peculiares.

Nadie lo tenía más claro que Andrew, pero de alguna forma Sarah lo había hecho plausible y allí estaban los dos. En la oficina retumbó una risita femenina y ojeó a Sarah.

Él había buscado el abogado más caro de la zona y a pesar de haber hecho la cita desde hacía una semana, le informó a Sarah de esta solo media hora antes. La oficina estaba en un lugar apartado, en el que sería fácil perderse incluso con el GPS. Pero ella lo recibió con una sonrisa al llegar y no levantó quejas en ningún momento. Además, ese hombre comenzaba a exasperarlo. Insultaba a Sarah cada vez que abría la boca y a su vez él se sentía ofendido. El abogado era una de esas personas que cuando terminabas en una silla de ruedas dejaba de verte como un ser humano racional y pasabas a convertirte en niño otra vez.

—Eso no es de su incumbencia.

El abogado negó con reprobación y una llamarada le recorrió las venas; ansió poder obligar la mano del hombre a firmar el maldito papel mientras le amordazaba la viperina lengua.

—Tal vez deba pensarlo un poco más, cuando no esté bajo el influjo de cualquier medio que ella haya utilizado para convencerlo.

—Escuche, *abogado*, esto es solo una formalidad. La dama solo quiere darme la seguridad de que cumplirá su palabra...

—Señor Beaufort...

—Es ella quien costea este servicio. Lo único que lo detiene a usted es su creencia de que no soy capaz de tomar este tipo de decisiones.

—Andrew... —quiso intervenir ella.

—Ahora ¿puede redactar el maldito documento de una vez? Si es de tanta vitalidad para usted, nos volveremos a reunir en un año y dialogaremos sobre todos los derechos y deberes que tanto le preocupan.

«¡Puñeta! No se puede ser más estúpido», pensó. El hombre frente a él palideció al ser enfrentado con sus propios prejuicios y Sarah... Ella lo observaba como si acabara de dejar de ser Clark Kent y se hubiera convertido en Superman. Ni siquiera él comprendía qué lo llevó a aceptar esa empresa tan ridícula, pero ya se había comprometido, además solo serían cuatro días de su vida y hasta quizás solo uno porque en cuanto Sarah se percatara de la imposibilidad que le pedía, jamás lo volvería a buscar y eso lo ayudaba a respirar con tranquilidad.

Cuando salieron de la oficina del abogado cuarenta y cinco minutos después, solo deseaba desaparecer de la vista de Sarah, lo más lejos posible. Ella tenía la cabeza agachada y sujetaba los documentos como si ellos fueran su pase fuera de la cárcel. Él se agarró de los aros de la silla y se impulsó hasta llegar al automóvil, un Tesla modelo X con cinco años de antigüedad.

Sarah lo siguió como lo haría un guardia de seguridad tras un cargamento de valor. Él estaba seguro de que, si no fuera porque se veía extraño, ella se habría esposado a sí misma a él para no perderlo de vista. Al menos no había intentado empujarlo en ningún momento porque eso habría sido la gota que colmara su paciencia.

Se detuvo y se quedó junto a la puerta del vehículo color gris oscuro. No haría todo el teatro frente a Sarah de cómo subía al asiento del conductor, bastante había tenido con presenciar cómo ella se revolvía mientras él intentaba entrar en la desordenada oficina. Esperaba que se fuera de una vez, pues Patrick, su asistente, estaba al llegar.

No obstante, Sarah seguía frente a él. Llevaba un pantalón corto en verde olivo que se sujetaba a la cintura con un gran lazo. La blusa era color crema y tenía las mangas dobladas a tres cuartos. El atuendo combinaba con el juego de collar y pendientes en tonos terrosos. Las sandalias que le cubrían los pies eran apenas unas finas tiras *nude* que se enrollaban alrededor de los tobillos. Quizás por eso el abogado la trató como lo hizo, si bien la culpa fue de él por avisarle en el último minuto.

—¿No pudiste conseguir un abogado más conservador?

Al parecer Sarah ansiaba entablar una conversación, algo que no estaba dispuesto a hacer.

—No con tu fecha límite.

Sarah rio. Él abrió la puerta del automóvil para hacerle entender que deseaba marcharse.

—¿Quieres ir a almorzar?

¡No! En la noche tendría sexo con una mujer que ni siquiera le simpatizaba, solo sentía lástima por ella. Tenía los músculos más rígidos de lo que era normal en él. Sexo, sin amor, ataduras o sentimientos. Ni siquiera sentía un pellizco de excitación cuando Sarah estaba cerca de él. Incluso le molestaba su perfume y la brisa no hacía más que restregárselo en la nariz. ¿Cómo diablos le iba a hacer? Necesitaba ir a casa, recostarse en la cama y tal vez cuando volviera a abrir los ojos esos cuatro días serían algo del pasado.

—Sarah...

Tenía el rostro contorsionado como si acabara de tomar leche agria. En cambio, Sarah le sonreía, siempre le sonreía, y lo único que lograba era enervarlo aún más.

—Solo es el almuerzo, Andrew. No una propuesta de matrimonio.

Los ojos de él se tornaron rigurosos mientras levantaba la cabeza y negaba con desprecio.

—Por supuesto, ¿quién querría casarse con alguien como yo?

Sarah lo ojeó por un segundo, aunque de inmediato desvió la mirada. No obstante, jamás perdió la sonrisa.

—Más bien, ¿por qué querrías *tú* casarte con alguien como yo?

Se sujetó de los aros de la silla de ruedas y se impulsó hacia atrás. Por un segundo entrecerró los ojos, aunque se recompuso de inmediato. No tenía por qué sentirse afectado por las palabras de Sarah, pues eran una realidad. Él nunca se casaría con ella. Pero alcanzó a ver algo en el semblante de ella, si bien él no pudo descifrarlo, pues fue pasajero.

—¿Para qué quieres almorzar conmigo?

Esa empresa entre los dos resultó ser más difícil de lo que él creyó. Sarah todavía sonreía, mas la distancia entre los dos era equivalente a la separación entre un estado y otro.

—¿Porque esta noche tendremos sexo y tienes que sentirte cómodo alrededor de mí? Tengo la certeza de que quieres huir.

Los rostros de ambos se tornaron del color bermellón y en tanto él se masajeaba las muñecas, Sarah jugó con su pendiente.

—Es que no acabas de comprender lo complicado que será.

No supo en qué momento se distrajo, pero Sarah estaba inclinada sobre él y le tocaba la mejilla con sus labios. Arrugó la nariz ante el olor almendrado y chocolatoso que muy pronto se convertía en floral. Para él eran olores disparejos, poco armoniosos y contradictorios.

Sin separarse, piel con piel, ella se deslizó hasta su oreja y allí le susurró:

—Hasta que no lo intentemos, no sabremos. Y para eso deberías confiar en mí.

Él alejó el rostro, aunque solo pudo separarse unos centímetros por lo que se encontró con la mirada castaña.

—¿Quién dice que no...?

De algún modo Sarah consiguió dejarle un beso en la comisura de los labios mientras los nudillos de la mano derecha de él palidecían por la fuerza con que se sujetaba de los aros impulsadores.

—Sé que no lo haces, Andrew. Déjame demostrarte que no te voy a fallar. No a ti.

Volvió a respirar con normalidad cuando Sarah recordó respetar su espacio personal, dio media vuelta y se marchó.

.

7

Desde hacía una hora estaban frente a frente. Andrew rechazó comer con ella otra vez, ni quiso compartir una copa de vino del juego de copas que acababa de regalarle. Ni pensar en poner algo de música que le permitiera a ella moverse al son de la melodía y tal vez excitarlo un poco. Y ella ya no sabía qué hacer para intentar relajarlo y permitir que la situación fluyera. Lo pensaba como un viejo cascarrabias, solo que con ese cuerpo era un pecado catalogarlo así.

No obstante, si Andrew no pensaba hacer ningún movimiento, le tocaría a ella encontrar el modo. Con las mejillas sonrojadas contoneó las caderas con un vaivén suntuoso que agitaba la falda del vestido de seda en color fucsia. La prenda se ajustaba como el de una diosa griega con una sola manga y nada de escote, pero era tan corto que con cada movimiento Andrew podía ver que ella no utilizaba ropa interior.

Eliminó la distancia entre los dos y subió encima de Andrew quien se mantuvo impasible y estoico mientras que a ella le temblaba hasta el alma. De alguna manera encontró cómo descansar las piernas a los lados de la silla de ruedas para que él no cargara con su peso. Se inclinó hacia Andrew con labios temblorosos y la inseguridad reflejándose en sus manos, las cuales intentaban desabrochar cualquier prenda sin éxito.

Estar arriba no era una posición que le agradara. En la cama le gustaba que la mimaran y sentirse envuelta en los brazos de un hombre. Inspiró cuando el aliento tibio de Andrew se mezcló con el de ella. Cerró los ojos en un intento de detener el latir alocado de su corazón. Estaban tan próximos el uno al otro que ella podía sentir el calor que emanaba el cuerpo de él y bajo sus dedos percibía los cincelados músculos de los brazos. Estaba segura de que su olor la acompañaría hasta el siguiente día, tan masculino como amaderado. Su propio perfume se había diluido con el pasar de las horas.

Después del movimiento agónico y lento —para que Andrew no tuviera dudas de sus intenciones— se atrevió a dejarle un beso incierto que él no correspondió. Azorada, levantó la mirada, con lo que los largos pendientes que llevaba soltaron su usual tintineo, y se encontró con los ojos azules como si estuvieran tallados en piedra.

—No me lo harás fácil, ¿verdad?

—Solo soy el medio para un fin.

Se separó de él, aunque no descendió de la silla pues no estaba segura de que sus piernas fueran capaces de sostenerla. Mantuvo la mirada baja y se quedó estática durante unos segundos. Ella no tenía idea de la vida sexual de él, pero deseaba en algún modo provocarle un gran placer y un recuerdo grato de ese extraño pacto entre los dos.

Volvió a inclinarse sobre Andrew para permitir que él sintiera su calor y la suavidad de sus senos. Levantó las manos para acunarle el rostro, le besó el mentón y con los labios le recorrió la mandíbula a la vez que le deslizaba las manos por los brazos en tanto serpenteaba su piel. Y Andrew... se sujetaba de los aros impulsadores de la silla como si su vida dependiera de ello.

Volvió a desistir. Levantó la mirada una vez más y en los ojos de él no existía ni una pizca de deseo. Su virilidad estaba tan flácida como si en lugar de tener una mujer insinuándosele, ella fuera como una pared blanca a la que él observaba.

—Quieres... quieres... —Su tono de voz era bajo y tenía un tinte de súplica—. Tus palabras dicen que sí, pero tu cuerpo me hace creer lo contrario.

Si pensó que encontraría un poco de simpatía no pudo estar más equivocada pues lo único que recibió de él fue indiferencia y rigurosidad.

—Y es por eso por lo que a nadie, jamás, se le ocurriría tener sexo con alguien como yo. Solo tú, la mujer más despistada del mundo, podría pensar que soy capaz de darle un hijo.

Sí, pero él era su única opción. Ella ya no podía tener más problemas con la ley y al parecer la forma en que pretendía tener un bebé era un delito. Además, no se veía preguntándole a alguien más si podría hacerle el favor de tener sexo con ella. Con la reacción de Andrew y del abogado de aquella mañana tenía suficiente para el resto de su vida, no quería ni imaginar lo que haría si fuera alguien más quien se riera de ella.

—Son cuatro días, ¿y si hoy solo...? ¿Y si hoy solo...? Ya sabes...

Tal vez si permitía que el vestido se le resbalara por la piel. Estaba segura de que él no perdería detalle. Se suponía que los hombres eran muy visuales. Y si se apuraba a sujetar sus senos, a él tal vez le parecería sexy el color de sus aureolas y no se percataría de que ya no eran tan túrgidos como cuando era más joven.

Andrew entrecerró los ojos y existía cierto tiritar en ellos como si le escandalizaran el significado de sus palabras. Lo que se confirmó cuando dijo:

—¿Acaso te piensas una puta?

Sarah contuvo el aliento. Desde la universidad, Andrew siempre la hacía sentir como un corderito indefenso que encontraba refugio bajo el calor que emanaba el pelaje de un lobo dispuesto a cobijarla. Él era capaz de ver a través de ella por más que se ocultara.

—No puedes negar que esto es... es...

A Andrew se le abrieron los ojos de forma desmesurada. Sí, ella tampoco era capaz de comprenderse. Pero por primera vez en años estaba cerca de un hombre y le gustaba como su piel enfebrecía la suya. Y su irascibilidad la encandilaba. Andrew se mostraba ante ella tal cual era.

—Yo soy el que vende su cuerpo, en todo caso soy yo el puto. —Los ojos de ella se incendiaron ante las inesperadas palabras. Sus pupilas se dilataron y con ese gesto tan instintivo le acababa de demostrar a Andrew cuánto lo deseaba—. Te pone.

Se humedeció los labios cuando sintió la boca seca. Y como la posición no le permitía frotarse los muslos para encontrar cierto alivio al débil, pero continuo palpitar en su feminidad, cerró los ojos y se apretó los senos entre los brazos para sentir algún tipo de contacto, aunque fuera de ella misma.

—¿A ti te pone?

Andrew la observaba como un científico que acababa de descubrir una nueva especie: con cierta curiosidad mezclada con temor, pues Sarah había desestabilizado su mundo. Pidiéndole eso que él también deseaba vivir, sin saber cómo hacerlo realidad. Y su cabrón cuerpo que tan poco cooperaba porque, por suerte, Sarah estaba mal posicionada.

—¡Estás excitada!

Maldito fuera si él no reconocía el deseo en una mujer. Estaban en el pasillo de la entrada, pues él no le permitió volver a invadir su espacio privado. Todavía vestía la camisa de lino gris y el pantalón blanco para hacerle entender que no consideraba ese momento especial. Y, aun así, ella intentó seducirlo y el deseo le recorría las venas... Por él, sin necesidad de que tomara el control, sin importarle la silla. El corazón le bombeaba frenético en el pecho. Lo que vivía era aterrador.

—Durante estos días no suele importarme mucho lo que me digan.

No pudo resistirse por más tiempo y rio con disimulo. Se le dificultaba imaginársela como un pequeño animalito lujurioso. Sarah Bramson no solía moverse sin obtener nada a cambio, él la conocía bien.

—Esa es la razón por la que consigues malos hombres.

Ella le colocó los brazos sobre los hombros mientras gruñía. Esos ojos castaños se posaron en los de él con un leve desafío. Aunque creía que Sarah debía ser consciente de que saldría perdiendo ante su juicio.

—¿Siempre fuiste así de insufrible?

La sonrisa de él se amplió y sin que se percatara soltó los aros impulsadores y la tensión en sus músculos disminuyó. Si bien todavía no consideraba a Sarah Bramson como una mujer hermosa o capaz de despertar su deseo, sin importar lo mucho que ella esponjara su corto cabello y se dejara algunas ondas esporádicas. Tampoco el tintineo seductor de los pendientes largos que le enmarcaban el cuello porque lo único que él podía ver eran las diminutas líneas.

—Y tú eras la única que sonreía con mis comentarios.

Sarah rodó los ojos exasperada consigo misma.

—Ahí está. Mal, mal gusto por los hombres. —Lo ojeó un segundo mientras jugaba con el botón superior de la camisa de él, sin llegar a soltarlo en realidad—. Hace... hace mucho que no tengo sexo.

Algo se removió en su interior. Jamás pensó que una mujer como Sarah pudiera confesar algo así.

—¿Y crees que yo sí?

Ella volvió a colocarle los brazos sobre los hombros; por lo demás, no sentía su peso. Ella procuraba no sentarse sobre sus piernas, aunque si lo hiciera él no sentiría ninguna diferencia. De vez en cuando solía percibir el roce de los senos de ella, pero nada más.

—Solo tienes dos años divorciado. —La voz de Sarah era baja como si no se atreviera a expresar sus conjeturas, las cuales eran incorrectas.

—Es mucho, mucho más.

No le hacía el amor a una mujer desde hacía un poco más de cinco años. Ni siquiera había tenido una aventura de una noche con alguna desconocida, así como tampoco juegos previos. ¡Qué diablos! Daría lo que fuera por hundir la cabeza entre las piernas de una mujer y hacerla gritar su nombre, sin importar quién fuera ella. Así, tal vez, conseguiría sentirse como un hombre otra vez.

Después de la lesión no pensó en el sexo durante el año y medio siguiente: primero debía aprender a controlar su cuerpo una vez más. No obstante, cuando intentó pasar de los besos de pico a algo urgente y apasionado, Robin huyó de él. Eso solo lo motivó a aprender a ser un hombre independiente otra vez, que Robin comprobara que ella no tenía que estar siempre y ser su *caregiver*. Mas, en el instante en que él pretendió acariciarle los senos mientras ella lo bañaba, Robin lo detuvo con manotazos. Y en el momento en que quiso hablarle del tema, ella guardó silencio. Así fue hasta hacía dos años, en que él le pidió el divorcio. No porque ya no la amara, sino para que ella fuera feliz.

Cuando las citas como hombre divorciado fueron un fracaso —más por él que por las mujeres con las que salió—, consideró contratar los servicios de una acompañante, pero ese era un servicio ilegal y jamás pudo tomar la decisión. Y ahora Sarah...

Salió de sus pensamientos y fijó la mirada en ella al sentir un beso en su mejilla y cómo bajaba de la silla. Ella se reacomodó el vestido fucsia antes de decir en un tono muy bajo:

—¿Quieres que vuelva mañana?

Frunció el ceño en tanto llevaba las manos a los aros para intentar acercarse a ella, mas Sarah dio un paso atrás y él se detuvo.

—Ambos nos comprometimos a hacerlo.

Ella le dedicó una sonrisa, aunque él comenzaba a creer que cuando ella sonreía era para aparentar indiferencia.

—Pero me puedes decir no. Eres consciente, ¿verdad?

—Un ciclo, lo que equivale a cuatro días, y te di mi consentimiento.

Sarah asintió, si bien él se percató de la vacilación en ella. Tal vez por la forma en que le tiritaron los ojos o cómo tenía los labios caídos en una expresión triste cuando no hacía ni un segundo que acababa de sonreírle. Ella se giró, mas después de solo un par de pasos se detuvo.

—¿Deseas que venga mañana? —Otra vez el tono bajo. Ese que alcanzas a escuchar, aunque sueles cuestionarte si de verdad lo hiciste.

En realidad, se sentía perturbado. ¿Quería que ella volviera? Había algo en Sarah que lo impulsaba a continuar.

—Te espero mañana.

8

—Tienes que estar en la jefatura de policía a las ocho de la mañana.

Sarah y Katie, su primer asistente, llevaban trabajando sobre la gran pieza de vidrio alrededor de cinco horas cuando llegó Walker Jordan para darle un largo sermón acerca de dejar atrás las niñerías o si no muy pronto alguien no las pasaría por alto y regresaría tras las rejas.

Walker Jordan era lo más cercano que ella tenía a un amigo. El capitán de policía solía enviarlo cada semana para que le recordara sus obligaciones con la ley. Tal vez porque Walker fue su pariente durante un par de años y todavía consideraba que ellos eran familia y ella lo escucharía, cuando, en realidad, lo escuchaba porque él fue el único que intentó intervenir, cuando incluso su hermano Joe, el primer esposo de Stephany, le advertía que no lo hiciera.

—Lo sé.

Se había refugiado en el trabajo para no pensar en el desastre que fue la noche anterior. No existía nada más desmoralizador que saber que, el hombre al que intentaba seducir no sentía ni una pizca de deseo por ella. Y Andrew Beaufort no podía desearla menos.

De camino a casa, con una sonrisa histérica en los labios, se repitió una y otra vez que todo era por su bebé. Sin embargo, para conseguirlo era imperativo que Andrew sintiera deseo por ella. Se sentía atrapada en un círculo vicioso y no tenía idea de cómo escapar.

—¿Cómo se te ocurrió llegar tarde?

El vapor que expedía la gran figura al ser apoyada sobre el periódico le cubrió el rostro y su frente se perló en sudor. El oficial arrugó la nariz por el olor chamuscado del papel que emitía un chisporroteo incesante. Trabajaba en una figura magnificente en color anaranjado neón y azul que daba la apariencia de estar en llamas. Una estrella de mar con un metro de diámetro.

—¡Lo sé!

A la misma hora en que se encontró con Andrew en la oficina del abogado, se suponía que estuviera en la corte del distrito. Tenía que encontrarse con su oficial de libertad condicional para su reunión semanal.

—¿Es que quieres volver a la cárcel?

Empujaba y halaba la pieza con las herramientas. Buscaba que la estrella de mar tuviera la forma perfecta y que al verla las personas pensaran que era real. Era mejor parchar sus pensamientos con un trabajo extenuante a recordar cada segundo el desastre que era en todos los ámbitos de su vida. Y ahora debía añadir su fracaso como mujer. Los ojos se le humedecieron, aunque ninguna de las personas que la rodeaban se percataron pues cualquier reacción que ella demostraba sería atribuida al esfuerzo que realizaba.

—Solo llegué hora y media tarde. Sí me presenté.

—¡Es que no puedes llegar ni medio segundo tarde!

Había cortado, hundido y hecho brotar cada aspecto de la pieza mientras su primer asistente se encargaba de que la escultura mantuviera la temperatura requerida con la enorme antorcha entre las manos. Las gotas de sudor le resbalaban por el cuerpo y respirar era un acto a conciencia pues el calor era apabullante. El vaivén monótono del cristal contrastaba con el de las pinzas.

—Me surgió un compromiso de repente.

—Eso no existe cuando tu libertad está condicionada.

Para ese instante creaba un cuello en la pieza, donde más tarde sería capaz de separar la vara de acero con la que trabajaba. Era una empresa delicada pues el peso de la escultura rebasaba los cincuenta kilos y ella necesitaba toda la concentración posible. El cuello solía ser muy angosto y frágil por lo que podría partirse con facilidad. No obstante, por más que lo intentaba, su cabeza era un hervidero de pensamientos y conjeturas que le dificultaban incluso respirar.

—Solo te faltan seis meses para recuperar tu libertad. ¿Qué podría ser tan importante como para arriesgarte así?

Se mantuvo impasible ante esas palabras, aunque un latigazo le recorrió la espalda.

—¿Algo más?

Mientras giraba la pieza en movimientos controlados, Katie tomó las pinzas para girarlas en el cuello y así poder crear el primer punto de quiebre. Walker comenzaba a mostrar su frustración al no conseguir que cediera.

—No te sabotees a ti misma.

Se forzaba a mantener la concentración sobre su pieza, no obstante, dudaba, pues consideraba que no tenía el calor suficiente. En tanto, intentaba encontrar una explicación para la crisis que parecía vivir en las últimas semanas. Ni siquiera cuando cumplió cuarenta se sintió tan terrible como ahora que solo faltaban unas semanas para llegar a los cuarenta y tres. Era consciente de que haber buscado a Andrew había sido un error. ¿Acaso su propia dignidad le preocupaba tan poco?

Andrew... Él había estado allí, en su peor momento, con la mirada azulada colmada de reproche, lástima y censura. Igual a como la observaba ahora cerca de diecisiete años después. No quería ni imaginar cómo se burlaría de ella en sus pensamientos. Era un alivio que sus días juntos se vieran reducidos.

—Un día, un hombre derrumbará esa fachada que te impones y no sabrás qué hacer, Sarah.

Ella levantó la cabeza y le dedicó una sonrisa que logró hacer estremecer al oficial de la cabeza a los pies.

—Buenas tardes, Walker. Será mejor que descanses.

Observó cómo él se ajustó la gorra de policía en la cabeza tras un suspiro agotado. Siempre lo consideró un hombre guapo, pues tenía las pantorrillas musculosas y el culo duro y respingón. No obstante, jamás lo consideró para su loco plan. Walker era el tipo de hombre que le pediría matrimonio en cuanto ella le informara que estaba embarazada y el mundo era demasiado grande como para casarse con el que alguna vez fue su concuñado.

El oficial se encontró con su compañero a la salida y, a pesar de la distancia, ella escuchó su intercambio:

—¿Lograste convencerla?

—¿Tengo cara de haberlo hecho?

Cody Smith, el compañero de Walker, hizo una mueca y se agarró el estómago.

—Creo que el almuerzo me hizo daño. Sí, mañana no podré ir a trabajar.

Walker se reacomodó el uniforme.

—Me dejas solo con ella y te echo de cabeza con el capitán.

Cody resopló. En el rostro de ella se dibujó una sonrisa velada. Le parecía inverosímil que esos dos hombretones le temieran como si representara un gran peligro. Vale que en una ocasión arrojó un par de kilos de papas al techo de las dos patrullas de la comunidad y las gaviotas se habían ensañado con estas, pero eso solo había costado un viaje al lavado de autos que de por sí ya iban a hacer.

—Prefiero la cantaleta del capitán a estar presente cuando ella lo esté.

—Gallina.

Cody se adelantó dos pasos, giró y se agarró la entrepierna.

—Sí, aquí están mis dos huevos. ¿Le preguntaste acerca de lo que pasó con el abogado aquel?

A pesar de ese momento de distracción, seguía sumida en sus pensamientos. Era verdad que ya no contaba con la firmeza de la juventud, pero era una mujer guapa. Tal vez actuó demasiado de prisa con Andrew, quizás él estaba nervioso. Y se suponía que cuando un hombre se sentía presionado, no era capaz de tener una erección. Debía creerle cuando él también le confesó que había pasado mucho tiempo desde que tuvo sexo por última vez, aunque a ella le pareciera imposible. Esa noche se presentaría frente a Andrew como la mujer segura de sí misma y desenfadada que aparentaba ser.

Respiró con tranquilidad cuando la pieza de vidrio en la que trabajaba tuvo el primer punto de quiebre perfecto. Al menos algo en su vida se comportaba como debía. Esa estrella de mar sería la más vistosa de su exposición. Le había dedicado innumerables horas al diseño, bosquejo y realización. Debía ser perfecta, dado que la composición de las demás figuras giraba en torno a ella.

Se apresuró a enderezar la postura, alargó el brazo, los hombros se le tensaron y tuvo que usar la cadera para maniobrar la escultura sin que cayera al suelo. Se acercó más a la antorcha, pues era urgente que recibiera calor.

Sin embargo, Katie, su primer asistente, tuvo que apresurarse y colocar la espátula debajo de la pieza cuando zigzagueó de un lado a otro amenazando con caer al suelo. Sarah volvió a tensar los hombros y con los músculos de su espalda hizo un gran esfuerzo por dar estabilidad a la pieza, ya que no estaba segura del segundo punto de quiebre. Consiguió apoyar la escultura en el suelo y Katie corrió para aplicarle calor con la antorcha, aunque las dos sabían que no sería suficiente.

—¡Caleb! —llamó a su segundo asistente.

Como el segundo punto de quiebre estaba tan frágil, intentaría unirlo a otra vara una vez más y así volver a comenzar. Caleb se acercó con otra antorcha en tanto ella giraba la pieza de un lado al otro en un movimiento constante y controlado. Consiguió traspasarle la vara a Katie cuando Caleb agarró las dos antorchas y se alejó apresurada para tomar otra vara y meterla en el horno para cubrirla de masa de vidrio líquida.

Se acercó a la pieza, mas antes de que pudiera afianzar la escultura, el peso de esta le ganó a Katie y giró con demasiada rapidez. Al percatarse, Sarah soltó la vara con brusquedad y empujó a Caleb, quien cayó de un sentón al suelo. Por suerte, ella intuyó la reacción del chico al advertir lo que sucedería: él había extendido las manos para prevenir que la pieza rodara hasta el suelo.

—¡Jamás se hace lo que pretendías! ¡Vete a tu casa!

Tragó con dificultad, si bien mantenía el control sobre el resto de su cuerpo. Solo era una pieza, la más espectacular de su exposición... Tendría que olvidarse de ella.

Comenzaba a creer que tendría que abandonar todos sus sueños y ambiciones. No habría bebé y la exposición espectacular en la que trabajaba nunca vería la luz. ¿Por qué la vida le daba golpe tras golpe tras golpe?

—Estoy bien, señora Sarah.

—¡Ahora!

—Por favor... por favor, no me despida.

Katie se plantó en el medio de los dos y le acunó el rostro a Caleb mientras se humedecía los labios.

49

—No te está despidiendo, tonto. Camina por la playa o cómete una hamburguesa grasienta. En el estado mental en que te encuentras eres un peligro para el taller.

Sarah se preguntó dónde estaba el hombre que la reconfortaría a ella después de un fracaso tan monumental como el que acababa de tener. Ese que le dijera que se tomara un descanso y todo estaría bien al siguiente día. Para ella no existía. Era ella misma quien debía darse aliento, aunque comenzaba a sentirse minada.

—A la siguiente pieza.

Katie dio un respingo.

—Sí, señora Sarah.

9

—Su invitada está aquí.

Sarah se sobresaltó. Todavía no se acostumbraba a la voz de la asistente virtual en casa de Andrew. La puerta se abrió en automático y ella entró. Frunció el ceño al percatarse de que él no la esperaba en el pasillo como el día anterior. Sin embargo, no se atrevió a pasar, consciente de que él no deseaba que ella traspasara su intimidad.

Bajó la cabeza y se observó los pies mientras intentaba acomodar los dedos dentro de los zapatos. No esperaba que Andrew la cubriera de besos o que existiera cierta urgencia en sus caricias, pero intentar tener sexo a solo dos pasos de la puerta de entrada escocía. La conjetura de Andrew era correcta: se sentía como una puta. Se reprendió a sí misma. ¿Qué importaba cómo se sentía? Andrew le había dado su consentimiento y ella podría tener a su bebé. Y a pesar de que él la llamó de forma tan despectiva, al siguiente segundo se catalogó a sí mismo con el mismo sustantivo. Y eso la volvió loca de deseo. ¿Qué le estaba pasando?

—¿Andrew? —Se atrevió a llamar cuando pasaron diez minutos y él no salía. En todo ese tiempo no paró de cambiar el peso de un pie al otro.

—Aquí—. Levantó la cabeza un poco azorada cuando escuchó la voz de él a su alrededor—. Pasa.

Se adentró solo unos pasos antes de detenerse. Observó la sala, pero estaba vacía. Con vacilación siguió invadiendo el espacio de Andrew, quien tampoco estaba en la cocina. Extendió el cuello para ver hacia fuera, mas en el patio exterior no había nadie.

Sonrió de esa forma extraña en que lo hacía. Se odiaba a sí misma cuando reaccionaba así, pero era algo que no podía contener. Quiso abrir la primera puerta que se encontró a la derecha, mas dio un paso atrás cuanto esta lo hizo por sí sola. Ojeó el lugar y se percató de que era una oficina. Frunció el ceño al ver que encima del escritorio había tres monitores y empotrados a la pared negra dos adicionales. La piel se le erizó ante la vibra masculina del lugar. La mesa estaba en forma de L y era una mezcla de metal y vidrio. Había un librero ancho y poco bajo que se extendía por la habitación y todos los lomos eran negros. En el centro del lugar había dos cuadros que plasmaban los atardeceres de Cannon Beach donde el rojo y el anaranjado predominaban sobre el azul del agua y el crema de la arena. No obstante, Andrew no estaba allí.

Continuó su camino. Encontró un baño, una habitación vacía, aunque tenía la cama echa a la perfección, y entró a la recamara de aquel hombre que todavía le era desconocido. Se apresuró a marcharse sin siquiera mirarlo y disculparse.

Llegó a la última puerta y volvió a sonreír. Su rostro mostraba una mueca espantosa. Al detenerse frente a ella, también se abrió en automático y el corazón se le aceleró. Una sensación tibia envolvió a Sarah, y tuvo la certeza de estar en el lugar correcto por la intensa fragancia varonil y especiada.

La habitación era blanca, pero el cabezal llegaba hasta el techo y era por completo negro. La cama era de gran tamaño, aunque un poco más baja de lo usual, al igual que las mesitas de noche. También allí predominaban el vidrio y el metal que daban el toque final al despliegue de testosterona.

—Me encontraste.

Giró a la izquierda al reconocer la voz de Andrew y se cimbró de la cabeza a los pies. Al parecer, no hacía mucho Andrew tomó una ducha, pues su cabello se veía húmedo a pesar de estar peinado a la perfección. Eso también explicaría la tibia condensación de la habitación y el delicioso olor a jabón.

Los colores de la vestimenta de él estaban invertidos a los del día anterior ya que la camisa era blanca con tres botones sueltos y las mangas enrolladas a tres cuartos. El pantalón era a cuadros con distintas gradaciones de gris oscuro. Y estaba descalzo. Ella juntó los muslos en busca de un pequeño alivio al constante pulsar en su vientre bajo, si bien sintió una punzada en el corazón. Era evidente que Andrew tenía una cita. Tal vez la hizo pasar porque pensaba que ella era la mujer que él esperaba. Le parecía imposible que él estuviera más de dos años sin sexo. Eso solo lo dijo por tenerle lástima.

Se preguntó cómo saldría de allí antes de que él la echara. Andrew no sentía ni una pizca de deseo mientras que ella se deshacía tal y como el vidrio ante el fuego.

—Creo que te sientes demasiado segura de mí.

Dio dos pasos atrás como si una fuerza desconocida acabara de empujarla.

—¿Por qué? —Su tono de voz era bajo y hasta distante, como si se encontrara en las rocas que estaban en la playa.

—Hoy no trajiste la cena.

Tuvo que recordarse a sí misma el motivo por el que estaba allí: su bebé. Ella no buscaba que Andrew se enamorara, ni siquiera tenía que gustarle. Solo tenía que hacerlo sentir lujuria por unos minutos y así conseguir el viscoso líquido que anhelaba.

Se reprendió en sus pensamientos y se centró en su urgencia, pues todavía no sabía cómo eludir el encierro del siguiente día. «Malditos jueces y sus órdenes de desacato», pensó. Con renovada determinación fijó la mirada en Andrew, quien la observaba con cierto desafío, como si la urgiera a desplegar todas sus armas.

Levantó la mano hasta el cuello y la arrastró a través del canalillo para llegar al nudo del vestido negro con puntos blancos y soltarlo. Como eso era lo único que lo mantenía en su lugar, pues no tenía mangas, la tela se le deslizó por la piel.

Andrew fue muy consciente del estremecimiento que la recorrió a ella como si hubiera recibido una caricia infinita. Se le formó un nudo en la garganta y no porque de un momento a otro encontrara a la mujer frente a él hermosa, pero había algo en el hecho de que Sarah no desistiera a pesar de la negatividad con la que él la bombardeaba.

—Ni flores. —Tuvo que forzar la garganta y aun así la voz le salió ahogada. Como si ella ya conociera lo que le diría, sostuvo el peso de sus senos entre las manos y él se percató de la tela translucida del sostén y de unas diminutas flores que cubrían los pezones—. Ni vidrio.

Ella ladeó la cabeza con una sonrisilla traviesa, una ceja enarcada y la mirada bañada en triunfo. Él colocó la mano en el asiento de la silla para apoyarse y así reacomodar su postura. Volvía a sentirse como un niño inquieto que no podía permanecer sentado por dos segundos.

—Nunca te creí un hombre tan poco observador.

Y como si de pronto fuera muy obediente, deslizó la mirada por la sedosa piel. Agrandó los ojos al descubrir la fortaleza en las piernas femeninas como si se ocupara de cargar mucho peso, mas sus divagaciones quedaron en el olvido. Con disimulo tomó una bocanada de aire y la soltó con lentitud. El mundo podría acabarse en ese instante y aun así él no sería capaz de despegar la mirada de ella. Sarah Bramson lucía los tacones de vidrio. Poco a poco consiguió salir del estado en que se encontraba, realizó el recorrido de vuelta, no sin antes percatarse de cómo ella juntaba los muslos. Cuando encontró la mirada castaña, una sonrisa lenta le curvó los labios.

—¡Oh, Cenicienta! Te equivocaste de castillo.

—¡Oh, príncipe! —Se mofó ella con una gran sonrisa—. Soy la madrastra.

Se observaron durante unos minutos. Entonces Sarah contoneó las caderas y caminó hacia él con un vaivén suntuoso. Le llevó las manos a los hombros y subió a su regazo. Él contuvo el aliento al percibir lo serena que estaba. Si hubiera sido otra mujer habría salido corriendo y se habría olvidado de esa locura de que fuera él quien le diera un bebé. Era más fácil buscar a otro, incluso tener una aventura de una noche. Y, sin embargo, sentía un pinchazo de orgullo. Sarah se aseguró de que ambos estuvieran limpios de cualquier enfermedad de transmisión sexual, incluso habían sincronizado el ciclo reproductivo de ella en sus teléfonos y, mucho antes de que Sarah estuviera en la posición que se encontraba, protegió a su hijo con un documento legal. Porque Andrew no se engañaba a sí mismo: era probable que en el mundo existiría un mini él y era algo que ya daba por olvidado.

Los senos de Sarah se aplastaron contra su pecho con suavidad mientras ella levantaba las manos y le acunaba el rostro. A él no le pasó desapercibido el temblor en ellas, así como tampoco lo frías que estaban. Cerró los ojos ante esa especie de abrazo que en sí no era. Fue el instante en que sintió los suaves labios dejar los más mimosos besos en sus párpados. Se aferró a los aros impulsadores de la silla de ruedas por primera vez en esa velada, inseguro de cómo esa caricia lo hacía sentir... Extraño, sí eso era. Si Sarah pretendía excitarlo, iba por mal camino. Él nunca fue un hombre al que le gustaran las caricias y toques delicados.

Se humedeció los labios en tanto ella le arrastraba las manos por las mejillas para llegar a las orejas y acariciarle los lóbulos a la vez que los dedos meñiques y anulares descansaban en su nuca y ejercían una presión suave en ese lugar. Ella le ofrecía una ternura y delicadeza que lo tomó desprevenido. Por algún motivo eso logró relajar la tensión que lo recorría, aunque era consciente de que estaba a merced de Sarah y de lo que ella pretendía.

Soltó una bocanada de aire al percatarse de que ella se había alejado, aunque el alivio solo fue pasajero porque en algún momento le había abierto la camisa y él observaba —si bien no la sentía— cómo le rodeaba el ombligo con los labios con besos sueltos y lamidas esparcidas. Frunció el ceño y tragó con cierta dificultad. No, no... Sabía que era él quien lo vivía, pero no dejaba de sentirse raro.

Quiso hacer algo, aunque creía haber vivido un desvanecimiento porque para ese instante Sarah ya le había recorrido el pecho con esos besos de toque sensual y se concentraba en el área de sus tetillas en un como que sí y como que no que logró que toda la relajación obtenida se convirtiera en tensión, pues jamás le gustó que le tocaran esa zona.

Y cuando pensó que la detendría porque eran incompatibles en términos sexuales, el cúmulo de sensaciones que ella construyó se apoderó del cuerpo de él. Comenzó a jadear y de su garganta escaparon gemidos que él mismo se desconocía. La agarró a ella por la nuca sin ceremonias y le devoró la boca ante el medio saludo altivo de su virilidad.

Sintió una descarga eléctrica cuando ella le deslizó la mano por el pecho, aunque perdió toda sensación cuando llegó por debajo de sus tetillas. Él permanecía concentrado en morderle los labios y ser correspondido, aunque se vio obligado a romper el beso para permitirle a Sarah respirar. Fue el instante en que ella aprovechó para desabrocharle el pantalón y en cuanto lo logró, fijó la mirada en él.

Ambos se observaron durante unos segundos como si ella se asegurara de que todavía contaba con su consentimiento. Él le rodeó la cintura, aunque cerró el puño en el aire por un segundo antes de obligarse a soltarlo y deslizarle los dedos por la espalda hasta alcanzar el sostén sin tirantes y desabrochárselo con maestría. Sarah volvió a acercar los labios a los suyos, por lo que el aliento tibio le acarició el mentón. Ella se los humedeció y en el mismo segundo le dio un lametazo sobre los suyos que le arrancó un gemido.

Ella le dedicó una sonrisa y del pecho de él escapó un gruñido porque ella no comprendía la magnitud de lo que había conseguido, y que acabaría en unos segundos. ¡Tenía que darse prisa! Rodeó el cuerpo femenino con un abrazo posesivo, la agarró de la nuca y le enredó los dedos en el corto cabello, obligándola a permanecer aplastada contra él. Chocó los labios contra los de ella y en tanto la lengua de Sarah se confundía con la suya, ella le masajeaba el pene con soltura. Cuando estuvo segura, le colocó un anillo constrictor que él no tenía idea de dónde lo había escondido. Solo sabía que Sarah había hecho su tarea. ¡Esa mujer era una diosa!

Se vio obligado a abandonar la boca de Sarah y tiró la cabeza atrás en un intento de recordar cómo respirar, mas antes de alejarse, ella le mordisqueó el labio inferior y le deslizó los suyos por el mentón hasta llegar al cuello y lamerle la manzana de Adán. Él no se lo esperaba, pero eso que experimentaba se parecía mucho a un orgasmo, lo que de inmediato se convirtió en algo más.

—Sarah... —gimió. Tenía el pecho apretado, el dolor de cabeza que comenzó a dominarlo era agudo y le ardía tanto el rostro como si lo tuviera en llamas—. Sarah...

—Ajena a lo que le ocurría a él y tal vez pensando que era parte del mismo orgasmo, ella no detuvo su avance—. ¡Sarah, estoy a punto de tener una apoplejía!

Ella frenó en seco y cuando levantó la cabeza estaba lívida. Tenía los ojos muy abiertos y el terror bailaba en ellos. Él no podía pensar en nada más denigrante, aunque en ese instante tenía que concentrarse en su asquerosa vida.

—Mesita de noche —jadeó.

Como una exhalación Sarah bajó de su regazo y se lanzó contra la mesa de noche, golpeándose la cabeza en el proceso. Abrió el cajón y sacó el frasco de pastillas. Con las manos tan temblorosas como las tenía, no comprendió como fue capaz de abrirlo, pero lo hizo. Cuando se acercó, él calculó que pasaron menos de cincuenta segundos desde que le gritó, pero ya tenía la pastilla bajo la lengua. Sarah le retiró el anillo constrictor con mimo. Sin embargo, no se conformó. Salió de la habitación sin importarle el cabello alborotado y que la ropa que la cubría no era suficiente. En cuestión de minutos, su asistente le había colocado la máquina de tomar la presión y estaba por hacer la lectura. Por un instante él la consideró una super humana, pues sus reflejos eran... eran... Él apenas estaría oprimiendo el botón de auxilio.

Cuando Patrick terminó de tomarle la presión arterial, Sarah le dedicó una mirada repleta de determinación y no de angustia como se esperaría.

—¿Está todo bien? ¿Qué sucede?

Y seguía sin cubrirse como si se hubiera olvidado por completo del estado en que se encontraba o tal vez le importaba muy poco que Patrick confirmara lo que ellos hacían. Él era consciente de que ella estaba en su hogar y que era su intimidad, pero eso no evitaba que sintiera el fuego instalado en las orejas. Y Patrick estaba igual de afectado que él, pues frente a ellos tenían a una mujer con solo el panty cubriéndola y no mucho, porque la tela era translúcida.

—Es una disreflexia autónoma, *señora*. Por suerte usted reaccionó a tiempo y no tenemos que llamar a una ambulancia.

Sarah asintió, aunque casi en el mismo instante negó con la cabeza.

—Lo siento, no sé qué es.

Observó como el rostro de Patrick enrojeció más si es que era posible. Parecía furioso porque Sarah estaba sentada en la cama con las piernas debajo de ella. Lo cierto era que era la primera vez que una mujer estaba en su habitación desde Robin.

—Es... es que no puede provocarle sensaciones tan de prisa.

Ella sonrió lo que al parecer encolerizó aún más a su asistente. Era evidente que a Patrick no le simpatizaba.

—Pero no íbamos rápido.

Patrick rechinó los dientes.

—Sí, es que el cuerpo de Andrew percibe las sensaciones en mayor grado que usted y yo, *señora*.

Andrew apretó los labios en una línea recta. Era la segunda vez que Patrick infería que Sarah era una vieja en comparación con ellos. Y él se aseguró desde días anteriores de decirle el nombre de ella a su asistente.

—O sea ¿que no podemos tener sexo?

Observó como Patrick rodó los ojos, parecía que él estaría más cómodo hundido en arena movediza que respondiendo las preguntas de Sarah.

—Sí, pero tiene que darle respiros. Detener por un instante los estímulos y recomenzar.

Andrew estaba bien. Solo había sido un susto, pues al no tener experiencia previa, ni él mismo sabía cómo reaccionaría su cuerpo. No era la primera vez que padecía de una disreflexia autónoma, aunque en esas ocasiones fue por esperar demasiado para ir al baño o porque algo le incomodaba en las piernas y su cerebro no se percataba. Era la primera vez que le ocurría durante el sexo. La forma en que Sarah lo había tocado, esas sensaciones desconocidas que le provocó contribuyeron a la respuesta anormal de su cuerpo. Ella no tenía culpa de nada, era él quien debía acostumbrarse a que su cuerpo hizo el traslado de orgasmos de su pene a su manzana de Adán y que ahora le gustaba que lo tocaran con mimo. Y Sarah fue quien lo descubrió.

—¿Y la eyaculación?

Cualquier otra mujer se sentiría avergonzada por hablar de esos temas y allí estaba Sarah, en pantys, preguntando por el semen de él.

Se percató de que Patrick parecía alterado en extremo y era evidente que si pudiera echar a Sarah de la casa lo habría hecho. Él jamás consideró que el volver a tener sexo representaría un problema para su asistente. Tendría que hablar con él.

—Eso es por completo diferente a un orgasmo, *señora*.

—Pero acaba de tener un orgasmo.

Patrick resopló. Andrew dedujo que su asistente creía que él era un imprudente y que a Sarah no le importaba su bienestar.

—Sí, pero no va a haber eyaculación. Son dos procesos distintos.

Él se sentía demasiado abrumado e intentaba digerir lo que había ocurrido, sin embargo, intervino entre su asistente y Sarah. A pesar de que ella mantenía una sonrisa en los labios y parecía como si no le importara nada, él la tuvo entre sus brazos cuando le pidió que le diera un bebé, así que podía reconocer que toda su fachada era solo apariencia. Si se tratara de Robin la tendría en su regazo y la reconfortaría, pero era Sarah y él no deseaba estrechar los lazos entre los dos. Lo de ellos se terminaría en un par de días.

—Gracias, Patrick, déjanos solos.

Mientras su asistente se retiraba con un resoplido, Sarah se llevó el vestido sobre la cabeza y se cubrió. Entonces comenzó a buscar el resto de sus pertenencias en tanto él seguía sus movimientos en silencio. Ella se acercó y el beso que le dejó sobre los labios fue el más intenso de su vida.

—Eres un hombre maravilloso. —Sarah solo se lo dijo cuando se aseguró de qué él mantenía los ojos fijos en los de ella.

—No hice nada.

Ella le dedicó una sonrisa cargada de dolor.

—Aceptaste este plan loco y me permitiste apropiarme de ti, a pesar de conocer las consecuencias. Debí escucharte y así evitarme la vergüenza... Aun así, gracias, guapo.

Le guiñó un ojo y giró. Él tuvo la certeza de que no la volvería a ver. Y a pesar de que eso era lo que más deseaba, sintió un hormigueo extraño en la piel.

10

Andrew abrió los ojos, aunque permaneció quieto en la cama con la mirada fija en el techo. Estaba desnudo bajo las sábanas, pues su ropa tenía el olor del perfume de Sarah y él no deseaba tenerla presente, lo cual era una ridiculez, pues tenía el aroma impregnado en su piel.

La noche anterior tuvo su primer orgasmo desde que padeció la infección que le provocó la lesión en el cordón espinal. Y la responsable era una mujer casi diez años mayor a él. Eso solo comprobaba que él estaba tan desesperado por contacto físico como Sarah lo estaba por un bebé. Vaya par que hacían. Cualquier juicio moral que pudo sostener contra ella se había ido al diablo.

Se agarró del borde del colchón y se movió en un par de ocasiones hasta que tomó impulso para sentarse en la cama. El siguiente paso era subir a la silla de ruedas y continuar con la rutina establecida, pero permaneció un instante con la cabeza baja y los ojos cerrados. En el suelo se encontraba el zapato izquierdo de Cenicienta, pues Sarah se lo dejó en las manos junto con una caricia antes de marcharse.

«Sarah...», pensó mientras tomaba una gran bocanada de aire. La mujer que tuvo relaciones sexuales con sus mentores con la intención de no hacer el proyecto para obtener el grado como licenciada en arte, destrozando varios matrimonios en el proceso. Y todo para nada, porque al final tuvo que hacer su proyecto. La misma mujer que la noche anterior fue muy amorosa y, en cierto modo, tímida. No lograba reconciliar a las dos. Debía admitirlo, se sentía nervioso, incluso su cerebro enviaba la señal de peligro y de huir cada vez que ella estaba presente. Y si era sincero consigo mismo, fue así desde que la conoció. Sarah Bramson era una mujer que nunca le apeteció tener a su alcance.

No obstante, se sentía deshonesto. Había jugado con las ilusiones y esperanzas de Sarah. Quiso hacerla pasar por la humillación de que, sin importar lo que hiciera, él no eyacularía. Deseó darle un escarmiento y fue él quien salió escaldado porque ella sí que había traspasado sus barreras y le había regalado un orgasmo. Y él no cumplió con su parte pues no eyaculó.

En la lotería sexual de las lesiones de cordón espinal estaban los que podían excitarse a consciencia y llevar una vida sexual satisfactoria, mientras que, en el otro extremo, estaban los que no sentían nada y perdieron la capacidad de tener erecciones. En el caso particular de él podía tener erecciones en cualquier momento, pero no a consciencia. Eso solo significaba que frente a una pared blanca tendría una erección de primera solo por un roce del pantalón y a la vez podía mirar la más fantástica película porno, ansiar correrse como un púber, y ser un pésimo soldado en declarar su fervor a la astabandera. Eso era lo que más lo jodía de su condición, pues a todo lo demás se había adaptado.

Robin le había denegado su deseo de volver a sentirse hombre. Era consciente de que su masculinidad no dependía del apéndice entre sus piernas, pero esa vanidad de saber que la mujer que amas te desea, y que la puedes hacer gritar tu nombre como si fueras un dios, para él era intoxicante.

No tenía idea de qué hacer, aunque tal vez lo mejor era no intervenir. Era evidente que Sarah se había asustado por lo que ocurrió la noche anterior. De eso él no tenía dudas. Padecer una disreflexia autónoma y no sobrevivir a ella era el motivo por el que Robin huía de él como si fuera un apestado. Así que él no podía culpar a Sarah de no volver. «Maldito sea este cuerpo», pensó.

Tuvo que salir de sus divagaciones cuando el teléfono le avisó de una llamada. Apretó la mandíbula al percatarse de quién lo buscaba y mantuvo el pulgar en el aire unos segundos antes de deslizarlo por la pantalla.

—Hola, cariño.

Un pinchazo le traspasó el corazón. Las palabras tenían el mismo tono dulce de siempre.

—Robbie, hermosa, ¿cómo estás?

Ansiaba que al menos Robin continuara con su vida, que encontrara un hombre que la amara como ella merecía, y que ese desconocido la hiciera vibrar de placer hasta olvidar que él alguna vez existió.

—Ya sabes. El trabajo, la vida, extrañarte. —Él guardó silencio—. Resulta que tengo algunos días libres y me preguntaba si tal vez los podríamos pasar juntos... Ya sabes, como en los viejos tiempos.

Volvió a quedarse callado, y sin percatarse una mueca se adueñó de su rostro mientras abría y cerraba la mano derecha. Su compromiso con Sarah terminaba al siguiente día y ellos no estaban involucrados en una relación. Ni siquiera tenía la certeza de que ella regresara. Además, Robin llegaría dos días después. Y él quería verla, tenerla cerca, sentir su olor y volverse loco de deseo, aunque no pudiera tenerla.

—¿Andrew?

Él cerró los ojos con fuerza mientras ahogaba el gruñido en su garganta.

—Sí, puedes venir.

—¡Perfecto! Ya verás que será como antes.

Estaba seguro de que no sería así. Tan pronto terminó la llamada, llevó los puños al borde de la cama —pues si se hacía fuerza a la mano abierta podía fracturarse un dedo— y se impulsó con los brazos hasta poder levantarse y así dejarse caer en la esquina de la silla. Se agarró de los laterales del aparato y volvió a cargar con su peso en los brazos para sentarse en la postura correcta, o, al menos, la mejor posible.

Recogió el zapato de vidrio del suelo y lo guardó en un cajón en un armario que se encontraba dentro del vestidor.

Ese día le tocaba la rutina larga por lo que conseguiría comenzar a trabajar hasta dentro de dos horas si es que todo iba bien; si no, serían tres. Las personas solían pensar que lo peor de una lesión en el cordón espinal era terminar en una silla de ruedas, pero eso lo único que significaba era que se movería sobre ruedas y no sobre sus pies. Lo malo de una lesión espinal era todo aquello que no apreciamos de nuestro cuerpo como su capacidad de avisar cuando necesitabas ir al baño y encargarse por sí mismo de los desechos.

Entró al baño. Mientras agarraba la pasta, el cepillo de dientes se le cayó al suelo y cuando se enderezó, luego de recogerlo, se pegó contra el mueble del lavamanos.

—¡Puñeta!

Se acercó al inodoro, agarró su neceser gris que contenía guantes, lubricante, catéteres, supositorios, entre otros objetos médicos, y sacó el empaque con la sonda. Solo que lo abrió mal y este cayó dentro del inodoro.

Tenía una mañana terrible. Los pensamientos se le agolpaban unos contra otros y solo conseguía cometer errores lo que lo enfurecía y hacía pelear consigo mismo, convirtiéndolo en un círculo vicioso del que solo lograba escapar cuando refunfuñaba contra Sarah Bramson.

Cerca de tres horas y media después, cuando por fin terminó y pudo vestirse, y más confundido que cuando comenzó su día, agarró el teléfono y buscó el contacto de su urólogo. Lo tenía a la mano, pues lo había visitado hacía una semana y media. Había llegado a una decisión, aunque no tenía claro qué haría después. Oprimió el botón verde y se colocó el manos libres en la oreja izquierda. Ni siquiera lo saludó:

—Anoche padecí un episodio de disreflexia autónoma.

—Entonces es importante que vengas a la oficina para hacerte unos exámenes. ¿Por qué no fuiste a sala de emergencias?

Se llevó la mano a la sien y tragó con cierta dificultad.

—Fue a mitad de un orgasmo.

—¿Y los síntomas desaparecieron tan pronto dejaste de recibir estímulos?

—Sí. —Se aclaró la garganta.

—¡Eso es excelente, Andrew! No sabes cuánto me alegro de que Robin y tú al fin lo intentaran. Era una tontería que no tuvieran relaciones sexuales. ¿Robin volvió a sentirse aprehensiva? Déjame hablar con ella y asegurarle que vas a estar bien.

Se llevó la mano al cuello y se soltó el primer botón de la camisa. Un segundo después colocó la mano en los bordes de la silla y reajustó su postura.

—En realidad, lo que deseo es saber si hay alguna forma en que no vuelva a suceder.

—Te recetaré nifedipina, unos veinte miligramos. Eso te controlará la angina de pecho y evitará que se te suba la presión. Deberás tomártela veinte minutos antes de los juegos preliminares.

Asintió como si estuvieran frente a frente a la vez que volvía a tragar con dificultad.

—¿Es diaria?

—Solo si piensas tener relaciones sexuales a diario. Aunque te recuerdo que esto es como correr bicicleta: no se olvida, pero las primeras veces debes de ir lento.

Soltó una bocanada de aire inaudible y forzó su voz para decir:

—Lo tendré en cuenta.

—¡Listo! Ya le envié la receta a tu farmacia. Sabes que puedes llamarme en cualquier momento.

—Gracias, doctor.

—¡Saluda a Robin por mí!

No hizo ninguna aclaración porque él mismo tenía dudas. ¿Llamó al doctor por lo que sucedió con Sarah la noche anterior o porque planeaba utilizar lo aprendido con Robin? Una de ellas estaba de paso y no significaba nada en su vida, y la otra lo era todo para él, su alma gemela. Cualquier otro pensaría que la decisión era sencilla, pero no para él. Porque Sarah Bramson le había dado todo lo que él había anhelado los últimos cinco años. No era solo el sexo, sino todo lo que implicaba llegar a ese punto. Así que se sentía jodido.

La puerta de su habitación se abrió y Patrick Welch, su asistente médico, hizo aparición con los medicamentos que debía tomar. Los cambios en su vida eran tan ajenos que no sabía cómo catalogar el comportamiento de Patrick, si bien estaba seguro de que sería por completo diferente si hubiera sido Robin quien lo acompañara la noche anterior y no Sarah.

—Que lo de anoche no se repita.

Patrick frunció el ceño y detuvo su andar. Parecía consternado por las palabras de Andrew.

—¿A qué te refieres?

Resopló. Su asistente médico parecía ser inconsciente de lo que hizo.

—La forma en la que trataste a Sarah. Estaba asustada, y tú empeoraste la situación.

El rostro de Patrick enrojeció.

—Desde que llegó pidiéndote sexo, me parece una mujer despreciable.

Levantó la mirada, tenía los labios apretados en una línea recta y el rostro impasible. Le parecía que Patrick se entrometía en un asunto que no era de su incumbencia. Y que interviniera era una presunción por su parte.

—Ese es mi problema, no el tuyo.

—Soy tu asistente médico, mi deber es velar por tu bienestar.

Sujetó los aros impulsores de la silla y se movió de adelante hacia atrás sin ir a ningún lugar en realidad.

—Y según tú, ¿cuál es mi bienestar?

Patrick cruzó los brazos sobre el pecho y él se percató de la amargura que le recorría la sangre a su asistente.

—No tener sexo. No deberías arriesgarte a tener una apoplejía solo por complacer a *esa*.

Con la boca dibujó una mueca de desprecio a la vez que entrecerraba los ojos. Volvía a sentir el furor recorrerle las venas. Durante esos años consideró a Patrick un buen asistente médico, aunque jamás podría creerlo un amigo. En menos de un mes vivía los dos polos opuestos de la sexualidad en los discapacitados. Sarah intentaba halarlo hacia una vida sexual plena y Patrick intentaba retenerlo a la vida célibe que le fue impuesta hacía cinco años. Y él solo estaba seguro de algo: después de probar las mieles del paraíso, no volvería atrás.

—Ahora dirige ese sermón a ti mismo. —Patrick guardó silencio—. Perdí la movilidad en gran parte de mi cuerpo, pero sigo siendo un hombre, con necesidades...

—No deberías pensar así.

Golpeó el aro impulsor izquierdo con la mano ante la interrupción de Patrick. Su asistente médico no tenía ningún derecho a coartarlo de esa forma.

—¡Básicas! El sexo es tan necesario como respirar y comer.

Patrick extendió los brazos e inclinó su cuerpo hacia él, ese era un gesto que lo enfurecía porque él ya no podía engrandecerse frente a un contrincante como haría un lobo o un gallo bravo.

—¡¿Quieres sexo de una mujer a la que no le importó que otro hombre la viera desnuda?! No le pasó desapercibida la ironía de que fuera Patrick quien utilizara esas palabras.

—Sarah estaba aquí, conmigo, en mi intimidad. Estoy seguro de que ella se sintió segura porque yo confío en ti.

—¡Desnuda, Andrew! —Patrick levantó los brazos mientras le gritaba.

Se agarró de los aros impulsadores con tanta fuerza que sus nudillos palidecieron. Era consciente de que no podía agobiarse, pues en un par de ocasiones se había caído de la silla por actuar con imprudencia.

—¡¿No me has limpiado tú el culo?!

—Eso es diferente.

Agarró los aros de la silla y se impulsó hasta quedar frente a frente a Patrick, solo unos centímetros los separaban.

—¡¿En qué es diferente?! —Patrick volvió a guardar silencio. Su rostro estaba rojo de ira—. ¡¿En qué?!

—¡Robin te respetaba! ¡Ella jamás te trató así!

—¡¿Cómo no me trató, Patrick?! ¡¿Cómo un maldito ser humano?! ¡Porque lo soy!

Patrick parecía querer sacudirlo y extraer cualquier droga que Sarah le hubiera dado.

—¡*Esa* solo se aprovecha de ti!

—En mi última revisión mi afectación seguía siendo en mi cuerpo, no en mi cerebro, así que soy muy capaz de tomar decisiones por mí mismo.

Comprendió que Patrick que jamás cambiaría de opinión.

—¡Te usa, Andrew!

—Si el que tu empleador sea un hombre con apetito sexual y necesite tu ayuda en medio del acto es demasiado para ti, entonces admitiré tu carta de renuncia y te entregaré una carta de recomendación con tu indemnización.

Volvió a agarrar los aros para girar la silla y se dirigió hacia la puerta, que se abrió en automático. Patrick lo siguió, en silencio, y sin recordarle que debía tomarse los medicamentos. Al parecer Sarah Bramson no llegó para alterar solo su vida, sino que, tal vez, todas las personas que lo rodeaban se verían trastocadas por la enredadera que ella representaba.

—Tuve relaciones con Robin...

11

Al fin uno de los dos lo confesaba, después de tres años. No despidió a su asistente en el momento. Era difícil encontrar a personal médico que se presentara a trabajar una semana después de estar expuesto a la rutina de un paciente que usara silla de ruedas y Patrick lo había acompañado desde hacía cuatro años. Por supuesto que el sueldo que devengaba era más que suficiente, pero que él tuviera un empleo que le permitiera un lujo como ese era la excepción a la regla. Tampoco quiso que Robin se sintiera juzgada, herida o enfadada cuando cuestionara su decisión de despedirlo. Además, no fue Patrick quien olvidó sus votos matrimoniales y cuán dispuesto estaba su esposo a complacer cualquier fantasía.

—Lo sé.

Llegaron hasta la cocina y se concentraron en preparar el desayuno de cada uno. Andrew era tan autónomo como su condición le permitía. Alguien ajeno se cuestionaría la presencia de Patrick, pero su asistente estaba presente para cualquier emergencia como la noche anterior o los días en que la espasticidad lo dominaba y debía quedarse en cama.

En cuanto el desayuno estuvo listo, ambos se sentaron con sus platos en la mesa. Él tenía una taza de café, un plato con frutas y huevos revueltos con vegetales. Llevaba una dieta estricta pues ahora debía ser muy consciente de las calorías que consumía. Los músculos en su abdomen eran no funcionales y cargaba con una lonjita en esa zona, una por la que Sarah ni se inmutó.

Al terminar, Patrick le revisó la presión arterial y le colocó el oxímetro para cerciorarse de que tuviera el pulso estable. Al terminar, le retiró los aparatos y lo observó.

—¿Cómo te sientes?

—¿Respecto a que mi esposa follara con mi asistente o respecto a lo que ocurrió anoche? Observó como Patrick mudaba de colores y gagueó antes de poder decir:

—Lo que ocurrió anoche.

La confesión de su asistente había sido un desliz. Si Sarah no hubiera aparecido en su vida, quizás esa revelación no existiría. Y él no sabía cómo reaccionar, así que le permitió el escape a Patrick, pues él ya estaba concentrado en su salud.

—Dormí toda la noche y todavía ahora no siento dolor.

—Eso se debe al orgasmo que experimentó tu cuerpo, no porque Sarah sea especial. Si te masturbaras con frecuencia, todas tus noches podrían ser libres de dolor.

A eso quedaba relegado. Las demás personas compartían su cuerpo con alguien más, su placer era mutuo, fuera que se amaran o no, pero él debía esconderse, obtener su placer en solitario con un cuerpo que, en realidad, le era ajeno en términos sexuales. Después de todo, al recibir rechazo tras rechazo de la mujer que amaba, comenzó a pensar que en realidad había algo mal en él.

Mientras tanto, Sarah estaba sentada sobre el catre de la celda a la vez que se abrazaba las piernas con los brazos y apoyaba la cabeza en las rodillas. Estaba tan sumida en sus pensamientos que el caos en la estación de policía era solo un murmullo para ella. Sin embargo, tenía presente los gritos del capitán Allen, quien despotricaba contra ella y juraba que un día la pillaría y las pruebas circunstanciales —responsables de que aun pudiera gozar de libertad— se convertirían en directas.

En aquella ocasión, ella no tuvo nada que ver con que el dispensador de agua se hubiera roto y el líquido inundara el lugar, aunque por su sola presencia fue juzgada y condenada. Por si eso fuera poco, al verla, Cody dejó caer los expedientes que tenía entre las manos y la tinta se había diluido en el papel por lo que los tres turistas en la estación fueron puestos en libertad. Ella se percató que el rostro del capitán Allen estaba tan rojo por la furia que en cualquier momento podría darle un infarto y eso solo la alteró más por lo que buscó hacerse más pequeñita.

A pesar de su situación, Andrew era el dueño de sus pensamientos. Ansiaba poder llamarlo y así asegurarse de que todo estaba bien. Ella era la única responsable por lo sucedido. Eso que todos llamaban egoísmo era lo que la movía desde hacía dos años. Pero con lo que sucedió la noche anterior se percató de que ya debía detenerse. No olvidaba la mirada penetrante de aquel hombre, el enfermero de Andrew. No le pasó desapercibido el deseo de ese hombre por echarla. La despreciaba, y tal vez Andrew pensaba lo mismo.

Pasó casi toda la noche sentada frente al refrigerador con una papa frita sumergida en el helado de pistache, si bien jamás se llevó bocado a los labios. No necesitaba cerrar los ojos para visualizar con cierto terror cómo las venas en el cuello de Andrew parecían a punto de estallar.

Se llevó las manos temblorosas a la boca. Rio y sollozó al percatarse de que todos tenían razón al decir que era una terrible amiga. Desde hacía tres años que sabía que Andrew usaba una silla de ruedas y, ¿acaso se interesó por llamarlo? Lo pensó varias veces, pero nunca lo hizo... Solo cuando ella necesitó fue que lo buscó.

Y a pesar de que él le advirtió una y otra vez de su imposibilidad para darle un hijo, ella lo ignoró y por poco comete homicidio contra la única persona que alguna vez le ofreció su ayuda... en dos ocasiones. Jamás lo volvería a buscar, de eso estaba segura.

—Ya toda la comunidad me confirmó que asistirán al National Night Out.

—Shhh...

—¿Crees que me escuchó?

Se recostó en el catre y giró para darles la espalda a los oficiales. Sí, los había escuchado, y por tercer año consecutivo no fue invitada a la actividad que el departamento de policía le ofrecía a la comunidad. Tal vez debería considerar mudarse a un lugar donde nadie la conociera, si bien estaba atada a permanecer en Cannon Beach por asuntos legales.

El día de Andrew fue cada vez a peor por lo que ni se le ocurrió acercarse al servidor que tenía en la oficina. Con lo distraído que estaba era capaz de dejar sin servicio de mensajería a medio planeta. Ya le había sucedido con el continente australiano después de su divorcio: estuvieron incomunicados durante hora y media.

En ese instante jadeaba como pez en sus últimos instantes de vida, y los músculos de los brazos y hombros le ardían por el esfuerzo al que los sometía al subir la empinada colina que se encontraba en su propiedad. Mientras tanto, Jacob, su hermano menor, se burlaba de él.

Jacob era la única persona en su familia que no cambió su trato hacia él. Su madre y hermana mayor pretendían tratarlo como un niño mientras su padre las consentía. Al mismo tiempo, Jacob había acondicionado el camino hacia la colina para que él pudiera subir y observar la piedra Haystack. La vista hacia el horizonte era espectacular, pero llegar casi le costaba la vida, pues si se atrevía a tomar un descanso, aunque fuera para respirar, la silla corría colina abajo y asegurar los frenos solo provocaba que se fuera de espalda y se pegara en la cabeza. Así que solo tenía una opción: joderse hasta llegar a la cima y su incordio hermano se burlaba por cómo cargaba el peso de su cuerpo, además del de la silla. Sufría esa crueldad al menos una vez por semana... «¡Joder! ¡Cómo amo a ese cabrón!», pensó.

—¡Estás viejo, Beaufort!

—¡Jódete!

Perdió buena parte del escaso aire que recibían sus pulmones y Jacob parecía un adolescente en plena edad de la pavera pues no podía parar de reírse.

—¡Eres un cascarrabias!

—¡Chúpamela!

Jacob rio todavía más, ya que la silla retrocedió unos centímetros tras el exabrupto.

—Algunos tenemos que llegar a una cita y te has tardado veinte minutos más que la última vez. Estás fofo, Beaufort.

Por fin pudo detenerse junto a su hermano en la cima. De inmediato este le extendió una botella de agua. Aunque lo hacía con disimulo, Jacob se aseguraba de que en realidad estuviera bien. Andrew ansiaba un trago del líquido refrescante, pero apenas podía llenar sus pulmones de aire. Una noche de sexo y perdía su condición física. Después de cinco minutos de jadeos, por fin pudo llevar la botella a la boca.

—¿Por qué no vas conmigo y dejas que una chica linda te acaricie las orejas?

Resopló en medio de una risa queda por lo que el agua salió disparada por todas partes.

—¿Otra vez viste *Untouchables*?

—A las nenas les encantan esas cursilerías. Además, soy un firme creyente del masaje en las orejas. —Él guardó silencio. Iba a ser que también se convertiría en un fiel creyente de las caricias en las orejas o las lamidas en la manzana de Adán—. Siempre me dices que no, acompáñame esta vez.

—En otra ocasión será.

Antes le daba cualquier excusa a su hermano, pero ese día tenía un verdadero motivo porque ¿y si Sarah volvía? No es como que ansiara que lo hiciera, incluso le aterraba volver a tener esa especie de orgasmo que experimentó. Eso de que su pene no sintiera placer mientras que creía ver las estrellas cuando le acariciaban la garganta lo ponía nervioso... era algo nuevo y desconocido.

Observó lo que tenía frente a sí. El sol parecía reposar junto a la piedra Haystack en el océano mientras los tonos rojizos y naranjas se adueñaban del cielo. La brisa fresca conseguía mezclar el olor del bosque con el salitre, al mismo tiempo que intentaba mitigar el calor que emanaba de sus brazos. El agua parecía muy tranquila. Era casi un insulto que el día fuera tan perfecto en tanto él experimentaba una revolución en su interior. Suspiró. Tan cerca del océano y a su vez podría estar a miles de kilómetros de distancia porque no podía visitarlo.

—¿Cómo va el asunto de Robin?

Entrecerró los ojos ante la pregunta. Su familia conocía mejor que él la vida de su exesposa porque Jennifer, su hermana, mantenía un lazo muy estrecho con ella.

—Como siempre. ¿Por qué?

Jacob mantuvo la mirada al frente mientras extendía el brazo con el que sostenía la botella. Esa era su pose de indiferencia, pero solo era eso: una simulación. Su madre debía estar involucrada en el asunto. Andrew se tragó el malestar, no debió responder la llamada de su madre hacía unos días.

—Bueno, no es como si tú fueras un rayo de alegría, pero pareces más taciturno que otras veces.

—No me había percatado.

Jacob dio un trago al agua antes de continuar:

—¿Me vas a decir qué sucede?

Él levantó un hombro y lo dejó caer al mismo tiempo que se llevaba una mano al puente de la nariz.

—¿Por qué iba a suceder algo?

Jacob resopló.

—Sí, claro. Si quieres regresar con Umbridge, hazlo.

Su hermano se refería a Robin. Andrew colocó la mano en la esquina de la silla y mejoró su postura. Ese tipo de conversación era lo que menos necesitaba en un día como ese.

—¿Quieres dejarlo ya?

Por fin, Jacob lo miró. Las personas decían que eran como dos gotas de agua y más porque desde pequeños solían hacer todo juntos, sin importar que entre ellos hubiera cuatro años de diferencia.

—¿Crees que yo soy molesto? ¡Imagina cuando llegue tu hermana!

Rodó los ojos. Cuando Jacob ya no sabía qué decir, recurría a ese tipo de argumentos.

—¡También es la tuya!

Jacob le golpeó el antebrazo.

—¡Exacto!

Él negó mientras cerraba los ojos.

—Esta conversación no tiene ningún sentido.

Por algún motivo sintió la necesidad de girar la silla y mirar hacia su propiedad. Los únicos vehículos en su entrada eran el suyo y el de su hermano. Un pinchazo en el pecho consiguió acelerarle los latidos.

—¿Esperas a alguien?

Se apresuró a responder:

—No.

12

Sarah salió de la jefatura de policía a las seis de la mañana. Los oficiales se encontraban tan descolocados que la dejaron salir dos horas antes. La noche anterior tampoco pudo dormir, pero no le apetecía estar sola en su casa, así que, en lugar de irse a la cama, tomó un baño y una hora después entraba en la tienda.

Sus pensamientos seguían fijos en lo que sucedió con Andrew e incluso se imaginó a Robin persiguiéndola para cortarla en pedacitos por matar a su alma gemela. Ni siquiera comprendía cómo pudo reaccionar de la forma en que lo hizo, pues jamás se había enfrentado a una situación de vida o muerte. Pero ver a Andrew en ese estado hizo que se moviera.

Y todo iba tan bien que incluso creyó por un segundo que Andrew la deseaba, y en ese instante suspendido olvidó el propósito por el cual estaban juntos y solo deseó poder regalarle a él un momento en el que se sintiera sexy y masculino. Y entonces él sufrió el incidente y ella descubrió que no podía tener eyaculaciones, por eso le decía que lo que le pedía era imposible. ¿Y ella lo escuchó? ¡Por supuesto que no! Como si no fuera suficiente, estuvo incomunicada durante el día anterior y no pudo asegurarse de que él estuviera bien. Era una ridícula y parecía una niña, no la mujer madura que se suponía que fuera. Además, Andrew debía odiarla por lo que le hizo y debía desear no volvérsela a encontrar jamás.

Se acercó a la humeante caldera con la vara y sacó una plasta de vidrio líquido. Al llegar a su mesa de trabajo, le dio forma y en minutos ya era un círculo. Se apresuró a esparcir polvo de vidrio rojo en la superficie y deslizó la esfera en él.

Con la antorcha que tenía entre las piernas, ya que era una pieza pequeña, le dio calor y continuó amoldándola hasta tener una superficie lisa. Agarró un trozo de vidrio rojo tan ancho como un fideo, lo pegó a la esfera y lo haló con rapidez para dejar una especie de rayo o folículo en la superficie.

Como si colocara cientos de trozos de carne en un sartén muy caliente, los fragmentos de color chisporroteaban al pegarse a la esfera. Se apresuró a cubrirla casi por completo, si bien dejó un espacio vacío. Tomó una pajilla del vidrio más prístino que tenía y, dándole calor, lo acercó al espacio liso y formó una cabeza seguida de una cola.

Sonrió, aunque cualquiera que la hubiera visto habría sentido su corazón resquebrajarse por ella. Se apresuró a colocarse los guantes y levantó su más reciente creación. Caminó despacio hasta el anaquel privado que contenía esculturas que solo ella podía observar. Abrió la puerta de vidrio y colocó la pieza entre la de un hombre que le extendía una hamburguesa a una mujer indigente y el zapato derecho de Cenicienta.

Una vez cerró la puerta se olvidó de lo que allí había y continuó con su vida como si las últimas semanas no hubieran ocurrido o fueran una terrible pesadilla.

El resto de la mañana se ocupó en abrir la tienda y trabajar en las piezas de su exposición. Ya tenía confirmada la asistencia de varias personas influyentes en el mundo del vidrio, así que decidió concentrarse en destacar.

Continuó con las piezas que presentaría al público. Katie y Caleb estuvieron en todo momento junto a ella. El incidente de la escultura rota ya había sido olvidado.

Dirigió la mirada hacia la entrada al escuchar a Stephany, su hermana, parlotear largos minutos con Krissy, la nueva dependienta. Eran cerca de las cuatro de la tarde y el calor en el taller era sofocante, pues la temperatura exterior era excesiva. En tanto, Stephany manoseaba la joyería que escogía y la azotaba a un lado como si fuera una baratija.

—No lo sé, creo que solo me podré llevar un par de piezas. La calidad deja mucho que desear. ¿Es o no cierto?

—Yo creo que todos son exquisitos, señora.

—Yo pedí perfección. Este es el regalo de agradecimiento que mi mejor amiga Cassidy va a repartir en su fiesta de revelación del sexo del bebé y la actividad será transmitida en vivo. ¡La verán millones de personas!

Sarah continuó trabajando la escultura de estrella de mar, una más pequeña en dimensiones, y con una mezcla de azul cobalto con ocre. No intervino porque se prometió a sí misma cambiar, aunque podía percibir el hormigueo en sus manos. Además, la falta de sueño ya le había pasado factura, pues dejó los zapatos olvidados en alguna esquina y tenía el cabello enmarañado.

Sonrió a medias al percatarse de cómo Stephany guardaba en su bolso uno de los juegos de joyería mientras agarraba la canasta, asegurándose de no dejar atrás ninguna pieza. Su hermana se detuvo con los aires de grandeza que la caracterizaban antes de salir y dijo:

—Peter está tan feliz con el bebé. —Cuando Sarah la ignoró, Stephany continuó—: Por cierto, alguien te espera afuera.

—¿Por qué no entra? —Haló con las pinzas la pieza para darle forma a las espinas que les cubría el cuerpo. En tanto las gotas de sudor le resbalaban por el rostro y la espalda, el choque del cristal contra las pinzas era como una lija contra la madera.

—Porque no puede.

Se le cayeron las pinzas y el dedo índice se le resbaló hasta la escultura —aunque fue solo durante un segundo—, por lo que sufriría una quemadura de tercer grado. Sin embargo, ella ni se percató.

—Andrew... ¿Andrew está aquí?

El corazón le bombeó frenético en lo que esperaba la respuesta. No obstante, no era porque existiera algún tipo de ilusión. Lo más probable era que él estuviera allí porque también iba a demandarla.

—No lo sé. No me dijo su nombre.

La urgencia que le recorrió el cuerpo comenzó como un cosquilleo leve que muy pronto la agitó. Se olvidó de la escultura para correr por el taller y dirigirse escaleras abajo.

—¡Los zapatos! —le recordó Krissy en vano.

Fue de lo que menos se acordó pues su cabeza era un hervidero de pensamientos. En un segundo estaba segura de que Andrew la denunciaría, en el siguiente creía que él la juzgaría porque su tienda no era accesible, y en el próximo dudaba de que en realidad fuera él, pues no tenía ningún motivo para buscarla.

Recorrió el pasillo de gravilla mientras se le incrustaba y le quemaba la planta de los pies. Con el aliento contenido, encontró a Andrew en la acera. Estaba vestido de traje con una camisa blanca prístina y el cabello peinado hacia arriba y atrás a la perfección.

Ella se preguntó qué pensarían las personas que los rodeaban al verlos juntos. Tenía claro que asegurarían que él era un cliente, pues alguien como Andrew jamás se fijaría en ella. Estaba el asunto de la edad... y después todo lo demás.

Enderezó la postura para parecer más dueña de sí misma, aunque tarde recordó que él usaba una silla de ruedas. Andrew la creería más extraña de lo que ya lo hacía. Lo cual se confirmó cuando antes de poder saludarlo, él dijo:

—¿Acabas de salir de la cárcel? Luces terrible.

Contuvo el aliento y pestañeó. Si Andrew supiera cuán acertado era su comentario... En cuanto se detuvo frente a él, escondió un pie detrás del otro como si con eso pudiera conseguir algo. Él enarcó una ceja y le dedicó media sonrisa que ella decidió ignorar.

—¿Hay algún motivo para que estés aquí? ¿Estás bien?

Pensó que era mejor fingir ignorancia como si no existiera un motivo tan terrible como lo que ocurrió la noche anterior. Andrew bajó la mano derecha hasta los muslos y fue solo entonces que Sarah se percató de que tenía una caja en su regazo. Él la agarró y se la extendió. Ella frunció el ceño, pues no sabía de qué se trataba.

—¿Es para mí?

Andrew asintió enigmático. Sarah sostuvo la caja en una mano mientras que con la otra jugaba con el pendiente largo en su oreja. Después de un par de minutos en que no pudo descifrar las intenciones de él, se sentó en la banca de madera que estaba a la entrada del pasillo. Él la siguió hasta que quedó frente a ella.

Cuando abrió la caja encontró un vibrador, aunque era uno muy extraño. Sus hombros cayeron. «¿Qué motivo tendría Andrew para regalarme flores? ¡Y más con lo que sucedió! Nuestra relación... No, no es una relación, es... es algo tan solo comercial», pensó.

—¿Escupe semen? Porque si no, no me es de utilidad.

Se escuchó un fuerte carraspeo desde algún punto y ella giró para encontrarse a un par de personas que se cubrían las orejas mientras mudaban de colores. Se puso en pie e intentó devolverle a Andrew la caja, pero él la rechazó.

—Es mi regalo para ti.

Ella negó con un sabor amargo o ácido en la boca como cuando pruebas leche en mal estado. Era mejor no haber bajado, no para algo así. No obstante, era consciente de que merecía ser tratada con tanta crueldad pues fue lo único que ella le ofreció a Andrew.

—No estoy tan necesitada de sexo y tengo mis propios juguetes.

Un «shhh» furioso fue el recordatorio de que lo que hablaban tal vez debía hacerse de forma privada. Andrew le tomó las dos manos por las muñecas y se vio obligada a enfrentar su azulada mirada. Una de la que solía huir con frecuencia, pues la verdad residía allí de forma perenne.

—Pero no lo vas a usar tú.

Soltó el aire despacio en un intento de procesar qué era lo que ocurría. En un instante Andrew la rechazaba para el siguiente aferrarse a su nuca y devorarle los labios, y un segundo después las venas le bombeaban frenéticas debido a ese episodio del que ella no podía ni decir el nombre. Ella se fue de su vida, no planeaba volver, mas él estaba allí, y el vibrador que tenía en las manos no era para ella. Tuvo que volver a sentarse por temor a que la fortaleza que mostraba a los demás se convirtiera en humo.

—Andrew, olvidémoslo. Solo fue una locura.

Sí, eso era. Una locura, y al parecer no solo por parte de ella. Ahora sí creía la confesión de que Andrew llevaba mucho tiempo sin sexo, pero ¿arriesgar su vida por ello? Ella no se creía capaz.

Evadió la mirada de él por lo que se mantenía concentrada en el ir y venir de los turistas. Era un día perfecto para darse un chapuzón en el océano. Por lo regular el agua era demasiado helada como para intentarlo, pero el calor de esos días era tan intenso que provocaba bochornos.

—Y estoy dispuesto a seguir.

Ella sonrió, mas no era una sonrisa triunfal, sino un tanto nerviosa y en gran medida incrédula. Levantó la mano derecha y volvió a jugar con el pendiente, no obstante, mantenía la caja apresada entre el abdomen y el otro brazo. Se le escapó la risa, aunque negó con la cabeza y se llevó la mano temblorosa a los labios mientras el corazón se le estrujaba en el pecho.

—¿Ahora? —Su voz era baja y el tono no dejaba dudas de que bromeaba.

—Creí que teníamos hasta hoy para intentarlo. El siguiente mes cumples cuarenta y tres y según tú, la posibilidad de quedar embarazada se reducirá a un diez por ciento.

Sin embargo, había algo nuevo en Andrew. Aún tenía la voz grave y la mandíbula robusta, además de los ojos entrecerrados. No era que de un día para el otro se hubiera abierto a ella y la recibiera con brazos abiertos, pero sí había algo, aunque ella no supiera identificar qué. Y eso que desconocía le provocó un estremecimiento y una presión en el pecho como si estuviera sumergida en lo más profundo del océano.

—Pero estoy en el trabajo.

Eso era lo que menos importaba, pero no quería demostrar a Andrew que en realidad se preocupaba por que él sufriera un nuevo episodio y ella no pudiera reaccionar como lo hizo la primera vez. También estaba el golpeteo de su corazón en el pecho porque ese tipo de oportunidades jamás se presentaban en su vida. Si bien solo era un día... el último. En realidad, no creía que fuera a quedar embarazada —ese sería un evento demasiado generoso— pero no sería porque ella no lo intentó. Además, le daría un placer inigualable a Andrew, aunque sería precavida. Él le dedicó media sonrisa como si reconociera la diminuta grieta en su resolución.

—¿Hacer figuras es más importante que tener sexo?

Resopló de manera poco femenina. Jamás pensó escuchar esas palabras del gran Andrew Beaufort. Al menos, no dirigidas a ella.

—Eres una mala influencia.

Andrew rodó los ojos.

—El mudo le dice al sordo.

En un impulso y sin importarle nada trepó al regazo de él por lo que el vestido que llevaba se subió de manera indecente y le plantó un beso escandaloso en los labios.

Andrew no se esperaba el beso, por lo que su rostro se tornó de un preocupante carmín. La había esperado más de una hora porque estaba inseguro de que la mujer de la tienda del primer piso le hubiera dado el mensaje. Lo que parecía haber ocurrido pues Sarah apareció descalza y el cabello enmarañado.

Ella bajó de su regazo y caminó por el pasillo como si la gravilla no estuviera caliente y se le enterrara en la planta de los pies o como si la conversación que acababan de tener fuera la más normal del mundo. Él tampoco creía lo que acababa de ocurrir y mucho menos que fuera él quien insistiera. ¿Por qué no huyó cuando Sarah le regaló una salida?

Cuando ella reapareció lo hizo con unos puntiagudos zapatos de tacón, el cabello suelto y cepillado a la perfección además de unos apetecibles labios rojo pasión como lo que ocurriría en su cama si es que su cuerpo no volvía a traicionarlo. Suspiró. Esa empresa de ambos era una locura.

Caminaron lado a lado por las calles de Cannon Beach. No le pasó desapercibido cómo las personas los observaban. No obstante, Sarah mantenía una sonrisa enorme en los labios y los ojos le resplandecían.

Sin embargo, él se sentía incómodo ante la expresión de ella. Las diminutas líneas seguían presentes alrededor de los ojos y las líneas de los labios estaban más pronunciadas ante su gesto, sin embargo, por primera vez lucía hermosa. Tal vez porque las anteriores veces en que ella sonreía los músculos de su cuello se tensaban de manera extraña como si su sonrisa fuera un mecanismo de defensa, la pantalla ante el mundo para que no descubrieran que tan rota estaba por dentro.

Dejó de analizarla y frenó la silla de golpe porque Sarah entró a una tienda sin avisarle y lo dejó ahí, en medio del paso de los transeúntes. Bajó la cabeza porque era consciente de sí mismo. Ni siquiera él comprendía sus acciones. Solo percibía esa especie de asfixia al saberse en medio de un escenario con cientos de miradas sobre él como si fuera un maldito fenómeno de circo. Sarah empeoró esa sensación cuando salió y entre las manos llevaba un ramo de al menos tres docenas de rosas rojas. Frunció el ceño al mismo tiempo que ella llegaba frente a él y le extendía el ramo. Por un instante se quedó petrificado, aunque en el último segundo alcanzó a enarcar una ceja.

—Son para ti.

Él contuvo el aliento. Ya era muy extraño que le llevara flores en la intimidad de su hogar, pero en ese instante lo ridiculizaba en público. Se aclaró la garganta.

—¿Cuál es el motivo?

—Son rojas, no puedes tener dudas.

—Es que contigo ya no sé qué va a suceder.

Ella sonrió y para afianzar sus intenciones se inclinó y unió sus labios al mismo tiempo en que le acunaba el rostro y sus dedos reposaban entre la mandíbula y la nuca, ofreciéndole la misma sensación que la última vez. Ella entreabrió los labios y le acarició los suyos con una delicadeza dubitativa. Fue el instante en que él cedió y permitió que la lengua femenina buscara la suya.

Cuando ella se separó, le dedicó una sonrisa resplandeciente y le guiñó un ojo. Él se mantuvo ecuánime ante el espectáculo que acababan de dar.

Apoyó las rosas en el regazo porque Sarah llevaba el vibrador sujeto entre los brazos como si fuera el bien más preciado sobre la faz de la tierra. Se recordó a sí mismo que ese fue el motivo por el que ella lo buscó. No comprendía por qué sentía la necesidad de mostrarse seductora y amorosa, pero él solo se dejaría llevar. El destino decidió jugarles esa broma y unir sus caminos una vez más. ¿Creía de verdad que Sarah quedaría embarazada de él? No existía ni la más mínima posibilidad. Pero, por algún motivo, no deseaba arrebatarle a ella lo que consideraba su última esperanza.

Él lo único que deseaba era pasar desapercibido ante los demás, lo cual era ridículo. Perdió ese privilegio en el instante en que usó esa silla de ruedas. Y ahora, una mujer llamativa caminaba a su lado, feliz porque él le regaló un vibrador que ella utilizaría en el cuerpo de él... Sarah Bramson era una muy mala influencia en su inexistente vida. ¿Por qué tuvo que responder al teléfono hacía unas semanas?

13

Andrew miraba a Sarah mientras ella observaba un video en la pantalla de la tableta. Era el octavo que veían, mas él sentía que le hablaban en finlandés, y a pesar de que era claro lo que veía, para él era ajeno, y todo porque ella no dejaba de acariciarle los antebrazos y manos, aunque lo hacía abstraída porque su concentración estaba en el video instructivo del vibrador. No obstante, se sentía más que bien, lo hacía pensar en que ella lo deseaba tanto que no podía parar de tocarlo.

—Esta cosa es horrible, ¿sabes?

Ella alejó las manos para agarrar el aparato, con una mezcla de terror y admiración en la mirada que lo hizo sonreír. Andrew tomó una bocanada de aire profunda para tranquilizarse. Llevaban varias horas en esa especie de investigación. Sarah posponía más y más la razón por la que estaban juntos. Podía percibir la reticencia en ella. Por primera vez en cinco años una mujer lo tocaba, y él por poco se muere frente a ella. La única explicación que encontraba para que Sarah estuviera junto a él en ese momento era que, de verdad, él era la única opción que tenía y, por algún motivo que aún le era desconocido a sí mismo, él estaba dispuesto a darle el bebé, si es que su cuerpo cooperaba.

—Su función es médica, no estética.

Ella frunció el ceño mientras se mordía el labio inferior a la vez que giraba el vibrador de un lado al otro como si con eso pudiera conseguir rediseñarlo. Entonces bufó en medio de una risa nerviosa.

—Médica, mis ovarios. Los hombres son visuales y esto lograría que un sátiro se volviera asexual.

Por más que intentó contenerse, rio a carcajadas. Solo ella podría hacer una observación como esa... una tan puntual. Él no quería ni pensar en cómo Robin hubiera huido despavorida si a él se le hubiera ocurrido mostrarle el vibrador. Inhaló profundo. Decidió concentrarse en la mujer junto a él porque, aunque vacilante, estaba allí. Por un motivo u otro ambos estaban tensos e inseguros. De algún modo tenían que pasar el bache y continuar.

—¿Qué harías para que fuera más atractivo?

Fue el instante en que el cuerpo de Sarah se volvió laxo y la ansiedad la abandonó. Estaba seguro de que en la cabeza de ella se habían conjurado imágenes de cómo actualizarlo. Tenía frente a él a la artista.

—Al menos adherirle una lengua. ¿Qué te parece?

Ella levantó el aparato y sacó la lengua para mostrarle. Rio ante la imagen tan surreal frente a él. Y en medio de la risa frunció el ceño. Jamás imaginó que Sarah fuera el tipo de persona que pudiera burlarse de sí misma o la situación en la que estuviera envuelta. Ella era... era... demasiado egocéntrica. Sin embargo, salió de sus pensamientos y la risa murió al instante cuando sintió un escalofrío desde la nuca hasta la parte alta de la espalda. Tenía que ir al baño. Sarah colocó el vibrador encima de la cama y en un tono bajo dijo:

—No quise ofenderte.

Él negó con la cabeza, en tanto esa sensación —que después de cinco años conocía muy bien— se acrecentaba. Nunca pensó que Sarah estaría con él tanto tiempo. En realidad, había creído que en cuanto llegaran a su casa, ella encendería el aparato y la sesión duraría máximo media hora. Después ella se habría ido para siempre y el sentimiento de culpa por tener un orgasmo y no eyacular —que era lo que en verdad Sarah necesitaba— se habría esfumado.

—No es eso.

Ella extendió la mano, si bien la retiró de inmediato como si se prohibiera tocarlo. Él llevó la mano a la esquina de la silla y se impulsó para sentarse mejor. Otra vez su cuerpo intervenía.

—Es demasiado para ti, ¿verdad?

La voz de ella era tan y tan baja que a él se le dificultaba escucharla. El precisar aliviar sus necesidades los había hecho retroceder. Y aunque no era que sintiera por Sarah algo más que una amistad, si bien una no muy cercana, no deseaba que ella volviera a sentirse como la primera vez.

Ella se puso en pie y se inclinó para recoger los zapatos, mas antes de que pudiera huir como pretendía, él consiguió retenerla de la muñeca.

—Tengo que ir al baño.

—Ok —susurró Sarah.

—Me voy a tardar.

Ella asintió y sin decirle más, porque la urgencia le ganaba, impulsó los aros de la silla para dirigirse hasta el baño.

Pasaron cerca de cuarenta y cinco minutos y Andrew no salía, por lo que Sarah pensó que él se había arrepentido y no encontraba cómo decírselo. Mientras tanto, continuó viendo videos, aunque ninguno era de ayuda. Ella quería un video con un pene de verdad, que le mostrara cómo reaccionaría y asegurarse de que no se convertiría en una Lorena Bobbitt[8] por accidente. Así de escalofriante era el vibrador. Se le dificultaba creer que fuera algo médico, parecía más un instrumento de tortura del siglo XVIII.

Encendió el televisor y sintonizó una película que le provocara a Andrew lo que ella no podía. Cuando pasaron diez minutos más, tuvo la certeza de que él no la quería allí. Ella le daría la excusa de salida: le diría que la llamaron del trabajo. Sin embargo, mientras caminaba hacia el baño, jamás se imaginó con lo que se encontraría.

Andrew estaba sentado en el inodoro mientras sostenía una sonda entre las manos, la cual, tenía insertada en el pene. Como ya había hecho varias veces a lo largo de esos días, la comprensión la golpeó de repente una vez más: Andrew era un hombre que usaba silla de ruedas, y eso era lo que menos importaba. Si alguien descubría lo que ella había hecho la considerarían una ególatra. Lo correcto era irse, no seguir exponiendo a Andrew de la forma en que lo hacía. Pero ella quería hacerlo sentir sexy y deseado, que exudara testosterona por cada poro de su piel.

---

[8] Mujer que castró a su esposo como reacción a los abusos que vivió durante años por parte de él.

—Sin verte sé que estás lívida. Suelo tardarme unos minutos, pero hoy me ha tomado más.

Ella extendió la mano y se agarró de lo primero que encontró que era el toallero en la pared. Estaba segura de que las piernas le cederían. Sabía que Andrew no tenía sensaciones por debajo del abdomen, pero ¿de verdad no le dolía insertarse ese tubo? Ella que le tenía pavor al piquete de las agujas.

—¿Por qué?

Ni siquiera supo cómo pudo formular la pregunta. El cuerpo le temblaba de los pies a la cabeza y el corazón pretendía escapársele del pecho. Mientras, Andrew retiró la sonda como si fuera lo más normal del mundo, y eso ayudó a que la ansiedad de ella comenzara a disminuir. Parecía ser verdad que él la quería allí. Debía dejar atrás el temor que la embargaba. Era su último día. Tenía que cubrirse de certeza, aunque era más fácil decirlo que hacerlo.

—Lo usual es que me acueste en la cama para desnudarme y entonces entrar al baño, pero tú estabas en la habitación.

Asintió en tanto Andrew se deshacía de todo y llegaba al lavamanos junto a ella para asearse. Utilizaba una silla diferente, una plástica. Su silla de diario estaba en una esquina.

—¿Por qué no me pediste que saliera?

Su voz todavía era inestable, un susurro. Cuando él fue a responderle, hizo una pausa y frunció el ceño, aunque tenía una sonrisa cómplice. Hasta ellos llegaban con bastante claridad los jadeos y gemidos de la película. Andrew logró recuperarse y dijo:

—Porque te habrías ido.

Ella asintió y su voz se volvió más pequeñita. Esos comentarios la desestabilizaban porque tenía razón.

—¿Por qué no te desnudaste frente a mí?

Para ese instante él estaba frente a ella. Había agarrado una toalla, si bien no se había cubierto por completo. Al menos no parecía incomodarle que ella lo viera desnudo porque... ¡Dios! Ella no volvería a tener a un hombre como él enfrente y mucho menos desnudo. Ansiaba poder deslizarle los dedos y la lengua por la piel firme y lozana.

—Porque aún me queda un poco de vanidad y todavía no estoy preparado para mostrarte esa faceta.

Asintió una vez más, aunque no entendía a qué se refería. ¿Para qué no estaba preparado? Pocos segundos después lo tuvo claro. Jamás lo había visto fuera de la silla. Él no deseaba que ella viera cómo subía y bajaba de la silla para sentarse en la cama, sillón o automóvil. Respetó su decisión. Dio la vuelta y regresó a la cama. En cuanto lo hizo escuchó la ducha.

Se concentró en saber a la perfección cómo encender y apagar el vibrador. El deseo era un vaivén permanente que le recorría las venas. No con locura o desesperación. Anhelaba tomarse su tiempo, después de todo, estaba con un hombre con el cuál no debía tener prisa. ¿Cuántas mujeres podían darse ese lujo?

Cuando Andrew salió —después de tomar una ducha rápida o tan veloz como estaba en su capacidad— agarró su teléfono y apagó el televisor. Sarah había sintonizado una película porno en un servicio de alquiler. Recordaba que fue a los doce años cuando vio una película de ese tipo. Un día sus padres se fueron a misa mientras él se quedaba en casa por una tarea de la escuela inexistente.

No tuvo que buscar en un baúl escondido pues estaban en el estante junto a *My Girl* y *The Mighty Ducks*. Sus padres no creían en eso de tabúes respecto a la sexualidad. De hecho, sus abuelos fueron de los primeros en ir al cine cuando el gobierno pretendió censurarlas.

Pero, a pesar de su inicial curiosidad, después de ver la película quedó más traumatizado que complacido. Esperaba ver muchas tetas y fue todo lo contrario. Tuvo pesadillas con volcanes en erupción durante meses.

Encontró a Sarah sentada en la cama, con el vibrador junto a ella como si por dejarlo fuera de su vista durante un segundo este fuera a desaparecer. Ella ya había tomado una ducha al llegar, pues según le contó estaba trabajando en una pieza de grandes dimensiones antes de que le informaran que él la esperaba. Llevaba un vestido blanco y él tenía muy presente que no había nada debajo de este, pues fue testigo de cómo ella guardó la ropa interior en su bolso después de refrescarse.

Los pendientes de vidrio que le colgaban de las orejas eran largos con todos los tonos de azul en ellos, y hacían juego con el diminuto cinturón de formas ovaladas del mismo material. Por un instante divagó en que, si lo que vivían fuera una película porno, en ese instante Sarah solo utilizaría los accesorios que portaba, aunque en la película serían de un material barato y no la exquisitez que tenía frente a sí.

A ella el deseo le bailaba en la mirada y en el instante en que él reapareció se frotó los muslos en ese movimiento inconsciente que a él le gustaba. Al apagar la película los ojos de Sarah se desmesuraron y una risa nerviosa le curvó los labios.

—¿Por qué... por qué lo apagas?

Intentó fijar la mirada en la de ella, pero Sarah desvió su rostro a cualquier lugar de la habitación menos donde él estaba.

—¿Cuál es tu intención al venir aquí? ¿Acaso es que veamos una película?

A pesar de la espléndida sonrisa en los labios de ella, se percató de cómo su garganta se movió de arriba abajo como si de un momento a otro se le dificultara tragar. Entonces ella bajó la cabeza y murmuró:

—No... pero ellas son jóvenes y hermosas.

—¿Y qué?

Ella levantó el rostro y ancló la mirada a la suya. Lo que fuera a decirle era una certeza para ella. Él colocó la mano en la esquina de la silla y reacomodó su postura. Un segundo Sarah parecía vulnerable y al siguiente volvía a mostrarle la mujer segura de sí misma que él creía conocer a la perfección. Era la primera a la que no estaba acostumbrado.

—Y tú no me deseas.

14

Un ramalazo de vergüenza lo cubrió. Ninguna mujer debería sentirse no deseada y más cuando demostraba una y otra vez que anhelaba hacerte vibrar y enloquecerte de pasión. Tenía que ser honesto con Sarah, no podía darle lo mismo que Robin le ofrecía a él. No obstante, un estremecimiento le recorrió la nuca, los brazos y la parte alta de la espalda. Para él no era sencillo de explicar porque entonces era él quien se tornaba indefenso.

—Ven aquí, dulzura.

Sarah permaneció en la cama, una vez más tenía la cabeza desviada para no encontrarse con su mirada. Pasaron largos minutos sin que ella se moviera y él esperó paciente. No repetiría sus palabras, sobre todo porque le tomaron desprevenido a él mismo. Jamás pensó darle un apodo cariñoso a Sarah, pero le salió natural porque ese era su verdadero yo y, ese día, Sarah Bramson —la persona que él jamás imaginó— había llegado a él. En esa habitación, en esa última oportunidad, debajo de todas las capas, solo eran dos personas vulnerables. Él lo comprendía ahora.

Ni un instante dejó de contemplarla, y Sarah debía sentir su mirada sobre ella porque se retorcía a pesar de pretender permanecer impasible. Andrew percibía cómo la piel se le estremecía una y otra vez. Después de varios minutos más, Sarah decidió comportarse como una adulta, se puso en pie y con pasos inseguros quedó frente a él.

—Por favor, enciéndela.

La ignoró. La televisión no se encendería más durante ese día.

—¿Qué sucede con el vidrio si tú no lo tocas? —Sarah guardó silencio en tanto él extendía la mano para colarla en su rodilla sin apartar ni por un segundo la mirada de ella—. ¿Tienes que calentarlo a propósito? —Comenzó el viaje ascendente por el interior del muslo de ella y no existió vacilación en su avance. Solo certeza y empoderamiento—. ¿Hurgar en él?

Le cubrió su feminidad con la mano áspera. No perdía detalle de cómo la respiración de Sarah se alteraba a cada segundo, por momentos la contenía para después tomar bocanadas profundas. De vez en cuando el leve tintineo de los pendientes la delataban. La oscura mirada de Sarah estaba sobre la suya, mas parecía ausente como si necesitara mantenerse alejada... como si necesitara protegerse a sí misma. Pero él no se lo permitiría, no ese día.

—¿Empujarlo?

Con maestría sus dedos se hundieron entre los labios de Sarah hasta encontrar el pequeño e íntimo bulto que la haría vibrar entre sus brazos. Tanto que decía que quería volver a hacer sentir a una mujer como una diosa y ni siquiera había tocado a Sarah. Pero ahora era más consciente de ella y de cómo se sentía junto a él... Y era evidente que todavía la cohibía.

—¿Y halarlo? —Le dio un tirón que terminó por desestabilizarla, aunque él ya la había rodeado por la cintura con su otro brazo para que no cayera—. Contéstame.

—Sí. —La respuesta de ella apenas se escuchó.

Otra vez le ceñía la cintura como aquel primer día en que la dejó caer por la furia que lo consumía ante la osadía de ella por pedirle un bebé, si bien en ese instante era por un motivo por completo diferente.

—Entonces, trátame como al vidrio que tanto amas. Si no lo haces, no conseguirás nada de mí, ¿me comprendes, dulzura? Dime: sí, te comprendo.

La contemplaba y ella lo hacía con él como si fuera el maldito cubo de Rubik y tuviera solo milésimas de segundos para resolverlo.

—Sí, te comprendo.

Le buscó los labios cuando ella se quedó suspendida como si de pronto hubiera olvidado lo bien que lo hizo sentir la última vez. Eso fue lo único que Sarah necesitó para acunarle el rostro y repasarle los labios con la lengua en una caricia lenta y dolorosa. Le besó la mandíbula y continuó un camino recto hasta la parte superior de su abdomen, justo en el punto en que sentía el labio superior de ella dejarle un beso y no su labio inferior, aunque él no perdía detalle de sus movimientos.

Cuando hizo el camino de vuelta, Sarah esquivó su manzana de Adán lo que le provocó un gruñido que fue apagado cuando ella le acarició el lóbulo de las orejas para después dejar un beso húmedo en cada uno, en tanto los dedos femeninos se entretejían en su cabello. El calor del cuerpo de Sarah lo envolvía como las brasas de una hoguera y no se quejaría. Ya había hecho demasiado drama por algo que él mismo consintió.

Agarró los aros impulsadores y se acercó a la cama para que ella pudiera tomar el vibrador, aunque Sarah no lo hizo de inmediato. Tenía la mirada cargada y aletargada de una mujer envuelta en puro placer. Con los dedos y los labios ella hacía justo lo que él le pidió: lo empujaba, lo halaba, le dejaba pequeños mordiscos que lo hacían estremecer, y, cuando más desprevenido estaba, le rodeaba las aureolas con la lengua, lo que lo hacía tragar con dificultad.

Todavía tenía que acostumbrarse a las sensaciones que experimentaba su cuerpo en términos sexuales porque eran diferentes. En algunos instantes deseó pedirle a Sarah que se detuviera porque era abrumador, pero guardó silencio. Ese era el nuevo él y de algún modo Sarah sabía cómo estimularlo. Estaba tan caliente y manejable como el vidrio que ella tan bien conocía.

Ella le dejó un último beso antes de girar para agarrar el aparato y lubricante entre sus manos. Él percibió la sombra de la duda en la mirada de ella, por lo que le dejó un beso en los labios. Entonces le dio un tirón al vestido para descubrirle los senos y se inclinó para llevar un pezón a su boca y rodearlo con la lengua antes de chupárselo con maestría.

Ella encendió el vibrador y él se quedó congelado por un instante. Sarah resopló, si bien fue insuficiente pues la risa le ganó y él la siguió. Parecían idiotas por no poder parar de reír como adolescentes cuando veían una teta por primera vez. El vibrador era tan ruidoso como un taladro. Sarah tenía razón, esa cosa era el peor artefacto del mundo... pero lo necesitaban.

Ella le dedicó una sonrisa pícara antes de decir:

—Deberías enviarle uno a Bezos, así se percataría de cuántos millones desperdició para intentar llegar al espacio.

Le siguió el juego porque ¿qué más podía hacer? Al menos ella era una buena compañera de deporte. Estaba seguro de que cualquier otra ya hubiera huido del lugar.

—Sin contar con que este es más estético.

Sarah lo observó con una sonrisa contenida y los ojos entrecerrados como si hubiera dicho una blasfemia.

—De eso no estoy muy segura.

Volvieron a reír, en una mezcla de una recién descubierta intimidad inesperada y nervios. En efecto, no se trataba de un vibrador común. Al padecer una lesión espinal él necesitaba una estimulación que iba más allá de lo pensado. Y, aun así, eso no era garantía de que pudiera eyacular.

Ella dejó el aparato encendido cerca. Se observaron unos segundos con el júbilo danzándoles en la mirada. Entonces volvió a inclinarse sobre él y esperó un instante con los ojos fijos en sus labios antes de unirlos. Le recorrió los brazos, el cuello y el pecho con la punta de los dedos, con los labios y con la lengua.

En minutos él volvió a tener una erección. Ella lo ojeó con una sonrisa complacida y como si fuera un acto de magia, le colocó el anillo constrictor con presteza, además de esparcirle el lubricante. El tiró la cabeza atrás con los ojos cerrados. El cúmulo de sensaciones era indescriptible. Una especie de hormigueo, de tibieza, de humedad, pero también de escalofríos, de mareo, de intensidad, de sosiego y de terror.

Sarah ondulaba arriba de él, podía sentir el roce de los suaves senos contra su pecho. El olor de su jabón en la piel de ella era diferente, un tanto dulzón, agradable, y a la vez familiar. Sus oídos silenciaron todo a su alrededor para concentrarse en los suspiros, gemidos y jadeos femeninos. La agarró con firmeza por la nuca, obligándola a besarlo y no separar sus labios. Quiso comprobar si de verdad no sería capaz de sentir nada en su miembro, sabía que esa era la única oportunidad que tendría, así que le asió la cintura y se la ciñó con seguridad para levantar su cuerpo, alinear sus caderas y penetrarla.

Sarah contuvo el aliento en tanto lo contemplaba con los ojos muy abiertos y un sonrojo delicioso. Era la segunda vez que ella se sorprendía, pero él había compensado la inmovilidad de sus piernas con fortaleza en sus brazos.

Siempre creyó que para él sería una catástrofe no sentir el calor tan peculiar del interior de una mujer, pero la forma en que el cuerpo de ella lo envolvía le ofrecía ardor no solo en unos centímetros de su piel, sino también en la parte alta de la espalda por como lo abrazaba, en su pecho porque el cuerpo de ella estaba aplastado contra el suyo y en su cuello porque el rostro de ella permanecía allí.

Creyó escuchar en susurros un «oh, dios» y frunció el ceño. Entonces Sarah intentó ondular encima de él, mas cerró los ojos con fuerza y él volvió a escuchar las súplicas. Ella se dejó caer hacia el frente y fue testigo de cómo se mordía los labios. Volvió a apoyarle la cabeza en el hombro y permaneció ahí largos segundos, sin moverse. Él levantó la mano y le acarició el cabello.

—¿Estás bien?

—Hum.

—¿Segura?

—Hum.

Sonrió, después de cinco años se valía vanagloriarse un poco, y de manera inconsciente le deslizó la mano por la espalda a Sarah en un ir y venir reconfortante.

Observó a la mujer encima de él. Parecía transfigurada y envuelta en la más maravillosa dicha... y la encontró hermosísima. Era ella quien tenía el control, quien buscaba que ambos lo disfrutaran a pesar del propósito que los unía. Era una mujer que, en ese instante, no le temía a él y sus circunstancias, a pesar de la silla y el constante ruido del vibrador.

No obstante, entrecerró los ojos cuando Sarah —como si hiciera un gran esfuerzo— se levantó y solo mantuvo su sexo pegado al suyo mientras sostenía el aparato en la posición correcta sobre su miembro. De pronto tuvo una sensación amarga en la boca. Se sintió herido y avergonzado porque su erección no se sostuvo el tiempo suficiente como para provocarle un orgasmo a ella.

Por la forma en que el vibrador debía usarse para que funcionase y le provocara la eyaculación, sus sexos no alcanzaban a tocarse. Era como la mentira que los sinvergüenzas utilizaban con sus novias para engatusarlas, prometiéndoles que solo sería la puntita.

Él nunca eyacularía en el interior de Sarah, se suponía que debían ir al doctor, quien usaría el vibrador y recogería la muestra para fecundarla en una fertilización *in vitro*, pero no hubo forma de convencer a Sarah de ello. En cambio, encontraron esa solución... una más placentera, al menos para él.

Se retraería una vez más, pero después de lo que habían vivido ese día no era tan sencillo. Se humedeció los labios y deslizó el pulgar en la mejilla de Sarah, quien, encontró su mirada y le dedicó una sonrisa apagada. Para alguien que perseguía lo que tanto anhelaba —fuera egoísta o no—, parecía derrotada.

Se preguntó por qué una mujer como Sarah tendría que recurrir a algo tan radical. Ella no era su tipo, pero era dueña de su propia tienda, su arte era espectacular y siempre vestía con elegancia. De seguro debía tener varios pretendientes interesados.

Tras una bocanada disimulada, intentó concentrarse, aunque sabía que pronto todo se volvería demasiado para ella. Lo que para él era algo placentero para Sarah era una sensación apabullante, quizás incluso acompañada de abrasiones. Cuando sintió una lágrima caerle en el brazo, se mordió los labios y cuando cayó la segunda se sujetó de los aros impulsadores. Habían pasado menos de cinco minutos y él ni siquiera se sentía cerca de eyacular. Las instrucciones del vibrador explicaban que la eyaculación podría lograrse a los treinta minutos, si es que se daba. Su respiración se alteró: Sarah no podía pretender continuar, aunque él tuvo muy claro que sí lo haría.

El sollozo fue casi inaudible, pero fue el detonador. Sin pensarlo, agarró el vibrador encendido con la mano, el cual cayó de inmediato al piso cuando le provocó una abrasión. Por último, se retiró el anillo constrictor. Ahora tenía que enfrentar a la mujer que estaba de pie frente a él. Pero ¿cómo le destruías las ilusiones a otra persona?

Extendió ambas manos hasta poder tomar las de ella y envolvérselas. Se dejó caer un poco hacia el frente, los músculos de sus brazos tensos por como sostenía su peso, y buscó la mirada de Sarah, quien tenía la cabeza agachada. Para ella debía ser una pesadilla mostrarse tan abatida.

—*Hey*, Carrie Bradshaw, te lastimas a ti misma.

Ella negó en repetidas ocasiones, en tanto lágrimas silenciosas se le deslizaban por las mejillas.

—No importa. —Tenía la voz ahogada casi afónica como si hubiera gritado y, tal vez, lo había hecho en sus pensamientos.

Le aferró las manos, las cuales tenía heladas.

—A mí me importa.

Ella levantó un hombro y lo dejó caer. Sus labios en un gesto de indiferencia. Él comenzaba a sospechar que cualquier sentimiento que Sarah mostrara era lo opuesto a como se sentía en realidad. Porque una mujer no habría intentado lastimarse a sí misma por algo que le causaba apatía.

—¿Por qué?

El corazón le golpeaba el pecho, tanto que conseguía dificultarle la respiración. Deseó tomarla de la cintura y que ella se viera obligada a subir a su regazo. Entonces la rodearía con los brazos hasta conseguir que se sintiera mimada y reconfortada. Pero solo había tenido ese gesto con una mujer y no era la que tenía frente a él... Se sentía confundido por lo que solo dejó las manos de Sarah entre las suyas, esperando que eso fuera suficiente.

—De verdad crees que de aquí a un mes tu cuerpo hará una cuenta regresiva y dirá: «Señores, acabamos de cumplir cuarenta y tres años con un segundo, es momento de bajar la producción un quince por ciento».

Sarah intentó soltarse, quizás huir, pero él no se lo permitió. Sin más alternativa, ella giró el rostro y permaneció en silencio largos minutos antes de decir:

—Carrie es egoísta.

Al parecer ella sí creía que su cuerpo se apagaría por completo en las próximas semanas y... Él se quedó sin aliento. Se sentía identificado.

—En este instante lo eres contigo misma. —Por primera vez le dedicó una sonrisa dulce—. Sigamos las instrucciones del vibrador durante un mes.

Ella lo ojeó un segundo antes de volver a desviar la mirada. Una mueca le desfiguraba el rostro porque pretendía obligarse a sonreír, aparentar que nada de lo que ocurría tenía importancia.

—¿Me incluyes? —Su voz sonó como un graznido.

—Tú eres la más interesada.

Ella se agarró uno de los pendientes y su rostro se pintó de un tono rosado leve mientras él continuó observándola con una sonrisa juguetona en los labios.

—¿Qué? No me perdía ningún episodio.

Era como mantener una conversación con personas diferentes: la mujer que pretendía indiferencia y esa que todavía guardaba esperanza en lo más recóndito de su ser. Iba a ser que Sarah tenía razón: tenían el dolor en común.

Continuaría con la simulación y evasión, después de todo, él era experto en ello. Él y Sarah tendrían otra oportunidad. No tenía idea de por qué continuaba con esa locura, solo sabía que estaba dispuesto a hacerlo. También tenía la certeza de que cualquier movimiento en falso y ella huiría para no volver.

—Pudiste ocultar tu edad.

—¿Para qué? Además, esta rompecuna te ha sacado un orgasmo, ¿quieres volver a probar?

Él levantó los brazos en señal de rendición, aunque no podía parar de sonreír. Era una burla para sí mismo. Sarah tenía razón y por el momento era mejor que ella se concentrara en eso y no en lo demás.

—Tranquila, tigresa. Es mejor descansar. —Ella buscó el reloj de la habitación con la mirada y agrandó los ojos al percatarse de la hora. Se ajustó el vestido sobre su cuerpo y le tendió a él la toalla para que se cubriera—. ¿Segura que estarás bien?

—Solo estaré irritada un par de días. Puedes fanfarronear de que me hiciste caminar con cautela.

La observó recoger sus pertenencias y sin llegar a volver a vestir en ningún momento su ropa interior.

—Subiré un video a las redes sociales.

Ella estaba demasiado ocupada como para observarlo.

—Asegúrate de decirles que soy tu *sugar mama*, eso les encantará.

Se mordió los labios para intentar ocultar la sonrisa. En cuanto Sarah se observó en el espejo y se encontró medio decente, giró y se acercó a él para dejarle un beso que le supo a poco.

15

Andrew oprimió el botón del teléfono que abría la puerta de su hogar. En cuanto lo hizo, se agarró de los aros y se impulsó fuera. Frunció el ceño al encontrar tres vehículos familiares en la entrada. Al parecer, sus padres y hermanos decidieron pasar el día juntos sin siquiera consultarle.

No obstante, cualquier malestar quedó en el olvido al reconocer el Bentley deportivo en un color crema muy cercano al rosa que se acercaba. El cabello rubio platino de Robin se agitaba con el viento mientras mantenía los ojos ocultos tras unos lentes enormes.

Al llegar, ella bajó del automóvil con una gran sonrisa y él observó cómo ese diminuto cuerpo corría hacia él para lanzarse a su regazo y cubrirle el rostro de besos. No pudo evitar reír a carcajadas mientras su madre le dedicaba un gesto de aprobación a lo lejos. No así Jacob, quien levantó la barbilla a forma de saludo mientras mantenía la boca apretada en una línea recta.

Él regresó la atención a la mujer sobre sus piernas. Estaba preciosa. Lucía un vestido con manguillos de espagueti en color rojo. Le quedaba suelto alrededor de los senos donde un pequeño encaje servía de adorno. A él no le pasó desapercibido que no llevaba sostén, aunque los senos permanecían firmes en su lugar. Jamás la había visto con un vestido así, Robin solía llevar trajes de pantalón o faldas de lápiz con blusas de seda, aunque no se quejaría del estilo tan sensual. Además, la tibieza y peso que tenía entre sus brazos le era familiar.

Le colocó la mano en el muslo desnudo para que no cayera al suelo, y se percató que la falda apenas alcanzaba a cubrirle los glúteos. Sin embargo, sintió el momento en que ella se tensó entre sus brazos, y el simple roce le provocó una erección. Retiró la mano y la colocó en el aro impulsador otra vez. Solo entonces Robin volvió a relajarse.

—¡Te extrañé!

Asintió, si bien no respondió porque la verdad era que durante todo lo que sucedió las últimas semanas no había tenido tiempo de pensar en ella. Tampoco lo hizo los dos días anteriores, pues había estado muy ocupado en mantener los pantalones abiertos para que Sarah utilizara el vibrador en él.

Su familia se acercó para saludar. Jennifer, su hermana, se llevó a Robin envuelta en un abrazo mientras ambas cuchicheaban sin parar y reían. Era gracioso mirarlas, era como tener a Hilary Duff y Katharine McPhee juntas. Sus diferencias se acrecentaban pues Jennifer solía utilizar trajes de pantalón incluso hasta para ir a la playa, lo que contrastaba muchísimo con el vestido veraniego de Robin.

—Qué bueno es ver a la familia intacta, ¿no crees?

Su mamá pasó junto a él con una gran sonrisa en los labios, si bien él guardó silencio en tanto volvía a encontrarse con la escrutadora mirada de Jacob. Su padre también pasó a su lado y le dejó una palmada en el antebrazo, ajeno a la comunicación no verbal de su hermano. En el aspecto físico los tres eran el vivo retrato de su padre: altos, rubios y de ojos claros. Su madre no era mucho más alta que Robin y su cabello y ojos eran castaños. En el carácter solo su padre le ganaba, aunque eso había quedado en el olvido después de su lesión. Ahora su madre era la reina de la colmena.

Entraron a la casa donde su hermana y exesposa ya tenían unos sartenes sobre la estufa y rompían huevos en un envase. Mientras los agitaba con un tenedor, Robin fijó la mirada en él y dijo:

—Jennifer propuso dar una vuelta por la colina. Según ella Jacob y tú lo hacen una vez a la semana. Me encantaría ver qué tanto hacen ustedes dos allá arriba.

Los ojos le brillaban de júbilo como si lo que fueran a encontrar fuera una mina de oro y no el simple hecho de que la colina le ofrecía un espacio para ejercitarse con la recompensa de encontrar la roca Haystack en el horizonte. De inmediato su madre intervino:

—Yo había pensado en una barbacoa, ya saben, algo un poco más tranquilo.

En ese instante comprendió que todos ellos habían acordado encontrarse en su hogar. Si Robin no quería estar a solas con él, ¿por qué lo había llamado? Él no fue quien la buscó.

—Mamá, será divertido. Si lo deseas cuando volvamos encenderemos el fuego. —Robin dejó de batir los huevos y tenía los ojos muy abiertos—. Lo siento, Elise, es la costumbre.

Su madre se acercó a ella para abrazarla. Le acunó el rostro y con una gran sonrisa dijo:

—Si dejas de llamarme mamá me enojaré mucho contigo, cariño.

Andrew volvió a mirar a Jacob, quien seguía con su postura de no entrometerse, pero a la vez a su rostro se le hacía imposible no mostrar lo que pensaba.

En cuestión de veinte minutos las mujeres de su vida sirvieron un desayuno abundante. Tomó un poco de cada alimento, aunque lo revolvió de un lado a otro mientras los demás comían. Él ya se había preparado el desayuno y estaba saciado, pero su madre armaría un gran revuelo si se negaba a comer; Robin la apoyaría y, por un motivo u otro, conseguirían obligarlo.

Observó cómo su madre hizo una pausa y con una sonrisa resplandeciente recorrió la mesa con la mirada. Se inclinó hacia su padre y en un pretendido susurro dijo:

—¡Oh, mi amor! Estoy segura de que la próxima vez que estemos todos juntos nos darán la noticia de que seremos abuelos.

Andrew detuvo el tenedor en tanto sentía el calentón en su rostro.

—Yo también lo creo, mi pequeña celestina.

Jennifer y Robin resoplaron al mismo tiempo para entonces reír a carcajadas mientras Jacob entrecerraba los ojos a la vez que fijaba la mirada en él.

—¿Qué te dije? No terminaríamos el desayuno antes de que mencionara a los bebés. —Jennifer le hizo un gesto a Robin con la mano como si le pidiera dinero.

—¡Mamá! —exclamó Robin en tanto negaba con la cabeza—. Me hiciste perder una fortuna. Antes esperabas hasta el atardecer.

Jacob le hizo un gesto con la barbilla y él negó con imperceptibilidad. Todavía se negaba a dar por hecho que Sarah se embarazaría y las acciones que él tomaría después. Suspiró en medio de soltar una bocanada de aire. Se preguntó cuál sería la reacción de Jacob al conocerla y qué palabras utilizaría para referirse a ella. Apretó los labios en una línea recta para contrarrestar la sonrisa que pululaba por salir al recordar como Sarah se refirió a sí misma como una *sugar mama*.

—¿Te sientes bien, cielo? —Su madre le acarició el cabello, aunque él era consciente de que en realidad se aseguraba de que no tuviera fiebre—. Te conozco mejor que nadie y no has tocado tu comida.

—Andrew está bien, mamá. De hecho, se ve diferente.

Observó a Robin, quien le hizo un guiño, y se preguntó cómo ella podría saber que existían cambios en su vida. A menos, claro, que a Jacob se le hubiera escapado algún comentario a Jennifer, y a su vez esta le hubiera consultado a su madre y así se pasaron el chisme una a la otra. Su madre abrió los ojos y tragó con dificultad.

—¿Diferente?

—Sí, tiene algo. —Robin rio—. No sé, diferente.

Volvió a guiñarle un ojo con una sonrisa que él respondió. Comenzaba a comprender que ese día tenía que actuar con precaución si es que no quería ser acribillado por preguntas. Sin embargo, la atención se desvió de él cuando Patrick entró a la sala. Estaba seguro de que él también estaba involucrado en la encerrona de su familia.

—¡Están todos aquí! ¡Que alegría verlos!

Andrew mantuvo la atención en Robin cuando su familia se deshizo en abrazos hacia Patrick mientras este sonreía como si fuera el mejor día de su vida. Su asistente se acercó a ella y fue evidente que pretendió abrazarla, si bien Robin se le adelantó y le extendió la mano. Podría jurar que en la mirada de Patrick se cruzó la sorpresa junto con dolor, pero fue tan pasajero que pensó que solo fue su imaginación. Su madre insistió en que su asistente se sentara a la mesa mientras le servía un enorme plato con comida.

Andrew se disculpó antes de retirarse a su habitación para cambiarse a algo más cómodo que le permitiera realizar el esfuerzo necesario para subir la colina. Entró a su armario y abrió uno de los cajones. Contuvo el aliento al encontrar el zapato de Cenicienta. Deslizó el dedo índice por el frío vidrio y su mente se plagó de los besos hambrientos y estrujadas de piel que recibió la noche anterior.

—¿Ya sabes qué vas a usar?

Salió de su trance y colocó el zapato con delicadeza sobre la ropa a la vez que sacaba un pantalón corto.

—Puedo encargarme yo. Recuerda que viniste a descansar y pasarlo bien.

Robin caminó con suavidad, moviendo las caderas de un lado al otro hasta detenerse frente a él. Levantó la mano y le deslizó los dedos por el mentón a la vez que ladeaba la cabeza y fruncía el ceño.

—Hay algo distinto en ti.

Él llevó las manos a los aros y se sujetó a ellos.

—No sé qué podría ser.

La expresión en el rostro de Robin se profundizó unos segundos antes de fingir que no le preocupaba su aparente cambio.

—Tal vez te extrañé demasiado.

Él asintió y guardó silencio. Ella contuvo el aliento, sorprendida, como si esperara que él respondiera de la misma manera, si bien terminó por acercarse y tomar el ruedo de la camisa entre las manos. Él no tuvo otra opción que levantar los brazos para que se la sacara por la cabeza.

—Robbie...

—¿Qué? —En sus labios una sonrisa seductora—. ¿Pretendes ocultarme algo? ¿Te hiciste un tatuaje? —Él no respondió—. Sube a la cama, ansío respirar aire fresco y sentir el sol sobre mi piel. —Él no se movió, lo menos que deseaba era que Robin lo desvistiera como si fuera un maldito bebé—. ¡Andrew Beaufort!

—Nos separamos, Robbie. Y desde niño sé cómo subirme los pantalones. Espérame afuera como todos los demás.

Observó cómo ella se llevó la mano a la boca mientras sus ojos se humedecían. Entonces salió de la habitación con pasos acelerados.

Para su mala suerte, se tardó más de cuarenta y cinco minutos en cambiarse y cuando salió la indignación en las miradas de las mujeres lo taladraban como si pretendieran fundirlo con la pared más cercana.

—¿Nos vamos ya? El sol estará muy fuerte en un par de horas y no quiero que sufras. —El tono de voz de su madre era seco.

Al instante Robin se colocó detrás de él y agarró los mangos de la silla. Quería estallar, pero era consciente de que tendría que frenarse.

—Robin, preciosa, —dijo su padre con suavidad y una sonrisa indulgente— ¿por qué no dejas que Jacob lo lleve? Ellos salen con frecuencia y ya se conocen.

—Papá, déjame llevarlo. Quiero pasar todo el tiempo posible junto a este hombre maravilloso, aunque él sea un cascarrabias.

Robin reía a carcajadas mientras su atención estaba puesta en un capítulo de *The Bold Type*. Tenía las piernas encima de las de él y el torso reposaba sobre el suyo. Estaban sentados en el sillón de la sala y hacía un par de horas que su familia se había marchado. No obstante, él desvió la mirada de la televisión al sentir su teléfono vibrar. Deslizó el dedo por la aplicación de mensajería y abrió el texto: era de Sarah.

El corazón le latió de prisa. No quería ser uno de esos hombres al que le llegaba el mensaje de una mujer mientras estaba con otra. Cuando le propuso a Sarah intentar tener un bebé durante el siguiente mes, ni siquiera tuvo presente que Robin llegaría en un par de días y fue por ello por lo que no se lo mencionó a Sarah. Aunque no tenía una relación con ella, eso no evitaba que se sintiera desleal.

🔋 ¿Quieres llevarme por una hamburguesa?
Tal vez podríamos volvernos
unos rebeldes y tomarnos una cerveza. 😊

🔋 Estoy con Robbie.

Pensó que no recibiría contestación y que tal vez Sarah enfurecería con él por ser tan deshonesto, pero menos de un minuto después recibió otro mensaje de ella.

🔋 📱 👏 👏 👏

A pesar de sí mismo, rio. Lo menos que esperaba era ese mensaje.

Robin le sonrió con complicidad, quizás porque pensaba que su reacción fue por la serie, aunque no podía estar más equivocada. Con disimulo, tomó una bocanada profunda de aire y la soltó con lentitud. Quizás fue injusto con ella a lo largo del día por lo que le agarró la mano y se la llevó a los labios para besársela con suavidad. No obstante, sintió un leve tirón. Decidió obviarlo, aunque le soltó la mano con disimulo.

—¿Por qué no vamos por una hamburguesa?

—¡¿Qué pasa contigo?!

Robin lo miró con los ojos muy abiertos y la respiración alterada. La primera vez que él regresó a un restaurante lo hizo por insistencias de Jennifer, su hermana. Al verlo, uno de los comensales se acercó a preguntar por su vida sexual y Jennifer enfureció tanto e insultó de tal manera al hombre que fue él quien se sintió avergonzado. Cuando intentó volver a la normalidad con Robin fue imposible. Las personas seguían insistiendo en preguntar cómo hacían el amor y ella rompía en un llanto desconsolador. Así que él dejó de pedirle que salieran y su vida se concentró en el hogar.

Trató de unir sus manos con las de Robin y así impulsarla hasta llevarla a su regazo y abrazarla, pero se percató de la vacilación en ella.

Se sintió enervado. Cuando ella lo llamó, por un segundo, pensó en la chica que había sido y no en la mujer que —desde que él usaba silla de ruedas— conseguía exasperarlo. Era demasiada atención y excesivo perfeccionismo, mas en el momento de llegar a la intimidad —y no solo pensaba en términos físicos— ambos se convertían en un desacierto.

—La casa es tuya, me voy a descansar.

—Andrew, no...

Al ver su determinación, Robin asintió a la vez que se alejaba para permitir que él subiera a la silla. En cuanto lo hizo ella separó los labios como si pretendiera decirle algo, pero después de unos segundos se contuvo por lo que él agarró los aros y se retiró.

Se recostó en la cama, aunque después de quince minutos seguía igual de inquieto. Se impulsó hasta sentarse, abrió la mesita de noche y sacó el vibrador. Lo observó durante largos minutos. Se sorprendió a sí mismo al pensar que no sería lo mismo sin Sarah junto a él, pues a pesar de todas las dificultades, ella siempre estaba dispuesta.

Se dejó caer en la cama, se agarró la pierna derecha con las manos, la subió y después lo hizo con la izquierda. Tuvo que esperar largos minutos en lo que los espasmos pasaban. Entonces se movió de derecha a izquierda hasta tener el impulso necesario para quedar bocabajo y así poder bajarse el pantalón y calzoncillo hasta dejar las nalgas al aire.

Colocó la mano sobre el colchón y se empujó hasta quedar bocarriba. Ahí peleó con el pantalón otros largos minutos hasta conseguir bajárselo hasta las rodillas. Esperó a que los espasmos cedieran, entonces respiró profundo y se arrastró hasta volver a tener *momentum*, extendió la mano derecha hasta el borde de la cama, se agarró y consiguió sentarse una vez más.

El corazón le galopaba en el pecho, lo que le recordó el motivo por el que no había utilizado el vibrador antes. Volvió a mirar en el cajón de la mesita de noche y, mientras negaba con una gran sonrisa, sacó el pequeño aditamento que Sarah le había regalado dos días atrás: una lengua de vidrio. Era muy real en cuanto a textura, con los pequeños surcos y bultos que la caracterizaban. Había descubierto que ella solía ser cuidadosa con los detalles, si bien, era algo que él no iba a sentir, al menos no en su pene.

Insertó la lengua en el aparato, aunque solo era un estímulo visual que no alcanzaría a tocarle la piel, y lo encendió.

Durante unos minutos, intentó rememorar las veces en que le hizo el amor a Robin sin éxito. Su mente se plagó de los gemidos de otra y el perfume que invadió sus sentidos fue uno especiado y provocativo.

16

—¿Qué tengo que hacer para poder tener un bebé?

Andrew tenía la voz ahogada y ni siquiera permitió que el médico lo saludara, pues no creía tener el valor de mantener esa conversación. Después de conocer la postura de su asistente no quería ser juzgado una vez más o que le dijeran lo que era mejor para él como si no fuera capaz de tomar decisiones por sí mismo.

—Tengo en tu récord médico que se te recomendó el uso del vibrador, ¿lo has intentado?

Bajó la cabeza a la vez que se soltó el primer botón de la camisa. Se sentía confundido y tenía cierto temblor en las manos. Llamar al doctor y hacer esa pregunta lograba que la situación fuera más tangible. Intentaría darle a Sarah Bramson un bebé. Una sonrisa le curvó la boca, aunque todavía tenía cierto temblor en las manos. Se humedeció los labios. Intentaría... a Sarah... un bebé... que también sería suyo.

—Sí.

—¿No has podido eyacular?

Agarró una bocanada profunda de aire a la vez que se deslizaba las manos por el pantalón.

—No.

Escuchó que el doctor tecleó por un largo tiempo para entonces decir:

—Antes de que continues me gustaría que examináramos tu esperma y la viabilidad de esta. No querría ilusionarte con algo que tal vez no pueda ocurrir.

Se pasó una mano por el cabello en tanto con la otra se sujetaba del aro impulsador. Esas no eran las palabras que quería escuchar.

—Ya me han hecho esos exámenes. —El tono de voz era severo.

Recordaba que la primera pregunta que su madre hizo fue si podía tener hijos. La segunda fue cómo se sentía. Además de la inmensa cantidad de análisis que los doctores solicitaron para conocer la bacteria que le provocó la lesión en el cordón espinal y el antibiótico que debían recetarle, se añadieron exámenes de su semen para asegurarle a su madre que tendría nietos.

—Al principio de tu lesión. Preferiría repetirlos.

Le explicó al urólogo que no estaba en Houston y este le concretó una cita en una subsidiaria en Portland para ese mismo día. Entonces el doctor continuó:

—El resultado te llegaría en un par de días a tu correo electrónico.

Tres días después de hacerse la prueba de esperma, Andrew estaba reunido con algunos amigos en el restaurante Mo's. Procuraba encontrarse con ellos una vez al año, si bien se llamaban por teléfono varias veces al mes. Los conoció en el hospital de rehabilitación TIRR Memorial Hernann en Houston, donde él residía la mayoría del año.

Conocía de primera mano el afán y lucha de sus amigos por tener hijos. Brian lo había intentado durante dos años antes de recurrir a la fertilización *in vitro* y, aun así, a él y Tiffany les tomó cerca de año y medio de tratamientos para poder tener a su bebé en brazos. La historia de Cole y Charisma no era diferente: su búsqueda se había alargado durante dos años antes de decidir hacer una pausa. Mateo y Luke fueron los únicos del grupo que tomaron la decisión de adoptar.

Él sabía que a pesar de que Cole experimentaba una lesión espinal que lo inmovilizó desde el cuello, podía tener orgasmos y eyacular. Brian padecía una afectación mayor y Mateo una intermedia, pero les aseguró que cuando Luke le chupaba los pulgares tenía orgasmos apoteósicos. Eran ese tipo de amigos, no se ocultaban nada. Además, era muy divertido tener esas conversaciones en un restaurante repleto de gente.

Andrew jamás intentó ser padre antes de que Sarah llegara. No fue un tema que Robin y él discutieran alguna vez, pues tenía la certeza de que la maternidad no era un anhelo de Robin y él lo respetaba. Así que cuando los demás hablaban sobre sus luchas, ellos guardaban silencio. Y ahora ansiaba preguntar, saber cada detalle del camino que Sarah y él tenían frente a sí. Quería saber si Tiffany o Charisma llegaron al punto de lastimarse del mismo modo en que Sarah lo había intentado, y si ellos se vieron forzados a poner un alto a las intenciones de sus esposas.

Sin embargo, guardó silencio y se obligó a concentrarse. Mateo acababa de decirle que Mel, una amiga que tenían en común, había intentado suicidarse una vez más y merecía que él se olvidara por un instante de sus propios problemas. Había hablado con ella el día anterior a encontrarse con Sarah, aunque no la había vuelto a llamar.

Después del largo silencio que le siguió a las palabras de Mateo, Andrew se obligó a decir:

—¿Qué dice Jay?

Jay era el prometido de Mel y su apoyo emocional. No importaba que los padres de ella lo insultaran y maldijeran cada vez que se encontraban, Jay seguía junto al amor de su vida. Sin embargo, la depresión que hundía a Mel era voraz. Hacía tres años ella no tuvo reparos en hacerles saber que deseaba terminar con su vida porque ya no deseaba estar bajo la piel de su nuevo cuerpo. Ser amputada era demasiado para ella, pues era una mujer cuya vida había sido muy activa. Él recordaba cómo los demás se observaron entre sí porque ellos conducían motocicletas, manejaban deportivos e incluso subían montañas.

Andrew no se engañaba a sí mismo. En sus momentos más bajos, él también lo consideró. Existían días en que el esfuerzo más extenuante era desechar los pensamientos negativos y no el desafío que acarreaba la inmovilidad. Después del divorcio, tocó fondo, pero a rastras había logrado escapar y los días oscuros eran menos. Además, la propuesta de Sarah lo tenía demasiado nervioso o distraído como para dejarse caer.

Mateo suspiró antes de decir:

—Creo que está a punto de claudicar. La ansiedad emocional que le provoca Mel con eso de que «si de verdad la amara la dejaría ir» lo ha minado.

Andrew no deseaba estar en la piel de Jay o de ningún familiar que hubiera recibido la noticia de que su ser querido era un discapacitado. Muchas veces intentó que Robin platicara con él sus sentimientos cuando el doctor le informó de su lesión, pero ella siempre guardó silencio mientras sonreía. Era una mujer con una entereza admirable y él respetaba que prefiriera hablarlo con un psicólogo. Pero él todavía necesitaba esa conversación.

Se aclaró la garganta y se obligó a permanecer en el presente. No obstante, la crema de almejas que consumió junto con el plato de mariscos comenzaba a revolvérsele en el estómago.

—¿Todavía sigue hospitalizada?

En la conversación solo participaban él y Mateo, pues Cole y Charisma saludaban a algunos de sus seguidores del canal *Roll with Cole and Charisma*. Mientras tanto, Brian estaba con Tiffany y su hija dándose un chapuzón en el océano.

Luke, el esposo de Mateo, hacía fila con los hijos de ambos pues los chicos querían una tarta de *Marion Berry* con helado.

Mateo era trigueño y castaño con ojos cafés y Luke era blanco con cabello negro y ojos oscuros. Eran *high school sweethearts*[9]. Al igual que Andrew vivían en Texas, si bien Mateo era de ascendencia puertorriqueña. La combinación de una pareja *interable*[10], homosexual y mitad latina no había minado su carácter, a pesar de vivir en un estado tan conservador. Mateo y Andrew compartían el mismo tipo de lesión en la C7-C8. No obstante, Mateo era capaz de algunos movimientos que él no tenía y viceversa.

Mateo soltó un suspiro agotado antes de responder:

—Sus padres están considerando internarla en el ala de psiquiatría.

Sin poder contenerse, Andrew golpeó la mesa con el puño.

—¡Puñeta! ¿Por eso no están aquí?

Mateo asintió.

—Pensamos ir a visitarlos, hablar con ella. ¿Vas a venir?

Mateo le dio un trago largo a su sidra mientras él intentaba arrancar la etiqueta de la botella, sin éxito. A pesar de la conversación que mantenían, el día estaba soleado y el calor que les pegaba las camisas a los brazos y pecho era poco característico de la zona. Un par de objetos diferenciaba y hacía resaltar la mesa exterior que compartían: las botellas de agua con rociador. Todos tenían que utilizarlas porque no serían capaces de distinguir si su cuerpo experimentaba un golpe de calor, a pesar del frío que les calaba desde su interior. Por lo demás, la mesa estaba repleta de frituras, mariscos en todas sus variedades y sidra embotellada.

Mel era su mejor amiga, pero a Andrew se le dificultaba la situación. Él creía que se podía insistir un poco más, pero las personas solían ser un tanto condescendientes con sus pares que usaban silla de ruedas y el deseo de suicidio. Podían disfrazarlo con palabras poéticas, levantar la bandera de los derechos, la autonomía y la propiedad del cuerpo, mas si fuera una persona no discapacitada sería juzgada como egoísta y se le prohibiría la entrada al cielo.

—Ahí estaré.

Mateo volvió a asentir en tanto le daba otro trago largo a su bebida. En tanto él se quedó perdido en sus pensamientos. El tener una lesión en el cordón espinal no era un destino peor a la muerte. Su vida era tan activa como la de cualquier no discapacitado y si alguno pretendía negarlo, él lo retaría a probarle que sus días eran más excitantes que los suyos. Y al que se atreviera a afirmarlo, les cuestionaría si su vida también fue invadida por una Sarah Bramson, si también utilizaban una monstruosidad de vibrador para conseguir eyacular y si gozaban de un orgasmo cuando le lamían la manzana de Adán.

Y como si con solo pensarla pudiera conjurarla frente a sí, Sarah entró al restaurante junto a dos mujeres. Lucía un vestido largo, un tanto vaporoso y ligero en color blanco con salpicaduras de azul. Como siempre, tenía unos pendientes largos, en esa ocasión como gotas de agua, y un cinturón fino del mismo material. A Andrew se le abrieron los ojos de forma desmesurada, y escuchó las palabras de Mateo como si fuera un eco:

—¿Por qué decidiste venir en esta fecha? Siempre vienes en invierno.

Llevó la mano a la esquina de la silla y se impulsó para mejorar la postura. Esperaba que Sarah no se acercara a saludar. Tenía la certeza de que ella le haría un desplante a sus amigos y ellos se cuestionarían por qué él trataba con una mujer así cuando Robin era un amor de persona. Se ajustó las mangas de la camisa cuando en el rostro de Mateo apareció una odiosa sonrisa conocedora.

---

[9] Término que se utiliza en Estados Unidos cuando una pareja de enamorados está junta desde que estaban en la escuela.

[10] *Interable couple*. Termino que se utiliza en el idioma inglés para definir a una pareja donde una de las partes tiene una discapacidad y la otra no. No existe un término similar en español.

—¿Está buena[11]?

Él estaba de frente mientras que Mateo le daba la espalda a la puerta de entrada por lo que para ver a Sarah tendría que girar por completo su cuerpo y sería evidente lo que sucedía. Sarah no tendría dudas de que hablaban de ella. Justo lo que no deseaba.

—Es mayor.

Desvió la boca a un lado, pues su respuesta solo consiguió aumentar la curiosidad de Mateo, quien parecía disfrutar de cómo él no dejaba de moverse como si tuviera cientos de hormigas sobre su cuerpo.

—Madurita... ¡¿Y qué?!

Aspiró con fuerza. Agarró la botella de sidra y le dio un largo trago. Sin embargo, solo consiguió que su boca se sintiera aún más reseca.

—No lo sé.

Mateo comenzó a reír a carcajadas.

—¡Andrew, amigo! La respuesta es simple. Por algo llamó tu atención.

Negó una y otra vez. Sarah no había llamado su atención, al menos no en el sentido que Mateo dejaba entrever.

Había ido a la cita en Portland y se encontró rodeado de cuatro doctoras, quienes sostuvieron su pene y utilizaron el mismo vibrador que Sarah y él usaban. Andrew se tragó su orgullo, cerró los ojos y se obligó a concentrarse. Después de un poco más de veinte minutos las doctoras habían conseguido una muestra de su esperma. Cualquier otro hombre podría sentirse relajado al saber que era capaz de eyacular, pero en su caso eso no era suficiente. Todavía quedaba por saber si su esperma era viable o no. Lo que descubriría en algún momento de ese día.

—Nos conocemos y no pensé encontrármela hoy aquí.

Se percató de que sus evasivas solo conseguían que Mateo se interesara más en el asunto. Pero él no podía confiarle el motivo que lo unía a Sarah. Ninguno lo entendería, él mismo no lo hacía. Solo sabía que ella le había pedido un bebé, él le dijo que sí, y había insistido en que lo intentaran un mes más. Y como si Mateo fuera capaz de meterse en su cabeza y descubrir sus pensamientos, se agarró a los aros de la silla y giró para entonces gritar:

—¡Amiga de Andrew! ¡Ven aquí!

El silencio reinó en el bullicioso restaurante y todas las miradas se posaron sobre ellos, esta vez sin disimulo. Una persona que usaba silla de ruedas llamaba la atención, cuatro generaban conmoción. La conmiseración dirigida hacia ellos era una píldora difícil de tragar. Él y sus amigos debían fingir que no se percataban porque si se atrevían a enfrentar, aunque fuera a uno de ellos, entonces se convertían en los villanos. A Mateo le fascinaba la atención, mientras que él la detestaba, pues no era un fenómeno de circo.

Las mujeres que acompañaban a Sarah —una de ellas embarazada— parecían presenciar un campeonato de tenis porque los observaban a ellos y segundos después la miraban a ella, para entonces repetir el gesto una y otra vez. A él le parecían búhos desaliñados, carroñeros y cotillas.

Sarah fijó la mirada en él como si intentara descubrir qué era lo correcto, o, más bien, qué era lo que él deseaba en realidad. Él no olvidaba el hecho de que había rechazado todas las propuestas de comer juntos y ella debía estar muy consciente de ello. Le sostuvo la mirada y procuró mantener el rostro impasible. Fuera que él lo deseara o no, era decisión de Sarah acercarse a la mesa o ignorarlos.

Ella giró como si fuera a excusarse con sus acompañantes, si bien, en el último segundo, no dijo nada y con pasos vacilantes —incluso podría creerse que estaba anclada al piso— caminó hacia ellos. Cuando se detuvo frente a la mesa, le dedicó una sonrisa que él no supo descifrar.

—¡Hola, guapo! —El tono de voz fue bajo, siempre lo era.

---

[11] Expresión que se utiliza en Puerto Rico para preguntar si una mujer es guapa.

Sarah fijó la mirada en el océano cuando él no respondió a su saludo. No tenía ni idea de qué decir. El corazón le golpeteaba el pecho. En su mente rogaba para que Sarah se comportara y lograra ocultar su desdén hacia ellos. Por suerte Mateo rio y en su rostro se dibujó cierta indignación que él sabía muy bien que era falsa.

—¡Claro! Un rubio de ojos claros y se olvidan del negro.

Frunció el ceño cuando Sarah pareció despertar de un trance y sus labios dibujaron una sonrisa enorme para entonces bajar la cabeza y fijar la mirada en Mateo.

—En realidad te lo decía a ti.

Andrew sintió el calentón en sus propias mejillas. Y en sus pensamientos gagueó por un instante mientras se preguntaba a sí mismo por el tono seductor de Sarah. No obstante, la risa de Mateo retumbó por el restaurante.

—Una nena inteligente, me gusta. Asumo que tu nombre es igual de bonito que tú.

Ella extendió la mano, aun con la sonrisa en los labios. Sarah debía ser una gran actriz porque parecía sincera como si de verdad le diera gusto conocer el círculo que lo rodeaba y compartir con ellos.

—Soy Sarah Bramson.

Para ese instante los demás ya los rodeaban. Cole y Charisma fueron los primeros en presentarse. Él era blanco y rubio con ojos claros mientras Charisma era negra y castaña con ojos cafés. Su vida se complicaba por ser una pareja interracial que vivía en Virginia, si bien ellos se burlaban de las críticas. La lesión espinal de Cole era en la C5-C6 y fue provocada por un accidente al lanzarse de un acantilado.

Sarah también saludó con alegría a Brian, Tiffany y su hija. Ambos eran blancos, rubios y con los ojos claros. Su camino a un matrimonio feliz fue escarpado, pues Brian había terminado con la relación unos días antes del accidente, ya que ella era cinco años mayor y deseaba establecerse y formar una familia, algo para lo que Brian no se sentía listo. No obstante, Tiffany fue la primera persona que el hospital contactó. Ella no reparó en estar a su lado como amiga, y el camino de Brian por reconquistarla —al percatarse como un idiota de que en realidad sí la amaba y deseaba lo mismo que ella— fue más complicado que recuperarse de la lesión T1. Vivían en California y lo normal era ver a Brian sobre una motocicleta o paseando en la playa.

—¡La señora de las canicas! —aclamaron los hijos de Mateo en tanto Andrew se sentía perdido ante la algarabía a su alrededor.

Entonces Mateo, fiel a su persona, agarró su teléfono mientras Luke le hablaba a Sarah como si se conocieran desde hacía muchísimo tiempo. Unos minutos después comenzó a escucharse *Sugar* de *Maroon 5*.

Mateo se agarró de los aros y se impulsó hasta chocar con Sarah, quien perdió el equilibrio. Mateo la rodeó por la cintura y la plantó sobre sus piernas para comenzar a moverse mientras ella reía nerviosa y lo ojeaba a él de tanto en tanto. A Andrew no le pasó desapercibido cómo ella reposaba las manos en los hombros de Mateo e intentaba moverse a pesar del espacio reducido y lo incómodo de la posición. También tenía claro que ella permanecía arrodillada. Si ambos estuvieran de pie sería como bailar con los brazos extendidos por completo como lo harían unos amigos.

Andrew resopló a la par que se soltaba el primer botón de la camisa. No tuvo dudas del mensaje que Mateo le transmitía con sus acciones: lo instaba a tener una aventura de una noche con una mujer a la que llamó «bonita» y «nena». Se agarró de los aros impulsadores hasta que sus nudillos palidecieron y en la boca le quedó un sabor amargo. Sarah no debía estar ahí. No cuando él todavía desconocía los resultados de los exámenes de esperma. No estaba listo para enfrentarla.

Levantó la cabeza cuando el avasallador perfume de Sarah lo envolvió. Su sonrisa tímida hacía que las líneas de expresión en esa área fueran más prominentes. Sarah extendió la mano, aunque solo le rozó el dedo índice. Y el beso que él esperaba, ese que ella siempre le daba, jamás llegó.

—Yo... —Se quedó callada unos segundos—. ¿Quieres que nos veamos... después?

Asintió renuente pues era consciente de ser el centro de atención; no obstante, sus amigos no preguntarían. Sarah les dedicó una sonrisa amplia y agradable a los demás antes de regresar con su grupo y él la contempló en todo momento. Al incorporarse de nuevo a su grupo, ella se mantuvo en silencio mientras las mujeres que la acompañaban hablaban entre ellas. Él pensó que, si Sarah hubiera llegado y se hubiera sentado en una mesa sola, tendría más compañía que la que tenía en ese instante.

Andrew participó de las conversaciones a su alrededor. Nadie podría quejarse de que estaba distraído, pero sus ojos —como si tuvieran voluntad propia— insistían en desviarse a aquella mesa lejana donde estaba la mujer que lo mantenía en una poza revuelta. Tuvo que conjurar su fuerza de voluntad y algo más para no llegar junto a Sarah y pedirle que se marcharan juntos.

Ella era una mujer adulta y si no deseaba estar allí podía irse. Además, eso que había entre los dos era solo en la cama, donde se reencontrarían más tarde, cuando él ya conociera los resultados de los exámenes.

17

Sarah no sabía cómo comportarse frente a Andrew pues, como si fuera un grano de arena, la había levantado entre sus brazos para penetrarla. Jamás se lo esperó, así como tampoco intuyó que el sentir cómo él la ensanchaba le provocaría el más puro placer. La revolución en sus pensamientos y sentimientos era como estar sumergida en lo profundo del océano y el coral le impidiera escapar. No sabía qué sucedería con ella si es que permitía que él le provocara un orgasmo.

Aquel día estuvo cargado de emociones. Se creó una intimidad que jamás debió existir, y permitirle a Andrew el placer de su cuerpo era algo que no estaba dispuesta a ceder. Sus sentimientos podrían involucrarse, y ella siempre saldría perdiendo. Y esos minutos que Andrew estuvo dentro de ella, solo esos, fueron suficientes para tenerlo presente a cada segundo. Estaba segura de que podría revivir ese recuerdo hasta el último instante de su vida.

Por eso no había sabido cómo comportarse cuando se lo encontró en el restaurante esa tarde. Lo que menos imaginó al ir al lugar fue que él estuviera allí. Como siempre se negó a que comieran juntos ella pensó que Andrew no salía de la casa, pero ese día comprobó que él, tan solo, no deseaba que lo vieran en público con ella.

Quiso huir cuando el amigo de Andrew la llamó. Estaba segura de que Andrew se había desahogado con él al decirle el desastre de persona que era y lo que le había pedido. Tenía la certeza de que la intimidad que ocurrió una semana antes solo fue pasajera, y que incluso debió de darse porque él sintió lástima. Y, como una estúpida, ella apenas se permitía respirar con normalidad desde entonces, dando millones de vueltas en sus pensamientos a lo ocurrido, a por qué Andrew le ofreció que lo intentaran un mes más.

Por eso, dirigirse a la casa de él esa noche le resultó complicado, y en sus pensamientos se cuestionaba una y otra vez por qué había ido. Creía que Andrew sintió vergüenza cuando le presentó a sus amigos, o, más bien, no la presentó, puesto que era el amigo parlanchín y agradable quien se había adueñado de la situación. Por un instante una sensación agradable se apoderó de ella al no ser juzgada y sentenciada, aunque ese hombre no la conociera, no como Andrew lo hacía.

Sin embargo, nada de eso importaba. Ella no estaba allí para que Andrew tuviera sentimientos hacia su persona. Era consciente de que, con la intimidad, los sentimientos intentarían intervenir. Solo necesitaba mantenerse alerta, actuar coherente y recordarse a sí misma una y otra vez que Andrew jamás podría sentir algo por ella, solo compasión. Mas bien, asco, siempre asco. Jamás debió permitir que él la ayudara en aquellos días de universidad.

Además, ella no creía en el amor. Solo sentía agradecimiento por Andrew. Y, aunque también estaba el hecho de que su deseo sexual se disparaba cuando él estaba cerca, lo cierto era que cualquier mujer se sentiría igual frente a su actor favorito y eso no significaba que muriera de amor por él o deseara casarse y formar una familia.

Dibujó una enorme sonrisa en su rostro y se obligó a tocar la puerta. Fue ella quien descubrió cómo hacer para que Andrew tuviera erecciones y sería injusto que Robin fuera la beneficiada. Ella ya había tenido su oportunidad cuando estuvo casada con él. Ahora el bebé de Andrew sería para sí misma.

No obstante, un par de minutos después de tocar, se mordió los labios y se asomó por las ventanas para ver si Andrew estaba pues la puerta no se abrió como era costumbre. Tampoco escuchó a la asistente virtual anunciando su llegada. La casa parecía solitaria.

Después de diez minutos pensó en irse, mas cuando giró e intentó dar un paso fue incapaz de moverse. Refunfuñando consigo misma, giró una vez más y se forzó a tocar otra vez. Cuando no obtuvo respuesta, dio una vuelta para observar a su alrededor, buscando alguna pista sobre dónde pudiera encontrar una llave. Sin embargo, pronto se detuvo al recordar que todas las puertas en la casa abrían en automático, y necesitaba que Andrew le diera acceso.

Por algún motivo la piel se le enervó y el corazón comenzó a latirle a prisa. Corrió hasta la parte trasera, agarró la primera piedra —de gran tamaño— que encontró y la lanzó contra la ventana de cristal. La alarma se disparó de inmediato y tuvo que cubrirse los oídos ante el ensordecedor ruido.

Entró a la casa —el vidrio crujió bajo sus pisadas— y con pasos apresurados llegó a la sala y la cocina. Al no verlo siguió por el pasillo. En cuanto pasó junto a la puerta de la oficina esta se abrió y Andrew no estaba allí. Un sabor pútrido se adueñó de su boca y sufrió varios estremecimientos. Por si fuera poco, el sonido de la alarma solo conseguía alterarla más y más.

Correría hacia la habitación, aunque se detuvo de golpe. Muy tarde pensó en que tal vez Andrew estaría con Robin haciendo el amor, si bien con tanto escándalo era imposible que Robin no saliera a cerciorarse de que no sucedía nada. Levantó la mano derecha y jugó con su pendiente, a la vez que su cuerpo osciló ante la indecisión de entrar o no. No obstante, la puerta de la habitación tomó la decisión por ella cuando se deslizó. Cerraría los ojos, pero alcanzó a ver la silla de ruedas: vacía.

—¿Andrew? —Pretendió gritar, pero su voz fue solo un susurro.

Al no recibir respuesta, abrió el bolso para sacar el teléfono. Sin esperar un segundo más marcó el 911, aunque no tocó el botón verde que comunicaría la llamada.

—¿Andrew?

Caminó, aunque el movimiento de sus piernas era como si intentara cargar con una de sus piezas de más de noventa kilos. Sentía su propia piel congelada como si estuviera segura de que se encontraría con lo peor.

Lo primero que vio fue como los pies de Andrew se le agitaban y parecían temblorosos. Solo así tuvo la certeza de que algo andaba mal y creyó desfallecer. Por un lado, la embargó el alivio porque Andrew no estaba muerto y por el otro la envolvió la desesperación porque parecía tener un ataque convulsivo y ella no tenía idea sobre qué hacer.

Sin un ápice de duda, deslizó el botón verde y la llamada se conectó al mismo tiempo que se arrodillaba junto a él en el suelo.

—911, dígame su emergencia.

Tomó una pequeña bocanada de aire en un intento de calmar sus alocados latidos. Era consciente de que podía estar nerviosa, pero que debía mantener la calma para ayudarlo.

—Mi amigo... Él es tetrapléjico y está en el suelo con convulsiones. —Andrew jadeó como si pretendiera hablar por lo que ella extendió la mano y le acarició el rostro con una sonrisa que esperaba fuera reconfortante—. Tranquilo, ya vienen en camino.

La respiración de él era dificultosa y la mueca en su rostro era indicio de que sentía mucho dolor. Ella le deslizó la mano libre por el sedoso cabello y con la punta de los dedos buscó algún golpe tras la nuca. Le resbaló las manos por los brazos y le recorrió la palma derecha en un ir y venir que debía ayudarlo a relajarse.

—No... No...

Lo contempló en un intento de comprenderlo. Se preguntó a qué se refería. Si acaso ella se había adelantado y no era una emergencia, mas no podía ser. Fue por ello por lo que continuó la conversación con la operadora.

—Él intenta decirme algo, pero su cuerpo le tiembla. Está sudoroso, aunque su piel está fría al tacto.

Les comunicó la dirección y el número de teléfono de ella. La operadora quería conocer el nivel de consciencia de Andrew y si tenía un asistente médico por lo que tapó la bocina del aparato y le deslizó los dedos por la sien a Andrew para llamar su atención. Él posó los ojos claros y tiritantes en ella.

—¿Patrick?

—Dí... Dí...

Se le hizo difícil escucharlo por el impertinente estruendo de la alarma así que se apartó el teléfono un instante y se inclinó sobre él para que le hablara al oído. Cerró los ojos por un segundo al sentir el aliento tibio como una caricia involuntaria.

—¿Qué quieres decirme?

—Dí... Dí...

Se enderezó para poder observarlo y en un movimiento inconsciente le acarició el cabello en un ir y venir que dibujaba una línea recta. Le era difícil verlo en ese estado. Prefería al hombre irascible y agudo en sus comentarios.

—¿Día? ¿Patrick tiene el día libre?

Él asintió con dificultad mientras la contemplaba. Tenía el ceño fruncido, además de la mueca de dolor que le contorsionaba el rostro. En tanto, ella asentía y negaba a las preguntas de la operadora y de alguna forma conseguía esquivar la mirada inquisitiva. Se relamió los labios pues de pronto sintió la boca reseca.

—Sí, sí. Está consciente, pero su cuerpo no para de temblar.

—Es... es...

Volvió a prestarle su atención porque de tanto en tanto desviaba los ojos para repasarle el cuerpo con la mirada para así descubrir si había algún cambio en tanto se preguntaba por qué no paraba ya o que, tal vez si se lo ordenaba, él dejaría de moverse.

—¿Convulsiones?

Andrew negó.

—Es... es...

Sujetó el teléfono con una fuerza innecesaria, como si eso fuera lo único que la mantenía firme. Era consciente de que la ambulancia tardaría alrededor de veinte a treinta minutos —tal vez un poco más— pues Cannon Beach no contaba con el servicio de paramédicos o ambulancia y había que solicitarlos de los condados aledaños.

—Dice que no son convulsiones. —Escuchó a la operadora y lo que le explicaba. Con su mano libre le acariciaba a él los brazos, le masajeaba las piernas para luego entretejerle los dedos en el sedoso cabello. Se mordió el labio a la vez que fruncía el ceño ante la sugerencia que escuchaba—. ¿Son espasmos?

Él asintió y ella se percató de cómo los músculos de sus hombros se relajaron, parecía que estaba más preocupado por la presencia de ella y su desconocimiento sobre su lesión que por lo que experimentaba en ese instante. Ella movió la cabeza de arriba abajo un segundo como si la mujer al otro lado de la línea pudiera verla, si bien al instante negó y dijo:

—Sí, son espasmos. —La operadora volvió a darle instrucciones y la escuchó atenta antes de repetirle a él—. La ambulancia ya viene en camino, solo un poco más.

Se puso en pie, llegó hasta la cama, agarró una almohada y regresó junto a él. Le tomó la cabeza entre las manos con delicadeza y se la colocó debajo.

Un gritito escapó de su garganta cuando los paramédicos entraron a la habitación con premura, y se arrodillaron para tomarle a Andrew los signos vitales, además de otros procedimientos. Muy pronto se encontró fuera de la habitación. Había sido desplazada y olvidada.

Se apoyó en la pared y, abstraída, jugó con su pendiente una y otra vez, lo que provocó que el lóbulo de su oreja derecha se tornara encarnizado. Al cabo de cerca de quince minutos los paramédicos se marcharon y se contuvo de preguntarles si Andrew estaba bien, pues sintió que hacerlo sería como traspasar aquella barrera que se había autoimpuesto.

Entró a la habitación aún más reticente que cuando llegó, si bien le dedicó a Andrew una sonrisa amplia en tanto tragaba con dificultad. Él estaba sentado en la silla, tan imponente y glorioso como siempre.

—No tienes que quedarte.

No lo pudo evitar, levantó la mano y se cubrió la garganta. «¿¡Acaso has perdido la cabeza?!», pensó. Sería incapaz de marcharse. No, no podía irse, no podía... no quería. Deseaba estar junto al hombre que le soltaba esos comentarios agudos para el siguiente instante ofrecerle un vibrador y utilizar su cuerpo durante un mes... lo necesitaba.

—No me iré.

Le dedicó una sonrisa radiante mientras desviaba el rostro en un intento de ocultar el calor que le abrasó las mejillas. Andrew debía sentirse muy mortificado por que hubiera sido ella quien lo encontró en ese estado.

—Patrick llegará en unas horas.

—¿Y el vibrador?

El carmesí en su piel iba en aumento. «Pero ¿qué digo?», se cuestionó. A ella lo que menos le importaba en ese instante eran las eyaculaciones de Andrew, pero el corazón le atronaba en el pecho y siempre que se sentía acorralada actuaba así.

—Es cierto, el vibrador.

Ahora los dos tenían el rostro como el bermellón más puro. Ella solo quería desaparecer, pero terca como era se obligó a permanecer allí. Andrew no debía sentirse muy bien porque no le había respondido con sus comentarios acostumbrados.

—A menos que hicieras el amor con Robin.

Ahora parecía chismosa. Al parecer era incapaz de comportarse con naturalidad frente a él, siempre tenía que actuar de forma desmañada y patética. Pero para ella era importante. Sus cuatro días se habían esfumado como un túnel sin fin en el cual corres y corres y jamás abandonas la meta. Ni la vida, ni las personas solían darle segundas oportunidades y el que Andrew, conociéndola, lo hubiera hecho la desconcertaba. Mas, nada tenía que hacer allí si él y Robin estaban juntos otra vez. Ese era el curso natural porque ella no creía que un amor como el de ellos pudiera resquebrajarse y morir.

Observó los diminutos tornillos, los pasadores y tuercas en la silla de ruedas, si bien se vio obligada a fijar la mirada en él cuando el silencio se alargó entre los dos. Una vez más Andrew la esperaba a ella. Nunca le permitía huir.

—No lo hice.

Su cuerpo osciló pues sintió que de un momento a otro le habían arrebatado el suelo. No comprendía por qué, si Andrew era un hombre muy apasionado, no le hizo el amor a Robin en esos años o por qué no lo intentó hacía unos días. Él ya había cumplido su palabra y solo debía concentrarse en volver a ser feliz.

—¿Por qué? —Su voz fue menos que un susurro.

—Porque te voy a dar un bebé.

Ella había girado el rostro para huir de la respuesta y sus manos permanecían apretadas una contra la otra. Su corazón le reclamaba los sustos y emociones a los que lo había sometido durante las últimas semanas.

Después de unos segundos una diminuta curva se dibujó en sus labios al comprender las palabras de Andrew. Con pasos un tanto inestables llegó hasta la mesita de noche y en todo momento sintió la mirada clara y escrutadora sobre ella. Él giró con suavidad en la silla y se abrió el botón del pantalón al cual le siguió el cierre para entonces liberar su hombría. Si el gesto de ella lo sorprendió, no lo demostró. Parecía sereno, tenía los hombros relajados y su postura tan abierta como la silla le permitía. Era un enorme contraste con la primera vez que se habían encontrado.

Sin importar lo que ocurrió una hora antes, ella se colocó detrás de Andrew con el vibrador encendido y la lengua de vidrio en su lugar. Lo que sucedió fue grave, y ella todavía se sentía descolocada, pero no era del tipo de mujer que se regodeara en las vicisitudes. Al contrario, era la primera en sobreponerse, y tenía la certeza de que eso era lo correcto en ese instante.

Rodeó a Andrew con los brazos en tanto le apoyaba la cabeza en el hombro izquierdo, y con los labios y la lengua le recorría el cuello y el lóbulo de la oreja.

Sonrió triunfante al sentir en su propia piel el estremecimiento de él. Las personas tocaban el vidrio con temor, mas —como Andrew le dijo— ella hurgaba en él, lo calentaba, lo empujaba y lo halaba. Y muy pocas veces se rompió entre sus manos. Andrew Beaufort no tenía por qué ser diferente.

—¿Te lastimaste? —Su voz era calmada, en ese tono bajo tan característico en ella, como si su intención fuera domar una fiera.

—Solo el orgullo.

Colocó el vibrador en la posición correcta y permaneció relajada mientras él le alcanzaba la quijada para cubrírsela de besos, lamidas y mordiscos que conseguían que apretara los muslos en un intento fallido por contener su propia humedad.

18

Sarah terminó de comer en menos de ocho minutos, pero llevaba sentada en la terraza de Mo's cerca de tres cuartos de hora mientras hacía tachones y arreglos en un boceto de sus esculturas. Aunque se lo negaba a sí misma, su concentración se desvanecía al rememorar los besos de Andrew y la forma en que levantaba el brazo y la sujetaba con primor por la nuca en tanto sus sedosos labios se unían a los de ella con parsimonia.

A pesar de lo que le había dicho a Andrew, esa mañana viajó a Portland pues tenía una cita en la clínica de fertilidad para recomenzar el tratamiento de hormonas. En cuanto regresó se dirigió a su hogar, se sentó en el retrete —dejando olvidado el recibo de ocho mil dólares en el lavamanos— y se inyectó a sí misma acompañada por la soledad.

Sarah se obligó a salir de sus pensamientos, se apresuró a terminar con las anotaciones y se puso en pie, pues deseaba caminar a lo largo de la orilla del océano. Eso siempre la ayudaba a relajarse a la vez que le servía de inspiración. Solo que con lo que había vivido en las últimas semanas se le había hecho difícil retomar el pasatiempo.

Salió del restaurante, cruzó la calle y bajó los escalones que la llevarían al océano. No obstante, antes de que sus pies pudieran hundirse en la cálida arena, el teléfono le sonó con una notificación por lo que se detuvo y lo sacó de su bolso. Por un segundo contuvo el aliento y levantó la mano derecha para jugar con su pendiente: era un mensaje de Andrew.

▯ Hasta la noche.

Su corazón no solo se aceleró por el mensaje, sino porque, de algún modo, el rostro de él terminó como su fondo de pantalla.

Frunció el ceño en tanto oprimía el botón cuadrado de la pantalla, y por último tocó el recuadro que cerraba todas las aplicaciones. Pensó que la aplicación de mensajes había provocado un error y por eso la falla. No obstante, el rostro de Andrew seguía como su fondo de pantalla.

Aunque muy pronto todo quedó en el olvido, pues el mensaje compartía la ubicación donde él se encontraba: Mo's. Se quedó estática y los turistas tuvieron que rodearla para poder continuar su camino hacia las aguas heladas del Pacífico. De pronto, giró, se apresuró a cruzar la calle e ingresó en el restaurante una vez más.

Recorrió las mesas con la mirada y lo encontró al final del corredor, donde un mesero le tomaba su orden. Se veía guapísimo en un traje entallado en azul cobalto con la camisa blanca impecable y sin corbata.

Tenía el cabello echado atrás y hacia arriba en ese corte tan moderno y varonil. Además, sus labios estaban apretados en ese puchero perenne que lo caracterizaba lo que le daba a su mandíbula todavía más fortaleza e irradiaba masculinidad.

Ella negó con la cabeza y giró. Andrew nunca deseó que ella lo acompañara en público. Además, le apetecía muchísimo esconder los dedos bajo la arena y que la brisa —con el delicioso aroma del salitre— le revolcara el cabello.

Andrew le agradeció al mesero y en cuanto este se marchó, agarró el tenedor y lo hundió en la lechuga. Acababa de llegar de Palo Alto y el trayecto de tres horas lo había extenuado. Viajar en avión y soportar la incompetencia de las personas siempre conseguía alterarlo.

El imbécil de seguridad estaba convencido de que él no era tetrapléjico en realidad. El hombre dijo algo como: «Es que no parece lisiado». La furia le recorrió las venas, primero por la forma tan despectiva al referirse hacia su persona y segundo porque ¿qué diablos significaba que él no parecía...? ¿Acaso existía un molde para los discapacitados? ¿Por qué él era menos discapacitado que los demás? Estaba seguro de que lo ocurrido se debía a que él vestía traje y corbata, además del reloj de buena marca que portaba. Por culpa de ese cabrón no solo tuvo que soportar una revisión, sino que cuatro extraños pasaron sus manos por cada recoveco de su cuerpo. Fue humillante. ¡Y por supuesto que el maldito detector de metales iba a sonar! ¡Usaba una jodida silla de ruedas!

—¿Quieres que te acompañe, guapo?

Él levantó la cabeza y masticó cada vez más despacio hasta detenerse. Jamás esperó volverse a encontrar a Sarah y mucho menos en ese mismo lugar. Ella vestía una camisa de seda suelta en color blanco y unos pantalones cortos y bombachos de mezclilla. Además, tenía una porción de la tarta de *Marion Berry* con helado entre las manos y los pies cubiertos en arena.

Se preguntó cómo es que ella estaba allí, si es que acaso no la vio cuando llegó al restaurante. Era imposible que hubiera venido desde la tienda tan rápido.

Él rodó los hombros y se soltó el primer botón de la camisa. Sarah debía aceptar que eso que había entre ellos no saldría de la cama. Después de que Robin rechazara incluso que él le tomara las manos y el resultado desfavorable de los exámenes comprendió que lo que él tanto deseaba no sería posible y Sarah ni siquiera era una amiga, solo estaba allí por conveniencia. No obstante, a pesar de sí mismo se encontró respondiendo:

—Sí. —Tragó con dificultad—. Hazlo.

Ella le dedicó media sonrisa, al parecer consciente de su reticencia. En cuanto se acercó su perfume lo apabulló y tuvo que contener la respiración durante unos segundos.

Por la forma en que Sarah se inclinó, Andrew comprendió que pretendía darle un beso en los labios y fue por ello por lo que se quedó rígido y con la boca apretada en una línea recta, si bien sus hombros cayeron cuando ella se sentó junto a él sin llegar a tocarlo.

Agarró una vez más el tenedor. Solo cuando utilizaba las manos se hacía evidente por qué los doctores lo catalogaron como tetrapléjico y no parapléjico. Todo se debía a los dedos en la mano izquierda. El meñique tenía un leve cierre mientras que en el anular sentía como si estuviera adormecido las veinticuatro horas. La movilidad en el dedo corazón era de un noventa por ciento y en el índice y pulgar era del cien por ciento. Él era zurdo y le tomó seis meses recuperar la habilidad de usar un tenedor.

Pasaron varios minutos y el silencio entre los dos se volvía más denso. Él se sentía famélico y estaba concentrado en su plato, alternando la ensalada con un bocado de *halibut*. Tenía, además, cinco papas fritas. Eran las únicas que Robin le permitía comer y él se había acostumbrado a la restricción. Las papas eran su tesoro y por eso las reservaba hasta el final.

Ojeó a Sarah quien permanecía en silencio y con la mirada al frente. La tarta seguía intacta y el helado comenzaba a ser una sopa. Otra vez la vergüenza lo cubrió, mas eso era lo mejor. Pero entonces ocurrió lo impensable. Con el aliento contenido observó como ella levantaba la mano, la extendía y le robaba una de sus preciadas papas. Sintió el ardor en su rostro el cual se tornó en fuego cuando ella hundió la papa en el helado.

—¿Acaso eres una niña? —Su voz parecía un gruñido.

Sarah le devolvió una mirada inocente, aunque el percibía su burla.

—¿Nunca lo has probado?

Miró su papa bañada en el líquido viscoso que para colmo goteaba.

—¡No!

—¿He vivido más que tú? —¡Y mordió la papa!

Hubiera sido tan fácil responderle, mas hizo un gran esfuerzo por contenerse. Sarah volvió a mojar el pedazo restante y se lo acercó. Él cerró los labios con firmeza lo que solo consiguió que la sonrisa de ella se ampliara y le acercara más y más la ofensa que acababa de crear.

—Si no quieres que tu lindo traje se manche te sugiero que abras la boca.

Rodó los ojos y reticente separó los labios. Sarah le metió el pedazo y de inmediato se llevó los dedos a su boca para limpiarse lo pringado en ellos. Él no tuvo otra opción que masticar. No era el sabor más maravilloso del mundo, pero comprendía que esa mezcla ofrecía cierto confort.

—No estuvo tan mal ¿o sí?

Negó aún con el sabor dulce y salado en las papilas gustativas. Ella le sonrió y él se quedó quieto cuando Sarah se inclinó para dejarle un beso efímero en los labios. Cierto resplandor se apoderó del rostro de ella antes de enderezarse y agarrar la cuchara para llevar un diminuto bocado de tarta a su boca.

Él volvió a rodar los ojos, aunque tenía una sonrisa complacida en los labios. También tomó el tenedor para terminar de comer —con una papa menos—, si bien no pudo hacerlo porque frente a ellos había una mujer mayor con la desaprobación pintada en su maquillado rostro y la indignación brotándole hasta de las joyas.

—Es justo lo que está pensando. Ella es una depravada sexual que solo busca hombres que usan silla de ruedas y menores de edad. —Sarah levantó poco a poco la cabeza al escucharlo—. Y yo soy consciente, pero lo paso por alto porque ¿quién más se fijaría en un hombre como yo?

Mientras él avanzaba en su discurso, Sarah se quedó inmóvil y poco a poco su rostro se tornó bermellón a la vez que sus ojos se agrandaban más y más.

Ese era el motivo por el que él se resistía a que los vieran juntos. No era un asunto de que Sarah lo avergonzara, era que las personas a su alrededor no sabían comportarse y se entrometían en asuntos que no eran de su incumbencia.

La mujer se retiró con la cabeza en alto y él estaba seguro de que se creía triunfante. Unos instantes después observó cómo le hacía exigencias al encargado del lugar. Él soltó una bocanada de aire larga antes de ojear a Sarah una vez más y enfrentarse a su reproche. Antes de que ella pudiera hablar añadió:

—¿Preferirías que le contara la verdad? —Ella abrió la boca y la cerró por lo que él le dedicó una sonrisa lobuna—. Interesante.

En esa ocasión fue Sarah quien rodó los ojos y volvió a su desastroso postre. Antes de que él pudiera retomar su almuerzo, ella le ofreció un bocado de la tarta. Se llevó la mano al pecho —para sostener su peso y no caerse frente a ella— y se inclinó para aceptar su ofrenda de paz. Él jamás esperó que ella se tomara la situación con tanta tranquilidad.

Sarah le dedicó una gran sonrisa con un brillo especial en los ojos a la vez que le deslizaba el dedo en la comisura de la boca —como si tuviera algún rastro de postre— y con él le recorrió los labios en una caricia lenta, para entonces llevarlo a su propia boca y chuparlo.

Cualquier otro hombre cantaría a todo pulmón el himno nacional, pero él era un soldado caído. Aun así, desvió la mirada a esos pecaminosos labios que lo tentaban y, como si fuera en cámara lenta, se inclinó para buscarlos.

—¿De verdad tienen relaciones sexuales? ¿Y cómo es?

El día no podía estar completo sin esa pregunta. Cerró los ojos y suspiró cansado. El beso jamás ocurrió, si bien al escuchar al hombre, Sarah le rodeó el antebrazo como una especie de apoyo. Ya nada podía ser peor. El comportamiento de las personas a su alrededor era una de las razones por la que muy pocas veces salía de casa. Y, envalentonado por cómo la mujer junto a él había reaccionado —valiéndole una mierda lo que los demás opinaran—, se atrevió a responder:

—¿Quiere una demostración?

El hombre, con seguridad de la misma edad que la suya, comenzó a tartamudear unas disculpas muy poco sinceras a la vez que aseguraba que solo era curiosidad y que Sarah y él no debían tomárselo a mal.

Él se sujetó de los aros impulsadores a tal grado que sus nudillos palidecieron, aunque con un esfuerzo titánico consiguió retener la sonrisa desafiante en los labios. El motivo de su estado se debía a Sarah, quien, al escuchar las últimas palabras del extraño, se había inclinado hacia él para besarle la oreja y recorrerle el lóbulo con la punta de la lengua. Su corazón le bombeaba frenético en tanto ella construía un camino de besos y lamidas en su mandíbula. Mientras, Sarah había levantado la mano para colocársela en el pecho y deslizársela por el abdomen hasta reposarla sobre su virilidad. En ese mismo instante, ella apoyó la cabeza sobre su hombro y fijó la mirada en el hombre.

—¿Quieres que le baje la cremallera? Digo por aquello de satisfacer tu curiosidad.

El hombre frente a ellos mudó de colores y caminó de espaldas para huir del lugar, tropezando con varios comensales y mesas por el camino. Andrew bajó la cabeza para contener la carcajada que pugnaba por salir, pues era consciente de que serían ellos los que cargarían con la culpa de lo sucedido.

Cuando consiguió dominarse, giró el rostro hacia Sarah y se contemplaron unos segundos. Antes de que ella se alejara, le rodeó el cuerpo con el brazo y la impulsó para que subiera a su regazo y buscarle los labios. Se regodeó en la tibieza de su piel y la suavidad de sus senos. Sabía a helado de vainilla, a *Marion Berry*, azúcar y un tanto de rebeldía mezclada con libertad.

Se separó de ella —quien tenía un rubor delicioso— porque no habían dejado de ser el centro de atención y muy pronto alguien los echaría del lugar. En el rostro de Sarah había una especie de sonrisa dulce mezclada con complicidad.

Ella regresó a la silla que ocupaba, tomó la cuchara y revolvió el contenido del plato de un lado al otro. En tanto, él bajaba la cabeza y resoplaba. Gracias a ese roce tan inocente entre sus cuerpos ahora tendría que esperar quince minutos en lo que su erección bajaba. Sarah era consciente de su predicamento y podría jurar que existía un júbilo vanaglorioso en sus ojos.

Se masajeó las muñecas en busca de alivio. Su conciencia comenzaba a reclamarle el haber expuesto a Sarah en algo que sería ajeno para ella en un par de semanas.

—No se supone que responda así. Debo guardar silencio, ignorarlos.

Él empujó su plato, abandonando así más de la mitad de su almuerzo. Sarah daba vueltas al desangelado postre a la vez que levantaba un hombro y lo dejaba caer.

—Son ellos los que te agreden, ¿por qué debes ser tú quien se disculpa?

Entrecerró los ojos ante la dureza que imprimió a cada palabra. Y caviló que Sarah en realidad no podía creerse la perjudicada por lo que ocurrió en el pasado, aunque si lo pensaba mejor, tenía que reconocer que ella sí era víctima, pero solo de sí misma.

De pronto se sintió inquieto, pues, por algún motivo, al querer disculparse solo había conseguido acabar con esa especie de intimidad que compartieron. Le gustó ser impertinente y osado, mas reconocía que el único motivo para reaccionar así fue el no tener que velar por los sentimientos de la mujer que lo acompañaba.

Sumido en sus pensamientos agarró una de sus papas y distraído la sumergió en el helado. Frunció el ceño al percibir el sabor dulce y salado en su boca y negó con una sonrisa. Volvió a hundir la papa, en esa ocasión a conciencia, y la acercó a los labios de Sarah, si bien cuando ella fue a morder, él se apresuró a metérsela en la boca.

Ella apretó los labios en un mohín a la vez que levantaba la mano para agarrar una de las papas y desafiante se la metió a la boca. Él rio, pues ella debía creer que estaba dispuesto a ir a la guerra por una papa cuando en realidad ahora deseaba compartirlas.

—¿Desde hace cuánto no te importa lo que los demás piensen?

Ante la pregunta, Sarah pareció salir del lugar lejano donde se encontraba y colocó el brazo encima de la mesa para apoyar el rostro sobre su mano. A él se le dificultó tragar ante la intensidad de su mirada era como un reto, si bien no comprendía cual.

—Unos quince años. —El silencio creó un muro entre los dos y Sarah se apresuró a decir—: ¿Quieres ir a caminar a la playa?

Observó cómo el desafío se fue apagando hasta que el rostro de ella se tornó de un carmín furioso. Se sintió agradecido porque, con el día que había tenido, no estaba seguro de poder escuchar cualquier excusa que Sarah deseara contarle como justificación de lo que hizo en el pasado.

—No tienes que cambiar el verbo por mí. Y será difícil hacerlo porque las ruedas se atascan en la arena.

Sarah asintió, aunque casi en el mismo segundo negó con la cabeza.

—¡Oh! No... No sabía.

Se percató de cómo ella se mordió la esquina del labio y rehuía su mirada. Pensó que Sarah debía reclamarse a sí misma el haberlo propuesto siquiera. Además, era consciente de que él odiaría que ella lo empujara por la playa, pero fue *ella* quien estuvo allí tras su episodio de disreflexia autónoma, permaneció junto a él cuando el estúpido espasmo lo tiró de la silla, y acababa de poner en su lugar a los cabrones insensibles que pretendían decirle cómo vivir su vida. Decidió que, si Sarah quería que él caminara junto a ella en la playa, se tragaría su puto orgullo.

—Pero tal vez esté la silla de playa en la torre de vigilancia del salvavidas.

Observó cómo a ella se le dificultó tragar, aunque fue un movimiento casi imperceptible del que él no se habría percatado si no hubiera tenido toda su atención en ella. Entonces, Sarah giró y le mostró una amplia sonrisa.

—¿Sí? ¿Quieres?

19

Sarah giró y fijó la mirada en la calle, en el ir y venir de los turistas, quienes trataban de atajar el soporífero calor de esos días abanicándose con algún papel o una bebida fresca entre las manos.

Un jadeo muy masculino hizo que cerrara los ojos. Era la segunda vez que Andrew y ella paseaban por la playa y en ese instante él hacía el traslado de la silla de diario a la silla de playa. Ella le daba la espalda: él no quería que lo mirara mientras lo hacía, y ella había respetado su decisión, aunque no la entendía. Se preguntó por qué importaba tanto el que lo viera subir o bajar de la silla, en qué se diferenciaba a ella cuando se sentaba o se ponía de pie frente a él.

—Comencemos con el circo.

Esa era la señal de que Andrew ya usaba la silla de playa. Ella se dio la vuelta y levantó las manos temblorosas, las cuales se quedaron suspendidas en el aire a pesar de la orden de su cerebro para que se sujetaran de los mangos de la silla.

Cuando le propuso a él caminar por la orilla, ni por un segundo discurrió que sería ella quien tendría que empujarlo. Pensó en Robin, en qué habría sentido ella al tener que hacerlo por primera vez. Y estuvo segura de que para Robin no significó el tumulto que representaba para ella. Era ridículo que se sintiera tan descontrolada cuando ella y Andrew dejarían de verse en un par de semanas. Sin embargo, en el instante en que lo empujó por primera vez sintió un dolor agudo que le robó el aire. Fue como si estuviera en duelo; algo a lo que sabía que no tenía ningún derecho. Se sentía muy incómoda con el aparato: empujar la silla significaba que en algún momento ella tendría que armarla y desarmarla, y seguro acabaría poniendo algo mal, aunque fuera tan solo un perno... Se sentía incapaz de llevar esa responsabilidad. Después de todo, Andrew era el experto, ella no tenía ni idea sobre qué hacer.

Se obligó a agarrarse de los mangos y comenzó a caminar. El calor de la arena se coló por sus dedos y los rayos de sol le calentaron la piel. El día era perfecto: el cielo estaba despejado y de un azul brillante; la brisa le revolvía el cabello y el olor a salitre le envolvía los pulmones.

Muy pronto llegó a la arena húmeda donde la silla corría con facilidad porque los neumáticos no se hundían, al contrario de lo que ocurría en la arena suelta, donde solían atascarse. Las olas alcanzaron a mojarle los pies y se percató de que salpicaron a Andrew. Sonrió y mantuvo la mirada al frente en tanto disfrutaba de todas las sensaciones y se olvidaba de la aprensión que sintió apenas unos minutos antes y de todas las miradas que recaían sobre ellos.

El hecho de que los dos tuvieran el ostracismo en común creaba un vínculo con el que ella no sabía lidiar, pero era consciente de que estaba allí. Había sido juzgada y sentenciada a lo largo de su vida; ahora le importaba muy poco el que los demás la vieran junto a Andrew.

Caminaban en silencio, y no porque se sintiera incómoda, sino que su única intención al recorrer la costa era limpiar la mente y a su vez llenarse de ideas e inspirarse en los colores que la rodeaban. Frente a ellos estaba la roca Haystack con sus magnificentes doscientos treinta y cinco metros de alto. A su alrededor sobrevolaban una multitud de frailecillos copetudos que cada año llegaban en el verano para hacer sus nidos. Sus cuerpos blancos con plumaje negro y picos anaranjados contrastaban con el azul vigorizante del cielo. El mar estaba en relativa calma y las olas arrullaban la arena abrasante. A unos cuantos metros de ellos las estrellas de mar caminaban para regresar al agua.

Después de media hora de evitar a turistas y locales —sobre todo a los locales— se sentó en un lugar apartado con Andrew junto a ella. Se aseguró de que las olas los alcanzaran y el primer golpe de agua fría fue tan vigorizante como refrescante.

Observó cómo él se inclinó y hundió las manos en el agua. Por primera vez en años la serenidad consiguió envolverla entre sus brazos. Tiró la espalda atrás mientras se apoyaba en las manos a la vez que cerraba los ojos para apreciar mejor la brisa fresca en contraste con la calidez del sol. No obstante, menos de un minuto después, soltó un grito al sentir un chorro de agua helada bajándole por el canalillo, seguido de una carcajada muy masculina. Cerró el puño sobre la arena y antes de que Andrew pudiera enderezar su torso, se arrodilló frente a él y le cubrió los brazos con la masa húmeda.

—Acabas de completar mis vistas en esa posición, aunque debes saber cómo mejorarlo.

Ella comenzó a reír entre divertida y nerviosa. En la azulada mirada bailaba cierta picardía, por lo que él solo podía referirse a una mamada. Lo contempló en tanto él mantenía la sonrisa traviesa en los labios. Fue entonces cuando le deslizó las manos por los muslos por debajo del pantalón, sin prisas, un tanto insegura de si él la sentía o no. Aunque al parecer eso no importaba porque a Andrew cierto brillo le cubrió los ojos, una especie de autocomplacencia mezclada con deseo. Ella se inclinó un poco más, exagerando la postura solo para exponer el contorno de sus senos a la vez que con las manos le cubría la cara interna de los muslos a él. Se estremeció al sentir cómo Andrew la agarraba de la nuca al mismo tiempo que se le enervaba el cabello. La sonrisa de él se amplió, no obstante, fueron interrumpidos por carcajadas estruendosas y gritos ensordecedores mientras se escuchaba *Sugar* de *Maroon 5* a todo volumen.

Ambos voltearon al mismo tiempo para encontrarse a unos jóvenes que para ella eran familiares. Tomó una bocanada de aire en tanto una punzada aguda se apropiaba de su estómago. Cualquiera que los viera se percataría de que estaban borrachos.

—Es extraño ver a un grupo de jóvenes escuchando ese tipo de música.

Ella volvió a sentarse y mantuvo la mirada en el ir y venir de las olas, si bien escuchaba los balbuceos incoherentes.

—Es por *Enhypen*.

—¿Quién?

Andrew dejó de observarlos a ellos para prestarle atención, si bien continuaba con el ceño fruncido.

—Son una banda de jóvenes coreanos como lo es *Backstreet Boys* o *NSYNC*. Y uno de sus integrantes declaró que escucha esa canción cuando está enamorado.

Andrew rio mientras entrecerraba los ojos.

—¿Cómo puedes saber eso?

Ella levantó la mano y le señaló a Madison, quien, se dejaba auscultar la garganta por aquel chico majadero de la fiesta mientras este tenía la mano escondida bajo la blusa de ella.

—Esa es mi sobrina y sus amigos.

Andrew volvió a observar a los jóvenes por un largo tiempo y en su rostro se tornó palpable la desaprobación por sus actos.

—¿Y no le dirás nada por tener una cerveza en la mano? Desde aquí puedo ver que no tiene edad suficiente.

Ella giró el rostro hacia el océano a la vez que, distraída, enterraba las manos en la arena.

—No la tiene y no, no lo haré.

—¿Por qué?

—No es mi lugar.

—Eres su tía. —A pesar de que no lo miraba reconoció el desconcierto en su tono de voz.

—Eso no tiene ningún significado.

Escuchó cómo Andrew tomó una bocanada de aire profunda y sabía que su paseo tranquilo había terminado. Se preguntaba si Stephany sabría en dónde estaba su hija y lo que hacía.

—No logro comprender.

—Si le llamo la atención quien estará equivocada seré yo. Hoy en día a los padres les molesta que corrijas a sus hijos porque piensan que los juzgas a ellos, no importa que seas parte de la familia.

Una punzada aguda le atravesó el corazón. El hecho de mantenerse al margen no quería decir que dejó de amar a su sobrina o que no le importaba lo que sucedía, pero no podía forzar a Madison a mostrar respeto o manifestarle amor. Ya estaba acostumbrada a no inspirar amor en los demás. En ese mismo instante un estremecimiento la recorrió de la cabeza a los pies al pensar en su bebé... pero ella le daría todo su amor.

—¿Serás así con nu... con tu bebé?

—No. —Mas su voz se perdió en el ir y venir de las olas del océano.

Había llegado a casa de Andrew hacía una hora, pero no estaba segura de seguir esperándolo o irse a casa. Ese día en particular se sentía exhausta y solo deseaba dormir. Caminó hasta la oficina de él y se asomó una vez más. Para ese instante él ya estaba sentado, aunque cuando ella llegó lo encontró de pie con la ayuda de una silla mecánica. Él seguía tecleando como desquiciado —tenía las manos cubiertas por unos aparatos—, aunque la fatiga comenzaba a mostrarse en la caída de sus párpados y la boca apretada en una línea recta.

Ella continuó su camino hasta el baño en la habitación, en tanto se recogía el corto cabello en un moño desaliñado. Se desnudó y se observó un instante en el espejo. Hizo una mueca porque tenía los años pintados en el rostro. Decidió pincharse las mejillas y morderse los labios, entonces se mojó las aureolas con agua fría. Rezó para que Patrick no la viera en esa tesitura y salió con rumbo a la oficina.

Se detuvo en el marco de la puerta que se deslizó al acercarse, si bien no fue hasta el último segundo que recordó soltarse el cabello. Sacudió la cabeza de un lado al otro y cerró la mano para no perder el anillo constrictor. Se recostó en la madera a la vez que cruzaba los brazos bajo los pechos y dibujó una sonrisa en los labios.

—Hola, guapo. Voy a refrescarme en tu espacioso baño.

Andrew levantó un segundo la mirada y el sí que pronunció en tanto la repasaba de los pies a la cabeza fue inaudible. Ella dio media vuelta antes de que él se percatara de cómo se ruborizó. Fue en ese instante en que tropezó con un Patrick que echaba fuego por la mirada y tenía el labio superior levantado en un gesto de asco y furia. Le soltó un improperio que ella decidió ignorar. Si acaso, caminó más derecha y con un vaivén de caderas excesivo.

Antes de entrar a la ducha sacó la silla de baño a la habitación. Abrió los grifos de agua fría y caliente hasta encontrar la temperatura que le gustaba, siempre un poco más caliente de lo usual. Agarró el jabón líquido de Andrew y se apresuró a echar un poco en una esponja y pasárselo por el cuerpo para que él la encontrara fresca y no con el olor que caracterizaba su taller.

Ajustó los aspersores y cerró los ojos ante el masaje en sus cansados músculos. Sonrió al escuchar cómo la silla se deslizaba en la habitación.

Después de su caminata por la playa junto a Sarah, Andrew había regresado a casa para encerrarse en la oficina. La plataforma de mensajería para la que trabajaba había dejado de funcionar en los países del norte europeo por una hora. Entre él y su grupo de trabajo consiguieron restaurarla, pero el sistema todavía estaba inestable y por eso se encontraba trabajando hasta esa hora.

No tenía idea de cuánto tiempo iba a tardar y con facilidad pudo enviarle un mensaje a Sarah indicándole que ese día no se verían, pero no lo hizo. Y sin querer reconocerlo, una sonrisa se coló en sus labios al ver la notificación en su teléfono avisándole que ella había usado el código que él le asignó para entrar a la casa.

Sarah no hizo aspavientos al encontrarlo de pie con la ayuda de la silla mecánica. Andrew todavía recordaba a la perfección el rostro de su madre cuando lo volvió a ver de pie después de la lesión y cómo le aseguró que Dios haría un milagro y él caminaría otra vez. Amaba a su madre, pero ese día pudo sentir que su corazón se resquebrajaba. Y cuando se lo comentó a Robin, ella lo hizo sentir mal por tener algún reclamo contra su madre.

Sarah... Ella... Frunció el entrecejo, si bien fue un gesto pasajero. Se acercó a él con naturalidad, se paró en puntas para acunarle el rostro y dejarle un beso suave en los labios para entonces preguntarle si él deseaba que lo esperara en la habitación. Cuando reapareció poco más de una hora después, él contuvo el aliento mientras el corazón le bombeaba frenético en el pecho. Y, sí, fue delicioso verla desnuda y apoyada en el marco de la puerta de la oficina, pero lo que lo había encandilado en realidad fue que ella no estaba decepcionada de encontrarlo en la silla de uso diario una vez más.

Por eso se había apresurado a delegar el trabajo y alcanzarla en el baño. El único motivo por el que lo encontró de pie a esas horas era porque quería mejorar su conteo de esperma y esa era una de las recomendaciones.

Sarah lo esperaba arrodillada y con la esponja enjabonada mientras el agua le recorría el cuerpo como lo haría una caricia tibia y placentera. Era un gran contraste con el momento en el que aquellos jóvenes llegaron a la playa y el comportamiento de ella cambió a uno más retraído, olvidándose de la mujer que unos minutos antes se había arrodillado frente a él con una mirada cargada de deseo y dispuesta a una travesura.

De algún modo él sabía que ninguno de los dos iría tan lejos como para tener sexo en plena luz del día frente al océano, pero le mojó la blusa solo por ver su reacción y si era honesto consigo mismo también para observar cómo sus pezones se contraían hasta volverse respingones. Tenía muy presente que solo él era el que tenía orgasmos en esa extraña relación.

—¿Un día difícil en el trabajo? —le preguntó a ella cuando, al girar el cuello para mirarlo, él se percató de una mueca de dolor pasajera en su rostro.

Imaginó que ella se iría al trabajo después de su paseo. Había pensado que ir a la playa con Sarah sería molesto, pero ella no sentía la necesidad de platicar a cada segundo y era experta en evadir a las personas que intentaban acercarse con intenciones desconocidas, así que había podido disfrutar del sol, la arena y el agua helada del océano. Por una vez, el frío provenía del exterior y no de sus músculos y huesos, como era costumbre.

A lo largo de esos cinco años, desde la lesión espinal, fueron muy pocas las veces en que visitó la playa. Siempre estaba la posibilidad de padecer una insolación por estar expuesto al sol, o una hipotermia por el agua fría... al menos su madre, hermana y Robin siempre se preocupaban por eso. Se cansó de escucharlas y entonces dejó de ir, pero Sarah y él habían paseado dos veces en esa semana, sin que ella mencionara nada y permitiendo que el agua lo tocara.

Ahora la tenía frente a él, con el rostro lavado, el cabello humedecido y el femenino cuerpo libre de cualquier prenda. La caída en sus párpados era pronunciada por lo que intuyó que se sentía exhausta y la tenía tan cerca que apreciaba las líneas en el contorno de los ojos, en la comisura de los labios y en el cuello. Pero también estaba esa sonrisa con la que lo recibía —la que era real— y la calma que solía mantener cuando él estaba cerca, además del deseo sexual que se le hacía imposible ocultar en instantes como aquel. Él se impulsó hasta el interior de la espaciosa ducha con solo una toalla gris medio cubriéndole el cuerpo.

—Trabajé en dos piezas. ¿Y tú?

—Estamos brincando de un servidor al otro.

Ella frunció el ceño y él fue consciente de que no comprendió sus palabras. Desde hacía mucho sabía que Sarah y la tecnología no eran las mejores amigas.

—¿Y eso?

Terminó de entrar a la ducha y se colocó bajo los aspersores, si bien movió los grifos hasta que el agua se sintió casi tibia —una temperatura más alta podría ocasionarle una quemadura y él no tendría forma de saberlo—. Contempló cómo la piel de Sarah se erizó desde su cabeza hasta la punta de los pies, en tanto él le rodeaba la cintura con el brazo y la impulsaba para que subiera a su regazo. Con ese mínimo roce su cuerpo reaccionó con una embarazosa erección.

—El gobierno de un país del norte quiere que la compañía le proporcione los mensajes de cierto grupo.

Sarah le colocó las manos en los hombros y con la esponja comenzó a hacerle círculos sobre el pecho. Sus movimientos eran mimosos y lentos mientras se aseguraba de acercarse tanto como la silla le permitía y recorrer cada centímetro de piel expuesta.

—¿Y el CEO se negó?

Con su otra mano le recorría la nuca y cuando él menos lo esperaba le hundía los dedos en el cabello y le masajeaba la cabeza. De vez en cuando lo ojeaba y, aunque intentaba contenerse, él escuchaba los gemidos por verse imposibilitada de frotarse los muslos.

—Aparte de que va en contra de las políticas de la empresa, lo que piden es imposible porque nadie tiene acceso a tus mensajes. A menos que la persona con quien hablas los filtre.

Ella le deslizó las manos por el abdomen a la vez que se levantaba sobre las rodillas para resbalar la esponja por la cara interior de los muslos llegando a sus ingles por lo que su pene intentó levantarse. Comenzó a molestarse consigo mismo, eso de no poder controlarse y parecer un púber era denigrante.

—¡Oh! ¿Eso quiere decir que te puedo enviar mensajes de cómo deseo envolver mi lengua en tu pene?

Ella no lo miraba, estaba demasiado concentrada en limpiarle la piel, pero sus mejillas parecían a punto de incendiarse. Sin embargo, su intento de erección había desaparecido.

—Sí, podrías, porque yo jamás te delataría. —Se masajeó la sien—. No le hagas caso. Se levanta por cualquier roce y no cuando es necesario.

Sarah le dedicó una mirada furtiva y se relamió los labios.

—Pero ¿para qué enviarte mensajes si te tengo a mi entera disposición?

Le dejó un beso en el hueco de su garganta y dibujó una línea recta con besos delicados y lamidas tiernas sobre la decena de lunares que tenía esparcidos en el pecho. Esa combinación en ella lo volvía loco. Sarah le podía decir algo como lo que acababa de decir y, sin embargo, al tocarlo, lo hacía con un mimo indescriptible.

Quiso cerrar el brazo sobre ella, pero fue escurridiza y antes de parpadear le había dado un lametazo a su pene. Él cerró las manos sobre los aros impulsadores y se sujetó, una vez más inseguro de lo que experimentaba. En realidad, no advertía en su piel las caricias de Sarah, pero sí en su mente... Era algo muy difícil de explicar, quizás una especie de hormigueo, de bienestar y de saberse deseado.

Al verlo, ella levantó las manos y las colocó sobre las suyas para dibujar una línea desde el dedo corazón hasta casi alcanzarle los hombros. La cosquilla que le provocó la caricia lo hizo estremecer.

—Tranquilo, sé que estás cansado y estoy a punto de desplomarme sobre ti roncando.

Él sonrió a la par que tiraba la cabeza atrás y soltaba una bocanada profunda de aire. Se obligó a relajarse y aceptar lo que ella le ofrecía, no obstante, todavía le costaba acostumbrarse al placer que sentía cuando le acariciaba las tetillas del modo en que lo hacía en ese instante. Era un pinchazo ligero que lo ponía en alerta, seguido de un roce efímero con el dorso de la mano, para luego darle golpecitos —como si estuviera cansada de esperar durante mucho tiempo— y pellizcárselos cuando menos lo esperaba. Era abrumador, y él se sentía en medio de un caos, si bien su pene se engrosaba más y más mientras veía a Sarah saboreárselo como si de verdad lo disfrutara mientras le dedicaba una mirada pícara. Y él...

—Sarah... —Aunque su voz fue apenas audible.

No era un orgasmo apoteósico, pero sintió como si los nudos en su cuerpo encontraran la forma de soltarse. Ella le besó su virilidad antes de dedicarle una sonrisa triunfante.

—Ahora sí, a la cama.

20

Sarah no podía dejar de pensar en la desaprobación mezclada con enojo que se reflejó en el rostro de Andrew cuando le besó los labios y se marchó, dejándolo bajo el agua fría de la ducha.

Dio vueltas en la cama hasta altas horas de la madrugada, frustrada consigo misma. Desde que forzó su reencuentro con Andrew no había podido provocarse un orgasmo y los vibradores en su mesita de noche eran objetos inservibles. Ya fuera despierta o en sueños, el único hombre que aparecía en sus fantasías era uno de ojos azules, que hacía comentarios agudos y usaba silla de ruedas. No obstante, eso no representaba ningún obstáculo para hacerla vibrar. Y después de utilizar la atrocidad que era el vibrador de él y recordar la conversación que tuvieron, solo podía reír al ver uno.

Suspiró. Era consciente de que no podía postergar por más tiempo que Andrew le provocara un orgasmo, aunque no estaba segura de cómo ella reaccionaría a sus caricias, unas que no tendrían ningún significado para él, pero que era consciente que ella las tendría presentes para siempre.

En ese momento, halaba la masa caliente hasta convertirla en una pata de la estrella de mar, pero se distrajo al escuchar las risitas de Katie y Krissy. Levantó la cabeza y observó a las chicas. No tenía idea sobre qué murmuraban, pues, era un día tranquilo y solo había una cliente en la tienda. Cuando hablaron más alto, no tuvo dudas de que se referían a un chico: hablaban con entusiasmo de su pecho y brazos, y de cómo les gustaría sujetarlo del cabello para comérselo a besos.

Sonrió; también recordaba esa etapa en la que un actor la hacía comportarse igual. De hecho, había repetido varias veces las temporadas de NCIS LA solo para ver a ese actor apellidado Yaeger en su papel de policía, aunque hacía varias semanas que no lo hacía. Sintió el calor apoderarse de sus mejillas al percatarse de que su subconsciente había jugado en su contra. Siempre supo que el actor le recordaba a alguien y ahora comprendía a quien... un hombre rubio, de ojos azules y con brazos musculosos cuya personalidad era irascible y petulante.

—¿Cómo pudo fijarse en ella? ¡Es tan vieja!

—¡Ya sé! ¡Las tetas le cuelgan!

Se preguntó qué mujer era la acreedora de tan duro juicio. Sin embargo, se distrajo cuando las chicas chillaron como colegialas frente a los hermanos Jonas y comenzaron a hacerle señas para que se acercara a ellas.

—¡Sarah! ¡Sarah! ¡Te llegó un mensaje!

Ese instante comprendió que había dejado el teléfono sobre el mostrador y que ellas debían estar distraídas con las fotografías de Andrew. El aparato todavía funcionaba mal y olvidó preguntarle qué podría ser, si bien después pensó en que Andrew creería que era una depravada y guardó silencio.

Se acercó al fregadero para lavarse las manos y se tardó tanto como pudo para que las chicas no percibieran su interés. Era una bobería esperar que él le escribiera después de dejarlo en la ducha. Al girar tropezó con ellas, quienes se colocaron a su lado para mirar la pantalla como si el mensaje fuera para todas.

📱 Dulzura, te recomiendo que hoy
mantengas tus comidas ligeras,
esta noche el picante lo pongo yo.

Una sonrisa le iluminó el rostro tal y como lo harían sus piezas cuando eran expuestas a la luz. El corazón comenzó a latirle a prisa y de algún modo sintió que un gran peso se levantaba de sus hombros. ¿Acaso Andrew intentaba insinuársele?

📱 Guapo, yo te doy postre,
¿y tú quieres enchilarme?

📱 No sabes cuánto 😊

Ante los grititos agudos de las jóvenes junto a ella recordó que tenía audiencia. Ojeó a una y luego a la otra que mantenían la mirada pegada a la pantalla como si esperaran que el intercambio de mensajes se prolongara por más tiempo. Era evidente que la conocían muy poco porque ella no podría estar más desapegada de la tecnología.

—¿Estamos en la hora del recreo, jovencitas?

Katie y Krissy dieron un respingo al escuchar su tono y se deslizaron a sus puestos de trabajo tan rápido como habían llegado a su lado. Suspiró. Esas cabecitas atolondradas estarían llenas de corazones y flechazos por ella y Andrew cuando la realidad era que la soledad y el desamor la habían empujado a suplicarle por un bebé, convirtiéndola —todavía más— en una mujer indeseable para él.

Sacó el teléfono del bolso con manos temblorosas. Intentó digitar el código de acceso a la casa, pero marcó el primer carácter mal. En su mente se gritó a sí misma y se obligó a serenarse. Solo sería una aventura de una noche y no habría nada diferente a los días anteriores. Ella estaría encima de Andrew y en control del deseo de ambos, sería fácil fingir un orgasmo y acabar pronto. Él ni se percataría.

Sonrió de esa forma tan extraña en que lo hacía y con esos pensamientos digitó el código de acceso que Andrew le asignó el mismo día en que lo encontró en el suelo con espasmos. Era consciente de que cualquier otra mujer pensaría que él le había dado las llaves de su hogar, pero, en realidad, ella conocía el costo del cristal que rompió para poder entrar y, pensando que Andrew debía querer evitar la reparación de uno nuevo cada vez que Sarah intentara entrar en la casa, desterró cualquier idea que le hiciera pensar que era especial a sus ojos.

—Sarah está aquí. —La voz de la asistente virtual se escuchó en cada rincón.

—Sí, ya llegué, guapo. —Refunfuñó consigo misma por lo tonta que se escuchó. Ella que pretendía sonar casual y desinteresada.

Su resolución desapareció de un plumazo y se detuvo en seco al entrar a la sala. Las luces estaban bajas por lo que se creaba una atmósfera sensual que invadía todos sus sentidos. Había velas esparcidas por el lugar, y flores dispersas por el suelo. A sus oídos llegaba como un arrullo la canción *Waiting All Night* de Ella Eyre con Rudimental. Sabía que era ella quien lo vivía, pero a la misma vez temía dar otro paso y que todo desapareciera como un espejismo. El corazón le golpeteaba contra el pecho y la inseguridad ganaba terreno con cada segundo que pasaba. Se sentía como una impostora. Sabía que el gran esfuerzo de Andrew debía ser para una mujer, pero no para ella.

No obstante, el perfume de él inundaba el aire y cerró los ojos un segundo a la vez que respiraba profundo y se frotaba los muslos distraída. Su plan ya era un fracaso y ni siquiera había visto a Andrew.

—Hola, dulzura.

Las mejillas se le incendiaron ante el tono rasposo y sensual. Estaba guapísimo, con la camisa de botones y pantalón de vestir negros. Tenía el cabello húmedo por lo que era probable que acabara de tomar una ducha. Su rostro se tornó bermellón al recordar lo que sucedió el día anterior, pero en ese momento solo le evitó a Andrew el verse obligado a tocarla. Pensó que hacía bien.

Caminó despacio, no por coqueta sino en un intento de controlar los nervios. Andrew la seducía porque ella le hacía lo mismo a él, no porque de un momento a otro descubriera que ella le gustaba.

Al llegar frente a él se inclinó, tras detenerse para observarlo unos segundos. Ensimismada hundió los dedos en el rubio cabello y le acarició la cabeza en un ir y venir interminable que le arrancó un gemido. No acababa de comprender por qué Andrew la afectaba tanto, no existían sentimientos entre ambos a pesar de que su cerebro insistía en lo contrario, solo por compartir besos y caricias. Entreabrió los labios distraída y soltó el aire con suavidad. Solo unió su boca con la de él cuando Andrew se inclinó hacia ella como si también anhelara besarla. Cuando se separó mantuvo la mirada sobre sus labios y levantó la mano para percibir su suavidad con la punta de los dedos. Jadeó cuando Andrew le dio un tirón a su vestido y sus senos quedaron al descubierto.

Suprimió el deseo de cubrirse y se obligó a permanecer serena. Al recordar los comentarios de sus asistentes se había puesto un vestido tan ajustado que no llevaba ropa interior y cuyos gruesos tirantes solían resbalar por sus antebrazos. Dio volumen a su corto cabello y creó ondas grandes que caían a la perfección enmarcándole el rostro. Cualquiera que la observara pensaría que no tenía maquillaje, pero se equivocaría. Además, lucía unos pendientes grandes con forma de tres cuadrados entrelazados —en turquesa, rosa y blanco— que diseñó esa tarde. Sin embargo, ahora pensaba que se veía ridícula y que Andrew creería que se había esforzado demasiado en una cita sin importancia.

Él le rodeó el cuerpo con los brazos, ciñéndola por la cintura e impulsándola en el mismo movimiento hasta que ella subió a su regazo. Lo observó otra vez mientras su labio inferior la traicionaba al temblar. Debía irse, tenía que irse, pero Andrew no la dejaría marchar, tenía la certeza por la forma en que él le devolvía la mirada. Había jugado demasiado al gato y al ratón. Por más que se creyera una experta, ya debería saber que solo era una presa asustadiza y sin escapatoria. Lo que tanto la atemorizaba era que Andrew descubriera cuánto le gustaba cuando él la tocaba, que llevarla al orgasmo no sería tan difícil como él creía porque ella lo deseaba con arrebato.

Andrew levantó la mano libre y le deslizó el dedo pulgar por la garganta en una caricia lenta que la hizo tragar profundo para un segundo después humedecerse los labios. Cerró los ojos cuando con el mismo dedo él le recorrió la clavícula de hombro a hombro. Su respiración se tornó errática. Era como si le contara las líneas que existían de un punto al otro, pero antes de poder desfallecer, sintió la masculina, tibia y joven boca dibujar el contorno de sus senos lo que provocó que sus pezones se endurecieran.

Un gemido escapó de su garganta al sentir la presión perfecta a la vez que su piel se tornaba sensible y se erizaba ante el contraste de sensaciones que experimentaba. Él fijó la mirada en la suya y ella jadeó, pues no había esperado el mordisco en su seno. Su estremecimiento fue tan visceral que habría terminado en el suelo de no haber sido porque Andrew estaba inclinado sobre ella y sus brazos la envolvían hasta avasallarla.

Él le deslizó las manos por la espalda, la agarró por los brazos para colocarlos sobre sus hombros antes de llevar las manos a los aros impulsores y desplazarse. Solo entonces ella se percató de que a mitad de la sala había un mueble bajo y extraño junto a una silla que le hacía juego. Ninguna de las dos piezas combinaba con la decoración y era la primera vez que ella las veía.

Al llegar, Andrew le dio un pequeño impulso y ella bajó de su regazo para deslizarse hasta el sillón. Allí se relamió los labios cuando él se desabrochó la camisa con una sonrisa autosuficiente.

—¿Vas a tenerme paciencia?

—No.

—¡Y una mierda! —Ella levantó la mano para cubrirse los labios, aunque estaba segura de que su mirada delataba como sonreía. Él entornó los ojos. —Aprendí algo por ti.

Al escucharlo y de manera inconsciente se llevó la mano derecha a su pendiente mientras lo observaba con los ojos muy abiertos.

—¡¿Por mí?!

Intentó tragar el nudo en su garganta al ver como Andrew colocaba las manos en las esquinas de la silla para arrastrarse hasta el borde y así quedar recostado. Entonces dejó caer su cuerpo hacia el lado derecho y colocó el codo en el borde. Con él se balanceó y comenzó a bajar el pantalón. Ella escuchó el jadeo por el esfuerzo antes de que él se dejara caer hacia el lado izquierdo y repitiera el movimiento de un lado al otro hasta conseguir que el pantalón bajara hasta sus rodillas. Se enderezó, se agarró del aro impulsor y se levantó para recuperar la postura correcta. De ahí solo tuvo que levantar una pierna a la vez para acabar por sacarse la prenda. Cuando terminó el pecho le subía y bajaba agitado.

En ningún momento ella se ofreció a ayudarlo y permaneció en su lugar, pues no deseaba robarle el protagonismo ni menospreciar su esfuerzo. Distraída se frotó los muslos pues Andrew estaba desnudo frente a ella una vez más, mientras su corazón le repiqueteaba en el pecho y un nudo le atenazaba la garganta al ser consciente de que ese día no estaba allí para engendrar un bebé.

—Cierra los ojos.

Ella lo hizo de inmediato y ni por un segundo pensó en negarse. Escuchó los jadeos familiares y comprendió que la silla a juego con el mueble donde ella se encontraba era para él, aunque todavía no entendía cuáles eran sus intenciones.

—Ábrelos.

El corazón le bombeó frenético al verlo en la silla con las piernas abiertas y sujetas al mueble por cinturones de velcro. El latigazo de deseo que le recorrió el cuerpo consiguió robarle el aliento. En esa posición Andrew estaba a su entera disposición. Le ponía que fuera un hombre tan seguro de sí mismo y que no le incomodaran los distintos aparatos que debía utilizar para una vida sexual plena. Él no se sentía menos masculino por ello. Ella se sentía envuelta en el más puro placer y juntó los muslos para aliviar el latir alocado que se apoderó de su bajo vientre ante la escena sensual, pero no tuvo éxito.

Estaban tan cerca el uno del otro que el aliento de Andrew era una caricia cálida en su piel. Ella levantó los brazos y se los colocó en los hombros en tanto le entretejía el cabello con los dedos. Lo ojeó y se percató de que él la contemplaba a la vez que sus manos le recorrían los muslos en una caricia lenta. No pudo evitar pensar que era como si él se sintiera cómodo con ella y tragó con dificultad. Fue el instante en que los dedos de él se aferraron a su nuca y unió sus labios. No hubo indecisión por parte de Andrew y muy pronto la humedad y tibieza de sus bocas se volvieron una.

La piel se le erizó al sentir como él le deslizaba los dedos por la espalda, en tanto su boca joven bajaba por su cuello con maestría. Se tomó su tiempo para tantearle los senos y masajeárselos mientras con los dedos viajaba de derecha a izquierda sobre sus caderas. Eran demasiadas sensaciones a la vez, pero si de algo estaba segura era de su incapacidad para protestar.

—De rodillas. —Aletargada, se deslizó al suelo y cuando pretendió inclinarse sobre el sexo de Andrew, él la detuvo—. Ahora gírate y apoya tu torso en el sillón.

Frunció el ceño y sus ojos se humedecieron al creer que Andrew no podía mirarle el rostro para tocarla. Sin embargo, a pesar de sus pensamientos siguió las instrucciones. Y para completar la yuxtaposición de emociones, se le escapó un suspiro al sentir la suavidad del satén acariciarle la piel. El sillón era tan cómodo que se sintió mimada.

Él volvió a rodearle la cintura con el brazo y la propulsó hacia arriba por lo que ella comprendió que debía reacomodar su postura como si estuviera a gatas. Entonces él le resbaló la mano por la pierna derecha en una caricia sin fin y se la levantó con suavidad para acomodársela en un cojín mullido que ella no había visto. Fue el instante en que sintió una cinta de velcro recubierta de satén en su tobillo. Hundió el rostro en el sillón para ocultar el gemido férreo que brotó de su pecho al sentir cómo él le agarraba el interior del muslo izquierdo y le rozaba su intimidad antes de colocársela en el cojín de ese lado. Estaba abierta y accesible para Andrew y a pesar de que la aprensión intento apoderarse de ella, se olvidó del pudor y permaneció relajada.

Se mordió los labios para ocultar su sonrisa al escuchar el silbido apreciativo de Andrew. Él la había inmovilizado y no podía ocultarle cuanto la excitaba solo tenerlo cerca.

—Dulzura, estás tan mojada.

Ella cerró los ojos con fuerza como si eso pudiera controlar su corazón desbocado. Andrew la obligaba a ser consciente de sí misma y ella nunca era el centro de atención.

Se sobresaltó al sentir las manos grandes y fuertes en la espalda, estaban húmedas, tibias y resbalosas algo que contrastaba con el frío metal de los anillos que utilizaba. Al inhalar llegó a ella el inconfundible aroma sofisticado y provocativo del perfume de él. Un tanto angustiada gimoteó, pues la fragancia se impregnaría en su piel y la acompañaría durante días. Su mente no dejaba de insistir en que justo esa era la intención de Andrew, pero ella no podía permitirse si quiera imaginar que él se creyera con derecho sobre ella. Eso solo sería un disparate.

—Estás tan hermosa.

Con sus deliciosas manos, él le calcó la figura en un movimiento lento, interminable y tortuoso en el que ella se retorció en todo momento. En el fondo sabía que podría haberse negado, evadirlo o no asistir a su encuentro y, sin embargo, estaba allí a pesar de la angustia mezclada con tantos otros sentimientos que la envolvían, pero todavía no estaba preparada para comprender el significado de sus propias acciones.

Sonrió cuando el camino de regreso fue todavía más parsimonioso. Agradeció el que Andrew no pudiera verla porque solo le confirmaría que algo en ella no funcionaba bien. Él le colocó las potentes manos a cada lado de la nuca y las dejó allí cerca de un minuto, reconfortando sus músculos con la calidez que él transmitía. En tanto ella mantenía el rostro escondido en el mueble con el corazón a punto de estallarle en el pecho y el deseo de huir instalado en la boca de su estómago. ¿Andrew se percataría de cuánto ansiaba sus caricias? Y si lo hacía, ¿creería que ella se había enamorado de él? No podía ser tan transparente para él, pero al permitir que le provocara un orgasmo no sabía cómo ocultárselo.

—Tu piel es tan suave.

Una vez más intentó revolverse, aunque fue fútil. Era la primera vez que un hombre se concentraba en ella. Cuando era ella quien tenía que acariciar a Andrew, era ella quien debía besarlo y era él quien recibiría placer. Ella no importaba, su orgasmo no era un requisito para lo que los unía.

Cuando él comenzó a masajearle sus adoloridos músculos, una lágrima silenciosa le bajó por la sien. Cerró los ojos con la respiración agitada. Demasiado tarde se percató de que no estaba preparada para sentir las manos de Andrew sobre su piel. Las de cualquier otro sí, pero las caricias del hombre que conocía el peor y más vergonzoso momento de su vida, era como meter los dedos en su corazón herido y maltrecho, ese con el que Peter jugó hacía dos años y todavía no podía recuperarse.

Ojalá sintiera asco cuando Andrew la tocaba. Quiso obligarse a pensar que esas manos prodigiosas no le provocaban nada, pero una vez que el masaje consiguió relajarla, se percató de que sus caderas ondulaban al ritmo que él imponía. Su propio cuerpo la traicionaba y le demostraba a él cuánto anhelaba lo que le ofrecía. Esperaba tener la fortaleza necesaria para no suplicarle para que nunca parara de tocarla.

A pesar de sí misma se obligó a olvidar el ahogo que le atenazaba la garganta. Tenía la piel electrificada y él continuaba deslizándole los dedos a lo largo de la espalda hasta llegar al inicio de sus nalgas para presionar en ese punto de manera circular. Se le abrieron los ojos de forma desmesurada a la vez que se arqueaba en el sillón y de su garganta escapaba un gemido de necesidad.

Se humedeció los labios pues de pronto su boca se tornó reseca. Cerró las manos sobre el satín y se volvió consciente del golpeteo de su corazón. Ansiaba poder girarse y deslizarle las manos o la boca en la garganta o los brazos de él, cualquier resquicio de piel que pudiera encontrar. Y como si tuviera voluntad propia, su cuerpo se volvió a estremecer cuando Andrew se desvió de sus omóplatos para alcanzarle los senos y pincharle los pezones entre los dedos índices y anulares.

Ella llevó los brazos atrás en un intento de alcanzarlo, pero la posición y el hecho de que los tibios muslos de Andrew descansaban sobre los de ella se lo imposibilitaron. Él volvió a deslizarle las manos por la espalda, le rozó las nalgas y descansó las manos en el interior de sus muslos. Ella pretendió frotarlos unos contra otros para contener el alocado palpitar de su bajo vientre, pero la posición y las manos de Andrew se lo impidieron. Un roce más y su orgasmo sobrepasaría sus límites. Él era el primero que la tocaba con maestría, con paciencia y con sabiduría. Y ella lo deseaba con cada fibra de su ser.

Como si Andrew pudiera conocer lo que estaba oculto en lo más recóndito de sí misma, se recostó sobre ella con el pecho contra su espalda, los brazos arropándole los suyos y las manos cerrándose sobre las de ella. Sus caderas se alinearon y a su virilidad se le hizo muy fácil encontrar su húmeda entrada.

—Andrew...

—Déjate llevar, dulzura.

Tragó con dificultad. Hacía mucho que no sentía el cuerpo de un hombre sobre el suyo. Fue en ese instante en que los desprecios, el abandono y los señalamientos que vivió a lo largo de los años se volvieron intolerables como una serpiente que se enredaba y la abrazaba hasta que perdiera el conocimiento. Y ahora estaba a punto de ser devorada. No pudo contenerse por más tiempo y sus ojos se cubrieron en lágrimas. Y por más que se lo prohibió no pudo acallar los sollozos e hipidos que le acompañaron.

—¿Peso demasiado para ti?

Andrew había conseguido traspasar sus barreras. Respiró profundo para reprimir sus sentimientos, las acciones de él la hicieron sentir especial y lo creía bellísimo, el hombre más guapo, confiado y soberbio que había conocido. Y ella no se convertiría en una ingrata. A pesar de sus gimoteos empujó las caderas contra él. Escuchó el gruñido masculino junto a su oído, seguido de un chorro de aire tibio y sonrió.

Por esa noche se olvidaría de cómo había sido su vida y permitiría que esa sensación de protección —tan ajena a ella— creciera en su interior. Volvió a ondear las caderas, un movimiento que le representó gran dificultad por el delicioso peso contra su cuerpo.

—¿Es esto lo que quieres?

Andrew le ciñó las muñecas y a ella se le enervó la piel al sentir un beso en su hombro seguido de su aliento tibio para construir un camino hasta su quijada. Cuando le tocaba la piel con los labios, él se aseguraba de que ella lo advirtiera, no había nada ligero o efímero. Y pensó que él debería tener prohibido ese conocimiento pues sin proponérselo ella podría caer rendida a sus pies.

—Sí.

Se cimbró cuando besos húmedos se regaron por su espalda. No eran al azar, eran besos que la encandilaban, la angustiaban y la liberaban a partes iguales. Cerró las manos en las de él y respiró profundo para que sus pulmones se inundaran del masculino perfume que tenía impregnado en la piel. El calor que le transmitía era sublime. Jamás estuvo tan húmeda como en ese instante.

—No lo es, dulzura. Dime lo que quieres.

Su voz fue como un bálsamo y un veneno porque ella estaba segura de que eso que vivía en ese instante jamás se repetiría. Abrió los ojos y su espalda se arqueó por lo que el cabello de él le provocó cosquillas que la estremecieron. Ansió soltarse, girar y enredarse en el cuerpo de él como una planta trepadora, mas no deseaba perder eso que Andrew le ofrecía.

—Un bebé.

Se sobresaltó y un gemido agudo brotó de su pecho al sentir un mordisco en su costado. De algún modo ella siempre supo que Andrew era un hombre apasionado, si bien eso no evitaba que se sorprendiera al comprender cuánto.

—No me complace tu respuesta.

Se le dificultó tragar a la vez que su piel se cubría de exquisitos lametazos y ardientes chupetones. En ese instante comprendió el mecanismo de la silla donde Andrew estaba sentado, pues una vez que ella se empujaba, él la embestía. Era como una especie de columpio.

—Un bebé... tuyo.

—Y mi semilla inundará tu vientre.

Contuvo el aliento en tanto el deseo se apoderó con vertiginosidad de sus venas. Tensó los músculos para contener el orgasmo que la avasallaría con solo esas palabras y se empujó contra él con una lentitud que para otro hombre hubiera sido desquiciante. Por minutos experimentaba cómo su virilidad le llenaba el interior, aunque eran más los minutos en que Andrew perdía la erección, si bien ella jamás se sintió vacía. Era lo contrario, estaba anegada y henchida. Y estaba segura de que esa sensación le duraría el resto de la vida.

21

Sarah comenzó a moverse y se encontró envuelta en una sensación cálida. Quiso voltear y acurrucarse un poco más, pero se percató de que en cierta forma estaba restringida: el peso comenzaba en sus caderas y como un cinturón terminaba sobre su seno. Frunció el ceño a pesar de que todavía estaba adormilada. Poco a poco abrió los ojos y se encontró en un ambiente familiar, aunque no era su habitación. Despacio, giró la cabeza y el aliento tibio de un Andrew dormido fue como una caricia sobre su mejilla.

Comenzó a recordar haber tenido un orgasmo imposible ante el estado mental en el que se encontraba. Pero Andrew nunca dejó de besarle, estrujarle y morderle la piel, mientras le decía palabras dulces mezcladas con otras que ruborizarían a la más experimentada meretriz.

Después todo se volvía difuso, aunque todavía sentía como él le masajeó las piernas para que la circulación volviera a ser normal en ellas y de alguna forma tenía presente el momento en que la rodeó con el brazo y ella se impulsó sobre sus piernas para entonces recostar la cabeza en su hombro y refugiarse entre sus brazos.

—Vamos, dulzura.

Intentó ponerse en pie cuando él pretendió que se recostara en la cama, pero Andrew la ciñó de la cintura.

—Tengo que ir a casa.

Él le acomodó el cabello y ella creyó sentir una ligera caricia de su pulgar.

—Duérmete unos minutos, yo te despierto.

Pero si él intentó despertarla, no llegó a conseguirlo. Sin embargo, Sarah creyó que todavía tenía una oportunidad de escapar y no pasar por la vergüenza de que Andrew la encontrara allí cuando despertara. Alcanzó a levantar la mano de él unos centímetros, pero escurrirse de su agarre fue infructuoso. Se revolvió de un lado al otro sin éxito. Contuvo el aliento a la vez que se mordía los labios para ocultar una sonrisa. Sus movimientos provocaron en él una erección. No podía equivocarse porque los cuerpos de ambos parecían formar una cucharita con las rodillas de él detrás de las suyas. Estaban tan cercanos el uno al otro que sus respiraciones solo conseguían unirlos más.

Fue entonces cuando ella creyó escuchar un gruñido.

—Eres de las que se levantan temprano. —Ella intentó girar, mas lo único que consiguió fue avivar su virilidad—. Tú dale alas. —Pretendió reírse para sí misma, pero al estar tan cerca, él la escuchó—. ¡No es gracioso!

Ella colocó su brazo encima de el de él, y con la punta de los dedos recorrió los nudillos masculinos en un ir y venir suave. La piel de Andrew era sedosa y se sentía muy bien contra la suya. Entrelazó los dedos de ambos y reconoció el calor de su propia piel, mas existía algo diferente.

—Para mí lo es. No entiendo por qué peleas con tu cuerpo cuando tienes erecciones.

Giró la cabeza y la apoyó sobre el hombro de él. Se aseguró de mantenerse serena, si bien la confusión reinaba en sus pensamientos. El hombre del día anterior fue asertivo y la había cautivado hasta convertirla en su más que dispuesta presa y, sin embargo, en esa mañana existía ese tinte vacilante en su voz. Creyó que ella era la responsable. Él había creado algo maravilloso y ella lo empañó al dejar entrever sus sentimientos.

—Porque no lo hace cuando debe, sino cuando le place.

Ella estiró el cuello, aunque era una posición muy incómoda. El cuerpo de Andrew se apoyaba contra el de ella y el peso le impedía moverse. Con los labios le alcanzó la masculina mandíbula y, mientras movía la cabeza de un lado al otro con delicadeza, inhaló profundo para permitir que la fragancia tan característica de Andrew después del sexo le inundara los pulmones. Era sofisticada, especiada y adictiva. Se sabía en peligro y en cuanto consiguiera huir se obligaría a ser racional respecto a lo que vivía.

—Creo que si dejaras de preocuparte por cuando se te para, y cuando no, serías muy feliz.

—Si por ti fuera estaría empalmado las veinticuatro horas del día.

Cerró los ojos cuando él le apoyó los labios sobre la frente e imitó sus caricias. De algún modo consiguió acurrucarse más contra él, sin embargo, tras el suspiro tomó distancia.

—Yo hundiría tu verga en mi coño cada vez que se te parara, y no me importaría que solo fuera por unos segundos. Deberías encontrar una mujer que piense así.

La garganta de Andrew se movió con brusquedad y ella le deslizó los dedos por el cuello, asegurándose de rodearle la manzana de Adán con delicadeza. Bajo su tacto pudo sentir el estremecimiento de él y la soberbia que la embargó fue una cobija intoxicante y bienvenida.

—Y tener presente a diario que soy incapaz de complacerla. —Andrew tenía la voz ahogada.

—¿Una mujer insatisfecha haría esto?

Sin darle tiempo a él a negarse —o a ella misma a estar consciente a plenitud de sus acciones— levantó la pierna y le apoyó la rodilla en el muslo a Andrew. Con destreza coló la mano entre medio de sus piernas, para agarrarle el pene semierecto y hundirlo en su intimidad. Un jadeo ahogado escapó de la garganta mientras el brazo que la rodeaba logró ceñirla más contra él. Menos de un minuto después él estaba flácido y, aunque no lo tenía de frente, percibió su frustración por la forma en que sus brazos se tensaron.

Forcejearon cuando él pretendió alcanzarle el clítoris entre los dedos y llevarla al orgasmo. Mas entonces ella se aprovechó de la incapacidad de él para pinzarle el brazo entre su costado y cadera y continuó empujándose contra su cuerpo.

En ese instante no pensó si Andrew la creía poco atractiva, en la caída de sus senos o la escasa lonja en su abdomen. Estaba concentrada en demostrarle que él era capaz de provocarle un orgasmo, aun cuando su miembro no se levantara porque ella solo necesitaba el contacto con su piel. Sin embargo, el corazón le golpeteaba contra el pecho y sentía un nudo en el estómago por cómo se exponía.

Un gemido agudo floreció de su pecho cuando Andrew le llevó los labios al hombro y le succionó la piel. Suspiró al sentir su aliento tibio como si pretendiera aliviarla, solo que él volvió a chuparle la piel solo unos segundos después.

Mientras él construía un camino recto, el suntuoso vaivén de las caderas de ella perdió su ritmo en tanto la respiración se le aceleraba hasta ahogarla y las manos de él consiguieron escapar de su prisión. Andrew no dudó en buscarle el clítoris para acariciárselo con maestría al mismo tiempo en que le dejaba un beso en su otro hombro. El cúmulo de sensaciones que construyó para ella consiguió abrirse paso a través de un grito estentóreo que la dejaría afónica.

Ella consiguió empujar los cuerpos de ambos hasta que quedaron bocarriba, giró la cabeza y con desesperación atacó el cuello de Andrew con lamidas, mordiscos y besos que provocaron el orgasmo de él.

Ya más calmada, le deslizó las manos por los brazos hasta entrelazar sus dedos y cerró los ojos para intentar sosegar los latidos del corazón. En su espalda percibía el golpeteo del corazón de Andrew y la agitación de su pecho.

Aunque anhelaba acurrucarse contra el calor que él le ofrecía, muy tarde recordó que no podía provocarle sensaciones rápidas a Andrew. Se reprendió a sí misma en sus pensamientos y deseó huir. Pretendió dejarse caer en la cama, pero Andrew la retuvo. Ella se estremeció y cerró los ojos al sentir el aliento de él en su oído mientras decía:

—Si te marchas, haré una transferencia bancaria a tu cuenta como a una puta. —Ella juntó los muslos en un intento de aliviar la repentina punzada en su bajo vientre—. Espérame.

Asintió con la cabeza porque no estaba segura de su voz. Cualquier otra mujer se sentiría ofendida con esas palabras, pero a ella le ponían, sobre todo en el tono de voz en que fueron dichas.

Con piernas inestables consiguió vestirse y calzarse los zapatos, que de algún modo habían terminado sobre la mesita de noche, y el responsable debía ser el dueño de esos ojos azules que se mantenían fijos en ella por más que los ignorara. Caminó hasta el espejo en la habitación y con las manos se acomodó el cabello. A pesar de las líneas de expresión, había cierto brillo en su piel y mirada.

En cuanto salió de la habitación su sonrisa se fue apagando a medida que daba un paso tras otro y se acercaba a la cocina. No sabía qué hacer consigo misma. Debió haberse marchado la noche anterior y no forzar la hospitalidad de Andrew. Todavía estaba envuelta en la nube de bienestar que él creó, pero necesitaba resguardarse en su hogar una vez que despertara de la fantasía.

Entró a la cocina y de manera metódica se preparó un café aguado y una tostada de pan a unos segundos de ser incomible. Estaba demasiado distraída. Una vez terminó, dejó el área tan prístina como la encontró.

Se sentó a la mesa con la pierna derecha doblada en dirección a su pecho. Levantó la taza de café, mas antes de que pudiera tocar su boca se llevó la punta de los dedos a los labios. El hormigueo en ellos era como si Andrew todavía la besara. Tras un suspiro, apoyó la cabeza en la rodilla y observó el mueble que seguía en medio de la sala. Inconsciente, en sus labios apareció una sonrisa y el rostro se le iluminó al rememorar lo sucedido.

—¿Te jactas por la forma en que lo denigras?

Ella colocó la taza encima de la mesa en un movimiento pausado pues no estaba segura de que el temblor que se apoderó de sus manos le permitiera hacerlo de otro modo. No obstante, se obligó a mantener la cabeza en alto y el rostro impasible.

—No sé a qué...

Hasta ese instante recordó que Andrew y ella nunca estaban solos en realidad y que ese hombre que tanto la detestaba siempre estaba en las sombras. Estar junto a Andrew era ser un tanto exhibicionista. Se preguntó si Patrick fue testigo de lo patética que había estado la noche anterior cuando se quebró por tener un hombre encima de ella. Una vez más ansió irse, pero le había prometido a Andrew esperar.

—Lo convertiste en tu puta personal.

22

Andrew apenas durmió unas horas la noche anterior. Subió junto a Sarah a la cama para descansar a su lado, si bien muy pronto sintió la necesidad de ir al baño. No obstante, permaneció bocarriba en el lecho porque no quería despertarla. Sarah no estaba en condiciones para conducir.

Al principio, le pareció que lo que le preparó era muy sexy, como sacado del Kama Sutra. Esa fue su intención, conseguir excitarla a tal punto que tuviera un orgasmo con solo observarlo, pero todo se salió de control. En lugar de tener una mujer ronroneante entre sus brazos obtuvo una cubierta en lágrimas y sollozos. Y él se sentía una mierda.

Sin embargo, lo que ocurrió esa mañana... Suspiró. Estaba seguro de que Sarah ni siquiera se percató de sus palabras. Volvió a estremecerse. Era despreciado por dos mujeres. Una lo amaba y la otra lo usaba con su consentimiento. Robin era la mujer perfecta, su alma gemela y sin embargo lo de ellos no funcionó. Con Sarah era diferente, era como vivir un tropiezo tras otro; lo que ella le ofrecía era aterrador y, no obstante, también liberador.

Se apresuró a impulsarse en la silla para no darle tiempo a Sarah de escapar; sin embargo, el corazón todavía le atronaba en el pecho y el dolor de cabeza era punzante, a pesar de haberse colocado la pastilla bajo la lengua hacía unos minutos. No tenía idea de por qué retuvo a Sarah, tal vez para cerciorarse de que ella estuviera bien, aunque lo más probable era que estuviera intentando descubrir si de verdad su plan había sido tan errado.

No obstante, se detuvo en seco al escuchar que ella platicaba con Patrick. Frunció el ceño al sentir cómo se le cimbró el pecho al descubrirlos juntos. A pesar de que era consciente de que su posición era correcta, llevó las manos a las esquinas de la silla y trató de mejorarla, tal vez para parecer más alto.

—Eso no es de tu... —Sarah estaba afónica.

—¡Soy su asistente médico!

—Andrew y yo tuvimos una noche sublime y una mañana espectacular. Si hubiera necesitado tu apoyo, yo misma te habría llamado.

Se soltó el primer botón de la camisa al sentir que se asfixiaba en tanto su rostro se abrasaba con furor. Ya no sabía si era más atemorizante ser despreciado por Sarah o que ella se creyera especial por las acciones de él. Antes de poder comprenderse a sí mismo escuchó:

—¿Sabes que para tener sexo contigo toma un medicamento que no necesita? —Patrick le lanzó el frasco de pastillas a ella. Y como si fuera en cámara lenta, él observó que Sarah no hizo nada por detenerlo por lo que le pegó en la mejilla—. ¡El doctor fue muy claro en que no lo tomara a diario!

Sintió que algo se revolcaba en su interior y a la vez se sentía petrificado y con cierta niebla en sus pensamientos. Ese era el hombre que estaba a cargo de su cuidado y así era como trataba a la mujer que lo acompañaba. Se preguntó si ese sería el verdadero carácter de Patrick o si por algún motivo Sarah lograba enervarlo, aunque no había ninguna justificación para lo que acababa de hacer.

—Él sabe discernir si algo le hace bien o no. —El tono de voz de ella bajo, rasposo, contundente.

Andrew la contempló con el aliento contenido. Fue entonces cuando comprendió el por qué su subconsciente reaccionaba de forma positiva a Sarah, aunque en lo racional él insistiera en rechazarla. Ella siempre apelaba al instinto protector en él. La mezcla de su voz baja y arrulladora junto al modo en que solía hablarle. Ella no solía decirle «puedes» sino «quieres». Lo más importante era que, como acababa de ocurrir —y no era la primera vez—, ella lo trataba como un adulto, al contrario de Jennifer, su madre o la misma Robin. Tal vez era una estupidez, pero junto a Sarah se sentía muy masculino y pleno.

—Robin siempre anteponía el bienestar de él y jamás exigía algo para ella.

—Yo no soy Robin.

«No, no lo es», pensó Andrew. Sarah ni siquiera le preguntó si él necesitaba ayuda antes de salir de la habitación y, aunque por un segundo la juzgó en sus pensamientos, se percató de que él era un hipócrita. En innumerables ocasiones se quejó de falta de autonomía y cuando la recibía se desconcertaba.

Era consciente de que no encontraría solución a la maraña de sentimientos que lo atenazaban, así que se ocuparía de lo que ocurría en su hogar en ese instante. Agarró los aros impulsadores de la silla y entró en la sala con la postura tan perfecta como su cuerpo le permitía.

—¡Lárgate, Patrick! No quiero volver a verte hoy.

Observó cómo Sarah dio un respingo y pretendió ponerse en pie, pero estaba seguro de que sus piernas le fallaron. Patrick pasó junto a él echo una furia, si bien lo menos que le importaba en ese momento era su asistente.

Entró a la cocina, abrió el refrigerador, sacó unos cubos de hielo y los colocó en una toalla que tenía sobre su regazo. Con cierto temblor en las manos se acercó a Sarah, quien se mantenía en silencio, si bien no perdía detalle de cada uno de sus movimientos. Ella pretendió agarrar la toalla, pero la ignoró y con delicadeza se la colocó en la mejilla. Se contemplaron en silencio, los labios de él apretados en una línea recta mientras que Sarah no podía contener el tiritar en los suyos. Ella apoyó el rostro en la mano de él y le dedicó una sonrisa apagada. En tanto, los pensamientos de él iban y venían, sin acabar de comprender por qué Sarah se dejó maltratar de esa manera.

Le retiró la toalla y le acarició la mejilla enrojecida, si bien lo hizo solo por unos segundos pues en la boca de ella apareció una mueca de dolor.

—Lo siento, no pretendía quedarme. —El tono de voz de ella más bajo de lo usual.

—Yo te pedí que lo hicieras —susurró él.

Sarah bajó la cabeza y con disimulo comenzó a raspar lo quemado del pan en tanto pensaba en las palabras de Patrick. ¿De verdad Andrew tomaba un medicamento que no necesitaba para tener sexo con ella?

Ni siquiera entendía qué hacía allí; la certeza de que jamás quedaría embarazada estaba arraigada en su alma. La nube de bienestar con la que se había despertado se convirtió en un vacío en su pecho. Cuando Andrew le quitó el plato, se puso en pie. Era evidente que ya no era bienvenida. Tal vez él pensaba igual que Patrick.

—Sarah, siéntate.

Intentó replicar, pero su voz le falló. Andrew se agarró a los aros y giró en la silla. Observó cómo entraba a la cocina, abría el refrigerador y sacaba algunos ingredientes.

—¿Quieres tus huevos revueltos, hervidos o fecundados?

Mucho antes de que comprendiera el significado de las palabras de Andrew, el rostro de ella se había tornado del carmín más puro. Ojeó a Andrew y rodó los ojos al ver la picardía en su mirada y la sonrisa de autosatisfacción.

Mientras él colocaba un sartén en la estufa y la encendía a través de una aplicación en su teléfono, ella se puso en pie y se acercó a la alacena. En tanto él batía unos huevos, ella abrió varias puertas hasta encontrar dónde estaban los platos. Sacó uno y repitió el abrir y cerrar hasta encontrar un vaso y la cubertería.

Los colocó en la mesa y detrás de ella, Andrew llegó con una bandeja sobre sus piernas con utensilios extras y el sartén con huevos revueltos —y cremosos— con jamón y vegetales, además de la taza de café recién preparado. Sirvió el desayuno para dos personas, giró y la contempló. Los segundos se convirtieron en años y los minutos en siglos en tanto ella sentía la cabeza ligera como si estuviera a punto de desplomarse. Un estremecimiento asfixiante le recorrió el pecho y los latidos de su corazón se dispararon como si se encontrara en grave peligro.

Andrew le señaló la silla que estaba junto a él y a pesar de lo inestable de sus piernas, ella se sentó en el borde a la vez que decenas de pensamientos se agolpaban unos con otros, si bien solo uno conseguía repetirse una y otra vez: ¿por qué Andrew le preparó el desayuno? Con disimulo se llevó la mano sobre el corazón en un intento vano de consolar a esa Sarah que lloraba con desesperación y amargura en su interior.

Él continuó observándola y ella bajó la cabeza a la vez que tomaba el tenedor entre sus dedos temblorosos. Removió un poco el huevo, aunque le parecía demasiado hermoso como para destruirlo o comerlo. Ojeó a Andrew y se tropezó con la mirada clara aún fija en ella a la vez que le daba un sorbo a su café. Él soltó la taza en un movimiento pausado como si intentara ganar tiempo.

—Dime cómo te sientes.

Ella volvió a bajar la cabeza. No sabía qué responderle pues en definitiva no le diría la verdad, entre otros motivos, porque ni siquiera ella sabía cuál era.

—¿A qué te refieres? —Su voz fue como un graznido.

—Ayer... ayer no fue como esperaba. —Ella asintió con imperceptibilidad. Percibió la cálida mano de Andrew cerrarse sobre la suya y cómo los tímidos dedos le acariciaban la palma—. Y jamás imaginé lo de esta mañana.

A ella le tembló el labio inferior. Sin querer se había expuesto. En cualquier otro momento habría podido ocultarse como si fuera una experiencia extracorpórea y ausente, pero con Andrew... Estaba segura de que podría enumerar con exactitud la cantidad de besos, lamidas y hasta los latidos del corazón de él.

—Sarah...

Levantó la cabeza al escuchar el tono suave, si bien consiguió esquivar su mirada y fijó la suya en la sala. Entonces señaló el sillón y la silla.

—Esa cosa es increíble. ¿La utilizas mucho?

El calor se le instaló en el rostro a la vez que sus manos se tornaron frías, con Andrew como testigo de sus reacciones. Ella mejor que nadie sabía que él no había tenido relaciones sexuales desde que utilizaba la silla de ruedas. No pretendía ofenderlo, solo escapar de su pregunta.

—Ayer fue la primera vez.

Ella asintió con cierta manía, si bien Andrew permanecía sereno y aún tenía la mano de ella bajo la suya. Ella se llevó la mano libre a su pendiente y le dedicó una de esas sonrisas en las que parecía desequilibrada.

—¡Oh! El servicio *express* es impresionante. ¿Te la entregaron ayer mismo?

Al parecer le sería imposible callarse por lo que agarró la taza de café que él dejó junto a su plato. Al darle un sorbo, suspiró por lo delicioso que estaba. Tenía la temperatura exacta y el dulzor perfecto para ella. Él le deslizó el pulgar a lo largo de su palma y ella se estremeció de la cabeza a los pies.

—La tengo desde hace tres años.

Ella comenzó a toser, aunque mantuvo el rostro tan escondido como la taza le permitía. Una vez más Andrew le confesaba que no tuvo sexo en los últimos cinco años. Y después de esas semanas juntos, ella no comprendía por qué. Lo ojeó, aunque bajó la cabeza de inmediato a la vez que dejaba la taza sobre la mesa.

Algo bullía en su interior; algo parecido a la impaciencia, el arrebato o la indignación. No estaba segura, y, sin embargo, era algo que le resultaba familiar. Se preguntó si ella era la única que pensaba que, si el deseo estaba allí, no había por qué negarlo, tal y como pretendía el tal Patrick o la misma Robin. Además, Andrew era un hombre adulto capaz de discernir sus propios anhelos y necesidades, ninguna otra persona tenía el derecho de entrometerse en sus asuntos.

No pudo contenerse más, consiguió soltarse del agarre de él, levantó los brazos al aire a la vez que su rostro se teñía de un rojo furia y gritó:

—¡Que tontería! ¡Usas una silla de ruedas, pero eres tan apasionado como antes!

Andrew la contempló largos minutos antes de llevar las manos a la esquina del asiento y reacomodarse en la silla. Tuvo que aclararse la garganta en un par de ocasiones y aun así su voz salió ahogada.

—¿Sabías cuán apasionado era?

Ella bajó los brazos y se llevó una mano a la garganta. Su rostro seguía tan rojo como si experimentara una insolación.

—No... Es decir...

Negó en repetidas ocasiones y el alarde de hacía tan solo unos segundos se diluyó enseguida. Andrew encontró cómo tomarle la mano con una delicadeza sublime en tanto ella permanecía estática, si bien el corazón le atronaba en el pecho.

—¿Pensabas en mí, Sarah? ¿En aquellos días en la universidad?

En sus casi cuarenta y tres años, jamás deseó tanto que la tierra se la tragara y había vivido muchísimas situaciones vergonzosas, algunas de ellas, incluso, junto al hombre frente a ella.

—¿Tú pensaste en mí?

Esos ojos azules permanecieron prendados a los de ella.

—No, dulzura. Nunca lo hice.

Ella asintió con una sonrisa incierta, bajó la cabeza y se metió un bocado enorme de huevos con jamón a la boca. Andrew había creado una fantasía para ella, una perfecta y maravillosa, pero solo era una quimera. No tenía idea de que había sido tan transparente para él como para que pudiera darle justo lo que más anhelaba.

Y fue tan estúpida como para insinuar que ella era la mujer que él necesitaba. Tenía que crear distancia entre los dos. Ni siquiera comprendía qué le sucedía.

23

Andrew observó cómo Sarah se pasó el vestido por la cabeza para luego acercarse al espejo y cerciorarse de que su cabello no reflejara lo que hacían unos minutos antes de que la llamada de Mateo los interrumpiera para informarle que Mel había intentado otra vez terminar con su vida. Él era consciente del significado de la noticia que su amigo acababa de darle, pero entre que era la una y diecisiete de la madrugada y que estaba seguro de que con un par de minutos más habría llegado a la eyaculación, todavía existía cierta neblina en sus pensamientos.

—Disculpa, ¿qué dijiste?

—Andrew, nuestra amiga...

Se llevó la mano libre al rostro y se lo estrujó mientras tragaba con dificultad e interrumpía a Mateo:

—Sí, te entendí.

Levantó la cabeza y observó a Sarah, quien alzó la mano para decirle adiós. Él sintió que su rostro se encendía por la furia que lo recorrió en ese instante. Ella se había mantenido alejada los últimos días y —resignado— él aceptó su lejanía. Sin embargo, su comportamiento escocía por más que él pretendiera negarlo.

Le extendió la mano en una súplica para que no lo dejara solo en ese instante, tragándose el orgullo. No obstante, Sarah negó con la cabeza, dio media vuelta y se marchó.

El dolor que le apretó el pecho fue tan visceral que por un segundo se quedó sin aliento. Como a un estúpido las lágrimas le bajaron con libertad por las mejillas mientras los espasmos en su cuerpo se desataban sin control. El único culpable era él, por esperar algo más de una mujer que solo lo utilizaba y que se olvidaría de él en pocos días. Sin embargo, ser consciente de ello no bastaba para detener la escoria que experimentaba. Era un dolor arraigado y profundo, algo que jamás experimentó.

Allí, en la soledad de su habitación, se percató de que Sarah Bramson significaba mucho más de lo que él pretendía admitir. Una mujer que él conocía a la perfección y que era dulce, tierna y amorosa solo por conveniencia. Ella era la mujer más egoísta del mundo. La mujer a la que no le importó abandonarlo cuando acababa de recibir la noticia de que su mejor amiga intentó suicidarse una vez más.

Se sostuvo de la silla de ruedas —a pesar de los temblores que amenazaban con tirarlo al suelo— y continuó con la llamada.

—¿Qué pasó?

—Jay se alejó solo por un par de minutos...

Se resistió a creer que la noticia podía tornarse peor, mas en ese instante anheló no haber respondido a esa llamada y continuar enajenado con lo que sucedía en el mundo exterior.

—¿Para qué me llamas? —Su tono de voz se tornó zafio.

Sin importar nada —ni los espasmos, ni la noticia de su amiga o la furia que lo consumía— cerró los ojos y deseó que Sarah estuviera junto a él, sosteniéndolo entre sus brazos y dejándole esos besos tan delicados en sus párpados, en un intento de contener sus lágrimas. Un poco de sexo había sacado a relucir cuán hambriento estaba por volver a crear la intimidad que solo se construye junto a la mujer que amas. Esa donde te encuentran tirado en el suelo y ella te suplica por un bebé.

—¿Vas a ir?

—No. —Llevó las manos a las esquinas de la silla y reacomodó su postura.

Mateo le dio mil razones para asistir. Él era consciente de que su amigo tenía razón en todo lo que le decía, pero ninguno de ellos comprendía el revolcadero nauseante que sentía. Una vez más, después de varias semanas sin hacerlo, renegó de su condición. De no ser tetrapléjico aún estaría casado con Robin, la mujer más maravillosa del mundo, jamás habría conocido a Mel, y Sarah resolvería su problema con otro hombre.

Con tan solo pensarlo se le volvió a apretar el pecho, el dolor de cabeza que comenzó a dominarlo era agudo y le ardía tanto el rostro como si lo tuviera en llamas. Se vio obligado a acercarse a la mesita de noche para sacar el frasco de pastillas y colocarse una bajo la lengua. Para su mala suerte, Mateo era el hombre más paciente del mundo.

—Andrew...

—¡Puñeta! —Golpeó con los puños los aros impulsores.

—Hazlo por Jay. Nos necesita.

Terminaron la llamada unos minutos después y él se comunicó con Jacob para que lo acompañara hasta Seattle donde Mel y Jay vivían.

Mientras él tomaba una ducha, Patrick le preparó una maleta pequeña con lo que podría necesitar en el viaje, además de un bulto donde se encontraba su neceser gris y los medicamentos que debía mantener a mano.

Se dirigió a la salida cuatro horas y media más tarde, tan pronto como pudo prepararse después del despliegue de sensaciones que experimentó en su cuerpo. Patrick se apresuró a buscar una sombrilla, pues en algún momento la madrugada se tornó tormentosa. Un motivo más para maldecir su propia existencia, pues sus pensamientos fueron invadidos por todas aquellas veces en que corrió por la playa en días iguales a ese. Existía cierta belleza en esos días grises y temperamentales.

Patrick y él se apresuraron a acercarse al Tesla con la intención de mojarse lo menos posible, si bien detuvo la silla en seco, lo que provocó que su asistente chocara con él. Frente a la puerta del pasajero se encontraba una empapadísima Sarah Bramson.

—¿Deseas que te acompañe?

Bajo la lluvia torrencial, la contempló. Ella pudo regresar a la casa, él le había dado acceso, incluso pudo haberse quedado junto a él y jamás salir. «¿Acaso permaneció aquí todo ese tiempo? ¿Por qué?», pensó. Al parecer sí, porque tenía tanto la piel como los ojos rojizos. Mas eso no explicaba por qué Sarah se maltrataba a sí misma de ese modo.

—A... a menos que hayas llamado a Robin.

Pestañeó. Lo tomó desprevenido el percatarse de que no lo había hecho, cuando, en cualquier otro momento, Robin sería la primera en enterarse de lo que ocurría en su vida. Sin embargo, quería mentirle a Sarah, asegurarle que él a quien necesitaba era a Robin y que ella sobraba. No obstante, y a pesar de sí mismo, se encontró asintiendo.

—Andrew, ¿qué haces?

—Sube mis pertenencias al automóvil, Patrick. —En ningún momento apartó la mirada de la mujer frente a él.

—¿Eres consciente de lo que haces? —Observó cómo en los labios de ella se dibujó una sonrisa tímida, a pesar del comportamiento atroz de su asistente. Entonces Sarah levantó la mano y le señaló su camioneta—. ¡Debe de ser una broma!

—¿Quieres que te lleve?

Ella se alejó del Tesla y se acercó a su Toyota RAV4 con al menos ocho años de antigüedad. Era evidente que el salitre de la zona se había ensañado con la carrocería. Andrew tuvo que hacer un gran esfuerzo por contenerse y no insultar el medio de transporte de Sarah.

—Sube mis pertenencias a la camioneta de Sarah.

—¡¿Pretendes morir de gangrena?! ¡Andrew!

Para ese instante Patrick estaba frente a él con la indignación brotándole de cada fibra de su ser. Se agarró de los aros, en tanto sostenía el paraguas entre el hombro y su mentón, y esquivó a su asistente. Sarah lo esperaba con la puerta de pasajeros abierta.

En cuanto él se acercó, ella se retiró hacia la parte de atrás de la camioneta y giró para no observarlo. Solo cuando se aseguró de que ella no lo veía, hizo el traslado de la silla al asiento con infinidad de complicaciones, pues nunca había subido en un automóvil como ese.

De malos modos, Patrick intentó meter la silla en la cajuela, no obstante, no tenía el espacio necesario, así que tuvo que guardarla en el asiento trasero por lo que no podría acompañarlos.

—¡Andrew, piensa en ti por un segundo!

Andrew intentó mantenerse estoico y pensar en positivo. Solo serían cuatro horas.

—Alguno de los asistentes de los chicos me ayudará, no te preocupes.

Cerró la puerta y Sarah arrancó dejando a un Patrick anonadado. En tanto, él mantenía una posición serena. Quería confiar en Sarah. Le envió un mensaje a Jacob para informarle del cambio de planes y que alguien más lo acompañaría.

Mientras Sarah avanzaba por Sunset Boulevard, él tenía un nudo en la garganta. Se dirigía a un lugar en donde no deseaba estar y junto a él estaba una mujer por la que jamás pretendió sentir algo... y lo hacía. En las últimas semanas —y para cualquiera que lo conociera— era evidente que su comportamiento se salía de lo normal. Se vio tentado de culpar a Sarah de todo lo que ocurría, pero se preguntó si en el fondo él anheló que algo cambiara en esa vida insulsa que llevaba desde su divorcio de Robin.

Cuando Sarah se incorporó a la US-101, la ojeó. Sus cortas y cuidadas uñas tenían un leve tinte azulado, y, con el cabello pegado a su rostro y goteando junto con el escurrimiento de su maquillaje, parecía haber sido arrastrada por el océano y vilipendiada por la corriente.

—Quítate el vestido. —El tono de voz de él fue suave y armonioso.

Sarah mantuvo las manos en el volante y la mirada en la carretera. Por un segundo él creyó que no lo había escuchado, si bien tuvo la certeza de que lo ignoraba. Esa característica en ella lo enervaba: Sarah era mezquina consigo misma. Él creía que lo hacía para que los demás lo notaran y sintieran pena por ella, mas detuvo en seco esos pensamientos al intuir que ella actuaba así por instinto.

—Las mujeres somos multitarea, pero no puedo montarte y manejar, guapo, violentaríamos la ley.

Con disimulo, Andrew inhaló profundo para forzar un alto a la carcajada que pululaba por salir. Sus labios se mantuvieron apretados en una línea recta y su rostro impasible. Aunque en su mente conjuró la escena a la perfección y un cosquilleo enervante lo recorrió desde las tetillas hasta las puntas de su cabello. Por supuesto que él sería el encargado del acelerador y el freno mientras ella sujetaría el volante.

—Estás mojada.

—De eso tú eres el responsable, siempre.

Estaba seguro de que esa mujer sería su perdición. Comenzó a quitarse la chaqueta. Si ella quería ignorarse lo respetaría, pero él no tenía por qué hacerlo. Tras varios minutos largos terminó de sacársela y la colocó encima de la palanca de emergencia. Entonces extendió la mano izquierda y sujetó el volante.

Se percató de que los hombros de ella cayeron y soltó el mando para desanudar el lazo que cerraba el vestido cruzado en color rojo. Observó el encaje exquisito que decoraba sus senos suaves y la pequeña lonjita en su abdomen. Dormirse abrazado a ella se había sentido como una cobija mullida a la que te aferras en la peor noche de invierno. Y, aunque su vida continuaría con normalidad después de que ella se marchara, muy recóndito en su corazón existía el anhelo de experimentar esa sensación una vez más o tal vez para siempre.

Ella lucía un hermoso juego de joyería en vidrio y cuero con una mezcla de rojo, ocre y negro. A él le fascinaba esa pulsera ancha que tanto se asemejaba a un reloj. Deseaba una, pero no tenía acceso a la tienda de Sarah y, aunque podía encargársela, sabía que ella no se la cobraría, y eso heriría su orgullo masculino.

Recorrieron largos kilómetros en silencio. Él se sabía observado y reconocía cuán nerviosa estaba Sarah en realidad. No podía nombrar una actitud en específico, pero sentía que el haber estado junto a ella a diario durante casi tres semanas le permitía saber ese tipo de cosas. Sospechaba que Sarah solo estaba allí porque tal vez pensaba que él se negaría a continuar si no lo acompañaba.

En varias ocasiones se encontró con los ojos cerrados en largos trayectos. Le sorprendió el encontrarse tan cómodo con ella al volante, si bien había algo reconfortante y sosegador en verla manejar mientras tarareaba las canciones de los noventa y principios de los 2000. Por algún motivo, eso lo hacía sonreír.

Apoyado en el asiento giró la cabeza y la contempló. Las líneas alrededor de los ojos de Sarah seguían allí, incluso eran más pronunciadas pues su rostro estaba al natural, mas era la primera vez que él se percataba del largo de sus pestañas y de que el brillo de su piel era natural.

Ansió poder besar sus labios expertos y que ella se rindiera a él como siempre lo hacía cuando la tocaba a su antojo. Lo hacía sentir poderoso.

—A que puedo adivinar en qué estás pensando.

—Tengo la certeza de que es imposible.

Ella le dedicó una sonrisa divertida mientras él mantuvo los labios apretados en una línea recta. Sarah jamás debía conocer de sus sentimientos, solo se burlaría de él y huiría a la primera oportunidad.

—En este instante te cuestionas por qué no trajiste a Shepard.

Frunció el ceño y la observó confundido. No tenía ni idea de a qué se refería, de por qué a Sarah le burbujeaba la picardía en su semblante. El rostro de él se tornó del carmín más puro cuando comprendió que le hablaba de su vibrador, ella lo había nombrado como el cohete que Bezos envió al espacio. Cuando Sarah se percató de su reacción, extendió la mano con rapidez y la deslizó una y otra vez por su brazo lo que empeoró su estado. Se refería al vibrador. Iba a ser que en realidad Sarah podía conocer lo que él pensaba...

—Lo siento. Soy un desastre en ocasiones como esta. Yo... yo...

Andrew se odió a sí mismo por haberla hecho sentir incómoda. Con toda probabilidad era demasiado tarde para continuar con la broma.

—Podríamos parar en un centro comercial y comprarte un soldado dispuesto a rendirle honores a la bandera. Me encantará observar cómo te retuerces mientras manejas.

—No será necesario. —Él entrecerró los ojos, aunque una sonrisa traviesa le bailaba en los labios: la imitaba a ella—. Toda mujer que se ame lleva uno en el bolso.

Él rio con suavidad, ya no pudo evitarlo. Entonces aparentó moverse de un lado al otro mientras ella entrecerraba los ojos y su sonrisa se ampliaba.

—¡Exijo saber en dónde está tu bolso!

24

Ella lo empujó por el antebrazo sin perder ni por un segundo de vista la carretera. En sus pensamientos, Andrew se imaginó inclinándose hacia ella para deslizarle la mano por el interior del muslo y descubrir si era cierto que su feminidad estaba húmeda y esperándole a él. Sin embargo, no se movió, pues no se ridiculizaría a sí mismo.

—¡No! —Sarah reía con las mejillas sonrojadas.

Él apoyó la cabeza en el asiento y la observó mientras ella miraba por el espejo derecho antes de cambiar al carril de bajada.

—¿No quieres que vea a la Roca?

No tenía idea de porqué dijo ese nombre, tal vez por el absurdo mito de que a las mujeres solo les gustaban los penes extragrandes. Aunque disfrutó de la reacción que causó en ella. Fue testigo de cómo la sonrisa se amplió en tanto lo ojeaba, pero solo durante un segundo: después, ella resopló y soltó un gritito como de incredulidad. Negó con la cabeza, y Andrew hasta podría jurar que tomó una bocanada de aire a la vez que se mordía por un segundo la esquina del labio inferior.

—¿Celoso?

Él enarcó una ceja y de su boca se adueñó una sonrisa altanera.

—¿Por qué habría de estarlo? En el último mes ese coño solo le ha rendido honores a mi soldado. ¿Me equivoco?

Esas palabras consiguieron que en los labios de Sarah se dibujara una sonrisa un tanto tímida, cálida y ensoñadora. No obstante, tras un suspiro todo quedó en el olvido.

Le hubiera gustado estar dentro de la cabeza de ella para saber qué pensaba en ese instante, para conocer el motivo de sus acciones. Cerró los ojos, mas un par de minutos después escuchó:

—¿La amas?

De inmediato él se llevó las manos a las mangas de la camisa y soltó los botones. Por unos minutos Sarah lo había hecho olvidar el motivo por el que hacían ese viaje: Mel. Fueron tantas las veces en que el amanecer los sorprendió —a él y a Mel— mientras hablaban por teléfono de lo gilipollas que era la vida. Jamás pensó ser afín con alguien que no fuera Robin, hasta que su condición lo hizo conocer a Mel. Jamás podría hacerle un reclamo a Robin, pero era muy consciente de las veces en que su comportamiento la lastimaba porque a ella le era imposible comprender que él luchaba contra sí mismo. Sin embargo, Mel era alguien que comprendía a la perfección los exabruptos y las decaídas que se experimentaban después de una lesión de ese tipo.

Y, a pesar de todo, tanto Mel como Robin lo habían traicionado.

Miró a Sarah.

—Mi encabronamiento no me permite responder con honestidad.

—¿Quieres decirme qué pasó?

—Actuó a espaldas de su pareja.

Sarah fue a responder, pero el teléfono le comenzó a sonar y ella activó el altavoz para responder. Él cerró los ojos. Quería saber quién la buscaba y su curiosidad fue satisfecha casi de inmediato cuando ella dijo:

—Por supuesto que Stephany te llamó, mamá.

Él permaneció con los ojos cerrados, aunque reacomodó su cuerpo en el asiento ante el tono amargo de Sarah y las palabras de su madre. Parecía que existía tensión con su familia. Otro motivo más por lo que pensar en tener algo más con ella era un error. La relación que él mantenía con su familia era excelente.

—No es mi mamá—susurró Sarah después de unos minutos de haber colgado como si defendiera la forma en que le había hablado la mujer.

Él abrió los ojos, si bien no emitió sonido alguno, pues no tenía idea de cómo responder a esas palabras, aunque un sinfín de preguntas se cruzaron en sus pensamientos. Por suerte, ella continuó:

—Tengo cinco mamás. —Andrew giró la cabeza para observarla. Sarah continuaba manejando sin perder la concentración en la carretera—. Mi padre se ha casado ocho veces y a todas las tuve que llamar mamá. Según él, eso ayudaba a fomentar los lazos de familia.

—¿Y tu madre biológica?

—Jamás la conocí, y el primer recuerdo que tengo de una figura materna es de Stephany consolándome cuando tenía tres años porque acababa de tener una pesadilla. Su matrimonio con mi padre duró trece años, así que es a quien estoy más apegada.

—¿Y tu padre?

—Tal vez lo conozcas, es el delegado del estado en el Congreso. Nos vemos el día de Navidad.

El resto del camino fue en silencio. Él creyó que sería sin eventualidades, pero una hora antes de llegar, sintió deseos de orinar. Pretendió contenerse, pero comprendió que le sería imposible y su orgullo se magullaría más si Sarah se percataba de que tenía el pantalón mojado. Ni siquiera se quería imaginar qué pensaría ella si el líquido humedecía también el asiento, así que le pidió que se detuviera. Sarah se desvió a un centro comercial y buscó un estacionamiento solitario. En tan solo unos segundos, él sacó el neceser gris y se bajó el cierre del pantalón.

Tan pronto llegaron hora y media después a la casa de Mel, Sarah le entregó la chaqueta del traje y se cubrió con su vestido. La contempló cuando ella mantuvo las manos en el volante luego de apagar la camioneta y no se movió durante cinco minutos. Él frunció el ceño cuando ella le dedicó una sonrisa nerviosa antes de bajar.

Sarah abrió la puerta del pasajero trasera mientras él abría la suya. Se agarró la pierna derecha con las manos y la levantó para sacarla, y después repitió el mismo movimiento con la izquierda. En tanto, ella estaba distraída en bajar la silla y sus aditamentos.

Andrew sintió el calor en sus mejillas al ver las piezas que funcionaban como sus piernas desparramadas por el suelo. Sarah desconocía que eso que intentaba armar sin éxito costaba el triple que su automóvil. Al percatarse de que no habría forma de que ella la armara, agarró el teléfono y con disimulo le envió un mensaje a Mateo.

Estoy afuera.

¿Por qué no entras?

Mi silla está hecha pedazos.

¿Y qué? Arrástrate hasta el suelo y ármala. No sería la primera vez.

No estoy solo.

En sus pensamientos suplicó que sus amigos fueran disimulados, pues presentía que Sarah se sentía tan mal que saldría huyendo en cualquier instante. Unos minutos después, las puertas de la casa se abrieron, y Mateo junto a Cole, Brian, sus parejas y asistentes salieron. Se alinearon uno junto al otro y comenzaron a caminar con lentitud. Todos tenían los ojos cubiertos con gafas por el sol. Parecían acabados de salir del cartel de *Peaky Blinders*, la versión de lisiados, por lo que a él se le escapó un gruñido.

—¡Sarah, nena linda! —gritó Mateo.

Ella levantó la cabeza azorada a la vez que el armazón de la silla de él daba contra el suelo y la piel de Sarah se tornaba lívida. Él bajó la cabeza y se frotó el rostro. Podía sentirlo abrasado y durante unos segundos se le cerró la garganta. Se cuestionó en qué momento pensó que hacer ese viaje con ella era una buena idea. No obstante, cuando bajó la cabeza pudo sentir el perfume de Sarah en su chaqueta estrujada y eso lo hizo sonreír.

En cuanto recobró la compostura y alzó la cabeza, pudo ver que Luke —el esposo de Mateo— saludaba a una muy avergonzada Sarah mientras le hablaba de cómo los niños amaban las canicas que les envió. Tiffany, la esposa de Brian, también aseguró que a su hija le encantaron y Charisma, la esposa de Cole, exclamaba lo maravillosa que era su joyería y cuánto había gustado en la reunión con sus amigas. Parecían mejores amigos.

De un momento a otro lograron quitarle a Sarah las piezas de su silla y se la llevaban hacia la casa como si él no existiera y fuera la razón por la que ella estaba allí. No obstante, cuando fueron a entrar, Sarah logró escapárseles y regresar junto a él. Sintió que el corazón se le entibiaba como lo estaría un pan recién sacado del horno y al cual le ponías mantequilla. El silencio reinó por unos minutos y todos tenían una sonrisa estúpida en sus rostros mientras los observaban.

—La silla... —Se percató del temblor en la voz de ella.

Él no tenía ni idea sobre qué hacer. Sabía que se comportaba como un niño, pero en realidad no deseaba que Sarah lo viera en ese instante tan vulnerable en donde era evidente que no podía mover sus piernas, pero tampoco deseaba que ella se sintiera tan intimidada con la silla. El único responsable de la lividez en el rostro de ella era él mismo. Mas antes de verse obligado a tomar una decisión, Mateo habló:

—No te preocupes. Lo dejaremos tan magullado como tú nos lo entregaste.

Sarah deslizó las manos por su vestido con disimulo como si con eso pudiera plancharlo. En realidad, ambos eran una calamidad andante, parecía como si acabaran de sorprenderlos en pleno acto sexual.

Varias risitas lo envolvieron y las parejas de sus amigos se llevaron a Sarah una vez más, quien, mientras caminaba, volteaba para observarlo. Los cuatro levantaron la mano para decirle adiós con una sonrisa plasmada en sus rostros.

—¿Qué diablos crees que haces? —dijo Mateo tan pronto no podían escucharlo. Parecía a punto de zarandearlo.

Mike, el asistente de Mateo comenzó a armar su silla mientras Cole y Bryan lo observaban con seriedad.

—Es una locura, lo sé.

Llevó las manos a las esquinas del asiento de la camioneta y se sostuvo de él con la cabeza baja.

—Necesitas ayuda para moverte y ella tiene que interiorizarlo.

Andrew era consciente de que alejaba a Sarah con cada día que pasaba, pues por no permitirle entrar en su rutina regular a ella se le hacía más difícil adaptarse. Pero disfrutaba de la autonomía que Sarah le ofrecía. Era revitalizante encontrar a alguien que de verdad pensaba que él podía desenvolverse por sí solo, si bien la presencia de Patrick en su hogar le recordara que solo era una ilusión.

—Sarah desaparecerá en unas semanas.

Sus tres amigos maldijeron al mismo tiempo y él sintió como si le enviaran miles de dagas a través de sus miradas.

—¿Por qué?

—Es obvio que hay algo entre los dos, no dejabas de mirarla en el restaurante —intervino Cole.

Se llevó la mano al cuello y se soltó el primer botón de la camisa al mismo tiempo que se aflojaba el nudo de la corbata. El resultado del examen de esperma no fue el esperado, aunque con solo unos ligeros cambios en su rutina lograrían que mejorara, pero otra vez se sentía deshonesto con Sarah.

—Solo... solo... —La frase era «la estoy ayudando», pero por algún motivo no pudo terminarla. No quería pensar en que ella solo lo usaba—. No la llames nena, ¿sí?

Poco a poco levantó la cabeza y se percató de cómo sus tres amigos intercambiaron una sonrisa ladeada entre sí. Fue un error hacer el viaje con Sarah, él lo sabía. No podía existir algo entre los dos, sin importar cómo él se sentía por ella.

—¿Quieres que le diga vieja y fea? —Guardó silencio ante el tono picarón de Mateo—. Dale una oportunidad, parece una buena mujer.

Negó con la cabeza, en tanto comenzaba a sentir un leve calentón en su rostro y el bombardeo ensordecedor de su corazón. Ellos no comprendían que Sarah solo estaba junto a él porque ella todavía pensaba que podía obtener algo a cambio. Se sentía acorralado.

—Tú no sabes cómo es ella, las cosas que hizo en la universidad.

Los rostros de sus amigos se cubrieron de una sombra de decepción que contrastaba con su desencajado gesto de sorpresa. Tal vez lo creían un arrogante.

—La mujer que yo acabo de ver no quería despegarse del Andrew tetrapléjico, no del que conoció quién sabe cuántos años atrás.

Él tomó impulso para hacer el traslado del asiento a la silla, cerró la puerta de la camioneta, puso el seguro y guardó la llave en el bolsillo interior de la chaqueta. Agradeció que sus amigos lo dejaran en paz luego de asegurarse de que todo estaba bien.

La casa estaba tal cual la recordaba: cubierta de tejas color gris y con las molduras en color blanco. Al entrar lo primero que encontró fue la escalera, la cual no representaría ningún problema para Mel si aceptara hacer la terapia. Buscó a Sarah con la mirada, si bien no la encontró. Estaba seguro de que las parejas de sus amigos la entretendrían por lo menos una hora.

Intentó llegar hasta el comedor, de donde le llegaba el sonido de las conversaciones apagadas, las risas silenciosas y los sollozos excesivos, pero tropezó con uno de los sillones y una figura cayó al suelo. Una ristra de puñetas se repitió en sus pensamientos mientras se doblaba para recoger el estropicio.

—Así que tú también formas parte del circo. Jamás te creí una serpiente ponzoñosa que ataca a traición.

Se enderezó con esfuerzo y se encontró con la mujer que había sido su mejor amiga durante los últimos años. Tenía la piel nívea, el cabello negro largo y lustroso y los labios rojos a pesar de no utilizar maquillaje. Vestía un suéter blanco y un pantalón de lino ancho, quizás con la intención de esconder la prótesis en la pierna derecha. Si no se equivocaba, Mel acababa de cumplir los treinta y, si era sincero consigo mismo, alguna vez —durante sus conversaciones que giraban en torno a regodearse en la negatividad— se imaginó junto a ella como si fueran una pareja. Ahora lo consideraba una estupidez. Eso que lo unía a Mel se sentía cada vez más lejano. ¿Acaso él había cambiado?

—Eres importante para mí. Por eso estoy aquí.

Ella extendió las manos para mostrarle las heridas en las muñecas y en su rostro apareció una sonrisa vacía. Él tragó con dificultad en tanto el corazón le golpeteaba en el pecho. Se sentía incómodo, y, a la vez, traicionero, como Mel lo acababa de describir.

—Puedes cumplir tu promesa: hagámoslo juntos.

Ella rompió en una carcajada cínica que le heló la sangre. Hasta entonces Andrew no había entendido lo delicado de la situación. Mel necesitaba con urgencia ayuda profesional, nada de lo que ellos le ofrecieran podría ayudarla. De un momento a otro se encontró rodeado de los demás, todos intentando ayudar a su manera, pero solo recibían comentarios mordaces y una furia dañina.

Después de una hora necesitó salir y tomar aire fresco. Su paciencia pendía de un hilo. Al cabo de un tiempo, no sabría decir cuánto, vio a Jay caminar hacia él. Contuvo el aliento. El prometido de su amiga —quien parecía haber envejecido al menos veinte años— se sentó en el sillón junto a él. Sabía que su deber era reconfortarlo, mas tenía las palabras atoradas en la garganta.

—Esto se terminó. —La voz de Jay estaba rota.

Andrew extendió el brazo, le colocó la mano en el hombro a Jay y le dio un fuerte apretón. Jay apoyó los brazos en los muslos y comenzó a sollozar. Él pestañeó y un par de lágrimas le salpicaron las mejillas. Tragó con dificultad, no obstante, la punzada en su pecho se tornó como un leve piquete al ver que Sarah se acercaba a ellos. Sin embargo, antes de que pudiera alcanzarlos, algo negro se atravesó en el medio y en segundos se abalanzó sobre él para abrazarlo. De inmediato reconoció el perfume dulce y los brazos delicados que lo rodeaban: Robin.

—¡Estás aquí! —Fue lo único que salió de su garganta.

Ella le dedicó una gran sonrisa mientras permanecía aferrada a su pecho, pero duró poco, pues los tres entraron en alerta al escuchar gritos provenientes del interior. Mel y su madre discutían.

—No entiendo por qué estás tan furiosa. ¡Estás viva! Deberías darle gracias a Dios.

—¡Eso me ayuda mucho, mamá!

Mel salió dando un portazo, aunque segundos después la puerta volvió a abrirse.

—¡Eres afortunada, jovencita, al menos no terminaste como uno de estos amigos tuyos!

—¡Vete al diablo!

La señora se giró en ese mismo instante y al ver a Jay su rostro reflejó una furia inconmensurable.

—¡Tú eres el único culpable! ¡Lárgate de una vez!

Jay se puso en pie y en silencio caminó hasta su automóvil, subió en él y se marchó. Robin se enderezó con una sonrisa serena en sus labios, Andrew todavía no salía del estupor ante la escena que acababa de presenciar. Entonces Robin tomó a la señora entre sus brazos y pretendió llevarla hacia el interior una vez más.

—¿Por qué no preparamos una taza de té y hablamos?

Cerca de tres enfermeros salieron de la casa, era probable que en busca de Mel, aunque en ese instante a Andrew le preocupaba más Jay.

—¡¿Y tú quién eres?! —exigió saber la madre de Mel en un tono despectivo.

—Soy Robin, la esposa de Andrew.

25

La brisa marina le golpeaba el rostro mientras hundía las manos en la arena y el agua helada le salpicaba los pies. El frío que lo dominaba era mordaz. Eran las seis y media de la mañana, Sarah y él acababan de regresar de Seattle y el silencio entre los dos comenzaba a formar una barrera que él sentía como un ladrillo sobre el pecho.

Ella había desaparecido de la casa y por más que la buscó no la pudo encontrar. Les preguntó a sus amigos y todos señalaron algún lugar inexistente, como si a Sarah se la hubiera tragado la tierra.

Para empeorar sus males, Robin no se había despegado de su lado. Insistía en cuestionarle si estaba bien, pretendió engullirlo cuando él tenía el estómago cerrado. Su desesperación era tal que terminó por no separarse ni un instante de Mateo. Era injusto hacerle algún reclamo a Robin, que siempre fue sobreprotectora con él, pero, al parecer, él ya no era el mismo hombre. Se preguntó si de verdad había cambiado o si se sentía así porque Sarah y Robin estaban en el mismo lugar.

Su exesposa se disculpó cuando él la confrontó al presentarse como lo hizo. Le dijo que solo quería evitar tener que dar explicaciones sobre su relación con Mel y Jay, pues los conocieron hacía cinco años cuando todavía estaban juntos. Él sabía que ella tenía razón, pero algo se revolvió en su pecho. Se sentía desleal con Sarah y ese era un sentimiento que le desagradaba.

—Yo solía surfear aquí.

Se exasperó consigo mismo. No comprendía por qué se lo dijo. Ni siquiera podía recorrer la costa por sí mismo, y entrar al agua estaba del todo descartado. Ahora ella creería que estaba estancado en el pasado.

Sarah giró el rostro, el cual tenía apoyado sobre las rodillas. Se veía exhausta, pues llevaba despierta más de veinticuatro horas y, aunque él le propuso quedarse en un hotel en Seattle, ella se negó. Se habría ofrecido a conducir, pero había dejado el control manual en el Tesla. Ella lo había tomado tan desprevenido que sus decisiones fueron a la ligera, y ese era un lujo que él no podía darse.

—¿Te gustaba? —Él asintió con cierta rigidez—. Entonces, ¿conoces cuán fuerte es la corriente?

—Solo tienes que estar al pendiente del horario de las mare...

Guardó silencio, pues ella agarró el teléfono y ni siquiera lo escuchaba. A pesar de la leve punzada de dolor, fue capaz de comprenderla. Surfear era algo que él ya no podía hacer. ¿Para qué hablar de ello? Esperó un minuto y luego un par más en tanto ella tecleaba sobre la pantalla, concentrada.

—¿Me disculpas un momento? —Sarah ni siquiera despegó los ojos del teléfono al decírselo.

—Sí... sí, claro. —Tuvo que aclararse la garganta para poder responder.

Ella se levantó sin prestarle mayor atención. Él la siguió con la mirada hasta que la perdió de vista. Entonces sus ojos permanecieron fijos en el ir y venir de las olas. Llevó las manos a los reposabrazos de la silla de playa y reajustó su postura.

Menos de un minuto después, dejó caer su torso y se masajeó la frente. El ardor en el rostro iba en aumento y el corazón le latía tan deprisa que se le dificultaba respirar con naturalidad.

Observó a un lado y luego al otro en tanto tragaba con dificultad y llevaba las manos a los botones de su camisa para soltarlos, pues sentía que se asfixiaba. Estaba aislado. Por completo solo. Y no había nadie a los alrededores que pudiera socorrerlo.

Pretendió impulsarse, pero las ruedas eran demasiado anchas y estaban alejadas de su cuerpo por lo que ni siquiera las alcanzaba. Para ese instante el pecho le subía y bajaba descompasado. Solo un pensamiento reinaba sobre los demás y era el hecho de que una ola podía golpearlo, voltear la silla y él terminaría ahogado.

Era un estúpido. Se preguntó cómo pudo confiar en Sarah cuando conocía tan bien la evidencia contra su persona. Gruñó. En sus brazos y abdomen alto sentía un contraste irritante de frío y calor a la vez que miles de agujas le traspasaban la piel. Ella lo vejó, mas solo él era el culpable.

Levantó el teléfono, si bien el temblor en las manos era tan violento que le costó una eternidad enviarle el pin de su ubicación a Patrick para que lo rescatara. No existía nada más humillante que tenderle la victoria a su asistente y darle la razón. En segundos recibió su respuesta donde le explicaba que tardaría una hora en llegar.

Después de alrededor de quince minutos durante los que estuvo seguro de que sufriría un infarto, volvió a ver que Sarah se acercaba. Estaba rodeada de tres jóvenes con los que conversaba y reía. Uno de ellos cargaba con una tabla de surfear. El furor le recorrió las venas. Tan pronto la tuviera frente a él terminaría con esa idiotez que los unía y le revocaría el acceso a su hogar. Jamás la volvería a ver y si ella se acercaba, llamaría a la policía.

—¡Eres una egoísta! —Cómo le gustaría poder gritar, pero sus pulmones no se lo permitían.

Hacía tanta fuerza con los puños que los nudillos se le palidecieron, además tenía el cuello tan tenso que el bombear de las venas era palpable. Sus palabras guturales se asemejaron al ladrido de un perro feroz.

Sarah se quedó helada frente a él con el rostro tan lívido que él creyó que se desvanecería. Los jóvenes que la acompañaban frenaron de golpe como si acabaran de encontrarse son un choque aparatoso.

—Lo sé. —El tono de voz de ella fue menos que un susurro en tanto le dedicaba una de esas sonrisas de indiferencia que él ya reconocía.

Se estremeció al escucharla. Imaginó que sus palabras la hirieron y un sabor amargo y pútrido se adueñó de su boca. Sus acusaciones no eran ciertas. Bajó la cabeza y se estrujó el rostro. Recordó las veces en que azotó a Robin solo con palabras, por lo que fue fácil reconocer el dolor en la mirada de Sarah, mas no por ello fue sencillo aceptar que se había equivocado. Sin importar las acciones de ella. Extendió la mano, aunque la dejó caer. Para ese instante los jóvenes se habían retirado unos pasos para darles privacidad.

—Yo... yo... Me asusté. Perdóname. —La voz le temblaba al igual que el resto de su cuerpo.

Ella negó mientras él percibía cómo se le dificultaba tragar.

—No hay razón para disculparte, lo que dijiste es verdad. —La voz de ella todavía estaba inestable.

Él cerró los ojos y deseó poder regresar en el tiempo y jamás haberlas dicho.

Sarah le extendió una camisa de neopreno con resquemor. Y allí, frente a todos, se quitó el vestido rojo para balancearse en los pies y colocarse un diminuto traje del mismo material. Él se percató de que ninguno de los jóvenes perdía detalle del espectáculo: vio cómo sus pupilas se dilataban a la vez que separaban los labios como si estuvieran dispuestos a darse un festín. Se pensó el hombre más estúpido del mundo por tenerla entre sus brazos durante dos semanas y no hacerla sentir como una reina desde la primera vez. Se preguntó si acaso ese instante no podía ser peor. Dejó la prenda sobre su regazo y se concentró en la mujer frente a él.

—¿Qué pretendes?

Ella le dedicó una sonrisa apagada y le señaló la camisa.

—¿Quieres ponértela?

No tuvo más remedio que cooperar y tragarse el orgullo. En ese momento era tan dócil como un cachorro que tenía muy presente que había hecho enfadar a su dueño. En cuanto terminó —largos minutos después—, Sarah le dio la espalda y los jóvenes se acercaron.

—Vamos a meterlo al agua.

Asintió con rigidez y comprobó que ese instante era ruin. Entre dos de los jóvenes lo levantaron en brazos y lo llevaron hasta el agua helada. El tercer joven se acercó con una tabla amarilla horrible y él se impulsó hasta subir a ella. Ellos le acomodaron las piernas y alinearon su cuerpo. La sensación era peor a cuando atravesaba la seguridad del aeropuerto, si bien él guardó silencio. Temía que Sarah huyera y lo dejara allí.

Después de cinco años volvía a estar sobre una tabla de surf. Había oído hablar sobre el programa adaptado que ofrecía el pueblo, pero jamás le interesó hacer uso de él. Sarah acababa de abofetear y usurpar su autonomía. Sentía el rostro abrasado de furia y la sangre bullendo en sus venas, si bien el frío que lo envolvía era asfixiante como si tuviera cinco años muerto. Tenía que hablar con Sarah, pero no lo haría frente a unos desconocidos.

Solo cuando uno de los jóvenes la llamó para que entrara, ella giró y tambaleante se metió al agua hasta alcanzar la tabla donde él se encontraba y sujetarse. Allí lo empujó océano adentro hasta que el agua la cubrió hasta el pecho.

Él se sentía enfermo, como si estuviera a punto de devolver ante el cúmulo de emociones que lo recorría. Sabía que debía sentirse agradecido, pero no lo hacía. Estar rodeado de esos jóvenes solo conseguía que fuera consciente de sí mismo. Cualquiera de ellos podría abrazar a Sarah y prometerle protegerla del ogro cascarrabias cuando ella lo único que pretendía era tener un gesto bonito con él.

Sin embargo, después de solo minutos apreció la quietud y el vaivén que podía experimentar en los brazos, disfrutó de la frialdad del agua. Por primera vez en mucho tiempo se sintió libre. Tragó con dificultad. Se preguntó cómo era posible pasar de un extremo al otro de las emociones, como si el gris no existiera: solo el blanco y el negro.

Contempló un largo tiempo a la mujer que tenía a solo centímetros de sí. Ella lo mimó en la misma medida que lo decepcionó... Esa mujer —con todas sus imperfecciones— se había escabullido hasta su corazón. Y esa era una revelación aterradora.

Sarah levantó la mano hasta su rostro y comenzó a estrujarse la piel con cierta manía, como si con eso consiguiera algún cambio estético. Maldito fuera por ser tan superficial y fijarse en las líneas de sus ojos y hacerla sentir poco sensual cuando era evidente que ¡estaba equivocado! Tan solo se había dejado dominar por el miedo al cambio que ella representaba.

—¿Cómo supiste que era tetrapléjico?

Se agarró de los laterales de la tabla con firmeza como si enfrentaran un remolino invisible. Tenía la respiración alterada. Ni él mismo podía creer que esa pregunta abandonara sus labios. En realidad, no le importaba la contestación, pero le ayudaba a encontrar la respuesta que tanto anhelaba, esa que incluso Robin le negó.

—En la reunión de exalumnos. —Él reconoció la precaución que se filtró a través de las palabras de Sarah. Ella lo ojeó, por un segundo, antes de volver a perder la mirada en el horizonte.

Los jóvenes los rodearon, agarraron la tabla cuando la ola se acercaba y lo sujetaron. Cuando llegó, el agua levantó la tabla y él sintió el impulso. El viento helado le golpeó el rostro y las diminutas gotas salpicaron su piel. En sus labios tenía el regusto salado del mar. Los latidos del corazón se le aceleraron por el golpe de adrenalina. Ansió gritar, reír, y levantar los brazos al aire, aunque logró contenerse.

Volvió a contemplar a la mujer frente a sí y le pareció distinguir cierto brillo en su oscura mirada, si bien se mantenía rígida e impasible. Tan indiferente que la frialdad del agua se podría describir como abrasadora.

—¿Tú fuiste a la reunión? —Sarah levantó un hombro y lo dejó caer. En ese instante el océano retrocedía—. ¿Sentiste algo?

—Compasión, aunque...

—Se te olvidó. —Terminó él por ella a la vez que se percataba del leve rosado en sus mejillas.

—Lo siento. —Su tono de voz era un susurro.

Él negó en tanto sus labios permanecían apretados en una línea recta. Ya desearía él que los que lo rodeaban comprendieran que no era un hombre *en* silla de ruedas sino uno que *usaba* una silla. La misma Sarah había cometido el error de confundir los términos ese día. Ella le arrebató su poder de decisión como haría cualquier padre con su hijo.

—Las personas que me rodean no lo olvidan. ¿Y lo de mi divorcio?

—En el museo de la casa Flavel. —La voz de ella era cada vez más baja.

Él asintió a la vez que una nueva ola lo golpeaba. Echó la cabeza a un lado y luego hacia atrás cuando el cabello se le escurrió por los ojos. Disimuló la sonrisa cuando un gemido quedo escapó de la garganta de ella, olvidándose de su indiferencia. Se preguntó por qué Sarah sí sentía deseo por él y Robin no. Aunque no era competencia a la siguiente pregunta que se hacía: ¿por qué Robin lo amaba y Sarah no?

Sin saberlo sus vidas habían estado entrecruzadas y, sin embargo, no se encontraron hasta hacía casi un mes. Dudaba sobre qué era mejor, haber desconocido la presencia de Sarah durante ese tiempo o que ella hubiera forzado su reaparición.

—¿Te postulaste para directora?

Ella le dedicó una de esas sonrisas extrañas mientras mantenía la mirada perdida en el horizonte.

—Robin es una excelente directora. Sus pinturas son aclamadas a nivel mundial, en cambio, mi arte solo se conoce aquí, en Cannon Beach.

Sarah volvió a esquivar que la atención estuviera en ella y su trabajo. Tal vez creía que él la juzgaría por desear un puesto importante. No obstante, pasaron casi diecisiete años de lo sucedido y él había atisbado la sublimidad de su arte. Intuía que como directora conseguiría que el arte en cristal fuera reconocido a nivel mundial. Había causado un gran revuelo en la universidad con los zapatos y él sabía que todavía se comentaba el proyecto en el lugar.

—Y en Stanford.

26

Sarah sonrió con la mandíbula apretada. Andrew la llevaba a ese momento una y otra y otra vez. Si tan solo la confrontara y le exigiera lo que fuera que él deseaba saber. El profesor Brown y la profesora Miller eran sus mentores y su error fue intentar ser más inteligente que ellos.

Regresó su atención a Andrew porque él no dejaba de observarla. Sin que se lo dijera, ella sabía que estar dentro del agua era un error. No le correspondía tomarse tantas libertades con él.

Era muy probable que el viaje a Seattle la hubiera afectado. Había hecho bien al dar la vuelta cuando Andrew recibió la llamada, pero cuanto más se acercaba a su camioneta más difícil se le hizo alejarse. En aquel instante no se comprendía a sí misma, lo único que pasaba por su cabeza bajo el helado aguacero era que ese hombre había estado ahí para ella, y, por tanto, no podía aparentar indiferencia.

El viaje había sido un tanto estrambótico. Era consciente de que la conversación entre los dos no fue apropiada para la situación que él vivía, mas parecía que la situación de esa chica lo afectó de sobremanera y ella pretendió distraerlo hasta el momento en que tuviera que enfrentarlo.

Ni siquiera se permitía pensar en cómo la chaqueta de él la abrazó a lo largo del camino o el terror que la hizo entrar en pánico al encontrarse con la silla hecha pedazos. Ni mucho menos en que, cuando Robin apareció, ella se escondió para que Andrew no se viera en la necesidad de dar explicaciones innecesarias, como si lo que hicieran fuera algo ilícito y no la decisión de dos adultos libres.

—¡¿Qué?! —No pudo ocultar el tinte de reproche en su tono de voz.

Una sonrisa disimulada apareció en los labios de él. En los últimos días aparecían demasiado de esas y la sensación que le provocaban a ella se almacenaba junto a los demás gestos en los que se prohibía pensar.

—No lo sé...

Se llevó la mano derecha al pendiente en tanto mantenía la mirada en todos los lugares menos en el hombre que tenía a solo centímetros de ella.

—¿Qué no sabes?

—Tú... A ti...

A pesar del frío que la dominaba, hasta ese instante no se había estremecido. No quería que Andrew la analizara y pretendiera comprenderla para entonces excusarla. Quería que él la juzgara hasta el instante en que desaparecería de su vida. Todo sería mucho más sencillo así.

—¿El agua te está haciendo daño? Porque jamás sueles tartamudear.

Él le dedicó otra de esas sonrisas y ella imitó su gesto, aunque de inmediato negó con la cabeza y volvió a mostrarse serena e imperturbable, si bien cierta ligereza se le apoderó de la cabeza. Agradeció tener la tabla de surf como apoyo.

—El agua está deliciosa.

Su risa se mezcló con un resoplido poco femenino y sensual, más bien parecido al de una hiena. En tanto, los chicos de la tienda de surf continuaban acercándose cada vez que una ola lo hacía y sostenían la tabla. En cada ocasión en que el agua golpeaba a Andrew, sus azulados ojos resplandecían, si bien ella era consciente de la rigidez en sus hombros. Él en realidad no deseaba estar ahí, aunque ella no comprendía por qué no se negó.

—¡Está helada!

Y, sin embargo, no podría verse más guapo. Los músculos de sus brazos se tensaban y relajaban en una coreografía con el océano. El cabello claro y enmarañado por el agua le caía sobre la frente y las sienes en mechones perfectos, la arena se esparcía en su rostro como motas doradas que le iluminaban la piel y hacían resaltar el azul de sus pupilas.

Sobre esa tabla era solo Andrew Beaufort, sin etiquetas. Deseó que la orilla estuviera atestada de personas que lo observaran en ese instante para que lo admiraran igual que ella lo hacía. No porque lo considerara extraordinario, mas bien lo contrario.

—Eso es porque estás acostumbrada a jugar en la arena. —Ella volvió a reír. El vidrio se formaba al llevar la arena a grandes temperaturas, así que él tenía razón—. Tú... Olvidas la silla.

La risa cesó al instante y un estremecimiento atroz la recorrió de la cabeza a los pies.

—Yo... no... —El labio inferior le tiritaba.

—¿Podemos hablar de eso? Lo necesito.

Se preguntó por qué necesitaba hablarlo con ella. Robin debió darle una respuesta mucho más satisfactoria de lo que ella jamás podría. ¿Qué sabía ella de sillas de ruedas, pernos o tornillos? Ni siquiera había podido armarla. Creaba esculturas de cristal con metros de diámetro, de cualquier forma que un cliente le pidiera. No obstante, le fue imposible entender cómo funcionaba el armazón.

—Ok. —Su voz fue más pequeña que un susurro.

No obstante, por unos minutos, solo se escuchó el ir y venir de las olas y cómo rompían en la orilla. Incluso se alcanzó a oír el canto de una gaviota.

—No lo sé poner en palabras. —Andrew hizo una pausa y la observó como si necesitara que lo ayudara a hablar, mas ella permaneció con los labios apretados—. En realidad, no es que lo olvides o seas inconsciente porque me he fijado en cómo me miras cuando se me dificulta entrar a un lugar y...

—Lo siento.

Él negó con vehemencia. La miríada de emociones que reflejaban sus ojos conseguían intimidarla.

—¡No! Tú... —Él volvió a hacer silencio como si le costara concentrarse, algo que era ajeno a su carácter—. ¿Sabes esa frase tan gastada en donde elogian a la mujer que ama al hombre que *está* en silla de ruedas?

Ella negó con la cabeza, no tenía ni idea a qué él se refería. Andrew era la primera persona discapacitada con la que ella tenía contacto.

—No.

Él asintió, negó y resopló. La inseguridad comenzó a apoderarse de ella. Esa era una conversación que no se creía capaz de comprender o entablar.

—Dice... —La voz de Andrew falló—: «Ella es tan maravillosa porque es capaz de ignorar que él *está* en una silla de ruedas». Pero ¿sabes? —La mandíbula se le desencajó antes de vociferar—: ¡Soy un maldito discapacitado que usa la silla para moverse!

Ella extendió los dedos con dudas hasta que chocó con los de él. Andrew entrelazó sus meñiques y ella creyó que algo cálido intentaba envolverla, mas era experta en la emoción que lo dominaba a él en ese instante: impotencia. La mirada de él volvió a encontrar la suya y Andrew continuó:

—Sin ella estaría atado a una cama. Si la eliminas de la ecuación en la que me convertí, entonces también me invalidas a mí, y tú no haces eso.

Ella ni siquiera intentó responder pues era consciente de que le sería imposible. Andrew no podía creer eso en realidad. La silla la asustaba, era muy consciente en todo momento de aquel pedazo de metal y tela.

Ni siquiera cuando los chicos de la tienda de surf les dijeron que se retirarían porque ellos no estaban interesados en la actividad, ella pudo hablar. Después de largos minutos en que sus miradas permanecieron conectadas, Andrew insistió:

—Sarah...

—Es que no sé qué decirte.

La voz de ella era apenas audible, como si las olas se la hubieran robado junto con su capacidad de racionalizar porque en ese instante la dominaba su cuerpo, corazón y alma, el raciocinio había desaparecido. Su respiración se tornó ligera y rápida. En su mente se formaban palabras, pero se volvían un trabalenguas si intentaba hablar. Pensó que había sido una muy mala idea ir al océano ese día. La situación con la amiga de Andrew estaba cercana y la herida todavía escocía. Era evidente que él se sentiría así de melancólico y filosófico. Y el ambiente no ayudaba, pues el océano siempre instigaba a la retrospección.

Andrew la observó y ella creyó reconocer un destello de desilusión en su mirada. Por unos instantes se cubrió la garganta en un intento de darle calor con sus heladas manos y así obligar a las palabras florecer.

—Eres tú: Andrew Beaufort. Que ahora uses silla, y antes no, es irrelevante porque sigues siendo tú, con tus comentarios agudos, pero igual de deseable que antes. Eso no va a cambiar porque ahora estés sentado. —Solo divagaba lo sabía y para empeorar la situación no pensó antes de decir—: Me aterra.

La garganta de él se movió con brusquedad y su piel palideció en segundos.

—¿Qué te aterra? —Ella guardó silencio—. ¿La silla?

Ella negó en repetidas ocasiones mientras bajaba la cabeza y también se le dificultaba tragar. Tenía que callarse. Se preguntó por qué Andrew insistía en hablar sobre eso.

—No debí decirlo.

Cerró los ojos al sentir los dedos húmedos de él sobre su mentón y cómo se lo alzaba con delicadeza.

—Gracias por decírmelo. —Ella contuvo el aliento y a pesar del frío que la dominaba pudo sentir el calor en sus mejillas. Él le deslizó los dedos por ellas como si intentara robar su reacción—. Yo me ocupo de la silla.

Ella se apresuró a añadir:

—Jamás quise decir que no eras independiente.

Fue testigo de cómo él agarró aire como si de pronto el oxígeno hubiera dejado de existir a su alrededor para de inmediato soltarlo como si le quemara el pecho.

—Mi realidad es que por más que he aprendido a manejar mi vida en casi todos los aspectos, siempre voy a depender de que alguien me empuje.

Ella se sintió como si acabara de caer en una poza con agua estancada por meses. Un nudo le atenazaba la garganta y el corazón le golpeaba contra el pecho como si le reclamara sus actitudes.

—Soy una persona terrible, lo sé.

Él negó con convicción.

—¿Por qué? ¿Por tratarme como un adulto y decirme lo que sientes?

Los ojos se le humedecieron. Por eso no quería tener esa conversación. Todavía pretendía que eso que existía entre ellos fuera superficial, sin querer reconocer que dejó de serlo desde el mismo instante en que le pidió un bebé.

—Pero lo que siento es espantoso.

Ella necesitaba un poco de misericordia, mas en la mirada de Andrew no existía nada parecido. Él mantenía los labios apretados y la expresión sombría.

—¿También te incomodan los episodios de disreflexia? ¿Los espasmos? ¿Cuándo estás arriba de mí piensas en qué horrible es tener que hacerlo en la silla?

—Es diferente. —Ante la inmensidad que la rodeaba se sintió insignificante, si bien antes de que comenzaran a hablar se creía parte de todo.

—¿Por qué es diferente?

A ella el pecho le subía y bajaba descompasado ante la intransigencia de él.

—Porque tú estás en control.

Andrew sonrió, si bien su mandíbula estaba apretada, sus hombros, tensos y las venas en su cuello formaban bultos que latían frenéticos.

—La verdad es que fuera de ella me siento vulnerable.

Ella suplicó poder desaparecer. Con esas palabras Andrew confirmaba el craso error que cometió al dejarlo solo frente al océano y presionarlo para hacer una actividad que él no le había pedido. Era un desastre de persona que solo era capaz de pensar en sí misma. Se convenció de que sería una mamá terrible, incapaz de cuidar a su bebé, y el que Andrew no eyaculara a pesar de los estímulos era la señal del universo de que ella no estaba hecha para cuidar de nadie.

—¿Por eso no quieres que vea como subes y bajas de la silla? —Para ese instante tenía los ojos humedecidos y su voz era rasposa.

Y fue en ese instante en que llegó la estaca final:

—Esta es la única vez en que te permitiré que me conviertas en vulnerable. —El tono de voz de él fue zafio y autoritario.

Una lágrima se le deslizó por el rostro, aunque se confundió con las gotas de agua que se le escurrían. Estaba segura de que todo había terminado y el hueco en su pecho era una vorágine que la consumía.

—Tú estuviste ahí cuando estuve desamparada. —Él asintió con reticencia y la forma en que la miraba le provocaba a ella una hoguera en su interior—. ¿Somos amigos, Andrew?

—Nunca te pensé una.

27

El aire abandonó sus pulmones a la vez que sentía que algo se desgarraba en su interior, mas antes de que pudiera alejarse, Andrew la rodeó con un brazo y con la otra mano la sujetó de la nuca. Por primera vez quiso resistirse a estar cerca de él, pero su fuerza se lo impedía.

Él la mantenía donde deseaba, sin ningún tipo de escapatoria. Se preguntó si de verdad las personas lo creían diferente porque en esos instantes la débil era ella. Con él siempre lo era. Una vez más, se reafirmaba en que la silla de ruedas solo era su medio de transporte. Él se decía vulnerable, pero ella lo creía imposible.

Contuvo el aliento al creer que él la besaría como un tren descarrilado, pero los labios de Andrew tocaron los de ella y permanecieron inmóviles haciéndole creer que él solo la besaba por compasión ante la conversación que acababan de tener.

Se mantuvo estoica y fue cuando sintió el ligero beso en su labio superior y unos segundos después en el inferior. Entonces él le lamió los labios como si la sal en ellos fuera un manjar. Ella los entreabrió a la misma vez que cerraba los ojos y buscaba apoyo en aquellos brazos que la sostenían con firmeza.

El cálido aliento masculino le ofreció la tibieza que sus labios carecían. Sus lenguas se encontraron como soldados que deponían sus armas en medio del campo de batalla, proclamando la paz en tiempos difíciles.

Allí en medio del océano Pacífico eran solo dos personas que compartían la caricia más íntima, sin ninguna otra etiqueta de las tantas que sabía que existían entre los dos.

Ella se sentía tambaleante y desorientada mientras el sabor de uno se confundía con el otro y sus lenguas subían y bajaban como el vaivén de las olas. El brazo familiar la tomó de la cintura, ciñéndosela, a la vez que la levantaba para acercarla más a él. Gimió y el gruñido masculino le permitió inspirar a la vez que ladeaba la cabeza. No había prisa, con Andrew nunca existía, y la incertidumbre continuó profundizando sus raíces. Ella jamás se permitiría pensar si ese beso tenía algún otro significado que el que ya le había adjudicado.

No obstante, abrió los ojos de golpe cuando él le pasó los pulgares por la garganta. Se obligó a permanecer serena a pesar de los latidos furiosos de su corazón. Él le contemplaba el cuello en tanto le deslizaba los dedos en una caricia que intentaba entibiarle el alma por su significado: Andrew la tocaba allí donde ella descubrió que él se volvía loco de placer.

Los conflictivos ojos azules volvieron a encontrar los de ella. Todavía podía percibir el calor en sus mejillas además del deseo de desaparecer. Se sintió perdida.

Todos esos años guardó la esperanza de que, en aquellos días, Andrew la ayudó porque la consideraba una amiga. No una de las mejores o más cercanas, pero sí algo más que una conocida porque eso significaría que él la ayudó por algo más que conmiseración.

No obstante, se cuestionó cuándo la vida le mostró a ella misericordia. La realidad era que Andrew jamás la vio como algo más que un desastre y ella, tan ilusa, recurrió a él una vez más para suplicarle por un bebé. Sí, se reafirmó en que solo deseaba desaparecer, evitarse la vergüenza tal y como él le advirtió al reencontrarse. Tuvo que forzarse a decir:

—Será mejor que salgamos.

No le dio tiempo a él de responder pues giró y le hizo señas a los chicos de la tienda de surf, quienes esperaban en la orilla. No fue hasta que ellos se acercaron que ella soltó la tabla y se alejó del agua, aunque salir fue como si tuviera la cintura rodeada de plomo y ella fuera solo una masa deforme de vidrio.

Se abrazó a sí misma cuando la brisa marina la envolvió con su gelidez. El suave arrullo de las olas ahora le parecía un golpeteo incesante o, tal vez, ese ruido estaba instalado en sus oídos. Solo ella era la responsable de lo que sucedía; se había desesperado y ahora pagaba las consecuencias de sus errores.

Se mantuvo estática, de espalda al agua, y con los ojos cerrados mientras Andrew subía a la silla. Era ridícula, lo sabía. Escuchó cuando los jóvenes se marcharon, tomó una bocanada de aire y la soltó con lentitud, pretendiendo mantenerse serena como si no se hubiera percatado de que Andrew esperaba por ella. Solo le daba tiempo a... a... no sabía a qué, mas los dos necesitaban ese espacio.

En cuanto giró el corazón se le cimbró en el pecho a la vez que sentía cierta ligereza en la cabeza. Andrew saludaba y le sonreía a Robin, quien le respondía con un gesto resplandeciente mientras se acercaba.

La vio llegar con la piel lozana, el brillo de la juventud en la mirada, unas piernas torneadas y el cuerpo esbelto. Lucía una blusa de manga larga color azul cielo —tenía cuatro botones abiertos por lo que el contorno de sus túrgidos senos era visible— y unos pantalones cortos que terminaban justo en sus caderas. El conjunto le quedaba espectacular y todo estaba en su lugar.

Y ella, en cambio, parecía una gallina desplumada, por lo que reajustó su postura al cuadrar los hombros y pegó los brazos al cuerpo tanto como pudo, por lo que sus senos se levantaron unos milímetros. Se mordió los labios en tres ocasiones para que parecieran más abultados y se quedó estática, pues si intentaba moverse parecería un robot.

En tanto ellos platicaban con placidez, no le pasó desapercibida esa especie de complicidad de una pareja que en algún momento fue un matrimonio. Aunque frunció el ceño cuando Robin pretendió subir al regazo de Andrew y este la detuvo.

Ella sonrió de esa forma extraña en que lo hacía cuando la recién llegada levantó la cabeza de golpe y fijó la mirada en ella. Entonces fue consciente de que Robin sumaba uno más uno en su cabeza. Después de todo, Andrew y ella estaban mojados y utilizaban ropa de neopreno. Justo esa era la situación en la que ella no quería verse involucrada.

No obstante, Robin parecía estar demasiado presente en su vida en los últimos días. En ese instante, fue testigo de cómo la mujer se colocó detrás de Andrew y lo empujó con soltura y maestría para acercarse. Ella, por su parte, esa misma mañana, hizo un mal movimiento y la silla estuvo a punto de voltearse, si bien Andrew no le hizo ningún comentario.

—Sarah, ella es Robbie, mi exesposa.

—Sí, se quién es. Hola, Robin —lo dijo con los brazos cada vez más apretados a su torso.

—Andrew, querido, nos conocemos. —El tono de Robin fue jovial y sereno. Como el de una mujer que está segura del lugar que ocupa junto al hombre que ama.

Suspiró en agradecimiento porque Robin no le extendió la mano para saludarla. Sin embargo, Andrew entrecerró los ojos y tenía los labios apretados en ese puchero que ella conocía bien. Toda la concentración de él estaba puesta sobre ella.

—¿Qué carajos te pasa?

—Nada.

Levantó un hombro y lo dejó caer, mas por ningún motivo despegó los brazos del torso. No le pasó desapercibido el instante en que Robin se cubrió los labios para ocultar una sonrisa conocedora.

—Andrew, no seas grosero. Estoy segura de que Sarah solo quiere que todo esté donde debe estar.

Otra vez deseó que la arena tibia bajo sus pies se convirtiera en movediza y que se la tragara. Y más cuando el gesto en la boca de Andrew se acrecentó. Con la mirada puesta en ella dijo:

—Aparte de los pantys, a ella no se le ha caído nada.

Ella se cubrió la garganta para ocultar cómo se le dificultó tragar. Ambas se observaron como si lo hicieran por primera vez. Solo entonces comprendió que Andrew no las presentaba porque había olvidado que se conocían, sino que lo que en realidad hacía era patentar la existencia de la una a la otra.

Robin, que perdió el color en el rostro, parecía una estatua de sal. En tanto, Sarah bajaba la cabeza; él acababa de romperle el corazón a la mujer que amaba sin ninguna necesidad. Ella hubiera preferido permanecer en el anonimato. Además, desaparecería en unos días, con bebé o sin él. Sin embargo, eso no impidió que un cosquilleo tibio le colmara el corazón. Sonrió a la vez que la respiración se le alteraba y los ojos se le humedecían. Sin saberlo, Andrew subió un peldaño más en su escalera de admiración. Suspiró. Andrew era, sin lugar a duda, el primer hombre honesto en su vida.

Vio como Robin negó con la cabeza como si se obligara a despertar de una pesadilla. Toda la dulzura y calidez que la envolvía se borró de un plumazo.

—Andrew, ¿acaso tienes el cabello mojado? ¿Te metiste al océano?

Robin le hundió los dedos en el cabello a él y apretó los labios en un mohín. Entonces regresó su atención a ella y la furia que le dirigía sería capaz de incinerarla en segundos.

—¡Eres una inconsciente! ¡Pudiste matarlo!

Sarah contuvo el aliento y el corazón se le cimbró en el pecho a la vez que un estremecimiento atroz le recorrió las venas. Ojeó a Andrew, quien se sujetó de los aros en la silla hasta que los nudillos se le palidecieron.

—Estás fuera de lugar, Robbie.

Se percató que el tono de voz de Andrew era cortante y hasta podría creer que de advertencia, algo de lo que debía estar equivocada. Robin se paró frente a él con ojos acusadores y los puños apoyados con firmeza en las caderas. Los ojos le tiritaban como si le fuera imposible dominarse.

Sarah tragó con dificultad al sentir que el estómago se le revolvía y que una explosión de energía la dominaba, aunque no de forma positiva. Le molestaban los reclamos de Robin hacia Andrew.

—¿Puedes decirle si estás a punto de una hipotermia? Eso sin contar con que la corriente pudo haberte arrastrado. ¡Y tú no hubieras podido hacer nada! ¡Hay que ser una tarada para hacer algo así!

La posición de Robin era encrespada como la de un gallo y agrandada como la de una madre que desde lo alto regañaba a un hijo. Esa actitud solo consiguió que el interior de Sarah bullera con impaciencia y frenesí. Antes de actuar de manera inapropiada se apresuró a decir:

—Tengo que entregar la tabla de surf. Tan pronto regrese, te llevaré a casa, Andrew.

No esperó contestación alguna. Sabía que Robin tenía razón y por eso se contuvo de una gran reacción. Además, a Andrew no le agrado el gesto. Cuando ella era pequeña le gustaban los dulces de gomitas y, aunque a veces la añoranza la embargaba, no era algo que comiera de adulta. Toda la mañana había sido un error... No, los últimos días habían sido un error.

Corrió por la orilla de ida y regresó al percatarse de que una vez más dejó solo a Andrew cuando él fue muy severo en reclamárselo solo una hora antes. En sus pensamientos solo reinaba una pregunta: ¿Y así quieres ser madre?

No obstante, al llegar Andrew y Robin ya no estaban. Creyó que era lo mejor. No tenía dudas de que ellos se reconciliarían y Andrew no tendría que lidiar más con alguien a quien ni siquiera pensaba como una amiga.

Sí, se reafirmó en que eso era lo mejor. Se limpió aprisa la lágrima que se le resbaló por la mejilla. Ese era el final. Andrew incluso le evitó el encontrar la forma de despedirse. Se llevó la mano derecha a los labios y dejó sobre ella un beso. No le guardaba ningún tipo de resentimiento, al contrario, Andrew siempre brillaría para ella porque, a pesar de ser ella quien se lo había pedido, intentó darle un bebé.

—Gracias, por tanto, guapo.

28

Andrew se estrujó el rostro una y otra vez. Acababa de llegar a la casa y ya se había reacomodado en la silla decenas de veces, si bien era consciente de que no tenía la postura incorrecta. Si Robin no lo persiguiera como su sombra ya habría intentado subir la colina al menos en dos ocasiones. Su interior era un vórtice y se sentía fuera de control.

Su exesposa lo había empujado fuera de la playa y exigido que subiera a la silla de ruedas para llevarlo a casa. Ella se escudó en la excusa de que sufriría de una neumonía si no se deshacía de la ropa mojada con celeridad. Fue la segunda vez en ese día en que le arrebataron su autonomía en nombre de un supuesto bien mayor. Y, sin embargo, el furor que le recorrió las venas cuando fue Sarah quien lo hizo quedó en el olvido. Para ella todo lo que concernía su discapacidad era nuevo y tenía mucho que aprender. En sus pensamientos la disculpaba, mas no así a Robin.

Además, no comprendía cómo o por qué llegó a la playa en el instante justo en que Sarah lo acompañaba. Y estaba seguro de que su presencia no era casualidad.

Echó la cabeza atrás al sentir las manos de ella sobre su mentón. Estaba desnuda, aunque él posó la mirada en aquellos ojos avellanados que una vez amó.

Robin se inclinó y le besó los labios, en tanto él mantenía las manos aferradas a los aros impulsadores y la boca apretada en una línea recta. Ella le dedicó una sonrisa sensual a la vez que contoneaba el cuerpo en un vaivén remiso. También se percató de la danza de terror, mezclada con angustia y, hasta cierto punto, aversión en el semblante de ella.

—¿Qué haces? —Su propio tono de voz era tosco.

—¿No es obvio?

Robin quiso deslizarle las manos por detrás de las orejas y acariciárselas, pero él se sujetó de los aros y se alejó en un movimiento rápido.

—Creo que tendrás que explicármelo.

—Es un perfecto día de verano y hace calor... Pensé que tal vez podríamos tomar un baño juntos. Recuerdo cuán vehemente eras en eso de conservar el agua.

Volvió a sonreírle y los pensamientos de él se plagaron de cientos de imágenes de lo que Robin acababa de mencionar. No obstante, también estaban las incontables ocasiones en que él quiso hacerle el amor a la mujer que amaba y ella lo rechazó sin ninguna explicación para entonces acostarse con su asistente en su propia casa mientras él los escuchaba y el corazón se le quebrantaba, a la par que justificaba el desliz de Robin con su discapacidad.

—¿Justo ahora lo quieres?

Ella ladeó la cabeza, en sus labios una sonrisa triunfadora en tanto se llevaba las manos bajo los diminutos senos y los acunaba. En el pasado, ese gesto conseguía que él actuara como una bestia lujuriosa mientras la embestía y ella reía a carcajadas, pero en ese instante solo logró que él se alejara más.

—¿Te queda alguna duda?

Él le sostuvo la mirada mientras apretaba cada vez más los labios.

—En este instante no estoy disponible.

Fue testigo de cómo el entendimiento de sus acciones cubría a Robin como un cuentagotas. La sonrisa permaneció en sus labios por un instante como si estuviera congelada hasta que se borró de repente. Ella entrecerró los ojos.

—¿Me quieres decir que estás en una relación con esa?

—Sarah y yo tenemos sexo sin protección y ella es una mujer saludable. Es mi responsabilidad que continúe así.

Y él lo vio, fue efímero, pero estuvo allí, el leve sonrojar de las mejillas de Robin a la vez que la mirada se le opacó por unos minutos ante el terror de saberse descubierta. Mas todo fue sustituido por la indignación ante lo que implicaban las palabras de él.

Sintió su pecho oprimido. Jamás se imaginó encontrarse en esa situación. Acababa de anteponer Sarah a Robin.

—¿Me acusas de tener una enfermedad de transmisión sexual? ¡Fuimos nuestros primeros!

Él se mantuvo con la postura tan derecha como su cuerpo se lo permitía, sin embargo, tenía los ojos relajados y su expresión serena. No le guardaba ningún rencor a Robin, lo acompañó desde que fueron muy jóvenes. Eran almas gemelas... y no fue suficiente. Ahora comprendía que el amor, en realidad, era un compromiso.

—Pero no los últimos. Durante cinco años no estuve con ninguna mujer, pero no así en los últimos meses. ¿Tú me puedes decir lo mismo?

Prefería volver a discutir con Sarah como lo había hecho esa mañana. Era consciente de que la trató con irracionalidad, pero no había estado preparado para las respuestas que recibió. Sin embargo, Sarah fue honesta con él —justo lo que él deseaba— y en ese instante Robin no lo era. Y todo porque su forma de amar era ocultar todo aquello que provocara dolor, pero él se cuestionaba cómo se podría crear intimidad así.

—¡Las tetas le llegan al ombligo!

Él se masajeó las muñecas en un intento de darse alivio, pues sentía el fuego en el rostro, señal de que la presión arterial le comenzaba a subir. Robin no tenía motivo para estallar en insultos contra Sarah. Ninguno de los dos lastimaba a otras personas.

—No es de tu incumbencia.

Robin levantó los brazos. Tenía los ojos desorbitados y el rostro rojo de furia. Parecía un chihuahua iracundo que no paraba de ladrar y gruñir.

—¡¿Por qué le das tanto poder sobre ti a esa mujer?!

Creyó que lo que le sucedía era surrealista. Durante cinco largos años lo intentó todo para salvar la relación con la mujer que tenía frente a él. No funcionó. ¿Y ahora le exigía explicaciones cuando la vida lo obligó a continuar?

—¿Eres alguien en mi vida? Porque no existió vacilación cuando firmaste los papeles del divorcio.

Robin lo observó desde arriba y lo señaló con el dedo índice.

—Tú me amas.

Él se sujetó de los aros impulsores y se movió hacia adelante y atrás. Comenzaba a cansarse de esa conversación.

—Lo que hago o no con Sarah no te concierne y agradecería que te mantuvieras al margen, sino no podremos vernos más.

En un segundo, ella se transformó frente a él. Las reclamaciones quedaron en el olvido. Los ojos de ella cayeron, al igual que sus hombros y en sus labios se dibujó la tristeza. A él se le estrujó el corazón.

Pensó en acercarse a ella, rodearla con los brazos y subirla a su regazo para abrazarla y prometerle que todo estaría bien, mas no fue capaz de hacerlo porque su mente calcó la silueta de otra mujer: una cubierta en vidrio.

—No sé por qué sientes tanto coraje contra mí. —La voz de Robin estaba ahogada—. Abandoné mi trabajo soñado donde ganaba treinta y cinco mil dólares al mes y te cuidé. Estuve pendiente de ti las veinticuatro horas del día, los siete días de la semana.

Él sintió como si acabaran de acuchillarlo en el pecho, pues la punzada de dolor era intolerable. El nudo que se formó en su garganta le impedía respirar con normalidad. Las palabras de Robin daban a entender que él había sido una carga y eso era justo lo que él no deseaba ser.

Volvió a pensar en la conversación con Sarah esa mañana. En la reacción de ella al decirle la maldita frase de que la mujer que estuviera junto a él era maravillosa. Durante todo ese tiempo él creyó a Robin esa mujer. Estaba agradecido de contar con alguien que estuviera allí para él. Porque esa era la continuación de la frase que omitió con Sarah. Sus compañeros de trabajo o algunos allegados solían decirle que debía conformarse con cualquier mujer que estuviera dispuesta a estar junto a él. Se preguntó si eso era lo que hacía junto a Sarah, porque en ese instante comprendió que eso era lo que había hecho con Robin los dos últimos años de su matrimonio.

—Y yo provoqué una falla en la seguridad de la compañía y cuando me fueron a despedir me amparé en la ley ADA. La demanda me volvió millonario, y, tras el divorcio, eres tú la millonaria.

No estaba orgulloso por ello, pero en aquel momento estaba desesperado. A los treinta años lo menos que se imaginó era padecer una emergencia médica de esa índole. Ni siquiera tenía seguro médico, y una sola noche de hospital acabó con los ahorros de los dos. Los mil seiscientos dólares que el gobierno le pagaba a Robin por cuidarlo apenas y alcanzaban para la renta. Tenía que hacer algo. Cuando su supervisor le dio a entender que lo despediría por baja productividad, él los demandó. A la misma vez entró a los códigos de programación y, con un leve cambio, los mensajes de todos los usuarios de la plataforma se vieron comprometidos a tal punto que el FBI se vio involucrado pues incluso los políticos hacían uso de la aplicación.

Todo lo hizo con los dedos índices porque todavía no recuperaba la movilidad en los otros dedos. Esa no sería la última vez en que tendría que probar que su discapacidad no afectaba su raciocinio. Ganó la demanda y el respeto de sus jefes.

—Prometiste que jamás me lo reclamarías.

Cuando le pidió el divorcio a Robin, ella le exigió el dinero. En aquel momento él creyó que lo hizo para forzarlo a permanecer juntos, porque lo amaba y no quería perderlo. Después de lo que acababa de ocurrir, ya no estaba tan seguro.

—No fui yo quien comenzó a detallar el cumplimiento de nuestros votos matrimoniales.

Ella dio un paso con la intención de acercarse, mas él se sujetó de los aros y se impulsó hacia atrás otra vez. Ella apretó los labios en un mohín.

—Lo hice porque te amaba y lo sigo haciendo. Pero me sentía inútil y que yo no era importante para nadie.

El rostro de él se tornó del bermellón más puro, en tanto una lágrima se le deslizaba por la mejilla a la vez que se llevaba el pálido puño —en un movimiento controlado— sobre el corazón y se golpeaba el pecho.

—Para mí eras mi superheroína.

Ella le dedicó una sonrisa resplandeciente que en otro momento le hubiera parecido hermosa y habría hecho lo que fuera porque Robin siempre le sonriera así, ahora... ahora la creía una hipócrita. El corazón se le cimbró en el pecho. Él no... no podía pensar así.

—Saca a Sarah de nuestra relación. Tú sabes que ella es encantadora hasta que obtiene lo que quiere. Me destrozaría verte lastimado.

Robin se acercó con una sonrisa como si estuviera enajenada a lo que sucedía a su alrededor o se creyera muy segura de cómo él reaccionaría. Besó sus labios con suavidad y giró, mas antes de que entrara al pasillo, él se encontró preguntando:

—¿Alguna vez te has inspirado en mí para alguna de tus pinturas?

Robin entrecerró los ojos, si bien mantenía la sonrisa en los labios y el semblante risueño.

—¿Por qué me haces esa pregunta? Tú sabes que mi arte es abstracto.

Ella volvió a girar y entró por el pasillo en tanto él bajaba la cabeza y se jaloneaba el cabello. Él sabía cómo era Sarah y era consciente de que se mostraba afectuosa y atenta porque quería un bebé de él, pero había visto algo en ella: Sarah necesitaba que alguien deseara el amor que ella quería dar, anhelaba establecer una conexión con otro ser humano. Y él consideraba que sería una buena madre. Debía confiar en su propio juicio.

Pero no intentaría que lo que había entre ellos llegara a más. Los días junto a Sarah estaban contados y eso era lo mejor. Él quería amor, no que una mujer sintiera que sacrificaba su vida por estar junto a un hombre que usaba una silla de ruedas.

Agarró el teléfono y oprimió el botón de marcado rápido. Soltó una bocanada de aire y de inmediato tomó otra profunda. Cuando descolgaron después de tres tonos, él no esperó el saludo.

—Robbie está aquí.

—Sí, hola para ti también. —Jacob se quedó callado unos segundos—. ¿Qué sucede?

Se llevó la mano temblorosa a la frente. De repente las horas de sueño atrasadas, el largo viaje y exponerse frente a Sarah y Robin había agotado su energía y ni siquiera se creía capaz de impulsarse hasta la cama. Sin embargo, entre esas cuatro paredes sentía que se asfixiaba.

—Robbie está aquí.

Escuchó el resoplido de Jacob y en el fondo la algarabía de sus compañeros bomberos. Su hermano no estaba de acuerdo con que mantuviera a Robin cerca, pero respetaba sus decisiones. Iba a ser que el equivocado siempre fue él.

—Entonces pídele que se vaya.

Se deslizó la mano hasta la sien y se la masajeó en repetidas ocasiones.

—¡No puedo pedirle a Robin que se vaya! Es mi exesposa.

El ruido de fondo del auricular de su hermano disminuyó por lo que dedujo que se había alejado de los demás.

—La clave está en esa primera sílaba.

Un nudo le atenazó la garganta, tenía las palabras atoradas y las lágrimas le salpicaban las mejillas. El hormigueo que le cubría desde la parte alta del pecho hasta la punta de sus cabellos era una sensación terrible, como si tuviera cientos de gusanos sobre él.

—Ella estuvo ahí. —Tragó para forzarse a continuar—. Le debo...

El gruñido de indignación de Jacob fue claro.

—Nada, pero eso es algo que debes comprender por ti mismo.

—Yo fui el culpable, si la hubiera escucha...

—Beaufort, hermano, la perfección no existe y, aunque el mundo se empeñe en lo contrario, no te puedes juzgar por decisiones que tomaste años atrás.

Quería darle la razón a su hermano, si bien eso no evitaba que ese día la casa se le hiciera pequeña si Robin estaba presente. Era curioso que nunca se sintió así, ni siquiera los días anteriores al divorcio. De un momento a otro se cuestionaba sus decisiones, creencias y relaciones.

—Si estuvieras aquí me arrodillaría frente a ti.

Era consciente de que en cualquier otro momento su hermano hubiera reído a carcajadas, aunque tal vez se percataba de la tensión en su voz. Lo que sí era un hecho era que su cuerpo ya notaba el estrés al que estaba sometido, porque los espasmos lo dominaban.

—Jamás, jamás, jamás permitiré que olvides esta conversación.

En ese instante fue su turno de resoplar a la vez que hacía lo indecible para que el teléfono no terminara en el suelo.

—Eres un cabrón que se aprovecha de un hombre desvalido.

Jacob era el único que conocía de la infidelidad de Robin. Fue una confesión a medias y él le ofreció a su hermano decenas de justificaciones para el comportamiento de ella.

—Mis huevos... Y los que te faltan a ti. —Jacob guardó silencio durante casi cuatro minutos, aunque él sabía que continuaba al teléfono—. Ya estoy frente a tu casa.

29

Sarah llegó a su taller cerca de las nueve y media de la mañana. Antes fue a casa y se dio un baño rápido. Ese día utilizó una blusa suelta y *leggins* junto con unos tenis pues se sentía exhausta, llevaba más de veinticuatro horas sin dormir. Fue por ello por lo que mantuvo el maquillaje ligero a pesar de las enormes ojeras y salió sin desayunar, pues tenía el estómago pesado y revuelto.

Sin saludar a nadie, caminó directa a la mesa de trabajo. Se colocó la antorcha entre las piernas y comenzó a calentar un pedazo de cristal en un tono amarillo neón que sujetaba con las pinzas. Cuando alcanzó la temperatura adecuada y el cristal se volvió manejable lo estiró con otra pinza y en pocos minutos tomó la forma de una tabla de surf.

Se apresuró en agarrar un pedazo más pequeño de un cristal prístino, lo calentó y —utilizando herramientas más pequeñas y delicadas— fue halando, empujando y puliendo hasta formar un cuerpo cincelado, definido y hermoso: un hombre. Con movimientos elegantes y cariñosos lo colocó encima de la tabla de surf. Calentó pedazos del tamaño de un fideo en diferentes tonos de azul, los curvó hasta crear rizos con ellos y los pegó en la parte frontal de la tabla, creando la sensación del golpe de las olas.

Apagó la antorcha y observó la pieza frente a ella. En sus labios había una sonrisa, si bien cualquiera que la observara rompería en llanto.

Tenía los pensamientos perdidos en el instante en que Andrew extendió la mano y sujetó el volante para que ella se quitara el vestido mojado y se abrigara con la chaqueta de él. O cuando rio a carcajadas porque Andrew creía que ella utilizó un vibrador en esas semanas —¡como si fuera a obtener algún placer después de conocerlo!—. Todavía se sentía avergonzada porque los amigos de Andrew se percataron de que era un desastre con la silla. Incluso él palideció cuando se le resbaló el armazón, y ella solo deseó desaparecer. También podía sentir sobre su piel el silencio que los acompañó al hacer el viaje de regreso. Era como una quemadura provocada por el frío: un hormigueo doloroso y febril.

Luke, Charisma y Tiffany le confirmaron que su amiga intentó suicidarse. Su reacción inicial fue de incredulidad y hasta cierto punto coraje. Ella que forzaba al universo para dar vida y esa joven intentaba terminar con la suya. Aunque después fue consciente de que esa chica tenía el derecho a elegir y nadie debía obligarla a llevar una vida como amputada. A pesar de todo, guardó silencio, pues reconocía que su opinión era la minoría.

Sin embargo, se preguntó a sí misma qué habría pensado si hubiera sido Andrew quien tomara esa decisión. Fue entonces cuando el corazón se le oprimió en el pecho y se vio obligada a soltar una bocanada de aire y de inmediato inhalar profundo. Aun así, el vacío que la embargó era un dolor tan agudo y desgarrador que dio media vuelta —dejando a las parejas de los amigos de Andrew a mitad de la conversación que mantenían— porque, por algún motivo, no pudo estar un segundo más alejada de él.

Si bien la vida misma la puso en su lugar. Cuando estaba a solo pasos de llegar junto a él, apareció Robin, envolviéndolo entre sus brazos, ofreciendo su apoyo a la familia de la joven y acompañándolo a cada segundo del día.

Los observó por un largo tiempo y quiso creer que Robin atosigaba a Andrew. Por eso, cuando él le dijo que surfeaba antes de la lesión, creyó tener la oportunidad de demostrarle que junto a ella podía ser divertido y por completo independiente. Por lo que lo subió a una tabla de surf sin su consentimiento. Lo único que consiguió fue tropezarse contra una pared.

Una lágrima se le deslizó por la mejilla a la vez que bajaba la cabeza y hundía los dedos entre las hebras de su cabello para jaloneárselo.

Todavía no podía creer haberlo abandonado en la orilla. No quería ni siquiera pensar en qué hubiera ocurrido si la marea subía y arrastraba la silla océano adentro. Andrew hizo bien en gritarle que era una egoísta, porque lo era. No había actuado por bondad y todavía tuvo el descaro de enfadarse cuando Robin le reclamó sus acciones. Se imaginó empujándola hasta el agua helada o tal vez llenarle el escape de su automóvil con arena. Y lo único que la frenó de actuar fue saber que Andrew tomaría a Robin entre sus brazos, la subiría a su regazo y la cubriría de esos besos en que solo él era experto a la vez que le prometía que se desharía de la mujer que ni siquiera consideraba una amiga. En su cabeza, además, Andrew le juraba a Robin que le daría un bebé: su bebé.

Otra vez se había expuesto a él. Debía recoger la poca dignidad que le quedaba frente a ese hombre y continuar. Tal vez podría llamar a Walker a la estación de policía, invitarlo a una copa, charlar y dejar que la situación fluyera. Y si quedaba embarazada le dejaría claro que ella no buscaba una relación.

Se colocó los guantes y se puso en pie, aunque dar el primer paso fue difícil pues todo su cuerpo le temblaba y sentía el pecho apretado. ¿Sería capaz de hacerle algo así a Andrew? Qué importaba, ella solo quería un bebé.

Abrió la puerta del estante privado y colocó la pieza junto al zapato derecho de Cenicienta. La contempló por largos minutos, extendió los dedos —todavía con la mano enguantada— y la acarició con delicadeza de punta a punta. Ese hombre fue su único amigo, aunque el sentimiento hubiera sido unilateral.

Respiró profundo. Era hora de continuar y decidió concentrarse en lo único que era constante en su vida y eso era su arte.

Eran las doce y veinticuatro de la madrugada y Sarah estaba sentada en el suelo de su baño. Tenía el torso desnudo y el pantalón abierto, además de la mirada perdida, el rostro manchado en una mezcla de rímel y polvo mientras en la mano temblorosa sostenía la jeringa que contenía el coctel de hormonas que utilizaba desde que Andrew le regaló la oportunidad de intentar tener un bebé durante un mes más.

Pegó un gritito al escuchar el timbre del teléfono. La cabeza le martillaba, tal vez por la falta de sueño de los últimos días. No obstante, se obligó a responderle a su madre, aunque se hacía una idea sobre qué le hablaría.

Intercambiaron saludos, hablaron de lo placentero que estaba el tiempo y Sarah le comentó sobre la tienda y las esculturas en las que trabajaba. Su madre guardó silencio durante un minuto y Sarah soltó una bocanada de aire inaudible.

—¿Por qué no puedes ser más cercana a tu hermana?

Sarah cerró los ojos y sus hombros cayeron.

—Mamá...

—Es que no lo entiendo, Sarah. ¿Acaso piensas que yo dejé de quererte cuando nació Stephany?

—Sé que no, mamá. Pero la relación con Stephany es complicada.

—Tu padre siempre insistió en que éramos una familia y que debíamos hacer todo juntos, por eso quería celebrar el cumpleaños de ambas el mismo día.

Sarah guardó silencio. Mantenía la mirada perdida y la jeringa en la mano. Su madre no le decía nada nuevo.

A esa hora se suponía que estuviera arriba de Andrew con el vibrador encendido a la vez que sus lenguas se encontraban en ese vaivén lento, paciente y conocedor de que ninguno de los dos necesitaba apresurarse porque con solo sus besos él conseguía que ella experimentara esa sensación avasallante de placer y de inmediato sentir que cualquier juicio contra ella quedaba en el olvido.

Pero estaba segura de que era Robin quien se remecía arriba de él. Y ella tendría que encontrar la forma de continuar. Solo era el cansancio que la dominaba. Comprendía que esa especie de intimidad entre Andrew y ella no era real. Ella no estaba enamorada de él y no debía prestar atención a esos sentimientos que intentaban florecer. Todo era una ilusión. El tibio beso dentro del agua helada y el abrazo por el cual la ciñó a su cuerpo no tenían ningún significado.

Regresó la atención a su madre, quien continuaba con el mismo sermón de siempre. Era ella quien tenía que acercarse a Stephany y hacer las paces, algo que Sarah no estaba dispuesta.

—Y esa relación tan cercana que tienes con Madison desde que nació, solo empeora la situación porque tu hermana se siente excluida. Ella de verdad cree que la odias.

Se limpió la lágrima que le resbalaba por la mejilla a la vez que alejaba el teléfono de la oreja para observarlo pues, a pesar de la hora, le notificaba de una llamada entrante. Frunció el ceño y el corazón le retumbó en el pecho. El sonido se repitió una, dos, tres veces, sin embargo, ella no tenía claro cómo actuar. Con voz incierta dijo:

—Tengo que dejarte, mamá, tengo que atender otra llamada.

Su madre suspiró exasperada. Y ella se había expuesto por ningún motivo porque el teléfono dejó de sonar.

—No tienes que inventarte nada, Sarah. Ya sé que nunca quieres escucharme.

—Es... un amigo.

Era consciente de que no debía ninguna explicación, pero por algún motivo ansió hacerle saber que ella era importante para alguien. Se sobresaltó cuando el teléfono volvió a notificarle de una llamada entrante.

—Sarah —La amonestación era evidente en el tono de su madre—, ¿tú también te ofendiste? Lo único que te pido es que alguna vez le des la razón a Stephany en lugar de a Madison. Así tal vez tu hermana no se sentiría excluida.

—Mamá, es importante.

Le colgó sin esperar respuesta y aceptó la llamada, si bien se colocó el teléfono sobre la oreja y guardó silencio. No le pasó desapercibido el leve temblor en las manos y la sonrisa incierta que se apoderó de sus labios. En el fondo reconoció el ruido vibratorio, el que era idéntico a un taladro, el cual fue acompañado de varias puñetas lejanas. Ella entrecerró los ojos y pensó que tal vez el teléfono se marcó por equivocación. Una especie de desilusión la embargó. Se abrazó a sí misma, pues lo helado del agua había permanecido con ella a lo largo del día. Fue entonces cuando escuchó fuerte y claro:

—Estoy borracho.

30

De inmediato Sarah enderezó la espalda, apoyó los pies en el suelo y arrodillada hundió la jeringa en su abdomen, olvidándose del pánico que le provocaban los pinchazos. El cansancio que la dominaba se borró al instante. Los pensamientos se le agolparon en la cabeza, desde preguntarse qué había sucedido desde que ella y Andrew se separaron hasta cuestionarse el hecho de que Robin le reclamara a ella que lo metiera al océano para después emborracharlo.

—¿Lo estás?

Se cubrió la garganta con la mano pues su voz sonó inestable y ella debía permanecer indiferente y racional. Se suponía que ya no lo volvería a ver, que se iba a concentrar en su arte.

—Desnudo, en mi cama y solo. ¿Sabes? No eres muy diligente en esto de conseguir que eyacule. No es la primera vez que tengo que usar el aparato de la edad media por mí mismo.

Ella cerró los ojos. La voz que con frecuencia era grave en ese momento era rasposa y con las palabras arrastradas. Anheló estar junto a él mientras humedecía un pañuelo en agua tibia, se lo colocaba en la frente y acariciaba su cabello; incluso podía sentir el cosquilleo de las hebras suaves entre sus dedos.

—¿Y crees que es buena idea usarlo en tu estado?

—Tomé dos dedos de gin... Mira —La voz de Andrew sonó apagada como si hubiera alejado el teléfono de él—, así, ¿lo ves? Dos, fueron dos. Jacob me los dio.

El rostro se le iluminó con una sonrisa al imaginárselo enseñando dos dedos frente a la pantalla del teléfono como si fuera una videollamada. Era la primera vez que un hombre la buscaba en ese estado por lo que no estaba segura de qué era lo correcto. Tal vez colgar y olvidarlo, pero decidió continuar.

—¿Quién es Jacob?

Escuchó el resoplido de Andrew como si no pudiera creer que ella preguntara, pero no conocía a ningún Jacob.

—¡¿Cómo que quién es?! ¡Mi hermano! Amo con locura a ese cabrón, tú también lo amarás... —Él guardó silencio un par de minutos y ella esperó—. No, olvídalo, no lo ames.

Su risa se mezcló con un resoplido o más bien un aullido, algo que sonó muy poco sensual y femenino por lo que se mordió los labios en un intento de que él no la escuchara. En ese momento se sintió envuelta por la ternura y deseosa de correr junto a él. Tomó una bocanada de aire para obligarse a mantenerse serena.

—Creo que deberías cerrar los ojos por un instante.

—No puedo, cada vez que lo hago la cama da vueltas.

Tuvo que hacer un gran esfuerzo para poder sentarse encima del retrete, pues todo el cuerpo le temblaba. Y debía mantener el control. Andrew no la esperó y se fue con Robin.

—Andrew...

—¿Ya no soy guapo, nena linda? Otros te dicen así, ¿por qué yo no?

Esa voz... Apoyó los codos en los muslos y se llevó la mano izquierda a la frente mientras bajaba la cabeza. El problema era la sonrisa perenne en su boca y el júbilo que le recorría las venas. No comprendía qué le sucedía o por qué una especie de triunfo intentaba adueñarse de su corazón.

—Prefiero dulzura. —Se enderezó y aclaró su garganta—. ¿Dónde está Robin?

—En su habitación, creo. No lo sé, ni me importa.

Ella suspiró. Ahora comprendía. Él y Robin habían discutido, al parecer Andrew se fue con su hermano y él decidió llamarla porque era un ligue asegurado. Solo que no podía enojarse con él porque el sexo era lo único que los unía.

—Andrew...

—No me cuelgues, hermosa. Después de que discutimos, pensé que llegaríamos a casa, subirías en mí para estrujarme la piel a tu antojo y al terminar dormirías en mi cama unos minutos... —Él se quedó callado unos segundos y todavía se podía escuchar el ruido vibratorio, entonces él suspiró—. Nada de eso ocurrió. Tengo demasiada energía dentro de mí y ansío un orgasmo, de esos que solo tú logras conseguir darme.

Una mueca se apoderó de los labios de ella al percatarse de que tenía razón. Lo mejor era terminar la llamada, ni siquiera debió responder.

—Ahora no puedo hablar contigo.

Escuchó unos «no, no, no» ahogados y en un tono de súplica él continuó:

—¡No! ¿Por qué? No seas así. Te necesito, dulzura.

Exasperada consigo misma, volvió a sonreír. Sus pensamientos iban y venían entre colgar y continuar con la llamada. Estaba confundida con sus propias acciones, no comprendía por qué le permitía a Andrew tanto poder sobre ella. Entonces se convenció de que no había nada de malo en seguirle la corriente.

—Es que tengo frío y voy a vestirme.

—¡Y una mierda! —Tuvo que alejarse el teléfono del oído ante el exabrupto de él, aunque de inmediato se quedó en silencio por largos minutos a la vez que la sonrisa en el rostro de ella se hacía más y más grande—. ¡Eres... eres...! ¡Puñeta, por eso te amo!

Se le resbaló el teléfono de entre las manos temblorosas en el mismo instante en que se puso en pie y se movió de forma errática por lo que cayó de un sentón en el retrete. Negó con la cabeza y soltó una risita nerviosa. Era consciente de que esas palabras no tenían ningún significado. Andrew estaba borracho y no sabía lo que decía.

Se inclinó para recoger el aparato y en sus labios tenía esa sonrisa de enloquecida que tanto detestaba. Por un segundo la voz de él era lejana.

—¿Me colgaste? ¿Estás ahí?

Escuchó el pitido que hace el teléfono cuando marcas los números y una ristra de puñetas que la sacó de su trance.

—Aquí estoy. —El tono de voz de ella era tembloroso y más bajo que un susurro.

—Ven a verme.

Los latidos del corazón se le aceleraron. Se enredó las temblorosas manos en el cabello y se humedeció los labios, pues sentía la garganta reseca, a la vez que comenzaba a sentir cierta languidez en sus ojos. Andrew era un hipnotizador experto.

—No. —Solo que pareció más una pregunta que una afirmación.

—Ven, dulzura. Necesito que abras mi pantalón y te olvides de mi verga mientras tus manos me recorren los brazos y tu lengua juguetea con mis tetillas.

Gimió en tanto se reacomodaba y por instinto se frotaba los muslos uno contra el otro para encontrar alivio al repentino deseo que le recorría las venas.

—Andrew...

—No, no, no. Eso suena a que estás enojada conmigo.

Se preguntó por qué en la voz de él tenía que escucharse ese tinte de súplica y por qué de repente su tono volvía a ser suave y armonioso.

—Te prometo que iré mañana.

Tenía que terminar la llamada, fue una locura responderle, pero cuando lo hizo tuvo la certeza de que Andrew la buscaba para seguir reclamándole lo que había sucedido. No sería la primera vez en que un hombre la atosigaba con sus reclamos.

—No lo harás porque estás enojada conmigo, pero yo no llamé a Robbie. Es por ella que no vienes.

Si no fuera porque él continuaba arrastrando las palabras y lo incoherente de la conversación hasta ese punto creería que él en realidad estaba sobrio y solo se burlaba de ella. Tampoco sería la primera vez que le sucedería.

—No puedes pretender que yo vaya cuando ella está ahí.

—Pero ella bien que pudo...

La neblina que la envolvía se disipó ante el dolor mezclado con rabia en la voz de Andrew. Ella apoyó los pies en el suelo frío a la vez que un estremecimiento la recorría de la cabeza a los pies.

—¿Qué te hizo Robin?

Pero Andrew la ignoró:

—Ven, dulzura, ven a mí.

Debía decirle no, tenía que decirle no. Él no la creía una amiga y eso que existía entre los dos solo era superficial. Si fuera cualquier otro hombre ella ya se habría marchado. Se suponía que lo hubiera hecho después de aquellos primeros cuatro días, pero llevaba junto a Andrew cerca de un mes y ese era un error. Se conocía a sí misma. Mas estaba su bebé, tenía que pensar en él... Aunque tenía la certeza de que sería Robin quien lo tuviera, por eso respondió:

—Mañana. Te prometo que mañana lo haré.

31

Andrew esperaba paciente en la cama. En cuanto despertó le envió un mensaje a Sarah recordándole su promesa de que ese día iría a verlo. Y ella cumplió. Hacía diez minutos recibió la notificación de que Sarah había entrado a la casa, pero todavía no había ingresado en la habitación. Se la imaginó caminando de puntitas y observando hasta el último recoveco buscando a Robin. Él sonrió a la misma vez que levantaba las manos para estrujarse el rostro mientras suspiraba.

No tuvo una noche de excesos, ni siquiera tomó un trago completo y, sin embargo, no pudo levantarse de la cama ese día. Sus reservas de energía se agotaron por completo debido al remolino de emociones que había vivido en las últimas semanas. Esos instantes en que mover un dedo lo dejaba exhausto era la amonestación y recordatorio de su propio cuerpo sobre su condición. Había pretendido ser un hombre que no agotaba la energía cuatro veces más rápido que los demás.

Una especie de ansiedad y entusiasmo lo recorrió de las tetillas hasta la punta de los cabellos, por lo que cerró las manos y las abrió repetidas veces. Fue entonces cuando la puerta se deslizó y pudo observar cómo Sarah ojeó la habitación más de una vez.

—Ya hemos tenido esta conversación. Robin y yo nos divorciamos hace dos años.

—Lo sé.

Él inhaló profundo y soltó el aire con lentitud. Sintió cierto alivio a la espasticidad en sus músculos que solía avivarse cuando estaba estresado. Estaba convencido de que Sarah desaparecería, aunque era una conjetura estúpida pues ella no se iría hasta conseguir a su bebé.

No obstante, sonrió a medias cuando ella no tuvo dudas en subir a la cama. Él arrastró la mano hasta alcanzarla y descansó los dedos en el interior del muslo femenino. Sarah llevaba una tela vaporosa —muy parecida al satín— en color beige. Por primera vez no estaba glamorosa, incluso el maquillaje que utilizaba era solo básico y tenía el cabello suelto. Las líneas en los ojos, la boca y el cuello seguían allí, aunque él las percibía cada vez menos, y hasta se sintió especial porque ella se mostrara un poco más natural frente a él. También era la primera vez que ella usaba pantalones para reunirse con él en la casa. Se cuestionó si Sarah no tendría planes de usar el vibrador ese día, inseguro sobre cómo eso lo hacía sentir.

Ella ladeó la cabeza y lo observó con curiosidad con una sonrisilla en los labios. Él recordaba a grandes rasgos la conversación que tuvieron por teléfono así que entendía que ella intentara descifrarlo. El problema era que ni él mismo se comprendía.

—Te traje pan tostado, jugo de naranja y varias bebidas rehidratantes. Solo dime si mi voz te molesta o si sientes que atraviesas la marea. —El tono de voz de ella era suave y delicado.

—Me siento bien.

—¡Fantástico! —gritó ella de repente como si se encontrara a varios metros de distancia.

El gruñido que profirió la garganta de él retumbó por los rincones por lo que cerró los ojos y se cubrió los oídos con las manos. Cuando volvió a observar a Sarah se percató de la burla en la mirada de ella, quien no pudo contenerse más y comenzó a reír en medio de un resoplido y como un graznido o alarido o maullido... Él ya no estaba seguro; lo único que tenía claro era que lo hizo sonreír.

Ella le dio un empujón leve en el antebrazo y dijo:

—No te hagas el inválido y déjame espacio.

Se percató del tiritar en la mirada de ella, además del sonrojo en las mejillas, por las palabras que utilizó, pero decidió obviarlo. Le gustó que Sarah se atreviera a tantear esas aguas profundas que representaban las palabras que se podían decir frente a él o no.

—Te aprovechas porque sabes que mi resaca no me permite ir a ningún lado.

Apoyó los codos en el colchón y jadeó al levantar el torso y moverse unos pocos centímetros. Ese único movimiento se sintió como correr un maratón de cinco kilómetros. Sarah terminó de subir a la cama y se colocó detrás de él, por lo que su espalda descansó sobre el regazo de ella, quien le deslizó las manos entre las hebras de su cabello y las resbaló por la nuca hasta llegar a los hombros. El calor que le transmitía junto a la delicadeza con que lo tocaba consiguió que él se rindiera a ella con demasiada facilidad.

—Si buscas mi lástima no la conseguirás.

Reacomodó la cabeza en el regazo de ella y levantó la mirada para poder observarla. La tenía ahí, junto a él, y ambos se comportaban como si el día anterior no hubiera ocurrido.

—¿Es eso verdad?

Ella volvió a resbalarle las manos por los omóplatos hasta que él dejó de sentir el roce tibio. Entonces hizo el camino de regreso y le enredó los dedos en el cabello. Le alcanzó los hombros y con la punta de los dedos le recorrió los brazos para llegar a las manos y entrelazarlas con las de ella. Él suspiró gustoso. La calidez de ella intentaba opacar la frialdad que siempre lo acompañaba. Él le dejó un beso en la lonjita, que era lo único que alcanzaba y dibujo un círculo con los labios. Sintió cuando Sarah contrajo el abdomen por lo que sonrió. Con parsimonia, ella ascendió con las manos para contemplarlo un instante.

—Tú me conoces.

Él se humedeció los labios a la vez que gimió cuando Sarah se estiró y le colocó la mano bajo el muslo derecho para llevarle la pierna a un lado y abrir su postura. Mas las palabras de ella fueron las causantes del deseo que se extendió por su pecho.

—Eso sí que me pone.

Sarah metió las manos dentro del pantalón del pijama de seda y le acarició su hombría, quien le dedicó un saludo desganado. Pero a ella eso no le importaba. Cualquier otra se sentiría herida en su orgullo femenino —si él mismo era sincero, su vanidad se hacía añicos en esos instantes—, pero ella ladeó la cabeza y le dedicó una sonrisa resplandeciente. Andrew no alcanzaba a entenderla, Sarah era una especie de enigma.

—¿Ah, sí, vaquero?

Él asintió con solemnidad y con formalidad añadió:

—Sí, señora.

La mirada de ella se iluminó con una mezcla de júbilo y burla, mas mantuvo los labios apretados y enarcó una ceja antes de decir:

—Un poco impertinente ¿eh, chico?

No por ello dejó de tocarlo, más bien al contrario. Las caricias de ella iban y venían, electrificándolo a la vez que lo anestesiaban. Sentía cierta ondulación en su cuerpo que lo hacía gemir y desear gritarle a Sarah que quería más. Estaba a su merced. Ansió poder girarse y retenerla con su cuerpo. Sarah parecía dispuesta a demostrarle que ella estaba fuera de su alcance y que podría continuar sin él.

—¿Qué hará al respecto, señora?

Lo tenía intoxicado y actuaba como un maldito púber demandante y dependiente de ella. Sarah le acunó el rostro y lo contempló. Él tragó con dificultad al ver, por primera vez, que a Sarah le tiritaban los labios, si bien ella se apresuró a apoyarle la cabeza en la almohada y se colocó encima de él.

Un gemido gutural escapó de su garganta cuando con un lametazo ella le rodeó la manzana de Adán, sin llegar a tocársela en realidad. En tanto, las femeninas y delicadas manos lo sujetaban con firmeza de las muñecas.

Sin importar la respiración agitada y el rostro en llamas, Sarah construyó un camino recto hasta el punto justo donde él perdía los sentidos. De ahí le dejó besos etéreos hasta rodearle la tetilla y chupársela.

—Sarah... —Su voz estaba entrecortada y el pecho le subía y bajaba descompasado.

Ella volvió a rodearle el rostro entre las manos con ternura y posó la mirada en él. Se observaron hasta que su respiración volvió a la normalidad. Entonces ella le dedicó una sonrisa pícara y repitió el mismo camino sobre su pecho.

Él se sentía mareado y el corazón le atronaba en el pecho. Sentía la nuca húmeda, fría y pegajosa. No obstante, recordó cómo la noche anterior le suplicó a Sarah que le diera un orgasmo. Se obligó a serenarse, a confiarle su cuerpo a ella y, en cuanto lo hizo, las sensaciones se volvieron vertiginosas y, antes de bajar de la nube de placer, sus ojos se cerraron sin importarles que él luchaba por mantenerse despierto.

Abrió los ojos y permaneció inmóvil por unos segundos. El penetrante aroma del perfume de Sarah lo envolvía y estaba seguro de que lo haría durante días. Con gran esfuerzo giró la cabeza a la derecha. Frunció el ceño al ver la máquina de tomar la presión en la mesita de noche, lo que significaba que Patrick entró en algún momento a la habitación. La desazón le apretó el pecho. Eso solo podía significar que Sarah se marchó.

Sin embargo, giró la cabeza a la izquierda al escuchar el agua correr en el baño, y unos segundos después Sarah salió, hablando por teléfono. La observó moverse en círculos. Creyó escuchar que planificaba la logística de una exposición por lo que entrecerró los ojos, pues eso era algo de lo que solo los museos podían encargarse.

Levantó el brazo y lo colocó bajo su cabeza para poder verla mejor. Solo ese movimiento le provocó que el bíceps le ardiera como si hubiera hecho cientos de repeticiones con las pesas.

Ella seguía moviéndose, muy concentrada en su trabajo. Él sonrió, aunque creyó sentir una percha de mariposas aleteándole en el pecho. Sarah no se había ido, seguía allí. Ella colgó la llamada, tecleó durante unos minutos y volvió a llamar a la persona con la que dialogaba. Él rio. Ya sabía que Sarah no era versada en la tecnología; si lo fuera, hacía varias semanas que le habría cuestionado sobre el fallo en su teléfono. Era un pequeño error —por algún motivo la galería de su teléfono se compartió con la de ella cuando le envió aquel mensaje en el restaurante— que debía solucionar, antes de presentarle a sus jefes la actualización de seguridad en la que estuvo trabajando en los últimos meses.

Con esfuerzo consiguió abrir el cajón de la mesita de noche, sacó su manos libres y apuntador.

—Ven aquí, dulzura.

Sarah giró de golpe. Tenía los castaños ojos agrandados y le tiritaban de alegría con un brillo cegador. Le dedicó una sonrisa enorme y radiante que lo estremeció de los brazos a la punta de los cabellos. Él jamás la había visto así, y se preguntó si la razón era porque en ese momento estaba concentrada en su trabajo.

En cuanto ella se acercó, él le quitó el aparato. Entró a la aplicación del Bluetooth, le instaló los dispositivos y le seccionó la pantalla en las cuatro presentaciones que tenía abiertas. Sarah se sentó a su lado y durante un par de minutos él le mostró lo que debía hacer.

Ella continuó con la llamada —ya no tenía que colgar para buscar los datos— mientras él le hundía la nariz en el costado y le dejaba besos sueltos a la vez que ella lo empujaba para que no la distrajera. Tenía la piel tersa, y lo volvía loco encontrarle la panza y recrearse en cubrírsela de lamidas y caricias. Después de todo, él también tenía lonja, pues perdió la capacidad de controlar los músculos del abdomen.

Él volvió a reír y muy pronto Sarah comprendió que no desistiría. Lo que se comprobó un par de minutos después, cuando, ante su insistencia de recorrerle la cintura del pantalón con la punta del dedo índice a la vez que le soplaba la piel provocando que se estremeciera, Sarah no tuvo otra opción que quitárselo. Le siguió la blusa cuando le agarró los pezones entre los dedos a la vez que le masajeaba los más que esponjosos senos. En tanto, Sarah le dedicaba miradas fulminantes y él le sonreía con inocencia. En ese instante no podía verse más sexy: estaba desnuda mientras hablaba de negocios.

En cuanto terminó la llamada, ella ordenó unas ensaladas que compartieron mientras él seguía en la cama cada vez más y más exhausto. El vibrador quedó olvidado en una esquina a solo segundos de encenderlo. Lo único bueno de la situación era que la mujer junto a él se deshizo en mimos e incluso le colocó el catéter por sí sola cuando él lo necesitó. Sarah: ella todavía estaba allí.

La rodeó con los brazos en tanto sus suaves y tibios senos descansaban sobre su pecho y, aunque no podía sentirlas, las piernas de ella envolvían uno de sus muslos. Ambos alargaban el instante en que sus labios se encontrarían. La respiración serena de ella le entibiaba la piel. Lo embargaba una sensación de tranquilidad y sosiego. Esa que se lograba solo al flotar en el agua o cuando contemplabas el horizonte después de escalar una montaña. Era de esos instantes en que te sientes parte de algo inmenso y extraordinario.

Levantó la mano y le acomodó un mechón del sedoso cabello. Sarah le dedicó una sonrisa hermosa. Su mirada estaba serena, como si también viviera las mismas sensaciones que él. No la había penetrado, no se movió como salvaje en su interior y, sin embargo, ese era el mejor sexo de su vida, así, piel con piel, respirando al unísono y acariciándose como si se veneraran el uno al otro. Iba a ser que Sarah conocía mejor que él lo que era la intimidad.

Ella apoyó la cabeza en su pecho en tanto que, distraída, le recorría con los dedos el brazo lo que le provocaba a él un cosquilleo un tanto molesto, pero a la vez sedativo. Tras el suspiro de ella, entrecerró los ojos.

—¿Cómo fue?

Guardó silencio, pues lo tomó desprevenido. Sabía a qué se refería: al día en que él quedó paralizado. Y la verdad era que él jamás esperó que Sarah Bramson le hiciera esa pregunta. Se obligó a tragar el nudo que intentaba cerrarle la garganta y con un tono de voz inestable dijo:

—En un segundo Robbie estaba de incordia sobre mi salud y al siguiente tuve un acceso de tos a la misma vez que mis piernas cedían. Yo no tenía ningún problema de salud, era un hombre saludable, pero ahí estaba ahogándome con mi propia flema y con Robbie encima de mí reclamándome qué me sucedía y yo...

Esperó a que Sarah le dijera algo, que lo interrumpiera y comenzara a contarle lo difícil que la vida fue con ella, pero entrecerró los ojos cuando ella guardó silencio.

Corrió los dedos por la espalda de ella para asegurarse de que seguía allí; incluso pensó que se había dormido, pero no, porque Sarah continuaba recorriéndole el brazo en una caricia reconfortante. Entonces continuó:

—Deduje lo que sucedía porque por más que me concentraba en moverme, no podía hacerlo.

—¿Qué sentiste? —¿Acaso ella tenía la voz ahogada?

Entrecerró los ojos ante el esfuerzo de recordarlo. No era lo mismo hacerle el recuento a algún doctor o terapeuta, porque a ellos tenía que hablarles de hechos y no sentimientos. Y estaba seguro de que esa era la primera vez que alguien que no fuera un psiquiatra o psicólogo le preguntaba.

—Pánico, confusión y después adormecimiento. No el de mi cuerpo, sino en mis pensamientos, como si no fuera yo quien lo viviera o fuera algo extracorpóreo.

—¿Y cuándo recobraste la conciencia? —La voz de ella era cada vez más pequeñita, aunque permanecía serena.

La atrajo más hacia sí como si con eso pudiera evitar que desapareciera. Su intención era no perder esa única oportunidad que la vida le daba de contarle a alguien más cómo fue. Sin que creyeran que fue el peor día de su vida o que debían deshacerse en lágrimas por él.

—Creí que mi vida había terminado. Hasta ese punto yo juraba que era una persona sin prejuicios, es decir, mi hermana es asexual, mi hermano podría postularse como rey de los *escorts*, y en la universidad había varios compañeros discapacitados, ¿lo recuerdas?

Ella asintió por lo que él notó el leve cosquilleo de su cabello en el pecho. No se miraban. No hacía falta y, además, era más fácil así.

—Recuerdo que siempre estaban en tus fiestas.

—¡Exacto! Sin embargo, ¿por qué cuando fui consciente una vez más lo primero que deseé fue estar muerto?

Él levantó las manos en un movimiento controlado, si bien se arrepintió al instante, pues la respiración se le agitó y se vio obligado a inhalar profundo, lo que lo cansó aún más. Sin embargo, ella no hizo ningún reclamo, aunque debía sentir su cabeza subiendo y bajando como si estuviera en una montaña rusa.

—¿Lo intentaste?

—El primer año era algo que Mel y yo hablábamos con frecuencia. Según nosotros, nadie nos entendía. Me miraba en el espejo y decía: ese no soy yo.

Sarah abrió la mano izquierda sobre su corazón mientras el pulgar descansaba sobre la garganta. Él cerró los ojos por un segundo porque sintió como si ella lo anclara y le prohibiera irse. Se preguntó si tenía razón o si solo era el deseo de creer que fuera así.

—Tu familia no te apoyó, ¿y por eso desististe?

—En realidad, todos me decían que sí, pero muy pronto comprendí que solo me hacían la pelota. —Sonrió porque en su piel sintió cuando ella lo hizo—. Mi hermano me mostraba videos de tipos que levantaban sus sillas de ruedas como si fueran pesas y Robbie se puso super celosa de Mel. Comenzamos a discutir más por las llamadas de Mel que porque yo deseara acabar con mi vida. Después Brian, Mateo y Cole llegaron... —Se quedó callado por un instante y tomó una bocanada de aire—. Tiempo, solo se necesita tiempo para procesar lo que ha sucedido. Y el mundo en el que vivimos no nos lo permite, es por eso por lo que algunos toman las peores decisiones mientras están sumergidos en la negatividad.

Sarah se reacomodó entre sus brazos al escucharlo. Andrew sabía que era demasiado para una sola conversación, si bien también era consciente de que no tendría otra oportunidad de hablarlo con alguien que lo escuchara como Sarah lo hacía en ese instante. Tal vez para ambos era fácil porque eran conscientes de que su relación, cualquiera que fuera, tenía un final.

—¿No crees que los juzgas?

—El día en que la accesibilidad sea instintiva y no haya que crear consciencia, el día en que decida ir a un lugar y me pueda mover con libertad, el día en que mi trabajo me pague el mismo salario que a los demás y no viva con el temor constante de que me van a despedir solo por mi discapacidad, el día en que nadie se ofenda porque le devoro los labios a una mujer hermosa, el día en que nadie me pregunte cómo es mi vida sexual o si mi verga se para, el día en que no me llamen lisiado, el día en que no me miren con pena o me digan que soy una carga para la sociedad, ese día háblame de que tengo opciones y que una de ellas es el suicidio asistido porque mientras no sea así y tenga que enfrentar la vida mil veces más difícil que tú, entonces, en realidad, no tengo todas las opciones ¿o sí?

Para ese instante el pecho le subía y bajaba como si acabara de correr un maratón. Era un mal día para ser elocuente. Sarah volvió a revolverse entre sus brazos y pensó que ella querría irse por lo que con un esfuerzo titánico levantó el brazo para dejarla ir. Pero ella solo se pegó más a su cuerpo mientras le recorría el hombro con besos. Entonces volvió a recostar la cabeza sobre su pecho y con los dedos le recorría el brazo de arriba hacia abajo en una caricia interminable.

—¿Quieres que seamos amigos? No lo sé... ¿Llamarnos alguna vez?

La voz de ella era muy suave como un arrullo. Él podía vivir sin Sarah, sabía que podría hacerlo, pero extrañaría esos instantes. Mas no debía olvidar que lo único que lo unía a Sarah era su deseo de tener un bebé.

—¿Volverás a esperar diecisiete años para pedirme otro bebé?

Él le colocó la mano en la cabeza en tanto mantenía los ojos cerrados, pues incluso tenerlos abiertos era agotador.

—¿Quieres que te pida otro bebé?

Sonrió porque eso que se escuchó en el tono de voz de Sarah se parecía mucho a la esperanza.

—Primero debemos conseguir que te embaraces.

Se quedaron en silencio largos minutos, haciéndose compañía el uno al otro. Por la posición no podían observarse y de algún modo era más fácil hablar así, sin estar frente a frente, cuando el cansancio los dominaba y se podría decir que estaban más dormidos que despiertos.

—Entonces...

Con el brazo, le empujó la cabeza y ella la movió hacia arriba un poco por lo que le fue fácil dejarle un beso en la frente.

—Llámame todas las veces que quieras o necesites. Yo siempre te responderé.

—Yo también te responderé.

Sintió el instante en que el sueño lo vencería y tuvo la certeza de que por un instante el dolor que siempre lo acompañaba sería menos. Sonrió cuando Sarah se arrebujó más contra él. No podría precisar cuánto tiempo pasó cuando la escuchó decir:

—¿Por qué Robin y tú se separaron?

Él abrió los ojos de golpe y sintió que los latidos del corazón iban más aprisa, si bien aparentó estar sereno y no desapareció el ir y venir en el hombro de ella. El tono de Sarah fue bajo y tranquilo. Andrew no llegaba a entender qué estaba mal o por qué sentía su cuerpo en alerta.

—No hay un motivo en especial. —Reconoció la cautela en su propio tono de voz.

32

Andrew se percató de la tensión que se apoderó de Sarah desde que estacionó el Tesla modelo X frente al edificio de la Cámara de Comercio ubicado en la calle Spruce Norte. Esa tarde se celebraría el *National Night Out*, la actividad que preparaba el departamento de policía para la comunidad. La verdad fue que él no le especificó a dónde irían, solo le propuso salir esa mañana a través de un mensaje de texto y Sarah había aceptado.

Ella bajó del automóvil —se había sentado en la parte de atrás porque la silla estaba en el asiento del copiloto—. Andrew creyó que se encontrarían adentro del salón, pero se sorprendió al encontrarla junto a la rampa que subía hasta la entrada; ella lo había esperado para cruzar las puertas. No obstante, se sobresaltó cuando se detuvo a su lado por lo que él frunció el ceño, mas Sarah negó con la cabeza al mismo tiempo que le oprimía el antebrazo, como si pretendiera decirle que su desazón no era con él.

El edificio estaba construido con tablas oscuras y tenía un techo en combinación de cuatro aguas y mariposa. Estaba rodeado de abundantes flores en todos los colores, además de grandes ventanales. Subieron la rampa y al llegar a las puertas de cristal se percató de que Sarah contemplaba con ojos tiritantes el pastel mitad rosa y mitad azul que estaba sobre una mesa con un mantel elegante, sobre la que había globos en los mismos colores.

Él entrecerró los ojos, aunque sabía que no se había equivocado de lugar porque las dos patrullas de la comunidad estaban estacionadas afuera y todo el departamento, que consistía en ocho oficiales, estaba presente. El propósito de la actividad era que los vecinos del área compartieran unos con otros ya que ese tipo de convivio era un testamento de parte de los oficiales de que ellos, que en su mayoría eran voluntarios, querían estrechar los lazos.

Era la primera vez que él asistía desde la lesión. Recibía la invitación cada año, pero en esas fechas él solía estar en Houston y la logística de tomar un avión era por completo diferente a como fue en el pasado. La espontaneidad era casi inexistente en su vida. Mas ese año él estaba en Cannon Beach y Sarah debió recibir la invitación también. Además, la comunidad era testigo de que ellos caminaban por la playa por lo que le pareció lógico que asistieran juntos, no obstante, al parecer fue un error.

Sarah tenía pintada esa sonrisa que la hacía parecer extraña, la que utilizaba cuando pretendía ser indiferente. Lucía un vestido largo y ligero en azul cobalto junto con una chaqueta de mezclilla. El único adorno que se permitió utilizar fue un collar con cristales redondeados en diferentes tonos de azul y gris. Hasta él llegaba ese perfume almendrado y floral que había aprendido a aceptar e, incluso, añorar.

Se deslizaron hasta la entrada y un silencio inquietante se apoderó del lugar al verlos llegar el uno junto al otro. Tanto los pisos como paredes y techo eran de tablas en color claro. Una chimenea de piedras ofrecía un toque de carácter y elegancia. En el balcón exterior se encontraba un asador con hamburguesas y salchichas.

Él entrecerró los ojos y volvió a contemplar a Sarah, quien parecía haber construido un muro impenetrable alrededor de sí. Andrew pensó en el día que se encontraron en el restaurante y las personas que se acercaron con sus indiscreciones, y la Sarah que lo acompañaba ahora no era la misma mujer desenfadada que le cubrió el rostro de besos y el cuerpo de caricias. Mas bien parecía que ella se escudaba de su propia comunidad.

—¿Deseas una hamburguesa? ¿Una botella de agua está bien?

Si fuera otra persona él le respondería que era capaz de ir por sus propios alimentos, pero imaginaba que Sarah lo único que pretendía era estar unos minutos a solas para recomponerse. Él asintió y dijo:

—Mientras vuelves, daré una vuelta para saludar.

Ella asintió con demasiado entusiasmo, como si lo único que deseara aquella noche fuera pasar desapercibida y no saludar a los cerca de cien invitados, lo que era una ridiculez porque todos los habían visto llegar. Mas ella iba en camino hacia el asador sin mirar a nadie.

Podría jurar que Sarah no alcanzó a dar diez pasos cuando varios de los asistentes lo rodearon. Entre ellos estaban Cody Smith y el capitán Allen. Cody había sido su compañero de juerga cuando eran jóvenes y el capitán era un buen amigo de su padre. Intercambiaron pleitesías. Ellos le comentaron lo delicioso que estaba el clima para pasear por la playa mientras él guardaba silencio porque se imaginaba el rumbo que tomaría la conversación.

—Y entonces la señora Bramson y tú se conocen. —El tono de voz de Cody pretendía ser desinteresado.

Observó cómo Cody levantó y bajó las plantas de los pies en repetidas ocasiones mientras mantenía las manos dentro de los bolsillos. A la misma vez el capitán Allen se llevó la mano a la nariz mientras torcía el gesto.

Él se limitó a asentir en tanto dejaba las manos en su regazo, aunque sentía los músculos de los hombros agarrotarse. El capitán Allen se adelantó y dijo:

—Son como dos o tres generaciones de diferencia entre ustedes dos, ¿verdad, hijo?

Tuvo que luchar consigo mismo para no comenzar a reír a carcajadas ante lo absurdo de esas palabras, si bien sentía la cosquilla insistente en los labios.

—En realidad, son cinco.

Fue testigo de cómo el rostro de las personas que lo rodeaban se tornó rojo de furia mientras intercambiaban miradas. El capitán Allen enderezó la postura mientras se sujetaba del cinturón y dijo:

—Es evidente que la señora Bramson ya tiene cierta influencia sobre ti, muchacho.

—Lo que te queremos decir —intervino Cody—, es que la señora Bramson es una mala mujer.

Él intentó dedicarles una sonrisa indolente, aunque parecía más una mueca. Al parecer, Sarah no había cambiado a lo largo de los años y seguía generando problemas —por no hablar del mal presentimiento que tuvo cuando ella le cuestionó por su divorcio. Se preguntó si esa empresa que los unía era un error y si en realidad Sarah sería una mala madre. No podía olvidar que ese bebé sería de su propia sangre...

—Sé muy bien que Sarah es una loba envuelta en piel de oveja, así que pueden ahorrarse las advertencias. —Sintió el perfume osado de Sarah mucho antes de verla por lo que añadió—: ¿Verdad, dulzura?

Ella le extendió una de las hamburguesas que llevaba entre las manos y él sonrió pues estaba acompañada por cinco papas.

A la misma vez, y mientras él estaba enfocado en agarrar la botella de agua y observar la reacción de Sarah ante sus palabras, escuchó en murmullos unos reticentes saludos hacia ella. Sin embargo, en unos segundos se quedaron solos.

—Como siempre: tu fama te precede.

Ella le dedicó una sonrisa apagada mientras con su cuerpo le daba la espalda a los demás como si con eso pudiera crear un muro e impedir que entraran o formaran parte de su pequeño mundo. No tuvo dudas de que la aversión de las personas de la comunidad hacia Sarah era correspondida.

—Me conoces bien.

Él podría jurar que el tono de voz de ella se quebrantó, mas fue algo pasajero. Entrecerró los ojos, pues era evidente que, por sus palabras, Sarah estaba rememorando eventos pasados. Se sentía perdido como un niño pequeño que no para de dar las mismas vueltas para encontrar la salida de un laberinto. Sin embargo, ansió poder reconfortarla de algún modo.

—Cometiste un error... —Sarah tragó con dificultad y lo contempló con los ojos muy abiertos—. Solo hay cinco papas y sabes muy bien que no te voy a compartir.

Ella parpadeó en un par de ocasiones como si esas no fueran las palabras que esperaba. Entonces cuadró los hombros, levantó el mentón y en un tono un tanto amenazante dijo:

—A mí nada me detiene.

Se mantuvieron la mirada. Ella enarcó una ceja mientras él tenía los labios apretados en una línea recta hasta que Sarah curvó los de ella en una sonrisa al mismo tiempo que él la imitaba como si fueran cómplices. Solo por provocar, extendió la mano para unirla a la de ella; de inmediato sintió esa calidez que le era familiar, y, como si fuera en cámara lenta, la acercó a sus labios. Cerró los ojos por un segundo, pues por algún motivo el corazón comenzó a latirle más rápido. Le recorrió la palma con los labios en repetidas ocasiones y no le pasó desapercibido como la piel se le enervó a Sarah. Volvió a sonreír al percatarse que el rostro de ella estaba muy rojo a la vez que tenía los labios entreabiertos y el aliento contenido. Sintió el tirón de Sarah para que la soltara como si acabara de quemarla y fue veloz en agacharse para recoger la comida del suelo. Sarah giró de inmediato y se dirigió hacia una de las papeleras.

Mientras la observaba alejarse, él se sujetó de los aros de la silla y comenzó a circular entre los presentes. Se acercó al primer grupo, los saludó e intercambió algunas palabras. Repitió lo mismo en otras tres ocasiones.

No obstante, se agarraba de los aros impulsadores con una fuerza excesiva, pues cuando se iba los escuchaba lamentarse, contarse unos a otros que lo conocían, algunos desde que él era un niño. Hablaban de las fiestas que solía ofrecer en su casa y una vez más volvían a sentir lástima por él y lo que le había sucedido. Aseguraban que su vida era una de sufrimiento y que debía estar deprimido, pues no podía haber otra explicación para que considerara a Sarah una amiga.

Pretendió regresar al lado de Sarah, pues en definitiva era mucho más divertido, sin embargo, se encontró frente a frente con Jennifer. Su hermana lo abrazó de inmediato y le cubrió el rostro de besos. George, su cuñado, le extendió la mano, en tanto ella le explicaba que sus padres no asistirían y que le pidieron que ella los representara. Parecía que habían tomado un *break* en el trabajo, pues ambos vestían ropa de oficina.

—George y yo pensamos que nos habíamos equivocado de lugar. Ese pastel crea mucha confusión.

—Sí, parece que habrá otra actividad.

Se percató que Sarah volvería junto a él, pero unos turistas la detuvieron. Él entrecerró los ojos al recordar que sus amigos reaccionaron igual al verla como si fuera alguna especie de celebridad a la que solo podían conocer en la localidad. Cualquier cosa que los turistas le dijeran consiguió que el rostro de Sarah se iluminara y que de inmediato comenzara a articular con las manos como si les explicara algo.

Ellos estaban embelesados y él deseó escuchar qué era lo que ella les contaba, a lo mejor algo relacionado con el vidrio. No obstante, cuando Jacob le palmeó el hombro, regresó la atención a su familia. Aunque su hermano solo los acompañaría por unos minutos pues debía regresar a la actividad, ya que era bombero voluntario, al igual que lo fuera su padre.

De pronto, un grupo de personas entró con varios ramilletes de globos azules y rosas, los distribuyeron por el lugar y, azorados, salieron para regresar con unos cubos que deletreaban la palabra «bebé», varias bandejas con postres en ambos colores y una pancarta que decía «Niño o niña». Todos ellos parecían asustados por una mujer de cabello negro que parecía un sargento por cómo ladraba órdenes. Mientras tanto, los oficiales terminaban de mostrar la nueva flota de vehículos oficiales.

—Si mamá estuviera aquí, sería imposible hacerla callar con respecto a cuándo le daremos nietos. —Jacob se estremeció ante sus propias palabras.

Sin poder para de reírse, Jennifer dijo:

—No sé por qué sigue insistiendo, es decir, ¡míranos! Tú eres tetrapléjico, nosotros, asexuales—señaló a Jacob—, y tú, un *playboy*. Es evidente que el apellido llegó a su extinción.

Andrew sintió el calentón en el rostro y para disimular, llevó las manos a las esquinas de la silla y reacomodó su postura. Lo único que consiguió fue que Jacob frunciera el ceño, mas un segundo después todo quedó en el olvido, pues su hermano cuadró los hombros y en su boca apareció esa sonrisa estúpida de seductor incorregible. Fue entonces cuando Andrew percibió el penetrante aroma del perfume de Sarah y se percató que ella volvía a estar junto a él. Suspiró a la misma vez que en sus labios aparecía una sonrisa involuntaria.

—¿Ya te deshiciste de la arena en las ruedas, guapo?

Ella mantuvo la mirada baja y fija en él mientras le sonreía a la vez que le rodeaba la nuca con la mano.

—¿Y tú ya dejaste de jugar a los fantasmas, dulzura?

La sonrisa de ella se amplió a la vez que él la imitaba. Sarah le hundió los dedos en el cabello y él tuvo que hacer un gran esfuerzo por no gemir como si fuera un maldito púber. Era consciente de que tres pares de ojos estaban estupefactos. Era muy probable que se cuestionaran cómo Sarah y él se conocieron. Y, lo más importante, por qué intercambiaban palabras de cariño.

Ojeó a Jennifer al reconocer que sería la más interesada y la encontró con el rostro del color del más puro carmín. No tuvo dudas de que Robin ya le había contado, y a su vez ella hablaría con su madre. Esa debía ser la razón por la que sus padres no asistieron a la actividad. Su madre debía estar igual de furiosa.

—¿Se conocen? —Su hermana tenía la mandíbula apretada.

—Jennifer, ella es Sarah Bramson. Es una artista local. Sus creaciones en vidrio son exquisitas.

Pudo presentar a Sarah como una amiga o como una amante, sin embargo, prefirió hacerlo por su profesión para afianzarle a Jennifer que no era cualquier persona. Y al parecer a ella le agradó que la presentara así, pues le dio un apretón reconfortante en el hombro.

Sarah extendió la mano —en tanto descansaba la otra sobre su hombro— pero su hermana la ignoró y dijo:

—Robin, su esposa, no tarda en llegar.

Andrew entrecerró los ojos a la vez que apretaba los labios en una línea recta. Él no invitó a Robin y le parecía ridículo que llegara a una actividad que duraría como máximo una hora.

Jacob, como el cabrón galán que creía ser, se adelantó para estrecharle la mano a Sarah mientras la observaba con cierto brillo en la mirada como maravillado. Andrew se preguntó si es que acaso se conocían y en qué momento fue que lo hicieron.

—La señora de las canicas, ¿verdad?

Sarah le dedicó una sonrisa resplandeciente a su hermano mientras asentía con cierto rubor en las mejillas. Andrew se agarró de los aros de la silla y se impulsó unos centímetros hacia atrás. No era la primera vez que escuchaba ese apodo, pero nunca comprendió a qué se referían.

—¿La señora de las canicas? —preguntó.

Jacob lo observó con una sonrisa que le iluminaba el rostro. Jamás había visto al cabrón de su hermano en esa tesitura. Parecía un maldito fan.

—¡Sí! Cada año en el aniversario de los *Goonies*, en la playa, aparece una bolsa de canicas como en la película. Es una gran atracción para los turistas.

Estaba seguro de que podrían recoger su mandíbula del suelo. Se suponía que él era un gran fan de la película, o sea, ¿qué niño no querría vivir una aventura así con sus amigos? Y a su vez ser besado por una chica... mayor. Su rostro se enrojeció al percatarse de la novedad de ese pensamiento.

Se obligó a recomponerse y contempló a Sarah, quien le platicaba a Jacob sobre el proceso de elaboración de una canica, y no de esas de plástico barato, sino de una de vidrio. Jadeó ofendido porque le aseguró a Jacob que si iba a la tienda podría llevarse la canica y él no tenía una, pues Sarah jamás se la regaló. ¡Él quería una canica! Ahora comprendía por qué los hijos de Mateo estaban tan entusiasmados al conocerla.

—Deberías pasar un día por el taller. No suelo hacerlo con frecuencia, pero puedo enseñarte a soplar el vidrio y que hagas tu propia canica. —Sarah lo miró de soslayo como si de pronto recordara que él estaba allí y no podía subir escaleras—. O nos podríamos encontrar en casa de Andrew.

—Y yo aquí todo el tiempo pensando que me coqueteabas a mí.

Andrew le enseñó el dedo medio a Jacob y este comenzó a reír a carcajadas antes de retirarse. La mano de Sarah seguía sobre su hombro, ella lo ojeó y él creyó ver un casi imperceptible júbilo en la mirada de ella. Parecía complacida con que no la conociera por completo como él pensaba.

—Robin, la esposa de Andrew, es la directora del museo de la casa Flavel—intervino Jennifer.

Andrew apretó los labios en una línea recta. Sin embargo, entrecerró los ojos ante la neblina que cubrió la mirada de Sarah por un instante. Otra vez sintió esa especie de alerta como cuando ella le preguntó por su divorcio de Robin. Sarah fijó la mirada en Jennifer como si la retara.

—Conozco a Robin.

Sin embargo, su hermana no fue capaz de comprenderlo e insistió:

—Ella es tan hermosa y joven, ¿verdad, Andrew? Mi hermano no tiene ojos para otra mujer.

33

Sarah rio por lo bajo, lo que consiguió que los hombros de él se tensaran y tragara con dificultad. Entonces, ella le recorrió la piel de hombro a hombro en una caricia tan deliciosa que él sintió un latigazo de electricidad allí donde Sarah le deslizaba los dedos. Quizás debía preocuparse por sí mismo porque no era normal experimentar esa yuxtaposición de emociones en segundos.

—Voy a saludar a...

Ella no terminó la frase cuando dio media vuelta y caminó directa hacia uno de los oficiales que él no conocía. Andrew soltó el aire con brusquedad, aunque ni siquiera se había percatado de que lo contenía. En tanto, Jennifer le dedicó una mirada acusatoria, pero antes de que pudiera reclamarle George la arrastró hasta el asador. No entendía qué acababa de ocurrir, parecía que la contrariedad que existía cuando llegaron había regresado con venganza.

Sarah y el oficial estaban a solo unos pasos, así que Andrew escuchó cuando este le pidió que se marchara, mas Sarah respondió que no lo haría. No perdió detalle de cómo el oficial le colocó la mano en el antebrazo a ella como si la reconfortara de los murmullos que parecían perseguirla.

—No te entiendo, ¿qué haces aquí? —El oficial parecía tener un monstruo de dos cabezas frente a sí.

Sarah le daba la espalda, así que Andrew no podía verle el rostro. Él tampoco entendía por qué ella no podía estar allí o qué había hecho para recibir el rechazo de los demás. Se frotó las muñecas, bajó la cabeza y se reacomodó el pantalón. Volvió a moverse, aunque con frecuencia se encontraba con la mirada perdida en donde Sarah estaba.

Jacob regresó junto a él y Andrew se obligó a comportarse con normalidad a pesar del remolino de emociones que experimentaba. Ojalá conociera a Sarah mejor, porque en ese instante se cuestionaba si había puesto su vida en peligro solo por aceptar esa locura de darle un bebé. Su hermano lo distrajo y ambos se pusieron de acuerdo en subir la colina en un par de días, pues Jacob tenía dos citas en las próximas veinticuatro horas.

—¿Quieres ir allá?

Andrew volvió a ojear a Sarah —que seguía junto al oficial ese—. Tenía la boca en un puchero perenne. No entendía qué le sucedía, porque él no estaba celoso. Era la situación en la que estaba envuelto lo que lo tenía en ese estado.

—No.

Su hermano rio como un estúpido.

—¿Seguro?

—Sí.

Volvió a reajustar su postura en la silla como si fuera un maldito crío que no pudiera permanecer sentado. Se preguntó por qué Sarah no acudió a ese hombre. Tener un hijo con él hubiera sido muy fácil, pues con solo una noche de sexo sería suficiente. Andrew se soltó el primer botón de la camisa. ¿Acaso Sarah estaba obsesionada con él? ¿Por lo que sucedió aquellos días en la universidad?

—¿Y la conociste aquí?

—Así es.

Su hermano lo contempló mientras él mantenía la mirada al frente y sin levantar la cabeza. No había forma de engañar a Jacob, lo que se confirmó cuando añadió:

—Te creo, la cantidad de testosterona que brota de ti en este momento me lo confirma.

Bufó. Jacob no comprendía nada. Eso no evitó que su hermano riera a carcajadas y él se obligó a concentrarse en algo más. No podía seguir observando a Sarah como si fuera un buitre a la espera de que su caza se distrajera y así atacar. De pronto, Sarah se encontró rodeada de las mujeres que la acompañaron en el restaurante la primera vez que se vieron allí. Una tenía cabello negro y la otra estaba embarazada por lo que la fiesta debía ser en honor a ella. A él todavía le parecían búhos desaliñados, carroñeros y cotillas. ¿Ese era el tipo de personas con el que Sarah se rodeaba? Escuchaba el cuchicheo incesante sobre la hermosa decoración para la revelación del sexo del bebé que se celebraría después, lo radiante que estaba la próxima mamá y cómo exudaba juventud y vida.

Cuando regresó la mirada a Sarah un vacío se apoderó de su pecho al ver en el rostro de ella una sonrisa desconocida para él, una de... desesperanza. Él... él no pensó en cuán difícil debía ser para ella ver lo que ocurría a su alrededor.

—No, ningún hombre ha querido casarse con mi hermana.

Andrew botó el aire como si acabaran de golpearlo y se aferró a los aros impulsadores con tanta fuerza que los nudillos se le palidecieron. ¿La mujer del cabello negro era hermana de Sarah y así era como se refería a ella? Andrew pensó en su bebé... en el bebé de Sarah. Se preguntó si recibiría amor o sería bienvenido en la familia de ella.

—¡Muchacho!

Entonces apareció un hombre por detrás de la embarazada y la fundió en un abrazo. Sarah giró y en lugar de volver junto a él se dirigió a la salida. El hombre se disculpó y con grandes zancadas consiguió atravesarse frente a Sarah, quien lo esquivó, pero el hombre volvió a impedirle el paso. Andrew fijó la mirada en él. Quizás de unos cuarenta y cinco años, tenía un aire a Kevin Federline, solo que con varias inyecciones de bótox de más.

Andrew dio un respingo al sentir que alguien lo tocaba en el hombro. Giró, si bien mantuvo la mirada al frente. Él no levantaba la cabeza por nadie.

—Te decía que Sarah es una mujer muy vieja para un hombre tan guapo como tú. —La mujer pretendió entregarle un papel—. Este es el teléfono de mi nieta. Llámala. Ella es como tú... defectuosa.

Ignoró a la entrometida y con cierta ansiedad volvió a buscar a Sarah con la mirada, importándole muy poco lo que acababan de decirle por primera vez en los últimos cinco años. Como una experiencia extracorpórea observó como Sarah marchaba hasta el pastel con pasos firmes y potentes. En cuanto llegó —y sin un ápice de duda o remordimiento— hundió la mano en el postre y en el mismo movimiento lo estrelló contra el suelo.

—¡Oh, es azul! ¿Acaso eso significa algo?

Hubo una conmoción general y un silencio filoso reinó por unos segundos, seguido de murmullos insistentes. Los presentes le dedicaban miradas cargadas de desdén a Sarah, negando con la cabeza al unísono.

—Esa mujer siempre tiene que arruinar las actividades.

—Solo es capaz de pensar en sí misma.

—No sé por qué la invitaron.

Fue en ese instante en que él recordó que cuando Sarah reapareció en su vida, ella admitió que su última evaluación psiquiátrica tenía unos pocos meses. Al parecer, Sarah de verdad tenía un problema mental y él comenzaba a creer que estaba relacionado con la maternidad. El dolor le agarrotó los músculos al creer que su hijo estaría en peligro. Tenía que terminar con esa locura de darle a Sarah un bebé.

Fue testigo de cómo Cody se acercó a ella con vacilación, como si se tratara de alguien muy peligroso, y un estremecimiento recorrió a Andrew desde los brazos hasta la nuca. Él le había dado acceso de su hogar a Sarah, le había confiado su intimidad.

Algunos de los presentes parecían sufrir una especie de estupor, otros no paraban de despotricar contra ella. La homenajeada estaba envuelta en un llanto inconsolable mientras su pareja intentaba ofrecerle consuelo, si bien en su rostro reinaba el triunfo y el júbilo, como si hubiera tenido la certeza de que Sarah reaccionaría así. El tipo consoló a la mujer unos minutos más antes de alejarse para seguir a Cody, quien se había llevado a Sarah.

Andrew se agarró de los aros de la silla y se impulsó para seguirlo. Tenía que descubrir qué sucedía, pues era evidente que Sarah conocía a ese hombre. No obstante, se le dificultó la persecución ya que no podía utilizar la escalera que daba acceso al lugar. Golpeó los aros impulsadores antes de continuar por la rampa. Sarah caminaba tranquila, sin embargo, Cody le apretaba tanto el antebrazo que debía lastimarla. En tanto el desconocido le gritaba:

—¿No te avergüenzas de aparecer en un lugar al que no has sido invitada? Admite que solo viniste a verme. ¡Me extrañas! ¡Después de dos años no puedes vivir sin mí!

—¡Sarah! —gritó Andrew al final de la rampa.

Ella se detuvo al escucharlo, giró y comenzó a buscarlo con la mirada. Al encontrarlo quiso acercarse, mas Cody la retuvo con excesiva fuerza. Andrew se percató por la casi imperceptible mueca de dolor que apareció en el rostro de ella. El desconocido también notó la llegada de él y con una sonrisilla estúpida en los labios continuó:

—¡Acéptalo de una vez, fui yo quien te abandonó! ¡Solo eres una perra seca y estéril!

A Sarah le tiritaron los humedecidos ojos al escucharlo. Andrew impulsó los aros hacia atrás al verla. Toda esa indiferencia que ella había mostrado a lo largo de esas semanas parecía haberse derrumbado. Estaba vulnerable, perdida y herida. Andrew sintió un remolino atroz en su interior, una especie de fuego lo consumía. Tenía los músculos agarrotados y moverse se le tornó casi imposible. Se aferraba a los aros impulsadores con una fuerza excesiva. La misma que deseaba usar contra ese hombre por haberle arrebatado la venda de los ojos y mostrarle a la verdadera Sarah Bramson.

—¿¡Me has hecho arriesgar mi vida por un hombre?! —Su tono de voz se tornó zafio.

Ella intentó acercarse, pero Cody volvió a retenerla y Andrew retrocedió una vez más con los ojos humedecidos. ¡Fue un reverendo estúpido! Sarah había sabido jugar con sus carencias y él se dejó mangonear, ¡por sexo!

Ella se cubrió la garganta por unos segundos mientras las lágrimas le bañaban las mejillas, tal y como el día en que le pidió un bebé. Al parecer pretendía seguir engatusándolo, pero él no se lo permitiría por lo que giró en la silla para marcharse con el poco orgullo que le quedaba.

—¡Es por mí! —Él volvió a girar al escuchar el grito desgarrador que fue arrastrado por las olas y la encontró golpeándose el pecho con cierta desesperación y manía mientras hipaba y sollozaba—. ¡MÍ! ¡MÍ! ¡MÍ! No necesito a un hombre, solo su esperma.

Sarah retrocedió como si la tomarán desprevenida sus propias palabras, tenía el rostro como el bermellón más puro y el cuerpo le tiritaba con violencia. Cody se veía incómodo; al parecer no sabía cómo reaccionar a lo que sucedía frente a él. Andrew miró unos segundos atrás al sentir que alguien se acercaba corriendo. Jacob. Eso no evitó que a él se le desorbitaran los ojos con el rostro desencajado mientras la hoguera en su interior lo consumía.

Ya no sabía en qué creer. Se sentía inquieto y con demasiada energía recorriéndole las venas. Podía sentir las señales en su cuerpo, en cualquier momento entraría en un ataque de espasmos incontrolable.

—¡Júramelo! ¡Hazlo, Sarah!

Su hermano le colocó la mano en el hombro y él lo movió con brusquedad para que lo soltará.

—Andrew, regresemos al centro.

Él se sujetó de los aros y se movió hacia adelante y atrás. Tenía el rostro abrasado y el zumbido en los oídos era ensordecedor. Estaba bien jodido, porque en sus entrañas ansiaba creerle a Sarah y encontrar una justificación extraordinaria para lo que acababa de ocurrir. No obstante, sus pensamientos eran un hervidero de ideas, si bien la que predominaba era la de huir de la situación. Una vez más se cuestionó por qué tuvo que responderle la llamada hacía ya tantas semanas.

—Tiene que prometérmelo.

Jacob se colocó entre Sarah y él mientras los observaba con el ceño fruncido. No obstante, Andrew mantenía la mirada fija en ella como si con ello pudiera obligarla a no escapar, a que le dijera la verdad de una maldita vez. Sin embargo, ante la presencia de Jacob, Sarah se limpió las lágrimas con rapidez mientras en su rostro aparecía la jodida sonrisa de indiferencia.

—¿Qué es lo que debe prometerte? —insistió su hermano

Él observó cómo ella tragaba con dificultad a la vez que se humedecía los labios.

—Tú me conoces, tú me conoces. Una loba envuelta en piel de oveja. No hay más.

De algún modo, Sarah consiguió eliminar la distancia entre los dos, se inclinó y unió sus labios en un beso que le supo a hiel. Cody se apresuró a agarrarla como si le hubiera tomado desprevenido el que Sarah se alejara unos centímetros y por ello pudiera escapar. Entonces la zarandeó para que subiera a la patrulla. Ninguno de esos movimientos era necesario pues ella no se resistía.

En cuanto el vehículo se alejó, Andrew se vio obligado a abrir la boca y jalar todo el aire que pudo, pues el vacío que se apoderó de su pecho no le permitía respirar con normalidad.

Jacob se cruzó de brazos a la altura del pecho con las piernas abiertas. Andrew se mantuvo estoico con la mirada al frente y sin levantarla ni por un segundo.

—¿Qué acabo de presenciar?

Él se apoyó en los aros impulsadores a la misma vez que bajaba la cabeza, se masajeaba la frente y suspiraba. Tal vez había puesto en peligro la vida de Robin y la de él ante la inestabilidad mental de Sarah. ¿Y todo por qué? Por creer que él podría volver a formar ese lazo de intimidad que existía entre un hombre y una mujer.

—Una pelea de amantes.

Ojeó a Jacob, quien por un segundo entrecerró los ojos y al siguiente comenzó a sonreír como un imbécil.

—¿Desde cuánto tu vida se volvió tan jodidamente interesante?

Él volvió a suspirar.

—Desde que ella apareció.

—¿Te tiene agarrado de las canicas?

Sin poder evitarlo sonrió. Sabía que su hermano no dejaría pasar la oportunidad, sin embargo, estaba sonrojado y parecía algo nervioso. Era la primera vez que Jacob actuaba de esa forma. Iba a ser que al gran casanova en realidad le gustaban las mujeres mayores. Sería una jodida novedad e ironía porque, en definitiva, Andrew jamás se imaginó envuelto en una relación de ese tipo. Miró a Jacob de soslayo, todavía tenía la sonrisa pícara en los labios.

—Más bien me las acaricia y de vez en cuando me las chupa.

Su hermano rio a carcajadas, pero él ya no sabía qué hacer. Nunca había estado en una encrucijada como esa.

34

Al siguiente día, en la tarde, Andrew llamó a la estación de policía y entre conversaciones banales preguntó por Sarah. Escuchó cuando Cody tomó una bocanada profunda de aire y oyó un ruido en el teléfono como si el oficial reajustara la postura en una silla chirriante. Entonces dijo:

—¿Por qué te interesa tanto esa mujer?

Andrew se mantuvo impasible, ya que se juró a sí mismo que no se perturbaría por lo que le dijeran. Nada lo unía a Sarah, solo era sexo. Ella misma admitió que lo único que quería de él era su esperma. Sarah lo redujo al líquido viscoso que emitía su cuerpo y eso terminaría en unos días.

—Solo dime, ¿ya la dejaron ir?

—Ayer Sarah Bramson violó su libertad condicional.

—Eso no fue lo que te pregunté.

Su tono de voz era neutro, pero se soltó el primer botón de la camisa al sentir que se asfixiaba. ¿Sarah había estado en la cárcel?

—Sus problemas con la ley son de años, lo mejor es que te mantengas alejado de ella.

—Cody...

—El hombre que la perseguía fue su amante.

—Lo has dicho: fue.

No obstante, se masajeó las muñecas en un intento vano de encontrar alivio al tumulto de emociones que experimentaba.

—Él terminó la relación y Sarah se negó a aceptarlo. Lo perseguía, lo acosaba y cuando él se mantuvo firme, Sarah Bramson tomó una de las antorchas de su taller, llegó hasta una fiesta de cumpleaños a la que no fue invitada y le prendió fuego al *stand* de magia. ¿Ese es el tipo de mujer con el que te quieres ver involucrado? Piensa en ti, ahora eres lisiado.

Cuando colgó, Andrew se sujetaba de los aros impulsadores con tanta fuerza que se le agarrotaron los músculos de los brazos y el bombeo de sangre en sus venas era atroz. Sarah tenía acceso a su hogar y le sería muy fácil incendiarlo. Con cierto temblor en las manos buscó vuelos y compró el boleto de regreso a Houston. Su estadía en Cannon Beach se había extendido demasiados días. Era hora de volver y continuar con su vida como si nada de lo que ocurrió en las últimas semanas hubiera sucedido. Su avión saldría el mismo día en que la aplicación del teléfono informaba que Sarah ovularía.

Después de eso, llamó a Mateo en un intento de distraerse y no seguir dando vueltas a la situación.

Sonrió al ver a los niños correr por la sala en tanto su amigo y Luke se dedicaban miradas amorosas y caricias que prometían una gran noche. La piel de ambos mostraba que habían estado todo el día bajo el sol y el cansancio en sus ojos era evidencia del esfuerzo que representaba manejar un rancho.

—¿Y qué tal la nena linda?

Andrew observó como Luke sujetó a Mateo del hombro como si lo amonestara por hacer esa pregunta por lo que este le sacó la lengua para entonces fijar la mirada en la pantalla como si le exigiera a él una respuesta. La escena que Andrew tenía frente a sí era todo lo que anhelaba; sin embargo, de sus amigos, era el único que estaba solo.

—No existe nada entre los dos.

Mateo rio.

—Si así fuera ya tu trasero estaría dando vueltas por Houston.

La llamada no duró mucho más después de eso. Consideró comunicarse con Mel y saber cómo se encontraba ese día, preguntarle si sabía de Jay, pero no tenía la entereza mental para hablar con ella. Andrew continuó su día, trabajó en la actualización que presentaría en un par de meses.

—Andrew, tenemos que hacer tus ejercicios —dijo Patrick.

Para ese instante, permanecía quieto en la cama mientras mantenía la mirada fija en el techo. Era medianoche y no podía dormir, pensaba en Sarah y que ese día no fue a verlo. Tal vez jamás regresaría, y él se debatía entre sentirse aliviado o permitir que esa desesperación que rondaba a su corazón se apoderara de él.

Ansiaba tenerla de frente y reprocharle el que fuera amorosa y atenta, exigirle una explicación a por qué lo acariciaba en todo momento haciéndolo sentir especial y que alguien por fin lo necesitaba. Sarah le mintió con crueldad, pues pudo elegir a cualquiera para tener a su bebé, y él quería reclamarle la razón por la que montó esa pantomima de escogerlo, mas, típico de Sarah, huyó antes de tener que enfrentar las consecuencias de sus actos.

Se obligó a cerrar los ojos, pues él no perdería el sueño por ella. No obstante, el teléfono le avisó de una llamada. Suspiró con cierto pesar, pues no deseaba hablar con su madre. Se cubrió los ojos con un brazo antes de colocar el aparato sobre la oreja, y ni siquiera tuvo tiempo de saludar cuando escuchó:

—¡Andrew!

Era más que evidente que él todavía yacía en la cama, que su cuerpo no se movió ni un milímetro, no obstante, sintió como si se hubiera sentado de golpe ante el tono de angustia en la voz de Sarah. El corazón que un segundo antes le latía con serenidad, ahora le golpeteaba el pecho a tal punto que le cerraba la garganta y le dificultaba respirar con normalidad.

—Dime dónde estás. —Tenía la voz ahogada.

Ella guardó silencio y solo se escuchaban los hipidos desesperados y sollozos incontrolables.

—Yo... No sé por qué te llamé... Yo...

Sarah tenía la nariz congestionada y estaba afónica. Los pensamientos de Andrew se convirtieron en un hervidero de conjeturas: tal vez le sucedió algo en la estación de policía, o ese hombre le había hecho daño o quizás... Él cerró los ojos con fuerza mientras tragaba con dificultad: quizás ella tenía un sangrado fuera de su periodo.

—Sarah, dulzura, ¿dónde estás?

Oyó cuando ella tomó una bocanada de aire como si intentara tranquilizarse y en gimoteos respondió:

—En Portland.

Entrecerró los ojos mientras se impulsaba en la cama para poder sentarse. ¿Qué hacía ella tan lejos? ¿Acaso fue en busca de una aventura de una noche y la atacaron? Sintió como los nudos de tensión se tornaron rígidos en los hombros.

—¿Estás en peligro? ¿Llamo al 911?

—No. —Pero volvió al llanto desconsolador.

Ahogó el deseo de gruñirle como si fuera un animal, así como el deseo de pegarle cuatro gritos por actuar sin pensar en las consecuencias. Abrió y cerró las manos con lentitud y solo cuando estuvo seguro de que podría imprimir un tono sereno a su voz dijo:

—Dulzura, respira profundo y dime, ¿qué sucedió?

La escuchó inhalar y exhalar en un par de ocasiones, no obstante, jadeaba y sorbía por la nariz.

—Mi sobrina, la chica que vimos en la playa, llegó a la casa. Estaba pálida y se doblaba del dolor. —Sarah guardó silencio y la respiración de Andrew se normalizó—. No me quiso decir qué le sucedía hasta una hora después...

—Sarah —susurró para que ella continuara.

—Es-estaba embarazada. —De la garganta de ella escapó un sollozo estrangulado.

Su tono de voz fue tan bajo, efímero y resquebrajado que él no tuvo dudas de que estaba rota de dolor. Andrew se inclinó hacia adelante por lo que los brazos cargaron con el peso de su torso. Una especie de ardor se apoderó de su pecho, algo que no le permitía tragar y que lo ahogaba como si fuera asfalto viscoso y caliente. «¡Puñeta!», gritó en sus pensamientos. ¿Por qué la vida se ensañaba así con Sarah? ¿Por qué golpearla con lo que más quería?

—¿Hay algo que se pueda hacer?

Esas palabras al parecer lograron sosegarla porque los sollozos disminuyeron. Ella volvió a guardar silencio y en esa ocasión Andrew fue paciente.

—No. —La voz de ella apenas fue audible por lo que repitió—: No. Se tomó un té de hierbas que le provocó el aborto, además de náuseas y letargo. La van a monitorear las próximas veinticuatro horas.

—¿Los doctores ya hablaron contigo? —Procuró que su tono de voz fuera suave, incluso arrullador.

—Me dijeron que su condición es crítica, que podría no volver a despertar. —Los hipidos y lloriqueos se tornaron violentos—. ¡Y el bebé!

Andrew tuvo que obligarse a dormir esa noche, incluso le pidió a Patrick que le diera una píldora de Baclofeno —un medicamento que se recetaba para controlar los espasmos, pero que él no utilizaba porque prefería el estímulo sobre sus músculos y detestaba la borrachera que le provocaba—.

Sarah se había negado a que la alcanzara en Portland, aunque él no dejaba de pensarla sola en una fría sala de hospital. Una vez más ella no lograba ocultarle su fragilidad, si bien era algo que todavía se le dificultaba aceptar. No obstante, en cierta forma, se sentía enfocado y centrado. Sarah lo había buscado. Tal vez lo único que necesitaba era escuchar su voz, pero lo hizo sentir especial.

Cuando despertó en la mañana lo primero que hizo fue tomar el teléfono y llamarla. En cuanto le contestó le preguntó si había comido, a lo que Sarah respondió que sí y de inmediato él supo que era mentira, si bien guardó silencio, pues reconocía que debía escoger sus batallas. El doctor ya había hablado con ella: la saturación de oxígeno de la sobrina de Sarah había llegado a niveles alarmantes durante la noche y tendría que quedarse en observación.

Después de eso la llamó a cada hora para asegurarse de que se mantuviera tranquila y ofrecerle un hombro donde llorar y desahogarse. Él también estaba sereno. Por el momento había decidido obviar la conversación con Cody y tener fe en Sarah. Después de todo, si ella fuera tan peligrosa y egoísta como el mundo la pintaba, él desde hacía días estaría muerto... aunque una diminuta flama de consciencia le gritaba que eso no sucedería hasta que Sarah estuviera embarazada.

Al siguiente día ella le confirmó que le habían dado el alta del hospital a su sobrina y que ya venía de camino hacia Cannon Beach.

—Envíame tu ubicación y mantenla encendida en todo momento.

—No es necesario.

—Deja la necedad y testarudez. No has dormido ni comido en tres días, ¿acaso tu sobrina sabe conducir?

No obtuvo respuesta en palabras, pero en segundos su teléfono recibió la notificación. Abrió el mapa y comenzó a rastrearla, la aplicación le informaba que estaba a una hora y diecisiete minutos. A pesar de eso, él mantuvo los labios apretados en una línea recta y continuó:

—Tan pronto llegues a Cannon Beach ven a mi casa.

—Andrew...

A través del tono de voz de ella supo cuán cansada estaba. No acababa de comprender por qué Sarah fue quien se hizo cargo de su sobrina y no sus padres. Incluso sabía que no los había contactado y había preferido enfrentar la situación ella sola. Pero no lo estaba. Aunque lo que les quedaba juntos eran unos pocos días, él le haría compañía.

—Tu chico exige verte y ya conoces lo petulante e irascible que puede llegar a ser.

Escuchó cuando ella contuvo el aliento. Con cierto temblor en su voz y en un susurro dijo:

—¿Mi chico?

Él había modulado la voz. Si tuviera a Sarah de frente, ella de inmediato comprendería que en ese instante no hablaba con el mismo hombre dócil que no podía levantarse de la cama hacía un par de días. Sarah tenía que sentirse en control en todo momento porque si no huiría, era muy consciente de ese rasgo en su personalidad, pero eso no sería impedimento para que hiciera lo que él quería.

—¿Qué hará al respecto, señora?

Era una suerte que estuviera exhausta porque gagueó por unos segundos para entonces aceptar detenerse unos minutos en su casa. En cuanto colgó llamó a Jacob y lo puso al tanto de la situación, le pidió que estuviera pendiente de cualquier accidente en la carretera.

—Andrew, ¿vas a hacer tus ejercicios hoy? —le dijo Patrick.

Asintió y siguió a su asistente. En cuanto entró a la habitación, posicionó la silla de ruedas y se inclinó para agarrar las cuerdas. Comenzó a agitarlas, aunque realizaba un ejercicio aeróbico y no uno extenuante como deseaba. Para lograr lo que quería no podía cansarse. Sarah vivía en un maldito e inaccesible segundo piso y así como ella estuvo junto a él hacía un par de días, él quería estar para ella.

Al terminar tomó un baño y, cuando estuvo listo, Sarah estaba a solo minutos de llegar a la casa. Oprimió el botón que abría la puerta y se impulsó fuera. Ella estacionaba su camioneta en ese mismo instante. Andrew frunció el ceño al ver que articulaba con las manos como si discutiera, además tenía el rostro como el bermellón más puro y varias lágrimas le cubrían las mejillas.

La chica que habían visto en la playa, la sobrina de Sarah, abrió la puerta de la camioneta con brusquedad y salió fue por lo que él alcanzó a escuchar:

—Mamá, lamento ser una carga para ti.

35

Andrew se detuvo de golpe ante esas palabras. No entendía qué sucedía, pero ningún hijo debía sentirse así frente a sus padres. La mujer quiso responder, mas Sarah terminó la llamada, apagó el teléfono y apoyó la cabeza en el volante. En cuanto Andrew vio que se pegaba contra la pieza, extendió la mano y se la colocó en el hombro. Fue el instante en que ella pegó un grito. Al parecer estaba tan distraída que no lo había visto.

Andrew levantó las manos en un movimiento pausado a la vez que ella se cubría el pecho y tragaba con dificultad. Sarah le dedicó una sonrisa torcida y dijo:

—No tenías que salir.

Se felicitó a sí mismo por haberlo hecho porque tenía la certeza de que ella se habría marchado si él la hubiera esperado adentro. Con serenidad bajó el brazo y buscó la mano de ella para unirla a la suya. La tenía helada, como si lo que sea que acabara de ocurrir fuera terrible. Sarah quiso apartarla y él contuvo el aliento a la vez que comenzaba a abrir la mano para dejarla ir —le recordó los rechazos de Robin ante cualquier caricia suya—, pero, en el último momento, los hombros de ella cayeron y su mano se ajustó a la perfección a la suya al mismo tiempo que le dedicaba una diminuta sonrisa. Él se humedeció los labios en tanto el corazón se le aceleraba. Le dio tiempo para bajar de la camioneta, y se sujetó del aro impulsador con la mano libre para caminar uno junto al otro.

—¡No quiero estar aquí!

Tras el grito de la niñata, Andrew sintió la tensión recorrer el cuerpo de Sarah, lo que consiguió que él también sufriera el mismo efecto. Era una sensación que detestaba, pues incrementaba la espasticidad en sus músculos. Antes de que Sarah pudiera responder, se encontró diciendo:

—Estás en mi hogar y te exijo que te comportes. Si no eres capaz, la puerta está abierta y te puedes marchar.

Sintió el estremecimiento de Sarah, aunque agradeció que se mantuviera en silencio y no le restara autoridad frente a la chica, a quien los ojos se le abrieron con desmesura, como si no esperara que él impusiera reglas.

—No eres mi padre.

Andrew rodó los ojos ante la típica respuesta adolescente. «Gracias a Dios», dijo en sus pensamientos, aunque tuvo que morderse la lengua para no decirlo en voz alta. Tenía la certeza de que a Sarah no le agradaría. Pero si esa niña fuera hija de Sarah y él, para ese instante le arderían las nalgas por el terror que le había hecho pasar a su tía. Y le importaba una mierda si lo consideraban un energúmeno.

En cuanto llegaron a la entrada, se detuvo. Extendió la mano libre y la unió a la de Sarah para cerrar el círculo y tener toda su atención. Levantó la cabeza y buscó la mirada oscura. Le dedicó una sonrisa mientras con los dedos le acariciaba las palmas de las manos en un ir y venir que esperaba fuera reconfortante. Las líneas en los ojos de ella estaban muy marcadas, al igual que sus ojeras y la hinchazón a su alrededor. Tenía la piel cenicienta y la postura caída. El desasosiego parecía a punto de asfixiarla.

—Toma un baño y recuéstate en la cama. —Su tono de voz estaba cargado de una delicadeza que lo tomó desprevenido.

Ella cruzó los pies y llevó la boca a un lado, no obstante, a él no le pasó desapercibido cómo su cuerpo se había tornado lánguido al entrar a la casa y tenía los párpados caídos. Cierta calma lo embargó, pues parecía que ella había dejado de estar en alerta. Sin embargo, ella dijo:

—Tengo que llevarla a casa. El doctor enfatizó que debía reposar.

Él asintió a la vez que le soltaba las manos para recorrerle los brazos en una caricia que la hizo estremecer. Esperaba que el motivo de esa reacción fuera porque le gustaba que él la reconfortara y no por la aspereza de sus manos.

—Aquí hay una habitación libre, puede descansar ahí.

Ella intentó negarse, pero ni siquiera le quedaban fuerzas para eso.

—Andrew...

Él volvió a deslizarle los dedos por la sedosa piel y podría jurar que ella osciló entre sus brazos.

—No es opcional, dulzura.

Moduló su voz en un tono bajo y sereno para no levantar ninguna alarma en Sarah. Ella debía creer que era su propia decisión y que era racional al respecto, aunque era una orden tácita. No la dejaría salir, al menos hasta que durmiera y se desahogara un poco. Solo anhelaba cuidarla, consentirla y estar para ella. Y no le exigía demasiado, solo el que se quedara en su hogar. Ella suspiró y asintió a la vez que cerraba los ojos.

—Pero solo unos minutos.

Él asintió y dejó ir sus brazos con suavidad, la siguió con la mirada hasta verla atravesar la sala y desaparecer por el pasillo. Respiró hondo para enfrentar a la chica que estaba de pie frente a la puerta de su hogar con mala actitud.

—La cocina está ahí, puedes prepararte lo que desees. Tu habitación es la primera puerta a la derecha. Voy a alcanzar a tu tía.

La joven se estrujó los ojos para borrar las lágrimas que pululaban por salir.

—¡Por poco muero!

Era evidente que estaba furiosa y pretendía desquitarse con Sarah y con él, pero no se lo permitiría.

—Y tu tía fue quien se responsabilizó por ti. Firmó los documentos necesarios para que te hicieran el procedimiento. No solo enfrentó la muerte de ese bebé, sino a la posibilidad de que su sobrina también falleciera. ¡Ella que daría lo que fuera por tener vida entre sus brazos...! —La chica palideció; era evidente que no tenía idea de qué hablaba. Con los labios apretados en una línea recta continuó—: Tienes la opción de marcharte y seguir comportándote como una niña que pretende que le tengan lástima, o madurar de una vez y comprender que tus decisiones afectan a los demás. Ahora, si me disculpas, voy a follarme a tu tía hasta hacerle olvidar estos días.

Andrew no supo si el sonrojo que le cubrió las mejillas a la joven era por vergüenza o por sus últimas palabras, aunque le importaba una mierda.

—Tú... ¿de verdad puedes...?

Andrew la observó de soslayo, mas no respondió. Giró, se impulsó a través de la sala y atravesó el pasillo. Antes de entrar a la habitación tomó una bocanada profunda de aire. Era evidente que él no sabía cómo lidiar con adolescentes.

Se preguntó dónde estaba la madre de esa niña y si sabría lo que le había ocurrido. Al entrar, escuchó que Sarah cerraba el agua. Tomó una toalla y una camisa del armario antes de ingresar al baño. La encontró apoyada contra la pared, con el rostro contorsionado y los ojos apretados.

—Dulzura...

Procuró mantener el tono de voz bajo, aunque autoritario. Siempre tuvo claro que le sería imposible ocultarle a ella que en esos instantes él se le imponía, mas lo que lo tenía vacilante era que Sarah se lo permitiera. Ella había abierto los ojos al escucharlo y permanecía quieta mientras lo contemplaba. Una miríada de emociones le cubría los oscuros ojos, si bien podía reconocer que el temor era la emoción que la dominaba. No podía ni siquiera imaginar por lo que ella estaba pasando. Era la primera vez que él intentaba tener un bebé, pero Sarah lo llevaba haciendo por dos años. Al menos en veinticuatro ocasiones debió embargarla la esperanza de que ese mes sí lograría embarazarse. Y ahora su sobrina acababa de terminar con lo que ella más deseaba. La vida no podía ser más cruel.

Abrió la toalla con la mirada fija en ella. Esperaba transmitirle calidez, pues eso era lo más que deseaba entregarle. Observó cómo a ella las piernas le fallaron un par de veces antes de acercarse. Cuando la tuvo de frente, la envolvió en la tela esponjosa y suave, la rodeó con los brazos y la arrastró para que subiera a su regazo. Sarah escondió el rostro en su pecho en tanto él cerraba los ojos y le dejaba un beso en el cabello. En su piel estaba impregnado el aroma familiar de su jabón, aunque con ese deje dulzón que era característico de la mujer entre sus brazos.

Apretujada contra su cuerpo la llevó hasta la cama. Renuente, la dejó ir para que subiera a la cama y así pudiera descansar. Le entregó la camisa y ella se la colocó mientras ambos permanecían en silencio. No tenía muy claro qué decirle, así que mejor optó por quedarse callado.

—Madi... —La voz de ella apenas se escuchó, pues estaba afónica.

Extendió las manos y las colocó con suavidad en las caderas femeninas. Se le dificultó tragar al percatarse de la lucha que ella mantenía consigo misma. Tal vez deseaba quedarse, pero ansiaba más irse.

—Me siguió hasta su habitación.

Reconocía que debía ser cauteloso. Al parecer Sarah se sentía débil y aún se le dificultaba que él fuera testigo de ello. Era absurdo, a menos que ella ignorara que le había mostrado su vulnerabilidad desde el mismo instante en que se encontraron. Esa era la razón por la que él había aceptado darle un bebé: en aquel instante no hubo máscaras, Sarah le había mostrado una parte de ella que estaba seguro nadie más conocía... A él, al hombre que usaba silla de ruedas.

Ella tomó una bocanada profunda de aire en tanto asentía. Él le hizo un gesto con la cabeza para que se recostara y, tras un suspiro cansado, así lo hizo. La vio acurrucarse contra la almohada de él y esconder el rostro en ella.

Rodeó la cama y, asegurándose de que no lo observaba, se empujó hasta la esquina de la silla, bajó los pies al suelo y esperó a que los espasmos pasaran. Llevó la mano derecha al borde de la cama mientras con la izquierda se sostenía de la rueda, entonces se impulsó de lado e hizo la transferencia. Se arrastró hasta tener una posición segura y se inclinó para agarrarse la pierna derecha, subirla y al final la izquierda. Una vez más tuvo que esperar a que los espasmos cedieran. Tomó una bocanada de aire y se impulsó otra vez hasta descansar la espalda en varias almohadas que colocó a los pies de la cama.

Ella mantuvo los ojos cerrados, aunque era evidente que no dormía. Pasó cerca de media hora durante la que él se contentó con observarla, sin llegar a decidir qué hacer. Su objetivo principal había sido llevarla a la casa; después de eso ya no tenía nada más planeado, pues desconocía cómo se reconfortaba a una mujer tan imponente como Sarah.

La tomó de los tobillos y la haló hacia él con suavidad. Le levantó la pierna derecha y se inclinó para dejarle un beso suave en el tobillo antes de hundirle el pulgar en el talón. A través de sus dedos sentía la calidez invitadora de la piel tersa y femenina. Ella mantuvo los ojos cerrados, aunque suspiraba y de vez en cuando se retorcía. Andrew construyó el camino por las pantorrillas hasta llegar detrás de las rodillas donde ella intentó alejarse, quizás porque en esa zona sentía cosquillas. Andrew no la dejó ir, pero deshizo el camino de vuelta con parsimonia.

Volvió a halarla con delicadeza para acercarla más a él. Sus movimientos eran sosegados, fluidos y cariñosos. Deseaba que Sarah experimentara lo mismo que él cada noche cuando ella se deshacía en mimos y halagos. Se inclinó otra vez y le calcó las estilizadas piernas con los labios, asegurándose de cubrir cada centímetro de ellas con besos efímeros. Sarah reposaba las manos sobre la sábana de seda gris con los ojos todavía cerrados.

Ella brincó y abrió los ojos cuando él la rodeó de la cintura al mismo tiempo que le besaba la sensible piel detrás de las rodillas. Se llevó las piernas de Sarah al hombro a la vez que él mismo reacomodaba su postura. Aferró el brazo a los carnosos glúteos mientras sus labios insistían en acercarse más y más a ese olor tan especiado e invitador.

La ojeó, y el tiritar en la mirada oscura le provocó un vuelco al corazón. Jamás planificó lo que iba a hacer, pero tenía la certeza de que un acercamiento sexual sería recibido con las puertas abiertas mientras que un abrazo se encontraría con una fortaleza impenetrable. No obstante, levantó una súplica para que Sarah no comenzara a llorar, pues esa era la primera vez que compartiría una caricia tan íntima con una mujer que no era Robin. Reacomodó las manos hasta abarcar también la cintura femenina y así ofrecerle un mejor apoyo. El calor de las piernas de ella sobre sus hombros le ganaba a la frialdad con la que había tenido que convivir los últimos cinco años. Su propio corazón mantenía un latido rítmico, rebosante porque ella permaneciera dócil y le permitiera hacer lo que quería.

En sus labios apareció una sonrisa al ver que Sarah tragaba con dificultad al percatarse que solo unos centímetros separaban el rostro de él de su feminidad. Reservado, se quedó quieto en tanto contemplaba los inquietos y oscuros ojos. Entonces se relamió los labios a la vez que le hacía un guiño, si bien se contuvo de hacer cualquier otro movimiento. No existía ningún secreto entre los dos. Sarah era consciente de que él podía ver la humedad resbalarle de entre los carnosos y suaves labios rosados. Apenas alcanzó a escuchar su súplica, pues fue un susurro involuntario. Ella comenzó a inquietarse, mas él respiraba sereno como un cazador a la espera del momento idóneo... Entonces Sarah cerró los ojos y él le recorrió la feminidad de un lametazo. El regusto salado se apoderó de sus papilas gustativas, obligándolo a saborearse los labios, ansioso por darse un festín.

Ella abrió los ojos de golpe como si la hubiera tomado desprevenida. Comenzó a retorcerse entre sus brazos sin percatarse de que no tenía a dónde escapar. Andrew sabía que tenía que ser paciente. Sarah siguió moviéndose mientras él le dejaba besos allí donde sus labios alcanzaban su piel. Solo cuando ella se quedó estática, aunque con la respiración agitada, encontró los oscuros ojos y dijo:

—Pondré. A. Mi. Bebé. Aquí.

Un gemido desgarrador brotó de la garganta de ella, a la vez que los ojos se le humedecían y se aferraba a las sábanas bajo ella. Andrew no perdió tiempo en hundir el rostro entre sus pliegues y le dedicó varias caricias tiernas y besos mimosos.

—¿Lo prometes?

Se contuvo de responder la pregunta y acarició los pliegues femeninos con blandura, humedad y suavidad. Sin llegar a saciarse, construyó un camino recto hasta el ombligo de ella, se lo rodeó con la lengua y dibujó una línea entre besos, lamidas y chupadas hasta la cadera derecha. Sin prisas hizo el camino de vuelta para volver a rodearle el ombligo y entonces seguir la misma senda hacia la izquierda.

Sarah intentaba contraer la pancita como si a él le importara un carajo si tenía o no, aunque muy pronto comprendió que sería imposible, y se volvió laxa entre sus brazos. Regresó al ombligo y se dirigió al sur para hundirse entre los labios invitadores a los que mimaba con delicadeza. No la devoraba, pues su intención no era provocarle un orgasmo, sino mimarla y hacerla sentir como una reina.

—Yo no hago promesas.

La dejó ir cuando se revolvió con violencia entre sus brazos, por miedo a que se lastimara a sí misma. Quedaron uno frente al otro y mientras él respiraba sereno, el pecho de ella estaba agitado. Sarah le colocó las manos en el pecho como si comprobara que él fuera real. Se estremeció al sentir cómo ella le arrastró la punta de los dedos hasta rodearle el cuello con las manos, al mismo tiempo que se abrazaba a su cuerpo con las piernas. Ahora era él quien estaba preso. Los labios femeninos estaban temblorosos y la oscura mirada estaba opacada por el temor. Ella le acunó el rostro en tanto una lágrima le descendía por la mejilla. Fue entonces cuando chocó la boca con la suya, devorándosela hasta hincharle los labios y lastimárselos. Fue ella quien rompió el beso porque él se habría quedado prendado de sus labios el resto del día.

—No sabes cuánto deseo embestirte.

36

Podía verse a sí mismo a través de la mirada de ella, así que Sarah no debía dudar de sus palabras porque el deseo y la necesidad estaban tallados en su rostro. Ella se estremeció y el cuerpo comenzó a tiritarle. Solo entonces se atrevió a rodearla con los brazos y llevarla contra su pecho. Ella le escondió el rostro contra el cuello y se quedó allí. Cualquier otro hombre la creería difícil, mas él había aprendido que Sarah solo necesitaba tiempo y saberse envuelta en un capullo antes de mostrar lo que en realidad sentía. Andrew cerró los ojos y gimió de impotencia al sentir besos suaves y lamidas tímidas en la piel. Con delicadeza la tomó de los brazos para detenerla, pues debía hacer lo correcto. Tenía claro el significado de sus palabras hacía segundos, pero no tenía intención de llevarlo a cabo. Podría escudarse en que fue un desliz, pero las dijo a consciencia porque eso fue lo que anheló en ese momento.

A pesar de que todavía la sostenía de los brazos, Sarah se inclinó y le trazó el mentón con más besos intoxicantes y lamidas corruptibles. Sin pensarlo, Andrew tiró la cabeza atrás a la vez que volvía a cerrar los ojos. Sarah pretendía exigirle su rendición, atacándolo allí donde solo ella descubrió que estaba su debilidad.

—Sarah... —Tenía la voz ahogada.

Sus senos se aplastaron contra su pecho ofreciéndole su tibieza y suavidad a la vez que ella le acunaba el rostro entre las delicadas manos para fijar la mirada en la suya y en un tono suplicante decir:

—Hazlo, por favor, hazlo.

Tragó con dificultad. La última vez le había tomado tres horas preparar la sala para recibirla y el sillón se le había caído encima. Y en cuanto terminó de organizar la sala tuvo que tomar una siesta porque se sentía exhausto. Maldijo el proceso que llevaba algo que para otro hombre le tomaría segundos.

—Habrás perdido el interés.

Ella negó una y otra vez mientras se humedecía los labios. Tenía la mirada aletargada y el cuerpo laxo. Encima de él ondulaba la tentación misma y no tenía la fuerza de voluntad para rechazarla.

—Te juro que no. Por favor, lo necesito... Te necesito.

«Te necesito», repitió en sus pensamientos y volvió a tragar con dificultad. No obstante, la indecisión y el pánico hacían mella en su carácter. Hacía cinco años que suplicaba por que una mujer le dijera esas palabras, y las recibió de quien menos esperaba. Se humedeció los labios otra vez mientras escuchaba a su propio corazón como un trueno ensordecedor en los oídos. Poco a poco Sarah se inclinó hasta encontrarle los labios y dejarle un pico.

Se separó de él y lo contempló antes de que sus ojos la traicionaran al desviarse hasta los labios de él. Ahora era ella quien se movía cautelosa, como una víbora a la espera de su presa. Unió sus labios con los de él y bailoteó con su lengua, echando fuego a la vorágine que lo consumía. Se contemplaron por un segundo antes de que ella bajara de la cama y se diera la vuelta para darle la espalda con la intención de ofrecerle privacidad.

—Gírate. —Fue una orden susurrada.

Ella lo hizo al instante, aunque mantuvo los ojos cerrados. Andrew se percató de cómo fruncía el ceño y apretaba los ojos, como si se obligara a permanecer así. Él sonrió. Le parecía hermosa con solo la camisa cubriéndole apenas lo justo y el cabello un tanto húmedo y desordenado. Se frotaba los muslos en un intento de disminuir el deseo que la recorría. Eso no evitó que los latidos del corazón se le desbocaran antes de decir:

—Si de verdad es a mí a quien deseas, ábrelos.

No hubo un ápice de duda cuando ella abrió los ojos y lo contempló. El deseo se había apoderado de su mirada con tanta intensidad que, si extendía la mano, Andrew podría tocarlo. Y él se intoxicó de poder.

Colocó las manos en el colchón y se arrastró al borde de la cama. Se agarró la pierna derecha y la bajó al suelo, entonces repitió el mismo paso con la izquierda. Se sostuvo con fuerza del borde en lo que los espasmos cedían. Tenía plena consciencia de que Sarah lo observaba. Estiró el brazo hasta el aro izquierdo de la silla y se sujetó con firmeza, respiró profundo y ejerciendo presión con los brazos consiguió levantar las caderas para llegar al borde de la cama. Volvió a tomar aire y se impulsó hasta conseguir que las caderas tocaran la silla. Se agarró de los aros y levantó su peso una vez más para acomodarse y tener la mejor postura posible. De ahí solo tuvo que levantar los pies para colocarlos en los reposapiés y volver a esperar que los espasmos cedieran.

Pasaron menos de dos minutos y Sarah no se interpuso en ningún momento. A pesar de todo, Andrew estaba un tanto agitado y fue por eso por lo que mantuvo la cabeza baja. Tenía la certeza de que en esos escasos minutos el deseo de ella ya se habría extinguido.

Sin embargo, cerró los ojos cuando Sarah le hundió los dedos en el cabello para arrastrarle las manos hasta las orejas y así obligarlo a levantar la cabeza. Ella se inclinó como si él fuera el polo opuesto al imán de ella y le buscó los labios para enredarle la lengua en un toque lánguido que conseguiría desquiciarlo.

—¿Vamos?

Le dedicó una sonrisa serena antes de girar, pero él la retuvo de las manos. Por algún motivo ese empoderamiento que sentía con Sarah se había extinguido. Él no iba a poder empujarse contra ella, solo se había dejado llevar por el momento.

—Olvidémoslo.

Ella volvió a inclinarse con esa mirada afrodisiaca y tentadora cada vez más envuelta en deseo. Sin miramientos le separó los labios y le buscó la lengua para convertirla en su aliada. A Andrew se le enervó la piel al sentir esas manos mimosas enredársele en el cabello y con una suavidad aturdidora bajar por su cuello y trazar el camino hasta la punta de los dedos. Se sentía electrificado en tanto hundía la piel femenina bajo su agarre e intentaba adueñarse de los besos profundos y carnales. Ella se alejó un segundo, Andrew pensó que para abrirle el pantalón y acariciarle su hombría, pero lo tomó desprevenido cuando le rodeó la manzana de Adán a lametazos. Un gemido férreo escapó de su garganta a la vez que se aferraba a las caderas femeninas.

—Soy un espíritu rebelde y alguien tiene que frenarme...

Contuvo el aliento al escucharla y se preguntó si era una especie de confesión, además de cuán peligrosa podría ser en realidad. No se le olvidaba que Sarah había recurrido al fuego solo porque aquel hombre no le correspondía.

—¿Ah, sí, señora?

Tenía la voz ahogada y abrió los ojos de forma desmesurada a la vez que el corazón le latía frenético.

—Y creo que tú eres el único a quien se lo permitiría.

Ella lo ojeó por un segundo antes de bajar la mirada al suelo. ¡Puñeta! ¡Que se lo llevaran los mil infiernos! Con renovada convicción se movió hasta chocar con ella. Azorada, Sarah levantó la cabeza y dio un paso atrás. El cuerpo femenino tenía cierto temblor que conseguía encandilarlo aún más. Siguió moviéndose y ella retrocediendo como si pretendiera borrar las palabras dichas, unas que él jamás olvidaría. Sarah jadeó al percatarse de que él la había arrinconado y se había quedado sin escapatoria.

—No sabes cuánto deseo empotrarte contra esa pared y arrancarte la camisa de un solo mordisco. Te aseguro que después de embestirte no quedara rastro de rebeldía en ti.

El deseo en la mirada de Sarah encontró en esas palabras su detonante. Era como si fuera presa de la más exquisita agonía, por lo que se lanzó contra él. En lugar de intentar rodearla por la cintura, Andrew extendió los brazos y tensó los músculos, pues sabía lo que ocurriría, algo que hacía por lo menos un año y medio que no pasaba: la silla perdería la estabilidad.

Fue como si ocurriera en cámara lenta, Sarah agrandó los ojos y el deseo se esfumó como un latigazo a la misma vez que el rostro se le sonrojaba con furia. No obstante, se aplastó contra él y lo rodeó con los brazos como si pretendiera protegerlo. Andrew gimió al recibir el impacto en los brazos, aunque entre Sarah y él alcanzaron a amortiguar el golpe. Ya en el suelo no pudo contenerse más y comenzó a reír a carcajadas, en tanto Sarah permanecía con el rostro escondido entre su hombro y cuello. La rodeó con los brazos y la apachurró contra su cuerpo, seguro de que si no lo hacía ella huiría para jamás volver. Escuchó el gemido avergonzado y le deslizó los dedos por la espalda en un ir y venir con la intensión de reconfortarla.

—*Hey*, no es la primera vez que la silla se desestabiliza, dulzura.

Ella lo abrazó más fuerte a la vez que trataba de esconderse más y más en su cuello. Él le enredó los dedos en el sedoso cabello y le dejó varios besos en la cabeza, pues era lo único que alcanzaba.

—Solo quiero que la tierra me trague. ¿Me dejarías escapar en este instante?

Él rio con suavidad, aunque inconsciente le ciñó la cintura. Jamás la dejaría huir. Bajó la cabeza por lo que Sarah tuvo que reacomodar la suya. Tal vez era una estupidez, pero se sentía bien estar así, sin importar que el motivo fuera una caída.

—Puedes lanzarte contra mí todas las veces que quieras.

Solo entonces Sarah levantó la cabeza y le dedicó una sonrisa tímida que él correspondió. Poco a poco fueron acercándose. El aliento de ella era como minúsculas caricias que iban y venían. Como si estuvieran conectados se detuvieron al mismo tiempo y volvieron a contemplarse antes de unir sus bocas en besos lánguidos, cada uno más caliente y sensual que el anterior. Ella le acunó el rostro y volvió a sonreírle antes de colocar las manos a cada lado de él y ponerse de pie.

—Dame un segundo, voy por tu asistente médico.

Antes de que se diera la vuelta para salir, él levantó el brazo y alcanzó a agarrarle la mano.

—Ven aquí, dulzura. —Sarah se arrodilló en el suelo y lo observó largos minutos, pues las palabras se le quedaron atascadas en la garganta. Se obligó a tomar una bocanada de aire y decir—: Yo puedo.

Ella asintió, y se arrastró para alejarse y que él pudiera maniobrar. Andrew se reajustó las piernas y mantuvo el culo pegado en la silla, pues si no tenía la postura correcta se le haría imposible. Trabó el seguro derecho, si bien mantuvo el izquierdo libre y cruzó el brazo derecho sobre las piernas para sujetarse del tubo izquierdo, colocó el codo en el suelo para ir levantando el pecho, en tanto seguía extendiendo el brazo izquierdo. De ahí transfirió la mano derecha al aro impulsador y lo haló hacia él poco a poco mientras que con el brazo y hombro izquierdo se empujaba hacia al frente y arriba. Consiguió enderezar la silla y por ende a sí mismo. Respiró profundo y, al levantar la cabeza, tropezó con la mirada oscura de Sarah, quien parecía en trance mientras se mordía el labio inferior. Andrew sonrió.

—Admítelo, te gustó.

Durante esas semanas había sido un estúpido. Tanto que pregonaba que la silla era parte de él y había intentado esconderla de la mujer que lo observaba. Era como si hubiera pretendido esconder las piernas. ¡Y a Sarah le importaba un carajo! En ese instante comprendió cuánto lo había afectado en realidad el rechazo de Robin. Se percató de cómo Sarah contuvo por un segundo el aliento ante sus palabras como si él hubiera descubierto su secreto, si bien negó antes de decir:

—Acabas de levantar noventa kilos con tus brazos como si fueran noventa gramos, cualquier mujer se derretiría si un hombre hace eso.

La contempló mientras negaba con lentitud para que ella no intentara escapar de su escrutinio. Cuando Sarah forzó su reencuentro admitió que él le gustaba, pero no lo había vuelto a decir y no entendía qué había de malo en ello; porque, maldito fuera, a él sí le gustaba mucho la imagen femenina que tenía frente a sí.

—Pero yo hablo de ti y no soy cualquier hombre. Te gusto yo.

Ella puso los ojos en blanco como si dijera «hombres» en sus pensamientos, y la sonrisa de él se amplió. Entonces canturriando como si fuera un maldito púber continuó:

—Le gusto a Sarah Bramson.

Ella volvió a rodar los ojos y él no pudo contenerse más por lo que rio a carcajadas.

—Sí, sí, noticias viejas —masculló ella en tanto levantaba un hombro y lo dejaba caer, desviando la mirada.

Sin que ella se lo esperara, impulsó la silla y al llegar a su lado, la rodeó con los brazos para levantarla y así sentarla sobre su regazo. Sarah rio con cierto nerviosismo, pues todavía la tomaba desprevenida la fuerza de sus brazos. No obstante, Andrew mantuvo el rostro pétreo.

—Esas displicencias no me gustan, señora.

Sarah levantó la mano, se la llevó al cuello y después a la oreja como si buscara uno de los pendientes que utilizaba, pero no los llevaba puestos por lo que se humedeció los labios como si se obligara a hablar en tanto la hombría de Andrew se levantaba orgullosa por el roce de sus cuerpos.

—Me gustas, me pareces el hombre más sexy del mundo, vaquero.

Esa voz rasposa e inundada de deseo le arrancó un gruñido a la vez que ella lo tomaba del cuello y chocaba sus labios en un beso húmedo, sensual y posesivo. Con facilidad le abrió el pantalón y liberó su miembro para colocarle el anillo constrictor con maestría. Andrew impulsó la cadera hacia el frente al comprender lo que ella deseaba y Sarah le dedicó una sonrisa diabólica antes de girar entre sus brazos para entonces extender la mano y guiar su sexo hasta los pliegues resbaladizos. Él sintió una descarga eléctrica desde la punta de los dedos que le recorrió los brazos, el pecho y terminó en las puntas de su cabello. Se aferró a las caderas femeninas mientras Sarah parecía una serpiente con la fruta prohibida que él ansiaba devorar.

—¿Crees poder sostenerme? —le susurró ella en el oído como si tuviera entre sus brazos a la tentación misma.

Su respuesta llegó a través de besos, lamidas y chupetones que le recorrieron el cuello, la nuca y los hombros en un camino sin fin. Entrelazaron los brazos izquierdos, la sujetó del antebrazo derecho y trabó uno de los seguros, entonces Sarah onduló las caderas con la ayuda de los pies y la silla lo ayudó a él a responder el movimiento con un empuje propio. ¡Puñeta! ¡Una maldita diosa! ¡Sí! Ambos se estremecieron al sentir el vaivén como si el mar los empujara uno contra el otro. Como si fuera una de sus esculturas expuesta al fuego, Sarah contorsionó el cuerpo hacia atrás para alcanzarle el cuello y cubrírselo con besos desesperados y lamidas de fuego a la vez que él le mordisqueaba la oreja y se la besaba con besos que pretendía quedaran grabados en su piel. La temperatura en la habitación subió a la vez que los jadeos, gemidos y suspiros se hacían eco por los rincones y se quedaban tatuados en las paredes.

37

El vibrador descansaba sobre la mesita de noche en la habitación junto al zapato de Cenicienta que ella le había dejado después de aquel primer susto donde sufrió la disreflexia autónoma. Si Sarah lo vio no hizo comentario alguno y él lo agradeció porque no estaba seguro sobre qué decir. Solo... lo hacía sentir bien el despertar y que el zapato fuera lo primero que mirara.

Le había preparado la cena a Sarah, si es que a las papas fritas con helado se le pudieran considerar como tal. Pero todas sus propuestas de comida fueron acalladas con un «no tengo hambre». Por suerte, en la tarde fue precavido y ordenó varios botes de helado —pues desconocía cuál era el sabor preferido de ella— y con eso logró convencerla de que ingiriera algo.

Ahora estaban sentados frente a frente en el sillón de la sala, mirando en el servicio de alquiler un maratón de *El Conjuro*. Sarah le rodeaba el cuerpo con las piernas, a él le había importado un carajo hacer la transferencia de la silla al mueble, y compartían esa atrocidad que la sobrina de ella también prefería.

—Ya llevas diez.

Ella le ofreció una papa bañada en el líquido viscoso en tanto en sus ojos bailaba la diversión. Andrew rodó los ojos mientras abría la boca. En la televisión se escuchaban los gritos aterrados de Lorraine Warren.

—No sabía que me las contabas.

Sarah sonrió y negó con la cabeza. Cuando pretendió chuparse los dedos, él le agarró la muñeca para llevársela a la boca y lamerle el dulce a la vez que le sostenía la mirada.

—Solo comes cinco. —En esa ocasión fue él quien sonrió al escuchar cierta ronquera en el tono de su voz.

—Contigo voy a comer todas las que desee... —Hizo una pausa adrede—. Siempre y cuando no sea con helado.

Ella rio, si bien a Andrew no le pasó desapercibido el rubor que se apoderó de sus mejillas y cómo levantó las manos como si pretendiera ocultarlo. La vio jugar con una de las papas en el cuenco del helado y tomó una bocanada profunda de aire. Desde que Sarah llegó le molestaba algo y tenía que preguntarle o la cabeza le estallaría y tendría un humor insufrible al siguiente día.

—¿Qué pasó esta tarde? —Guardó silencio porque no quería ser tan directo, no obstante, añadió—: En la camioneta.

La serenidad de Sarah se borró al instante y mantuvo la cabeza baja mientras observaba el helado y en sus labios aparecía un mohín.

—¿Quieres cambiar el sabor?

Le deslizó las manos por los muslos desnudos en un ir y venir que esperaba fuera reconfortante.

—Pensé que ya habíamos pasado la etapa de ocultarnos. —Procuró mantener el tono bajo y tranquilo. Lo menos que deseaba era espantarla.

Ella asintió a la vez que levantaba la cabeza para ojearlo y de inmediato apartar la mirada mientras se llevaba la mano a la oreja como si buscara uno de sus pendientes. Sarah guardó silencio y él esperó en tanto mantenía el contacto con la deliciosa piel que besó miles de veces una hora antes. Todavía seguía con el antojo de sentirla contra sus labios.

A ella se le humedecieron los ojos antes de decir:

—Durante los últimos dos días me he presentado muy vulnerable ante ti y eso es algo nuevo para mí. —Tenía la voz ahogada—. Por favor, dame espacio para acostumbrarme.

Esa era la confirmación que él necesitaba. Ella ni siquiera se percataba de cuán cercano lo sentía a él en su vida. Le quitó el cuenco de helado, el cual dejó en la mesita junto al sillón, la rodeó con los brazos y la haló hacia él para fundirla en un abrazo. Entonces le susurró al oído:

—A veces que alguien te escuche logra que lo que sea que tengamos en nuestros pensamientos no sea tan malo.

Ella le recostó la cabeza en el hombro a la par que le llevaba el dedo índice al hombro y le dibujaba una línea en repetidas ocasiones.

—Mi madre me amonestaba por lo que sucedió en la fiesta de revelación del sexo del bebé.

Andrew la ciñó contra su cuerpo al sentir que una gota le resbalaba por el cuello. La sostuvo entre sus brazos y guardaron silencio varios minutos.

—¿Hay algo que pueda hacer?

Ella negó sobre su hombro y la sintió sonreír mientras otra gota se le deslizaba por la piel.

—¿Podrías retroceder en el tiempo y evitar que me reencontrara con Peter?

Andrew entrecerró los ojos, pues no comprendía qué tenía que ver ese hombre con la discusión con su madre. Ella le explicó que la fiesta de revelación del sexo del bebé era en honor a ese hombre y su esposa. La hermana de Sarah era la organizadora y pretendía compartir el evento con sus seguidores, lo que no pasó. Su hermana llamó a su madre y aseguró que ella era una egoísta y que le tenía celos.

—¿Qué sucedió con ese hombre?

Quizás lo delató el tono zafio con el que brotaron las palabras o la rigidez que se apoderó de sus hombros o el gruñido que no pudo contener. El asunto era que Sarah se había alejado de él y le dedicaba la misma actitud que recibía.

—Ya tienes que saberlo.

Ella se puso en pie y comenzó a alejarse por lo que Andrew se apresuró a subir a la silla.

—¿Es cierto?

—Lo es —dijo ella mientras le daba la espalda.

La siguió en tanto sentía la tensión apoderársele de los músculos. No entendía por qué huía de la respuesta, pues solo había dos opciones: o lo había hecho o no. Y era bastante madura como para afrontar las consecuencias. Sarah no podía de ir de víctima por la vida.

—¿Te negaste a terminar la relación? ¿Lo acosaste? ¿Lo perseguiste para rogarle? Y cuando no aceptó, ¿le prendiste fuego al *stand* de magia a ese mamarracho?

—Sí, eso hice.

Ella no alzaba la voz, pero Andrew reconocía la barrera que construía a su alrededor. Logró alcanzarla, la tomó de la mano y la obligó a girar, pero ella haló la mano y él la dejó ir, aunque le dolía su actitud.

—¿Después de estas semanas no confías en mí?

Ella enarcó una ceja mientras sonreía con ironía.

—Es como te contaron. Al igual que no existe un motivo especial por el que Robin y tú decidieron separarse.

Lo tomó desprevenido el tono filoso que utilizó porque hasta ese instante había sido amorosa y dulce y comprendió que no había podido ocultarle que su matrimonio con Robin terminó por algo más que el deseo de que ella era feliz. Era un hipócrita al exigirle que le confesara la verdad cuando él mismo le había mentido. Tras su silencio, ella desvió la cabeza a un lado y suspiró, aunque intentó contenerse.

—Regreso a Houston en un par de días.

Ella asintió con cierta rigidez y giró para entrar al pasillo. Así fue como Andrew alcanzó a comprender que no la había respetado. Se suponía que su hogar era un refugio, no un lugar donde la atacarían. Tragó con dificultad porque estaba seguro de que Sarah decidiría marcharse, por lo que bajó la cabeza y se sujetó de los aros para reacomodar la postura. Tras superar la cobardía de volver a enfrentarla, decidió seguirla hasta la habitación donde la imaginó recogiendo sus pertenencias. Sin embargo, sintió que le robaron el aliento cuando la encontró recostada en la cama. Parecía que discutir con Sarah Bramson no era tan terrible después de todo. Y no sabía si sentirse aliviado o entrar en pánico por ello.

Despertó antes que Sarah y llevó a cabo la rutina de la mañana sin que ella se percatara. Ahora estaba frente a la estufa, mientras en el regazo llevaba una bandeja con varios vegetales picados que pondría a sofreír. Al mismo tiempo, Jacob le contaba con lujo de detalles cómo era el cuerpo de su cita de la noche anterior y la sobrina de Sarah permanecía callada a la vez que le daba vueltas al cereal en el cuenco donde se lo sirvió. Hasta esa mañana, Andrew no se había percatado de que la chica padecía de pérdida de audición, pues notó cómo se llevaba las manos a las orejas, quizás para apagar los aparatos que utilizaba.

—Mmmm... ¡Y qué culo! Jamás había visto uno tan redondo y grande. A las Kardashian se les caería la baba de envidia.

Batió unos huevos y los echó encima de los vegetales. Se impulsó hasta la máquina de café, le agregó la cápsula y le hundió el botón de encendido.

—¿Usaste protección?

Regresó a la estufa y sirvió la *omelette* en un plato para de inmediato preparar otra. Jacob dejó de sorber café y en su rostro apareció ese gesto entre la risa nerviosa y la evasión.

—¿Por quién me tomas?

Andrew le había dado el día libre a Patrick, pues Jacob y Sarah estaban junto a él y si ocurría una emergencia o se quedaba sin energía, Jacob lo subiría a la cama. Y guardaba la esperanza de que Sarah le hiciera compañía.

—Meterlo en un coño sin envoltorio es jugar a la ruleta rusa, pero meterlo en dos ya es un acto suicida.

—Ya lo sé.

Se detuvo y contempló a su hermano. Un hombre al inicio de los treinta que no había formado una familia no era motivo de preocupación, pero ¿ni siquiera una pareja formal? ¿Nunca? Además, mantenía relaciones sexuales, a veces con más de una mujer en un mismo día. Su hermano vivía la vida demasiado al límite.

—Cabrón, no quiero perderte.

Con apatía, Jacob sonrió ante su preocupación. Andrew había aprendido a detectar esa actitud que tanto lo enfurecía gracias a la maestra en la indiferencia que aun dormía en su cama.

—¿Y permitir que el mundo se apañe solo con el rayo de sol que eres tú? —Jacob levantó una mano y la dejó caer a la vez que negaba con la cabeza—. ¡*Nah*! Eso no va a suceder.

Andrew se frotó las muñecas cuando por un instante fugaz se le atravesó un solo pensamiento: que era una carga para su familia.

—No tienes que estar pendiente de mí.

Su hermano resopló con disgusto.

—Ahí vas con tus gilipolleces. Estoy aquí porque amo a mi hermano y me gusta pasar tiempo con él, no para monitorear sus estados de ánimo. Para eso tienes a Severus, a Jennifer y a mamá. Por suerte ya nos deshicimos de Umbridge.

Andrew bajó la cabeza por un segundo y se obligó a mantenerse serio ya que no debía celebrar el que Jacob apodara así a Robin y a Patrick. Al mismo tiempo rodó los hombros, pues los tenía resentidos por la caída de la noche anterior.

—Yo también te amo.

Andrew desvió la mirada cuando vio que Sarah se acercaba a la cocina, con una camisa blanca y pantalón de deporte que él le había dejado encima de la mesita de noche para que no tuviera que utilizar la misma ropa por tercer día consecutivo.

—Esa es tu taza de café.

Le señaló la cafetera y ella le dedicó una sonrisa agradecida a la vez que se pasaba las manos por la vestimenta como si con eso pudiera cambiarla. Agarró la taza y le dio un sorbo. En ese instante su hermano consiguió salir de esa especie de trance en que parecía haberse sumergido.

—No nos han presentado con formalidad. Beaufort. Jacob Beaufort.

A Sarah le bailó cierto júbilo en la mirada mientras le extendía la mano.

—Sí, me advirtieron que no debía enamorarme de ti, incluso creo que me prohibieron mirarte.

Andrew entrecerró los ojos en tanto Sarah se llevaba la taza a los labios para esconder una sonrisa y su hermano reía a carcajadas.

—Acabas de romper mi corazón, aunque la advertencia es justa. —Jacob dio un paso para acercarse y así dejarle un beso en la mejilla—. Amo ese perfume.

Se preguntó si de verdad Sarah no estaba enojada con él o si era de las personas que acumulaban los sentimientos hasta estallar. Lo cierto era que cuando se recostó junto a ella en la cama pensó que se le dificultaría quedarse dormido, pero no fue así. Incluso se encontró abrazándola y siendo correspondido.

Observó cómo ella le hacía señas a su sobrina para llamarle la atención. La chica rodó los ojos y se llevó las manos a las orejas, Andrew intuyó que para encender los aparatos.

—¿Cómo te sientes? ¿Has tenido nauseas?

—¡Te has acordado de mí! —Andrew reconoció la falsedad en el tono de voz de la joven—. Estaba segura de que te frieron el cerebro a fuerza de embestidas.

Fue a amonestarla por la malacrianza hacia Sarah, mas Jacob negó con la cabeza. No obstante, no le pasó desapercibido el halo de orgullo que se le reflejó en la mirada a su hermano.

—¿Te gustaría pintarme las uñas? Están tan feas y recordé cuánto solías insistirme para pintármelas.

Sarah extendió la mano y movió los dedos de arriba abajo. La niña volvió a dedicarle una mirada furiosa y en un tono brusco dijo:

—Cuando tenía tres años.

Sarah caminó hasta la sala y de su bolso sacó un neceser color vino que él imaginó contenía el maquillaje.

—Entonces dejaré que Andrew lo haga.

Ella se acercó a él y le entregó un frasco con lo que parecía pintura rosada. Andrew entrecerró los ojos mientras que Jacob fracasaba en su intento de contener la risa. Con esfuerzo, Andrew intentó abrir el frasco. Sin embargo, en realidad, no tenía nada de qué preocuparse, pues la chica se levantó como si la silla se hubiera prendido en fuego en el último segundo y saltó por encima de la mesa como si estuviera dispuesta a tacklearlo y así evitar que metiera el gol de la victoria.

Andrew pensó que la joven no se mantenía tan al margen como él creía, pues, al parecer se había percatado de que él carecía de ciertas habilidades de motor fino[12].

Dejó ir el frasco con facilidad a la vez que ambas se sentaban a la mesa. No le agradaba la docilidad de Sarah con su sobrina, pero Jacob bajó las manos en un movimiento controlado indicándole que tenía que mantener la calma.

Por suerte, el desayuno no fue acompañado por botes de pintura abiertos y apestosos. Comieron con tranquilidad, y no le pasaron desapercibidas las innumerables ocasiones en que Sarah lo ojeó mientras en sus labios se dibujaba una pequeña sonrisa, lo que a su vez lo hacía sonreír a él, y su hermano disfrutaba de lo lindo del comportamiento adolescente entre los dos. Al terminar, Sarah se encargó de los platos y sartenes al colocarlos en el lavavajillas.

Mientras su hermano y él veían las competencias de surf de las Olimpiadas, Sarah y su sobrina estaban sentadas en la mesa pintándose las uñas. Él se distrajo de lo que Jacob le decía cuando vio danzar a Sarah hacia la sala para presumir de sus uñas.

—¿Qué tal?

—¡Wao! —dijo Jacob—. Eso es un trabajo espléndido. Ahora yo.

La chica se quedó perpleja casi por dos minutos, tiempo suficiente para que Jacob llegara hasta la mesa y se sentara frente a ella. Andrew se fijó en que las primeras dos uñas las pintó con cierto resquemor, mas cualquier duda quedó olvidada en pocos segundos. Sarah se acurrucó junto a él en el sillón mientras él le rodeaba el cuerpo con un brazo y con la otra mano le señalaba la pantalla de la tableta para explicarle qué sucedía en las olas del mar y por qué un atleta ganaba el primer lugar en tanto el otro llegaba en cuarto lugar.

Jacob se acercó a ellos largos minutos después para batir las pestañas a la vez que abría la boca, según él con sensualidad, y se la cubría para poner en primer plano las uñas decoradas.

—Espero que no piensen excluirme, eso sería discriminación. —Andrew trató de sonar cercano, pero su tono de voz sonó hosco y displicente.

---

[12] La motricidad fina envuelve los músculos pequeños de las manos y los pies. Un ejemplo de su uso es escribir, el cortar con unas tijeras, usar el tenedor, abrir o cerrar frascos, etc.

38

La joven mudó de colores y observó a Sarah como pidiéndole auxilio. Andrew hizo la transferencia del sillón a la silla de ruedas y se acercó a la mesa, donde extendió la mano. La chica tuvo que pintarle el dedo meñique de la mano derecha en tres ocasiones por el temblor que tenía en las manos. No obstante, terminó después de quince minutos.

Él volvió junto a Sarah, quien le levantó las manos mientras el rostro se le sonrojaba y tragaba con dificultad. Andrew mantenía la estoicidad.

—A Jacob le pintaste caritas felices y a mí enojadas.

—¡Madison Jordan! —estalló Sarah en tanto Jacob y él la observaban con los ojos muy abiertos ante el inesperado exabrupto—. ¡Discúlpate en este instante!

Fue entonces cuando su hermano intervino y dijo:

—¿Recuerdas esa cosa por la que vine?

Andrew frunció el ceño.

—¿Qué cosa?

—La cosa... —Jacob se quedó callado a la vez que él entrecerraba los ojos, sin entenderlo—. Por la que vine... En tu habitación.

Su hermano se marchó por el pasillo en tanto Sarah intentaba disculparse:

—Nos iremos... Lo siento.

Él negó con la cabeza y levantó un hombro para pretender que no importaba. Tomó a Sarah de las manos y les dejó un beso suave para entonces seguir a Jacob hasta la habitación. Al entrar dijo:

—No sé cómo tratar con adolescentes.

Aunque su hermano intentó mantenerse serio, Andrew se percató de cómo la burla se adueñaba de sus facciones.

—Creo que vas bien, hasta el momento no la has estrangulado. —Jacob se quedó callado unos segundos, y su rostro demudó en la preocupación—. ¿Sus padres saben en dónde está? En un momento así Jennifer se habría refugiado en mamá, incluso yo lo habría hecho.

Andrew suspiró. No quería que Sarah lo considerara inflexible y se preguntó si acaso era él quien estaba equivocado.

—Yo también. No sé qué hacer.

—Por qué no... —Jacob subió y bajó las cejas en repetidas ocasiones y, al comprender sus intenciones, él negó con la cabeza—. Harás reír a Sarah.

Suspiró y se resignó a las pretensiones de su hermano mientras salían de la habitación. Tanto él como Jacob mantuvieron los rostros impasibles y los labios apretados al entrar en la sala. Fue entonces cuando el sistema de sonido comenzó a tocar: *Yeah!* de *Usher*.

Jacob se sacó una gorra del bolsillo y se la colocó ladeada para cubrirse uno de los ojos. Los dos tenían un puchero en los labios, tal y como se estilaba en el tiempo en que esa canción fue popular.

Su hermano mantuvo la cabeza baja en tanto empujaba las caderas hacia el frente y deslizaba la mano derecha por la gorra como si la acariciara. Entonces onduló el pecho de un lado al otro, levantó las manos para taparse el rostro y de inmediato lo destapó con teatralidad.

Sarah resopló y en sus labios apareció una sonrisa, aunque se obligó a apretarlos a la misma vez que tenía los ojos desorbitados. Parecía que no sabía si reír o llorar. Jacob y él fingieron un espasmo mientras extendían los brazos y dejaban caer las manos como si no tuvieran control de ellas. Entonces sacaron el pecho y empujaron los brazos hacia el frente. De ahí ondearon el pecho hacia la derecha y sus manos simulaban las olas del mar. Solo hacían el ridículo. Sarah se cubrió los labios como si ya no pudiera contenerse y su sobrina se burlaba sin tapujos.

—¿Creen que pueden hacerlo mejor? —las retó Jacob.

La chica se puso de pie de inmediato y Andrew le ofreció el teléfono para que escogiera la canción. Ella caminó a prisa para pararse en el medio de la sala, en tanto su hermano y él observaban el teléfono con los ojos entrecerrados. La pantalla decía algo como *Blessed-cursed* de *Enhypen*.

La joven levantó los brazos, tenía uno extendido y el otro doblado como si fuera a disparar con un arco al techo. Las movió hacia arriba y abajo con velocidad, algo que Sarah no pudo hacer. De ahí, movió el hombro derecho atrás y hacia al frente, de inmediato hizo lo mismo con el izquierdo, al mismo tiempo que sus pies se movían hacia los lados. El problema fue que Sarah tropezó con ella, lo hacía tan mal que se veía adorable. Jacob lo observó anonadado antes de decir:

—¡*Buu*!

Sarah se detuvo como si fuera muy consciente de que para ella sería imposible. Andrew la observó. Su única intención era intentar relajar el ambiente, no obstante, parecía que había empeorado la situación.

—¡Sarah! —se quejó la joven.

Ella levantó el dedo índice como para que le diera un instante. Caminó hasta él y le extendió la mano como si le exigiera que le diera el teléfono. Cuando se lo entregó, Sarah tecleó durante unos segundos y le dio a *Play*. Andrew sintió que la punta de los dedos se le enervaba y de ahí le recorría con celeridad la piel hasta alcanzarle el cuero cabelludo. En el sistema de sonido cantaba Britney Spears, y *Toxic*, la canción que sonaba, siempre conseguía ese efecto en él: deseos de huir.

Sarah marchó con pasos contundentes y alargados junto a su sobrina, lo ojeó a él por un segundo antes de levantar el brazo con suavidad y enredarse los dedos en el cabello, por la posición, los senos femeninos se mostraron orgullosos a la vez que ella le dedicaba una mirada furtiva y se humedecía los labios. Con las caderas formó un círculo moroso primero hacia la derecha y de inmediato a la izquierda a la vez que se acunaba los senos. A Andrew no le pasó desapercibido el gruñido de su hermano, quien se obligó a fijar la mirada en la pared y no en la mujer que se movía frente a ellos.

Sarah ondeó las caderas con rapidez y lanzó la cabeza a un lado dándole vistosidad a su cabello. Caminó con determinación a donde él se encontraba y giró y giró y giró con los brazos extendidos. Cuando quedó de frente, alargó los brazos con vigor y con los dedos le recorrió las orejas para entonces deslizárselos por la barbilla.

Cuando se enderezó, giró y volvió a inclinarse por lo que la femenina cadera encontró la suya y allí onduló hasta formar un círculo remolón. Andrew tragó con dificultad y Sarah le dedico una sonrisa inocente al percatarse del medio saludo de su virilidad.

Le guiñó un ojo y regresó junto a su sobrina, quien intentaba mantener el ritmo de las caderas y la vistosidad del cabello sin éxito. Sarah se recorrió el pecho con las manos —en tanto con las caderas seguía creando un círculo tras otro— hasta que se alcanzó los labios y se los haló como lo hizo él la noche anterior.

Jacob dio media vuelta y antes de desaparecer por el pasillo dijo:

—Con su permiso, voy a hacerme una paja.

Andrew se masajeó la frente por un segundo a la vez que mantenía los labios apretados en una línea recta. Entonces se aclaró la garganta antes de decir:

—Sarah, dulzura, ¿me acompañas un segundo a la habitación?

Ella entrecerró los ojos con una sonrisa. No obstante, asintió. A Andrew no le pasó desapercibido que la joven parecía alucinar con la respuesta de los dos. Entraron al pasillo y como Andrew imaginó, Jacob los esperaba allí.

—¡Diosa! —Se inclinó con teatralidad ante Sarah quien comenzó a reír, si bien tenía el rostro como el bermellón más puro.

—¿Qué estamos haciendo? —Sarah miró a uno y después al otro.

Andrew levantó la mano en un gesto que la hizo entender que esperara. Aunque se mantenía sereno, el deseo se le enrevesaba en las venas y le electrificaba el cuerpo. Se sentía un tanto extraño, cohibido. Se suponía que esa sensación era algo que él no podía sentir, pero había aprendido mucho sobre sí mismo las últimas semanas y, en definitiva, las imágenes que con tanta claridad se agolpaban en sus pensamientos eran eróticas. Y él estaba más que caliente, en cualquier momento se convertiría en la Antorcha Humana.

En casi segundos la sobrina de Sarah se asomó por el pasillo, en su rostro estaba dibujada la incredulidad y desconcierto.

—¡No es gracioso!

Parecía una niña enfurruñada. Jacob y él reían a carcajadas. Sarah también sonreía, aunque fruncía el ceño. Se acercó a la joven y la abrazó.

—¿Qué pensaste que haríamos?

La chica alzó un hombro y lo dejó caer.

—¿Nada? —Sonrió.

Jacob y él rieron aún más por lo que Sarah negó con la cabeza a la vez que rodaba los ojos. Instruyó a la chica para que recogiera sus pertenencias y se asegurara de dejar todo en orden.

Andrew extendió la mano y agarró la de Sarah.

—No tienen que irse. —Mantuvo el tono de voz sereno para que ella no pensara que se le imponía.

—De seguro tu hermano y tú tienen planes y nosotras no los detendremos.

—Solo subiremos la colina —intervino Jacob—. Nos pueden acompañar.

Sarah negó con la cabeza y urgió a su sobrina a darse prisa, lo que le confirmaba a Andrew que en realidad no estaban tan bien como él pensaba. Llevó las manos a las esquinas de la silla y reacomodó su postura. Para ese instante reconocía la barrera que Sarah mantenía entre los dos. Jacob lo miró con el ceño fruncido y después a ella. Entonces dijo:

—¿Por qué no le cuentas con lo que nos encontraremos?

En esa ocasión fue Andrew quien negó con la cabeza.

—Porque quiero que ella lo descubra.

—Si vas podré descansar un poco más. Todavía no creo que pueda subir las escaleras hasta la casa.

A Andrew se le abrieron los ojos de forma desmesurada ante el apoyo que recibió de la chica. Sarah los observó a todos con ojos tiritantes y asintió con cierta reticencia. Le ofreció decenas de instrucciones a su sobrina y le exigió que la llamara incluso si estornudaba a lo que la chica respondió con exasperación en tanto rodaba los ojos.

Salieron cerca de veinte minutos después, atravesaron la entrada y llegaron al camino de grava que estaba rodeado de pinos de al menos quince metros de alto y maleza, lo que le otorgaba un aspecto salvaje al lugar. Los olores a hierba, petricor y moho se mezclaban en un aroma delicioso que los envolvía. Comenzaron a subir, con Jacob empujando la silla en esa ocasión, pues Andrew reconocía lo lastimado que estaba de los hombros. Sarah, distraída, mantenía las manos dentro de los bolsillos del pantalón, aunque podría deberse al clima frío que los rodeaba y los obligaba a respirar a consciencia. Por eso Andrew amaba tanto ese camino: en él se sentía vivo.

—Gracias. La hicieron sentir como una adolescente de nuevo.

Andrew observó a Sarah con el aliento contenido. De nuevo parecía cohibida frente a él. Era la misma mujer que le había pedido un bebé y la que prefirió la comparación con Carrie Bradshaw antes de mostrar lo abatida que estaba porque el vibrador la lastimaba y, sin él, Andrew no podría eyacular. Y ahora se escondía en presencia de su hermano para evitar enfrentarlo a él. Sarah era un enigma. ¿Acaso se avergonzaba de que él supiera que había amado a aquel hombre? Atreverse a amar era permitirse vivir, sin importar las implicaciones que esa decisión acarreaba. Y Sarah Bramson, con todo el egoísmo del mundo, no podía pensarse inmune.

—Todo es muy reciente para las dos.

Ella se limitó a asentir, si bien continuó sumida en sus pensamientos. Jacob le dio una palmada en el hombro que Andrew agradeció. Aunque su hermano no sabía qué sucedía, siempre podía contar con su apoyo.

Sin embargo, ese día disfrutó como nunca de la colina. Sarah se detenía muy seguido para recoger piedras, hojas o ramas del suelo, las acariciaba entre los dedos, las olía y observaba con detenimiento para entonces regresarlas a donde estaban; incluso levantó una araña y un ciempiés.

En el mismo instante en que Andrew tomó una bocanada profunda de aire para que los pulmones se le llenaran del olor del salitre, observó cómo Sarah corría lo que quedaba de colina. Sonrió cuando ella contuvo el aliento por un segundo y entonces su rostro estalló de felicidad.

—¡Mueve esas ruedas! ¡Te lo vas a perder!

Se detuvieron junto a ella varios minutos después. Sarah tenía la mirada ensoñadora perdida en el horizonte. Frente a ellos se encontraban las copas de los árboles, más allá estaba la piedra Haystack, y un poco más lejos las montañas. El cielo era de un azul intenso, al igual que el océano, que golpeaba la orilla sin clemencia. Era un gran espectáculo. Sarah suspiró, y Andrew estaba seguro de que era de dicha. Entonces giró hacia él. Por un instante la duda se apoderó de ella y ojeó a Jacob, no obstante, se inclinó y le dejó a Andrew un beso fugaz sobre los labios antes de decir:

—Gracias por mostrarme esta belleza, guapo. Los voy a dejar solos porque me imagino que esta es su cueva de machos.

Solo tras esas palabras Jacob pareció salir del mutismo en el que se encontraba y rio a carcajadas en tanto Andrew hacía hasta lo imposible por no imitarlo mientras Sarah le guiñaba un ojo con coquetería. En cuanto se marchó, su hermano dijo:

—Ahora comprendo la fascinación. —Jacob levantó una mano antes de que él pudiera protestar—. Solo dime una cosa, ¿sabe cómo reaccionar en una emergencia?

39

Andrew permaneció callado con la mirada perdida en el horizonte. Tras esa pregunta un pensamiento tras otro se agolpó en su cabeza al revivir todos esos instantes en que su vida había estado en las manos de Sarah y como ella actuó con certeza.

—Aunque parezca extraño, sí.

Jacob rio mientras él rodaba los ojos a la vez que se acomodaba en la silla. Estaba seguro de que su hermano se imaginaba ya diciendo un terrible discurso de boda cuando en realidad él se marcharía en unos días, ya fuera que Sarah estuviera embarazada o no.

—¿Ha estado junto a ti en los días en que eres un rayo de sol letal?

Tuvo que frotarse las muñecas ante el recuerdo de cómo se comportó en la playa cuando ella lo dejó solo.

—Sí. —Tenía la voz ahogada.

Jacob le dio una palmada en el hombro mientras mantenía la mirada hacia el frente. Se había sentado en una roca, y ahora ambos estaban a la misma altura.

—Entonces no me entrometeré en nada más.

Observó a su hermano por varios minutos. A Andrew no le pasó desapercibido el extraño silencio en el que subieron la colina, sin ningún tipo de chiste, como estaban acostumbrados.

—¿Por qué pareces tan nervioso junto a ella?

Jacob soltó una bocanada de aire sonora.

—Es una mujer acojonante y no me digas que no.

Fue el turno de Andrew de agrandar los ojos ante las palabras de su hermano. Cierta desazón se apoderó de él al saber que a Jacob le pasaba lo mismo que a él. Sarah de verdad debía ser un peligro.

—Pero le hablaste en la actividad.

Su hermano levantó los brazos como si lo acusara de ser el único culpable por ello.

—¡Porque tú la presentaste y parecían muy íntimos!

Andrew volvió a negar. Su hermano exageraba, aunque en el fondo él estaba convencido de que no era así.

—No puede ser para tanto.

Jacob le pegó en el antebrazo mientras abría los ojos de forma desmesurada.

—¡Casi me hago en los pantalones! Solo intervine porque si no estaríamos ahora mismo en el funeral de tu hermana.

Se agarró de los aros y se echó atrás unos centímetros.

—¡También es la tuya!

Jacob negó con contundencia mientras mantenía la boca apretada en una línea recta.

—No cuando se pone así de impertinente. ¡Tú eres su hermano! ¡No esa!

Otra vez Jacob mostraba su hostilidad contra Robin. Andrew no estaba seguro de si siempre fue así o si él lo notaba más desde que Sarah apareció en su vida. Si bien guardó silencio por un largo tiempo en tanto la brisa fresca les traía el delicioso olor a salitre que se mezclaba con el de la hierba. Era un día hermoso, en la casa lo esperaba una mujer que tal vez podría quemarle su hogar o matarlo, y él en lo único que podía pensar era en cómo se empujó contra ella la noche anterior mientras la sostenía entre sus brazos para que no escapara de él.

—¿Crees que estoy en peligro?

Jacob guardó silencio como si contemplara qué contestar al revivir lo que había sucedido hacía varias noches en la actividad de la policía.

—Llámame loco, pero creo que esa fiereza era por ti.

Esta vez fue el turno de Andrew de mostrarse incrédulo. Si era verdad lo que Jacob decía, era porque Sarah todavía esperaba que él le diera un bebé. No existía otra razón.

—Sarah siempre ha sido así, desde la universidad. Y a mí también me acojona.

Jacob le dio una palmada en el hombro mientras sonreía con cierta ironía. Andrew sabía que tenía motivos para actuar así. Si de verdad le tuviera tanto temor a Sarah, huiría de ella. Tal vez estaba tan prejuiciado contra ella que solo podía ver lo negativo.

Regresaron a la casa poco tiempo después. De algún modo, Jacob consiguió que todos aceptaran participar de un asado. En menos de una hora el carbón estaba encendido, el servicio a domicilio había entregado la carne y vegetales que ya estaban sobre la parrilla, y solo había que esperar a que estuviera listo para poder comer.

—Ve con ella y hablen de lo que sea que tienen que hablar. —Jacob abrió el refrigerador y le extendió una cerveza que él aceptó.

—¿Por qué crees que hay algo que tenemos que hablar?

Se concentró en darle un sorbo a la bebida.

—Porque ella te rehúye cada vez que intento dejarlos solos.

—Eso solo indica que no quiere decirme.

Ambos observaban hacia la terraza donde Sarah estaba sentada frente a la chimenea rústica de leña que solo se encendía en invierno. Desde allí se podía observar la playa y el olor del salitre envolvía el lugar como si se hallaran sentados frente al agua, solo que en un lugar privado que les permitía perderse en sus propios pensamientos. La brisa le arremolinaba el cabello por lo que Sarah levantó la mano y se lo acomodó detrás de las orejas, solo para repetir el gesto un segundo después. A pesar de todo, estaba preciosa con la mirada perdida en el mar mientras se abrazaba a sí misma.

—Si así fuera se habría marchado hace mucho. ¿De verdad crees que una mujer así se habría quedado a un asado contigo y conmigo solo porque ayer le diste un poco de sexo?

No, no solo por eso, pero sí por temor a que él se negara a seguir intentando tener un bebé. Observó a su hermano cuando este insistió:

—Por favor, que tu vida no se convierta en una estúpida y desquiciante novela romántica donde los protagonistas actúan peor que niños y se ocultan nimiedades en lugar de actuar como los adultos exitosos que dicen ser.

Andrew rio. Por eso amaba tanto a ese cabrón.

—No sabía que leías ese tipo de historias. Ahora comprendo por qué no tienes novia. ¿Esperas que Hermione salga del libro? O mejor aún, ¿Katniss?

Jacob le sacó el dedo del medio mientras las orejas se le tornaban del bermellón más puro. Andrew rio a carcajadas.

—Vete mucho a la mierda, Beaufort.

Se agarró de los aros y se alejó antes de que su hermano le tirara con la botella que tenía en la mano. Llegó junto a Sarah, quien tenía una sonrisa en los labios.

—¿Otra vez puyándose entre ustedes?

No respondió. Solo amplió la sonrisa y tomó las manos femeninas entre las suyas. Ella frunció el ceño, aunque también le sonreía. Le soltó una mano y le rodeó la cintura para hacerle entender que subiera a su regazo. La contempló, y antes de perder el valor dijo:

—Le pedí el divorcio a Robin para que ella buscara la felicidad.

Sarah se estremeció al escucharlo; se llevó la mano a la oreja y de inmediato la bajó hasta la garganta para un segundo después morderse los labios y desviar el rostro hacia la playa. Andrew esperó. Sabía y tenía la esperanza de que, si le daba tiempo, ella le confesaría lo que fuera que sucediera.

Solo que el tiempo siguió su transcurso y Sarah seguía encerrada en sí misma. Jacob tenía razón: lo que vivía no era una historia de amor, sino una historia de suspenso (o, tal vez, terror) donde la protagonista solo buscaba el líquido viscoso que emitía su cuerpo, y para ello no necesitaban hacerse confidencias.

Se llevó la botella a la boca y le dio un trago largo al líquido amargo. Solo cuando estaba con Jacob se atrevía a tomar una cerveza o un gin, no iba más allá. No obstante, Sarah lo observó con una mirada acusatoria a la cual él estaría encantado por responder con un «soy un adulto y puedo tomar lo que se me antoje». Pero antes de que pudiera abrir la boca, ella le quitó la botella y la llevó a sus propios labios terminándose de un solo sorbo lo que quedaba. Fue entonces cuando dijo:

—Peter, el hombre que me retuvo, y yo estuvimos en una relación durante dos años. Una mañana enfureció porque yo trabajaba en una escultura y no le preparé el desayuno.

—¿Él no tenía manos para preparárselo?

Sarah frunció el ceño al escucharlo como si no esperara que interviniera o se le dificultara creer en sus palabras. Y fue él quien entrecerró los ojos porque era imposible que ella creyera en esos convencionalismos anticuados.

—Me disculpé y le preparé su platillo favorito. Al servírselo dijo que no quería un plato preparado por una perra y azotó la puerta antes de marcharse.

Algo comenzó a bullir en su interior, una sensación que no podría describir con exactitud. No eran celos. Era que tenía muy presente el que ese hombre la llamó «una perra estéril», y cómo a Sarah le tiritaron los ojos, humedecidos después de esas palabras. Ella había permitido que la lastimara. El habría deseado que Sarah mirara a aquel hombre con la misma indiferencia que él tan bien conocía... Y también habría querido lanzarse contra él y golpearlo hasta convertirlo en un saco inservible. Aunque nada de eso ocurrió.

—¿Y perseguiste a un hombre así?

Ella bajó la cabeza, parecía más interesada en quitar una pelusa inexistente en la camisa de él que en continuar. Después de un par de minutos le dedicó una sonrisa incierta y dijo:

—Durante un par de horas me sentí devastada, hasta que me percaté de que él jamás preparó el desayuno para mí. Solo unos días después terminé la relación.

Andrew se encontró tirando la cabeza atrás a la vez que abría los ojos con desmesura. Con lo que había sucedido hacía un par de días jamás esperó que fuera ella quien finalizara la unión.

—¿Tú la terminaste?

Ella asintió y, tras un suspiro de cansancio, continuó:

—Comencé a encontrármelo en todas partes: siempre estaba afuera de la tienda o nos tropezábamos en la playa. Para serte sincera, me cansé y un día agarré una de mis antorchas, llegué hasta donde Peter se presentaba con su acto de magia y le prendí fuego.

Pero Andrew sentía como si acabaran de golpearlo, por lo que expulsó el aire y tuvo que boquear para recuperarlo. Nada de lo que escuchaba tenía sentido.

—¿Tú terminaste la relación?

Ella volvió a asentir y el gesto de desconcierto en el rostro de él se amplió. Sus pensamientos eran como engranajes estancados y faltos de aceite. Un evento no correspondía con el otro, lo que confirmaba que ella solo le contaba pedazos, tal vez para quedar bien frente a él.

—No se lo conté a nadie, ni siquiera a Walker. No era la primera vez que sucedía, aunque los otros desistieron después de un susto.

¿Ahora le hablaba de otro hombre? ¿Y quién carajos era ese?

—¿Walker?

—El oficial de policía con el que me viste hablando. Él es tío de Madison.

Ahora comprendía. Tras la impertinencia de su hermana, Sarah había buscado refugio en la única persona que sentía como un amigo en aquella reunión. Y, si eran tan amigos, ¿por qué no pedirle a él que le diera un bebé? Tal vez lo hizo y él se negó. Andrew se aclaró la garganta sin dejar de contemplarla. Parecía serena, pero, después de esas semanas, él comenzaba a percatarse de esos casi imperceptibles gestos que la delataban.

—¿Qué pasó?

Levantó los pulgares y con delicadeza los colocó encima de los ojos de ella con la única intención de contener las lágrimas que pretendían escapar.

—Peter me denunció a la policía y me sentenciaron a dos años en la cárcel, aunque salí con libertad condicional. Ese es el motivo por el que tengo que someterme a exámenes psiquiátricos cada dos meses.

Andrew entrecerró los ojos. Otra vez se sentía perdido y no lograba compaginar toda la información que estaba recibiendo. La cabeza comenzó a dolerle. Nada de lo que escuchaba era lo que él estaba esperando.

—No entiendo por qué, ¿las veces que fue a tu taller? ¿Todas las ocasiones en que te persiguió?

Fue entonces cuando ella negó con la cabeza mientras tomaba las manos de él entre las suyas y las retiraba de su rostro.

—Es su palabra contra la mía.

Era imposible que no hubiera nada que hacer. Entonces recordó que Cody se la llevaba y que él debió escuchar los insultos de ese hombre y vio que Sarah no le respondió en ningún momento.

—Cody, él es testigo de lo que sucedió ahora.

Ella ladeó la cabeza tras un suspiro pesaroso.

—¿De qué es testigo? ¿De qué me presenté en una actividad a la que no fui invitada? Peter asegurará que lo perseguía y que solo estaba allí por él.

Andrew contuvo el aliento. Ahora comprendía la reticencia de Sarah al llegar a la Cámara de Comercio, el por qué les daba la espalda a todos y formaba ese escudo entre los dos. Pero, entonces, por qué no negarse a entrar al descubrir dónde él la había llevado. ¿Tanto terror le provocaba que él se negara a continuar con la búsqueda del bebé? Una punzada atroz hizo que se llevara la mano a la cabeza. En lugar de esclarecer lo que sucedía sentía que se metía más y más a un abismo sin fin.

—Entonces yo lo desmentiré.

Ella negó e intentó dedicarle una sonrisa, aunque ahora sí las lágrimas le salpicaron las mejillas.

—¿Por qué nos reencontramos, Andrew? Yo... solo soy un desastre.

—Perdón, la comida ya está lista.

Ambos salieron de ese trance en el que parecía que se habían sumergido al escuchar a Jacob, quien mantenía los labios apretados en una línea recta. Sarah bajó de inmediato de su regazo y huyó con la excusa de que le avisaría a su sobrina para que viniera a comer. En tanto, a él le costaba respirar con normalidad. Sarah tenía razón: si todo era como ella decía y ese hombre descubría el motivo por el que ella lo buscó a él sería la confirmación de que no estaba bien de la cabeza...

Solo por anhelar tener a quien entregarle todo el amor que sentía dentro de sí. Porque si algo le mostró esos últimos días era que Sarah era capaz de cuidar de alguien que dependiera de ella.

Miró a Jacob, quien estaba de un pálido preocupante y tal vez era un reflejo de cómo estaba él mismo. Su hermano dijo:

—¿La crees?

Tragó con dificultad a la vez que llevaba las manos a las esquinas de la silla y reajustaba su postura. Sentía el pecho apretado y comprendió que, aunque hubiera tenido la certeza hacía unas semanas, en realidad no conocía a Sarah.

—¿Tú lo haces?

Jacob le llevó la mano al hombro y con la voz ronca dijo:

—No soy yo quien debe hacerlo.

Quería, ansiaba y necesitaba creerla, pero después de lo de Robin y Mel ya no estaba seguro de poder hacerlo. Miró a Jacob con la angustia atenazada al corazón.

—¿La creo a ella y no a lo que me dicen los demás?

—Solo tú puedes responder a esa pregunta. Eres tú quien ha estado junto a ella.

Sarah regresó junto con su sobrina y lo ojeó, si bien se concentró en terminar de preparar la mesa exterior. Se sirvieron la comida, no obstante, él solo comió algunos bocados y la ensalada en el plato de Sarah debía estar muy mareada por las vueltas que había dado. ¿Cómo saber si ella le había dicho la verdad? Todo se reducía al hecho de que tendría que confiar en ella. Ni siquiera él fue por completo honesto cuando le dijo que Robin y él se divorciaron para que ella fuera feliz... Tal vez nunca sería capaz de creer en Sarah, pero, por muy errada que estuviera ella en el pasado, no merecía ser tratada así en el presente.

40

Andrew había tenido un día rutinario. Sarah se marchó con su sobrina la noche anterior —después de utilizar el vibrador— y él había caído exhausto en la cama. Si era honesto consigo mismo, de vez en cuando sus pensamientos decidían llegar hasta donde Sarah se encontraba y hacerle compañía.

No tenía con quien hablar lo que sucedía. Jacob creía que su relación con Sarah era real y no ese acuerdo entre los dos que se terminaría en solo unos días y donde estaba involucrado un bebé. Y estaba seguro de que sus padres y Jennifer insistirían en que sus sentimientos eran espejismos producto de una calentura. Tratarían de convencerlo de que solo se conformaba con Sarah porque ella aceptaba tener sexo con un hombre que usaba silla de ruedas.

Sin embargo, él se encontraba pensando con frecuencia en ese hijo que sería fruto de los dos y quería mantener una relación con él, pero no una donde a los dieciocho años una aerolínea le regalara viajes de por vida por tener millones de millas acumuladas. Todavía no tenía claro cómo hacerlo, mas anhelaba criarlo junto a Sarah, que ninguno de los dos se perdiera los eventos importantes como su primera palabra o sus primeros pasos, y tampoco lo cotidiano como jugar a piedra, papel o tijera cuando el niño tuviera uno de esos embarres que harían desmayar a los ángeles. Y, de paso, si Sarah y él pudieran incluir un poco de sexo en la ecuación—quizá un par de veces a la semana, incluso se conformaría con una vez al mes... Suspiró. Sarah lo haría añicos si conociera sus pensamientos. Era más que evidente que ella no quería saber nada de los hombres, y eso de ser amigos que de vez en cuando se cogen no iba con él; si de por sí se sentía con cierto derecho sobre Sarah y solo habían pasado unas semanas, ¿qué ocurriría cuando pasaran meses o años? Había algo de troglodita en ese pensamiento de «mujer mía», si bien Sarah podría gritar «hombre mío» y él jamás la desmentiría. Más bien al contrario: compraría luces de neón que lo señalaran para que a nadie le quedaran dudas.

Entre esos pensamientos el día había transcurrido. Ya era de noche y ella no había llegado por lo que Andrew agarró el teléfono y marcó su número. Sabía que le podía enviar un mensaje, pero esperaba que al escuchar su voz Sarah no pudiera negarse. Se llevó una mano a la frente a la par que soltaba una bocanada de aire. ¿Qué diablos le ocurría?

—Hola —saludó cuando la llamada se conectó. Entrecerró los ojos al escuchar la risa de Sarah junto a alguien más: un hombre.

—¡Hola! —Se escuchaba muy entusiasmada, si bien se quedó en silencio casi un minuto y entonces dijo—: Creo que hoy no voy a poder ir.

Andrew se colocó las manos sobre el pantalón y lo ajustó. Deseaba verla, los días que les quedaban juntos eran escasos. Y se suponía que ella debía ser la más interesada... Tragó con dificultad. Debía dejar a un lado esa especie de enredadera que intentaba atraparlo entre los celos y las inseguridades, las mismas que lo envolvieron en su matrimonio con Robin.

—¿Por qué? —Tenía la voz ahogada.

—Ya me voy, Sarah. —Escuchó Andrew que el hombre se despedía antes de que ella pudiera responderle.

Andrew se percató de que Sarah alejó el teléfono y le dijo a ese hombre que mañana se verían. Él ya no sabía si colgar o seguir esperando a que ella volviera a negarse a verlo. Comenzó a preguntarse quién era y por qué estaba en casa de ella, si es que la visitaba con frecuencia. En fin, todas esas preguntas que solo hacían daño y lo llevaban a desconfiar hasta de su propia sombra.

—Es que Mady está conmigo y Walker tiene turno esta noche.

Andrew soltó una bocanada profunda de aire y sonrió con incertidumbre. Se le había olvidado que por algún motivo la sobrina de Sarah había buscado refugio en ella y no en su propia madre. Además, el oficial de policía era tío de la chica. ¡Puñeta, era un estúpido!

—Tráela, ya sabes que aquí hay una habitación para ella.

Sonrió. Podría jurar que escuchó a Sarah tragar con dificultad tras sus palabras, y en un tono chillón le preguntó cerca de diez veces si estaba seguro de que su sobrina podía ir mientras él oía las llaves, una puerta cerrarse, cómo bajaban por las escaleras y cuando se encendió la camioneta.

Ordenó una pizza y por un instante barajó la posibilidad de llamar a Jacob para que los acompañara, aunque desistió de la idea. No podía temerle a una adolescente, él era el adulto y ese, su hogar. Además, Sarah lo respetaba lo suficiente como para no restarle autoridad frente a la chica. No obstante, le envió un mensaje a su hermano para preguntarle si al próximo día subirían la colina.

Pocos minutos después recibió una notificación en su teléfono y de inmediato se escuchó:

—Sarah y Madison están aquí.

—¡Dijo mi nombre! ¡Sarah! ¡Dijo mi nombre!

Andrew rio en tanto Sarah caminaba hasta él a la vez que rodaba los ojos. Llevaba un vestido cruzado en color fucsia con unas sandalias de tiras finas color piel. Mantuvo el maquillaje natural y lucía un collar de varios medallones en diferentes tonos de verde lima. Los pendientes hacían juego con el color y las formas, por lo que conseguían resaltar el rostro de ella, y él se sentía extasiado por la especie de júbilo que reflejaba. Sarah no podía ocultar la felicidad que sentía al verlo.

Si hubiera llegado sola, él ya habría soltado el nudo del vestido y estaría prendado de los pezones duros mientras le hundía los dedos en los pliegues que él sabía húmedos y resbaladizos.

—No sabes lo que has hecho. —Sarah se detuvo y ojeó que su sobrina no los observara antes de dejarle un beso casto en los labios, si bien a él no le pasó desapercibido el deseo que brillaba en sus ojos oscuros—. Hola, guapo.

La joven llegó hasta la sala con la mirada perdida en las paredes como si intentara encontrar dónde estaba la inteligencia artificial. Parecía más serena que los días pasados y un tanto más terrenal con un pantalón de mezclilla corto y una camisa, aunque llevaba uno de los cinturones que Sarah utilizaba.

—¿Qué más puede hacer?

El timbre sonó en ese mismo instante y Andrew se agarró de los aros para impulsarse hasta la puerta y recibir la pizza. La había pedido de vegetales y esperaba que ninguna de las dos protestara.

—Te mostraré después de cenar.

La chica asintió y se sentó juiciosa a la mesa. Andrew sonrió mientras negaba con la cabeza (cualquiera que la observara en ese momento creería que era un ángel), sin embargo, pronto su atención fue absorbida por la mujer que entraba a su cocina y abría la alacena para sacar platos y vasos. Una percha de mariposas le aleteó en el pecho y estaba seguro de que la sonrisa en su rostro podría considerarse la más estúpida del mundo. Entre las dos arreglaron la mesa hasta que Sarah se contuvo de entregarle el último vaso a su sobrina.

—¿No tienes algo que decir?

Observó con una ceja enarcada a la chica, quien, a su vez, miró a Andrew un tanto cohibida y dijo:

—Gracias por permitirme volver.

Él negó con la cabeza mientras mantenía los labios apretados en una línea recta.

—No estás obligada a agradecerme.

La chica le sonrió una vez más, en esa ocasión con calidez.

—Sarah no me obligó, y me gusta venir.

Él comenzó a sentirse incómodo. Sarah no debió intervenir. No le gustaba cuando alguien obligaba a otro a mostrar afecto.

—Permíteme expresar mi incredulidad.

La joven se apresuró a negar enfática con la cabeza.

—¡Es verdad! Contigo Sarah ríe.

—Madi... —Sarah abrió los ojos a la vez que su tono de voz se volvió un tanto cortante, como si le advirtiera a su sobrina que no dijera nada más.

Él se contuvo de sonreír, aunque en su interior se veía dando vueltas en la silla de ruedas como si fuera un púber.

—Cuando la llamé estaba muy risueña.

La chica resopló como si lo que fuera a decir fuera una obviedad.

—Por el estúpido policía de la televisión que siempre tiene un comentario mordaz para su compañera. Por cierto, es idéntico a ti.

Ahora sí Sarah le pegó un codazo por lo que la chica chilló y la observó pasmada como si no entendiera el significado de sus palabras, que a él no le pasaba desapercibido. Ojeó a Sarah y no pudo evitar sonreírle, si bien se contuvo de cualquier otra expresión porque ella estaba sonrojada y existía cierta vacilación en su mirada. Él no quería mortificarla, pero eso no quería decir que no tuviera el ego por las nubes, porque sí, lo tenía. En ese instante se creía Henry Cavill.

Se sentaron a la mesa mientras la joven estaba concentrada en su teléfono. Sarah compartió con él la escultura en la que había trabajado ese día y él le contó algo sobre la actualización que desarrollaba. Ella asentía y le hacía varias preguntas básicas que él respondía encantado. No importaba que Sarah no le entendiera, al menos lo escuchaba atenta.

Ella le colocó la mano sobre la suya como si se disculpara y miró a su sobrina, quien movía los dedos sobre el teléfono con tanta velocidad como si fuera una máquina. Andrew estaba absorto con el tintineo de los pendientes, el largo de las pestañas de Sarah y el brillo natural en su piel. Era evidente que se cuidaba y ni siquiera tenía que cerrar los ojos para imaginarse con las manos embarradas en crema con la excusa de ayudarla con la rutina de belleza y así recorrerle cada centímetro de su cuerpo.

—Madison, suelta el teléfono.

La chica dejó el aparato sobre la mesa, aunque era evidente que su atención estaba en otra parte.

—Es Grace. El señor Morrison y ella tuvieron sexo y él acaba de terminarla.

Sarah entrecerró los ojos y tras un suspiro Andrew se obligó a sí mismo a poner un alto a sus divagaciones. Le dio una mordida a su pedazo de pizza. Solo comería ese, pues no podía darse el lujo de subir de peso, ya que eso le dificultaría su movilidad.

—¿Y quién es el señor Morrison?

—Nuestro profesor de biología.

Andrew comenzó a toser, pues se atragantó con el pedazo que se comía. Sarah se levantó a prisa y le sirvió un vaso de agua en tanto le deslizaba la mano por la espalda con celeridad. La joven también se puso en pie, observándolo con el ceño fruncido.

—¿Estás bien? —El tono de voz de Sarah era suave.

Él asintió a la vez que seguía tosiendo y los ojos se le cubrían en lágrimas. La chica lo observaba cada vez más preocupada.

—No parece, Sarah. Tiene el rostro muy rojo.

Sarah le colocó la mano en el pecho y lo empujó hacia el frente para darle palmadas en la espalda. Él poco a poco fue recuperándose hasta respirar con normalidad. Le dio un sorbo al agua mientras Sarah lo contemplaba.

—¿Quieres preguntarme algo?

A Andrew se le abrieron los ojos de forma desmesurada. ¿De verdad solo bastaba con preguntar? Jamás se le hubiera ocurrido, no podía ser tan fácil; no obstante, mucho antes de acobardarse se encontró diciendo:

—¿Lo hiciste?

Solo entonces Sarah desvió la mirada y la posó en su sobrina.

—Ve a la habitación, Madi.

La joven miraba a uno y al otro con los ojos entrecerrados; era evidente que no comprendía lo que habían provocado sus inesperadas palabras.

—¿Qué hiciste? ¿Sarah?

Sarah negó con la cabeza.

—Llévate la pizza, cariño. Después hablaremos de tu amiga.

Ambos observaron cómo la chica se dirigía hacia el pasillo un tanto confusa. Cuando desapareció, Sarah caminó con lentitud por la sala. Andrew observó cómo tocaba algunas de sus pertenencias antes de llegar hasta el sillón y dejarse caer, bajar la cabeza y esconderla entre sus brazos. Él rodó hasta quedar frente a ella.

—¿Lo hiciste? —Solo entonces ella levantó la cabeza y asintió con un mínimo movimiento—. ¿Por qué?

Ella le dedicó una sonrisa apagada.

—Por creerme más lista que los demás.

A Andrew se le hizo difícil tragar. ¿Eso qué quería decir? ¿Cómo podría creerse más inteligente que los demás al tener sexo con sus mentores? No tenía sentido, y más cuando las consecuencias habían sido catastróficas.

—No te entiendo.

Ella lo ojeó y volvió a sonreír de esa manera tan extraña que conseguía que la piel se le enervara.

—No tenía dinero para pagar ese año académico.

41

Andrew se vio forzado a soltar una bocanada de aire ante el golpe que acababa de recibir. Llevaba más de una década juzgándola, creyéndola una egoísta, holgazana, oportunista sin escrúpulos. Tuvo tantas oportunidades de preguntarle y de que Sarah escuchara cómo la juzgaba para que entonces le respondiera con la verdad y no lo había hecho. Había preferido seguir creyendo en la «peligrosidad» que ella representaba, porque eso era lo más sencillo. Existían demasiadas facetas en la mujer que tenía frente a él, y por primera vez no se creía con la madurez necesaria para ser su apoyo.

—Sarah... —Solo que su voz no emitió sonido alguno.

Ella alzó la mano y empujó su cabello hacia atrás en tanto mantenía la cabeza en alto y los labios apretados en una línea recta, si bien también tenía los hombros caídos y un sonrojo leve del que Andrew estaba seguro de que Sarah no era consciente. Ella estaba a la defensiva, la misma pose de hacía ya tantos años, él ya ni estaba seguro de cuántos. En aquel momento él no supo descifrarla, así que no la culpaba por reaccionar de la misma manera ahora.

—Me viste sacar comida del basurero, lo demás no tiene por qué sorprenderte.

Ella levantó un hombro y lo dejó caer como si lo que acababa de decir fuera una nimiedad. Pero no había forma de detener la inquietud que él sentía, esa especie de sofoco que comenzaba a dominarlo.

—Hay becas, incluso préstamos estudiantiles.

Ella asintió con cierta manía, como si lo que le dijera lo conociera hasta el cansancio, y él imaginaba que sí. Después de todo, era una mujer inteligente que solo sufrió un lapsus mental.

—Sí, yo ya había agotado todos los recursos. —Lo ojeó un segundo antes de regresar la mirada a la pared que estaba detrás de él y sonrió como si fuera un chiste—. Al menos no me dediqué a la prostitución...

Eso fue lo último que necesitó para que el remolino que había comenzado a sentir en medio del pecho se convirtiera en un tornado de máxima potencia. ¿Por qué Sarah no lo comprendía? ¿Por qué ninguno de sus amigos intentó aconsejarla? ¿O su padre?

—¡Puñeta! ¡Se aprovecharon de ti!

Ella palideció ante su exabrupto, se llevó la mano derecha a la oreja y de inmediato la bajó al cuello, tragando con dificultad para un segundo después extender la mano como si deseara agarrar la suya y consolarlo. ¡Ella a él! Una especie de gruñido escapó de su garganta, por lo que Sarah retrajo la mano y jamás llegó a tocarlo.

—Era una mujer adulta y tomé decisiones. No me justifiques.

Ella estaba demasiado tranquila, lo que lograba exasperarlo más y más. Andrew mantuvo los labios apretados en una línea recta. Sabía que su actitud podría considerarse como si culpara a Sarah de lo que sucedió, pero nada más lejos de la verdad. Era solo que no sabía cómo ocultar lo que sentía... Su mano derecha se aferraba del aro impulsador con tanta fuerza que tenía los nudillos pálidos. Si tuviera agarre en la mano izquierda tal vez estaría igual.

—Primero dime qué pasó, y después te diré cómo te considero.

Él mismo reconocía lo seco de su tono. Ni siquiera quería imaginar lo que Sarah pensaba de él, en especial por sus actitudes con ella en aquellos días.

—El MET me había ofrecido un empleo. El problema fue que mentí en mi portafolio al decir que era graduada de Stanford cuando en realidad no había ni empezado a trabajar en mi proyecto final.

Él asintió, sus facciones todavía talladas en piedra. La sonrisa que se adueñó de sus labios al verla sacar comida de la basura era un recuerdo vívido. En aquel entonces la facultad ya sabía lo que ocurría, y no disimulaban los comentarios hirientes. Como Robin también estudiaba arte, él conocía los pormenores, si bien los detalles de la relación de Sarah con sus profesores se regaron como pólvora por la universidad a solo días de que se descubriera. Andrew recordaba con claridad como Robin despotricaba contra ella, diciendo que mujeres como Sarah se merecían lo que les sucediere. Y él le dio la razón.

—Muchas personas mienten sobre eso y no pasa nada.

Fue una casualidad encontrarse a Sarah aquel día hacía tantos años. A Andrew se le había hecho tarde para la clase de programación que era a las nueve de la mañana. Tenía examen y varios de sus compañeros se habían reunido en el CoHo's para desayunar y estudiar. Salió de prisa y se fue por la parte de atrás del edificio como un atajo. Fue cuando se tropezó con Sarah. Sabía que ella trabajaba en la librería, así que lo tomó desprevenido verla con un sándwich que, si bien estaba empaquetado, acababa de sacar del basurero. Ella trató de esconderlo, con el rostro como el bermellón más puro. Se aseguró de contemplarla para que ella no tuviera dudas de que la había visto, así como también se cercioró de mirarla con superioridad, como si ella no fuera más que un gusano al que aplastaría. Solo entonces continuó su camino.

—Me descubrieron, aunque me informaron que me darían seis meses para terminar el programa avanzado de arte. Pero yo no tenía los medios. A la misma vez, el profesor Brown tenía problemas en su matrimonio. Su esposa lo acusaba de ser infiel con una colega y la universidad acababa de implementar la política de no confraternización. Estaban a punto de ser despedidos, pero ¿y si en realidad era una estudiante la que se insinuaba?

Ella permanecía serena, mantenía el tono de voz bajo, hasta podría catalogarse como monótono, como si fuera algo lejano a sí misma, algo que le ocurrió a un desconocido. Lo que Sarah le contaba y sus reacciones solo le confirmaban la mezquindad consigo misma, algo que él no acababa de comprender.

—Él te lo propuso, ¿no es así?

A partir de aquel día tomó por costumbre atravesar por detrás del edificio del CoHo's para provocar sus encuentros. Se creía una especie de justiciero. Él vengaría a sus compañeros, pues a ninguno le pareció suficiente el castigo recibido. Andrew se aseguró de que Sarah lo viera, que percibiera cómo la juzgaba, si bien ella nunca se amedrentó. Siempre mantuvo la cabeza en alto, lo que solo conseguía que él la juzgara más y más. En una ocasión le dio la mitad de su sándwich y refresco, porque, aunque por supuesto que tenía el dinero suficiente como para comprarle una comida completa, estaba convencido de que no lo merecía.

—Un beso no sería suficiente, lo seduje y Brown en todo momento dijo no. Aunque ¿qué hombre se resiste a una mujer que insiste? La misma profesora Miller nos grabó y le hizo llegar el video a la esposa del profesor. El problema fue que los teléfonos ya tenían cámaras integradas y Facebook era la novedad en Stanford. El resto ya lo sabes.

Él continuó con el comportamiento patético: le compraba lo más barato que podía encontrar o alimentos que ni él mismo comería y Sarah jamás le reclamó. Hasta que un día llegó con la piedra Haystack —la misma que ahora adornaba una de las mesitas en la sala—. Andrew lo tenía tan presente que si en ese mismo instante extendía la mano podía sentir el peso de la figura como si Sarah acabara de entregársela. Ese fue el día en que le dio su número de teléfono y jamás regresó.

Las emociones se le acumularon en el pecho hasta que los ojos se le humedecieron. El hueco que sentía que le atravesaba el cuerpo era el responsable de la dificultad que experimentaba al respirar, incluso pensar con claridad.

—Te expulsaron por dos años. ¡Fuiste indigente! ¡¿Valió la pena?! —La vio sonreír por lo que la furia fue la emoción que terminó por consumirlo—. ¡No seas tan cínica!

Ella tuvo otra explosión de risa que intentó esconder al desviar la cabeza a un lado y cubrirse la boca con la mano, si bien sus intentos fueron infructuosos.

—Eres mi energúmeno favorito.

Había un tinte de dulzura en esas palabras que terminaron por hacerlo sentir como una mierda, un parásito, un gusano venenoso. Él mismo había actuado con ilegalidad en una situación desesperada y ¿qué iba a hacer? ¿Convertirse en su propio justiciero? Él que demandó a su compañía cuando era consciente de que era culpable.

—Tal vez era mejor que me prostituyera, así al menos me habría quedado con el dinero, ¿no crees? —Ella sonrió, pero él le dedicó otro gruñido. La actitud de ella era desesperante—. En lugar de comprarme comida, ¿me habrías pagado por una hora de placer?

El rostro de Sarah se tornó tan bermellón como él debía tener el suyo. Comenzó a reír a carcajadas con ese nerviosismo histérico que él conoció la primera vez que se reencontraron y le pidió un bebé. Era evidente que ambos se encontraban en polos opuestos respecto a lo que sentían. A Sarah le daba igual lo que sucedió hacía tantos años, mientras que él sentía que nadaba en su propia inmundicia. Se lo merecía, no iba a sentir pena por sí mismo.

—No te compré comida por ser un buen hombre, sino para avergonzarte.

Solo en ese instante fue capaz de comprender que había lastimado a Sarah al decir que nunca la pensó una amiga, aunque esa fuera la verdad. Antes era solo una conocida, la mujer que le mostró la universidad, y no tenía nada en común con ella. Ahora no podía tratarla como una amiga porque con una amiga él no pensaba en las mil formas en que podría desvestirla y adorarla en su desnudez. De algún modo, ella había conseguido saltarse un peldaño en la relación entre un hombre y una mujer. Y él la había besado poco segundos después de discutir en la playa. ¿Ella habría sido capaz de entenderlo? La besó y los amigos no se besan. En definitiva, esperaba que ella no se besara con ninguno de sus amigos, así como tampoco con sus enemigos.

¿Ella todavía lo consideraría un amigo? ¿Sería importante para ella que él la considerara una amiga? ¿Lo era? Porque ya no sabía qué pensar. Él creía saber la verdad de lo que ocurrió en la universidad, y no fue así. Esa Sarah que él creía conocer a la perfección se desmoronó en una sola barrida como si fuera una estatua de arena con la que el mar arrasaba y en su lugar dejaba una de vidrio con un juego de sombras y luces mientras era reflejada por el sol.

—¿Y qué? Hiciste tanto por mí, ¿qué importa cuáles fueron los motivos?

Divagó en que por el día trabajaba y siempre se aseguraba de llegar a la biblioteca a tiempo. Se escondía en el baño y, una vez se quedaba sola, estudiaba sobre gerencia y negocios. En esos dos años expulsada ahorró todo el dinero que pudo con la intención de volver y terminar la carrera, pero con los zapatos de Cenicienta consiguió demostrar que era una verdadera artista del vidrio y, en lugar de volver a un lugar donde no era apreciada, regresó a Oregón y abrió su pequeña tienda.

Ahora comprendía la llaneza de Sarah cuando le pidió un bebé. Cualquier otra habría dado miles de explicaciones antes de exponer lo que deseaba en realidad, pero ella no. Además, había permanecido tan dócil... Sí, esa era la palabra.

Él usaba una silla de ruedas y con el solo hecho de que Sarah estuviera de pie ya se podría catalogar como una posición de poder, y ella había permanecido sentada en el suelo, alejada de él. Si tan solo no hubiera estado tan furioso con la vida como para percatarse...

Sarah respetó su consentimiento, algo que le arrebataron a ella, por más que se empeñara en asegurar que fue ella quien tomó la decisión. Se ponía en su lugar: obtener el trabajo soñado, ese que le daría estabilidad a su vida, o quedarse estancada por quién sabía cuántos años en la universidad mientras desperdiciaba su talento. Sí, él también habría aceptado la propuesta de sus mentores... ¡de sus mentores!

Y después estaba la primera vez en que ellos dos habían tenido sexo. ¡Maldito fuera! ¡Cómo le habría gustado actuar diferente! El deseo de Sarah por un bebé debía ser inconmensurable, pues a pesar de cómo la trató, ella regresó. Se vejaba a sí misma una y otra vez.

Ella, en cambio, le mostró respeto. Después de todo era un hombre que usaba silla de ruedas, de quien nadie pensaba que tenía deseos, que podía poner un alto a las situaciones y que era un hombre con su capacidad cognitiva intacta. Sin embargo, Sarah sí lo había visto y en ningún momento dio por sentado que él aceptaría gustoso su propuesta solo porque obtendría un poco de sexo. No, Sarah Bramson lo buscó porque de verdad lo consideraba un amigo. Pudo escoger a cualquier hombre, y, no obstante, él fue el elegido.

Eso que sentía por ella, eso que no se atrevía a nombrar, hundió sus raíces en él, y se le enredó en el corazón, que, sin embargo, le latía con más libertad que nunca. Esa que él creía la mujer más egoísta del mundo, solo ella, fue capaz de ofrecerle lo que nadie más le dio en tanto tiempo: deseos de aferrarse a la vida con todas las implicaciones que eso significaba.

—Estaba más cerca de los treinta que de los veinte, Andrew. Te repito, sabía que jugaba con fuego. No me victimices y seas tan duro contigo mismo. Merecía el desprecio de todos.

42

La contempló. Era la misma mujer que después de dieciséis años lo buscó para pedirle un bebé, la que él conoció de joven, esa que le colocó una pastilla bajo la lengua cuando estuvo a punto de una apoplejía y segundos después preguntaba por su semen, la que se sonrojó cuando le regaló un vibrador y junto a él rio a carcajadas cuando lo encendieron, la amiga que caminaba junto a él a orillas de la playa, la que le sonrió a sus amistades, la misma que llamó a emergencias cuando lo encontró en el suelo con espasmos y a la que no le importó usar el vibrador una hora después, la mujer que lo abandonó en la playa y lo subió a una tabla de surf, la que él había juzgado y sentenciado, esa que se atrevió a amar al hombre equivocado y ahora no creía en el amor mientras que él... Él... Podría vivir sin Sarah, continuar como si ese mes no hubiera sucedido, pero sabía que en algún momento sentiría un hormigueo en los labios al recordar lo amoroso de sus besos, y ahora tenía la certeza de que el deseo lo invadiría al evocar las lamidas en su manzana de Adán y las caricias en los brazos.

—Ven aquí, dulzura. —Ella se puso en pie, subió a su regazo y le enredó los dedos en el cabello mientras descansaba los codos sobre sus hombros y tenía los suaves senos aplastados contra su pecho—. Yo...

Sarah le cubrió los labios con la mano en un movimiento rápido y abrió los ojos como si le horrorizara lo que él fuera a decirle.

—¡Por dios! No se te ocurra pedirme perdón por algo que hiciste hace diecisiete años. Ni siquiera por algo que hiciste hace tres semanas. Exigir que una persona se disculpe por los errores que cometió en el pasado es quitarle su humanidad.

Andrew guardó silencio. Sarah tenía razón en que deseaba disculparse por sus actitudes. Ella lo contempló mientras le sonreía.

—¿Qué habrías hecho en tu hora de placer? ¿Me habrías pedido que te la chupara?

Se obligó a tomar una bocanada de aire e intentar olvidar el juicio al que se sometía a sí mismo.

—No. —Y antes de que ella pensara lo que no era, se apresuró en añadir—: Era demasiado inmaduro para una mujer como tú.

Ella enarcó una ceja. La diversión bailaba en su mirada.

—¿Y ahora, chico?

—¿Dejé de ser vaquero, señora?

Ella tiró la cabeza atrás mientras reía a carcajadas. El deseo fue un ramalazo que lo cubrió desde la punta de los dedos hasta las puntas de su cabello. Tenía las pupilas dilatadas y el corazón le galopaba en el pecho.

—Por un instante temí tener que convertirme en profesora. —Hizo una mueca de desagrado—. Es una profesión que jamás me ha gustado.

—¿Profesora? No, señora. Sus manos son muy valiosas como para desperdiciarlas en esa profesión. Amóldeme a su antojo en mi hora de placer.

Ella bajó de su regazo y le extendió la mano, la cual Andrew tomó con ansias. Si por él fuera, ella caminaría desnuda hasta la habitación, lo que habría sido un error, pues Sarah se detuvo en la recamara que ocupaba su sobrina.

—¿Estás bien, cariño?

La chica asintió.

—¿Y ustedes? —Sarah lo ojeó a él mientras una sonrisa tímida aparecía en sus labios. Entonces su sobrina continuó—: ¿Es porque dije que es idéntico al policía de la tele que tanto te gusta?

Sarah gimió y antes de que pretendiera huir, él dijo:

—Mi oficina está detrás de esa puerta. Creé un acceso con tu nombre y puedes jugar Minecraft.

—Lo puedo jugar en mi teléfono. —Andrew rodó los ojos al percatarse de la misma indiferencia de Sarah en su sobrina.

—¿Tu teléfono tiene cinco monitores y un sistema de sonido envolvente?

La chica chilló como si fuera el día de Navidad y frente al árbol hubiera cientos de regalos. Corrió hasta la oficina y desapareció tras la puerta. Andrew haló a Sarah antes de que comenzara a preocuparse por su computadora. En cuanto atravesaron la puerta, él la rodeó con los brazos y la obligó a subir a su regazo para devorarle los labios.

—Siempre tan dulce.

Ella le sonrió con cierto rubor en las mejillas. La llevó hasta la cama donde ella bajó, no sin antes llevarse su labio inferior entre los dientes.

Andrew hizo la transferencia, se bajó los pantalones hasta las caderas y Sarah terminó de quitárselos de un jalón. Él sonrió encantado mientras ella subía una vez más a su regazo. Chocaron sus bocas, sus lenguas se encontraron en el punto medio y danzaron un baile primitivo y carnal. Andrew tanteó la mesita de noche y sacó el vibrador para dejarlo en las manos de ella.

—Exprímeme.

El deseo explotó en la oscura y femenina mirada. Encendió el aparato, aunque, como siempre, no lo usó de inmediato. Andrew cerró los ojos y tragó profundo al percibir ese tinte de desesperación en cómo le recorría la piel con la lengua. Cuando dejó de sentirla, abrió los ojos y la encontró con la lengua enredada alrededor de su hombría, la cual saludó enérgica y dispuesta a las caricas que recibía. Él llevó la mano hasta el cabello castaño y le entretejió los dedos por las hebras mientras ladeaba la cabeza y le dedicaba una sonrisa cargada de picardía. Era una exquisitez, más aún cuando ella le guiñó un ojo antes de colocarle con maestría el anillo constrictor. Ella hizo el camino de vuelta con una lentitud desesperante, por lo que le agarró la nuca y unió los labios a los de ella como polilla que al fin encuentra la luz.

Cual experta, pegó el vibrador a la cabeza de su miembro y Andrew gimió al sentir esa especie de cosquilleo placentero. La sensación que se apoderó de todo su cuerpo era algo muy difícil de explicar. No había dudas de que no sentía lo mismo de antes, era por completo diferente. Era bienestar, era saber que Sarah hacía hasta lo indecible para que él lo disfrutara. Tal vez podría decir que los nervios le bailaban con cada vibración. No lo sabía, no le importaba.

Ella rompió el beso y se acomodó de tal forma que su feminidad estaba a solo centímetros de su hombría. Él levantó la mano y hundió los dedos en los suaves pliegues. Con la delicadeza que sus ásperas manos le permitían le buscó el botón de placer y se lo acarició como si fuera el más efímero pétalo de una rosa.

Una lágrima le salpicó, seguida de otra. Apenas habían pasado unos minutos y esas sensaciones de bienestar que Andrew experimentó habían cesado.

Por los comentarios —que leyeron en los videos la primera vez— eso era lo normal y, según lo que había ocurrido en la oficina del doctor, todavía faltaban al menos dieciocho minutos para que él pudiera eyacular y para ese instante el corazón le atronaba en el pecho. Le había separado los pliegues a ella para que la vibración no fuera tan apabullante en su sexo, pero eso no ayudaba en nada. Entonces cayó otra lágrima y otra.

—Tienes que detenerte.

No lo hizo. Continuó mientras él escuchaba un gemido mezclado con un sollozo. La tensión se apoderó de sus hombros y la respiración se le dificultó.

—Dulzura...

—¡No!

El maldito aparato continuó como lo haría un sádico inescrupuloso. Andrew cerró los ojos, inseguro sobre qué hacer. Los sollozos y jadeos de Sarah se entremezclaban con los latidos de su corazón.

—Dulzura...

Ella fijó la mirada vidriosa en la suya.

—Decidiste irte y es pasado mañana. Esta es mi última oportunidad.

Andrew contuvo el aliento. «¡Puñeta!», se gritó a sí mismo en sus pensamientos. ¿Por qué había actuado con tanta impulsividad? ¿Por qué no había creído en ella? Los sollozos se convirtieron en un llanto impotente.

—¡Por favor, dios! ¡Ten piedad! —Se encontró gritando.

Ambos se habían engañado a sí mismos al creer que él podría eyacular y regalarle su semen a Sarah. No podía. Al menos no de esa forma. Él... él no podía permitir que ella lo hiciera así. Ya era suficiente de ese estilo de vida en el que a Sarah lo menos que le importaba era ella misma.

Agarró el endemoniado aparato y lo apagó. Lo dejó a un lado de la cama y se apresuró a envolverla entre sus brazos y ceñirla contra sí mismo, sin tener idea sobre qué hacer o cuál sería el futuro de ambos.

Permitió que ella llorara desconsolada sobre su hombro mientras con los dedos le acariciaba la espalda en un ir y venir que sabía no sería reconfortante. En tanto, él tenía los ojos humedecidos.

Adormilado, Andrew extendió la mano, pues por algún motivo se sintió solo en la cama. Y lo estaba. Abrió los ojos y frunció el ceño: Sarah no estaba junto a él. Quiso creer que ella se había levantado para revisar a su sobrina, tal vez la chica no se sentía bien, mas cuando pasaron alrededor de diez minutos comenzó a impacientarse. Con brazos temblorosos, se impulsó en la cama y tuvo que hacer un gran esfuerzo por subir a la silla cuando esa era parte de su cotidianidad.

Tenía la mandíbula apretada y sentía la garganta lastimada, no obstante, decidió no dudar de Sarah. Él creía en ella, por lo que el primer lugar donde la buscó fue el baño, aunque la luz estaba apagada y no se escuchaba ningún sonido.

La tensión en sus hombros desapareció cuando encendió la luz y vio que ella estaba allí. Sin embargo, el atisbo de alivio se esfumó de un plumazo. Tragó con dificultad, pues sintió que la garganta se le cerraba a la vez que se le tornaba seca. Sarah estaba tirada en el suelo y desnuda, tenía el rostro bañado en lágrimas y los ojos rojos e inflamados mientras sostenía una jeringa en la mano derecha.

Una especie de ardor se apoderó de su pecho en tanto se preguntaba qué sucedía y cómo actuaría. ¿Acaso eran drogas? Negó con la cabeza. Ya en más de una ocasión había comprobado que lo mejor era hablar con Sarah y preguntarle. Se contemplaron por lo que a Andrew le pareció una eternidad. No obstante, la mirada de ella estaba vacía y era evidente que no podía contener las lágrimas.

—Sarah... —Su tono de voz era rasposo—. ¿Dulzura?

Solo entonces se percató de que los ojos de ella no estaban enfocados en él en realidad. Andrew llevó las manos a las esquinas de la silla y reajustó su postura, aunque ese gesto no lo ayudó a aliviar la angustia que lo dominaba.

Ella parpadeó y movió la cabeza como si fuera en cámara lenta y, afónica, dijo:

—Es el último.

Tuvo que aclararse la garganta, pues no estaba seguro de que su voz le funcionara, a la vez que no se atrevió a moverse, pues desconocía a qué se enfrentaba.

—¿El último qué, dulzura?

Ella volvió a pestañear, era evidente que su mente se encontraba a kilómetros de distancia, o tal vez perdida en recuerdos pasados. A él los ojos se le humedecieron. Era imposible reconciliar la Sarah que a todos les parecía imponente, a la que él le temía, y a la mujer que tenía frente a sí en ese instante.

—El último coctel de hormonas. Dios sabe que al poner un niño entre mis brazos lo sentenciaría a muerte porque no soy capaz de amar.

Por unos segundos a Andrew se le olvidó como respirar. Esas palabras habían sido como una bofetada a traición. Sentía que la bilis lo asfixiaba, y un estremecimiento le recorrió desde el cuero cabelludo hasta la parte alta de la espalda. Esas palabras eran terroríficas. Se tuvo que llevar la mano al corazón para aliviar la punzada que le atravesaba el pecho. La desesperanza había terminado de hundir sus raíces en Sarah y, de algún modo, él tenía que eliminar la enredadera de desolación. Sin embargo, tuvo que tomar varias bocanadas de aire antes de poder decir:

—Yo sé que eres capaz de amar.

Solo entonces se atrevió a llevar las manos hasta los aros de la silla y empujarse unos centímetros. No quería espantarla. Ella tragó con dificultad a la vez que desviaba el rostro a un lado.

—¿Lo sabes?

—¡Y una mierda! —Su voz sonó como un cavernícola a grito de guerra. Ya no esperó más, en un solo impulso quedó frente a ella y le extendió las manos—. Ven aquí, solo te lastimas a ti misma.

Sarah lo ojeó. Aunque fijó la oscura mirada en sus manos no las tomó, y el rostro se le tornó del bermellón más puro. Andrew entrecerró los ojos. ¿Acaso se sentía culpable o avergonzada de que él fuera su testigo? Se inclinó y con la delicadeza que sus manos ásperas le permitían, le acunó el rostro para obligarla a que lo observara.

—Pasaré el resto de mi vida sola.

Sarah permitió que solo una lágrima más se le deslizara por la mejilla antes de que enfocara la mirada como si pretendiera borrar lo que estaba sucediendo. Era evidente que estaba acostumbrada a ocultar sus sentimientos, incluso de sí misma. Andrew se aseguró de que ella lo observara antes de negar con convicción.

—No lo harás. Solo sientes melancolía porque tu cumpleaños está cerca, pero no estás sola. Tienes a tu sobrina y me tienes a mí.

Un destello de esperanza intentó chispear en la mirada de Sarah, si bien fue aplastado por toda la negatividad en la que estaba sumergida.

—¿Me responderás al teléfono cuando tenga ochenta?

Una sonrisa melosa se apoderó de los labios de Andrew y su corazón comenzó a disminuir el galopar de sus latidos. Volvió a extenderle las manos y en ese momento Sarah las aceptó. Cuando se puso en pie, la rodeó con los brazos y ella se vio obligada a subir a su regazo. Una vez más le acunó el rostro mientras que con los pulgares acariciaba la suave piel.

—Y cuando cumplas cien también. —Le hizo un guiño—. Después de todo seré un jovencito de noventa y dos.

Nada. No había forma de sacarla del estado de angustia en que se encontraba como si en ese preciso instante convergieran en sus pensamientos el pasado, el presente y el futuro de su vida.

—¿Y si supieras que quedé embarazada del profesor y lo aborté? —Su voz fue menos que un susurro.

Sintió la cabeza ligera como si fuera a perder el conocimiento y sentía los músculos petrificados, una sensación muy extraña. Jamás esperó que ella le hiciera una confesión así, al mismo tiempo que se preguntaba si era el único que lo sabía. Tuvo que tomar una bocanada de aire profunda antes de acunarle el rostro y retenerle las lágrimas que insistían en salir. Ahora comprendía por qué se maltrataba tanto a sí misma y sintió cómo la furia se apoderaba de sus sentidos. Estaba enojado con y por ella.

Lo que quedó en el olvido cuando Sarah le dedicó una sonrisa diminuta. Andrew la atrajo hacia él y le dejó un beso suave en la frente, en la nariz y un débil beso en los labios. Le sonrió con calidez, con dulzura, y con eso que ella le provocaba y que no se atrevía a nombrar.

—Eres un buen amigo. El único que he tenido en la vida.

Una nueva punzada estremeció el corazón de Andrew. Aunque era consciente de que no podía cambiar sus acciones del pasado, sí podía construir un futuro diferente. Fuera lo que fuera lo que sucediera entre los dos, siempre se aseguraría de que Sarah tuviera la certeza de que él estaría presente en su vida.

Sin que ella se percatara consiguió quitarle la jeringa.

—Recuérdame jamás comprarte pizza.

Se impulsó hasta el lavamanos con ella en su regazo, agarró el neceser gris y sacó un sobre de alcohol. Sarah le había apoyado la cabeza en el hombro; al parecer el cansancio al fin había podido dominarla. Él continuó:

—Es como si te hubiera dado cuatro vasos de whiskey.

Ella se enderezó y le dedicó otra sonrisa minúscula. Él se conformó con esas respuestas tan apagadas, carentes de significado. Lo único importante era que, de algún modo, había conseguido sacarla del estado de angustia en el que se encontraba. Era cierto que Sarah y él compartían el dolor, y también era verdad que uno podía ser la fortaleza del otro en instantes así.

Hundió la jeringa en el abdomen de ella y tuvo la certeza de que Sarah ni siquiera se percató. Andrew anheló que ella hubiera recurrido a él en lugar de inyectarse en soledad el último mes, pero eso era algo que tampoco podía cambiar y de lo cual solo él era el responsable. Tomó una bocanada de aire. Sería un mejor hombre, solo eso podía prometerle a Sarah.

Le acunó el rostro por tercera vez mientras con los pulgares dibujaba un ir y venir en las mejillas de ella. Jamás imaginó con lo que se encontraría al salir de la cama porque la última vez que lo hizo para buscar a una mujer el resultado había sido doloroso.

Se contemplaron y poco a poco Sarah frunció el ceño al mismo tiempo que le rodeó el cuello con los brazos como si le prohibiera escapar. Otra vez Andrew sintió que la bilis lo asfixiaba al rememorar eventos que no debieron adueñarse de sus pensamientos en ese instante.

—¿Andrew? —La voz de ella fue suave mientras la preocupación conseguía opacarle la mirada.

Él tuvo que tragarse el nudo en la garganta antes de decir:

—No vuelvas a desaparecer de mi cama.

Sarah lo miró con los ojos muy abiertos, aunque se recostó contra su cuerpo y lo apretó contra ella.

—Jamás lo volveré a hacer.

43

Sarah y Madison acababan de irse. Andrew sentía una sensación de bienestar y en sus labios tenía dibujada una sonrisa. Le había gustado que las dos lo acompañaran durante el desayuno y escucharlas planificar su día. Sintió que pertenecía a su cotidianidad, como si fueran una familia.

Sin embargo, él guardó silencio mientras comían. No dejaba de pensar en lo que había sucedido la noche anterior. Se sentía culpable. Él ya sabía que el cuerpo de Sarah se resentiría por las vibraciones salvajes del vibrador: no era lo mismo usarlo sobre su piel cubierta de lubricante a colocarlo entre los pliegues femeninos, que era una piel más sensible y delicada. Fue por ello por lo que en cierto modo estaba distraído y ansioso porque Sarah y Madison se marcharan.

Corrió hasta la habitación. Una vez allí se subió a la cama y esperó a que los espasmos pasaran. Se recostó y giró de un lado al otro para quitarse los pantalones. Tomó una bocanada de aire profunda y se impulsó hasta sentarse—para ese instante el pecho le subía y bajaba como la marea en plena tormenta. Tan pronto consiguió respirar con serenidad, abrió el cajón en la mesita de noche y sacó el vibrador. Antes de encenderlo se aseguró de colocarle la lengua que Sarah había hecho para él.

Echó un chorro de lubricante en la cabeza de su pene y encendió el aparato. Ignoró la disonancia que retumbaba contra las paredes de la habitación y se concentró en su cuerpo y las sensaciones que experimentaba. Gimió al sentir esa especie de cosquilleo que lo envolvía en los primeros minutos, si bien tan pronto pasó, inhaló y exhaló despacio para mantenerse relajado.

Cerró los ojos y se humedeció los labios al experimentar varios micro orgasmos seguidos y entonces nada. Pensó en Sarah, pero la imagen tan vívida que tenía grabada en su memoria no era la de una mujer desnuda, sino una mujer preciosísima sentada frente al mar con la cabeza apoyada sobre las piernas, observándolo con una sonrisa en los labios mientras creía que él no la miraba.

El zumbido era algo lejano en tanto respiraba con tranquilidad. De pronto los espasmos se apoderaron de sus piernas, se le enervó la piel de los brazos y un sudor frío le empapó la nuca. Al mismo tiempo sentía una presión extraña, pero muy placentera en su abdomen bajo. Andrew tenía la certeza de que iba a eyacular. Apagó el vibrador, pues no se provocaría una eyaculación si Sarah no estaba junto a él y observó el reloj. Habían pasado diecisiete minutos. Él no podía someterla a ella a esa tortura.

Agarró el teléfono y buscó el contacto de su urólogo en la lista. Después de tres tonos la llamada se comunicó y él dijo:

—En el último mes hemos estado usando el vibrador con la intención de provocarme una eyaculación, pero no lo hemos conseguido.

Tenía la voz ahogada y ni siquiera permitió que el médico lo saludara. La urgencia que lo recorría lo hacía dejar de lado la amabilidad y cortesías.

—¿Por qué no volviste a la oficina? Sabemos que eres capaz de eyacular y la última vez te tomó solo veinte minutos. Además de que de aquí mismo se transferiría la muestra a la clínica para la inseminación artificial...

Bajó la cabeza a la misma vez que se soltaba el primer botón de la camisa. Cerró los ojos en un intento de controlar los latidos de su corazón.

—Ella... mi... —Agradeció que Sarah no estuviera allí y escuchara lo que iba a decir—. Mi pareja ya pasó por varios intentos fallidos de la fertilización *in vitro* y terminó muy desilusionada. Este es su último intento, nuestro último intento, y se rehúsa a la intervención de los doctores. ¿Hay algo que yo pueda hacer?

—Explícame cómo usan el vibrador.

Andrew no escatimó en detalles y fue riguroso con el paso a paso que seguían. Lo más importante fue decirle cómo Sarah se lastimaba por las vibraciones tan potentes a solo un par de minutos de encender el aparato.

—Existe una opción que es más reciente al vibrador y es la electroeyaculación. Pueden intentarlo en casa, aunque preferiría que lo hiciéramos en la oficina para monitorearte y que no sufras de una disreflexia autónoma.

Asintió como si el doctor pudiera verlo al mismo tiempo, ya más relajado y sereno porque Sarah no tendría que exponerse una vez más al vibrador. El doctor continuó:

—Te envié la receta a tu correo electrónico. Aunque por lo que me has dicho, deseo saber, ¿tu pareja es una mujer mayor? No pretendo juzgarla, pero la posibilidad de quedar embarazada en una mujer de más de cuarenta años se reduce dramáticamente.

Después de un par de minutos terminó la llamada. Entonces Andrew abrió la aplicación de mensajería.

📱 Dulzura, esta noche...

🎵 🍾 🍾 🍾

Andrew jamás imaginó enviar un emoji de chile junto a botellas de champagne que explotaban y, a pesar de que un leve sonrojo se apoderó de sus mejillas, tenía una sonrisa pícara en los labios y los ojos cubiertos de una mirada depredadora.

📱 🌶️ 🍒

La respuesta de Sarah llegó un minuto después y le arrancó un gruñido estentóreo que le reverberó en el pecho. Lo había tomado desprevenido su respuesta.

Sarah y él estaban sentados en la cama. La tenía entre sus brazos mientras leía el instructivo del aparato de electroestimulación. A él le había bastado con leerlo una vez, pero Sarah llevaba más de una hora leyendo y releyendo las poco más de mil palabras. En esa ocasión no hicieron una búsqueda en internet, no porque ella no lo deseara, sino que porque él no la dejó; le había dado una excusa, pero en realidad no quería que viera los penes de otros hombres. Mientras tanto, él le había apoyado la cabeza en el hombro y había colado las manos por debajo del vestido de seda, extrañando sentir la sedosidad de la piel de ella en la punta de sus dedos y ceñirla a su cuerpo para robarle su calor.

Ella giró el rostro por lo que sus labios quedaron a solo centímetros de los suyos y sentía su aliento tibio sobre la mejilla. Le dedicó una sonrisa y ella entrecerró los ojos antes de decir:

—Estoy a punto de electrocutarte y tú pareces muy risueño.

Consiguió acercarla más a él —en tanto su hombría se levantaba orgullosa por el roce que recibía de las caderas femeninas— y le deslizó los labios por el mentón para alcanzarle el cuello y dejarle un beso sobre el hombro. Sonrió al sentir como ella se estremecía entre sus brazos.

Estaba preciosísima con el vestido en color oro que conseguía que el brillo de su piel resaltara. La falda apenas le cubría la parte alta de los muslos y el escote le permitía apreciar el inicio de sus senos. Y no podía faltar la exquisita joyería con que lo acompañaba: un collar con cientos de canicas de diferentes tamaños en tonos blancos y oro que asemejaban perlas. Otra mujer luciría recargada, pero Sarah estaba perfecta. A él le habría encantado darle un jalón a la cadena para provocar que las perlas se esparcieran sobre su cama y el suelo de la habitación.

—Es la culminación a la fantasía perfecta.

Ella intentó girar, pero él consiguió apretarla más contra su cuerpo, por lo que ella le recostó la cabeza en el hombro. Entonces la ladeó para dejarle besos y lamidas en el cuello. Él bajó la cabeza para encontrarle los labios y se besaron sin prisa, adorándose los labios y sus lenguas danzando tan lento como la balada más romántica.

Andrew no supo cuánto duró el beso, pues el tiempo era un concepto que no cabía entre las cuatro paredes de su habitación. Mas cuando el lánguido beso llegó a su fin, Sarah le dedicó una sonrisa un tanto cohibida, con un leve sonrojo en las mejillas que le calentaba el alma.

—No te entiendo.

Entrelazó los dedos en el cabello castaño, recreándose en su suavidad y brillo, y en tanto sonreía le dijo:

—Sí, esa fantasía tuya en donde me ataste a la cama y me inmovilizaste durante un mes con la única intención de forzar mi eyaculación.

El rostro de ella se pintó de un rojo furioso mientras sus labios se apretaban en un puchero divino. No pudo contenerse y rio por la indignación que parecía sufrir. Se inclinó e intentó besarla, pero ella giró el rostro a la vez que le daba suaves manotazos en el pecho. Él rio todavía más y le dejó besos allí donde le alcanzaba la piel.

—No es gracioso.

Ella fijó la mirada en su pecho, por lo que con delicadeza Andrew le colocó los dedos bajo el mentón para obligarla a mirarlo, y, todavía sonriendo, dijo:

—Sabes que lo es, señora Frankenstein.

Se contemplaron quizás un minuto, tal vez hasta media hora. Él se mantuvo sereno, dándole espacio a ella para así aligerar el momento. Sabía que se sentía ansiosa y aprensiva, pues tenía que colocarle dos anillos constrictores a su pene, los cuales a su vez estaban conectados al aparato que enviaría impulsos eléctricos.

Ella lo ojeó antes de inclinarse como en cámara lenta y unir sus labios. El cuerpo le temblaba, al igual que a él. No tenía forma de conocer el porqué de la reacción de ella, pero su cuerpo solo mostraba lo que su mente ya sabía, y era que tan pronto eyaculara, Sarah lo abandonaría tal y como hizo el doctor Frankenstein con la criatura.

Ella se separó de él, si bien Andrew tuvo la impresión de que se obligó a hacerlo. La vio suspirar y podría jurar que tenía los ojos humedecidos, además de que la garganta se le movía con brusquedad, como si se exigiera mantenerse en silencio.

Cuando sus miradas volvieron a encontrarse, él se obligó a regalarle una sonrisa, pues podía ver que la vacilación había conseguido envolverla. El tampoco sabía cómo funcionaría el aparato. Lo había encendido, pegado a su mano y no sintió ni siquiera una cuarta parte de lo que provocaba el vibrador. Y si necesitaba al menos veinte minutos para lograr eyacular con el vibrador, ¿cuánto le tomaría con el electroestimulador?

44

Sarah le deslizó las manos por los brazos como si intentara reconfortarlo cuando su preocupación era que ella no saliera lastimada. Ella se movió despacio como si se enfrentara al hombre que él fue un mes atrás y no al que daría lo que fuera por regalarle lo que ella más deseaba. Le llevó las manos hasta el pantalón y se lo abrió en un movimiento tortuoso. Él apoyó los puños en la cama y sostuvo su peso en los brazos para que se los bajara. Las piernas le comenzaron a temblar con espasmos, aunque estaba muy ocupado en bajar la ropa interior por los muslos de ella, reciprocando la tortura que había recibido segundos antes.

Acercó la prenda de encaje a su rostro e inhaló despacio, impregnándose de su aroma y suplicando en silencio que se quedara junto a él para siempre. Sarah se recostó sobre su pecho y él cerró los ojos al sentir el contacto de sus suaves y cálidos senos, cuyos pezones estaban tan duros como las canicas que diseñaba.

Onduló sobre él como las olas que temían llegar a la orilla, a la vez que le cobijaba su hombría entre las manos y deconstruía los besos que alguna vez dejó en su cuello. La sensación de bienestar y un cosquilleo exquisito comenzaron a apoderarse de su cuerpo.

Se contemplaron con una serenidad desconocida para los dos, aunque bienvenida. Ella se inclinó y el gemido en la garganta de Andrew fue acallado con besos melosos. Cual experta, Sarah le esparció el lubricante, le colocó el primer anillo hasta la base y por detrás de sus testículos. Pocos segundos después le puso el segundo a mitad de su miembro. Seguía las instrucciones del manual a la perfección.

Él se inclinó para chuparle los pezones mientras ella continuaba con el vaivén exquisito entre suspiros y gemidos. Asertivo, llevó la mano hasta su sexo y le abrió los pliegues, gruñó cuando los dedos le resbalaron y se cubrieron de la deliciosa miel femenina.

—Estás excitada. —Tenía la voz ronca y era un estúpido por recalcar lo obvio, pero todavía, aún después de tantas semanas, se le hacía difícil aceptar que ella lo deseara con locura.

Sarah asintió mientras entretejía los dedos en su cabello y ronroneaba como una gatita mansa. Sentía el peso de sus brazos en los hombros y su calor lo envolvía como si estuviera recostado en la arena tibia en verano.

—Soy vidrio líquido entre tus brazos.

Sus labios volvieron a encontrarse cada vez más lánguidos porque tal vez así el tiempo seguiría detenido y mañana no llegaría. Al romper el beso se contemplaron y la vio contener el aliento mientras hundía el botón de encendido.

Frunció el ceño, aunque él se percató cuando sus hombros cayeron; al parecer esperaba que fuera tan escandaloso como el vibrador, mas lo único que se escuchaba en la habitación eran los besos y gemidos que compartían.

Comenzó a sentir esa especie de cosquilleo placentero en todo su cuerpo, era... era. No sabía lo que era. Y de repente todo se tornó vertiginoso. Las piernas se le movían por los espasmos violentos y advertía una especie de opresión en el abdomen bajo. Jadeó en tanto la frente se le perlaba de un sudor frío. Lo que experimentaba era una vorágine de sensaciones.

—¡Sarah!

No alcanzaba a comprender lo que le sucedía. Se sentía frío, pero a la vez abrasado, y, a pesar de tener todos los músculos tensos, en sus labios había una sonrisa que se veía interrumpida cuando de su garganta escapaba algún gruñido. Se sentía superbién, y al mismo tiempo mareado y con ganas de devolver.

Y Sarah lo envolvía con su cuerpo provocándole un calor avasallante mientras esparcía besos cargados de combustible y con la punta de los dedos le incendiaba la piel. Y él la ceñía contra su cuerpo para mantener la consciencia porque estaba seguro de que sin eso perdería el conocimiento.

—¡Sarah!

Después de la lesión no podía gritar, sus pulmones no tenían la fortaleza necesaria para hacerlo, pero a sus oídos se escuchaba gritando como si ella se encontrara a metros de distancia.

Y entonces ella acomodó su hombría en la entrada de su feminidad y se penetró en un movimiento flemático que terminó por volverlo loco de desesperación y arrebato. La agarró por la nuca y le devoró los labios en una especie de reclamo por lo que vivía en ese instante preciso y el saber que no lo volvería a experimentar.

Sarah le mordió el labio inferior para romper el beso y se lanzó contra su manzana de Adán en un ataque desprevenido, provocándole una hoguera en el abdomen bajo y después... Levantó una súplica a la diosa frente a él porque se sentía como un maldito superhéroe que sobrevolaba entre nubes rosas, haciendo piruetas mientras en su rostro se dibujaba la sonrisa más estúpida del planeta.

Ella lo rodeó con los brazos y lo aferró contra su cuerpo, para después extender una mano para apagar el aparato, aunque en menos de un segundo volvió a envolverlo. Escondió el rostro entre su cuello y hombro y se apretó más a él como si deseara que se convirtieran en uno. Andrew entrecerró los ojos porque no comprendía qué sucedía. Había eyaculado, no tenía dudas al respecto. No obstante, contuvo el aliento al sentir que su piel absorbía las lágrimas de la mujer que amaba. Ciñó el cuerpo femenino contra sí y con las manos comenzó un ir y venir en su espalda que esperaba fuera reconfortante.

—¿Dulzura?

Aunque... Su visión sufrió un fogonazo y de inmediato hubo un estallido en su cabeza que lo obligó a llevarse las manos hasta allí en un intento de sostenerla.

—Andrew...—Sarah se separó de él con el rostro lívido y los ojos muy abiertos—. ¡Andrew!

Tras el grito él sintió otra punzada aterradora en la cabeza a la vez que perdía la capacidad de permanecer sentado, por lo que su cuerpo cayó hacia un lado, aunque jamás se soltó la cabeza. ¡Maldito fuera! ¡Maldito cuerpo que tenía que reaccionar así cuando menos debía!

—¡Andrew!

En cuestión de segundos, Sarah se había separado de él, le había quitado los anillos constrictores e intentaba acomodarlo en la cama para que él quedara acostado, pero no podía ayudarla y cada movimiento era como si le martillaran la cabeza una y otra vez. Con la visión vidriosa veía lo frenética que ella estaba. Tenía el rostro como el bermellón más puro y las manos le temblaban con violencia. Cuando al fin consiguió colocarlo bocarriba en la cama, dijo:

—Voy a ir por tu asistente médico.

Tuvo que esforzarse para responder:

—Pronto se me pasará.

Ella negó con vehemencia mientras las lágrimas le bañaban el rostro.

—No estás bien. Hay que llevarte a emergencias. —Intentó alejarse otra vez, pero él extendió la mano y la retuvo por la muñeca—. ¡Andrew!

—No voy a ir a un hospital, ni vas a ir por Patrick. No quiero que ese sea el último recuerdo que tengas de mí.

Quería parecer asertivo y en control, pero tuvo que conformarse con intentar susurrar y esperar que ella fuera capaz de escucharlo. Sarah asintió con cierta manía, extendió la mano como si deseara tocarlo, aliviarlo de algún modo, pero en el último segundo se contuvo y él se lo agradeció, pues incluso respirar era una tortura.

Con cautela, ella se sentó en la cama y fue prudente al pegarle el dedo meñique al suyo. Sollozaba e hipaba al mismo tiempo que sorbía los mocos. Anhelaba consolarla, pero intentar mantener la consciencia era extenuante, así que cerró los ojos y lo último que escuchó fue:

—Jamás volveremos a hacer esto. ¡Nunca! ¡Jamás!

Andrew abrió los ojos y permaneció quieto mientras observaba el techo. Todavía tenía un leve dolor de cabeza, aunque era la primera vez en cinco años que se sentía tan relajado y ligero. Además, había podido regalarle su semen a Sarah. En ese instante sentía que podría comenzar a cantar *Aquarius*, tal y como lo hacía *Steve Carell* en *Virgen a los 40*.

«Sarah...» pensó. Con cautela, giró la cabeza a la derecha y la encontró con los ojos abiertos mientras lo contemplaba. Tenía los brazos escondidos bajo su pecho como si se prohibiera a sí misma tocarlo.

Trago con dificultad al creer que ella había pasado toda la noche en vela preocupada porque él no se muriera, pero mientras más seguían mirándose, más se percataba de que esa hermosa mirada solo lo idolatraba.

Ella se sentó sobre sus piernas sin romper el contacto con sus ojos, así que él colocó las manos sobre el colchón y se impulsó para hacer lo mismo. La cama estaba seca y se sentía limpio, si bien tenía la certeza de que ella no había llamado a Patrick, por lo que debía haber sido ella quien cuidó de él durante la noche.

Ninguno de los dos se movió durante un largo tiempo; no obstante, permanecían serenos, y en sus labios había una sonrisa, quizás un tanto tímida, pero sobre todo de placidez. Ella se llevó las manos hasta el borde del vestido y se lo sacó por la cabeza. Ahora los dos estaban por completo desnudos.

Con mimo, le agarró una pierna y la echó a un lado para entonces repetir el gesto con la otra. Se colocó entre ellas rodeándole el cuerpo con las pantorrillas mientras le acomodaba las piernas para que él también la envolviera. Lo tomó de la mano y se la llevó a la mejilla para apoyar el rostro en ella.

Los ojos castaños se prendaron de sus labios, y, como si temiera su reacción, acercó la mano en un movimiento pausado hasta colocarle el dedo índice en el labio inferior. Andrew tragó con dificultad al mismo tiempo que los latidos de su corazón se desbocaban. En todo el tiempo que llevaban juntos era la primera vez que él experimentaba en carne propia la diferencia de edad entre los dos, pues en ese instante Sarah era esa mujer sofisticada, misteriosa y conocedora con la que un chico soñaba con poder seducir y así, de algún modo, desenmarañar sus secretos. ¡Oh, cómo anhelaba conocer cuáles eran sus pensamientos!

Ella le dedicó una sonrisa que provocó que una percha de mariposas le aleteara en el pecho, y Andrew se encontró respondiéndole con una sonrisa de oreja a oreja y un brillo especial en la mirada.

—Gracias por tanto, guapo. —Se quedó en silencio mientras lo contemplaba—. No te conformes con cualquier mujer, eres tan singular que mereces una que te piense su musa y haga arte de ti.

Él asintió con una solemnidad poco característica y dijo:

—Y tú, no te enamores de hombres que te descalifiquen con palabras o acciones. Eres una mujer muy amorosa y a tu lado tiene que estar un hombre... —Hizo una pausa y se relamió los labios mientras que ella permanecía muy atenta a cada uno de sus movimientos bebiendo lo que él decía—. Irónico y de comentarios filosos, ya sabes, para equilibrar la balanza.

Con el pulgar le delineó cada una de las líneas de expresión que tanto había rechazado cuando se reencontraron, aprendiéndoselas de memoria y soñando con que tal vez alguna apareció porque él la hizo sonreír.

Ya no hubo palabras porque con esas se podía mentir y en ese instante solo eran sinceros el uno con el otro y la verdad estaba en esos roces tímidos y caricias indelebles. A través de sus manos y de su piel le hizo saber que él formaba parte de ella, así como ella era de él. Ese era su secreto.

45

Andrew contempló a Sarah mientras estaba sentada en el taburete con la antorcha entre las piernas. De algún modo su concentración era palpable. Se veía hermosa e indómita en tanto sujetaba unas pinzas con las cuales halaba la masa de vidrio que ya tomaba forma de ensaladera.

Él observó a su alrededor desde la puerta de entrada. La tienda era tan diminuta que él ni siquiera podría recorrerla, pues temía tropezar con los estantes y que las piezas se derrumbaran. Calculaba que podría deslizarse hasta el taller donde estaban las herramientas y el horno, aunque no creía que fuera seguro.

Y Sarah no trabajaba sola. Además de su sobrina, a quien le brilló la mirada al verlo, había tres jóvenes: dos chicas y un chico. Los tres tenían antorchas en las manos y trabajaban con tubos diminutos de vidrio. A Andrew le pareció que una de ellas le daba forma a un anillo. No tenía idea de que Sarah empleara a aprendices, aunque conociendo lo que sabía ahora, no era de extrañar que abriera su taller para que los más jóvenes pudieran expresar su arte.

El lugar era espectacular. No sabía por qué imaginó algo muy mecánico y masculino, con un horno inmenso y herramientas estrambóticas, mas el sol entraba a través de los ventanales por lo que se establecía un juego de luces con las figuras. Al estar en el segundo piso se creaban corrientes de aire que apagaban el calor que transmitía el pequeño horno. Y, sin duda, lo primero que capturó su atención fueron las enormes estrellas de mar que estaban arrumbadas por las esquinas.

En solo segundos amo todo del sitio, incluso el olor a chamuscado y el ruido que provocaban las piezas al chocar con la mesa o al lijarlas; era como estar dentro de los pensamientos de Sarah. Y no era su único admirador, pues alrededor de seis personas permanecían detrás de un cristal divisor mientras miraban embelesados la especie de masa que era el cristal cuando se exponía a altas temperaturas.

Era consciente de que Sarah y él se habían despedido la noche anterior, pero quiso pasar junto a ella esas últimas horas antes de su viaje, así que había llamado a Jacob y ahí estaba, absorto mientras observaba los movimientos tan hipnóticos de Sarah al girar de un lado al otro la pieza en la que trabajaba.

—Hola, dulzura.

A Andrew se le torció el gesto cuando la pieza en la que ella trabajaba se desfiguró, pues al escucharlo Sarah soltó lo que tenía entre las manos y saltó de la silla para correr hacia él con una sonrisa enorme en los labios y la mirada resplandeciente. Se lanzó contra él, aunque tuvo precaución de no tirarlo, y en menos de un segundo lo fundió en un abrazo cálido que él correspondió.

—¿Cómo estás aquí? —Su tono de voz era etéreo, arrullador y risueño.

Y él se sentía dichoso de haber provocado esa reacción en ella. Tenía el corazón colmado y no tuvo dudas de que ir a verla fue la decisión correcta.

—Jacob y Patrick me subieron.

Ella entrecerró los ojos, si bien no dejaba de sonreír. Vestía un pantalón de mezclilla de pierna recta y una blusa de seda en color crema. El conjunto podría catalogarse como ordinario, si no fuera por el espectacular collar que lo complementaba, consistente en cuatro cuerdas que bajaban a la perfección hasta el canalillo. Se intercalaban canicas de gran tamaño en azul índigo con enormes rectángulos azul cielo y cuadrados blancos voluminosos. Terminaba en centro con un gran medallón anaranjado neón que descansaba sobre los suaves senos con los cuales se dio un festín en innumerables ocasiones el último mes.

—¿Y eso?

—Quería ver esas figuras de las que tanto me presumiste antes de irme.

La sonrisa se amplió en el rostro femenino y asintió con entusiasmo. Bajó de su regazo y comenzó a caminar primero a la izquierda, después a la derecha y giró sobre sí misma. Parecía que no sabía qué enseñarle primero. No obstante, Andrew intervino, porque de verdad creía que podría causar una catástrofe en el lugar si es que se desplazaba.

—Creo que lo mejor es que me empujes.

Ella volvió a asentir, no tan cohibida como en otras ocasiones. Se colocó detrás de él y comenzó a moverlo despacio. Andrew se estremeció al sentir cómo los labios tibios y femeninos le rozaban el lóbulo de la oreja, por lo que intuyó que Sarah se había inclinado.

—¿Listo para la mejor experiencia de tu vida?

Con el tono ahogado con el que ella dijo esas palabras podría significar desde una mamada hasta escapar al almacén, si es que había uno. Y él estaba dispuesto a todo. Andrew giró la cabeza y sus labios quedaron tan cerca de los de ella que con decir una palabra se besarían.

—¿Mejor que un orgasmo?

El rostro femenino estalló en una sonrisa contagiosa.

—Mucho mejor.

Ninguno de los dos se había movido por lo que sus labios encontraban los del otro con facilidad y, a la vez, ambos se contenían de ceder ante la tentación.

—No he hecho bien mi trabajo, entonces.

La sonrisa de ella se tornó un tanto prepotente.

—¿Buscas un cumplido?

Andrew bajó la mirada hasta los labios pecaminosos; tenerlos casi sobre los suyos no le parecía suficiente.

—Tal vez.

—Yo tengo orgasmos con solo pensarte.

Él se cimbró desde la punta de los dedos hasta la punta de sus cabellos. Sarah tomó una bocanada de aire como si le costara alejarse. Entonces comenzaron a moverse otra vez. Andrew colocó las manos en su regazo y se percató de que estaba relajado; por algún motivo pensó que le sería difícil que Sarah lo empujara, pero no fue así, tal vez porque ya lo hacía en la playa, aunque aquella silla él no la podía controlar, por lo que era evidente que no le importaba ceder ante ella.

Con solo unos pasos estaba frente a la estrella de mar más grande. Era algo que él jamás había visto en color azul cobalto y ocre. A lo alto y a lo ancho lo sobrepasaba en dimensiones. Era impresionante. Volvió a estremecerse al sentir el cálido aliento de Sarah en su oído.

—¿Puedo desaparecer por unos minutos?

Tuvo que mirarla por unos minutos antes de comprender sus palabras. Se sentía conmocionado y avasallado por la descarga de emociones que experimentaba al estar junto a Sarah, rodeado por su taller, y ser testigo de su arte.

—Sí.

La observó alejarse y acercarse a los chicos que trabajaban para ella. En tanto, él siguió mirando los detalles de la pieza, los surcos y vaivenes. Era muy real. Escuchó algún movimiento detrás de él, pero lo ignoró. La especie de dientes que tenía la escultura podría provocarles pesadillas a las personas, en especial dado su tamaño tan inmenso, pero a la misma vez los colores lo atraían, lo hacían desear acercarse para extender la mano y tocarlo.

Se había enajenado de tal modo que se tensó al sentir el perfume de Sarah rodearlo, a la misma vez que el calor de ella se tornaba abrasador. Andrew inhaló profundo para llenarse del perfume especiado y femenino.

—¿Te gusta?

Contuvo el aire durante unos segundos, incapaz de encontrar palabras que definieran lo que sentía. En definitiva, se creía especial, pues no creía que Sarah permitiera que las personas entraran a su espacio y él estaba allí, tan cerca como si diera vueltas dentro de los pensamientos femeninos.

—Es magnífica.

Sí, eso fue lo mejor que pudo responder. Un insulto, era consciente, pero no... no sabía qué más decir. Volvió a vibrar a la vez que un gemido escapaba de su garganta al sentirla a ella como si fuera un capullo que deseaba envolverlo entre sus pliegues. Al parecer Sarah necesitaba estar tan cerca de él como él de ella.

—Te voy a girar, ¿de acuerdo? —Él asintió—. ¿Y bien? ¿Qué opinas?

Jadeó en tanto abría los ojos hasta tenerlos desmesurados. Frente a él tenía cerca de quince estrellas de mar en diferentes tamaños que, colocadas en el suelo, daban la sensación de estar bajo el mar. Una amalgama de colores lo envolvía: estaba el naranja, el amarillo, el rosa, el azul, el verde, cada uno de ellos en todas sus tonalidades. Eran tan vívidos con la luz del sol reflejándose en el vidrio. Además, las estrellas estaban en movimiento—unas parecían querer acercarse a él con los brazos extendidos, y otras parecían temerle y por eso se retraían. El espectáculo frente a él era sublime y a la vez un tanto aterrador. No lo sabía explicar, mas si una de esas estrellas fuera real, él se desmayaría del pánico y, al mismo tiempo, extendería la mano para acercarse a ella. Era una experiencia similar a leer un libro o ver una película de terror.

—Se supone que cuelguen del techo, y la estrella más hermosa estalló en mil peda...

Sarah se había llevado la mano al pendiente y tenía un leve sonrojo en las mejillas. Andrew sintió que se le apretaba el pecho y los ojos se le humedecieron. La exhibición que tenía frente a él era surreal y le dolía que su creadora se comportara orgullosa y un tanto prepotente cuando los demás observaban su arte, pero con él se tornara dubitativa e intentara explicarse. Si tan solo Sarah pudiera verse del modo en que él lo hacía. Porque, incluso cuando la juzgaba, él siempre admiró su arte.

—Dulzura, ven aquí.

El corazón se le cimbró en el pecho y una enorme sonrisa se apoderó de sus labios cuando Sarah subió a su regazo sin un ápice de dudas. Se contemplaron en tanto él le calcaba el rostro con la punta de los dedos y Sarah suspiraba y se deshacía entre sus brazos.

Sacó el pecho al mismo tiempo en que ella se inclinaba y sus bocas se encontraron a mitad de camino. Saboreó la piel tersa y rojiza con la lengua antes de empujar e instigar a Sarah a que le permitiera entrar. Ella lo hizo sin demora, al tiempo que su cuerpo se tornaba laxo, como si hubiera olvidado el juicio al que se exponía a sí misma segundos antes.

Como siempre ocurría cuando el cuerpo de Sarah lo rozaba, tenía una erección que tomaría varios minutos en ceder, pero Andrew ya no peleaba con su cuerpo.

Se besaron con languidez como si solo existieran ellos en el mundo y el concepto de urgente y apresurado fuera desconocido para ellos.

—¿Andrew?

46

Sarah y Andrew giraron la cabeza al mismo tiempo. Él apretó los labios en una línea recta al percatarse de que toda su familia bloqueaba la entrada de la tienda. Robin los acompañaba. Al parecer todos se habían apresurado a llegar, pues Jennifer llevaba la ropa de la oficina y su madre no se había cambiado las sandalias que solo usaba en la casa.

Ese tipo de persecución y cuestionamiento era una de las razones por las que había escogido a Houston como su residencia y convertido Cannon Beach en un lugar para vacacionar.

Su hermana incluso tenía la osadía de mostrar un enojo cargado de superioridad como si lo hubieran encontrado haciendo algo ilícito y no besando a una mujer soltera cuando él también compartía esa cualidad.

Calmada, Sarah bajó de su regazo. No obstante, mantuvo la mano sobre la suya al mismo tiempo que daba un paso al frente como si intentara ocultar su erección. Fue entonces cuando su madre comenzó a acercarse como si fuera un general con autoridad máxima tan confiado en sí mismo que se creía capaz de acabar con una guerra en menos de un minuto. Andrew observó cómo Robin pretendía estar muy interesada en las figuras que estaban en los estantes. La postura de Andrew se tornó zafia. Ellos eran su familia, pero la hostilidad que mostraban era innecesaria y absurda.

—Madre... —Tenía la mandíbula apretada—. ¿Qué hacen aquí?

Ella se detuvo a solo unos pasos de donde Sarah y él se encontraban como si se encontrara en su casa y pudiera desplazarse a su antojo. Pero esa era la tienda de Sarah, le debían respeto. Además, no había forma de que él pudiera ocultar su erección. Su madre mantenía la mirada fija en él, pretendiendo ignorar a la mujer que lo acompañaba.

—Te vas mañana, tu deber es despedirte de las personas que son tu familia y no de desconocidos.

—De quien me despida o no solo me concierne a mí.

Solo entonces su madre plantó la mirada en Sarah y la barrió de la cabeza a los pies. Los músculos de Andrew se agarrotaron más y más según pasaban los segundos.

—Parece que mi hijo no piensa presentarnos: soy Elise Beaufort.

Sarah asintió y pretendió dibujar una sonrisa placentera en sus labios a la vez que extendía la mano, si bien él sabía que se sentía incómoda e incluso tal vez agraviada por la intromisión a su privacidad.

—Sarah Bramson.

Su madre solo correspondió al saludo por obligación. Continuó observándolos con agudeza como si fuera capaz de enviar dagas a través de los ojos.

—Así que ninguno va a explicar la relación que los une.

217

—Cuéntale a tu hermano.

Los latidos de su corazón se aceleraron. Jacob era su hermano, a quien él le contaba todo y no podían existir excepciones. Con la voz ahogada por el esfuerzo que le supuso, dijo:

—Sarah y yo buscamos un bebé.

Andrew fue testigo del estremecimiento que por poco lograba desvanecer a Jacob y como este tuvo que abrir las piernas para permanecer estable al mismo tiempo que se cubría la boca con un puño. En cualquier otro momento él se burlaría porque su hermano parecía sufrir de un shock monumental, pero por esa misma reacción el corazón le galopaba en el pecho, pues creía que había perdido el apoyo de la única persona en su familia que luchaba de su lado. Jacob levantó las manos y a todo pulmón dijo:

—*We are the champions...*

47

Ahora sí estaba seguro de que Sarah perdió el compás en sus movimientos, lo que se evidenció cuando la esfera con la que trabajaba tomó una forma elíptica. Además, el rostro se le pintó del bermellón más puro y tenía la certeza de que él estaba en las mismas condiciones. Solo Jacob era capaz de reaccionar de esa manera. No obstante, a Andrew se le humedecieron los ojos a la vez que no podía contener la sonrisa. Amaba a ese cabrón, aunque lo puso en duda por unos segundos cuando este añadió:

—¿Tus jugos ya están dentro de ella?

Sarah resopló. Las manos se le sacudían porque no podía contener el temblor en todo su cuerpo por la carcajada histriónica que Jacob le arrancó. En tanto, Andrew contemplaba a su hermano como si de un momento a otro se hubiera convertido en *Fluffy*, el perro de tres cabezas. Aunque en el fondo de su corazón, muy muy profundo, le estaba agradecido por lograr esa reacción tan hermosa en Sarah. Mantuvo los labios apretados y en un tono zafio respondió:

—Vete mucho a la mierda, Beaufort.

Jacob levantó y bajó las cejas en repetidas ocasiones a la misma vez que Andrew mantenía una pelea férrea consigo mismo para no sonreír.

En ese instante Sarah modelaba la canica sobre un trozo gordo de papel periódico que tras ser sometido a las altas temperaturas de la masa de vidrio se chamuscó. Andrew torció el gesto ante el penetrante olor, aunque no perdía detalle de los movimientos fluidos y delicados de ella, como si danzara con el material o le hiciera el amor. Una vez más la figura tenía una forma esférica y, aunque se veían algunas vetas de los colores, él no podía imaginarse cómo luciría al final.

Ella giró en la silla en la que estaba sentada y le acercó la vara de metal con la que trabajaba. Andrew la acercó a su boca y, un tanto reticente, sopló a través de ella en tanto Sarah continuaba aplicándole calor a la masa con la antorcha y utilizaba las herramientas que tenía sobre la mesa. Él abrió los ojos y el entusiasmo le recorrió las venas al ver que el material se expandió: estaban creando algo juntos.

La vio sonreír ante su reacción y una percha de mariposas le aleteó en el pecho. Una vez más se sentía envuelto en un capullo en el que solo existían ellos dos mientras intercambiaban miradas y sonrisas cómplices.

—¡Quiero nietos!

El cambio tan drástico de emociones al que estaba sometido era contraproducente para su salud, si bien no pudo evitar tensarse al escuchar las palabras de su madre.

Pretendió impulsarse para llegar hasta ella, pero era evidente que Sarah mantenía su enfoque en él, pues tan pronto tocó los aros de la silla, ella se puso en pie, olvidando la canica, la cual explotó sobre la mesa de trabajo.

A ella no lo importó y lo acercó hasta la entrada donde su madre montaba un espectáculo sin importarle que estaban rodeados de extraños que lo único que deseaban era apreciar el arte de Sarah y escoger algún recuerdo para llevar.

—No entiendo qué hice para tener hijos tan ingratos. Uno sale con una vieja, la otra es asexual y el otro es una enfermedad de transmisión sexual andante.

Sarah estaba junto a él y Jacob se había colocado al lado de ella. La mujer hermosa que le había colocado la mano en el brazo no necesitaba protección, pero ambos se convirtieron en sus guardaespaldas como cobras furiosas a la espera del más mínimo movimiento.

—Gracias, hermano —masculló Jacob.

—Siempre es un placer ayudarte.

Los dos resoplaron al mismo tiempo, pero se les hacía difícil contener la risa, que murió cuando recibieron un pellizco que les sacó un gemido unísono. Fue Sarah quien se ocupó de ponerlos en su lugar con una sonrisa en los labios, mientras dirigía su atención a George, el esposo de Jennifer, y le dijo:

—Me parece muy hermoso lo que tienen.

Andrew apretó los labios en una línea recta al observar cómo a Jennifer el rostro se le sonrojaba de furia y le dedicaba una mirada de superioridad a Sarah.

—No necesito tu aprobación, *cougar*.

Se masajeó las muñecas en un intento de darse alivio. Se le hacía inconcebible los límites que su familia continuaba traspasando desde su divorcio. No entendía el por qué. Su hermana siempre había sido un tanto entrometida, pero ya rebasaba lo absurdo.

—Nada de esto es de su incumbencia y lo mejor es que se marchen.

Giró el brazo y buscó la mano de Sarah para entrelazarla con la suya. A través de ese gesto fue como se percató de lo tensa que ella estaba. Tenía la mano helada y al ojearla vio que su rostro comenzaba a demudar hacia la indiferencia.

—¡Es mayor que yo! ¿Qué tienes que hacer con una mujer así?

Por primera vez los extraños a su alrededor mostraban un comportamiento digno. Aunque se sabía observado, eran disimulados. Andrew sintió simpatía por ellos, pues de un momento a otro se encontraron secuestrados en un taller de soplado de vidrio por motivos ajenos a ellos. El taller no se había detenido porque Sarah estuviera junto a él, el horno seguía prendido, y los aprendices continuaban creando piezas de arte. Se escuchaba el ir y venir del vidrio sobre la mesa, el chocar de las pinzas contra el material y, de vez en cuando, le llegaba el olor a chamuscado. Si no fuera él quien lo vivía, encontraría la situación hilarante e inverosímil.

—Estás fuera de lugar, Jennifer.

Su tono de voz fue uno de advertencia, si bien intentaba mantenerse sereno. Al mantener el contacto con Sarah se percató del instante en que toda ella comenzó a temblar. Andrew tragó con dificultad cuando recordó de pronto lo que había sucedido en la fiesta que ofreció la policía. La Sarah que estaba junto a él era la misma que en aquella ocasión.

—Tu esposa...

Apoyó la mano derecha en la esquina de la silla y reacomodó su postura a la misma vez que con el pulgar izquierdo intentaba crear un ir y venir en la palma de Sarah. No obstante, tenía un nudo en la garganta, no olvidaba que la mujer a su lado era peligrosa, y que incluso recurrió al fuego en una ocasión.

—¡Exesposa! Robin y yo nos separamos hace dos años, tiempo suficiente para que lo aceptes.

Se escuchó un hipido femenino y Andrew giró la cabeza a la izquierda para observar a Sarah, pero ella contemplaba a Jennifer mientras los ojos le rutilaban de algo que él no pudo descifrar.

222

Miró a su madre, quien permanecía estoica cual defensora de lo indefendible. Entonces giró la cabeza y se encontró a Robin entre los brazos de Patrick mientras este le dejaba un beso en la sien y le susurraba varias palabras al oído.

—Eres una mujer muy interesante. —Andrew contuvo el aliento ante la asertividad en el tono de voz de Sarah—. Según tú, Andrew es el equivocado.

Se cimbró. Era la reacción que él menos esperaba. Creyó que escucharía gritos, que Sarah los sacaría con una de sus antorchas y les exigiría no volver, incluyéndolo a él. No obstante, sus manos continuaban entrelazadas y el tono de voz de ella era suave.

—Tú solo te aprovechaste de su soledad.

Sarah ladeó la cabeza y rio por lo bajo. De inmediato se inclinó hacia él, declarando de ese modo una posesividad que hasta ese instante le era desconocida, y le recorrió la mandíbula a besos. A Andrew se le enervó la piel de la nuca, y no estaba seguro si el catalizador fue el deseo o el pánico.

—Andrew tiene treinta y cinco años, y te prometo que es lo bastante grandecito para saber lo que hace.

Los ojos de ella estaban fijos en los suyos, y su sonrisa cómplice lo invitaba a hacer locuras. Salió de su trance cuando Jacob resopló, aunque no pudo contener la risa. Le dedicó a Sarah una sonrisa ladeada y lobuna: él también había captado el doble significado en las palabras.

—Tiene una esposa.

En ese instante, Andrew comprendió que su hermana jamás entendería, tal vez ni siquiera su madre lo haría. Estaban obcecadas en un matrimonio inexistente, tal vez porque deliraban con que él de un momento a otro dejaría de padecer de una lesión espinal y todo sería como antes.

—¡Exesposa! —En ese instante fue Jacob quien estalló—. ¡Una mujer que no lo tocó en tres años como si tuviera la peste cuando solo usa una maldita silla de ruedas!

Sintió que el rostro se le encendía mientras Robin y Patrick salían de la tienda, lo que los turistas aprovecharon para por fin medio empujar a su familia y escapar del lugar. Y a él le hubiera encantado seguirlos. Bajó la cabeza y la giró a un lado mientras se masajeaba la sien, aunque solo por unos segundos. Se aclaró la garganta y perfeccionó su postura tanto como su cuerpo se lo permitía.

—Estoy aquí. Si tanto les interesa mi bienestar podrían preguntarme qué deseo.

Jennifer ni siquiera lo escuchó. Estaba demasiado enfocada en demostrar que era ella quien tenía la razón, cuando, aparte de ser su hermana, ella no tenía ningún derecho sobre su vida. De cualquier modo, no estaba concentrado en lo que sucedía.

—¿Acaso todo se reduce al sexo? Robin le ofrece compañía, amistad...

No sabía por qué, pero se había aferrado a la mano de Sarah como si con ello pudiera prevenir lo que sea que imaginaba que iba a suceder. Era algo muy extraño, mas desde que Robin se fue con su asistente, Sarah emitía una especie de energía desbocada, aunque su rostro estaba impasible y ni siquiera parecía estar tensa por la situación.

—¡Eso no es lo que él quiere!

Apretó los labios. Sus dos hermanos se enfrentaban por él, Jacob con la intención de defenderlo y Jennifer con el propósito de... Andrew no sabía. Lo único que tenía claro era que hablaban de él como si no estuviera frente a ellos, o, peor aún, como si su discapacidad física afectara su raciocinio y poder de tomar decisiones.

—¡Estoy aquí!

Toda la situación era muy frustrante. Y lo era más que su padre no interviniera, como si fuera incapaz de emitir alguna opinión mientras sus tres hijos se enfrascaban en una riña como si en lugar de los adultos que aseguraban ser, fueran niños de tres años peleando por un juguete.

Sarah dio un paso hacia delante, por lo que quedó unos centímetros frente a él. Era ridículo, pero Andrew pensó en la Mujer Invisible y su escudo protector, solo que él le ciñó la mano que en ningún momento abandonó la suya.

—Jennifer, ¿verdad? Pregúntale a tu hermano, lo tienes frente a ti. Él y solo él te puede decir si le es suficiente la «compañía» y la «amistad». —Ella empujó el mentón hacia delante como si retara a su hermana a enfrentar la verdad—. Pregúntale.

Su hermana también dio un paso al frente y George se apresuró a tomarla de la mano. La hostilidad que le dedicaba a Sarah era imperdonable, sobre todo porque Jennifer ni siquiera la conocía.

—¿Crees conocerlo mejor que su familia solo por cogértelo en un par de ocasiones?

De soslayo miró hacia la caja registradora donde la sobrina de Sarah le cobraba a uno de los turistas que pululaba por la tienda, ya que, a pesar de la situación, el lugar jamás se vaciaba. Sin embargo, Madison tenía la misma sonrisa de indiferencia que Sarah utilizaba y, al quedarse sola, Andrew se percató de cómo se estrujaba las manos. Pasaría mucho tiempo antes de que él pudiera perdonar a su familia, pero lo peor sin lugar a dudas era que él había juzgado a la familia de Sarah cuando la suya era tal vez peor.

—Sarah y yo buscamos un bebé.

48

Aunque fuera paradójico, el silencio reinó en el lugar: el vidrio dejó de bailar en la mesa de trabajo y algunos turistas se habían cubierto la boca con las manos; otros pretendían ignorarlo, mas sus mejillas sonrojadas delataban cómo se sentían. En realidad, era un tanto gracioso que la palabra «bebé» proviniendo de un hombre que usaba silla de ruedas causara tanta conmoción, pero él no se reía. Se sentía en paz y sabía que había hecho lo correcto. Sarah le había apretado la mano, había girado y le regaló una sonrisa tímida y soñadora a la vez que sus hombros cayeron. Andrew pensó que tuvo que hacer algo bueno en su jodida vida para que la mujer junto a él siempre estuviera de su parte.

De soslayo, observó que Patrick regresaba a la tienda en ese mismo instante. Mientras tanto, su madre había abierto y cerrado la boca en un par de ocasiones, al mismo tiempo que entrecerraba los ojos para de inmediato abrirlos de nuevo como si no pudiera decidir cómo reaccionar. En tanto, el rostro de Jennifer se tornaba de un purpura preocupante y el de George reaccionaba como si hubiera recibido la sorpresa de su vida. Jacob le apretó el hombro, aunque Andrew ya sabía que su apoyo era incondicional, y su padre se mantenía sereno como si no le tomara por sorpresa sus palabras.

—¡Lo violaste!

Andrew rodó los ojos ante el exabrupto de su hermana. Con cada palabra que decía se volvía más y más ridícula.

—Soy un maldito adulto, Jennifer.

Ella giró el rostro, todavía rojo de furia, en un movimiento lento y se inclinó como lo haría un padre para darle una regañina a su hijo. Esa era la posición que Andrew más odiaba y le enfurecía que fuera su hermana quien la adoptara.

—Pero no puedes controlar tus erecciones, tu deseo no es a conciencia. ¿Por qué no entiendes que se aprovechó de ti?

Sus conceptos eran erróneos en sobremanera, y él no tenía por qué explicarse. Su vida sexual no era asunto de nadie. Ninguno de ellos tenía el derecho de siquiera preguntar u opinar. La única persona que podría hacer algún comentario era la mujer que estaba junto a él, y respecto a eso Sarah era respetuosa. El mundo entero la criticaba por haber tomado decisiones erróneas en el pasado, y sin embargo era la única que se comportaba con elegancia.

Tras las palabras de Jennifer su madre pareció salir del estado catatónico que padecía. Giró y lo señaló a él con el dedo antes de dirigirse a su asistente.

—¿Lo hizo, Patrick? ¿Esa mujer se aprovechó de él?

225

Andrew mantuvo la mirada hacia el frente con la postura tan perfecta como su cuerpo le permitía, la cual podría definirse como arrogante. Había sido un estúpido al colocarse en la situación tan comprometedora en la que se encontraba, pues necesitaba de Patrick para poder salir del lugar.

Ese sería el último día en que su asistente trabajaría para él, aunque era consciente de que no podía despedirlo frente a sus padres. Era evidente que la relación cliente-asistente entre los dos era incompatible. La lealtad de Patrick estaba con sus padres y no con él, además de que sus ideas sobre la discapacidad eran por completo dispares.

—Lo hizo, Elise. Andrew no quería, pero lo convenció con sexo, poniendo su vida en peligro.

Si Andrew aguantó incluso que ese hombre mantuviera relaciones sexuales con su esposa fue por miedo. Temía tener una emergencia y encontrarse solo en la casa sin nadie que lo apoyara. Muchos discapacitados vivían su vida como seres independientes en su totalidad y él se había dejado dominar por el miedo. Despedir a Patrick era el último paso en esos últimos cinco años y necesitó la llegada de Sarah Bramson para darlo.

—¿Y no pensaste en llamarnos para ponerle un alto?

—Él me lo prohibió, dijo que me despediría si lo hacía.

A Sarah el cuerpo le tiritaba y tenía la mandíbula tan apretada que en cualquier momento se le desencajaría. Sus ojos permanecían enfocados en las personas frente a ella. Andrew tenía la sensación de que era una bomba a punto de estallar y no se le olvidaba que existía cierta peligrosidad en su persona. Le oprimió la mano como si con ello pudiera detener lo que fuera que ella pensara.

—Andrew, al que siguen sin preguntarle qué es lo que desea, rasguñó un poco de placer conmigo, una vieja. ¿Qué les importa? Él es capaz de tomar sus propias decisiones. —Esa declaración subestimaba todo lo que él había experimentado junto a ella—. Y tú no tienes nada que opinar.

Andrew no era estúpido: sabía que Sarah había provocado a Patrick a propósito. ¿Acaso ella había deducido que entre Patrick y Robin existió un amorío?

—¡Yo tengo todo el derecho de opinar! ¡Soy su asistente médico! ¡Y tú solo eres una puta y lo convertiste a él en tu putero personal!

Su asistente era tan estúpido que cayó en la trampa, dejándolo a él sin ninguna alternativa. Andrew se mantuvo sereno, aunque en un tono zafio dijo:

—Te lo advertí. ¡Largo y no regreses jamás!

Patrick rio cínico.

—Veamos qué dice tu familia.

Solo entonces su padre salió de su silencio de cinco años para decir:

—Es suficiente. Patrick, tu empleador es mi hijo y solo a él le debes.

—¡Andy!

Su madre parecía incrédula ante las palabras de su padre y con solo decir su nombre pretendía adueñarse de la situación.

Hacía mucho que Andrew se habría largado, pero no quería dejar sola a Sarah. Después de todo, su familia era la que acaparaba el lugar y no deseaba que los turistas se llevaran una mala impresión.

—Elise, yo tengo claro lo que vi y fue a tu hijo con la lengua metida hasta el esternón de esta dama. —Fue entonces cuando su padre miró a Sarah con una sonrisa ladeada—. Déjeme decirle que he realizado miles de endoscopías en mi carrera profesional y jamás había pensado que con la lengua sería suficiente.

Aunque Jacob rio a carcajadas, Andrew se obligó a mantenerse impasible en tanto Sarah se llevaba la mano a uno de los pendientes con un sonrojo delicioso y una sonrisa contenida. Por otro lado, su madre y Jennifer parecían a punto de una apoplejía.

—¡Padre!

Su padre chasqueó la lengua porque su hermana insistiera en la supuesta ofensa de Sarah. Andrew ya no insistiría más. Se sentía avergonzado y lo único que deseaba era que todos desaparecieran.

Nada de lo que ocurría era lo que había esperado para ese día. Él se había imaginado un paseo por la playa o tal vez ir a cenar... pasar esa última noche solos, sin vibrador o eyaculaciones de por medio.

—Déjate de mojigaterías, Jennifer. Tu hermano fue el primero en respetar tus decisiones y no merece menos.

—Pero Robin...

Andrew rodó los ojos. Ansiaba poder zarandearla, aunque no estaba seguro de que con ello pudiera hacerla entrar en razón.

—Le fue infiel —interrumpió Jacob—. ¡Habla de una vez! Cuéntale a tu hermana cómo su linda y querida Robin escapaba de tu cama para retozar con tu asistente.

Por unos segundos Andrew cerró los ojos mientras un vacío se le apoderaba del pecho. Ahora todos sabían lo que había ocurrido, incluso las personas extrañas que estaban en la tienda para comprar un recuerdo para llevar a casa... y ahora... Sarah también sabía que Robin lo había despreciado, que había preferido tener sexo con otro hombre antes que con él. Le dejó ir la mano porque imaginó que ella también lo juzgaría. Incluso tenía derecho a hacerle varios reclamos.

Su madre extendió el brazo para sujetarse de su padre, si bien las rodillas le cedieron y, antes de que alguno de ellos pudiera hacer algo, cayó al suelo inconsciente.

Todo se volvió un caos a su alrededor. Jennifer se tiró al suelo y George tuvo que arrastrarla fuera de la tienda para que Jacob pudiera ofrecerle los primeros auxilios en tanto llamaba al 911 y les informaba de lo que sucedía.

Andrew se sentía impotente por lo que la tensión en sus músculos se volvió intolerable. Conocía su cuerpo y de un momento a otro los espasmos se adueñarían de él. Era una humillación tras otra, tras otra.

Se le humedecieron los ojos y cuando Sarah giró, desvió la mirada mientras llevaba la boca a un lado. Sin embargo, con los delicados dedos que creaban arte de la nada, ella le acunó el rostro, y al verse obligado a levantar la mirada solo encontró cariño y apoyo.

—Se va a poner bien. Tu hermano la está auxiliando. Si tú también te pones mal, él tendría que dividir su atención entre los dos y es lo menos que deseas, ¿no es así?

Asintió en tanto se reacomodaba en la silla. Sarah se mantenía calmada y él debía hacer lo mismo. Los veinte minutos que tardó en llegar la ambulancia parecieron dos horas. Cuando los paramédicos subieron a su madre a la camilla esta había recuperado la consciencia, pero tenía el rostro ceniciento. Y ahora él estaba atrapado en un segundo piso, pues había despedido a su asistente médico y su hermano estaba al pendiente de su madre.

—Yo te bajaré —le aseguró Sarah—. Iremos poco a poco.

Él abrió los ojos. Después de ver el tamaño de las estrellas no tenía duda de que Sarah podía cargar con mucho peso, pero era demasiado para ella sola y además tenía que bajar las escaleras sin que él pudiera ayudarla.

—Yo te ayudaré.

Ambos se giraron al mismo tiempo hacia la entrada: Robin estaba allí. Andrew se sonrojó a la vez que tragaba con dificultad. No le encantaba la idea de que fuera Sarah quien lo ayudara a bajar, pero que Robin estuviera presente era por completo diferente, pues sería como revivir lo que había sido y rememorar todas aquellas ocasiones en que la observaba cuando ella no se percataba y lo que encontraba era resignación.

Sarah le dedicó una caricia efímera e imperceptible antes de pasarle los brazos por debajo de las axilas, y Robin le agarró las piernas. Ambas se observaron y contaron hasta tres para levantarlo al mismo tiempo que él obligaba a su cuerpo a permanecer laxo para no dificultarles los movimientos.

Mientras bajaban podía sentir la tensión en los brazos de Sarah y Robin tenía el rostro sonrojado. Ambas jadeaban por el esfuerzo en tanto él mantenía la cabeza baja.

En sus brazos y abdomen alto sentía un contraste irritante de frío y calor a la vez que miles de agujas le traspasaban la piel. Era ridículo reaccionar así, pero no podía dejar de sentir que una vez más le usurparon su autonomía.

Después de lo que le pareció una eternidad, llegaron hasta el final de las escaleras y ellas lo colocaron en el segundo escalón, por lo que pudo sujetarse del barandal para mantener el balance. Sarah se colocó frente a él y Andrew entrecerró los ojos al ver cómo apretaba una mano contra otra y existía cierto tiritar en su mirada. Estaba perdido. No entendía qué había sucedido con la mujer altanera y segura de sí misma que lo había defendido frente a su familia, ni en qué momento se había convertido en la que temblaba y tenía el semblante como si se prohibiera sentir cualquier emoción.

Ella lo miró y luego a Robin en varias ocasiones, antes de decir en un graznido:

—Voy por la silla, no tardo nada.

En cuando corrió escaleras arriba, Robin le llevó las manos a los hombros y le dedicó una sonrisa tranquilizadora.

—Elise se pondrá bien, te lo prometo.

Ella se inclinó y lo rodeó con los brazos. Sin importar lo que había sucedido con ellos, Andrew tenía la certeza de que Robin amaba a su madre. No supo cuánto tiempo permanecieron abrazados, en lo único que pensaba era en la calidez y confort que experimentaba. Se le humedecieron los ojos, y Robin lo estrechó aún más cuando comenzó a sollozar. Él no se lo impidió. Estaba exhausto por todo lo que había ocurrido y pensó que tal vez lo mejor era no haber ido al taller de Sarah.

—A-Aquí está la silla.

Andrew asintió a la misma vez que se separaba de Robin, quien dejó el brazo alrededor de sus hombros. Él la observó y le dedicó una sonrisa a medias en agradecimiento. No odiaba a Robin, ni siquiera estaba enojado con ella. Lo que ambos vivieron fue inesperado y cada cuál actuó lo mejor que pudo. Andrew hubiera preferido que Robin terminara su matrimonio antes de involucrarse con otro hombre, pero tampoco podía flagelarla por un desliz en su carácter.

La sobrina de Sarah y sus aprendices bajaron, junto a los últimos turistas que estaban en la tienda. Era evidente que Sarah deseaba irse a casa y olvidarse de ese día. Andrew vio a Jacob correr por el pasillo al mismo tiempo que Sarah colocaba la silla en el suelo para desplegarla. Su hermano se detuvo a su lado con los labios apretados; su desagrado por Robin era innegable, pero los únicos responsables de lo que había ocurrido eran sus padres y su hermana.

—Ya nos vamos. Mamá está estable, pero sería bueno que la revisaran.

Andrew asintió y se impulsó para subir a la silla, lo que le tomó varios intentos, pues no tenía la estabilidad que necesitaba y era la primera vez que haría la transferencia del suelo a la silla en ese lugar. Esperó a que los espasmos cedieran y Jacob lo agarró para empujarlo ya que el estrecho pasillo estaba empedrado.

—¿Quieres esperarme? Apago el horno y regreso, me tomará solo unos minutos.

Jacob se detuvo al escuchar a Sarah y Andrew giró la cabeza para observarla. Ella había permanecido un tanto alejada y en silencio.

—No es necesario que nos acompañes.

No creía conveniente que Sarah fuera con él al hospital. Sabía que Jennifer continuaría con la garata y él no quería escuchar nada más. Se sentía aletargado y ni siquiera sabía cuánto tiempo tendrían que esperar en sala de emergencias. El ofrecimiento de Sarah era muy dulce, pero no muy bien recibido en ese instante. Tenía plena consciencia de que era injusto con ella. Sin embargo, la vio correr escaleras arriba otra vez y suspiró.

—Yo manejo.

Jacob extendió la mano para que le entregara las llaves del automóvil. Si bien en el mismo instante en que fue a sacársela del bolsillo, se escuchó un estallido. A Andrew se le abrieron los ojos de forma desmesurada y se le enervó la piel, en tanto Jacob se arrojaba contra él para tirarlo al suelo y colocarse encima.

Andrew intentó arrastrarse por las piedras; necesitaba llegar junto a Sarah, asegurarse de que ella estuviera bien. El maldito cuerpo le temblaba y no tenía fuerzas para empujar a su hermano, quien lo aprisionaba contra el suelo y no le permitía moverse. Y entonces hubo otro estallido que le provocó un pitido en los oídos y que su corazón se saltara un latido.

—¡Sarah! ¡Sarah!

49

A Andrew el corazón le galopaba en el pecho, a la vez que experimentaba un vacío que le dificultaba la respiración; no obstante, creía que no era él quien lo vivía, pues al mismo tiempo se sentía adormecido y ajeno a sí mismo. Él, que unos minutos antes la había rechazado, cuando Sarah solo pretendía estar para él como la amiga que era. Una lágrima le salpicó la mejilla al mismo tiempo en que se soltaba los puños de la camisa, y cuando esto no fue suficiente se jaloneó el cabello. ¡Puñeta! Ahora que por fin parecía que sus vidas empezaban a mejorar.

A pesar de que quería liberarse, Jacob no lo dejó ir hasta varios minutos después, cuando lo único que se escuchaba era un silencio enervante. Andrew se agarró a la esquina de la silla y se impulsó para sentarse. Sin embargo, apenas y le dio tiempo de colocar la mano en el suelo y apoyarse para extender el otro brazo e impedir que Madison, quien llegó corriendo, subiera a la tienda.

—¡Sarah! —La chica comenzó a llorar con el rostro sonrojado—. ¡Déjame ir, Andrew!

Él negó con la cabeza a la vez que tragaba con dificultad. No obstante, se obligó a mostrarse sereno ante la joven.

—Si te pasa algo ella enfurecerá conmigo.

Cuando la chica lo observó con ojos esperanzados, cierto malestar se apoderó de Andrew, ya que él no se hacía ilusiones. Se escucharon pasos acelerados en el pasillo y apareció Walker junto a Cody, empuñando sus armas.

—¿Qué sucedió? —dijo Walker.

Jacob le colocó la mano sobre el hombro a Andrew y dijo:

—No lo sabemos.

—Sarah iba a apagar el horno. —Andrew tenía la voz ahogada, algo temblorosa.

Los policías se observaron entre sí. Era evidente que pensaron lo mismo que él: el tanque de gas explotó.

—Que nadie se acerque.

Cody se quedó junto a ellos mientras que Walker subía un escalón a la vez como si fuera a enfrentarse al criminal más peligroso. Para Andrew respirar era un acto de consciencia. En sus pensamientos solo podía concebir una catástrofe de dimensiones épicas, y el oficial no acababa de darse prisa cuando él habría corrido para llegar junto a Sarah cuanto antes. Se preguntó si ella habría apagado mal el horno. Tal vez estaba preocupada y distraída por lo que sucedió, pensando que alguien la acusaría sin justificación.

Jacob tuvo que sujetarlo cuando por el radio se escuchó que Walker pedía refuerzos en tanto Madison le apachurraba la mano y sollozaba. Las sirenas de las patrullas se convirtieron en una disonancia que lograba alterarle aún más los nervios. Cualquiera pensaría que había más de mil oficiales alrededor de ellos, pero solo eran cuatro. Los vio marchar escaleras arriba con las armas entre las manos. Los segundos parecieron horas. El nudo en la garganta le oprimía el pecho como si tuviera la roca Haystack encima. Y entonces, de repente, se escucharon gritos y forcejeos.

Andrew abrió los ojos hasta desmesurarlos cuando el capitán y otro oficial bajaban con Patrick esposado, quien despotricaba y vociferaba. ¿Es que acaso se había vuelto loco? Un estremecimiento lo recorrió desde la nuca hasta la parte alta de la espalda. ¿Dónde estaba Sarah?

—¡Ya no existe una vida sexual para ti! Eso se terminó el día en que quedaste atado a esa silla de ruedas. Solo te engañas al creer que eres tú quien decide. Es como permitir que un niño de nueve años tenga sexo solo porque tuvo su primera erección. Sé honesto contigo mismo: antes de estar ahí sentado, ni siquiera habrías mirado a esa perra.

Andrew mantuvo la postura tan perfecta como pudo a la misma vez que conservó el rostro impasible en tanto el capitán junto con el otro oficial se acercaban a ellos con Patrick. No obstante, procuró girar la silla hacia la izquierda y justo en el momento en que pasaron junto a él, soltó un puño que impactó el costado de Patrick, quien se dobló mientras aullaba como la sabandija que era. A Andrew no se le había movido ni un solo cabello de lugar, pero su cuerpo resintió el esfuerzo. Segundos después, su exasistente se llevó las manos a la ingle a la vez que un grito agudo brotaba de su pecho; su hermano le había propinado una patada.

Esos eran las creencias y prejuicios del hombre a quien él le confió su cuidado los últimos cinco años. Eran las mismas ideas obsoletas e ilógicas que la gran mayoría de las personas compartía, incluida su hermana. Sin embargo, ninguno de ellos tenía que dar explicaciones sobre su vida sexual, nadie se acercaba a ellos en un restaurante mientras una hermosa mujer los acompañaba. Eso sería grosero, si bien al ser discapacitado los límites del respeto se desdibujaban como si la silla de ruedas fuera un objeto de lo público.

—¿Ya están felices Rocky y Apollo? —dijo el capitán Allen mientras le entregaba la responsabilidad de Patrick al otro oficial que casi tenía que cargarlo para que caminara.

Estaba hastiado de que Sarah recibiera insulto tras insulto por el único motivo de que ellos mantenían relaciones sexuales porque si ella lo tratara como lo hacían los demás, entonces la aplaudirían. A Andrew le hubiera encantado moler a golpes a Patrick, pero con un solo puño el noqueado era él.

—No. —Su hermano y él contestaron al unísono. Andrew continuó—: ¿Dónde está Sarah?

Al verse rodeado de tantas personas se tornó arrogante, irascible y displicente, sin olvidar que una joven se aferraba de su mano con la esperanza de que su tía estaba viva porque él se lo había hecho creer así.

—Walker ya la trae.

Madison resopló y jadeó entre nerviosa y entusiasmada al mismo tiempo que le apachurraba la mano. Los dos mantenían la mirada fija en la escalera como si la urgieran para que Sarah apareciera. Y lo hizo largos minutos después. Andrew no perdió detalle de la delicadeza con que Walker la asistía para bajar. Sintió un pinchazo en el pecho. Le habría gustado ser él quien la protegiera en esos instantes, sobre todo al ver los cientos de cortes que se extendían por el cuerpo de ella, lo que creaba un reguero de sangre en la femenina piel que tanto adoraba.

Quería estar cerca de ella y estrecharla entre sus brazos, pero no podía mover la silla, por lo que se contentó con extenderle la mano cuando llegó al último escalón. No obstante, ella se mantuvo alejada. El dolor que le apretó el pecho a Andrew fue tan visceral que por un segundo se quedó sin aliento, aunque no podía culparla.

—¿Dulzura? —La voz le falló.

Ella procuró no observarlo, mantenía la mirada perdida en el pasillo tras de él en tanto Madison se soltaba de su agarre para lanzarse contra su tía, quien la recibió entre sus brazos. A Andrew no le pasó desapercibido el gesto de dolor de Sarah. Era evidente que debía ir a un hospital para que la revisaran, si bien todavía él desconocía lo que había ocurrido. Fue entonces cuando la escuchó decir:

—Solo es vidrio roto.

—Andrew, debes ir con tu mamá, —susurró Robin.

Él la observó un largo tiempo. Ni siquiera recordaba que todavía estaba allí, y además no comprendía el por qué. Robin pretendió dedicarle una sonrisa (aunque pareció más una mueca), al mismo tiempo que tomaba una bocanada de aire y la soltaba con lentitud. Pero no podía concentrarse en ella. Su piel, sus pensamientos, su corazón y su alma le exigían estar junto a Sarah. Ansiaba tenerla en su regazo, hundirle los dedos en el cabello y así obligarla a que solo lo observara a él; le prometería que todo estaría bien y la cuidaría del mismo modo en que ella lo había hecho el día anterior.

—Sarah...

Ella solo lo miró de soslayo. Tenía los hombros erguidos a la vez que mantenía los labios apretados en una línea recta. Su rechazo era más que evidente, y escocía.

—Es solo vidrio roto.

Eso ya lo había dicho, pero ella era la única testigo y él quería saber qué había ocurrido, qué hacía Patrick en el taller y si había pretendido tocarla de algún modo, pero Sarah se alejaba más y más de él con el pasar de los segundos.

—Pero...

—¡No hay nada que hacer! —Ella quiso levantar las manos, mas volvió a bajarlas al percatarse de que le temblaban—. Vete.

—Andrew... —En esa ocasión era Jacob quien lo apremiaba.

Tuvo que resignarse a lo que sucedía. No podía imponérsele, y menos rodeados de tantas personas, quienes no perdían detalle de la interacción entre los dos.

—¿La van a llevar al hospital?

—Yo mismo me aseguraré de que vaya. —Fue Walker quien respondió.

Andrew asintió y Jacob comenzó a moverlo. En cuanto llegaron al hospital tuvieron que quedarse en la sala de espera en lo que los doctores atendían a su madre, si bien él se mantenía atento a las personas que entraban para ver el momento en que Sarah llegara. Robin se fue después de una hora por lo que Andrew al fin pudo relajarse; no obstante, ella prometió regresar al siguiente día.

Los ojos se le cerraban. Se sentía exhausto, pues todavía no se recuperaba por completo del episodio de disreflexia autónoma que sufrió después de eyacular. A pesar de ello, peleaba consigo mismo por mantenerse despierto. Tenía que ver a Sarah, saber que ella estaba bien, pero no acababa de llegar.

Y no había aparecido cuando cuatro horas después dieron de alta a su madre, quien solo había sufrido una bajada de tensión. El doctor le ordenó guardar reposo por un par de días y no sufrir sobresaltos. Después de acompañarla a casa y esperar a que se durmiera, Andrew le pidió a Jacob que lo llevara hasta la estación de policía. Él mismo reconocía que sería un peligro en la carretera y se vio obligado a ceder un poco de su autonomía, aunque lamentaba tener que involucrar a su hermano en sus asuntos.

Después de más de una hora de espera, Cody tomó su declaración y denuncia contra Patrick. Andrew relató lo que había sucedido hasta que Sarah lo bajó por las escaleras. Esperaba que eso fuera suficiente para que la policía actuara, pues según Walker, Sarah no había querido denunciarlo.

A Andrew se le engarrotaron los músculos al escuchar esas palabras, a la vez que apretaba la mandíbula en un mohín. La furia lo consumía. Sarah acababa de perder lo que más amaba: su arte. Y todo por un hombre que pretendía imponer sus creencias en los demás cuando su única función era asistirlo a él.

Según Walker, todas las esculturas fueron destrozadas. No solo las estrellas, sino también las vasijas, joyería y canicas. El lugar era muy peligroso con la cantidad de vidrio esparcido por el suelo.

—¿Dónde está ella?

—La dejé en el hospital —respondió Walker.

Andrew entrecerró los ojos, aunque de inmediato pensó que Sarah y él debieron cruzarse y por eso no la había visto. Tuvo que esperar media hora en lo que terminaban el papeleo. Cuando Jacob lo llevó hasta el hospital una vez más, se escuchó que la estación de enfermería llamaba a Sarah a través de los altavoces.

Consiguió colarse hasta el cubículo donde la enfermera le tomaba la presión a ella mientras le hacía varias preguntas de rutina. Al mismo tiempo, Andrew buscó un espacio para no entorpecer el movimiento de los doctores y enfermeras.

—¿Otra vez estalló una de tus figuras? —le preguntó la enfermera a Sarah con una sonrisa.

—Sí. —La voz de ella era menos que un susurro.

La enfermera le instruyó que subiera a la camilla mientras buscaba un botiquín con lo necesario para curarle las heridas. Él permanecía en silencio, sin saber muy bien qué hacer o decir. Sarah solo miraba a la enfermera o los aparatos a su alrededor como si no se hubiera percatado de la presencia de él o lo ignorara. Pero entonces dijo:

—¿Tu mamá está bien?

Andrew asintió una y otra vez como un niño pequeño que recibía atención después de horas de abandono.

—Solo se le bajó la tensión. El doctor le mandó reposo.

Sarah le dedicó una sonrisa apagada en tanto la enfermera sacaba pedazos de vidrio de su piel con unas pinzas. Permanecía tranquila, mientras que él torcía el gesto porque eso debía doler. La enfermera terminó con el brazo derecho y se disculpó unos instantes cuando uno de los doctores dijo que la necesitaba.

Sarah mantuvo las manos en el regazo. Lo ojeó, aunque bajó la cabeza al instante. Él podía percibir su incomodidad, si bien no la comprendía, y se preguntó si acaso pretendía estar sola en ese instante, como si no tuviera a nadie que se preocupara por su bienestar.

—Será mejor que te vayas. Van a tardar y viajas mañana. —Estaba ronca, como si se obligara a contener un cúmulo de emociones.

Él desvió el rostro un segundo con el ceño fruncido y los labios apretados en una línea recta. Cada vez que estaban juntos era como si al dar un paso al frente retrocedieran diez, y el cansancio que lo dominaba no lo ayudaba a mostrarle a ella la comprensión que debía. Quería zarandearla por querer apartarlo de su lado cuando era evidente que ese era el mecanismo de protección de ella.

—No me voy a ir, no quiero.

A su alrededor se desarrollaba el ir y venir cotidiano de un hospital. Cada pocos minutos daban una alerta por los altavoces, se escuchaban instrucciones susurradas, algunos sollozos y jadeos, además del ruido de los aparatos médicos a su alrededor. Sin embargo, Andrew resentía el silencio que los ahogaba porque sentía que con cada segundo que pasaba se separaban más y más. Sarah tenía una muralla a su alrededor y aun así no era suficiente. Él la veía retorcerse como si intentara ocultarse, pero su presencia se lo impedía.

—Ya nos habíamos despedido y había sido perfecto. ¿Por qué tuviste que regresar?

Había escupido las palabras con desdén y rabia. Andrew se obligó a mantenerse sereno, a pesar de que podía sentir como Sarah rebuscaba en su pecho y le retorcía el corazón con saña; el mismo corazón que lo urgía a acercarse, fundirla en un abrazo y no soltarla hasta que admitiera que lo necesitaba.

—Porque decidí amarte.

La sorpresa hizo acto de aparición por menos de un segundo en la mirada femenina y Andrew tenía la certeza de que si le hubiera dicho que la odiaba, su gran declaración habría sido bien recibida.

Pero Sarah se mantenía rígida mientras tenía los nudillos pálidos por cómo se sujetaba con firmeza al borde de la camilla. Le dedicó una mirada que lo estremeció por la frialdad que le dirigía, tal vez la misma que él usó cuando ella forzó su reencuentro, mas Sarah no se había cohibido con sus displicencias por lo que él tampoco lo haría.

—¿Y eso qué se supone que significa?

La contempló, aun cuando ella fingía ignorarlo. La enfermera regresó en ese mismo instante y comenzó a retirar pedazos de vidrio de su brazo izquierdo. Sin embargo, eso no lo cohibió. Al contrario, se aprovechó de la situación y de que ella fuera rehén de las circunstancias. Andrew jamás agradeció tanto que una conversación que debía ser privada ocurriera en un lugar público.

—Quiero la intimidad que me ofreció una mujer hace poco, cuando lloró entre mis brazos mientras yo estaba atado a una silla e intentaba darle el mejor orgasmo de su vida.

Fue testigo de la miríada de emociones que cruzaron por la mirada de ella al mismo tiempo que su cuerpo la traicionaba al oscilar sobre la camilla, lo que lo impulsó a continuar:

—Eso me hizo sentir como una mierda, pero ella jamás dejó de empujarse contra mí. Me he preguntado el porqué de tu reacción, pero la verdad es que no me importa porque me hiciste entender que te sentiste protegida junto a mí y que de algún modo exorcicé algo del dolor con el que cargas.

Una lágrima se deslizó por la mejilla de ella y él tuvo que cerrar los puños para contenerse de acercarse y tocarla. Le estaba desnudando el alma y sabía que ella reaccionaría como un vendaval dispuesto a destruir todo a su alrededor.

«¡Puñeta!» gritó en sus pensamientos cuando el teléfono comenzó a sonarle: era Robin. Reajustó su postura en la silla y frunció el ceño al percatarse de que Sarah se había quedado estática sobre la camilla y hasta podría jurar que su piel se había tornado lívida, aunque achacó su reacción a la curación a la que era sometida.

La llamada terminó, aunque de inmediato volvió a sonar. Consideró no responder, pero Robin lo había acompañado cuando fue su madre quien se sintió mal y si insistía con la llamada era porque debía ser una urgencia. Ni siquiera pudo saludar cuando escuchó:

—¡Andrew!

Un hormigueo atroz le recorrió desde la punta de los dedos hasta las puntas de su cabello. Ella sollozaba e hipaba desconsolada. Por un instante no supo qué hacer y tuvo que forzarse a decir:

—Robbie, hermosa, ¿qué sucedió?

—¡Esa mujer me atacó!

A Andrew se le dificultó tragar y se soltó el primer botón de la camisa para entonces masajearse la frente. ¿Es que ese día no podía ser más largo? Ojeó a Sarah, a quien la enfermera seguía curando. No existía ninguna reacción que la delatara.

—¿Qu-qué mujer?

—¡Sarah! —gritó mientras lloraba desconsolada.

Andrew terminó la llamada porque no podía seguir oyendo a Robin a la vez que fijó la mirada en la mujer frente a él. El rostro se le había tornado lívido y tenía los ojos muy abiertos.

—¿Qué pasó?

Sarah se mantuvo imperturbable cuando giró el rostro y lo observó serena.

—Averígualo por ti mismo.

Andrew negó con la cabeza y por unos segundos su voz lo traicionó y no emitió sonido alguno. Tragó con dificultad y con una voz rasposa dijo:

—Tú no le harías daño. —Cuando no obtuvo respuesta sintió que algo se revolvía con fiereza en su interior—. ¡Puñeta! ¡Déjame creer en ti! ¡Quiero creer en ti!

50

Salió del hospital y se apresuró a llegar al automóvil. Jacob no quiso acompañarlo porque según él no le debía nada a Robin. Hizo la transferencia de la silla al asiento tan rápido como su cuerpo se lo permitía, pero las manos le temblaban sin control. Colocó la silla en el asiento del copiloto, salió del estacionamiento y se dirigió hacia la US-101 Norte camino a Astoria.

Mientras iba en la autopista no podía parar de preguntarse qué había sucedido. ¿Acaso ellas se reencontraron en el hospital? ¿Sarah se atrevió a hacerle algún reclamo a Robin por su infidelidad? ¿Qué tan lejos había llegado? La consciencia de Andrew se encargaba de recordarle una y otra vez que Sarah había recurrido al fuego en una ocasión y, aunque creía en ella, no dejaba de sentir el pecho apretado y la boca reseca ante la culpa y angustia que experimentaba.

Según el pin que Robin le envió mientras estaba en la autopista, se salió de la US-101 Norte hacia la comunidad Surf Pines y después de tres kilómetros dobló a la derecha para dirigirse hacia la costa. Entró a la propiedad privada y se detuvo junto a la patrulla de policía que estaba en el lugar. Sintió que parte de su angustia se desvanecía al ver que la casa no sufrió ningún daño.

Abrió la puerta del automóvil, agarró la silla de ruedas y la colocó en el suelo para hacer la transferencia. El cansancio lo dominaba. Tenía la certeza que le sería imposible moverse al siguiente día, incluso tal vez durante dos o tres días, pero tenía que esforzarse.

Frunció el ceño al ver el convertible de Robin cubierto en papelitos de colores, si bien no le prestó atención al creer que sería una broma de algún chiquillo aburrido de la zona y se apresuró en llegar a la puerta de entrada.

La casa era de un solo piso y la entrada estaba nivelada por lo que le fue fácil desplazarse a través de ella. No obstante, tomó una profunda bocanada de aire al percatarse de que la casa ocupaba al menos una hectárea de terreno. Hasta él llegaba el arrullo suave del océano y el delicioso aroma del salitre.

Tocó el timbre. Después de un par de minutos uno de los oficiales abrió la puerta y Andrew entró hasta la sala. La chimenea estaba encendida por lo que se creaba un ambiente muy acogedor. Había unas butacas de mimbre, además de un sillón mullido.

Los oficiales lo saludaron como si ya supieran quién era y cuando Robin lo vio, se levantó a prisa del sillón y se lanzó a sus brazos. Otra vez Andrew sintió el peso de sus hombros desvanecerse al ver que ella no sufrió ningún daño físico.

—Su esposo ya está aquí, nosotros nos retiraremos.

—Exesposo —aclaró.

Los oficiales fruncieron el ceño por un instante, si bien Robin se apresuró a bajar de su regazo y extenderles la mano.

—Gracias por hacerme compañía. Temía que esa mujer volviera.

—No se preocupe, señora. Nuestro capitán dio aviso al departamento de policía en Cannon Beach y nos informaron que aprehendieron a la sospechosa.

Andrew miraba de un lado al otro en busca de algo que desconocía y no prestaba atención al intercambio entre Robin y la policía. No obstante, tenía a Sarah presente a cada segundo por lo que deslizaba el dedo sobre la pantalla del teléfono con cierta manía, aunque intentaba ser racional en ese instante y ofrecerle su apoyo a Robin en lo que sea que hubiera sucedido.

—Le prometo que comenzaremos la investigación cuanto antes.

Ambos se llevaron la mano a la gorra e hicieron un gesto de despedida antes de marcharse. La puerta no alcanzó a cerrarse cuando él preguntó:

—¿Qué sucedió?

Ella comenzó a sollozar a la vez que se cubría el rostro con las manos y bajaba la cabeza.

—Es horrible, Andrew.

Recorrió el lugar con la mirada una vez más. Él no alcanzaba a ver nada fuera de sitio, aunque esa era la primera vez que estaba allí, y por la forma en que Robin lloraba debía ser algo muy grave. «Sarah, dulzura, ¿qué hiciste?». El ir y venir en sus pensamientos le creaba una sensación extraña y muy molesta. Muy recóndito en su corazón sentía que se había equivocado y que, justo esa, era la intención de Sarah.

—¿Es en la parte de atrás de la casa?

Robin abrió la boca a la vez que tenía los ojos muy abiertos al mismo tiempo que existía una especie de acusación en su mirada.

—¡¿No lo viste?!

Él frunció el ceño y negó con la cabeza.

—Solo caminé hasta la puerta para avanzar, pero no vi nada extraño.

Robin se colocó detrás de él y comenzó a empujarlo. A Andrew se le tensaron los hombros y apretó los labios en una línea recta, no obstante, se obligó a permanecer en silencio ante las acciones de la mujer detrás de él. Salieron de la casa y llegaron junto al convertible de Robin que seguía cubierto por los papelitos de colores.

—¡Mira lo que hizo esa mujer!

Andrew miró a su alrededor en busca de algo fuera de lugar y cuando no encontró nada, observó a Robin, quien señalaba hacia el automóvil mientras hipaba y sollozaba. Jamás en la vida se sintió tan obtuso como en ese instante. Ojeó a Robin y regresó la mirada hacia al automóvil, repitió ese gesto varias veces. ¡Solo había malditos papelitos! Fue cuando notó que tenían algo escrito por lo que pensó que Sarah insultó a Robin de alguna manera. Por ello por lo que se acercó y comenzó a leer.

«Ámalo».

«Cógetelo».

«Bésalo».

«Acarícialo».

«Abrázalo».

«Chúpaselo».

«No vuelvas a lastimarlo».

Robin gimoteaba y lloriqueaba en exceso como si hubiera ocurrido una catástrofe internacional. Si bien él continuó en silencio mientras sentía su corazón hacerle una pirueta que le enervaba la piel.

—Está loca, Andrew. Es una mujer peligrosa.

Él extendió la mano y acarició uno de los papeles. ¿Tal vez Sarah había usado pegamento permanente? Arrancó uno y repitió el gesto hasta quitar diez. La carrocería no tenía ningún daño y con una encerada sería suficiente.

Ya no pudo contenerse, bajó la cabeza en tanto los ojos se le humedecían, pero una sonrisa le curvaba los labios. Era... era tan... tan... adorable.

Por un instante se sintió desorientado y con la cabeza ligera. Había dejado a Sarah, quien sí estaba lastimada, por correr junto a Robin creyendo lo peor y solo había papelitos, hermosos y amorosos papelitos.

¿Esa era la peligrosidad de Sarah? Porque lo único que le demostraba esa afrenta hacia Robin era que a Sarah él le importaba y Andrew se atrevió a soñar que su amor era correspondido. ¡Papelitos! ¡Puñeta!

—Me aterra quedarme sola aquí, ¿me acompañarías?

Observó a Robin con el aliento contenido y se preguntó cómo escaparía de allí. Había cometido un error imperdonable y tal vez había perdido su única oportunidad. ¡Papelitos! ¡Amaba a esa mujer!

Se aclaró la garganta y reajustó su postura en la silla.

—No tengo ropa.

—¡Oh! Yo tomé algunas prendas tuyas por error cuando me fui de la casa. Estoy segura de que todavía te quedan.

En los ojos de Robin bailaba cierta esperanza, la que él buscó en la mirada de su esposa antes de pedirle el divorcio y llegaba demasiado tarde. Tenía que huir de ahí.

—Mis medicamentos, sabes que no puedo estar sin ellos. —Antes de que ella apareciera con una solución mágica se apresuró en añadir—: Voy y regreso, pronto estaré aquí. Estoy seguro de que no tienes nada de qué preocuparte.

Robin dio un paso como si pretendiera agarrar la silla una vez más por lo que él se agarró de los aros y se echó hacia atrás.

—Voy contigo.

—¡No! —Hizo una pausa y se obligó a mantenerse impasible—. No. Solo cierra la puerta y descansa un poco. Verás que en un abrir y cerrar de ojos estoy aquí.

Ella asintió reticente mientras él mantenía el estoicismo. Se acercó a su automóvil, abrió la puerta e hizo la transferencia de la silla de ruedas al asiento. Cerró la silla y la levantó para colocarla en el asiento del copiloto. Los músculos le ardían por el esfuerzo que le suponía para ese instante el solo respirar, pero ahora sí que no se dejaría dominar por el cansancio. Tenía que regresar a Cannon Beach. Tenía que regresar por Sarah Bramson.

Le dedicó una sonrisa a Robin que esperaba ella creyera reconfortante, levantó la mano para decir adiós y se marchó.

Tomó la US 101 mientras aceleraba el automóvil con el control manual.

—¡PAPELITOS!

En su rostro apareció una sonrisa enorme mientras resoplaba, jadeaba y gemía, todo al mismo tiempo. En los labios sentía el hormigueó que le provocaban los besos de Sarah y un estremecimiento lo recorrió desde la nuca hasta la parte alta de la espalda. Gritó y rio a carcajadas. Los ojos le brillaban tal y como lo hacía el cielo en un día perfecto de verano.

Tocó unos botones en el volante y buscó la estación de radio que Sarah escuchaba, esa que solo pasaba éxitos de finales de los noventa y principio de los 2000. En ese instante tocaban *She Will Be Loved* de Maroon 5. Mientras la canción sonaba, activó el manos libres y le envió un mensaje a Jacob con una sola palabra: «papelitos».

Cantó tan fuerte como sus pulmones se lo permitían y hasta desafinó en varias ocasiones, si bien esas nimiedades no conseguían borrar la estúpida sonrisa en sus labios. En cuanto llegó a la estación de policía, entró como lo haría la marea: preparado para arrasar con todo lo que intentara interponerse en su paso y dispuesto a reclamar lo que era suyo.

Se encontró con Cody y se obligó a mantenerse calmado, pues una vez más no sabía a qué se enfrentaba, aunque le parecía una estupidez detener a una persona por algo tan inocente como cubrir un automóvil con papelitos.

—¿Sarah está aquí?

Cody tenía un palillo en la boca y se lo pasó de un lado al otro antes de decir:

—¿No deberías estar junto a Robin en estos momentos?

Andrew se contuvo de decirle una grosería, además de informarle que lo que él hacía o no, no le importaba, pero se contuvo, pues se sabía a merced de ellos.

—Quiero ver a Sarah.

El oficial torció el gesto ante su insistencia.

—Violó su libertad condicional.

Él asintió y entrecerró los ojos.

—¿Ya le radicaron cargos?

—Todavía no.

—Entonces no pueden prohibirme verla.

Cody golpeó la mesa con el puño antes de ponerse de pie y entrar a la oficina del capitán Allen. Andrew se vio obligado a esperar en una esquina, si bien reacomodaba su postura cada dos o tres minutos. Después de una hora, Cody lo hizo pasar hasta la celda exterior y minutos después regresaba con Sarah quien estaba esposada. La metió tras las rejas y le liberó las manos. A Andrew no le pasó desapercibido como ella se acariciaba las muñecas, y notó que tenía los brazos vendados y que en algunas partes del cuello se veía la piel resquebrajada.

El capitán Allen se mantuvo cerca. Al parecer, y como siempre ocurría con Sarah, tendrían que hablar sus asuntos privados en público.

La contempló mientras otra vez rememoraba aquel día en el restaurante cuando el desconocido se acercó a ellos para preguntarle por su vida sexual y la forma en que Sarah había actuado como una fiera por él. Ese recuerdo se entremezcló con el enfrentamiento con Patrick la primera vez que ella se quedó a dormir e incluso se entrelazó con aquel día en la playa cuando se encontraron con Robin. Y como si pudiera tocarlo, en ese preciso momento recordó cuando en la actividad de la comunidad Sarah estrelló el pastel contra el suelo.

Andrew tuvo que jalar aire por la tensión tan visceral que le recorrió los brazos. Sarah Bramson aborrecía las injusticias y actuaba acorde a ello. Entonces recordó sus palabras: «Ellos son los que te agreden. ¿Por qué debes ser tú quien se disculpa?».

Lo peor era que ese desprecio se lo dirigía a sí misma por haber recurrido a un aborto después de lo que sucedió con el profesor. Andrew no tenía idea de cómo hacer para que ella comprendiera que debía perdonarse. Sarah no debía sentirse culpable por haber tomado esa decisión y sin embargo seguía sintiéndose así después de más de diecisiete años. Era demasiado tiempo minándose a sí misma, creyéndose una egoísta y permitiendo que los demás la encajonaran en esa descripción.

—¿Piensas decirle algo o solo estás aquí para mirarla?

51

Andrew miró de soslayo al capitán y notó como los otros oficiales también lo observaban. Se humedeció los labios en tanto se frotaba las muñecas en busca de alivio a la miríada de emociones que lo dominaban. Lo desesperaba no poder tener esas manos suaves entrelazadas con las suyas o sentir como la respiración de ella le acariciaba las mejillas o unir sus labios y permanecer quietos. Jamás en la vida se imaginó que Sarah Bramson lo conquistaría y él la amaría.

—Eres única, Sarah. La mujer más amorosa, atenta y tierna... —Ella permaneció imperturbable como si fuera una de sus esculturas de vidrio—. Así como también adorable en tus venganzas.

Percibió como la confusión fue un reflejo fugaz en la femenina mirada y deseó llevarle la punta de los dedos a las sienes y aliviar su malestar. Ante el cosquilleo en las manos, las cerró para sentir un poco de alivio. Comenzaba a sentirse como un león enjaulado que ansiaba escapar. Solo que él correría hacia los brazos de ella.

Tragó con dificultad y giró hacia donde el capitán se encontraba. Los oficiales aparentaban estar muy ocupados en su trabajo, pero Andrew sabía que no perdían detalle de lo que ocurría. Se sabía juzgado, aunque le importaba una mierda. Él conocía a la mujer a quien se le declaraba, porque aunque lo intentó, Sarah no pudo ocultarle su verdadera persona. Debajo de esas capas de indiferencia y un supuesto egoísmo, había una mujer que solo ansiaba que la amaran. Y a quien quiera que ella le entregara su amor, sería un hombre muy afortunado.

—Sarah arruinó la fiesta de la comunidad al tirar el pastel al suelo, ¿no es así, capitán?

El oficial se aclaró la garganta y se llevó las manos hasta el cinturón por lo que sacó pecho en una actitud defensiva.

—Así fue y tuvo suerte de que nadie levantó una queja, así que solo pasó la noche encerrada.

Andrew asintió. En sus pensamientos rememoraba esa noche y lo absurdo que fue el que sintiera miedo de Sarah.

—Fui yo quien tuvo la culpa.

El capitán resopló y un gesto de disgusto se apoderó de su rostro.

—Andrew, por favor, todos vimos a la señora Bramson en el acto.

Él negó con la cabeza mientras se obligaba a mantenerse sereno. La ojeaba a ella con la intención de captar algún indicio de que abandonaba la fachada de apatía autoimpuesta. Aunque era consciente de que debía tener paciencia y así le tomara años, él conseguiría llegar hasta el corazón de Sarah, así tuviera que arrastrarse para conseguirlo.

—Ella solo reaccionaba a las palabras que me dijo una de las asistentes.

—¿Qué palabras?

Él levantó un hombro y lo dejó caer. Aquel día estaba más pendiente de los insultos que la hermana de Sarah le dedicaba a ella, que de las ofensas que él recibía por parte de la comunidad. Y lo que comprendía ahora, y no hizo aquel día, es que la hermosa mujer frente a él hacía lo mismo, pero a la inversa. Jacob tenía razón: Sarah era una fiera. Esa loba en piel de oveja atacaba cuando alguien arremetía contra su pareja. No pudo evitar la sonrisa que le curvó los labios al tener la certeza de que Sarah lo considerara suyo.

—No lo recuerdo, tal vez algo que ver con la silla de ruedas. No impor...

—¡Dijo que eras defectuoso!

A Andrew la sonrisa se le amplió al verse interrumpido con tanta vehemencia. Solo la ojeó porque sabía que no podía enfrentarla de inmediato. Tenía que darle tiempo, pero al menos había logrado provocar una grieta en la indolencia en que pretendía refugiarse. Porque él sabía que Sarah lo único que pretendía era que él la detestara y juzgara como lo había hecho hacía tantos años, solo que él había aprendido de sus errores.

—¿Eso dijo? Ni siquiera la escuché.

—Esas no son formas de resolver los conflictos —intervino el capitán.

—Tal vez no, pero durante toda la actividad tuve que escuchar persona tras persona lamentarse porque soy un *lisiado* y asegurar que sentía tanta lástima por mí mismo que por eso aceptaba a Sarah junto a mí. Dígame, capitán, ¿me exigirá que me quede callado? ¿O me tomará las denuncias que tengo en contra de todas las personas que asistieron a esa actividad? Me puede decir ¿qué es peor? ¿Un pastel en el suelo o los insultos que ambos recibimos?

El capitán mudó de colores, si bien mantuvo la boca apretada en una línea recta. Los demás oficiales bajaron la cabeza y pretendieron estar muy interesados en lo que tenían frente así. Los valientes se tornaban en cobardes cuando se les enfrentaba de frente para señalarles sus faltas.

Se olvidó de todos ellos porque no le importaban. Se agarró de los aros y giró la silla para contemplarla a ella, y en cuanto lo hizo no existió nada más, solo ellos dos. Incluso los barrotes desaparecieron y lo único que los separaba era la frialdad a la que Sarah se aferraba, pero él ya sabía que ella actuaría así. Tenía la certeza de que sus intentos serían infructuosos y, aun así, esa noche ella sabría lo que ese mes había significado para él.

—Decidí amar a la mujer que llegó a mí con sus sueños e ilusiones. A la mujer que me mira como si yo fuera el único hombre capaz de entenderla. La mujer a la que le importa una mierda si camino parado o sentado. Y decidí amarla porque por más de tres años anhelé una mujer así. Quiera o no, te pedí al universo y no supe valorarte. Te amaré aun cuando los químicos en mi cerebro me vuelvan inmune a ti. Amar no es algo del azar, amar es una decisión y decidí amarte. Eso implica la determinación de hacerlo por el resto de mi vida. Decidí escogerte porque contigo soy el hombre que soy, no el que los demás creen que soy. Y sí, puedo vivir sin que estés en mi vida, pero te quiero en ella.

—Vete.

Su voz fue menos que un susurro. Su propio cuerpo la traicionaba, algo que la enfurecía, y él lo notaba por cómo apretaba los puños, aunque continuaba con la mirada perdida hacia el frente. Ese simple gesto le dio más fuerzas.

—¿Sabes? Tu venganza contra mí fue la más fructífera de todas, porque te amo, pero, según tú, solo soy el hombre que te regaló millones de espermatozoides, aunque tú solo necesitabas uno.

Ella se retorció al verse enfrentada con sus propias palabras. Ahora existía cierto temblor en sus manos, aunque era casi imperceptible. Por su parte, él podía sentir esa especie de vibración en el cuerpo que se siente cuando estás listo para salir corriendo, pero, a la vez, exudaba serenidad.

—Vete. —Y en esa ocasión había sido una súplica.

Andrew ladeó la cabeza y su mirada se transformó a una de comprensión al mismo tiempo que le sonreía, con un gesto con el que intentaba decirle cuánto añoraba tenerla sobre su regazo para abrazarla y prometerle que todo estaría bien.

—¿Esto es lo peor de ti, dulzura?

Ella le dedicó una mirada soslayada mientras levantaba el mentón desafiante. Y él le correspondió de la misma manera. No cedería. Su único propósito esa noche era que Sarah no tuviera dudas de que él la amaba, después... Después pensaría en cómo continuar.

—Peter y yo tuvimos relaciones sexuales el día anterior a que le quemara el *stand* de magia. Terminé la relación, pero yo lo perseguía tanto como él lo hacía conmigo. Estábamos tan deseosos y desesperados el uno por el otro que no usamos protección. Cuando se fue me percaté de que la posibilidad de estar embarazada era muy alta. Tenía que terminar con la toxicidad entre los dos, pero él no se iría tan fácilmente. Fue por ello por lo que le quemé el *stand*. ¡Te mentí!

Esas palabras le escocieron a Andrew en el pecho; era como tener la piel en carne viva, y el motivo no era que ella le hubiera mentido, porque eso ya lo intuía: era porque a ese hombre sí lo persiguió, mientras que a él lo empujaba y rechazaba. El rostro se le tornó como el bermellón más puro y se agarró de los aros con fuerza.

—¡Yo también te mentí! ¡Solo nos protegíamos porque nos lastimaron! Y a pesar de eso nos refugiamos el uno en el otro.

Un sollozo escapó de la garganta de ella como si fuera una presa arrinconada y sin escapatoria. A Andrew se le humedecieron los ojos al verla tan desestabilizada y solo porque él le confesaba su amor.

—¡No tienes nada que hacer aquí! ¡Soy inservible! ¡Una perra estéril!

Una lágrima le salpicó la mejilla a la vez que se agarraba de los aros y se impulsaba hacia el frente, aunque de inmediato se detuvo en seco. Ambos tenían el rostro rojo de furia y a Andrew el corazón le golpeteaba contra el pecho. Le importaba una mierda si Sarah podía tener hijos o no. Él solo quería estar junto a ella, que le permitiera amarla, si bien era consciente de que no podía decírselo. Eso solo conseguiría que ella lo rechazara para el resto de su vida.

—¡Me obligaste a vivir! ¡A vivir!

Ella le dio la espalda y Andrew maldijo entre dientes. No podía hacer más. Con todo lo que había ocurrido sabía que no tenía ninguna oportunidad. Sarah necesitaba tiempo y olvidarse de la estúpida idea de que él alguna vez regresaría junto a Robin.

—¿Estás segura de que estoy involucrado en un triángulo amoroso? Déjame decirte que la geometría te falla, dulzura. Algo imperdonable para una artista de tu calibre.

Ella permaneció en la misma posición por lo que él dio la vuelta y fijó la mirada en el capitán, quien lo observaba con lástima, al igual que todos los demás. Pero Andrew mantuvo la frente en alto, pena sería no haberlo intentado.

—Tal vez está embarazada.

El oficial asintió.

—En el hospital le hicieron la prueba. Salió negativo, hijo.

Otra lágrima le salpicó la mejilla en tanto el capitán le dejaba una palmada en el hombro. Volvió a girar para observarla. Ahora comprendía el porqué de su reacción. Sintió un nudo en la garganta y más que nunca deseó poder traspasar las barreras físicas y las autoimpuestas para abrazarla y que ella no se sintiera amenazada o juzgada mientras expurgaba su dolor. Sus miradas se encontraron, azul contra marrón, y Andrew podría jurar que los hombros de Sarah habían caído como si por fin dejara de llevar un gran peso entre ellos.

—Perdóname por involucrarte en mi espiral de autodestrucción. No era tu responsabilidad estar junto a mí en un momento así.

No había podido dormir en toda la noche, a pesar de que sus reservas de energía eran nulas. Tenía los pensamientos adormecidos y ese día lo único que quería era lamerse las heridas mientras se regodeaba en su tristeza. No había tomado el vuelo que lo regresaría a Houston. No quería dejar a Sarah sola, aunque ella lo apartara.

En ese momento estaba en la terraza posterior con la mirada perdida en el ir y venir de las olas. Tenía los labios apretados en una línea recta mientras su madre insistía en algo que no podía ser.

—Piénsalo, cariño. Entiendo tu dolor porque Robin te fue infiel, pero es el mismo dolor que tú le has provocado al tener relaciones con esa mujer. No digo que esté bien, pero, cariño, Robin te ha acompañado desde que eras un niño y se quedó junto a ti después de lo que ocurrió y estaría a tu lado si no le hubieras pedido el divorcio. ¿Por qué ibas a querer a otra mujer si ella, sin importarle nada, desea estar para ti? Ella estuvo ahí, Andrew, la otra no.

Guardó silencio y, tras un suspiro, su madre se puso en pie para luego llevarle la mano al hombro y apretárselo en un gesto que pretendía reconfortarlo, mas no era así. Su madre era incapaz de comprender. Era el mismo argumento que Andrew había escuchado una y otra vez. Ese que mencionaba a la mujer maravillosa que permanecía junto a un discapacitado. Una jodida mentira. Robin sí lo rechazaba por su condición; Sarah lo hacía porque aceptar que él la amaba le era imposible. ¿Por qué quería a Sarah? ¡Puñeta! Porque ella miraba la silla del mismo modo en que le observaba las piernas y sin embargo no dudaba en asistirlo cuando él no podía hacerlo. Existía un abismo entre las reacciones de ambas mujeres. Además, él no tenía por qué dar explicaciones acerca de sus sentimientos.

Sintió que alguien lo agarraba con suavidad del antebrazo y se movió para que lo soltaran. Sabía que era Robin.

—¿Cómo te sientes?

Andrew permaneció con los labios apretados.

—Estoy bien.

Ella le extendió una libreta de dibujo y se sentó en el banco que estaba junto a él. Andrew lo abrió y se encontró con el reflejo de sí mismo. Pasó página tras página. En cada uno de los dibujos tenía la postura incorrecta en la silla, además de los hombros caídos, y sus ojos parecían vacíos.

—Lo siento.

Él negó con la cabeza. En cualquier otro momento verse a sí mismo a través de los ojos de ella le provocaría un dolor inconmensurable, pero ya no era así. Tenía el corazón destrozado, pero por la mujer que estaba tras las rejas por impulsiva y porque él no le confesó antes que a quien amaba era a ella.

—No. —Tuvo que aclararse la garganta—. Esto es lo más honesto que me has mostrado en mucho tiempo.

Robin le sonrió, aunque él percibía su incertidumbre.

—Tal vez si volviéramos a conocernos podrías mostrarme a ese hombre que fuiste con Sarah.

Guardó silencio, pues eso jamás podría llegar a ser. No obstante, necesitaba cerrar ese capítulo en su vida y para ello tenía que conocer la verdad.

—¿Hice algo para que dejaras de amarme?

Ella tragó con dificultad como si no hubiera esperado que él le hiciera esa pregunta en lugar de aceptar la propuesta que le hacía. Lo observó y al parecer se percató de que ya no podría existir nada entre los dos, solo la verdad.

—Me tocaste sin mi consentimiento.

Robin extendió la mano, pero él se agarró de los aros de la silla y se echó hacia atrás. Tal vez en otro momento se sentiría herido por esas palabras, su exesposa acababa de acusarlo de intento de violación. Estaba horrorizado a la vez que incrédulo y un tanto confuso. No alcanzaba a comprender cómo habían pasado de aquellos instantes, antes de la lesión en su cordón espinal, en que ella probaba sus juguetes sexuales en él a un intento de violación solo por querer retomar lo que tenían después de su lesión y más porque ella jamás le habló del cambio en sus sentimientos.

—¿Por qué nunca me lo dijiste?

—Andrew... —La voz se le quebró.

—No puedo adivinar lo que sientes y deseas, Robin. Era tu esposo y tenías que decírmelo.

Una lágrima se deslizó por la mejilla de ella.

—No quería lastimarte, ni que te sintieras rechazado.

Él no dijo nada más y cuando ella intentó acercarse volvió a impulsarse hacia atrás. Con los labios apretados, la contempló mientras las lágrimas le cubrían el rostro. Se mantuvo impasible y Robin se puso en pie y se marchó. Andrew regresó la mirada al ir y venir de las olas, sintiendo como si ellas consiguieran limpiarle el alma y llevarse todo aquello que una vez lo lastimó.

52

Las oficiales en la correccional de Santiam en Salem le entregaron sus pertenencias y le señalaron dónde firmar. En cuanto lo hizo, la escoltaron hasta la salida. Sarah tomó una bocanada profunda para llenar sus pulmones de aire fresco en tanto entrecerraba los ojos, pues la luz del sol le molestaba. Se llevó la mano a la oreja, aunque la dejó caer cuando no encontró un pendiente. Desconocía si podría comprar un billete de autobús hasta Cannon Beach con los cincuenta dólares que le acababan de entregar.

Su abogado se había encargado de buscar un comprador para sus herramientas de trabajo y Sarah había planificado ir a la tienda durante esa semana para limpiarla y dejarla lista para el siguiente arrendatario. Después de eso no tenía nada planificado. La terapeuta que le asignó el estado le aseguraba que debía vivir un día a la vez, pero Sarah ya lo había intentado y terminó como indigente, así que lo consideraba un terrible consejo. Sin embargo, guardó silencio y asintió a todo lo que le decían. Caminó por el pasillo exterior que la llevaría hasta la calle y le dedicó una diminuta sonrisa al oficial apostado en la puerta.

—¡Tía Sarah!

Giró a la vez que tenía los ojos muy abiertos y perdía un poco de color en la piel. Jamás imaginó que Madison estaría allí ese día. Si bien, los ojos se le humedecieron a la vez que sonreía. Tenía sentimientos encontrados, pues por un lado deseaba reacomodar su vida por sí sola, pero agradecía que su sobrina la hubiera buscado. La joven corrió y la abrazó y caminaron juntas hasta el automóvil. Allí un joven las esperaba con una sonrisa.

—Tía Sarah, él es Derek.

Sarah extendió la mano, aunque permaneció seria. El chico, que debía tener unos dieciocho años, respondió el saludo mientras decía:

—Es un placer, tía Sarah.

Ella entrecerró los ojos y se aferró a la mano del joven.

—¿Estuviste en su fiesta de cumpleaños?

En esa ocasión fue él quien frunció el ceño y miró hacia Madison.

—¿Tuviste fiesta de cumpleaños?

Su sobrina le dio un codazo mientras murmuraba algo ininteligible y abrió la puerta del vehículo. Sarah soltó la mano del joven y fue a subir, no obstante, se detuvo de golpe al ver una silla infantil en el asiento trasero.

—Y ella es Daenerys, nuestra bebé durante la semana.

Esta vez le dedicó una mirada amenazante al joven, a quien se le sonrojó el rostro, y medio tartamudeando dijo:

—Es un robot de la clase de crianza y desarrollo del bebé.

—¿Por qué están los dos juntos?

Madison rodó los ojos.

—Tía Sarah, lo vas a espantar. Según el proyecto somos padres divorciados y compartimos la patria potestad.

El tal Derek asintió una y otra vez mientras se le dificultaba tragar. Él se apresuró a encender el automóvil mientras Madison le dedicaba una sonrisa radiante y él se derretía como lo haría un cono de helado en un día de verano.

Sarah subió al automóvil, apoyó el brazo en la puerta y fijó la mirada en el paisaje que pasaba según el vehículo se movía a cinco kilómetros por hora. Sonrió: le agradaba el amigo de Madison. Si así actuaba con un bebé robótico, su sobrina estaba en buena compañía. Suspiró. Sus pensamientos volaron junto al hombre que la acompañaba, fuera que ella lo deseara o no.

El bebé soltó un gorgorito y ella giró la cabeza para observarlo. En sus labios apareció una sonrisa tímida. Levantó la mano y sin llegar a tocarlo le calcó la diminuta nariz. El bebé hizo una trompetilla como si fuera real y pudiera verla. Sarah se llevó la mano al vientre mientras peleaba con las lágrimas que pululaban por salir. Habría sido tan maravilloso y único sostener un bebé de Andrew entre sus brazos, un pedacito de él que la acompañaría el resto de su vida.

Después de un largo viaje, reconoció las calles y edificios que la rodeaban y volvió a suspirar. Regresaba a la comunidad que la despreciaba y juzgaba. ¿Y para qué? Allí no existía nada que la retuviera.

En cuanto llegaron a la casa, bajó del automóvil y observó a su sobrina agarrar a la bebé con extremo cuidado mientras le daba instrucciones a su amigo sobre qué hacer. El chico corrió escaleras arriba y abrió la puerta para entonces correr escaleras abajo y colocarse detrás de Madison mientras subía. La escena era surrealista, sin embargo, tocaba las fibras de su corazón. Andrew también era protector y atento, tal vez en exceso, mas a ella nunca le molestó; al contrario, él había tejido una red alrededor de ella, una en donde se sentía mimada y querida; una que la coercía a abrir su corazón y darle paso a su alma.

Se sentó en el sillón de la sala y allí se perdió en el ir y venir de las olas que se alcanzaban a ver a través del ventanal. Distraída, pasaron las horas en tanto el corazón se le oprimía en el pecho al rememorar sus paseos junto a Andrew por la orilla, cómo él hundía las manos en la arena húmeda y en su rostro aparecía una diminuta sonrisa por el placer que experimentaba.

—¡Eres un tonto! ¿Para qué quiero yo esto?

Sarah salió de sus pensamientos al escuchar los reclamos de Madison mientras su amigo perdía el color en su rostro. En sus brazos el chico llevaba a la bebé mientras le daba el biberón. Sarah se prohibía observar al pequeño, dulce y exigente bulto, pero muchas veces se encontraba dedicándole miradas furtivas y cuando no la escuchaba la buscaba con cierta ansia.

—Dijiste toallas y alas. ¿Cómo iba a saber a qué te referías?

Tras escuchar esas palabras echó un vistazo hacia la mesa de la cocina y se encontró con un paquete de toallas sanitarias junto a una bandeja de alitas de pollo. Se apresuró a cubrirse la boca para no estallar en una carcajada al comprender lo que había sucedido.

—Madison, —dijo con ecuanimidad—, esas no son formas de tratar al papá de tu bebé.

—¡Imbécil! —Y se llevó las manos a los oídos para apagar los auriculares.

Ahora el chico tenía el rostro sonrojado mientras Sarah no podía parar de preguntarse qué habría hecho Andrew en una situación así. Sin duda habría soltado varios comentarios agudos en tanto ella reiría a carcajadas por cada uno de ellos. Y pensó que él jamás se equivocaría de ese modo.

—Tenle un poco de paciencia. Y cuando se haya calmado, dile que la próxima vez se explique mejor.

Él asintió mientras arrullaba a la bebé y le sacaba los gases. Sarah se quedó sentada abrazada a un cojín mientras el sol se ocultaba y volvía a salir varias horas después. Tenía que comenzar a organizar su vida una vez más.

Abrió la puerta de la tienda y con ojos humedecidos observó los pedazos de sus esculturas esparcidos por el suelo. Tenía muy presente la furia de ese hombre porque ella se atreviera a hacerle algún reclamo, pero sobre todo recordaba su propia reacción: había querido brincar sobre Patrick, sacarle los ojos y torcerle el diminuto miembro hasta arrancárselo —porque ella se lo imaginaba minúsculo— por haberse atrevido a traicionar a Andrew del modo en que lo había hecho. Todavía podía sentir la reacción tan visceral que le abrasó la piel, diez veces peor a la que sintió con Peter y la llevó a quemarle el *stand* de magia. Reconocía que en aquel momento había sido peligrosa. Solo se contuvo porque Andrew estaba junto a ella y le había prometido que nunca le fallaría.

Con Robin el coraje bulló a fuego lento desde el día en que le preguntó a Andrew por qué se habían divorciado. Sarah había sentido como él se tensaba entre sus brazos y el cuidado que tuvo al responderle. Desde ese día en adelante no cesó en su empeño de descubrir qué había sucedido. Y lo supo mucho antes de que Jacob lo expusiera en palabras, pero se obligó a canalizar su rabia porque creyó que Andrew aún amaba a su exesposa. Al menos, ella llegó a esa conclusión al encontrarlos abrazados. Estuvo frente a ellos más de un minuto y ninguno de los dos se percató... Y a pesar de haberle prohibido a su corazón involucrarse, en aquel instante se le rompió en mil pedazos, tal y como sucedía con sus figuras cuando dejaba de aplicarle calor solo por unos segundos.

Entró a la tienda y los vidrios crujieron bajo sus pasos, en tanto una lágrima bajaba tras otra en sus mejillas. Agarró una escoba y comenzó a barrer horas de trabajo. Las personas podrían decir que no había perdido la materia prima, mas eso no evitaba que tuviera el corazón roto.

Pasaron cerca de tres horas y ni siquiera había limpiado una octava parte del lugar. Se veía igual a cuando entró y eso la desmoralizaba más.

—Ya estamos aquí, tía Sarah.

Ella giró para encontrarse con Madison, su amigo y la bebé. Volvió a sentir ese pinchazo en el corazón al encontrarse con la criatura. Ella sabía que jamás quedaría embarazada porque ese era su castigo. No importaba cuántas inyecciones de hormonas se aplicará como penitencia.

—No creo que sea un lugar seguro para la bebé.

Madison le sonrió.

—Tenemos suerte de que no es un bebé real. —Su sobrina observó a su alrededor y poco a poco apretó los labios en un mohín—. Me alegro de que a ese hombre le quitaran su licencia y no pueda ejercer.

Sarah frunció el ceño, aunque por un segundo contuvo el aliento mientras los latidos de su corazón se aceleraban. Durante esos cuatro meses decidió estar incomunicada por completo, las únicas visitas que recibía eran las de su abogado. Por eso se sentía tan perdida y hasta torpe al reintegrarse. Sentía que no pertenecía, aunque después de lo que sucedió creía que jamás había conseguido integrarse y formar parte de una comunidad. Era como si el mundo la hubiera anihilado.

—¿Cómo puedes saber eso?

—Andrew nos lo dijo. El tío Walker y yo vamos a verlo una vez a la semana.

Al escuchar su nombre se cimbró, mas guardó silencio y continuó barriendo como si no lo hubiera hecho, aunque junto con el chirriar del vidrio al arrastrarse por el suelo se escuchaban gimoteos y jadeos. ¿Andrew estaba en Cannon Beach? Por un segundo creyó que las rodillas le cederían.

Ella había hecho todo cuánto pudo para que él se alejara. Eso era lo correcto. ¿Qué tenía para ofrecerle? Era una mujer que pisó la cárcel en dos ocasiones, cuyas decisiones en la vida siempre eran las equivocadas. Andrew estaba mejor sin ella, aunque le provocara ese vació que le dificultaba la respiración desde hacía cuatro meses. Se sobresaltó al sentir que la tocaban y levantó la cabeza para encontrarse con la mirada preocupada de su sobrina por lo que intentó sonreír, aunque fue más bien una mueca.

—Andrew no se ha ido. El tío Walker dice que es porque quiere acompañarte de cierto modo.

—Entonces es un estúpido porque yo no lo quiero cerca de mí.

Sentía la garganta irritada y cada músculo rígido. Su cuerpo, corazón y alma le reclamaban el que si quiera intentara engañarse a sí misma. Madison suspiró y comenzó a recoger los vidrios para echarlos en una caja. En tanto, ella barrió con saña mientras las lágrimas le bañaban el rostro. Si había prohibido las visitas fue para que Andrew siguiera decepcionándose de ella, fue el último recurso para arrancárselo del corazón.

Continuó limpiando y recogiendo a la vez que pretendía dejar su mente en blanco, pero ese bendito hombre era el dueño de sus pensamientos cuando solo habían estado juntos un mes y porque ella se impuso en su vida.

En la noche, exhausta, estaba sentada en el sillón de la sala. Eran cerca de las cuatro de la madrugada y la bebé había estado llorando cerca de quince minutos. Madison por fin pudo consolarla tras un paseo por la sala. En tanto, Sarah sentía cierto hormigueo en las manos; deseaba fundirla entre sus brazos y cantarle una nana, aunque era consciente de la gran desilusión que experimentaría al sentir el roce del plástico en su piel. Madison se sentó junto a ella en el sillón y con extremo cuidado le sujetó la cabeza a la bebé. Ambas la contemplaron por largos minutos.

—¿Crees que soy una mala persona por sentirme aliviada de la decisión que tomé?

—No eres mala, cariño.

—No estaba lista para esto, y tampoco para el sexo.

Sarah le sonrió y la estrechó entre sus brazos con la intención de reconfortarla. Todavía era una niña y tenía el resto de su vida para experimentar con el sexo, los hombres y cuándo tendría un bebé. Sentía cierta paz en saber que su sobrina lo había entendido, aunque fuera después de una mala experiencia. No obstante, todavía le era difícil extenderse ese mismo perdón a sí misma.

Al siguiente día, cuando abría la puerta de la tienda, miró hacia la playa, lo que fue un error porque en la orilla había un hombre que usaba silla de ruedas con la mirada perdida en el océano. No tuvo dudas de que era Andrew. El corazón le dio una voltereta en el pecho y a pesar de sí misma se encontró sonriendo. Los ojos le resplandecían y un hormigueo delicioso le recorría la piel. Quería... Ansiaba tanto... Durante los días de encierro, sin importar el catre frío o la soledad, ella se había sentido cobijada por él, como si estuviera sobre su regazo y Andrew la ciñera contra su cuerpo.

Se llevó la mano a la garganta a la vez que los ojos se le humedecían y la sonrisa se tornaba enorme. Estaba solo. Sin importar la distancia, ella se percató de que utilizaba la silla de diario, mas las ruedas eran anchas como las que se utilizaban en las bicicletas de montaña. Sintió una punzada en el pecho, porque ya no tendría que empujarlo y así tener una excusa para inclinarse sobre él y hablarle al oído, aunque fue una sensación pasajera porque eso solo significaba que ahora podían caminar tomados de la mano. Se hizo un alto a sí misma. Si acaso caminaran juntos por la playa sería en sus sueños. Lo amaba. Lo hacía con cada fibra de su ser, le entregó su corazón a Andrew por una eternidad, mas solo ella conocería esos sentimientos.

—¿Por qué no vas a saludarlo?

Soltó un gritito y caminó con la espalda recta hacia el interior de la tienda. Debía apresurarse a terminar, pues al final de la semana tenía que entregar las llaves y el lugar tenía que estar limpio y listo para el siguiente arrendatario.

—¿Quieres olvidarte de Andrew de una vez?

Madison se colocó una mano en la cadera mientras que con la otra sostenía a la bebé.

—¡No! Él es el único amigo que tenemos en común y no deseo perder su amistad.

Giró sin responderle, no podía. El que Madison la hostigara la alteraba sobremanera. Andrew tenía que ser feliz. Agarró algunas cajas para echar los pedazos grandes de vidrio en ellas, pues dentro de una hora llegaría una persona para llevarse el horno junto con las herramientas.

—Él sabe sobre tu tendencia de autosabotearte, pero yo no lo entiendo. Tía Sarah, quieres estar junto a él.

Las manos le temblaban tanto que se le cayó la caja que cargaba. Se llevó una a la oreja en busca de su pendiente y se colocó la otra sobre el estómago a la vez que negaba con la cabeza.

—Actué como una loca frente a él: no tengo ninguna oportunidad, Mady.

Las facciones de su sobrina se suavizaron y Sarah pensó en lo patético que era tener que hablar de sus sentimientos con una joven de dieciséis años porque no tenía amistades y su vida amorosa no era algo que discutiera con sus padres.

—¿Por qué no?

Una lágrima le salpicó la mejilla mientras fijaba la mirada en su sobrina. Reconocía que su salud mental no era la adecuada y ella recordaba cuánto le afectaba a Andrew las acciones de su mejor amiga, no deseaba perjudicar la salud emocional de él. Necesitaba protegerlo de sí misma. Jamás se perdonaría si es que alguna vez esa mirada clara se empañaba por la desolación.

—¿Crees que es sano para él estar junto a mí?

Su sobrina bajó la cabeza y susurró:

—Él te quiere.

53

Al escuchar esas palabras el corazón volvió a revolverse en el pecho como si tuviera alas y pretendiera emprender el vuelo. Sus pensamientos se vieron invadidos del recuerdo de cómo él le declaraba su amor de una forma tan contundente, hermosa y especial. Y ella... solo había deseado lanzarse a sus brazos y jurarle que sería una buena mujer, mas no había cumplido su promesa de no fallarle y si ni siquiera había sido capaz de cumplirle en eso, ¿en qué más podría errar? Así que, a su forma, también le había hecho saber que lo amaba, y lo hizo al alejarlo de ella.

—¿Crees que mis acciones estuvieron bien?

—No eres tan mala como crees. —Ladeó la cabeza y con picardía añadió—: La vez que pintaste mi cabello de verde fui la sensación en la primaria.

Sarah se llevó la mano a los labios para ocultar una sonrisa.

—Madi...

Su sobrina la tomó de las manos.

—Todos merecemos una segunda oportunidad.

Suspiró.

—No vas a olvidarlo, ¿verdad? —Ella negó mientras sonreía—. Lo pensaré, pero no te prometo nada.

Madison la abrazó, dio media vuelta y siguió limpiando mientras cargaba con la bebé en el otro brazo. A pesar de lo que le dijo, Sarah sabía que no había nada que pensar.

El hombre que le compraría el horno y sus herramientas llegó a la hora pactada, por lo que por primera vez en esos dos días Sarah se acercó a su mesa de trabajo. Llevó la mano a la superficie y la acarició. La canica que creaba aquel día recrearía un universo: el universo de Andrew y Sarah con tonos azules, cafés, rosas y grises. Lo que habían vivido durante ese mes podía describirse con esos colores y su amalgama.

—¿Se encuentra bien?

Le sonrió al hombre y continuó mostrándole las herramientas. Entonces estrecharon las manos para finalizar el acuerdo. Sarah suspiró.

—Ya no hay marcha atrás. —Se lamentó Madison.

—Nadie iba a venir a un lugar que creen que explotó, cuya dueña estuvo en la cárcel.

Le sonrió con debilidad a su sobrina. Giró y al fin se atrevió a mirar hacia el anaquel donde se encontraban las únicas piezas sobrevivientes al ataque de Patrick.

Aquel día en lugar de correr hacia la salida, ella lo hizo hacia ese anaquel para protegerlo con su cuerpo. Cada una de las cientos de heridas que sufrió valieron la pena porque sus recuerdos estaban intactos... solo que allí ya no había nada, estaba vacío.

—¡Madi! —Las manos comenzaron a temblarle—. ¡Madison!

—¿Qué sucede? ¿Tía Sarah?

Los ojos se le cubrieron en lágrimas y las náuseas eran cada vez más fuertes. Sus esculturas, su vida en una línea de tiempo, habían desaparecido.

—¿Do-dónde están?

Se llevó la mano a la boca y se obligó a tragar, no obstante, el cuerpo le oscilaba y sentía la cabeza ligera. Todo su esfuerzo había sido en vano.

—Sarah, no te entiendo. Siéntate.

Ella negó con la cabeza con cierta manía.

—¡¿Dónde están?!

Su sobrina se sobresaltó y la bebé comenzó a llorar. Ya no pudo más. El saber que sus piezas estaban intactas fue lo que la mantuvo serena durante sus días en la cárcel, por ellas había sido un ejemplo de buen comportamiento, y ahora ya no estaban. Las rodillas le cedieron y cayó al suelo mientras lloraba desconsolada. El dolor que experimentaba la ahorcaba sin compasión.

—¿Qué sucede?

—Mis esculturas. Las dejé ahí y ya no están.

Señaló hacia la vitrina y Madison siguió el movimiento con la mirada, la cual se cubrió de entendimiento y de inmediato sus hombros cayeron.

—Acompañé al tío Walker cuando los bomberos vinieron a recoger el tanque de gas. Jacob estaba junto a ellos. Él me preguntó si podía llevárselas y le dije que sí.

Hipó y sintió que su corazón se le agrietaba. Esas figuras eran su única opción a una vida sin Andrew. Pretendía observarlas cada vez que lo extrañara y a través de ellas revivir cada uno de los recuerdos que atesoraba. Cada segundo que había estado a su lado había sido único y especial, incluso los momentos en que discutieron o se hicieron reclamos. En un mes, Andrew le había dado tanto y ella había sido muy feliz.

—Esos eran mis recuerdos, mi vida.

—Tus recuerdos se parecen mucho a Andrew.

Resopló y observó a su sobrina con los labios apretados en un mohín, aunque esta no se amedrentó. Suspiró otra vez mientras se limpiaba las lágrimas.

—Madison, eres muy joven y no entiendes. Todavía piensas que la vida es color de rosa y no es así. Ese mes que Andrew y yo compartimos cama, mis barreras estaban alzadas y no se puede reciprocar el amor cuando cierras tu corazón.

Empecinada, la joven negó con la cabeza.

—Pero lo amas. Yo lo vi y Jacob también. Y tal vez esa barrera que mencionas nunca existió porque ya ustedes habían creado una conexión antes.

Sarah contuvo el aliento al escuchar esas palabras. No, no podía creer que, de algún modo, ella se abrió para Andrew desde los días de universidad. Ella nunca pensó en él hasta el día en que encontró su número de teléfono. Madison se equivocaba.

No obstante, en la noche, al llegar a la casa, se exigió sentir y pensar en todo lo que se obligó a ignorar a lo largo de las seis semanas junto a él; en cómo sus deseos fueron cambiando. Primero añoró un bebé. Y con el pasar de los días, deseó que ese bebé fuera de Andrew y solo de él. Y en algún punto entre permitirle a Andrew que le provocara un orgasmo y acompañarlo hasta Salem para ver a su amiga, se encontró añorando formar una familia a su lado.

Ese fue el motivo por el que lloró desconsolada cuando él eyaculó en su interior; era la culminación de la unión entre los dos, ya no existía motivo para volver a verse, a pesar de que él le aseguraba que eran amigos y lo seguirían siendo el resto de su vida. Había tenido la esperanza de que el vibrador siguiera sin funcionar porque así habría tenido una excusa para permanecer junto a él por más tiempo. Y cuando lo vio en su taller al siguiente día, la felicidad la embargó al creer que él ansiaba estar junto a ella tanto como ella junto a él, pero su familia llegó y todo se había salido de control.

Y él... había regresado por ella sin importarle lo que le hizo a Robin, lo cual había sido tan estúpido e infantil, aunque mucho mejor a quemarle el automóvil o arrancarle el cabello hebra por hebra en una especie de tortura.

Se llevó la mano al pecho y se lo oprimió en un intento de contener el vacío que experimentaba desde entonces. Por primera vez en su vida quería hacer lo correcto. Y lo apropiado era que Andrew continuara con su vida y encontrara una mujer que sí pudiera formar una familia junto a él. Tuvo que tomar una bocanada profunda de aire, aunque no consiguió aliviar la hoguera que la consumía. Después de todo, Andrew también la había obligado a vivir, a mostrarle su vulnerabilidad y le había permitido refugiarse en él. Ella también quería ser la mujer que era a su lado y no la que los demás pensaban que era.

Contuvo el aliento y de sus labios escapó un sollozo. En el momento en que Andrew se lo dijo, ella no alcanzó a comprender, pero lo cierto era que, desde el primer instante en que decidió tener una aventura de una noche con la intención de quedar embarazada, solo pudo confiar en Andrew. En el chico que hacía tantos años la había encontrado cuando más vulnerable se sentía. En aquel momento se había sabido juzgada, mas ahora... ahora los dos habían forjado una intimidad, sin pretenderlo se habían apoyado el uno en el otro. Era consciente de que permitirse aceptar el amor que sentía por Andrew era arriesgarse a que su corazón fuera destrozado una vez más, pero...

Se puso en pie, se apresuró a tomar las llaves de la camioneta junto con su bolso y corrió escaleras abajo. Condujo por la avenida East Gower, dobló a la izquierda en la siguiente calle y subió hasta la playa. Se estacionó en la entrada de Andrew y atravesó la entrada en un suspiro. Sacó el teléfono del bolso y, con manos temblorosas, digitó el número de acceso que él le había dado. Sonrió cuando la puerta se abrió y escuchó a la voz mecánica decir:

—Sarah está aquí.

Entró sigilosa mientras observaba cada rincón. No lo había pensado bien y Madison podía estar equivocada. Tal vez él se había reconciliado con Robin, después de todo habían pasado cuatro meses y su relación solo fue un suspiro. Se creyó estúpida. Se pasó las manos sobre el pantalón de mezclilla una y otra vez. Ni siquiera estaba arreglada, pues llevaba una blusa blanca y simplona, el maquillaje era natural y el collar que utilizaba era de una cadena sencilla con un dije en forma de cuadrado, construido con retazos de vidrio dicromáticos y superpuestos. Los pendientes le hacían juego.

—¿Buscas a alguien? Porque aquí solo me encontrarás a mí y no creo que sea a mí a quien buscas.

Contuvo el aliento y giró hacia el pasillo, de donde provino el sonido. Los ojos se le humedecieron a la vez que una sonrisa se apoderaba de sus labios. Ahí estaba él con la mandíbula robusta y los deliciosos labios apretados en ese puchero perenne que la encandilaba, además de los ojos azules refulgentes y acusadores.

Ansió hundir los dedos entre las hebras de cabello del mismo color de la arena, aunque tan suave como la seda. La piel se le sensibilizó cuando recorrió cada centímetro de su cuerpo con la mirada. Había perdido peso, lo que resaltaba aún más los músculos de sus brazos. Inconsciente, juntó los muslos y se los frotó al reconocer esa vibra de sensualidad que él dominaba. Estaba guapísimo con una camisa blanca impecable y pantalones grises. Sonrió porque por supuesto que iban a ser de ese color. Y como si él hubiera planeado arrasar con su corazón, utilizaba seis anillos; en los índices, los medios y los meñiques.

Se obligó a dar un paso tras otro y entrar hasta la sala. La piel se le enervó provocándole una especie de electricidad que le recorrió la espina dorsal al encontrarse envuelta en el perfume picante, profundo y amaderado.

Sabía que tenía que decir algo, pero necesitaba un poco más de tiempo, pues una vez más se presentaba ante él y le imponía su presencia. Tal vez Andrew no quería verla, a lo mejor se sentía herido y furioso porque ella lo rechazó.

Siguió caminando y llegó hasta la mesa de esquina donde él solía tener la primera roca Haystack que ella le había regalado. Sentía una atracción hacia ese lugar, como si un hilo la halara y la obligara a acercarse.

Una lágrima se le deslizó por la mejilla a la vez que las manos le tiritaban: la roca no estaba, mas una miríada de emociones la dominaba porque allí y frente a ella estaban sus recuerdos. Madison tenía razón: había esculpido los momentos más importantes de su vida y Andrew estaba en casi todos.

La primera escultura tenía cerca de dieciocho años y Andrew era el hombre que le extendía una hamburguesa a la mujer indigente que la representaba a ella. Al lado se encontraba el zapato derecho de cenicienta y junto a este estaba la esfera con folículos que tenía pegada una cabeza con cola: un espermatozoide que fecundaba un ovulo. Ese día creyó que nunca tendría oportunidad de ser mamá. La cuarta era la de él sobre la tabla de surf, era un recordatorio para sí misma de que en algún momento Andrew se sentiría vulnerable junto a ella. Como en cámara lenta levantó la mano hasta la última escultura. La había creado aquel día en la mañana, sin saber que Andrew iría hasta su taller en la tarde. La escultura era de él, en su silla de ruedas, tan imponente, soberbio e irascible como ella lo adoraba. Deslizó el dedo por el rostro masculino, construyó un camino por los fornidos brazos hasta llegar a las piernas e hizo el recorrido de regreso con parsimonia, deleitándose en la frialdad del vidrio contra la tibieza de su piel.

Hipó y sollozó, pero también rio y soltó un gritito. Sentía que el corazón se saltaba latidos y cada vez que lo hacía el pulso se le aceleraba más y más. No podía pensar con claridad solo sentir, y era tan avasallante que ni siquiera se había percatado de las lágrimas que le bajaban con libertad por las mejillas. Para ese instante el corazón le latía en la garganta, sentía la cabeza ligera y el cuerpo le flotaba por los aires. Sus emociones eran un caos y chilló como lo haría una colegiala frente a su artista preferido.

Giró y enfrentó esos ojos azules que permanecían tan fríos como el día en que forzó su reencuentro. Estaba tenso, lo notaba en la rigidez de sus hombros y los labios apretados en una línea recta. Sarah sonrió al recordar lo cascarrabias que llegaba a comportarse a veces.

Era él, el hombre que le dio su número de teléfono, pero que ella nunca se atrevió a llamar. El que aceptó darle un bebé y la acompañó a su cita con el ginecólogo. El mismo que puso en su lugar a aquel abogado. El que le regaló un vibrador, la llamó Carrie Bradshaw en un tono dulce y le propuso que lo intentaran un mes más. Aquel que detestaba las papas con helado, pero las comía junto a ella. El que caminaba a su lado en la playa y le mojaba la blusa. El que no dudó en amarrarse a una silla para regalarle el mejor orgasmo de su vida. El que le pidió que se quedara en su cama para no tener que conducir cuando solo vivía a unas cuantas calles. El que le exigió a su asistente que se marchara cuando este la insultó. El que no dudó en darle su chaqueta para que no estuviera mojada y ese que creía que ella podría usar un vibrador después de conocerlo. El hombre que le exigió que no lo volviera vulnerable y que, sin embargo, la llamó borracho para suplicarle que fuera a verlo. El que le enseñó cómo usar la tecnología a cambio de que se desnudara mientras le besaba la piel. El que le abrió su corazón para contarle cómo había sido ese día en que su vida cambió. El mismo que enfureció con ella al descubrir que amó a otro hombre, pero no dudó en tomar el control cuando creyó que enloquecería por lo que le sucedió a su sobrina. El que bailó para ella. El que le pidió que se enamorara de un hombre irónico. El que la fue a visitar a su taller y cuya mirada resplandecía al soplar para formar una canica... El que regresó por ella. El hombre a quien le había entregado su corazón.

—Te amo a pesar de mí.

Se llevó la mano al pendiente, aunque la dejó caer de inmediato. No era así como había pensado declarársele. Se suponía que iba a decirle palabras tan hermosas como las que él utilizó hacía meses, donde le aseguró que la había escogido y había decidido amarla. Andrew no permitía que el azar determinara sus sentimientos y eso conseguía revolucionarla, atarla a él y a la misma vez sentirse libre. Sí, al parecer todavía no conseguía poner un orden a cómo se sentía y eso provocaba que la sonrisa en su rostro fuera perenne. Pero él se mantuvo impasible y estoico antes de decir:

—¿Qué piensas hacer al respecto?

Dio un paso con la intención de acercarse, aunque se detuvo. Ladeó la cabeza y la sonrisa en sus labios se tornó vacilante. El brillo en sus ojos era provocado al mismo tiempo por la felicidad y el temor. No estaba acostumbrada a exponer su corazón con tanta llaneza.

—¿Quieres darme una oportunidad de amarte? —Su voz fue menos que un susurro.

—No.

Esa palabra tan simple consiguió enredarse alrededor de ella con la intención de asfixiarla. En cualquier otro momento la vergüenza se habría apoderado de ella y habría pretendido huir al instante, pero no existía motivo para ello. Así era el amor y prefería tener un corazón que latiera con una herida en carne viva que uno intacto, mas incapaz de amar.

Con las mejillas sonrojadas contoneó las caderas en un vaivén suntuoso hasta quedar frente a él. Los labios le tiritaban y el compás de los latidos de su corazón era alocado. Al inclinarse pudo sentir el calor que emanaba el cuerpo de él, y su perfume la envolvió por lo que su olor la acompañaría hasta el siguiente día. Inspiró cuando el aliento de él se entremezcló con el de ella y le dejó un beso en la comisura de los labios antes de enderezarse y dedicarle una sonrisa, si bien una lágrima se le deslizó por la mejilla.

—Adiós, guapo.

54

Si pensó que encontraría un poco de simpatía no pudo estar más equivocada pues lo único que recibió de él fue indiferencia y rigurosidad. Había perdido su amor al rechazarlo. Con el alma temblorosa, mas el corazón rebosante de amor por el hombre que le había dado todo lo que no sabía que anhelaba, giró y caminó hacia la salida.

—¿Y estas son tus formas de declarárteme? ¿Me dices te amo y después adiós?

Se detuvo sin atreverse a girar. Tenía el corazón tan desbocado que a cualquier punto que Andrew observara de su cuerpo sería capaz de ver el palpitar en sus venas.

—Dijiste no. —Tenía la voz ahogada como si estuviera en lo más profundo del océano y sus pulmones se llenaran de agua.

—¿Sin ofrecerme una canica como muestra de formalidad y perpetuidad de esos recién descubiertos sentimientos?

Hipó y se le escapó una risa estentórea que lograría espantar al animal más férreo. La cabeza le daba tantas vueltas que en cualquier momento perdería el conocimiento. Solo Andrew era capaz de esa agudeza en sus palabras.

Giró y tragó con dificultad al mismo tiempo que fruncía el ceño, pues esperaba encontrarlo con una sonrisa, pero él seguía tan irascible como cuando llegó. Dio un paso y él se impulsó atrás por lo que se detuvo mientras se le dificultaba respirar con normalidad. Frunció el ceño. Se sentía tan perdida como aquellos primeros días en que forzó su reencuentro y no estaba segura de su consentimiento.

—¿Qué hará al respecto, señora?

Sarah no sabía cómo pudo salir de casa de Andrew en una sola pieza, ni tampoco como fue capaz de conducir hasta la casa, pero lo había hecho. Aunque cualquier persona que la viera no tendría dudas de que la movía la determinación, y sería testigo del resplandor en su mirada y la coquetería de su sonrisa.

En ese instante subía de dos en dos los escalones que la llevarían hasta la tienda. Abrió la puerta y por primera vez se mantuvo enfocada en su mesa de trabajo, sin prestarle atención al desorden a su alrededor. Colocó la caja en la superficie y se acercó al anaquel en donde solía almacenar el vidrio. Rescató algunos pedazos del material y volvió a la mesa para abrir la caja y sacar un tanque de gas pequeño como los que se utilizaban en las lámparas para emergencias. Le enroscó el soplete y lo encendió. Entonces colocó las herramientas que trajo de la casa, unas más pequeñas que con las que trabajaba con regularidad, y se colocó las gafas de seguridad.

Le aplicó calor a la vara de vidrio transparente entre sus manos, le eliminó las asperezas y cuando estuvo liso, comenzó a envolver un corazón de cuarzo rosado que había encontrado entre su joyería. Observó como el vidrio líquido colapsó sobre el cuarzo y poco a poco cubrió por completo la gema. La llevó hasta la superficie y la giró sobre esta para darle la forma de una esfera.

Se apresuró a tomar otro tubo de vidrio y lo calentó para hacer la transferencia. Sus movimientos eran como si tuviera dos agujas entre los dedos y tejiera. Todas esas vueltas y surcos era lo que le permitiría crear el efecto que deseaba. Aumentó la flama para que el exterior se tornara liso y volvió a girarlo para no perder la forma de esfera, apoyándose en el molde de canicas que tenía junto a ella.

El calor del soplete la abrazaba como si fuera Andrew quien lo hiciera. Su arte siempre le colmaba el corazón, pero había algo especial en ese instante. Había abierto su corazón una vez más y, pasara lo que pasara, tenía la certeza de que ese amor era recíproco.

Rodeó el diámetro con un tono azul glaciar y le añadió una vuelta de azul de Prusia que conseguiría hacer resaltar lo que ya había creado, con cautela para prevenir que se formara una burbuja de aire. Una vez más aumentó la flama y giró la canica para que recibiera un calor uniforme al mismo tiempo que derretía los colores que acababa de utilizar. Durante los quince minutos siguientes, siguió calentando y rodando la pieza en el molde, asegurándose de que fuera una esfera perfecta. Terminó de darle los últimos detalles para que brillara y fuera lisa, apagó el soplete, se quitó las gafas y suspiró.

Ahora tendría que esperar setenta y dos horas en lo que la canica se enfriaba para poder obsequiársela a Andrew. No tenía idea de si él lo sabía, pero no lo llamaría, aun cuando la posibilidad de que él regresara a Houston por sentirse rechazado era muy alta. Ella confiaría en él, y esperaba que Andrew hiciera lo mismo.

Atravesó la entrada de la casa de Andrew para llegar hasta la puerta. Tenía el cuerpo humectado, perfumado y depilado a la perfección. Lucía un vestido largo de tela transparente bordada con cristales que se le ceñía al cuerpo y no utilizaba ropa interior. Lo acompañó de unos tacones color piel de gran altura, mas, contrario a otras ocasiones, el collar y pendientes que utilizaba eran sencillos, pues era otra la joya que se robaría la mirada del hombre que ella amaba.

Digitó el código de acceso y tras escuchar la voz de la asistente virtual y que la puerta se abriera en automático, entró con paso seguro para llegar hasta la sala. Frunció el ceño al no encontrar a Andrew, no obstante, decidió esperar. Tras varios minutos se llevó la mano al cabello, mas no se atrevió a tocárselo por miedo a destruir las ondas que Madison había hecho. Su sobrina también se había encargado de su maquillaje y había creado un estilo de ojos ahumados sin que perdiera la luminosidad de su mirada, y había mantenido los labios en un tono mate que se llamaba romance.

—¿Andrew?

Suspiró y sonrió con solo decir su nombre. Sentía como si estuviera flotando en el océano en un día tranquilo cuando las olas solo la arrullaban sin moverla en realidad y con el sol entibiándole la piel con delicadeza.

—Aquí, pasa.

Levantó la cabeza al escuchar que su voz la rodeaba. El gesto en su rostro se amplió mientras sentía que una energía avasallante se apoderaba de ella. Quería gritar, correr y cantar.

Entró por el pasillo con un paso sensual y una sonrisa pícara. Solo que antes de llegar a la puerta de Andrew, se abrió la puerta de la habitación del asistente médico de él. A Sarah la piel se le pintó como el bermellón más puro, si bien no hizo nada por cubrirse—sería ridículo, el hombre ya había visto todo. Él se apresuró a acercarse con una sonrisa cálida en los labios mientras que a ella se le dificultaba tragar.

—Usted debe ser la señora Sarah. —Ella asintió y él le extendió la mano—. Soy Harry. Si necesita lubricante, condones o que ayude a Andrew con alguna posición, solo déjemelo saber.

Sarah pestañeó y volvió a asentir, aunque todavía se sentía pasmada. El hombre hizo un gesto como de «que estúpido soy» y le señaló la puerta al final del pasillo. Entonces desapareció en su habitación como si su interacción no hubiera ocurrido.

Ella tomó una bocanada de aire y un paso tras otro se acercó a la puerta que tan bien conocía, la cual se abrió como si la hubiera estado esperando. Se dejó abrazar por la sensación tibia que la rodeó y se encontró envuelta por el perfume sofisticado y provocativo que caracterizaba a Andrew.

—Me encontraste.

Giró al reconocer el tono grave y podría jurar que se deshizo como el vidrio al ser sometido al fuego. Andrew estaba guapísimo con un suéter blanco de cuello alto y un traje gris cemento entallado a la perfección. Tenía el cabello húmedo, aunque peinado a la perfección hacia arriba y atrás. Sería el sueño de cualquier mujer, mas esperaba que se convirtiera en su realidad.

—Acabo de conocer a tu asistente.

No estaba segura de si él la había escuchado, pues, con la mirada, le recorría cada centímetro de su cuerpo de la cabeza a los pies en un movimiento parsimonioso como si ella fuera uno de esos códigos que él utilizaba y estuviera deseoso de poderlo descifrar.

—¿Y qué tal te fue?

Reconoció el tono filoso en su voz y se lo imaginó gritando mil obscenidades en sus pensamientos. Por lo que ella ladeó la cabeza y en un movimiento coqueto bajó las pestañas mientras contenía una sonrisa.

—Me propuso que sí queríamos hacer la Hélice, él te colocaría en posición.

El rostro de él se tornó rojo por la furia a la vez que se agarraba de los aros de la silla como si deseara desintegrarlos, aunque Sarah no tenía dudas de que pretendía parecer casual, lo cual se confirmó cuando no pudo contenerse por más tiempo y estalló:

—¡Y una mierda!

Ella levantó la mano libre y se cubrió los labios con la intención de ocultar una sonrisa. Se contemplaron, quizás durante un minuto, o tal vez una hora, no estaba segura porque al fin permitió que esa sensación de paz que sintió junto a Andrew durante el tiempo que estuvieron juntos se instalara en su corazón. La respiración de ambos era serena, como si estuvieran sentados juntos mientras miraban el horizonte. Si bien, frunció el ceño cuando una sonrisa autosuficiente se adueñó de la boca de él. Como si pudiera leer sus pensamientos, Andrew dijo:

—Lo siento, mi ego está por las nubes en este instante. —El gesto de Sarah se intensificó—. La mujer que tengo frente a mí está tan concentrada en mi persona que no se ha percatado de lo que hay a su alrededor.

Ella pestañeó, pues por un segundo se sintió perdida. Entonces se obligó a apartar la mirada de él para recorrer la habitación con los ojos y entender a qué se refería. Fue cuando contuvo el aliento y se llevó la mano al pendiente, se le dificultaba creer lo que tenía frente a sí. A pesar de tener la certeza de que las rodillas le flaquearían, se obligó a mover un pie tras otro y extendió la mano para comprobar que lo que veía era real. Y lo era. Una de las paredes de la habitación estaba cubierta de papelitos de colores. Con una sonrisa resplandeciente y con los ojos húmedos comenzó a leer.

«Quiero acariciarte. ¿Quieres que te acaricie?»

«Quiero abrazarte. ¿Quieres que te abrace?»

«Quiero chuparte. ¿Quieres que te chupe?»

«Quiero cogerte. ¿Quieres que te coja?»

«Quiero besarte. ¿Quieres que te bese?»

«Te amo. ¿Quieres que te ame?»

«Ámame. ¿Quieres amarme?»

Ya no pudo leer más, pues tenía la mirada borrosa por las lágrimas que le bajaban por las mejillas, aunque sentía el corazón henchido ya que rebosaba de alegría. El cuerpo le tiritaba de la cabeza a los pies y sentía un hormigueo exquisito, a la vez que un titileo en la piel como si estuviera abrasada por el delicioso calor del verano. Andrew subió un peldaño más en su escala de admiración y adoración. Si todavía existía un resquicio de que pudiera reclamarle lo que le hizo a Robin, la pared frente a ella era la confirmación de que jamás lo haría.

Andrew de verdad la amaba, la amaba, a ella, a Sarah Bramson. Era una realidad demasiado dulce. ¡Papelitos! Había cubierto su pared de papelitos. Comenzó a reír a carcajadas a la vez que giraba y soltaba la caja que llevaba entre las manos para abrir los brazos y sin importarle nada, se lanzó contra él mientras gritaba, volvía a reír, resoplaba, hipaba y todos esos ruidos que no eran nada sexy. No obstante, y a pesar de que la silla estaba pegada a la cama, esta perdió la estabilidad, chocó contra el lecho y se escurrió hasta tocar el suelo mientras ella lo fundía a él en un abrazo y Andrew la apretaba entre sus brazos, pues al parecer lo había tomado desprevenido su reacción. Sin esperar un segundo más, le acunó el rostro y se lo cubrió de besos mientras decía:

—¡Sí! ¡Sí quiero!

El júbilo bailaba en la clara mirada, mas él mantenía los labios apretados en una línea recta a la vez que la ceñía contra su cuerpo como si por algún motivo ella fuera a escapar, mas no iría a ningún lado. De ahora en adelante solo correría hacia él. Por la tela tan efímera que utilizaba, sentía sobre los senos la dureza de su pecho en tanto la piel de uno robaba el calor del otro. No había dejado de estremecerse desde que él la abrazó, pues la aspereza de sus manos le ofrecían una caricia delicada que era complementada con el frío del metal de los anillos. Jamás se imaginó estar así con él, su interior era un remolino de emociones entre dicha, placidez y pertenencia.

—¿Sí? —Ella asintió con entusiasmo y él enarcó una ceja—. ¿A todo?

El corazón de ella se saltó un latido y pretendió girar la cabeza para intentar leer qué más decía, pero Andrew le llevó la mano hasta el mentón y con ese gesto le prohibió moverse. Enfrentándola, extendió la mano libre para alcanzar la caja que contenía la canica que había diseñado para él y solo para él. Como era la mano izquierda no pudo agarrarla, más bien la golpeó y como si la joya supiera a quién le pertenecía rodó hacia él.

Entonces le sostuvo el rostro con la mano izquierda y tomó la canica con la derecha. Ella continuaba sobre su regazo mientras permanecían en el suelo. Andrew levantó la canica para que ambos pudieran observarla. Sarah fue testigo de cómo la manzana de Adán de él subía y bajaba en un movimiento brusco mientras una lágrima se le deslizaba por la sien. Ella sintió el pecho apretado y respirar se tornó un acto a consciencia. Cualquiera que viera la esfera podría creer que el interior había estallado al caerse, que el regalo para Andrew estaba roto, pero ese fue el diseño que creó y en el centro había un cuarzo rosado en forma de corazón.

Se contemplaron, y no pudo esconder cómo se estremecía en tanto el labio inferior le tiritaba. Temió que Andrew no comprendería el significado de lo que le regalaba; o lo haría, pero no le gustaría. Mas el hombre bajo ella la observaba con tal fiereza, abandono y profundidad como si aceptara un compromiso sagrado.

—Ya dijiste sí, sin reproches, ni reclamos, tampoco quejas por no conocer la letra pequeña de lo que te atañe.

Sarah se creyó como un pajarito frente a un enorme precipicio en esos segundos antes de descubrir si podría volar. Y comprendió que debía dar un salto de fe y que en realidad no lo haría sola porque ese impulso sería al lado del hombre que jamás imaginó le entregaría su corazón. Le deslizó los dedos en el rostro, calcándolo y guardando en su alma ese instante en que él le devolvía la mirada cargada de amor y aceptación.

—Hace varios meses cierto hombre, que es super sexy...

Andrew sonrió con prepotencia.

—¿Lo es?

Ella asintió coqueta mientras le cubría la mandíbula con besos y lamidas tiernas.

—Muchísimo... Además, es superinteligente.

—Debe serlo para conseguir que lo amaras. —En su tono de voz reconoció la presunción.

Ella lo ojeó con una sonrisa conocedora y él levantó el mentón como si la retara a contradecirlo por lo que negó con la cabeza mientras se mordía el labio inferior. Ahora tendría que añadir petulancia a la larga lista de características de Andrew Beaufort y ella las escribiría con un bolígrafo centellante y cubriría el papel con sellitos color neón.

—Su sentido del humor es el más hilarante y su capacidad de hacer macramé es insuperable, aunque jamás lo he visto. —En esa ocasión fue él quien rio y la mirada de ella reflejó un brillo especial—. Ese hombre, quien usa silla de ruedas, me hizo una propuesta igual.

Andrew la estrechó contra sí mientras los ojos le refulgían con ese sentimiento al que ella tanto le había temido y que ahora estaba dispuesta a vivir junto a él.

—¿Y qué tal te fue?

La voz le había fallado y ella lo rodeó con los brazos mientras mantenía la mirada fija en la de él: marrón contra azul. Le dedicó una sonrisa, la más tierna, sincera y resplandeciente de todas.

—Fue la mejor decisión de mi vida.

Epílogo

—Voy a repetir lo que me solicitaron para estar seguro de que los comprendí. Ustedes quieren que yo redacte un documento y lo notarice, en el cual se estipule que usted es el padre de esta niña y de la que viene en camino, se compromete a cuidarlas tanto en lo físico, lo económico, lo moral y lo psicológico para toda la vida y además le extiende esos mismos beneficios a su madre. ¿Los entendí bien?

Andrew asintió mientras sostenía a Evelyn, su hija de cinco meses entre los brazos. Para tenerla, Sarah se había sometido a otra ronda de hormonas para que su cuerpo estuviera listo para el embrión que implantaron en ella con un óvulo donado por una mujer anónima y el semen de él. Al ser un óvulo de una mujer joven sus posibilidades de quedar embarazada aumentaron de un tres por ciento a un sesenta por ciento. Si bien, ninguno de los dos se atrevió a celebrar el estar embarazados hasta varios meses después y si era honesto, pasó muchas noches en vela y con el corazón atenazado.

—Sí, eso es lo que solicité.

No existían palabras para describir los últimos meses desde el nacimiento de Evelyn. Habían sido duros, pero los mejores de su vida. Además, habían buscado ayuda y recibían terapia tanto individual como en pareja y no porque su relación estuviera en problemas, todo lo contrario: cada día la intimidad entre los dos se fortalecía, pues las decisiones las hacían en conjunto.

Y la vida les dio otro regalo. Resulta que cuando se utilizaba el vibrador de forma continua, su cerebro creaba conexiones a pesar de su lesión. Ahora tenía erecciones que se sostenían por largos minutos. Y cuando Sarah dio a luz, ninguno de los dos respetó la cuarentena, pues habían estado sin sexo por largos meses. Andrew no sabía qué había sucedido en el universo, si fue que las estrellas se alinearon, que el destino decidió a su favor, que Dios les mostró su benevolencia, o tal vez todas las anteriores, pero una noche hacía cuatro meses y medio en que se amaron sin prisas y deleitándose en el otro, él eyaculó.

—Señor Beaufort... —El abogado se quitó los lentes, parecía muy cansado—. Quizás deba recordarle que ya existe un proceso legal por el cual usted podría obtener lo que desea, sin necesidad de este documento que me solicita. —Cuando ni Sarah ni él respondieron el abogado continuó—: ¡La institución del matrimonio!

Se oyó un hipido femenino, seguido de un sollozo. Sarah giró hacia él con el rostro lívido mientras se llevaba la mano a la barriga como si pretendiera protegerla de un peligro inminente.

—¿Ma-matrimonio? ¿Tratas de forzar un matrimonio entre los dos?

Él le dedicó una sonrisa reconfortante y se apresuró a negar con la cabeza a la vez que se inclinaba y le dejaba un beso en la mejilla.

—No, dulzura, yo jamás haría eso. El abogado no sabe de lo que habla.

Colocó la mano sobre la de ella y fue testigo de la felicidad que cubría la mirada de la mujer que amaba. Sin ninguno de los dos sospecharlo, aquella noche irrepetible, quedó embarazada. Acababan de cumplir las veinte semanas y por eso Andrew se había atrevido a pedir esa cita y Sarah aceptó ir con una condición, la cual él no tuvo dudas en aceptar: debía admitir que Jacob tenía razón, Sarah lo tenía agarrado de las canicas y la complacía en todo y mucho más si es que era necesario.

Se contemplaron y el olor a humedad quedó en el olvido junto con el parloteo del abogado. Solo existían ellos cuatro. Con frecuencia rememoraba el día en que Sarah lo buscó después de lo sucedido y cómo tuvo que actuar con frialdad porque cuatro meses no habían sido suficientes para cubrir la pared de papelitos. Fingió apatía cuando lo que en realidad deseaba era estrecharla entre sus brazos y mordisquearle toda la piel por haberle prohibido las visitas durante su encierro. Tuvo suerte de que el vidrio tardaba setenta y dos horas en enfriarse porque cuando Sarah llegó a su hogar ese día, él apenas y había tomado un baño para estar presentable frente a ella. Aunque todo quedó en el olvido al observar la canica que esas manos prodigiosas habían moldeado para él... Sarah decidió resquebrajar el muro que construyó alrededor de sí misma y entregarle su corazón. Y él se aseguraría de honrar ese compromiso sagrado el resto de su vida.

—¿Les han hecho una evaluación psiquiátrica?

El hechizo entre los dos se rompió y Sarah volvió a hipar, su llanto tornándose inconsolable. Andrew giró hacia el frente y apretó los labios en una línea recta a la vez que le dedicaba una mirada amenazante al hombre frente a él.

—Escuche, *abogado*, esto es solo una formalidad. Lo único que pretendo es darle la seguridad a la dama de que cumpliré con mi palabra.

—Señor Beaufort...

Se agarró de los aros de la silla y se impulsó unos centímetros hacia el frente, pues la oficina era estrecha por la cantidad de libros en el suelo y la silla infantil de Evelyn.

—¿Quiere redactar el maldito documento de una vez? Cualquiera pensaría que no le estamos pagando por su servicio.

El hombre frente a él palideció y comenzó a teclear en la computadora frente a él a la vez que Andrew volvía a girar hacia Sarah para hacerle un guiño y ella le correspondía con una sonrisa apenas contenida.

Su vida sexual era extraordinaria. Todavía no intentaban la Hélice, pero sí la posición en que, de espaldas, Sarah se sentaba a horcadas sobre él y giraba el cuerpo a un lado, permitiéndole disfrutar de parte de su espalda y sus senos. Aunque el fundamento de sus encuentros sexuales eran los besos, las caricias y las miradas. Sus juegos previos comenzaban un minuto después de terminar de hacer el amor con cada roce, cada sonrisa y esos instantes en que la descubría observándolo con ojos ensoñadores, todavía un tanto tímidos y siempre cálidos.

Salieron de la oficina cuarenta y cinco minutos después. En esa ocasión era él quien sujetaba los documentos como si su vida dependiera de ello. Sobre su regazo llevaba la silla infantil y Evelyn lo observaba con su carita resplandeciente de felicidad como si pudiera entender las diabluras de su madre y cómo él se convertía en su cómplice.

Su hogar estaba en Southwest, una zona residencial muy cercana del hospital de rehabilitación donde recibía la atención médica, pero la tienda de Sarah se encontraba en una zona exclusiva en el área de Westmoreland, en Houston.

Sin embargo, debían darse prisa, pues sus amigos y familia llegarían en la tarde para su reunión anual, la cual se había pospuesto entre el primer embarazo de Sarah y los proyectos de sus amigos. Cole actuaría en una película, Jay les presentaría a su novia y Mateo estaba en el proceso de adopción. Jacob continuaba disfrutando de la vida y Walker se había convertido en parte importante de sus vidas. También estaría Madison, quien, a solo unos meses de cumplir la mayoría de edad, se emancipó de sus padres y se fue a vivir junto a Sarah y él en Houston, pues, aunque amaban la casa de Cannon Beach, solo era su lugar para vacacional. Había hablado con Mel la noche anterior y Andrew agradecía que Sarah estuviera a su lado, brindándole su apoyo porque todavía era muy difícil aceptar el estado mental en el que su amiga se encontraba.

Sus padres los habían visitado en una ocasión (su madre apenas comenzaba a mostrarse cariñosa con Sarah), y en las Navidades asistieron a la actividad que ofrecía el padre de Sarah. Sin embargo, no todas las relaciones familiares eran llevaderas y era lo que sucedía con la hermana de ella y la suya propia. Jennifer se había atrevido a acusarlo de intentar violar a Robin y desde entonces él había preferido mantenerse alejado, por su propio bien, el de su familia y el mismo Jacob, quien estaba furioso con ella.

Al llegar al estacionamiento, Sarah le señaló cuál era el automóvil del abogado y Andrew se contuvo de preguntar cómo estaba tan segura de ello. Ella buscó en su bolso y unos segundos después le entregó un cincho plástico. Por suerte, lo habían practicado en el vehículo de Jacob por lo que Andrew comprendió que al usar silla de ruedas le daba cierta ventaja para una treta tan inocente como esa.

Para cualquier persona que los viera creerían que se habían detenido por algo de la bebé, pues Sarah estaba inclinada sobre ella mientras le colocaba la mano en el pecho. En tanto, él amarraba el plástico en el guardafangos trasero.

Parte de su rutina era aceptar lo inesperado después de algún desacuerdo, como aquella vez en que Sarah cambió la contraseña de su computadora a «Shepard», o cuando una mañana se sentó en la silla y escuchó que reventaba por lo que pensó que algo se había roto solo para descubrir que ella había colocado papel burbuja bajo la tela del asiento. Por supuesto que Sarah sabía que a él no le molestaba esa dinámica entre los dos, ya que era una forma de discusión muy placentera, pues después de la «venganza» ambos reían, dialogaban sobre lo ocurrido y hacían el amor.

Como si nada caminaron hacia su automóvil, donde Sarah ya no pudo contenerse y comenzó a reír a carcajadas lo que le provocó a él una gran sonrisa.

—Todos me advirtieron de que eras una mala influencia.

Ella le llevó los brazos alrededor de su cuello y se inclinó hasta que sus labios estuvieron a solo centímetros de los suyos.

—¿Y tú qué piensas?

La observó con una mirada jubilosa.

—Que se pueden ir mucho a la mierda porque te amo.

Jamás serían suficientes la cantidad de sonrisas cómplices, amorosas, resplandecientes, sinceras, inciertas o nerviosas que conseguía provocarle a ella, pues cada día quería más y más.

—Admítelo, me amas porque soy la única que está dispuesta a usar a Shepard en ti.

Se contuvo de reír a carcajadas, aunque tuvo que hacer un esfuerzo enorme, apretó los labios en una línea recta y en un tono irascible dijo:

—Me descubriste. Ahora me veré obligado a retenerte junto a mí... Y convertirte en la señora Beaufort.

Extra

El cumpleaños de Sarah

Sarah recordaba que ese era el día de su cumpleaños, aunque para ella era un día como cualquier otro, pues desde que tenía dieciséis años no lo celebraba. No obstante, sentía cierta calidez en el pecho y tenía una imborrable sonrisa en los labios. Había despertado entre los brazos de Andrew esa mañana y ahora él danzaba por la cocina en tanto preparaba el desayuno y ella ponía la mesa.

Escuchó el timbre de su teléfono móvil y caminó hasta la sala para agarrar el bolso de encima del sillón y sacar el aparato.

—Hola, mamá.

Su tono de voz fue un tanto chillón y más alegre de lo usual.

—¡Hola, cariño! Que alegría que te encuentro. El cumpleaños de tu hermana es dentro de un mes.

La sonrisa demudó a unos labios caídos a la vez que se le humedecían los ojos. Ojeó a Andrew, quien se había olvidado del desayuno y la contemplaba con los ojos entrecerrados. Su madre continuó:

—¡Apenas y tengo tiempo de prepararlo todo! Hay que separar el lugar, pedir el catering y contratar a la decoradora.

Tuvo que aclararse la garganta para obligar a su voz funcionar al mismo tiempo que jugaba con el pendiente en la oreja derecha.

—¿Podríamos hablarlo otro día?

Sonó afónica, lo que provocó que Andrew se impulsara en la silla y se acercara a ella para pasarle un brazo por la cintura y halarla por lo que no tuvo otra opción que subir a su regazo.

—Sarah, niña, por dios. ¿Por qué siempre eres tan egoísta? ¿Crees que podrías dejar de pensar en ti por un momento y dedicarle unos segundos a tu hermana? No desperdicies la oportunidad que te doy para que te acerques a ella.

Se obligó a mantenerse impasible, pues Andrew la escrutaba como un buscador de metales sobre la arena. Aunque, no tenía dudas de que él podía escuchar la conversación porque gruñó antes de decir:

—Dulzura, suelta ese teléfono y déjame comerte entera.

Lo contempló con cierto tiritar en la mirada y la piel lívida a la misma vez que el teléfono se le resbalaba de las manos y le caía a él en el abdomen. Andrew tomó el aparato y escuchó:

—¿Es... estás acompañada?

Esa fue invitación suficiente para que él hablara.

—Vamos a celebrar tu cumpleaños con pastel y, con eso me refiero, a que tú eres el dulce.

Solo entonces él despegó el aparato de su oreja y se lo devolvió. Atónita lo tomó sin saber muy bien qué hacer. ¿De verdad Andrew acababa de decirle a su madre que le comería... le comería...

—Mamá...

—Es que con ustedes siempre me confundo —intentó excusarse.

Y ella que se sentía un tanto envalentonada por tener a Andrew presente, se atrevió a responderle:

—Lo sé, mamá. Es duro recordar el cumpleaños de tus dos hijas, aunque tu dificultad es solo con el mío.

Escuchó el resoplido de su madre.

—¡Eso es injusto, Sar...!

Andrew le quitó el teléfono y colgó.

—A la cama. ¡Ahora! —Pero ella se puso en pie y agarró su bolso. A él se le abrieron los ojos y la indignación se hizo presente—. ¿A dónde vas?

Ella negó mientras tragaba con dificultad otra vez. De un momento a otro se sentía agotada. Ahora tendría que llegar a la casa y limpiar, pedir algo de comer a domicilio y entretener a personas que ni siquiera deseaban estar allí.

—Tú no comprendes, la acabo de poner en evidencia. Ahora llegarán a mi casa para demostrar que tenían una fiesta sorpresa planeada. Y el lugar tiene que estar inmaculado, lo que no sucede en este momento. —Él volvió a acorralarla—. Andrew...

—Te dije que a la cama, señora.

Sarah ni siquiera comprendía cómo habían llegado a ese momento. Andrew consiguió hacer con el cuerpo de ella una pirueta que la había catapultado hasta la cama y ahora sus piernas colgaban de los hombros de él como si fuera una muñeca de trapo. La haló en un movimiento suave, conocedor y afectuoso. Se inclinó y le recorrió las piernas con los labios a la vez que le dejaba besos efímeros y mimosos. Él le rodeó la cintura y le agarró un glúteo mientras con los labios insistía en acercarse más y más a su feminidad.

—Mmm...

A ella el pecho le subía y bajaba agitado ante las inesperadas caricias a la vez que se retorcía sobre las sábanas de seda que la acariciaban del mismo modo en que él lo hacía.

—¿Qué? —Su voz fue como un graznido.

—Hace mucho que no disfruto del olor del sexo de una mujer. —Sarah se apoyó en los codos, bajó la cabeza y vio cómo él sonreía—. ¿Te sonrojaste? —¡¿Sonrojarla?! El rostro le ardía como si lo hubiera metido dentro del horno de su taller—. Es exquisito.

Ella cerró los ojos a la vez que se humedecía los labios. Estaba a merced de un hombre paralizado del pecho hacia abajo, la ironía no se le escapaba. Para mayor mortificación, Andrew no hizo ningún movimiento, permanecía a solo centímetros de su sexo y ella no podía ocultarle lo excitada que estaba, incluso antes de que le hiciera algo, por lo que la humedad entre sus pliegues le alcanzaba los muslos.

Apretó los ojos con la intención de tranquilizarse, pero el muy perverso aprovechó ese instante para darle un lametazo llano y contundente. Soltó un gritito y se revolvió entre sus brazos sin éxito. Él consiguió empujarla contra la cama al mismo tiempo en que hundía el rostro entre sus pliegues y le recorría su feminidad como rey del siglo XVII sentado frente a una mesa opulenta que desafiaba las directrices de la iglesia. Y no hubo centímetro que se prohibiera conocer o que ella intentara privarle. La palabra intimidad había tomado un nuevo significado bajo sus caricias.

264

Permaneció recostada y con la mirada fija en el techo. Después de cuarenta y cinco minutos su respiración había vuelto a la normalidad. De solo pensar en el cuerpo junto a ella el rostro se le enrojecía.

Jamás imaginó que existiera un hombre tan habilidoso con la lengua y las manos, ¿será que lo habrá soñado? ¿O qué lo anhelaba tanto que se lo imaginó espectacular? Suspiró. No podía engañarse a sí misma. Le dolían músculos que ni siquiera sabía que existían y, sin embargo tenía tanta energía como una colegiala. Iba a ser que en lugar de Carrie Bradshaw se convertiría en Samantha Jones. Sonrió, si bien se cubrió los labios con una mano.

—Tengo que irme a la casa.

Aunque tal vez pasaría media hora antes de que pudiera si quiera intentar levantarse. Andrew la rodeó con el brazo y comenzó a dejarle besos en el hombro hasta recorrérselo y llegar detrás de la oreja con esos labios prodigiosos.

—Puedes decirles que vengan aquí.

Un cosquilleo le recorría el cuerpo y era una sensación placentera que le provocaba sonreír a la vez que sentía la cabeza ligera como si fuera a desmayarse. Su ofrecimiento era muy dulce, pero conocía a su familia y ellos se comportarían igual a todas esas personas que Andrew detestaba. Además sería como darles munición para que continuaran juzgándola a ella.

—¡No! Yo jamás podría molestarte de ese modo.

Se estremeció al sentir un mordisco en el lóbulo de la oreja, una reacción que había aprendido significaba que él no estaba complacido por algo que ella dijera. A Andrew le fascinaba recurrir a los dientes en instantes así, aunque ella no se quejaría.

—Puedes pedirme un bebé, ¿pero no mi casa para una fiesta?

—¿No vas a consultarlo con Robin?

Detestaba ser ella quien la mencionara, pero Andrew se reencontraba con frecuencia con ella. Sarah todavía no tenía claro que ocurría entre los dos, aunque no se creía con derecho a preguntar. Lo que existía entre Andrew y ella era solo durante ese mes fuera que quedara embarazada o no.

—¿Por qué tendría que pedirle permiso a Robin para prestarte *mi* casa?

Se llevó la mano al pendiente, aunque la dejó caer segundos después para repetir el gesto en un par de ocasiones más. Se habían escuchado llegar a varios automóviles y esperaba junto a Andrew a que entraran a la casa. Había ordenado comida de varios restaurantes intentando adivinar cuál sería la obsesión culinaria de su familia en ese mes.

—Sus invitados están aquí.

Se llevó las manos sobre el vestido verde esmeralda que había utilizado el día anterior, pues lo más temprano que pudo salir de la cama de Andrew fue hacía quince minutos. Había tomado una ducha, se había maquillado y peinado a la perfección, mas juraba que olía a sexo y creía con firmeza que toda la casa lo hacía. De manera inconsciente se frotó los muslos porque el hombre que le sostenía la mano sí que olía a sexo salvaje e indómito.

La primera en aparecer fue Madison, quien los saludó a ambos con rapidez, antes de perderse por el pasillo, sin duda se escondería en la oficina de Andrew. Sarah desvió los labios a un lado, los aparatos en la oficina de él parecían costosísimos y no le gustaba que su sobrina jugara con ellos. Sin embargo él le oprimió la mano como si fuera capaz de leer sus pensamientos.

Respiró profundo para serenarse y fue el instante en que los demás aparecieron. Allí estaba su madre con el cabello rubio platino gracias a los tintes, el maquillaje y manicura perfectos y los pies enfundados en esos zapatos con la suela roja; junto a ella estaba su esposo número cinco o seis, Sarah ya había perdido la cuenta. Eran como Chris y Bruce Jenner en sus mejores tiempos.

Sarah contuvo el aliento cuando detrás de ellos entró Stephany del brazo del hombre del Camaro. Andrew le oprimió la mano y ella lo observó con una sonrisa incierta mientras le devolvía el gesto. Era evidente que su hermana solo buscaba provocarla.

La sala se encontró rodeada de otras ocho personas, todas ellas conocidos o ex-familia de su madre a quienes tenía que invitar para evitarse problemas. También había invitado a su padre, aunque, como siempre, él enviaría a algún empleado con un regalo improvisado y la excusa de estar muy ocupado como para asistir.

Su madre se detuvo frente a ellos con una sonrisa tan espectacular como falsa como la anfitriona perfecta, si bien esa no era su casa. Miró a Andrew de la cabeza a los pies y entonces la miró a ella. Sarah cerró las manos hasta sentir que las uñas se le enterraban en las palmas al reconocer en la mirada de su madre: conmiseración y congoja, como si estar junto a Andrew fuera el último paso en el camino de destrucción de su vida. Enderezó la postura y le dedicó a su madre una mirada de advertencia, que después de tantos años conocía muy bien, por lo que esta se apresuró a extenderle la mano a él.

—¡Oh! Eres el hombre con quien mi hija desayunó esta mañana, ¿verdad?

Él correspondió el saludo y Sarah desconocía si se percataba de las reacciones de su madre.

—Andrew Beaufort. Y, sí, me desayuné a su hija esta mañana.

Sarah comenzó a toser al atragantarse con su propia saliva, pues jamás imaginó esa respuesta. Se escucharon varios jadeos femeninos mezclados con algunas risitas masculinas. A su madre se le subieron los colores, aunque le dedicó una sonrisa apretada que demostraba que no se dejaría intimidar.

—Que amable de su parte ofrecer su hogar para el cumpleaños de mi hija. ¿Es algún cliente?

Andrew rio y Sarah reconoció la malicia en el gesto por lo que el rostro se le sonrojo con furia.

—En nuestra relación, yo soy quien provee el servicio.

La mirada de su madre rutiló de furia y antes de que sucediera algo más, Sarah caminó hasta la mesa para agarrar una de las bandejas y comenzar a repartir los tentempiés.

—¿Tienen hambre?

La fiesta iba tan bien como podía después de una hora. Todos estaban sumergidos en sus teléfonos, ahorrándole la necesidad de buscar un tema de conversación y entretenerlos. Aunque reconocía que solo era pretensión. Ellos, las personas que se vio obligada a invitar, se sentían agraviados por tener que compartir con un hombre que usaba silla de ruedas. Si bien tenía que excluir a Stephany, quien observaba a Andrew y a ella con burla contenida. Sarah se había sentado en una de las sillas del comedor y Andrew seguía junto a ella, sujetándole la mano mientras mantenía un ir y venir con el pulgar sobre su palma. Era imposible que él no se percatara del estúpido espectáculo en su propia casa. En tanto ella se obligaba a mantener la calma porque en lo único que podía pensar en ese instante era en entrar al baño de Andrew, robarle uno de los supositorios que utilizaba y encontrar la manera de esparcirlo por la comida.

—Y tú, Andrew Beaufort, ¿tú sí tienes un empleo? —Stephany sonrió después de decir esas palabras.

Andrew enarcó una ceja antes de decir:

—¿Es que tu esposo no lo tiene?

Sarah hipó, fue lo mejor que pudo hacer para contener la risa que insistía en salir. En ese mismo instante, apareció Madison, quien se sentó junto a ella tras agarrar un plato de sushi.

—Roger es abogado. Lo harán socio el siguiente año. —Andrew guardó silencio como si su hermana le hablara a alguien más, Sarah se percató del casi imperceptible mohín que apareció en la boca de ella antes de insistir—: ¿Alguien como tú tiene empleo?

En esa ocasión fue Sarah quien oprimió la mano de Andrew a la misma vez que comenzaba a sentir la tensión recorrerle el cuerpo en una energía explosiva.

—Trabajo para una compañía de mensajería.

Stephany entrecerró los ojos para entonces repasar el cuerpo de Andrew de la cabeza a los pies.

—Pero ¿cómo conduces?

Andrew sonrió con ironía mientras abría los ojos.

—De hecho, lo hago, pero me refería a la mensajería móvil.

—¡Oh!

—Soy programador de continuidad.

Stephany rio con burla y el estúpido sentado junto a ella le dedicó una mirada de superioridad a Andrew. Sarah ciñó la mano que sostenía la suya, no para ofrecer confort, sino que para que él la contuviera.

—¿Eres el creador de las pegatinas bobas de gatitos?

Sarah diría algo, no tenía claro qué. Estaba entre exigirle a su hermana que se largara, extraerle una disculpa por tratar a Andrew de ese modo o recordarle que ella sí que no tenía un empleo real. Pero Madison se le adelantó:

—Más bien es el que se asegura de que la aplicación esté en funcionamiento las veinticuatro horas, a pesar de que el gobierno los bloqueé, *mamá*.

Sarah giró el rostro y contempló al hombre junto a ella cuando él levantó sus manos unidas y le dio un beso en la muñeca antes de decir:

—La fiesta se terminó. Te quiero en la cama en lo que despido a tus invitados. En cuanto llegue, te comeré entera y te aseguro que será a mordiscos.

El silencio se apoderó del lugar después de varios jadeos ofendidos e incrédulos. Y a pesar de que el rostro se le tornó como el bermellón más puro, Sarah ni rechistó, se puso en pie y entró por el pasillo sin siquiera despedirse.

Agradecimientos

¡Hola, mis queridos lectores!

En esta ocasión tengo que agradecer a muchas personas que hicieron posible la historia de Andrew y Sarah. Y quiero comenzar por esos hombres y mujeres que a través de sus canales de YouTube me permitieron adentrarme en sus vidas cotidianas, los que día a día me enseñan a como construir un mundo más accesible, un mundo más humano, un mundo más tolerante. Son ellos los que me impulsan a construir estas historias y a darles voz en español, lo que dicen llega a mi corazón y yo quiero compartirlo con todos aquellos que me abren su corazón. Ellos son:

Brian de *Paralyzed Living*, Cole and Charisma de *Roll with Cole and Charisma*, Shane y Hannah de *Squirmy and Scrubs*, Derek Moxam, Claire Freeman, Sophia Malthus de *Soph and Indy*, Ren y Shoe de *Finding Ren*, Luis Guillermo, Gem Hubbard, Corey O., Sandra H., Conner Slevin, Amy Oulton, Stella Young, Alex, Michael J. Fox, Fred Smith de *Freddo the Wheelchair Guy*, Zack Collie, Graham Streets, Shawn Fluke de *Live to Roll*, Joe Stone de *Meet Joe Stone*, Jesse Graham de *Epidural Stimulation Now*, Barney Miller de *Garage Entertainment*, Jesse Billauer de *Life Rolls On*, Bruno Hansen de *Brun Hansen*, Beto Gurmilan de *Gurmi*, Craig and Claire de *Paralife*, Kurt Yaeger, *Enhance the UK*, *Christopher and Dana Reeve Foundation*, *Care Cure*.

Gracias a todos ellos me fue posible construir a mi amado Andrew.

Agradezco también a Mat Boggs de *Brave Thinking Institute* quien es consultor en relaciones y a través de sus consejos construí la relación de Sarah y Andrew en todos los ámbitos: amistad, pareja, intimidad y sexual.

Le agradezco a mi muy querida Liz Rodriguez de la comunidad de Libros que dejan Huella porque ella fue la catalizadora de esta historia. Les voy a compartir por qué y si ella lee esto se va a enterar. Resulta que Liz estaba leyendo Sentido y Sensibilidad de Jane Austen allá como por mayo del 2021. Yo había terminado Bailemos en la oscuridad y no tenía planeada otra historia, a pesar de que tengo como ocho archivos en mi computadora esperándome. El asunto es que a ella no le atraen demasiado las novelas históricas y decidí acompañarla en la lectura para motivarla a terminar porque Jane Austen es de mis escritoras favoritas. Liz había visto la película y habían entendido que Mariam estaba embarazada y lo discutimos por varios días algo así como: «No es que yo creo que sí porque sucede esto, esto y esto» y «Es que Austen no va a utilizar ese recurso en una de sus heroínas porque cuando lo ha hecho las mujeres terminan muertas, desquiciadas y olvidadas».

A lo que voy es que traíamos ese sí y no entre las dos, al mismo tiempo que yo leía Me olvidaste al otro día de Corín Tellado con unos protagonistas que aparentaban una indiferencia hacia el otro muy dolorosa, leía el foro de *I'm the asshole?* en Reddit donde una adolescente se quejaba de que su mamá quería hacerle su fiesta de dieciséis junto con su hermana de cuatro y a la vez leía las recomendaciones de noticias y entretenimiento de la página de Yahoo, que todavía, y a cinco años de haber publicado Ángel, ellos me recomiendan historias sobre fertilizaciones in vitro, etc.; en aquel momento era la historia de una mujer con cuarenta años que quería tener un bebé y su mejor amiga le presentó un hombre en una relación poliamorosa que estaba dispuesto a ayudarla, pero entonces ella entró en una relación de pareja con otro hombre que no estaba de acuerdo con que ella tuviera relaciones con el otro y se ofrece a ser el papá, tienen el bebé y la relación se termina. Si pensaban que yo soy dramática en mis historias es que les hace falta leer historias de la vida real. Se preguntarán cómo rayos se suma A más B más C, pues no tengo idea de cómo mi cerebro hace esta amalgama y dice: ¡Cáchín! Aquí está la historia, pero como un fogonazo llegó Andrew diciendo: «Pero ¿qué clase de vida llevas que yo soy el único recurso que tienes para una empresa tan delicada?». Él muy propio y casi con un vocabulario de otro siglo, así nació A pesar de mí. Y es por ello por lo que bautizo a Liz como mi musa para esta historia, además de ser una amiga incondicional, alguien que no me ha soltado en ningún momento y ella sabe bien cuántas veces yo he querido tirar la toalla y no me deja la condena'. Y por eso la quiero tanto. ¡Gracias, mi Liz!

A propósito de esto deben saber que Liz Rodiíguez no podía creer que su amado Snape y su amado Coronel Brandon eran el mismo actor: el señor Alan Sidney Patrick Rickman, quien también es Hans Gruber en *Die Hard* y Harry en *Love Actually*. En honor a mi Liz utilicé varios de los nombres de los personajes de este gran actor que es su favorito.

Agradezco a las hermosas chicas de coffee2019books: Loty y Cecy por organizar la lectura conjunta de Bailemos en la oscuridad y a todas las chicas maravillosas que se unieron: sydielim2077, garduno3426, aimeegabriela2019, daysisitaacosta, loslibrosdemama, saraisau, adavaik, y lisette9246. El debate del libro fue catártico tanto para las chicas como para mí. A parte de que averiguaron mi verdadero nombre que es Ruper Marquitos, también me sonsacaron un cachito de A pesar de mí. Y todas estas mujeres extraordinarias me animaron a continuar con la historia. Estos años de pandemia han sido extremadamente difíciles para mí y el Covid no tiene nada que ver con ello, la salud de mi nene se vio muy desmejorada por otros motivos y que ellas compartieran conmigo todo lo que compartieron, además de darme fuerzas para continuar fue de gran importancia para mí y es por eso por lo que están aquí chicas. Gracias.

Le doy las gracias a mi compañera en letras Estela Torres quien siempre es un apoyo. A veces estamos meses sin hablarnos, pero cuando nos reconectamos seguimos la conversación donde se quedó la última vez y ella también me ha acompañado a lo largo de estos meses dándome apoyo no solo preguntándome por el libro, sino que siempre pendiente de mi nene y cómo está y con ella es con quien más me desahogo. ¡Gracias, Estela! Si no conocen sus historias los invito a darse una vueltecita por Amazon y búsquenla. Ríete a carcajadas y búrlate, Estela, me pasé de las 100mil por más que juré no hacerlo.

Le agradezco a Sofía Artola la editora de esta historia por el cariño que le entregó a la corrección de A pesar de mí. No solo fue puntuación, también fluidez y esos espacios en que me decía no es creíble. Fue enriquecedor debatir la historia con ella. Gracias, Sofía.

Gracias a mi esposo, a mi nene, mi nena y mi familia porque me tienen mucha paciencia ya que la profesión de escritor es una solitaria y en mi caso necesito silencio a mi alrededor para poder entrar en el mundo de mis protagonistas, además de que se sacrifican muchas horas de compartir con ellos.

Gracias a las cuentas en Instagram: librosquedejanhuella, rtolibrosyletras, loslibrosdemama, coffee2019books, glory1818, nuria_izagibss, aventuraenlibros20, leelibrosconnaii_, ana_steele_de_grey, we.are.bibliophiles, con_un_vino, cajadeloslibros, un_libro_un_viaje_una_aventura, luthiennumeness, yunnuengonzalez, ventana_de_libros, amante_literaria_py, locas_x_la_lectura_romantica, blog_tour_indie, book_shar, gleenblack, daysisitaacosta por haber participado de la revelación de portada de A pesar de mí.

Gracias a las hermosas lectoras que adquieren mis libros a través de Amazon y de la distribuidora Libros que dejan Huella. Gracias por el apoyo que me dan y por amar mis historias. Sin ustedes no existiría.

Y a ti mi querido lector que has llegado hasta estas líneas, gracias, por darle una oportunidad a mis letras y emocionarte con las historias que te entrego. Mi única intención al momento de escribir es hacerte sentir un caleidoscopio de emociones.

Recuerda que por muy difícil que sea la situación por la que estés atravesando, busca ayuda de algún familiar, amigo, maestro o institución. No estás solo. Aunque te sea difícil verlo en este momento, eres importante para alguien más, eres amado. Recuérdalo siempre.

¡Gracias, gracias, gracias por acompañarme en este mundo de sueños!

Con todo mi cariño,

Acerca de la autora

Sus libros se desarrollan en el género romántico entretejidos con las ciencias sociales. Sus protagonistas se ocupan de una variedad de desafíos, incluyendo problemas de salud mental, racismo, odio religioso o discapacidades. Todo mientras encuentran el amor. Sus historias son emocionales, reflexivas, sociales... verdaderas. En la actualidad cuenta con 12 libros y 7 relatos publicados. Además, su trabajo aparece en varias antologías.

Si no está escribiendo, R.M. tiene un libro abierto excepto en ocasiones especiales donde la encontrarás en la cocina, preparando alguna masa de pan. Cuando único la encontrarás frente a la televisión será en Navidades porque es fan de las películas con esta temática.

R.M. de Loera es de Puerto Rico. Vive con su esposo, dos hijos y un pequeño pez en San Juan, donde los cuida mientras crea obras de ficción.

Puede ponerse en contacto o seguir a R.M. de Loera en:

Sitio web: www.rmdeloera.com
Facebook: https://www.facebook.com/rmdeloeraescritora
Correo electrónico: rmdeloera@gmail.com
Instagram: https://www.instagram.com/rmdeloera

Recomendaciones:
Siempre entrega historias geniales y originales a las cuáles se nota la investigación. Es un romance distinto, real, con sentimiento. R.M. tiene un don para que sientas la historia con tu corazón.
Blog Libros que dejan Huella

Otros libros de la autora

Tu mirada en el tiempo

Robaste mi futuro
Última Oportunidad
Perdida en tu pasado
Un imposible

Arquitectos

Mi acuerdo con el arquitecto
La petición de mi arquitecta
Chocolate

Historias Independientes

Cuando las zarzas florezcan...
Eres mi modelo
Ángel
Avikar
La chica de Gent
El duque del cielo
Bailemos en la oscuridad
A pesar de mí

Historias cortas

Comenzar de nuevo
Un estafador robó mis chocolates... ¡En Navidad!
Antes de partir
El fiador
Beso de ángel
Ángel: la primera Navidad
Antología: Dioses que dejan Huella
Antología: Romances que dejan Huella
Antología: Volver a empezar

Made in the USA
Middletown, DE
11 October 2022

12456654R00163